La souveraine des deux mondes

BERTRICE SMALL

La souveraine des deux mondes

LUNA

Titre original :
A DISTANT TOMORROW
publié par Luna®

Traduction de l'américain par KAREN DEGRAVE

Luna® est une marque déposée par le groupe Harlequin

83/85 boulevard Vincent Auriol 75646 PARIS CEDEX 13.
www.harlequin.fr
ISBN 978-2-2808-0908-5 — ISSN 1775-6480

Pour Tom et Megan, avec tout l'amour de maman.

La prophétie

Des ténèbres viendra une vierge.
De la lumière dorée viendra une guerrière.
D'un lointain lendemain viendra
le véritable destin d'Hétar.

Prologue

Vartan, seigneur du Fiacre et chef du haut conseil des Terres Extérieures, était mort. Son frère Adon, qui convoitait son titre, l'avait lâchement assassiné sous son propre toit.

— Je suis le nouveau chef du Fiacre ! s'écria fièrement Adon en parcourant du regard les personnes assemblées dans la grande salle. Mon frère n'était qu'un faible. Ce qui n'est pas mon cas, vous vous en rendrez compte bientôt…

Elin, l'épouse d'Adon, souriait aux côtés de son mari, fière de l'avoir encouragé au meurtre.

Dame Béra, la mère des deux frères, était tombée à genoux pour bercer le corps sans vie de son aîné. Ses yeux, rendus vitreux par l'horreur, ne pouvaient plus se détourner de la tache sanglante qui souillait la tunique de Vartan. Elle entama la longue plainte des lamentations funéraires. De son côté, l'épouse de Vartan — Lara, la femme à moitié fée — appela silencieusement à elle son épée. Andraste se décrocha de sa place au-dessus de la cheminée pour voler dans la main impatiente de sa maîtresse. Les doigts de Lara se refermèrent autour de sa garde et l'arme se mit à chanter de sa voix puissante un hymne de mort.

— Je suis Andraste ! Je bois le sang du traître et de ses complices !

La belle tête d'Adon fut immédiatement séparée de son

corps. Celle d'Elin la rejoignit aussitôt sur le sol. Lorsqu'elles s'immobilisèrent, leurs deux visages présentaient la même expression de stupéfaction. Dans leur aveuglement, ces deux idiots cupides avaient cru qu'un attentat contre Vartan ne provoquerait aucune réaction. Pourtant les membres du Fiacre allaient continuer à se demander pendant des années pourquoi ni Adon ni Elin n'avaient pensé à ce que Lara ferait pour venger son mari, pour protéger ses deux enfants...

Mais en ce jour terrible, alors que Béra modulait sa plainte lugubre, Lara quitta la grande salle, son arme encore souillée du sang de ses victimes à la main. La voix d'Andraste, plus assourdie, chantait la vengeance satisfaite. Subitement, Lara se retrouva plongée dans les ténèbres. Incapable de discerner quoi que ce soit, elle s'immobilisa. Alors la voix d'Adon résonna à ses oreilles.

— Crois-tu vraiment avoir tout réglé en me tuant ? Hétar viendra quoi qu'il arrive. Tes enfants seront réduits en esclavage. La légende des Terres Extérieures, celle de Vartan et de Lara, sera effacée des mémoires pour être plongée dans les ténèbres qui te paralysent à présent.

— J'ai un destin, répondit Lara à son ennemi invisible.

Adon éclata de rire.

— Tu ne peux l'accomplir qu'en abandonnant tes enfants... Il te faudra les donner à d'autres et partir. Je crois que tu n'en auras pas le courage, Lara, fille de Swiftsword, veuve de Vartan. Tu t'es amollie en vivant parmi nous. Désormais, tu n'es plus qu'une femme ordinaire.

Lara sentit une colère nouvelle réchauffer son sang.

— Je ferai tout ce qu'il faudra pour protéger le fils et la fille de Vartan ! s'écria-t-elle.

Adon se remit à rire.

— Nous verrons bien..., dit-il d'un ton railleur.

— Voilà qui te ressemble, Adon, de te cacher dans ces ténèbres..., répliqua Lara avec mépris.

Mais seul le silence accueillit ses paroles tandis que les ténèbres se dissipaient peu à peu. Alors Lara se sentit submergée par une profonde tristesse. Elle venait de réaliser que son séjour parmi les Fiacre allait bientôt prendre fin.

1.

Un homme se précipita hors de la grande salle pour aller répandre la nouvelle. Les enfants ! Elle devait absolument retrouver ses enfants... Dillon, à quatre ans, était en âge de comprendre ce qui venait d'arriver à son père. D'ailleurs, les membres du Fiacre prendraient soin de maintenir vivante en lui la mémoire de Vartan. Mais sa fille d'un an, Anoush, n'aurait aucun souvenir de lui. Au nom de l'Auteur Céleste, qu'est-ce qui avait bien pu pousser Adon à commettre ce crime épouvantable ? Lara s'efforça de se souvenir des événements qui avaient précédé le meurtre de son mari.

Liam, le cousin et meilleur ami de Vartan, accourut vers elle.

— Que s'est-il passé ? lui demanda-t-il en voyant la lame ensanglantée d'Andraste.

— Adon a tué Vartan, parvint-elle à répondre. Il a avancé vers lui, le sourire aux lèvres, avec sa scélérate de femme à ses côtés... Puis, sans avertissement ni provocation, il a plongé une dague dans le cœur de mon mari. La lame devait être empoisonnée : il est mort sur le coup. Lorsque Adon s'est proclamé chef du Fiacre, je les ai exécutés sur place, sa femme et lui. Il faut que je trouve les enfants, Liam ! C'est de ma bouche que Dillon doit apprendre ce qui est arrivé à son père. Et toi… tu dois prendre la suite de Vartan à la tête du Fiacre.

— C'est aux anciens du clan d'en décider, remarqua Liam.

Son père était devenu le chef du Fiacre à la mort du père de Vartan, bien des années plus tôt. Lorsque son père avait à son tour rejoint l'Auteur Céleste, les anciens lui avaient proposé de lui succéder. Il avait préféré se désister en faveur de son cousin Vartan. Liam n'avait jamais voulu assumer la responsabilité du clan — mais il savait à présent qu'il n'avait plus le choix.

— En toute logique, c'est toi qu'ils vont choisir, trancha Lara en repartant à grands pas.

Ses enfants devaient se trouver avec Noss, la femme de Liam. Dillon était très proche de leur fils Tearlach. Lara s'engouffra dans la maison de son amie.

— Noss ! Où es-tu ?

Noss, enceinte de son deuxième enfant, apparut en souriant.

— Es-tu venue chercher Dillon ? Assieds-toi un moment et laisse-moi te servir un verre de frine ! Les garçons sont en train de s'amuser.

Noss aperçut Andraste et ses yeux s'écarquillèrent.

— Que s'est-il passé ?

Elle n'avait plus vu cette épée ensanglantée depuis la Guerre de l'Hiver, durant laquelle Lara et elle avaient combattu aux côtés de leurs maris pour reprendre les terres des Piaras et des Tormod, illégalement occupées par Hétar. Réalisant à quel point Lara était pâle, Noss la conduisit jusqu'à une chaise.

— Raconte-moi.

— Adon a assassiné Vartan…

Lara expliqua la tragédie à Noss dans tous ses détails.

La jeune fille se couvrit la bouche pour réprimer un cri d'horreur. Comment cela avait-il pu se produire ? Pourquoi était-ce arrivé à Lara ? La chance avait toujours été de son côté et elle avait tant de pouvoirs... On n'assassine pas ceux auxquels tiennent les gens comme elle...

— Tu ne pleures pas..., parvint-elle à articuler.

— Ethne pleure pour moi, répondit Lara en soulevant son étoile de cristal pour la montrer à Noss.

Des larmes s'égouttaient de ses branches.

— Je n'ai pas le temps de pleurer, reprit Lara. Je n'ai eu qu'un instant pour tuer Adon et son horrible femme avant qu'ils ne s'en prennent à moi et à mes enfants. Et je vais bientôt devoir quitter le Fiacre.

— Alors le moment est venu..., murmura Noss.

Lara acquiesça.

— Le moment est venu. Je suis heureuse d'avoir suivi le conseil de ma mère et donné des enfants à Vartan... Mais je dois maintenant dire à Dillon que son père est mort et que sa mère va partir. Acceptez-vous d'élever mes enfants, Liam et toi ? Ce nouveau voyage qui m'attend n'est pas pour toi. Tu as trouvé un foyer, un mari et une vie agréable au sein du Fiacre. C'est ici qu'est ton destin. Le mien m'attend encore, même si je n'ai aucune idée de ce qu'il contient...

— Bien sûr que nous nous occuperons de Dillon et d'Anoush ! Mais tu ne préfères pas les confier à Béra ? s'étonna Noss. C'est leur grand-mère...

— Et ils ne devront jamais l'oublier. Mais Béra va devoir s'occuper de son autre petit-fils — puisque Elin n'avait plus de famille. Je ne veux pas que les enfants de Vartan soient élevés avec le fils de son meurtrier. Cam n'a peut-être que deux ans et demi, mais c'est déjà un garçon sournois et égoïste. Béra aura fort à faire avec lui... Au Grand Rassemblement, l'automne dernier, Dillon l'a surpris en train de pincer Anoush. Ma fille avait les bras couverts de bleus à cause de ce petit monstre !

— Mais Anoush n'était encore qu'un bébé, l'automne dernier ! s'indigna Noss.

— Oui. Quand Dillon a vu ce que Cam faisait, il a couru le dire à son père. Mais Elin n'a pas voulu que Cam soit puni... Elle a soutenu que Cam était innocent et que c'était Dillon qui avait brutalisé sa sœur par jalousie. D'après elle, son fils n'avait fait que regarder le bébé...

— Dillon adore Anoush depuis qu'elle est née ! s'écria Noss.

Lara acquiesça.

— Je sais... Mais Cam n'a personne d'autre que Béra et le vieux cœur de sa grand-mère est trop bon. Elle prenait Adon pour un idiot et n'a jamais soupçonné ce dont il était capable. C'était une grave erreur...

Lara porta à ses lèvres le verre de frine que Noss venait de lui tendre.

— Maintenant veux-tu aller chercher mon fils ? Je dois lui apprendre la nouvelle.

Noss hocha la tête mais ne put se résoudre à quitter la pièce.

— Les anciens vont demander à Liam de prendre la tête du Fiacre, n'est-ce pas ?

— Oui, répondit Lara. C'est la meilleure solution.

Noss soupira.

— Il n'a jamais voulu de cette responsabilité...

— Je sais. Mais il doit maintenant l'accepter — comme son père l'a acceptée à la mort de celui de Vartan. Liam est un homme de valeur et votre mariage lui a donné de l'assurance. Il est prêt. Et tu l'es aussi, ma petite Noss...

Noss se leva.

— Je vais chercher Dillon, dit-elle en partant à grands pas.

Lara resta assise dans la pièce silencieuse. Instinctivement, elle porta la main à son étoile de cristal. Cela faisait maintenant bien longtemps qu'elle n'avait plus demandé conseil à Ethne.

Que dois-je faire ? demanda-t-elle silencieusement.

Le cristal était encore humide des larmes d'Ethne.

Tu sais ce que tu dois faire, répondit doucement sa gardienne. *Tu as déjà commencé à te préparer pour ton départ — et à y préparer le Fiacre.*

J'aurais pu vivre ici toute ma vie, heureuse…, confia Lara.

Tel n'était pas ton destin. La reine t'avait prévenue que tu n'avais que quelques années. Cinq ont déjà passé. Tu es forte. Tu es prête. Le moment est venu…

La flamme, à l'intérieur du cristal, vacilla un instant.

J'ai pleuré tes larmes, Lara, reprit Ethne. *Pour qu'elles ne t'affaiblissent pas… Mais tu devras toi aussi pleurer pour Vartan. Il a su éveiller en toi le meilleur de ta nature humaine, mon enfant.*

— Maman ?

Dillon se tenait devant elle. C'était, en miniature, la réplique exacte de son père.

— Noss dit que tu veux me parler…

Lara sentit les premières larmes de son deuil couler sur ses joues.

— Maman ! Qu'est-ce qu'il y a ? demanda le jeune garçon.

Lara lui raconta la mort de son père sans retenir ses larmes et le serra contre sa poitrine lorsqu'elle le vit pâlir. Sa main caressa machinalement les cheveux noirs du garçon. Alors la mère et le fils pleurèrent ensemble un long moment.

Finalement, les sanglots de Dillon se calmèrent et il leva les yeux vers le beau visage de sa mère.

— Je vais tuer Adon ! s'écria-t-il. Je vais venger mon père, maman !

— Adon est déjà mort et sa maudite femme aussi, répondit Lara. Regarde !

Elle leva son épée pour la lui montrer.

— C'est leur sang que porte Andraste !

— Qu'est-ce qui va se passer maintenant, maman ? demanda Dillon.

— Les anciens vont choisir un nouveau chef de clan, comme la coutume l'exige. Je pense qu'ils vont choisir le cousin de ton père, Liam.

— Tu vas t'en aller, dit calmement Dillon.

Lara resta un instant stupéfaite par le ton adulte de son fils — mais Dillon avait fait preuve de tant d'intuition depuis sa naissance…

— Oui, bientôt, répondit-elle.

Elle se refusait à lui mentir.

— Cette maison ne convient pas au chef du Fiacre, remarqua le garçon. Liam et Noss doivent aller dans la grande maison. Nous serons très bien ici, grand-mère et moi. Dommage qu'Anoush soit trop petite pour donner son avis…

Lara avait tellement l'impression d'entendre Vartan qu'elle faillit se remettre à pleurer.

— Oui, cette maison sera très bien pour ta grand-mère, répondit-elle. Mais vous n'allez pas vivre ici, Anoush et toi. Tu resteras avec Liam, Noss et Tearlach, mon fils. Ton cousin Cam est lui aussi orphelin à cause de cette tragédie… Sa mère n'avait plus de famille. Béra va vouloir l'élever, et je refuse qu'Anoush ou toi viviez dans la même maison que le fils d'Adon et d'Elin. Tu vas accepter l'autorité de

Liam. C'est lui qui remplira le rôle de père pour toi. Noss s'occupera de toi comme je l'aurais fait. Elle a une dette envers moi — même si je ne la lui rappelle pas... Ce serait d'ailleurs inutile, puisqu'elle le sait au fond de son cœur. Ta sœur et toi allez la traiter avec autant de respect que vous en auriez eu pour moi. Vous lui obéirez et vous serez gentils avec elle.

— Je te le promets, maman, et je m'assurerai qu'Anoush le fasse aussi.

Alors la part de Dillon qui n'était encore qu'un petit garçon se réveilla.

— Tu ne pars pas tout de suite, maman ?

Il leva vers elle un regard anxieux.

Lara caressa doucement les cheveux de son fils.

— Non, pas tout de suite, promit-elle. Maintenant va retrouver Tearlach, mon fils, et demande à Noss de venir me rejoindre.

Le garçon partit en courant pour s'acquitter de sa tâche. Lara leva son verre de frine mais Noss apparut aussitôt et interrompit son geste.

— Il nous faut du vin, dit la jeune femme.

Elle alla déboucher une carafe et versa le breuvage rouge sombre dans un verre propre.

— Tiens ! Je vais t'accompagner, dit-elle en versant un second verre. Dillon semble aller bien...

— Nous avons pleuré ensemble, répondit Lara. Il sait que je vais partir.

— Tu le lui as dit ? demanda Noss, surprise.

— Non, expliqua Lara en esquissant un sourire. Il le savait, c'est tout. N'essaie pas de contrarier son instinct quand il sera avec toi, Noss. Je sais que ce genre de choses te porte sur les nerfs, mais tu dois laisser les pouvoirs de Dillon se développer.

— C'est promis, dit Noss d'une voix tendue.

Liam entra dans la maison et rejoignit les deux femmes autour de la table.

— Je n'ai pas pu rester, dit-il. Les lamentations de Béra réveilleraient une statue. La nouvelle se répand et j'ai envoyé des messagers dans les autres villages. Les anciens se réuniront dans trois jours pour choisir le nouveau chef du Fiacre.

— Ils doivent se décider plus tôt, intervint Lara. Les chefs des autres clans apprendront vite la nouvelle, et il va aussi falloir élire un nouveau chef du haut conseil des Terres Extérieures.

— J'accepte avec réticence de prendre la tête du clan, répondit Liam, mais il est hors de question que je dirige les Terres Extérieures ! Tu ne peux pas me demander ça...

— Vartan avait la confiance et l'admiration des autres chefs de clans..., dit Lara, songeuse. Il était puissant et il bénéficiait de mes conseils. Roan, le chef des Aghy, est ambitieux. Il va vouloir le poste, mais il s'emporte trop facilement... Je pense que c'est Rendor, le chef des Felan, qu'il faudrait nommer à la tête du haut conseil. C'est un homme réfléchi — et je pourrai lui donner des conseils sans que sa femme Rahil ne soit jalouse.

— Tu vas aller sur les terres des Felan, alors ? demanda Liam.

— Je ne ferai qu'y passer en allant vers la Province Côtière d'Hétar, répondit Lara. Je sens que c'est là que je dois me rendre pour le moment.

Liam acquiesça.

— Savais-tu ce qui allait arriver à Vartan ? ne put-il s'empêcher de demander.

— Non ! s'écria Lara, scandalisée par la question. Pourquoi me demandes-tu une chose pareille ? J'aurais donné ma vie pour celle de Vartan, tout comme il l'aurait fait pour moi !

— Est-ce que tu l'aimais ? insista Liam.

— Je ne lui aurais pas donné d'enfants si ça n'avait pas été le cas, Liam, répondit posément Lara. Les fées — et même les femmes qui ne sont qu'à moitié fées — ne portent que les enfants des hommes qu'elles aiment. Quand la guerre s'est terminée, ma mère m'a conseillé d'arrêter de me fier exclusivement à ma nature féerique et d'écouter plutôt mon cœur. Elle m'a dit que j'avais du temps et, oui, j'aimais Vartan. Pas autant qu'il m'aimait, je le sais bien... Mais je l'aimais tout de même.

— Excuse-moi, Lara, dit Liam en baissant la tête.

— J'avais oublié que je suscitais la méfiance des humains, répondit Lara. J'ai été si heureuse parmi vous... J'ai fini par me sentir pleinement humaine, comme si j'étais l'une des vôtres — jusqu'à aujourd'hui. Je dois redevenir celle que j'étais et me rappeler que j'ai un destin à accomplir. Noss a accepté de s'occuper de mes enfants. J'espère que tu es d'accord... Elle t'expliquera pourquoi.

— Je veillerai sur Dillon et Anoush avec plaisir, s'empressa de répondre Liam.

Il avait honte d'avoir posé de telles questions. Vartan se serait sans doute mis en colère en l'entendant douter de Lara...

— Je les élèverai comme mes propres enfants, Lara, je te le jure, ajouta-t-il.

— Mais ils ne doivent par oublier Vartan. Je sais bien qu'Anoush n'aura aucun souvenir de son père ni de moi... C'est vous qu'elle considérera comme ses parents. Protégez-la et rendez-la heureuse — c'est tout ce que je vous demande. En revanche, Dillon se souviendra de nous.

Mon fils a des pouvoirs, Liam… Personne ne doit essayer de les entraver.

— Je comprends, répondit le jeune homme.

— Nous reparlerons de tout ça avant mon départ, le rassura Lara. Je ferais mieux d'y retourner pour essayer de réconforter Béra. Voulez-vous bien garder les enfants encore un peu ?

Liam acquiesça, puis la regarda se lever et quitter la maison. Sa femme se détacha du coin d'ombre où elle s'était tenue et vint glisser sa main dans la sienne.

— Eh bien, petite ! lui dit Liam en s'efforçant d'introduire une note d'humour. Imaginais-tu devenir un jour la Première Dame du Fiacre ?

Il passa son bras libre autour des frêles épaules de sa femme.

Noss soupira.

— Il y a sept ans, j'ai été vendue comme esclave par mes propres parents. Non, Liam, je n'ai jamais imaginé que j'atteindrais une telle place dans ce monde… Mais je n'imaginais pas non plus les aventures que j'ai vécues avec Lara ni un amour comme le nôtre.

Noss posa sa main libre sur son ventre gonflé, là où l'enfant venait de lui donner un violent coup de pied.

— Es-tu sûr que les anciens vont te choisir ? demanda-t-elle.

— Oui. Tu sais, je me demande si Vartan serait encore en vie si j'avais accepté de prendre la tête du clan la première fois qu'on me l'a proposé…

Liam soupira.

— C'était son destin, le consola Noss. Tu as le tien à accomplir…

— Tu deviens sage avec les années, ma femme, se moqua-t-il gentiment.

— J'ai presque vingt ans, tu sais…, répondit-elle d'un air mutin.

Mais elle retrouva aussitôt son sérieux.

— Pauvre Lara ! Perdre son mari aussi tragiquement et devoir abandonner ses enfants… Je n'aimerais pas être à sa place, malgré sa beauté et sa magie…

— Je ne l'envie pas d'avoir à s'occuper de Béra, répondit Liam avec une grimace. La pauvre femme était dans un état affreux quand j'ai quitté la grande salle. Je crois qu'elle est devenue folle…

— Lara va réussir à la calmer, assura Noss.

Mais lorsque Lara revint dans la grande salle et découvrit sa belle-mère, elle douta qu'une seule personne au monde soit capable d'apaiser la douleur de Béra. La vieille femme faisait les cent pas en marmonnant. Ses longs cheveux gris se balançaient autour de son visage à chaque pas. Son regard fixe ne trahissait plus aucune émotion. Les trois corps reposaient encore sur le sol, à l'endroit où ils avaient rencontré leur destin. Lara fit signe à un serviteur.

— Rassemble quelques hommes et emporte les corps, lui ordonna-t-elle. Nettoie aussi Andraste et range-la à sa place d'honneur.

Elle lui tendit son arme ensanglantée.

— Non ! hurla Béra en se précipitant vers elle. Tu ne peux pas me les prendre ! La traînée, oui, mais pas mes garçons… Pas mes garçons !

— Va ! ordonna Lara au serviteur avant de prendre Béra par la main pour l'emmener s'asseoir près de la cheminée. Ecoute-moi, Béra : tu ne peux pas déshonorer Vartan en laissant son corps sur le sol. Il faut organiser ses funérailles. C'était le chef du Fiacre, comme son père avant lui. Les anciens vont vouloir qu'il soit confié à l'Auteur Céleste avec tous les honneurs qui lui sont dus. Quant à Adon et Elin, ils doivent être enterrés sans cérémonie.

— Dès l'instant où il est sorti de mon ventre, Adon a jalousé Vartan…, dit Béra, les larmes aux yeux. Mais Vartan ne s'est jamais plaint. Il était gentil avec son petit frère. Ce n'est pas dans nos coutumes de nous entre-tuer, Lara… Comment a-t-il pu faire une chose pareille ? Comment ? C'était sa femme — cette sournoise ! Je ne voulais pas qu'il l'épouse. Elle était ambitieuse et méchante… Maintenant son fils est orphelin à cause du mal qu'elle a fait. Que va-t-il arriver au petit Cam, Lara ? Que va-t-il devenir ?

— C'est toi qui l'élèveras, bien sûr…

Béra tourna vers la jeune femme son visage ravagé par le chagrin.

— Oui, dit-elle. Je vais m'occuper de lui…

Lara hésita un instant à expliquer à sa belle-mère tout ce qui s'était passé pendant le temps — pourtant bref — qui avait suivi le meurtre de Vartan. Finalement, elle jugea que Béra n'était pas encore prête à l'écouter.

— Tu dois te reposer, maintenant, dit-elle à la vieille femme en l'aidant à se relever. Je vais m'occuper de tout.

Lara fit signe à une servante.

— Reconduis dame Béra à sa chambre et sers-lui un verre de vin, ordonna-t-elle en fouillant dans la poche de sa robe, d'où elle sortit une petite pilule dorée. Mets ça dans son vin. Ça l'aidera à dormir.

— Oui, madame, répondit la servante en prenant le bras de Béra pour la conduire hors de la pièce.

Lara se tourna aussitôt vers les serviteurs qui venaient d'entrer dans la grande salle.

— Que six d'entre vous emmènent les corps d'Adon et de sa vipère de femme dans la plaine ! commanda-t-elle.

Enterrez-les profondément dans une même tombe, dont vous ne marquerez pas l'emplacement. Soyez revenus au coucher du soleil. Les autres, vous allez édifier le bûcher. Les funérailles de votre chef auront lieu dans deux jours, au coucher du soleil. Emmenez son corps aux bains, que je puisse commencer les préparatifs.

Lara regarda les serviteurs soulever le corps de leur seigneur. Au retour de la Guerre de l'Hiver, Vartan lui avait fait construire le bâtiment qui leur servait de bains. Les Fiacre avaient l'habitude de se laver dans de petites baignoires circulaires. Mais Lara rêvait de retrouver le confort qu'elle avait connu auprès des princes de l'Ombre et voulait une baignoire dans laquelle elle pouvait s'immerger totalement — une baignoire qu'elle pouvait partager avec son mari… Vartan lui avait fait une surprise en construisant ces bains. Il avait prétendu avoir besoin d'une nouvelle étable… Il avait fait venir la baignoire en marbre de la Province Côtière, avec plusieurs bancs délicatement sculptés.

Un sanglot lui échappa. L'aimait-elle ? Oh oui ! De tout son cœur humain… Mais elle sentait déjà cette part d'elle lui échapper à mesure que sa nature féerique reprenait le dessus. Elle savait que pour être forte, pour accomplir son destin, elle devait absolument redevenir fée.

Lara entendit un coup de tonnerre familier — mais considérablement étouffé — et se tourna vers sa mère, Ilona, la reine des fées de la Forêt. Ilona ouvrit grand les bras. Sa fille se leva aussitôt de son fauteuil près de la cheminée pour courir s'y réfugier.

— Que s'est-il passé ? demanda Ilona.

Lara lui raconta tous les événements de la journée.

— Alors le moment est arrivé, conclut la reine.

— Je sais, répondit Lara. J'ai commencé à prendre mes dispositions pour Dillon et Anoush.

— Je vais m'occuper d'eux ! affirma Ilona sur un ton impérieux.

— Non, je veux qu'ils soient élevés par Liam et Noss. Ils font partie du Fiacre, mère. Dillon sera peut-être choisi un jour pour diriger le clan, comme son père et son grand-père avant lui…

— Peut-être que l'enfant de Liam et de Noss sera choisi…, répondit doucement Ilona.

— Ce sera aux anciens d'en décider, trancha Lara. Mais tu dois venir leur rendre visite. Promets-le-moi ! Dillon montre déjà certains instincts qu'il faut encourager. Anoush est encore trop jeune pour donner des signes de magie. Mais dis-moi : comment vont Thanos et Cirilo ?

Il y avait longtemps que Lara n'avait pas eu de nouvelles de l'époux de sa mère et de son demi-frère.

— Thanos est égal à lui-même, répondit froidement Ilona. Quant à Cirilo, je dois bien admettre qu'il est tout ce que je pouvais désirer dans un fils, Lara. Un jour, ce sera un grand roi. Pour l'instant, c'est le petit garçon typique de notre race, qui passe son temps à inventer toutes sortes de sottises. Il aime particulièrement taquiner les seigneurs de la Forêt. Sais-tu qu'ils ont perdu une partie de leur territoire, à la frontière avec les Terres du Milieu ? Gaius Prospéro rachète de petites fermes pour les transformer en grandes exploitations. Grâce à cela, il contrôle maintenant le prix des denrées. On murmure à nouveau qu'il va devenir empereur d'Hétar.

— Je vais aller dans la Province Côtière, dit Lara à sa mère. Je sens que mon destin m'attend là-bas. Mais ça fait si longtemps que je n'ai pas entendu la voix parler en moi que je ne suis pas certaine de bien la comprendre… Est-ce que je me trompe, mère ? Est-ce que je ferais mieux de rester avec le Fiacre et mes enfants ? Je ne sais plus quoi penser…

— Ça ne m'étonne pas, la rassura sa mère. Il y a quelques heures à peine, tu assistais au meurtre de ton mari et tu exécutais ses assassins… Tu es en état de choc, Lara… Mais n'oublie pas que tes premières intuitions sont toujours les meilleures. Il est temps pour toi de quitter le Fiacre. Si la voix te suggère la Province Côtière, alors c'est là que tu dois aller. N'aie pas peur, mon enfant…

— Quand tu m'as dit que j'avais du temps, je ne pensais pas que les choses finiraient de cette manière. Je croyais que j'entendrais à nouveau la voix, et que Vartan essaierait de m'empêcher de partir, malgré ses promesses… Je ne m'attendais pas à sa mort. Est-ce que j'en suis responsable, mère ?

— Non, répondit Ilona. Vartan a rencontré son propre destin. Et son frère était destiné à le tuer par jalousie. Le fait que tu aies accordé ton amour à Vartan pour quelques brèves années, que tu lui aies donné des enfants, n'a rien à voir avec sa mort. Je te promets que c'est la vérité.

Ilona se tut un instant.

— Je dois partir, maintenant, reprit-elle. Ta famille féerique sera là pour les funérailles de Vartan. Au fait, qu'as-tu fait d'Adon et de sa femme ?

— Ce que les habitants des Terres Extérieures considèrent comme l'ultime déshonneur… Je les ai fait enterrer sur la plaine, à un endroit inconnu de tous, expliqua-t-elle. Ils n'auront pas droit à un bûcher et aucun parent ou ami ne chantera à leurs funérailles pour accompagner leurs âmes vers l'Auteur Céleste. Ils reposeront sous la terre jusqu'à ce que leur chair pourrisse et soit mangée par les vers et les cafards. Puis leurs os tomberont en poussière et il ne restera plus rien d'eux. Leurs âmes erreront à jamais dans les limbes. Même Béra n'ose pas les pleurer publiquement... Je n'ai qu'un seul regret, c'est qu'ils aient laissé un enfant derrière eux...

Ilona posa sa main sur celle de sa fille.

— C'est la volonté de l'Auteur Céleste, même si nous ne la comprenons pas, la consola-t-elle.

Elle se releva lentement.

— Au revoir, mon enfant, dit-elle.

Ilona s'évanouit dans un brouillard pourpre en laissant un parfum de fleurs derrière elle.

Lara regarda l'endroit où avait reposé le corps de son mari et réalisa qu'il ne s'y trouvait plus. Elle se leva lentement et se rendit aux bains. Les serviteurs avaient posé le corps de Vartan sur un grand banc de pierre. S'il n'y avait eu la tache de sang qui souillait sa tunique, on aurait cru qu'il dormait. Lara se pencha pour embrasser ses lèvres froides.

— Mon pauvre amour, murmura-t-elle. Je suis tellement désolée...

Ses larmes recommencèrent à couler. Lorsque ses sanglots se calmèrent, Lara s'assit à côté de son mari défunt et entreprit de rassembler ses idées.

Liam avait envoyé des messagers dans les villages du Fiacre, mais comment prévenir les chefs des autres clans ? Elle devrait leur envoyer des fées messagères, puis les transporter elle-même aux funérailles — puisqu'elle était certaine que tous voudraient rendre les derniers honneurs à Vartan.

Plusieurs servantes se glissèrent dans le bâtiment et regardèrent Lara dans l'attente de consignes. La jeune femme se leva. Avec leur aide, elle retira les vêtements ensanglantés de Vartan et lava tendrement son corps. Lorsque la toilette du défunt fut presque terminée, Lara partit chercher les vêtements dans lesquels il serait conduit à ses funérailles. Tous viendraient lui faire leurs adieux, puis il serait emmené jusqu'au bûcher, que Dillon et Lara seraient chargés d'embraser. Alors tous chanteraient pour accompagner l'âme de Vartan auprès de l'Auteur Céleste pendant que le feu réduirait son corps en cendres. Pour les habitants des Terres Extérieures, être enterré dans la plaine était un anathème.

Lara et les servantes habillèrent Vartan d'un pantalon de cuir sombre qu'il réservait pour les grandes occasions et lui mirent ses plus belles bottes, soigneusement cirées. Puis elles le revêtirent d'une fine chemise en lin et de sa tunique officielle de chef du haut conseil des Terres Extérieures. Lara l'avait confectionnée elle-même, avec du tissu et des fils à broder qu'elle avait ramenés de leur première visite dans la Province Côtière. La tunique était d'un vert sombre et ses longues manches étaient repliées pour former un poignet qui mettait en valeur la doublure bleu foncé. Lara avait brodé des étoiles d'or et d'argent sur les poignets et, sur le devant, une grande roue dorée divisée par des rayons. Chaque segment contenait le symbole de l'un des huit clans des Terres Extérieures : une vache pour le Fiacre, un cheval pour les Aghy, un épi et des fleurs pour les Blathma, un épi et des légumes pour les Gitta. Les Piaras étaient représentés par des montagnes brodées de fils d'or et d'argent, les Tormod par un cercle constellé de pierres multicolores. Le mouton désignait les Felan et la harpe les Devyn — qui était le clan des bardes et des poètes. Lara avait brodé une étoile bleue au centre de la roue. Vartan adorait cette tunique…

— Comment devons-nous le coiffer, madame ? demanda l'une des servantes.

— Attachez-lui les cheveux dans la nuque, comme il le faisait lui-même, répondit Lara.

— Devons-nous lui croiser les bras sur la poitrine, madame ? demanda une autre.

— Non, laissez-les le long de son corps. Il aurait voulu que l'on voie bien sa tunique — et c'est aussi ce que je veux. Personne ne doit oublier ce que nous avons accompli pendant ces cinq ans pour maintenir Hétar à l'intérieur de ses frontières.

Lorsque Vartan fut habillé et prêt à être exposé, Lara appela les hommes du Fiacre pour qu'ils emportent leur seigneur dans la grande salle. Son corps fut transporté sur un brancard tendu de soie blanche et décoré de fleurs d'été. Les hommes de Camdene, le village natal de Vartan, se relayèrent pour porter leur chef. La bière attendait dans la grande salle, flanquée de deux rangées de candélabres. Les porteurs y déposèrent le corps de Vartan, puis Lara les pria de la laisser seule. Elle arrangea une mèche de cheveux bruns qui s'était échappée de la lanière qui les retenait sur sa nuque. Puis elle regarda la tunique de son mari d'un œil critique et lissa un pli presque invisible sur sa poitrine.

Tout cela était terriblement irréel. Quelques heures plus tôt, Vartan était encore un être plein de vie. Il reposait à présent dans cette salle, froid et silencieux. Lara avait l'impression de voir son grand corps se raidir sous ses yeux. Son esprit s'en était allé — chassé avant l'âge de son enveloppe mortelle.

Comment cela avait-il pu se produire ? Pourquoi n'avait-elle pas deviné la perfidie d'Adon avant qu'il ne commette son crime ? Elle maudit en silence le frère de son mari et sa femme. Avaient-ils seulement réfléchi aux conséquences de leurs actes ? Croyaient-ils vraiment que le Fiacre accepterait d'avoir un meurtrier pour chef ? Ils auraient dû se douter que Lara ferait tout pour venger son mari et protéger ses enfants… Ne s'étaient-ils même pas inquiétés pour leur propre fils, Cam ? Lara soupira. De toute évidence, ils ne s'étaient souciés de rien de tout cela…

Il restait encore beaucoup à faire. A l'extérieur, le long crépuscule d'été touchait à sa fin. Les hommes chargés d'enterrer Adon et Elin revinrent, leur tâche accomplie. Lara les remercia, puis rentra dans la chambre qu'elle avait partagée avec Vartan. Elle sortit une plume et du papier d'une petite boîte, pour écrire aux chefs des sept autres clans. Puis elle convoqua sept fées messagères, leur indiqua leur destination et les pria d'attendre une réponse. Tous les messages étaient semblables : ils annonçaient la mort de Vartan et demandaient à leur destinataire de se tenir prêt à être transporté par magie à la cérémonie des funérailles. Il fallait absolument élire un nouveau chef du haut conseil des Terres Extérieures avant que le corps de Vartan ne soit réduit en cendres. Lara regarda les fées s'éloigner, puis rangea sa plume dans la petite boîte et se rendit aux cuisines.

Elle y découvrit le cuisinier et son personnel dans divers degrés d'accablement. Elle prit une profonde inspiration.

— Vous devez commencer à préparer le repas de funérailles de mon mari, dit-elle d'une voix sévère. Tous les membres du Fiacre qui pourront se libérer arriveront dès demain, et les chefs des autres clans vont assister à la cérémonie. Voulez-vous qu'il soit dit que le Fiacre n'a pas le sens de l'hospitalité ? Vous ne pouvez pas rester là à vous lamenter. Vous avez du travail !

Sans attendre de réponse, elle tourna les talons et quitta la pièce.

— Elle a le cœur de pierre d'une fée…, remarqua l'une des servantes.

— Peut-être, répondit le cuisinier, mais c'est un cœur

brisé, je le crains... Ne doutez jamais de la sincérité de l'amour que dame Lara portait à notre seigneur Vartan !

De retour dans la grande salle, Lara retrouva la bière entourée de grands bouquets de fleurs. Elle ne put s'empêcher de sourire et prononça une incantation pour que les fleurs restent belles et fraîches jusqu'aux funérailles. Puis elle baissa les yeux vers son mari et fut à nouveau frappée par la pâleur et l'immobilité de l'enveloppe charnelle qui avait abrité l'esprit de Vartan. C'était un esprit puissant, peut-être était-ce pour cette raison que le corps qu'il avait abandonné semblait si vide...

La voix de Béra interrompit ses réflexions.

— Il n'est plus là, dit la vieille femme.

— Non, répondit Lara. Tu devrais être en train de dormir...

— Je n'ai pas pris la pilule, avoua Béra.

— La servante était censée la mettre dans ton vin..., remarqua Lara en esquissant un sourire.

— Où est Adon ?

— Enterré dans la plaine, avec sa femme, répondit calmement Lara.

Les yeux de Béra s'emplirent de larmes — que la vieille femme fit de gros efforts pour ravaler.

— Ce devait être fait, ajouta Lara.

— Je sais... Mais c'était aussi mon fils.

— Il a tué Vartan, insista Lara.

— Et tu l'as tué, remarqua doucement Béra.

— Oui, répondit Lara à sa belle-mère. Et je n'ai pas regretté un seul instant de l'avoir fait. J'aurais seulement voulu pouvoir lire dans la noirceur de son cœur avant qu'il ne tue Vartan... Peut-être rien de tout cela ne serait-il arrivé, Béra.

— Que va-t-il se passer maintenant ?

— Liam va être désigné par les anciens pour succéder à Vartan. Il va venir vivre dans cette maison : c'est la seule de Camdene qui soit digne du chef du Fiacre. Il te laissera sa maison pour que tu y élèves Cam, le fils d'Adon.

— Et que vont devenir Dillon et Anoush ? demanda Béra.

— Je ne veux pas qu'ils vivent sous le même toit que le rejeton d'Adon. Liam et Noss ont déjà accepté de s'occuper d'eux. Quant à moi, je vais devoir partir… Je sens à nouveau l'appel de mon destin.

— Est-ce que la même chose se serait produite si Vartan ne t'avait pas épousée ? interrogea Béra, avant d'ajouter : je suis désolée.

— Ma mère dit que rien n'aurait pu changer son destin, répondit Lara. Je pense que c'est la vérité.

Béra hocha la tête.

— Tes enfants ont-ils appris la nouvelle ?

— Je l'ai annoncée à Dillon. Anoush est encore trop petite pour comprendre…

— Je pense que je vais rentrer dans ma chambre et prendre cette pilule, maintenant, dit Béra. Je me sens tout à coup très fatiguée, Lara. Tu devrais aller te reposer aussi. Ces prochains jours vont être épuisants, ma fille.

— Je sais, répondit Lara. Je vais bientôt aller me coucher.

Elle raccompagna sa belle-mère jusqu'à l'escalier qui menait vers sa chambre, puis elle revint vers la bière où reposait Vartan.

— Je ne savais pas que ça finirait comme ça, Vartan, murmura-t-elle. Je te le jure…

*
* *

Les anciens du Fiacre se réunirent dans la grande salle pour choisir un nouveau chef de clan. Leur première impulsion fut de désigner Lara. Mais elle déclina leur offre, en expliquant pourquoi elle ne pouvait pas accepter cet honneur, et leur demanda s'ils voulaient entendre son avis. Ils acceptèrent avec empressement et elle suggéra Liam avant de les quitter pour les laisser en discuter entre eux. Puis elle alla retrouver son lit et s'y effondra sans prendre la peine de se déshabiller. Elle dormit d'un sommeil sans rêves jusqu'au lendemain matin.

La journée s'annonçait belle et chaude. Réveillée à l'aube, Lara commença par se laver le visage et les mains. Puis elle défroissa grossièrement sa robe et sortit dans la grande salle, déjà pleine de monde. Sholeh, la responsable du village de Rivalen et la cousine de Vartan, venait d'arriver. Comme elle était plus grande que la plupart des hommes, Lara l'aperçut immédiatement. Les deux femmes s'étreignirent sans un mot.

— Où est Béra ? demanda Sholeh.

— C'était trop dur pour elle, répondit Lara.

— C'est toi qui t'es occupée de tout ?

— Vartan était mon mari, Sholeh...

— Tu as très bien fait les choses, la consola Sholeh. Vartan serait fier de toi. Mais où est ce serpent d'Adon ?

— Je les ai exécutés, sa femme et lui, devant le cadavre de Vartan encore chaud, répondit Lara.

Sholeh hocha la tête.

— Tu as bien fait, Lara. Ils ont été enterrés ?

— Dans la plaine, à un endroit inconnu de tous.

— Qu'ils soient maudits tous les deux ! s'écria Sholeh. Tu vas devoir diriger le Fiacre à présent... C'est ton droit — et tout le monde sait que tu étais pour moitié dans la sagesse de mon cousin.

— Merci, répondit Lara. Mais je ne le veux pas... C'est Liam qui va devenir le nouveau chef du Fiacre. Il sera à la hauteur de cette charge. Les anciens voulaient se réunir dans trois jours pour débattre de la succession de Vartan — comme le prescrit la coutume — mais je leur ai demandé de prendre leur décision la nuit dernière. Liam était le meilleur choix possible. Quant à moi, je ne vais plus rester très longtemps avec le Fiacre. Mon destin m'appelle loin des Terres Extérieures...

— Je vais être triste de te voir partir, dit Sholeh à son amie. Mais je crains que Liam ne soit pas capable de diriger le haut conseil... Qui vas-tu soutenir ? Roan, le chef des Aghy ? Tu sais qu'il en serait ravi...

Lara secoua la tête.

— Roan est trop emporté, répondit-elle. C'est Rendor, le chef des Felan, que je vais soutenir. Il est sage, réfléchi, et fera tout son possible pour être à la hauteur de sa responsabilité. Les Terres Extérieures seront entre de bonnes mains.

— Roan ne va pas être content, remarqua Sholeh.

— Nous aurons également besoin d'un commandant militaire..., répondit Lara avec un sourire malicieux.

— Décidément ! s'exclama Sholeh. Nous allons perdre une précieuse conseillère quand tu partiras...

— Je ne compte pas quitter le Fiacre pour toujours, la rassura Lara. Mes enfants vont rester ici, avec Noss et Liam. Béra se chargera d'élever Cam. Je refuse que mes enfants vivent sous le même toit que le fils du meurtrier de leur père...

— Tu as raison, admit Sholeh. Maintenant, si je peux t'aider en quoi que ce soit...

— Tu fais partie de la famille, Sholeh, et j'accepte ton aide avec joie...

*
* *

Les membres du Fiacre se succédèrent dans la grande salle pour présenter leurs respects à leur seigneur défunt. Personne n'était éconduit. Chaque maison du village hébergeait des hommes et des femmes venus pleurer Vartan et bien des gens durent camper dans les champs autour de Camdene. Lara transporta l'un après l'autre les chefs des autres clans dans la grande salle, pour qu'ils présentent leurs hommages à Vartan. Tous seraient logés dans sa propre maison jusqu'à la fin des funérailles.

Roan, le chef des Aghy, fut le premier à mentionner l'urgence d'une réunion du haut conseil. Il eut la surprise — et le plaisir — d'entendre Lara lui donner raison.

— Nous ne pouvons pas remettre cette décision à plus tard, leur dit-elle. Réunissons-nous ce soir, quand tout le monde sera parti se coucher. Liam prendra la place de mon mari, et je serai à ses côtés pour le conseiller, comme je conseillais Vartan.

Les chefs de clans acquiescèrent.

— Hétar va vite apprendre la nouvelle, poursuivit Lara. Nous devons informer son haut conseil que les Terres Extérieures ont un nouveau chef avant que le corps de Vartan ne soit réduit en cendres.

Tous acquiescèrent encore une fois.

La journée s'écoula en préparatifs divers. La famille du chef assassiné se chargea de nourrir tout le monde à Camdene. Il n'était pas question de déroger à cette tradition, malgré les angoisses du cuisinier qui était certain d'épuiser ses réserves avant la fin des funérailles. Pour le calmer, Lara dut lui promettre de se servir de sa magie pour remplir le garde-manger si cela devenait nécessaire. Puis la nuit tomba enfin. Des feux s'allumèrent dans la plaine tout autour de

Camdene, indiquant les campements de ceux qui n'avaient pas pu trouver de chambre. Le moment était venu.

— Mes seigneurs, dit Lara aux chefs de clans assis en cercle devant la cheminée de la grande salle. Je crois qu'il est temps de commencer la réunion. Personne ne pourra vraiment remplacer mon mari, mais vous devez choisir un nouveau chef du haut conseil dès maintenant et le faire savoir dans la capitale. Il ne faut pas que le gouvernement d'Hétar s'imagine que les Terres Extérieures ont été désorganisées ou affaiblies par le meurtre de Vartan...

— Je propose d'élire Roan des Aghy, dit aussitôt Floren, le chef des Blathma.

— Nous devrions écouter d'abord l'avis de dame Lara, intervint Accius, le chef des Devyn.

Il était certain qu'elle avait déjà réfléchi à la question — et curieux de connaître son choix.

— Je remercie le barde Accius, chef des Devyn, pour sa courtoisie, commença Lara.

Plusieurs des hommes présents esquissèrent un sourire. Ils la connaissaient assez pour deviner que son avis allait les surprendre...

— Compte tenu de ce qui s'est passé ces cinq dernières années, poursuivit-elle, il me paraît souhaitable — non : nécessaire — que nous ayons à la fois un chef du conseil et un commandant militaire. J'ai entendu des rumeurs inquiétantes selon lesquelles Gaius Prospéro allait bientôt se faire couronner empereur d'Hétar. Cet homme n'est animé que de mauvaises intentions à l'égard des Terres Extérieures. Roan, le chef des Aghy, est un aussi grand guerrier que l'était mon mari.

Lara jugeait utile de flatter le bouillonnant seigneur...

— Vous devriez le choisir comme commandant militaire, reprit-elle. Mais, pour le poste de chef du conseil, j'accorderais la préférence à Rendor, le chef des Felan. Il est sage, réfléchi et peu vulnérable à la provocation. C'est lui le mieux à même de négocier avec Hétar.

Lara parcourut l'assistance du regard.

— Mais il n'est pas aussi bon guerrier que Roan, remarqua Floren.

— C'est vrai, admit Lara. Si une nouvelle guerre éclate, il vaudrait mieux que Roan commande l'armée des Terres Extérieures. Mais vous avez aussi besoin d'un fin diplomate pour négocier avec Hétar. Rendor a su se faire des amis parmi les rois de la Province Côtière il y a des années, et cette amitié n'a fait que croître avec le temps.

Elle se leva de son siège.

— Je vais aller vous chercher des rafraîchissements pendant que vous en discutez entre vous, dit-elle.

Lara traversa la grande salle pour aller remplir des coupes de vin posées sur un plateau.

— Tu es bien silencieux, Rendor, remarqua Imre, le chef des Tormod.

— Je suis stupéfait, répondit Rendor.

— Elle ne t'en a pas parlé avant? demanda Torin, le chef des Gitta.

Rendor secoua la tête.

— Non. Je suis aussi surpris que vous.

— Qu'en penses-tu, Roan? demanda Accius, le chef des Devyn.

— Je pense que j'ai été habilement évincé, répondit le chef des Aghy en riant. Il me déplaît de l'admettre, mais Lara a raison... Je suis l'homme qu'il vous faut pour partir en guerre, mais je serais bien incapable de préserver la paix. C'est Rendor, le chef des Felan, que vous devez choisir pour chef.

— Mon cousin trouverait amusant qu'il y ait besoin de

deux hommes pour le remplacer…, remarqua Liam avec un sourire engageant.

Ses compagnons rirent de bon cœur, puis hochèrent la tête.

— Alors nous sommes d'accord pour adopter cette solution ? demanda Accius. Rendor pour la paix et Roan pour la guerre ?

— Si vous voulez, je vais présider le vote, intervint Lara en revenant avec un plateau chargé de neuf coupes de vin.

Elle le présenta à ses convives et prit la dernière coupe avant de commencer.

— La proposition est la suivante, dit-elle : Rendor pour la paix et Roan pour la guerre. Pétruso des Piaras, oui ou non ?

Pétruso, qui était muet, hocha vigoureusement la tête.

Puis Lara posa la même question à tous les chefs à tour de rôle.

— Imre des Tormod ?

— Oui !

— Floren des Blathma ?

— Oui !

— Torin des Gitta ?

— Oui !

— Liam du Fiacre ?

— Oui !

— Accius des Devyn ?

— Oui !

— Roan des Aghy ?

— Oui !

— Rendor des Felan ?

— Oui !

— Alors le vote est unanime, conclut Lara.

— Il n'est pas terminé, intervint Rendor. Tu n'as pas encore donné ta voix, Lara...

— Je ne suis pas membre du conseil, répondit-elle.

— C'est vrai, accorda Rendor. Mais tu es sa fondatrice... Il me semble que ta voix devrait compter sur des sujets aussi graves.

Un murmure d'approbation parcourut l'assistance.

Lara sentit les larmes lui monter aux yeux et s'inclina pour remercier les chefs de clans de l'honneur qu'ils lui faisaient.

— Au sujet de la nomination de Rendor et de Roan aux postes de chef du haut conseil et de commandant militaire, la fondatrice du conseil vote oui, dit-elle.

Puis elle leva sa coupe.

— Aux Terres Extérieures ! s'écria-t-elle.

Les chefs de clans levèrent aussitôt leurs coupes et leurs voix puissantes lui firent écho.

— Aux Terres Extérieures !

La réunion du haut conseil était terminée. Tous allèrent retrouver leur lit, à l'exception de Rendor qui s'attarda pour discuter avec Lara.

— Tu aurais dû m'en parler avant..., lui dit-il sans préambule.

— Si je l'avais fait, tu aurais refusé, répondit-elle. De plus, la sincérité de ta surprise a prouvé aux autres que nous ne nous étions pas concertés en secret. Vu ce qui vient de se passer, nous ne pouvions pas nous permettre de laisser le conseil débattre indéfiniment cette question... Le problème de la succession de Vartan devait être résolu au plus vite. J'ai apaisé l'orgueil de Roan — et je t'assure qu'aucun des autres n'aimerait être à ta place.

— Par moments, tu m'effraies, Lara. Tu nous connais tous beaucoup trop bien...

— Je vais bientôt quitter les Terres Extérieures, lui dit-elle. Je sens à nouveau l'appel de mon destin.

— Mais nous avons besoin de toi ! s'exclama Rendor.

Lara secoua la tête.

— Tu me flattes, mon ami, répondit-elle. Mais je te promets de ne pas vous laisser sans défense. J'ignore ce que Gaius Prospéro prépare, mais je réussirai à l'empêcher.

— Comment ? s'inquiéta Rendor. Si tu n'es pas là, comment pourras-tu nous aider ?

— Je vais seulement rendre visite au roi Archéron, dit-elle d'un ton rassurant. Gaius Prospéro n'est pas aussi puissant qu'il le croit. Dans la capitale et les Terres du Milieu, bien sûr ! Mais les princes de l'Ombre le méprisent et les rois de la Province Côtière ne feront rien pour l'aider — parce que ça irait contre leurs intérêts. Quant aux seigneurs de la Forêt, ils ont leurs propres problèmes. Ils se rangeront peut-être du côté du Maître des marchands, mais leur soutien ne vaudra pas grand-chose. Tes amis et les miens feront tout leur possible pour protéger les Terres Extérieures.

— Vas-tu rester chez Archéron ?

— Je n'en sais rien, répondit Lara. Mais je ne crois pas…

— Où vas-tu aller ?

— C'est un mystère pour moi aussi. Je sais seulement que je dois aller sur la côte. Mais je ne partirai pas avant l'automne. Je peux encore me rendre utile pour faciliter la transition entre Vartan et toi — tout comme entre Vartan et Liam au sein du Fiacre.

— Et tes enfants ? demanda Rendor.

— Ils appartiennent au Fiacre et resteront ici, répondit-elle.

Rendor hocha la tête.

— Rahil va se sentir dépassée par la situation…, confia-t-il.

— Je lui parlerai quand je viendrai vous voir, le rassura Lara.

— Je suis tellement désolé, Lara…

— Moi aussi, je suis désolée, répondit-elle en posant sa main sur celle de son ami. Je n'ai jamais imaginé que ça finirait de cette manière. Oh ! Je savais bien que mon destin allait m'appeler à nouveau. Mais je pensais que, le jour venu, Vartan serait là pour protester et essayer de m'empêcher de partir… Je sais qu'il aurait fini par tenir sa promesse, parce que c'était un homme de parole. Ma mère dit qu'il était destiné à mourir de la main d'Adon. Je n'arrive pas à comprendre un pareil destin, Rendor…

— Moi non plus, Lara…

— Je suppose que c'est à cause de ma part humaine…, ajouta-t-elle avec un sourire triste. Mais mon cœur est redevenu froid comme celui d'une fée. C'était nécessaire pour que j'aie la force d'accomplir mon devoir.

— Je ferai tout mon possible pour veiller sur les Terres Extérieures, promit-il.

— J'ai confiance en toi — tout comme Vartan, répondit-elle.

Le chef des Felan se mit à sangloter doucement.

— Je n'arrive pas à croire que mon ami soit mort, murmura-t-il. Il y a seulement quelques semaines, nous nous sommes rencontrés dans la plaine et nous avons discuté du Grand Rassemblement. Il voulait que j'amène mes meilleures étoffes de laine pour te faire confectionner un nouveau manteau.

— Il s'est toujours montré attentionné envers moi, répondit Lara.

Elle devait absolument échapper à Rendor si elle ne voulait pas fondre en larmes à son tour…

— Il se fait tard, dit-elle. Il faut que j'aille me coucher, Rendor. La journée de demain va être éprouvante et Béra n'est pas en état de se rendre utile.

Elle tapota la main de Rendor avant de la lâcher.

— Bonne nuit, mon ami…, conclut-elle avant d'aller se réfugier dans sa chambre.

Dans l'intimité de cette pièce qu'elle avait partagée avec Vartan, Lara laissa couler ses larmes pour calmer la tension qui s'était accumulée en elle depuis la mort de son mari, deux jours plus tôt. Deux jours ! Le temps avait passé si vite… Elle se lava les mains et le visage, quitta ses sandales et s'allongea sur le lit. Elle avait fait tout ce qu'elle pouvait pour les Terres Extérieures. Rendor n'avait pas le charisme de son mari, mais les Hétariens allaient finir par le respecter… Elle était surprise d'avoir trouvé un allié en Accius, le chef des Devyn. Sans son aide, elle aurait sans doute eu plus de mal à dissuader les membres du conseil de choisir Roan… Elle se promit de l'en remercier.

Désormais, il ne lui restait plus qu'à prévoir plus précisément l'avenir de ses enfants. Elle les quitterait à la fin de l'été, juste avant le Grand Rassemblement. Ainsi, elle aurait le temps de préparer Dillon à son départ et d'aider Liam — comme Vartan l'aurait fait. Il fallait aussi que Noss accepte l'idée qu'Ilona viendrait de temps à autre rendre visite à ses petits-enfants. Lara ne put s'empêcher de sourire en imaginant qu'une amitié pouvait naître entre sa mère et Noss.

Ses paupières étaient lourdes. La journée du lendemain serait longue et difficile… Lorsqu'elle s'achèverait, Dillon et elle embraseraient le bûcher de Vartan — à l'instant précis où le soleil jetterait ses derniers rayons, pour permettre à l'âme de son mari d'aller vers la lumière. Lara sentit à nouveau les larmes lui monter aux yeux.

Vartan..., murmura-t-elle dans l'obscurité. Pourquoi fallait-il que ça finisse ainsi ? Mais Lara ne connaissait pas la réponse à cette question. Elle se demanda s'il en existait seulement une, puis soupira, résignée. Elle savait mieux que personne que les frontières entre les mondes devenaient infranchissables dès qu'une âme s'en était allée vers sa nouvelle vie. Vartan la regardait peut-être depuis le royaume de l'Auteur Céleste — mais Lara n'entendrait plus jamais le son de sa voix.

2.

Le jour où Vartan, seigneur du Fiacre, fut accompagné par son clan dans le royaume de l'Auteur Céleste, se trouva être le jour le plus long de l'année. Il n'y avait pas un nuage dans le ciel. Le soleil brilla toute la journée sur les festivités des funérailles. Il y avait presque autant de monde qu'au Grand Rassemblement. En voyant la foule, Lara comprit que beaucoup de membres d'autres clans s'étaient déplacés pour venir rendre hommage à son mari. Toute la journée, elle alla de groupe en groupe avec son fils Dillon, parlant à ceux qu'elle connaissait et acceptant les condoléances des autres. Chacun tenait à lui raconter une anecdote qui illustrait la sagesse ou la bonté de Vartan. Elle veilla au confort de tous, s'assurant que chacun ait de quoi manger, de quoi boire et de quoi s'abriter du soleil.

Beaucoup s'émerveillèrent de la grande maturité de Dillon, le fils de Vartan et de Lara — surtout lorsqu'il prit la tête du convoi qui emportait le corps de son père jusqu'au bûcher. Il avait accompagné sa mère toute la journée avec une attitude presque protectrice. Elle lui parlait à voix basse en désignant certains membres des différents clans et lui présentait les hommes sur lesquels il lui faudrait peut-être un jour compter. Dillon leur serra gravement la main en les fixant dans les yeux avec le regard de Vartan. La plupart s'étonnèrent de voir un si jeune garçon se comporter en adulte — mais Dillon, le fils de Vartan, comprit ce jour-là que son enfance avait pris fin.

Une délégation de princes de l'Ombre menée par Kaliq, mentor et ancien amant de Lara, arriva en début d'après-midi. Lara faillit fondre en larmes en le voyant. Elle laissa Kaliq la serrer tendrement dans ses bras et écouta les paroles de réconfort qu'il lui offrit silencieusement. Ces mots n'étaient que pour elle. Ilona, la reine des fées de la Forêt, arriva avec son mari Thanos et son fils Cirilo, le demi-frère de Lara. La jeune femme, qui le voyait pour la première fois, le trouva charmant. Il avait tout du petit garçon de sa race, mais ressemblait davantage à sa mère qu'à Thanos. Il accueillit sa grande sœur par un sourire et un baiser qui était comme la caresse d'une aile de papillon.

En le voyant, Lara se rappela qu'elle avait un autre demi-frère et se demanda ce que devenait Mikhail. Cela faisait sept ans qu'elle ne l'avait pas vu. Il avait donc à peu près le même âge que Cirilo — mais il ne devait guère ressembler à ce petit garçon aux cheveux blonds.

Quand le soleil commença à basculer derrière l'horizon, on s'empressa de faire les derniers préparatifs. Tous se rassemblèrent autour du bûcher en formant un cercle presque complet — seulement interrompu du côté où le soleil couchant dardait ses derniers rayons. Le ciel offrait un magnifique dégradé de couleurs : le bleu, le mauve, le pourpre, l'orange, le vert pâle et l'or resplendissaient au-dessus de la foule endeuillée. Lara et Dillon, escortés par Rendor et Liam, s'avancèrent vers le bûcher. Béra, le visage hagard à force de chagrin, tendit à la veuve et à l'orphelin des torches allumées. Il n'y avait pas un souffle de brise ; l'air était aussi immobile que la foule. Finalement, lorsque le soleil sombra derrière l'horizon, Lara et son fils embrasèrent le bûcher funéraire. Les flammes s'élevèrent pour dévorer le corps de Vartan à l'instant précis où l'astre disparut. Alors une comète traversa le ciel en laissant derrière elle une traîne argentée. Un murmure de stupéfaction parcourut la foule.

Le regard de Lara rencontra celui de Kaliq.

Merci, lui dit-elle silencieusement.

Sa magie ajoutait une touche finale à la légende de Vartan du Fiacre, l'homme qui avait rencontré son épouse errant dans la plaine, et l'avait accueillie chez lui pour qu'elle devienne une bénédiction pour toutes les Terres Extérieures. Les flammes gagnèrent en hauteur et le brasier se mit à rugir. Alors Lara laissa ses larmes couler sur son beau visage. Dillon se tenait à ses côtés, sa petite main dans la sienne. Ils restèrent immobiles jusqu'à ce que le bûcher s'effondre en un tas de cendres et de braises rougeoyantes. Quand celles-ci eurent refroidi, un vent se leva et dispersa les cendres dans la plaine, ne laissant qu'une marque noircie là où s'était élevé le bûcher. Lara savait qu'elle devrait remercier sa mère pour ce dernier geste de miséricorde. Liam et Rendor, qui étaient restés à ses côtés, la raccompagnèrent dans la grande salle de la maison de Vartan. Liam prit dans ses bras le petit Dillon, épuisé, qui s'endormit presque aussitôt.

Thanos et Cirilo firent leurs adieux à Lara, mais Ilona décida de rester encore un peu avec sa fille. Les princes de l'Ombre étaient déjà repartis à l'exception de Kaliq. Les autres membres du conseil avaient rejoint ceux de leurs propres clans et Béra était introuvable. Un festin avait été servi sur la grande table. Lara congédia les serviteurs et invita ses hôtes à prendre place. Il y avait des viandes rôties et des volailles, des légumes de saison, du pain, du beurre, du fromage et des fruits frais. Il y avait aussi du vin et de la bière à volonté. Tous mangèrent en silence, mais les questions fusèrent dès que les assiettes furent desservies.

— Quand veux-tu quitter Camdene ? demanda Ilona à sa fille.

— Avant l'automne, répondit Lara. Je ne veux pas laisser mes enfants si vite après la mort de leur père. Anoush est trop jeune pour comprendre, mais je dois préparer Dillon à mon départ… Il comprend ce qui se passe — sans le comprendre vraiment. Il y a beaucoup de choses que je voudrais lui dire avant de m'en aller.

— Où iras-tu ? demanda Kaliq.

— Sur la côte.

Le prince esquissa un sourire et échangea un regard entendu avec Ilona.

— Alors le moment est venu, dit-il.

Lara ne put s'empêcher de rire.

— Ne sois pas si mystérieux, Kaliq ! Tu te rappelles sûrement que j'ai horreur de ça, lui dit-elle.

— Tu as vécu trop longtemps parmi des mortels ordinaires, répondit-il gravement avant de se tourner vers Rendor et Liam. Sans vouloir vous offenser, mes seigneurs…

— Je suis une mortelle ordinaire…, répliqua Lara.

— Ta part mortelle est loin d'être ordinaire, répondit le prince. Et du sang de fée coule dans tes veines. Tu n'as pas décidé au hasard de quitter les Terres Extérieures pour la Province Côtière. Et tu as toujours su que tu n'allais pas passer ta vie entière ici… Ton destin t'appelle une fois encore, et tu vas devoir l'accomplir. Tu aurais suivi la voix qui parle en toi-même si Vartan n'était pas mort. Tu n'as pas le choix.

— Et que suis-je censée faire dans la Province Côtière ? demanda-t-elle.

— Tu le sauras le moment venu, répondit le prince.

Lara lui jeta un grain de raisin au visage.

— Tu es de plus en plus agaçant, Kaliq ! s'écria-t-elle en riant.

Mais elle devint aussitôt songeuse.

— La dernière fois que tu m'as poussée à suivre mon destin, j'ai rencontré Vartan. Je me demande ce qui m'attend aujourd'hui…

— Où que tu ailles, la rassura sa mère, tu seras toujours protégée, ma fille. Et tes pouvoirs vont t'être très utiles. Si tes craintes menacent de te submerger, chasse-les et souviens-toi de mes paroles. Tu es protégée, Lara.

— Je vais te rendre ton cheval, dit Lara en se tournant brusquement vers Kaliq. Dasras ne peut pas m'accompagner là où je vais.

— Non, répondit le prince. Dasras ne peut pas t'accompagner, mais tu vas le laisser avec le Fiacre et le confier à ton fils, Lara.

Il se tourna pour regarder Liam droit dans les yeux.

— Roan va essayer de se l'approprier, seigneur, lui dit-il. Tu ne dois pas lui céder Dasras, quoi qu'il puisse t'offrir en échange. Si tu me désobéis, je le saurai immédiatement et mon châtiment sera terrible. Me suis-je bien fait comprendre ?

— Le cheval restera avec le Fiacre et nous ne laisserons personne s'en emparer, promit Liam sans s'offenser de la menace de Kaliq.

Il savait que le prince était un être magique qu'il se devait de respecter.

Kaliq se retourna alors vers Lara.

— Ne te sépare jamais d'Andraste et de Vérica, lui recommanda-t-il. Vérica te donnera de précieux conseils et Andraste te protégera. Tu dois les garder toujours avec toi, mais si, d'aventure, vous étiez séparés, tu n'aurais qu'à les appeler pour qu'ils viennent à toi. Ils ont été fabriqués pour que personne ne puisse s'en servir ni te les dérober.

— Tu commences à vraiment m'intriguer, Kaliq, répondit Lara. Il ne s'agit pas d'une simple visite de courtoisie aux rois de la Province Côtière, n'est-ce pas ?

Le prince lui offrit son plus beau sourire mais ne répondit rien.

Lara éclata de rire.

— Mon destin doit se dérouler selon sa propre voie…, dit-elle en imitant son ami.

Mais elle retrouva rapidement son sérieux.

— Raconte-nous ce qui se passe dans la capitale, Kaliq, demanda-t-elle. Que disent tes représentants au conseil ?

— Cinq ans se sont déjà écoulés depuis la Guerre de l'Hiver, commença Kaliq. Gaius Prospéro a travaillé sans relâche pour retrouver sa popularité et son influence sur les guildes et les magnats. Ça a dû lui coûter très cher… Mais il pouvait se le permettre, grâce aux richesses colossales qu'il a volées aux Terres Extérieures. La capitale ne cesse de se développer et de s'étendre. Comme il n'y a aucun conflit, les mercenaires et les chevaliers de la Croisade restent oisifs dans leur quartier respectif. Les riches continuent à vivre confortablement — les plus sages d'entre eux avec discrétion, les autres en gaspillant leurs ressources considérables en plaisirs vulgaires et ostentatoires. Les pauvres survivent difficilement. Jusqu'ici, Gaius Prospéro a réussi à éviter la famine. Il nourrit le peuple sur ses propres greniers et lui offre des divertissements somptueux. Il fait tout son possible pour maintenir l'ordre et servir ses propres ambitions.

— J'ai entendu dire que les Terres du Milieu s'étaient étendues sur les territoires des seigneurs de la Forêt, intervint Lara.

— C'est vrai, lui répondit Ilona. Le phénomène était

discret au début. Les fermiers abattaient quelques arbres de-ci de-là pour remplacer leurs champs épuisés. Sans cela, ils n'auraient jamais réussi à nourrir la population de la capitale. Et une famine entraînerait immanquablement l'anarchie… Le peuple peut supporter beaucoup, mais la faim est un puissant aiguillon chez ceux qui sont déjà mécontents…

— Ils se sont aussi installés à la frontière du Désert, là où le sol est encore capable de supporter quelques maigres cultures, ajouta Kaliq. Mais la vie de ces fermiers est difficile : ils doivent irriguer leurs champs, ce qui les contraint à demander de l'eau aux seigneurs de la Forêt.

— Ils ont accepté de les aider ? demanda Lara, surprise.

— Gaius Prospéro semble avoir sur eux un moyen de pression dont il ne disposait pas auparavant, expliqua Ilona.

— Alors il doit connaître la malédiction que ma grand-mère a jetée aux seigneurs de la Forêt…, déduisit Lara. Enda ne donnerait ni son eau ni une parcelle de son territoire s'il ne craignait pas que leur secret ne soit découvert. Lorsque Hétar saura que la pureté de leur lignage n'est plus qu'un mythe, ils seront condamnés à la disparition. Qu'en est-il des fées de la Forêt, mère ? Ne sont-elles pas menacées, elles aussi ?

— Nous vivons dans les sous-bois les plus profonds, Lara, répondit Ilona. Et nous occupons un autre plan d'existence que celui des mortels d'Hétar. Tu pourrais traverser nos palais sans même t'en rendre compte — enfin, peut-être pas *toi*, tu es à moitié fée… Cela dit, si la Forêt qui nous abrite disparaissait complètement, nous deviendrions des réfugiées, comme beaucoup d'autres dans le monde de la magie. Prions l'Auteur Céleste que ça n'arrive pas.

— La perpétuation du *statu quo* en Hétar ne dépend que de la satisfaction du peuple, reprit Kaliq. Ce qui signifie qu'il faut le nourrir et le tenir occupé. Ceux qui ne trouvent pas de travail ne peuvent rien acheter, même à bas prix. Cette situation n'affecte pas seulement les pauvres, mais aussi les riches — puisque leur fortune provient du commerce. Aujourd'hui, il y a plus d'indigents que de travailleurs... Si nous ne faisons rien, ils vont finir par se révolter contre les classes dirigeantes. Gaius Prospéro, le Maître des marchands, fait tout son possible pour être nommé empereur. Il prétend que les temps changent et qu'Hétar doit changer avec eux. D'après lui, seul un empereur peut préserver notre monde du Chaos. Il affirme qu'il peut résoudre tous les problèmes du peuple — mais seulement à la condition qu'on lui accorde les pleins pouvoirs. Hétar ne peut échapper au chaos qu'en élargissant ses frontières... La capitale a déjà débordé sur deux de ses propres provinces. Les Terres Extérieures, avec leur vaste plaine cultivable, sont la cible la plus évidente.

— Nous les combattrons ! s'écria Rendor.

— Ils sont beaucoup plus nombreux que vous, remarqua froidement Kaliq. Vous serez débordés par la puissance de leur armée de mercenaires et de chevaliers de la Croisade. Ils vous réduiront en esclavage et s'approprieront tous vos biens. Mais le royaume de la magie ne peut pas permettre ça. Une nouvelle guerre apporterait plus de problèmes qu'elle n'en résoudrait — aussi bien aux races magiques qu'aux mortels. Nous vous avons aidés pendant la Guerre de l'Hiver, et nous allons encore vous aider avant qu'une autre guerre n'éclate. Mais nous ne pourrons pas vous protéger éternellement... Lara est venue à vous pour une raison précise : elle devait vous avertir du danger et vous montrer que vous n'aviez rien à craindre de la magie — afin que nous puissions vous venir en aide. Mais ce n'est pas suffisant. Elle doit à présent vous quitter pour accomplir son destin, qui apportera un jour la paix à tout Hétar.

— Mais comment est-ce possible, si Hétar a trop d'hommes et trop peu de terres, tandis que nous avons de vastes terres et trop peu d'hommes pour les défendre ? s'inquiéta Rendor. Si nous consentions à partager notre territoire avec les Hétariens, ils accepteraient probablement… Mais ils chercheraient aussitôt à en occuper davantage, jusqu'à le posséder entièrement. Ils ne nous respectent pas, mon prince. Ils nous traitent de barbares, même s'ils savent bien que nous n'en sommes pas — surtout depuis la Guerre de l'Hiver. Ils essaieront d'effacer jusqu'à la moindre trace de notre existence, pour rester seuls maîtres de notre monde.

Kaliq esquissa un sourire.

— Tu es un homme intelligent, si tu comprends cela, Rendor des Felan, chef du haut conseil des Terres Extérieures…

— Alors comment pouvez-vous nous aider ? insista Rendor.

— Nous dresserons un rempart magique autour des Terres Extérieures, afin qu'aucune personne animée de mauvaises intentions ne puisse pénétrer sur votre territoire.

Rendor acquiesça.

— Et que sommes-nous censés faire ? demanda-t-il.

— Vous allez vivre en paix, comme vous l'avez toujours fait, répondit Kaliq.

— Et Lara ? Où va-t-elle aller ? Reviendra-t-elle un jour ?

— Ne lui pose pas de questions auxquelles il ne peut pas — ou ne veut pas — répondre, Rendor, intervint Lara. Il te parlera par énigmes, comme il le fait à chaque fois que je l'interroge sur quelque chose qu'il ne veut pas révéler. Ce genre de réponses te donnera autant la migraine qu'à moi. Mais je suis contente de partir, mon ami, maintenant que je sais que mes chères Terres Extérieures seront en sécurité en mon absence... D'ailleurs, je ne m'en vais pas pour toujours. Après tout, mes enfants appartiennent aux Terres Extérieures...

— Je pense que nous en avons terminé, dit Kaliq en parcourant du regard les visages tournés vers lui. Ilona, veux-tu ajouter quelque chose avant que nous ne quittions Lara et ses amis ?

— Rendor, parce que tu occupes aujourd'hui la place de Vartan, et toi, Liam, parce que tu vas élever mes petits-enfants, je vous autorise à appeler mon nom si vous avez besoin de moi, dit la fée. Peu nombreux sont ceux qui ont ce privilège — surtout parmi les mortels...

Les deux hommes s'inclinèrent profondément devant la reine des fées et la remercièrent pour sa générosité.

Alors Ilona se leva et alla embrasser sa fille.

— Je te reverrai avant ton départ de Camdene, lui dit-elle. J'ai l'intention de faire plus ample connaissance avec mes petits-enfants, afin de pouvoir les réconforter quand tu ne seras plus là. Ton amie Noss sera-t-elle capable de s'occuper de Dillon et d'Anoush ? Je m'en rappelle comme d'une petite fille effrayée par son ombre...

Lara esquissa un sourire et caressa la joue délicate de sa mère.

— Elle a grandi, tu sais... Elle a donné le jour à un fils et en aura bientôt un second. Son mariage lui a donné de l'assurance. Mes enfants seront en sécurité auprès d'elle — et elle les aimera comme s'ils étaient les siens. Je redoute ce jour depuis que j'ai accepté de donner des enfants à Vartan, mais j'ai toujours cru que leur père serait là pour eux après mon départ…

Elle soupira.

— Heureusement, ils vous ont — toi, Béra, Liam, Noss et tous les membres du Fiacre — pour veiller sur eux…, conclut-elle.

— Méfie-toi de Béra, l'avertit Ilona.

— Pourquoi ? demanda Lara. Elle a toujours été bonne avec moi, et elle adore Dillon et Anoush…

— Elle est et restera hantée par la manière tragique dont ses fils ont rencontré leur destin. Elle ne pourra jamais pardonner à Adon d'avoir tué Vartan, Lara… Mais elle ne te pardonnera pas non plus d'avoir exécuté Adon. Elle donnera l'impression de recouvrer peu à peu ses esprits, mais elle ne sera plus jamais la même. Ce qui vient d'arriver a introduit la folie dans son âme. Elle va élever Cam dans l'espoir qu'il soit aussi héroïque que Vartan l'était, mais le mal qui coule dans les veines de cet enfant ne peut pas être corrigé. Un jour, lui aussi devra être tué pour le bien du Fiacre. Il aurait mieux valu qu'il ne voie jamais le jour ! conclut-elle avec véhémence.

— Alors apprends à mes enfants à se méfier de lui, répondit Lara.

Ilona acquiesça.

— Je dois y aller maintenant, dit-elle. Je reviendrai avant ton départ.

Les deux femmes s'étreignirent et les hommes présents s'émerveillèrent de les voir ressembler à deux sœurs plus qu'à une mère et une fille — mais il en allait toujours ainsi chez les fées. Il y eut un coup de tonnerre, puis Ilona, la reine des fées de la Forêt, disparut dans un brouillard pourpre en agitant la main.

Lara se tourna alors vers Kaliq et l'embrassa sur la joue.

— Merci, mon ami, d'être venu me soutenir en ce jour sombre entre tous, lui dit-elle. Vais-je te revoir un jour ?

— Si tu le désires, répondit-il.

— Est-ce que tu m'aimes encore, Kaliq ? lui demanda-t-elle, curieuse.

— Je t'aimerai toujours, Lara, fille de Swiftsword, répondit le prince.

Puis il disparut à son tour, en se fondant dans les ombres qui venaient d'apparaître autour de lui.

Lara se retrouva seule avec ses deux compagnons.

— Je suis fatiguée, leur dit-elle. Je vais aller me coucher. Rendor, j'aimerais que tu ne quittes pas Camdene avant que nous n'ayons l'occasion de parler à nouveau seul à seule…

Sans attendre de réponse, elle tourna les talons et traversa la grande salle en direction de sa chambre.

Rendor et Liam allèrent s'installer devant la cheminée pour discuter. Un serviteur leur apporta des coupes de vin et disparut aussitôt.

— Ce que nous venons d'apprendre m'effraie, avoua Liam. On dirait que de grands bouleversements vont se produire dans nos vies à tous… Quel rôle allons-nous jouer dans tout cela ?

Il soupira.

— Je n'ai jamais voulu prendre la tête du Fiacre, confia-t-il à son ami. J'aurais été très heureux de rester le cousin de Vartan, le mari de Noss et le père de mes enfants…

— Les anciens ne t'auraient pas choisi s'ils ne te pensaient pas à la hauteur de cette responsabilité, le rassura Rendor. N'oublie pas qu'ils t'ont déjà proposé cette charge…

— Ils ne l'ont fait que parce que mon père a dirigé le

Fiacre à la mort de celui de Vartan, répondit Liam. C'était une pure question de courtoisie. Ils savaient bien que Vartan était l'homme le plus apte à nous diriger — et moi aussi.

— Mais c'est toi qu'ils choisissent aujourd'hui, insista Rendor. Je crois que tu te sous-estimes, Liam… Quant aux grands bouleversements qui nous attendent et à ce que nous devrions faire, je crois que nous serions bien avisés de suivre le conseil du prince de l'Ombre et de continuer à vivre comme auparavant.

— Crois-tu que la magie peut vraiment nous protéger de l'avidité d'Hétar ? s'inquiéta Liam.

— Oui, répondit Rendor. Le prince Kaliq ne nous mentirait pas.

Bien sûr, Kaliq leur avait aussi dit que la magie ne pourrait pas les protéger éternellement… Mais elle laisserait peut-être le temps à Lara d'accomplir son destin et de tous les sauver du désastre. Il vida sa coupe d'un trait.

— La journée a été longue, mon ami, dit-il à Liam. Je crois que je ferais bien d'aller me coucher.

Liam se leva.

— Je vais rentrer chez moi, répondit-il. Noss approche du terme de sa grossesse et préfère que je reste auprès d'elle…

Couchée dans sa chambre, derrière la grande salle, Lara n'arrivait pas à trouver le sommeil. Vartan était mort. Tout ce qui restait de lui avait disparu dans le brasier qui avait libéré son âme de son corps. Bien sûr, il survivrait dans la tradition orale des Terres Extérieures, grâce aux bardes Devyn qui avaient déjà commencé à composer des hymnes en son honneur. Mais, dès que cette génération aurait disparu, personne ne connaîtrait plus l'homme qu'il avait été. Il ne resterait de lui que la légende de Vartan, seigneur du Fiacre. Lara pleura doucement dans l'obscurité l'homme qui avait été son mari. C'était un homme bon et un grand chef. Il lui avait offert un abri sûr au sein du Fiacre. Toute son âme se révoltait contre ce destin cruel qui le lui avait ravi. Pourtant, s'il avait vécu, il n'aurait jamais accepté son départ. Aurait-elle seulement entendu l'appel de sa voix intérieure ? Ilona prétendait que sa fille n'était pas responsable de la mort de Vartan, mais Lara était loin d'en être certaine… Elle commençait seulement à réaliser que cette destinée qu'elle avait chassée de son esprit pendant cinq ans était plus vaste et plus importante que tout ce qu'elle avait soupçonné. Pour autant, elle n'avait toujours aucune idée de ce qui l'attendait. Elle se tourna sur le côté, donna un coup de poing dans son oreiller et essaya de dormir.

Elle avait tout l'été pour y réfléchir — de longues journées ensoleillées qu'elle pourrait passer avec ses enfants… Des journées pendant lesquelles elle devrait préparer Dillon à vivre sans son père ni sa mère. Lara regrettait presque que sa fille soit si jeune. Anoush ne garderait aucun souvenir de ses parents — c'était une tragédie. Heureusement, Dillon pourrait lui parler d'eux, tant qu'il s'en souviendrait… Les traits de Vartan commençaient déjà à se brouiller dans son esprit quand elle essayait de convoquer son image. La mémoire de son fils serait-elle meilleure que la sienne ? Et qu'allait-il arriver à Cam, le fils d'Adon ? Les deux cousins n'avaient jamais été amis — mais Béra ferait sans doute tout son possible pour les rapprocher. Lara n'était pas sûre de ce qu'elle en pensait. Il lui semblait injuste de refuser à Cam sa place au sein du clan. Mais sa mère ne l'avait-elle pas prévenue qu'il serait un garçon difficile et deviendrait un homme dangereux ?

*
* *

Lara se réveilla à l'aube, surprise d'avoir trouvé le sommeil. Elle s'étira en songeant à la journée qui l'attendait. Rendor voudrait sûrement repartir le jour même et elle devait absolument lui parler. Il fallait aussi qu'elle décide avec Liam et Noss du jour où le nouveau chef du Fiacre emménagerait dans la grande maison de Camdene. Ils devraient faire vite : tant que Liam n'y serait pas installé, beaucoup continueraient à considérer cette maison comme celle de Vartan — telle était la nature des membres du Fiacre. Lara s'assit au bord du lit. Avant toute chose, elle avait besoin de prendre un bain. Elle dissimula sa nudité sous un peignoir et sortit par une petite porte. A l'extérieur, une pergola chargée de vignes en fleur ombrageait le chemin qui menait aux bains.

Dans la grande salle, les serviteurs s'affairaient déjà à leurs tâches quotidiennes. Maintenant que les funérailles étaient terminées, ils retrouvaient le confort de leur routine. Ils travaillaient en discutant des dernières nouvelles. Certains avaient entendu dire que le nouveau chef du clan allait bientôt venir s'installer dans la maison. Etait-ce vrai ? Quand ? Mais personne n'était vraiment sûr de rien. Puis Rendor, le seigneur des Felan et le nouveau chef du haut conseil, s'installa à la grande table et demanda à être servi. Lara le rejoignit peu de temps après, rafraîchie par ses ablutions.

— Tu as l'air fatiguée, remarqua Rendor tandis qu'elle s'asseyait à côté de lui.

— Je le suis, reconnut Lara. Je dors mal depuis la mort de Vartan.

— Tu vas pouvoir passer l'été avec tes enfants, maintenant, la consola-t-il.

— Je viendrai te voir avant le Grand Rassemblement,

annonça-t-elle. Acceptes-tu de m'accompagner jusqu'au palais du roi Archéron ?

— Bien sûr ! répondit-il. Mais que vont en penser ceux du Fiacre ?

— Le moment venu, je les quitterai discrètement, il vaut toujours mieux partir discrètement…, répondit-elle doucement. Je me servirai de mes pouvoirs pour aller chez toi, mais je voudrais me rendre au palais d'Archéron à cheval, comme nous l'avons fait le jour où Vartan l'a rencontré…

— Tu m'as confié une lourde responsabilité, Lara, dit Rendor pour changer de sujet.

— Tu étais l'homme de la situation, mon ami. Tu as de la dignité et du charisme — ce qui est essentiel pour négocier avec les Hétariens. Ils se fient beaucoup à leurs premières impressions. Présente-toi comme un chef puissant et ils te respecteront sur ta seule apparence… Mais tu es aussi un homme sage ; tu ne te laisseras pas facilement berner. S'ils arrivent à franchir le rempart que les princes de l'Ombre vont dresser autour des Terres Extérieures, sois très prudent et fais durer les négociations aussi longtemps que tu pourras. Ne les laisse pas te forcer à une décision rapide, Rendor. Les Hétariens sont des gens rusés, conclut-elle avec un sourire triste. Ne laisse pas leur charme et leurs bonnes manières te donner l'illusion que vous êtes en sécurité. Il ne faut pas leur faire confiance.

— Les crois-tu capables de franchir le rempart magique ? s'inquiéta Rendor.

— Le prince a dit que ce rempart n'arrêterait que les personnes animées de mauvaises intentions. Les premiers Hétariens qui essaieront de négocier avec vous seront inoffensifs. D'ailleurs, il vaut mieux qu'Hétar ignore que les Terres Extérieures sont protégées par la magie — du moins pour le moment…

Elle sourit.

— Le rempart des princes de l'Ombre ne vous protégera que des offensives militaires, reprit-elle. Mais il existe différentes formes d'invasions, Rendor. Tu dois te méfier des incursions plus subtiles des Hétariens.

— Tu m'as donné beaucoup à réfléchir, répondit le chef des Felan.

— Tu ferais bien de parler dès aujourd'hui du cadeau du prince aux chefs des autres clans, conseilla Lara. Ainsi, ils ne laisseront pas Roan les effrayer avec la perspective d'une guerre qui n'aura peut-être pas lieu…

Rendor pouffa.

— Roan serait terrifié s'il savait à quel point tu le connais…

— Alors il vaut peut-être mieux ne pas le lui dire…, répondit Lara avec un sourire espiègle.

— Si tu n'avais pas eu ce destin à accomplir, tu aurais fait un excellent chef de clan, Lara. Tu es vraiment une femme étonnante… Le Fiacre va perdre beaucoup, le jour de ton départ.

— J'ai offert mes conseils au Fiacre pendant cinq ans et j'ai donné des héritiers à Vartan. Je n'imagine pas rester ici sans lui. Mais je reviendrai un jour, Rendor, parce que c'est ici, auprès de mes enfants, que j'ai l'intention de finir ma vie. Prends bien soin des Terres Extérieures pour moi…

— J'essaierai, promit-il en se levant de table. Je dois y aller, maintenant. Le voyage de retour sera loin d'être aussi facile que celui de l'aller…

Il lui fit un grand sourire.

— J'imagine que je pourrais vous ramener tous dans vos villages, répondit Lara, songeuse.

Rendor éclata de rire.

— Tu effraierais de pauvres bougres qui sont simplement

venus rendre hommage à Vartan et n'ont pas l'habitude de la magie. Non. Nous allons rentrer chez nous à cheval.

Il prit sa main dans la sienne, la pressa sur son cœur, puis l'embrassa.

— Au revoir, Lara, dit-il en s'inclinant profondément. Rahil et moi attendrons ta visite au début de l'automne.

— Je vous enverrai un message avant de venir, promit-elle en le raccompagnant dehors.

Lara alla ensuite trouver les chefs des autres clans pour leur dire adieu et les remercier d'être venus assister aux funérailles de son mari. Elle s'inclina devant chacun d'eux et répéta les mêmes paroles.

— J'apprécie l'hommage que vous avez rendu à mon mari en l'accompagnant dans son voyage vers le royaume de l'Auteur Céleste.

Puis elle assista au départ de chaque clan. Finalement, au milieu de la matinée, Camdene redevint la bourgade paisible qu'elle était. Les rues étaient calmes. Les hommes étaient repartis travailler dans les champs ou garder les troupeaux. De leur côté, les femmes s'occupaient des jardins, de leur maison et de leurs enfants. En revenant dans la grande salle, Lara découvrit Béra qui l'attendait.

— Nous devons parler, lui dit calmement sa belle-mère.

Mais Lara savait bien que le calme de Béra n'était qu'apparent.

— Allons nous asseoir, proposa Lara. Est-ce que tu as mangé ?

Elle entraîna Béra jusqu'à la grande table et fit signe à une servante de lui apporter quelque chose.

— Tout a un goût de sciure, à présent..., remarqua Béra.

— Je sais, répondit Lara en lui versant une coupe de vin.

Béra la but lentement d'un seul trait avant de la reposer sur la table.

— Lara, que va-t-il se passer maintenant ? demanda-t-elle d'une voix plaintive. Tu étais la femme de Vartan… C'est à toi de prendre les décisions.

— Je pense que Liam doit venir vivre dans cette maison, qui a été pendant tant d'années le centre de Camdene…, commença Lara. Je sais que son propre père n'a pas officié ici — mais Vartan et son père l'ont fait. A présent que nous sommes forcés d'avoir davantage de rapports avec Hétar, il est essentiel que le chef de notre clan ait une demeure imposante. D'ailleurs, Liam et Noss vont avoir besoin d'une plus grande maison pour élever quatre enfants…

— Quatre ? demanda Béra, confuse. Je croyais qu'ils n'en avaient qu'un, et un autre à venir… Est-ce que je deviens folle ?

— Je leur ai demandé de s'occuper de Dillon et d'Anoush pour moi, répondit Lara. Je ne veux pas qu'ils vivent sous le même toit que le fils d'Adon, Béra. Je suis désolée… C'est pour cette raison que mes enfants sont restés avec Noss tous ces derniers jours. Tu t'installeras avec Cam dans la maison de Liam. Tu seras respectée en tant que mère de l'ancien chef du clan et tu ne manqueras de rien. Je te demande seulement de tenir Cam éloigné de mes enfants…

— Mais ils sont cousins ! protesta Béra.

— Cam est le fils d'Adon, et Adon a tué le père de mes enfants, répondit calmement Lara.

— Et tu as exécuté Adon et Elin, répliqua Béra. Tu as tué les parents de Cam sans la moindre pitié.

Béra regarda sa belle-fille droit dans les yeux.

— Et je ne l'ai pas regretté un seul instant, répondit Lara.

En soutenant le regard de Béra, elle se souvint de l'avertissement de sa mère.

— Cam est le digne fils de ses parents, insista-t-elle. Leur sang maudit coule dans ses veines. Il ne pourra jamais se soustraire à son influence.

— Tu as le cœur de pierre d'une fée, répondit Béra avec cruauté.

Lara lui sourit doucement et acquiesça.

— C'est vrai, admit-elle. Mais c'est pour le bien de mes enfants. Sans ça, je ne serais pas capable d'accomplir mon devoir. Ne me fais pas perdre mon temps, Béra. Je ne laisserai jamais ton sentimentalisme mettre en danger les enfants de Vartan. S'il n'avait tenu qu'à moi, j'aurais conduit le rejeton d'Adon dans la plaine pour l'y laisser mourir. Il aurait mieux valu pour tout le monde que je le fasse... Pourtant, contrairement à ce que me conseille mon instinct, je vais te le laisser pour que tu l'élèves. Contente-toi de le tenir éloigné de mes enfants.

Sur ces mots, Lara quitta sa belle-mère et alla retrouver Noss et Liam pour discuter des préparatifs du déménagement.

Quelques jours plus tard, l'échange des maisons était chose faite. Malgré les protestations de Noss, Lara avait libéré la chambre du seigneur pour aller s'installer dans une petite pièce, située dans la partie de la maison qui avait été le domaine personnel de Béra. A son grand soulagement, elle dormit beaucoup mieux dans cet espace confiné que dans le grand lit qu'elle avait partagé avec Vartan. De plus, la chambre de ses enfants était toute proche. Béra ne lui avait presque plus adressé la parole depuis leur dernière conversation et elle n'avait pas revu Cam.

Les jours d'été lui semblaient plus longs que jamais. Elle se débarrassa de ses responsabilités d'épouse du chef comme un serpent abandonne sa mue. Noss était la nouvelle Première Dame du Fiacre. Si Lara était heureuse de conseiller son amie, elle l'était encore plus de voir Noss prendre en charge facilement les obligations de sa nouvelle fonction. Lara passait l'essentiel de ses journées avec ses deux enfants. Anoush commençait à trottiner et ne semblait s'inquiéter de rien. Dillon ne lâchait plus Lara, qu'il harcelait de questions avec un air malicieux. Il arrivait à la faire rire comme personne avant lui.

Un après-midi, ils s'étaient installés dans l'herbe à l'ombre d'un grand arbre. Anoush s'était endormie sur les genoux de Lara et Dillon, appuyé contre l'épaule de sa mère, lui demanda de raconter une histoire. Réalisant tout à coup qu'il était temps qu'elle lui raconte sa propre histoire, elle commença.

— Il était une fois une fée d'une grande beauté qui ensorcela le fils d'un fermier des Terres du Milieu. Elle l'emmena dans un écrin de verdure de la Forêt où ils firent l'amour inlassablement. Quelque temps plus tard, la fée donna naissance à une magnifique petite fille qu'elle aima de tout son cœur. Mais, alors que la petite fille n'avait encore que quelques mois, la fée dut les abandonner, elle et son père. Elle les renvoya alors dans le monde d'où venait le jeune homme.

— Pourquoi ? demanda Dillon.

— Parce que la fée avait des devoirs envers sa mère et envers sa famille, expliqua Lara. Le garçon qu'elle aimait ne pouvait pas vivre dans son monde, ni elle dans le sien. Parfois, mon enfant, nous devons placer nos devoirs envers notre famille avant tout le reste… C'est ce qui est arrivé à la fée.

Lara caressa doucement les cheveux bruns de son fils.

— Qu'est-il arrivé au fils du fermier et à leur enfant ? demanda Dillon.

— Il est retourné avec sa fille dans la maison de ses parents. Malheureusement, son père était mort pendant son absence et son frère aîné était devenu le nouveau chef de la famille. Son frère ne voulut pas de l'enfant sous son toit. Il disait que son ascendance féerique allait leur porter malheur à tous…

— C'est stupide ! s'écria Dillon avec mépris. Tout le monde sait que les fées portent chance, maman… Ce fermier était vraiment un idiot !

Lara lui sourit tendrement.

— C'est aussi ce que je pense, répondit-elle.

— Que s'est-il passé ensuite ?

— Dorjan, le fermier idiot, a dit que son frère devait partir en emportant son enfant. Mais Ida, sa mère, essaya de protester. Elle le menaça de partir avec son fils et sa petite-fille s'il les chassait de sa maison. Dorjan ne se laissa pas fléchir… Ainsi, Ida, son fils cadet et sa petite-fille quittèrent les Terres du Milieu pour la capitale. Le jeune homme y devint un mercenaire célèbre et Ida s'occupa d'élever sa petite-fille. Mais elle mourut alors que l'enfant venait d'avoir dix ans. La jeune fille s'occupa donc de la maison de son père jusqu'à ce que celui-ci trouve une bonne épouse — elle aussi fille d'un fermier des Terres du Milieu. Ils se marièrent et Susanna donna à son époux un fils qu'ils baptisèrent Mikhail. Mais le mercenaire était triste et inquiet, parce qu'il aurait aimé mettre sa famille à l'abri de la pauvreté. Son seul moyen pour y parvenir était de devenir un chevalier de la Croisade. Il avait très envie de participer au tournoi que l'Ordre des chevaliers organisait tous les trois ans pour choisir de nouveaux membres, mais il n'en avait pas les moyens. Un jour, il réalisa qu'il possédait quelque chose de grande valeur : sa superbe fille à moitié fée. S'il la vendait à Gaius Prospéro, le Maître des marchands, il pourrait s'acheter tout ce dont il avait besoin pour participer au tournoi : un bon cheval, de nouvelles armes et la meilleure armure. Il savait que ses talents de guerrier lui permettraient de remporter le tournoi si seulement il arrivait à s'y inscrire. Une fois devenu chevalier de la Croisade, il irait vivre avec sa femme et son fils dans une jolie maison du beau District des Jardins. Ils auraient des esclaves à leur service et son fils recevrait la meilleure éducation. Mais tout cela n'était possible que s'il vendait sa fille comme esclave... Il n'avait pas d'autre moyen d'y parvenir — et n'aurait de toute manière pas pu lui constituer une dot. C'est ainsi qu'il vendit sa fille aînée. Mais celle-ci était heureuse d'aider son père à réaliser son rêve... Elle le vit remporter le tournoi et fut très fière de lui.

— Que lui est-il arrivé ensuite ? demanda Dillon, impatient.

— Elle fut revendue aux seigneurs de la Forêt. Mais c'étaient des maîtres cruels... Alors, avec l'aide d'un petit géant qui s'appelait Og, elle décida de s'enfuir de la Forêt. Og et elle se réfugièrent dans le Désert des princes de l'Ombre, où elle apprit l'art de la passion et celui du combat — car la jeune fille avait hérité les talents de guerrier de son père. Après quelque temps, les princes de l'Ombre l'incitèrent à partir pour les Terres Extérieures, où elle rencontra un beau chef de clan. Elle l'épousa et lui donna deux beaux enfants.

— Maman ! s'exclama Dillon. C'est ton histoire, n'est-ce pas ?

Lara éclata de rire et ébouriffa les cheveux bruns de son fils.

— Que tu es intelligent, Dillon ! lui dit-elle. Oui, c'est bien mon histoire.

— Raconte-m'en plus, la supplia-t-il.

— Un autre jour, lui promit-elle. Il faut que tu te souviennes de tout ce que je te dis, Dillon. Quand je serai partie, il faudra que tu le répètes à Anoush pour qu'elle sache qui était sa mère.

Dans les jours qui suivirent, Lara combla les lacunes de ce premier récit. Morceau par morceau, pièce par pièce, elle donna corps à son histoire. Elle commença par lui apprendre le nom de son grand-père : John Swiftsword. Puis elle lui expliqua qu'un homme ne pouvait devenir chevalier de la Croisade que s'il avait l'air riche. Malgré son jeune âge, Dillon se révolta contre cette idée. Son père lui avait toujours répété que l'on ne pouvait juger de la valeur d'un homme que sur ses actions, non sur son apparence. Hétar, déclara-t-il, était un endroit bien étrange.

Lara lui raconta aussi sa propre enfance. Elle lui expliqua que sa grand-mère lui avait enseigné tout ce qu'elle savait : comment tenir une maison et fabriquer des remèdes, l'art de distinguer une bonne étoffe d'une mauvaise et celui de marchander. Elle lui raconta aussi qu'elle n'avait pas eu d'amis parmi les enfants de son âge, parce qu'ils avaient peur de son ascendance féerique. Elle n'avait pas revu sa mère de toute son enfance et n'avait aucun souvenir d'elle. Plus tard, elle devait apprendre que son père et sa grand-mère avaient interdit à la fée de rendre visite à sa fille. Mais sa mère lui avait offert le pendentif que Lara portait toujours autour du cou et qui abritait un Esprit de fée, Ethne, chargé de la protéger.

Lara expliqua encore que Gaius Prospéro l'avait laissée

rester chez elle jusqu'à la fin du tournoi. Le soir de son dernier jour de liberté, sur la suggestion d'une vieille voisine, elle avait demandé à son père de lui raconter l'histoire de sa liaison avec la fée Ilona et celle de sa naissance.

Le Maître des marchands avait pris possession de sa nouvelle esclave le lendemain de l'entrée de son père dans l'Ordre des chevaliers de la Croisade. Mais il ne put vendre l'esclave dont il espérait un si grand profit dans aucune des Maisons de Plaisir de la capitale. La Première Dame de la Guilde des maîtresses de Maisons de Plaisir l'avait interdit.

— Pourquoi ? demanda Dillon à sa mère. Ils ne te trouvaient pas assez belle ?

— Ils me trouvaient trop belle, au contraire, lui expliqua Lara. Gaius Prospéro me présenta aux plus riches propriétaires de Maisons de Plaisir de la capitale, afin d'organiser une vente aux enchères. Ils commencèrent aussitôt à se disputer pour savoir qui d'entre eux m'achèterait. Pour éviter que les choses ne s'aggravent, la Première Dame de la Guilde interdit à Gaius Prospéro de me vendre dans la capitale. On me confia alors à un marchand au long cours pour qu'il aille me vendre dans la Province Côtière.

A mesure que les jours passaient, Lara raconta de nouveaux détails de son histoire à son fils. Le garçon apprit comment le chef des seigneurs de la Forêt et son frère avaient décidé de l'acheter. Lara lui expliqua encore que c'était Og qui lui avait révélé le secret des seigneurs de la Forêt : ils avaient été maudits par Maeve, l'ancienne reine des fées de la Forêt, pour avoir commis un crime très grave. Depuis, leurs femmes ne pouvaient plus porter d'enfants. C'était à cause de son ascendance féerique qu'ils l'avaient achetée, dans l'espoir de la féconder. Mais, à cause de son ascendance féerique, elle ne pouvait porter les enfants que d'un homme qu'elle aimait. Puisqu'elle n'aimait aucun d'entre eux, Og et elle avaient décidé de s'enfuir.

— Alors tu devais aimer mon père de tout ton cœur…, remarqua Dillon.

— Oui, répondit-elle à son fils.

Elle était émerveillée par la facilité avec laquelle il comprenait son histoire, alors qu'il était encore si jeune… Mais elle lisait dans son regard qu'il comprenait tout et, jour après jour, elle ajouta encore de nouveaux détails. Elle lui expliqua comment Og et elle s'étaient enfuis de la Forêt et lui raconta leur arrivée sur les terres des princes de l'Ombre. Le prince Kaliq avait rapidement fait d'elle sa maîtresse. Comme il savait qu'elle avait un destin à accomplir, il l'avait éduquée et lui avait appris à se battre. Puis Kaliq avait compris que sa mère Ilona n'était autre que l'héritière de la reine des fées de la Forêt. Il avait alors organisé une rencontre entre la grand-mère, la mère et la fille. C'était à cette occasion que Lara avait appris la vérité sur le départ de sa mère. Maeve avait besoin qu'elle soit auprès d'elle ; Ilona avait été obligée de retourner dans le royaume des fées.

Certains jours, Ilona elle-même venait se joindre à eux sous le grand arbre, et ajoutait sa propre voix au récit de sa fille. Il lui arrivait de venir avec Cirilo, le demi-frère de Lara, qui n'avait qu'un an de plus que son neveu. Alors les deux femmes regardaient leurs garçons jouer ensemble dans les prés pendant qu'Anoush s'efforçait de les suivre à quatre pattes.

— Ils vont finir par devenir très proches, fit remarquer Lara à sa mère un après-midi où il faisait particulièrement chaud. La première fois que je lui ai raconté mon histoire, Dillon a déclaré que les Hétariens étaient stupides de croire que les fées portaient malheur... Il croit au contraire qu'elles portent chance.

Ilona se mit à rire doucement.

— Ainsi, mon petit-fils croit qu'il n'y a que du bien en nous... Eh bien ! Pourquoi pas ? Un jour, il comprendra que les fées sont bien plus complexes que ça, tout comme les humains...

Puis son ton devint sérieux.

— Combien de temps encore ? demanda-t-elle.

— Quelques semaines, répondit Lara. Je veux rester jusqu'à l'accouchement de Noss, pour l'aider pendant les jours qui suivront.

— N'a-t-elle pas de servantes pour l'aider ? interrogea Ilona.

— Bien sûr, mais il vaut mieux avoir une amie près de soi dans ces moments-là — et ça me donne encore quelques semaines à passer avec Dillon et Anoush... Je ne sais pas combien de temps je vais rester séparée d'eux en quittant les Terres Extérieures. J'ai déjà l'impression qu'ils me manquent...

Elle soupira profondément.

— Au moins, tes enfants savent que tu les aimes et que tu ne les quittes pas de ton plein gré..., remarqua Ilona sur un ton amer. Ce ne sera pas aussi dur que ce que j'ai supporté lorsque j'ai dû t'abandonner pour obéir aux règles du monde des fées. Ta grand-mère mortelle était une femme cruelle, Lara. Elle avait surtout peur que j'exerce une influence sur toi...

— Elle ignorait que j'avais un destin, mère. Elle m'a élevée pour vivre dans le monde des mortels, parce qu'elle n'en connaissait pas d'autre. Elle m'aimait à sa manière... Même si je regrette autant que toi les années où nous sommes restées séparées. Mais nous nous sommes retrouvées et j'en suis tellement heureuse !

Lara prit la main de sa mère et y déposa un baiser.

— Je t'aime, mère, dit-elle.

— Tu as le don propre aux mortels de transformer une chose triste en chose joyeuse, les ténèbres en lumière..., remarqua Ilona avec un sourire. Les mortels ont peut-être leur forme de magie, finalement.

Elle embrassa à son tour la main qu'elle tenait dans la sienne.

— Aucune mère ne pourrait être plus fière de sa fille, dit-elle.

Noss mit son enfant au monde — un deuxième garçon — très tôt le matin un jour de la fin d'été. L'enfant naquit en bonne santé et en hurlant, la tête couverte de cheveux roux comme ceux de Liam. Il fut nommé Alroy et sa mère faillit défaillir en voyant sa taille — même si l'accouchement avait été rapide. Alroy, qui était un bébé impressionnant, révéla un appétit prodigieux lorsque sa mère lui donna le sein quelques heures plus tard. Ses petites mains aux doigts épais pétrirent le sein de sa mère pour obtenir le lait qui lui était dû. Noss était enchantée par son second fils et très fière de lui.

On réunit tous les enfants de la maison pour leur montrer le nouveau bébé.

— Il a des cheveux comme papa ! remarqua Tearlach.

— Gros ! dit Anoush avec justesse.

— Il va devenir un grand guerrier, ajouta Dillon.

Tous tournèrent vers le garçon des regards stupéfaits.

— Je le vois, expliqua Dillon. Je ne peux pas m'en empêcher...

— Voilà un talent très utile, remarqua Lara.

— C'est à cause de son ascendance féerique, dit Asta, la mère de Liam.

— Bien sûr! admit Lara. Et c'est merveilleux, n'est-ce pas ? J'en ai parlé à ma mère et elle va veiller à ce qu'il soit bien entraîné. Mon fils sera très utile à notre clan avec un don pareil!

— C'est vrai, répondit Liam. Mais nous ne devons pas le brusquer si nous voulons qu'il développe au mieux son pouvoir…

Lara lança au nouveau chef de clan un regard plein de gratitude. Désormais, elle était certaine que ses enfants étaient en sécurité.

Les jours commençaient à raccourcir et Lara savait qu'elle ne pourrait plus s'attarder très longtemps. Chaque soir, lorsqu'elle allait se coucher, Ethne, sa gardienne magique, lui répétait qu'il était urgent qu'elle s'en aille. Lara réalisait parfaitement que chaque jour qui passait rendait son départ plus difficile. Le Grand Rassemblement allait bientôt avoir lieu. Elle s'était promis de partir avant… Noss était en pleine forme et s'occupait très bien de sa maison. Les garçons allaient maintenant à l'école tous les jours. Anoush, fascinée par Noss et son nouveau bébé, la suivait à la trace dans ses va-et-vient quotidiens. Lara avait l'impression de ne plus avoir sa place dans cette maison qu'elle avait un jour partagée avec Vartan…

— Tu vas partir, n'est-ce pas ? lui demanda Dillon un soir, alors qu'elle le mettait au lit.

— Je serai partie quand tu te réveilleras, s'entendit-elle répondre à son fils. Ne m'oublie pas, et n'oublie pas que je t'aime de tout mon cœur. Ne laisse pas non plus Anoush m'oublier ou douter de mon amour. Je pars parce que mon destin l'exige. Tu comprends, Dillon ?

— Oui et non, maman, répondit-il.

Lara hocha la tête.

— J'aurais aimé que ça ne se passe pas comme ça, mon enfant. Je croyais que ton père serait là pour veiller sur vous lorsque ce jour viendrait… Mais je n'ai pas le choix.

Dillon hocha la tête.

— Est-ce que nous allons te revoir ? lui demanda-t-il.

— Oui ! promit-elle. Seulement, je ne sais pas quand…

— Ne nous oublie pas, maman.

— Jamais ! jura-t-elle. Mon sang coule dans tes veines, mon fils.

Dillon leva sa petite main et caressa doucement la joue de sa mère.

— Tu seras de retour avant que nous ne soyons grands, lui dit-il avec assurance.

Il ferma les yeux. Lara resta assise près de lui jusqu'à ce que la respiration régulière de son fils lui indique qu'il s'était endormi.

Puis elle alla se pencher sur le berceau où dormait sa fille. Anoush avait ses traits mais, comme son frère, elle avait le teint et les cheveux de Vartan. Elle serait un jour une très belle jeune femme, songea Lara. Elle se pencha pour déposer un baiser sur son front duveteux. Laissant ses deux enfants à leur sommeil, elle se rendit dans la grande salle, où Liam et Noss l'attendaient.

— Je dois partir, leur dit-elle.

— Attends demain matin…, la supplia Noss.

— Si je ne pars pas maintenant, répondit Lara, je ne sais pas si j'en aurai la force plus tard. Dasras est désormais le cheval de mon fils. Je le lui ai dit. Apprenez à Dillon comment le monter le plus vite possible.

Elle se tourna vers Liam.

— Et souviens-toi de ta promesse : Roan ne doit pas avoir Dasras, quoi qu'il puisse te proposer en échange.

— Trouveras-tu un moyen de nous donner de tes nouvelles ? demanda Liam.

— J'essaierai, promit Lara.

Elle alla embrasser Noss sur les deux joues.

— Tu as toute ma confiance, mon amie, lui dit-elle. Ne laisse pas mes enfants m'oublier.

— Je te le promets, répondit Noss.

Lara sortit de la grande maison et avança dans la nuit. Au-dessus d'elle, des milliers d'étoiles scintillaient dans le ciel des Terres Extérieures.

— Aral, va-t'en ! ordonna-t-elle.

Sous la forme d'un grand hibou des plaines, elle s'éleva dans les airs et décrivit un cercle au-dessus de Camdene. Puis, avec de grands battements d'ailes, l'oiseau de nuit s'éloigna en direction de la côte.

3.

Le grand hibou des plaines traversa paisiblement le ciel nocturne. En contrebas, les moutons succédèrent bientôt au bétail — la frontière invisible qui séparait le territoire des Felan de celui du Fiacre venait d'être franchie. Le hibou poursuivit sa course jusqu'à ce qu'il aperçoive le village d'Adrie, où habitait Rendor, le chef des Felan. La côte, baignée par les eaux de la grande mer de Sagitta, se trouvait à peine quelques lieues plus loin. Le grand oiseau de nuit fut tenté d'aller survoler les vagues, mais il sentit qu'il commençait à fatiguer. Il descendit jusqu'au sol en quelques battements d'aile et planta ses serres dans l'herbe.

— Lara, reviens ! ordonna la jeune femme qui retrouva instantanément sa forme première.

— Il me semblait bien que tu arriverais cette nuit, lui dit Rendor.

Debout sur le seuil de sa maison, il avait l'air de l'attendre.

— Bienvenue à Adrie, Lara, reprit-il. Entre donc !

— Comment as-tu deviné ? lui demanda Lara en souriant tandis qu'il l'entraînait dans sa maison.

Le rire puissant de Rendor résonna dans la grande salle et il pointa son doigt en direction de la table, sur laquelle Andraste, son épée, et Vérica, sa canne, étaient posées.

— Quand tu les as envoyées, j'ai compris que tu les suivrais de peu…

Lara éclata de rire à son tour.

— J'aurais pu n'arriver que demain matin, remarqua-t-elle.

— Tu ne laisserais jamais tes armes seules aussi longtemps, répondit-il gravement. Leur apparition soudaine a terrifié une jeune servante qui débarrassait la table. Elle a poussé un cri, ce qui a déplu à ta canne, qui l'a sermonnée assez sèchement — et l'a fait s'évanouir. Rahil et moi n'avions pas autant ri depuis très longtemps…

Rendor souriait joyeusement.

— Oh ! Je suis vraiment désolée…, s'excusa Lara. Vérica déteste les voyages magiques, mais comme j'avais décidé de ne pas venir à cheval, c'était la manière la plus simple de la transporter. Elle aurait voulu que je la tienne dans les serres du hibou pendant tout le trajet…

— Viens t'asseoir près du feu, l'invita Rendor.

Il alla chercher deux coupes dans un buffet, les remplit de vin et en tendit une à Lara.

— Je ne resterai chez toi que quelques jours, lui dit la jeune femme. Je sais que tu vas bientôt partir pour le Grand Rassemblement.

— Mes hommes et moi allons t'escorter personnellement jusqu'au palais du roi Archéron, répondit Rendor. Le roi doit pouvoir constater que Lara, veuve de Vartan, fille de Swiftsword, est hautement respectée par les clans des Terres Extérieures. Malgré tout son mépris pour la capitale et le gouvernement d'Hétar, Archéron reste un Hétarien. L'apparence compte beaucoup à ses yeux…

— Se doute-t-il que tu le connais aussi bien ? demanda Lara.

— Ça m'étonnerait… Il sait que je ne suis pas un barbare

mais, au fond de lui, le doute subsiste. Je crois qu'il ne serait pas vraiment surpris s'il me voyait arriver dans son palais vêtu de peaux de bêtes et en agitant mon épée au-dessus de ma tête…

Rendor pouffa.

— J'ai toujours l'impression qu'il attend que je révèle mon vrai visage et que je prouve aux Hétariens qu'ils ont raison de nous prendre pour des sauvages, reprit-il.

Lara éclata de rire en essayant d'imaginer son ami habillé de peaux de bêtes et en train d'agiter son épée. Mais elle retrouva vite son sérieux.

— Les Terres Extérieures sont beaucoup plus civilisées qu'Hétar, malgré ses règles et ses usages, dit-elle.

— Alors pourquoi y retournes-tu ? lui demanda Rendor.

— A cause de ma fichue destinée… Je savais — et Vartan savait aussi — que je devrais un jour quitter les Terres Extérieures. Je n'ai aucune idée de ce que je vais faire dans la Province Côtière, mais c'est là que je dois me rendre. J'ai posé la question à Ethne, ma gardienne, la nuit dernière : elle me l'a confirmé. Mais le royaume d'Archéron et de ses frères n'est pas ma destination finale, Rendor. Je ne sais pas où je vais aller : ça me semblera seulement évident le moment venu.

Il soupira.

— C'est bien dommage…, dit-il. Nous avons besoin de toi dans les Terres Extérieures.

Lara secoua la tête.

— Vous êtes protégés, et je sais que tu es capable de faire face aux Hétariens, mon cher Rendor. Je t'ai expliqué tout ce que je savais, et tu as compris le problème aussi bien que Vartan. Les Terres Extérieures seront en sécurité tant que tu les guideras.

Rahil, la femme de Rendor, entra dans la grande salle. Ses yeux noisette pétillèrent de plaisir à la vue de son hôte.

— Ah ! s'écria-t-elle, souriante. Tu es arrivée, Lara... Je te souhaite la bienvenue. Mon mari t'a-t-il raconté ce qui est arrivé à notre pauvre servante ?

— Oui, et je suis désolée que Vérica ait effrayé la pauvre enfant..., répondit Lara.

Rahil éclata de rire.

— Les gens d'ici ne sont pas habitués à la magie, dit-elle. Es-tu fatiguée ? J'ai fait préparer la chambre d'amis.

— Je suis épuisée, avoua Lara. Je ne m'étais pas métamorphosée depuis longtemps et j'ai volé de Camdene à Adrie sans faire de halte.

— Et je suis certaine que tu as mal dormi — si seulement tu as dormi — depuis...

Rahil hésita.

— C'est vrai, admit Lara. Je dors mal depuis la mort de Vartan.

— Alors suis-moi, ordonna Rahil. Je vais te montrer ta chambre.

— Bonne nuit, Rendor, et merci encore pour ton hospitalité, dit Lara en se levant pour suivre la silhouette généreuse de Rahil.

Sa chambre était douillette. Un petit feu de cheminée chassait l'humidité du soir et le lit était confortable. Lara souhaita une bonne nuit à son hôte, puis se déshabilla et se glissa entre les couvertures. A sa grande surprise, elle s'endormit presque aussitôt et ne se réveilla pas avant le début d'après-midi. Elle aurait sans doute dormi encore davantage, mais Rahil la tira du sommeil en entrant dans sa chambre avec un plateau chargé de nourriture.

— J'ai décidé que tu devais être dorlotée, annonça-t-elle à Lara. Pour le moment, ta seule responsabilité est de prendre soin de toi-même. Il va falloir que tu reprennes des forces si tu veux poursuivre ton voyage.

Elle plongea une cuillère dans un bol et le tendit à Lara.

— Mange ! ordonna-t-elle.

Lara n'essaya pas de résister. Elle était encore épuisée et se sentait très faible. Le bol contenait un délicieux ragoût à la viande et aux légumes qu'elle savoura longuement. Lorsque le bol fut à moitié vide, Rahil lui tendit une tranche de pain beurré. Leurs regards se rencontrèrent et Lara lui offrit un sourire plein de gratitude.

— Merci, dit-elle avant de se remettre à manger.

— J'ai trois filles qui sont aussi incapables que leur mère de tenir en place, dit Rahil. Je crois bien que tu nous ressembles... Béra ne s'est donc pas occupée de toi pendant les jours qui ont suivi la mort de Vartan ?

— Béra a assisté à toute la scène et ça lui a fait perdre la raison. Pendant les jours qui ont suivi, elle ne faisait plus que pleurer et maudire le sort.

— Alors c'est toi qui as tout fait ? Les préparatifs pour la cérémonie ? L'accueil des invités ? L'envoi des messagers ?

Rahil était surprise et vaguement scandalisée.

— Noss s'est occupée de mes enfants, expliqua Lara. Et Béra a suffisamment recouvré ses esprits pour déménager dans une maison plus petite avec Cam. Je me suis assurée qu'elle était bien installée avant de partir.

— Ainsi, Liam s'est installé dans la maison de Vartan ?

Rahil hocha la tête, presque pour elle-même.

— C'était très sage et très généreux de ta part, Lara...

— Notre maison était la plus grande de Camdene, dit Lara. C'était là que le chef de clan se devait d'habiter. De plus, Noss et Liam ont accepté d'élever Dillon et Anoush avec leurs enfants. Et Noss vient d'avoir un deuxième garçon, Alroy… Il est né avec des cheveux roux comme ceux de son père.

Toujours souriante, Rahil prit le bol de ragoût vide des mains de Lara et le remplaça par un autre. Celui-ci contenait une pomme cuite qui nageait dans une crème onctueuse et dorée.

— Ainsi, Noss va avoir trois petits garçons et une petite fille à élever…, répondit Rahil. Il paraît que Liam a trouvé en elle une excellente épouse.

— Ils ont tous les deux eu de la chance en se rencontrant, conclut Lara.

Elle souleva la pomme cuite avec sa cuillère, y mordit, et lécha une goutte de crème qui lui coulait au coin de la bouche.

— Quand tu auras fini de manger, tu vas te remettre au lit, annonça Rahil. Je t'ai amené une coupe de vin dans lequel j'ai mélangé quelques gouttes de potion somnifère. Tu dormiras jusqu'à demain matin.

Elle reprit le bol qui avait contenu la pomme et remarqua avec plaisir que Lara n'avait rien laissé. Elle le reposa sur le plateau et tendit la coupe de vin à son invitée.

Lara la but à petites gorgées. Bien au chaud, rassasiée par ce bon repas, elle commençait à vraiment se détendre.

— Je te remercie d'être aussi gentille avec moi, dit-elle à Rahil. En arrivant, la nuit dernière, je me suis sentie vidée. Je n'ai fait que m'affaiblir tous ces derniers mois…

— Quoi que tu aies à accomplir, répondit Rahil, je sais que c'est pour notre bien à tous, Lara. Je ferai tout ce qui est en mon pouvoir pour soulager ton fardeau.

Elle prit la coupe vide des mains de Lara et se pencha pour déposer un baiser sur son front, comme elle l'aurait fait pour une enfant.

— Rendors-toi, maintenant, ordonna-t-elle avant de quitter la pièce avec son plateau.

Comme Rahil l'avait prédit, Lara dormit jusqu'au matin suivant. A son réveil, elle regarda par la petite fenêtre de sa chambre le ciel se teinter des couleurs de l'aube. Une légère brise se glissait dans la pièce par la fenêtre entrouverte. Lara s'étira longuement. Elle se sentait bien pour la première fois depuis des mois. Son corps n'était plus torturé par le chagrin et l'inquiétude ; elle ressentait même une pointe d'excitation à l'idée de ce qui l'attendait. Aussitôt, elle réalisa que son excitation concernait autre chose que sa visite dans la Province Côtière.

— Hétar..., murmura-t-elle.

Un monde soigneusement divisé en quatre provinces : la Forêt, le Désert, la Province Côtière et les Terres du Milieu. Un monde où toutes les routes menaient vers la capitale, son centre administratif et commercial. Hétar, un monde où l'apparence faisait tout, où la richesse pouvait tout... Un monde où la vie de chaque citoyen était gouvernée par des règles très précises qui déterminaient sa place dans la société. Celui qui voulait en changer devait suivre d'autres règles tout aussi précises. Ce n'est qu'en commençant son périple que Lara avait compris à quel point ce monde était suffocant. Elle ne s'en serait sans doute jamais rendu compte si elle n'avait pas été expédiée loin de la capitale par un petit matin de printemps, sept ans plus tôt...

Elle serait alors devenue une Femme de Plaisir dans l'une des grandes Maisons de Plaisir de la capitale, une créature belle et expérimentée dans l'art de la passion, dont la seule raison d'être aurait été de donner et de recevoir du plaisir... Mais si tel avait été son destin, elle n'aurait jamais su ce que c'était que d'aimer et d'être aimée. Elle n'aurait pas su non plus que son ascendance féerique lui permettait de pratiquer une magie bénéfique aux humains, ni qu'elle avait hérité les talents de guerrier de son père. Elle se demandait souvent ce que John Swiftsword penserait de la femme qu'était devenue sa fille. Savait-il qu'elle avait joué un rôle décisif dans la Guerre de l'Hiver ?

Lara s'assit au bord du lit, puis se mit debout. Oui ! Elle commençait vraiment à retrouver celle qu'elle était cinq ans plus tôt. Elle alla ouvrir grand la fenêtre et inspira profondément. La brise était chargée de l'odeur vivifiante et salée de la mer. Demain… Elle irait trouver le roi Archéron dès demain ! Ethne chercha à attirer son attention. Lara leva son pendentif en forme d'étoile à la hauteur de ses yeux.

Non, dit Ethne. *Tu as besoin de te reposer davantage, mon enfant. Tu es en sécurité ici. En Hétar, tu ne le seras jamais vraiment tant que Gaius Prospéro et ses complices seront au pouvoir.*

Mais Rendor et ses hommes doivent bientôt partir pour le Grand Rassemblement, protesta Lara dans le langage silencieux dont elle s'était toujours servie pour parler à sa gardienne.

Le Grand Rassemblement n'est que dans un mois, Lara. Profite de ce temps qui t'est donné tant que tu peux, mon enfant. Tu vas avoir besoin de toutes tes forces pour affronter ce qui t'attend.

Très bien, capitula Lara.

Dans le cristal, la petite flamme diminua jusqu'à n'être plus qu'un point presque imperceptible.

— Pourquoi les êtres magiques qui m'entourent parlent-ils tous par énigmes ? marmonna-t-elle pour elle-même.

Un rire cristallin résonna à ses oreilles.

Mais Ethne avait raison. Lara se sentait encore profondément fatiguée.

Elle adora subir la douce tyrannie de Rahil, qui la forçait à manger des repas délicieux et à se coucher tôt pour se lever tard. Ses forces revinrent peu à peu. Deux semaines plus tard, Lara décida qu'il était temps pour elle de quitter les Felan.

— Demain! annonça-t-elle à Rendor alors qu'ils s'installaient autour de la grande table pour le repas du soir.

Il hocha la tête.

— Est-ce que ce sera trop tôt si nous partons à l'aube? demanda-t-il.

— Rendor! s'indigna Rahil.

— C'est parfait, répondit Lara.

Puis la jeune femme posa une main réconfortante sur l'épaule de Rahil.

— J'ai recouvré mes forces grâce à toi, mon amie, lui dit-elle. Mais je sens qu'il est temps pour moi de repartir.

Une larme roula sur la joue ronde de Rahil.

— Tu as tellement souffert…, dit-elle. Ça ne me paraît pas juste.

— Tu devrais la voir avec son épée à la main…, dit Rendor à sa femme. Tu ne te laisserais plus abuser par son apparence délicate.

Il pouffa.

— Chaque fois que j'entends chanter Andraste, j'en ai des frissons dans tout le corps, avoua-t-il.

— C'est un esprit guerrier très enthousiaste, admit Lara.

— Comptes-tu te présenter devant le roi Archéron comme tu l'as fait la première fois? demanda Rendor. Dans tout l'éclat de ta beauté et une robe blanche virginale?

— Non, répondit Lara. Je vais me présenter comme la guerrière que je suis, pour être sûre que le roi ne se trompera pas sur mon compte. J'ai un destin à accomplir, et je ne laisserai personne essayer de m'en détourner, Rendor.

Le chef des Felan acquiesça.

— Me voilà rassuré ! dit-il avec un grand sourire.

Le palais du roi Archéron se trouvait à une journée de cheval du village de Rendor. Ils se mirent en route juste avant le lever du soleil. Ils atteignirent la côte au moment où l'astre commençait à s'élever au-dessus de l'horizon et firent une courte halte pour laisser leurs montures se reposer. Tandis que Lara laissait son regard errer sur les flots, une idée germa dans son esprit. D'où venait toute cette eau ? Où finissait-elle ? Les rois de la Province Côtière le savaient-ils ? Accepteraient-ils de le lui dire ? Et pourquoi n'y avait-elle pas pensé avant, lorsqu'elle avait vu la mer de Sagitta pour la première fois ?

Lara sentait que son destin avait quelque chose à voir avec cette mer dont les vagues venaient mourir sur la plage de sable qu'elle longeait à présent. Mais quoi ? Archéron le savait peut-être mieux qu'elle… Elle devrait absolument lui poser la question. La mer devait bien finir quelque part, non ? Y avait-il une plage de sable comme celle-ci de l'autre côté ? Et si c'était le cas, ces autres terres étaient-elles habitées ? Etait-il possible qu'Hétar et les Terres Extérieures ne soient pas les seules contrées de ce monde ? Plus elle approchait du palais d'Archéron, plus les questions se bousculaient dans son esprit.

— Tu es bien calme, remarqua Rendor qui chevauchait à côté d'elle.

— Sais-tu où finit la mer ? demanda Lara.

La question sembla le désarçonner.

— La mer *existe,* c'est tout, répondit-il. Elle est là. Elle a toujours été là.

— Réfléchis, Rendor. Ton territoire est le seul des Terres

Extérieures qui borde cette mer. C'est aussi le cas de la Province Côtière pour Hétar. Si la mer commence quelque part, elle doit finir ailleurs… Il y a forcément quelque chose de l'autre côté.

— Quel autre côté ? demanda Rendor, de plus en plus perturbé.

Il ne comprenait pas… A dire vrai, Lara n'était pas tout à fait sûre de bien se comprendre elle-même. Tant de questions se bousculaient dans son esprit dès qu'elle tournait les yeux vers la mer…

— C'est juste une idée idiote, lui dit-elle finalement.

Le soulagement qu'elle lut dans les yeux de Rendor lui confirma qu'elle avait eu raison de mettre fin à cette discussion. Le chef des Felan n'avait pas la moindre idée de ce dont elle parlait ni de ce qu'elle voulait dire. Mais elle aurait volontiers parié que le roi Archéron allait comprendre sa question… Les étoffes exquises et les bijoux somptueux que les rois vendaient dans la capitale ne venaient pas de leur province — Lara n'avait vu aucune fabrique sur la côte. Alors d'où venaient les produits de luxe dont les rois faisaient commerce ?

En fin d'après-midi, une troupe de cavaliers avança à leur rencontre.

Lara fut tout d'abord surprise que le roi Archéron leur ait envoyé une escorte.

— Comment a-t-il su que nous arrivions ? demanda-t-elle à Rendor.

Celui-ci indiqua d'un mouvement de tête les hauteurs qui surplombaient la plage.

— Grâce aux tours de garde. Elles sont bien cachées, mais je t'assure qu'elles sont là. On ne les remarque pas parce qu'elles ressemblent à de vulgaires tas de rochers. Ils ont élaboré une sorte de code avec des drapeaux qui leur permet de communiquer d'une tour à l'autre.

— Comme c'est astucieux — et comme c'est hétarien ! pouffa Lara. Je ne les avais pas remarquées au cours de mon premier voyage. C'était un grave manque de vigilance de ma part...

— Non, répondit Rendor. Ce jour-là, tu étais l'épouse de Vartan, venue conclure un traité de paix entre Hétar et les Terres Extérieures, la mystérieuse femme à moitié fée...

Il lui sourit de toutes ses dents.

Lara éclata de rire.

— Oui, je crois me rappeler que je portais une robe qui a dû faire beaucoup pour ma légende... Je l'avais emportée à Adrie dans une petite boîte en forme de fruit. Vartan était très impressionné d'avoir une femme qui arrivait à se mettre autant en valeur en voyageant aussi léger...

— La robe tenait dans un fruit en bois ? demanda Rendor en éclatant de rire. C'est la première fois que j'entends une chose pareille !

Mais il reprit aussitôt son sérieux.

— Il t'aimait beaucoup, tu sais... Il disait qu'il n'aurait jamais pu faire tout ce qu'il a fait sans toi.

— Il s'est toujours sous-estimé, répondit doucement Lara. C'était un homme exceptionnel... Je suis encore en colère contre le destin qui a laissé mourir un tel homme. Mon cœur est brisé, Rendor, et pourtant je ne ressens rien... Je n'ai pas non plus de remords pour les vies que j'ai prises. Je suis triste pour Vartan et pour le Fiacre, mais je me sens incapable de pitié à l'égard d'Adon et d'Elin.

— Pour ma part, je regrette que la mort de Vartan t'éloigne de nous, répondit Rendor.

— La mort de Vartan n'a été que l'élément déclencheur.

Il savait comme moi que je devrais quitter le Fiacre le jour où mon destin m'appellerait à nouveau.

Lara soupira profondément et renonça à poursuivre. Qu'aurait-elle pu ajouter ?

L'escorte les rejoignit. A la surprise de Lara, le roi Archéron lui-même était à sa tête. C'était un bel homme de haute taille aux cheveux argentés et aux yeux du même bleu que celui de la mer. Il mit prestement pied à terre et vint embrasser la main de Lara.

— Sois la bienvenue, Lara, veuve de Vartan, fille de Swiftsword, l'accueillit-il.

Puis il l'aida à mettre pied à terre.

— Allons faire quelques pas sur la plage, mon amie, suggéra-t-il en lui prenant le bras.

— Vous êtes triste, remarqua Lara. Que vous est-il arrivé, mon roi ?

— Tout comme toi, je viens de perdre mon grand amour, répondit Archéron.

— Alina est morte ? demanda Lara. Nous l'ignorions…

— Nous l'avons envoyée en mer il y a quelques jours à peine. Sa mort a été soudaine et tout à fait inattendue.

La douleur avait éteint ses yeux couleur de saphir.

— Vous envoyez vos morts sur la mer ? demanda Lara, fascinée.

— Nous sommes issus de la mer, répondit Archéron. Lorsque nos corps meurent, nous les rendons à la mer. Nous les plaçons sur des barques chargées de tout ce dont ils auront besoin dans le royaume de l'Auteur Céleste. Le vaisseau d'Alina était magnifique. J'ai voulu m'assurer que ma reine ne manquerait de rien. Que faites-vous de vos morts dans les Terres Extérieures ?

C'était à présent le roi qui se montrait curieux.

— Vartan a été exposé pendant deux jours dans la grande salle de sa maison, afin de permettre à tous ceux qui voulaient lui présenter leurs hommages de le faire, expliqua Lara. Toute personne qui se présente doit être logée et nourrie par la famille du défunt. Le troisième jour, son corps a été placé sur un bûcher que nous avons embrasé au coucher du soleil. Mon fils et moi sommes restés auprès de lui jusqu'à ce qu'il ne reste plus que des cendres. Ainsi le veut la coutume des Terres Extérieures... Mais ces funérailles sont réservées aux hommes de bien. Les criminels, quant à eux, sont enterrés dans la plaine pour que leurs corps pourrissent et que leurs âmes souffrent les tourments de la damnation éternelle. C'est ce que nous avons fait du meurtrier de Vartan et de sa femme, après que je les ai exécutés.

Archéron hocha la tête.

— J'ai entendu dire que c'était son frère qui l'avait tué, remarqua-t-il.

— C'est vrai, répondit Lara. Adon avait toujours envié son frère aîné, mais je ne le croyais pas capable de faire une chose pareille. Bien sûr, sa femme l'y a poussé... J'ai compris immédiatement qu'Elin était ambitieuse, mais je n'imaginais pas qu'elle mettrait en danger son propre fils. A présent, sa grand-mère va devoir l'élever seule — et beaucoup au sein du Fiacre vont le tenir pour responsable des actions de ses parents.

— N'as-tu jamais songé qu'il pouvait y avoir autre chose derrière tout ça ? demanda le roi.

Lara s'arrêta brusquement.

— Qu'essayez-vous de me dire, mon roi ?

— Vartan était la voix des Terres Extérieures et un homme de valeur — qui, en plus, bénéficiait de tes conseils. Qui sait ce qu'il aurait pu accomplir ? Une rumeur — discrète, mais fiable — m'est parvenue : certains parmi les hommes les plus puissants de la capitale le considéraient comme une menace pour Hétar et pour leurs propres ambitions. De plus, une mort violente que tu ne pouvais pas empêcher avait des chances d'affaiblir ton autorité…

Lara fut stupéfaite par ces révélations. Un instant, elle se sentit saisie de vertiges, comme si elle était sur le point de s'évanouir. Mais une colère nouvelle bouillonna en elle et lui rendit ses forces.

— Votre rumeur mentionnait-elle un nom parmi ces hommes puissants, mon roi ? Se pourrait-il que Gaius Prospéro en fasse partie ?

— Il ne t'a jamais pardonné la perte de son prestige qu'a occasionnée la Guerre de l'Hiver, répondit Archéron. Il lui a fallu cinq ans pour regagner la popularité qu'il avait à l'époque et se rapprocher de son rêve de devenir empereur, Lara…

— Va-t-il réussir ?

— Nous en saurons plus sur ce qui se passe dans la capitale au retour d'Arcas. C'est l'un de nos représentants au haut conseil.

— Ainsi, le meurtre de mon mari est un assassinat politique…, murmura Lara. Gaius Prospéro, qui semble continuer à croire que les Terres Extérieures sont peuplées de sauvages, a cru qu'il pourrait détruire l'alliance entre les clans en se débarrassant de Vartan…

Elle fit une moue amère.

— Son ignorance est terrifiante, mon roi, poursuivit-elle. Les clans sont plus déterminés que jamais à rester soudés. Rendor a été nommé à la tête du conseil pour remplacer Vartan. Les chefs ont aussi nommé Roan, le chef des Aghy, commandant militaire des Terres Extérieures. Une incursion d'Hétar sur notre territoire susciterait une riposte immédiate. Cet homme qui voudrait devenir empereur va mettre notre monde à feu et à sang avec ses ambitions… Mais comment Gaius Prospéro s'est-il mis en relation avec Adon ? Ou bien est-ce à Elin qu'il s'est adressé ? Bien sûr ! Ce devait être Elin ! Pauvre femme, avec son rêve pitoyable de voir son mari diriger un jour le Fiacre… Même si Vartan était mort naturellement, les anciens n'auraient jamais choisi Adon pour le remplacer à la tête du clan.

— Que vas-tu faire maintenant ? demanda le roi de la Province Côtière à sa belle invitée.

Ils reprirent leur promenade sur le sable.

Lara haussa les épaules.

— J'entends à nouveau l'appel de mon destin, répondit-elle.

— Et il t'a suggéré de venir chez moi ? demanda-t-il en souriant. Je suis flatté…

— Il m'a attirée vers la mer, mais j'ignore encore pour quelle raison, mon roi. En tout cas, j'ai beaucoup de questions à vous poser.

— Je te répondrai du mieux que je pourrai, lui dit-il.

— Vous devrez répondre à tout, le prévint-elle.

Archéron plongea son regard dans celui de son amie.

— Vraiment ? murmura-t-il.

Lara ne put s'empêcher de rire.

— J'ai réalisé que je devenais de plus en plus curieuse à mesure que j'approchais de votre royaume, lui dit-elle. Je sais que vous possédez les réponses dont j'ai besoin.

Son assurance fit sourire le roi.

— Je ne te cacherai rien, Lara. Je sais, moi aussi, que tu as un destin. Il y a une prophétie que seuls quelques hommes connaissent. Elle n'est mentionnée que dans le Livre d'Hétar, qui est gardé dans le temple de l'Auteur Céleste de la capitale. Je crois que tu es celle dont parle cette prophétie. Et c'est aussi ce que doit penser Gaius Prospéro — sans quoi il n'essaierait pas de te détruire avec autant de persévérance.

— Qui d'autre connaît l'existence de cette prophétie ? interrogea Lara.

— Seulement une poignée d'hommes, qui appartiennent tous à l'élite. Peut-être le Grand Prêtre… Mais il est très âgé — et sous la coupe de Gaius Prospéro, je le crains…

— Que dit cette prophétie ?

— Des ténèbres viendra une vierge. De la lumière dorée viendra une guerrière. D'un lointain lendemain viendra le véritable destin d'Hétar, récita le roi Archéron.

— J'étais une vierge issue des ténèbres et de la misère de la capitale, dit pensivement Lara. Je suis devenue une guerrière dans la lumière dorée du Désert des princes de l'Ombre. Mais je n'ai aucune idée de l'endroit où se trouve ce « lointain lendemain »…

— Quel que soit cet endroit, tu es destinée à le découvrir, Lara, répondit posément Archéron. Allons retrouver les chevaux, maintenant, et rentrons au palais.

Ils se mirent en selle et recommencèrent à longer la plage, le roi Archéron en tête de leur petit groupe. Rendor plaça son cheval à la hauteur de celui de Lara et murmura pour qu'elle seule puisse l'entendre.

— Que t'a-t-il dit ?

— La mort de Vartan est probablement un assassinat planifié depuis longtemps par mon vieil ami Gaius Prospéro…, répondit Lara en chuchotant.

La colère assombrit le visage basané de Rendor et Lara remarqua que ses hommes se pressaient autour d'eux, comme pour les protéger de l'escorte d'Archéron.

Lara posa doucement sa main sur le bras de Rendor pour l'encourager à garder son calme.

— Les rois de la Province Côtière n'ont rien à voir là-dedans, mon ami, murmura-t-elle. Après la Guerre de l'Hiver, nous ne pouvions pas nous attendre à ce que nos relations avec Hétar redeviennent ce qu'elles étaient de par le passé. Mais nous n'avons pas imaginé qu'ils pouvaient nous atteindre de cette manière... Tu dois en parler aux chefs des autres clans pendant le Grand Rassemblement, Rendor. Mets-les en garde : ils ne doivent pas laisser Hétar les convaincre d'entreprendre quoi que ce soit les uns contre les autres. Si quelque chose d'anormal se produit qui semble être le fait de membres d'un autre clan, méfiez-vous. Les Terres Extérieures n'ont pas sombré dans le chaos comme Gaius Prospéro l'espérait quand il a commandité l'assassinat de Vartan. Au lieu de ça, le haut conseil s'est choisi un nouveau chef. Gaius va maintenant chercher d'autres manières de vous nuire, à toi et aux Terres Extérieures. Reste vigilant et méfie-toi des Hétariens — même de ceux qui te paraissent amicaux. Ils sont désespérés : par manque de place, ils ne sont plus en mesure de nourrir leur population ni de faire de nouveaux profits. Vous êtes protégés pour le moment, mais cette situation ne durera pas toujours. Les chefs de clans doivent commencer à réfléchir à une autre solution pour l'avenir...

— J'aurais préféré que tu restes avec nous, répéta Rendor.

— Je ne m'en vais pas pour toujours, promit Lara.

Ils arrivèrent au palais du roi Archéron un peu avant le coucher du soleil. Le deuil de la reine Alina durait encore : il n'y aurait donc pas de banquet pour accueillir les visiteurs. Des serviteurs emmenèrent les hommes de Rendor aux cuisines, avant de leur montrer le dortoir qui leur était réservé. Lara et le nouveau chef du haut conseil des Terres Extérieures suivirent le roi jusqu'à une petite salle à manger dont la grande baie vitrée offrait une vue magnifique sur la mer de Sagitta. Des serviteurs leur apportèrent des bassines d'argent emplies d'eau parfumée. Ils se lavèrent les mains et le visage, étirèrent leurs muscles endoloris par le voyage, puis allèrent prendre place sur les couchettes pour dîner.

Lara n'eut pas beaucoup d'appétit et ne put détacher son regard de la mer. Au-dessus des eaux, le ciel était clair et teinté des couleurs chaudes des derniers rayons du soleil, qui allait bientôt se coucher sur les Terres Extérieures, loin derrière le palais. Un croissant de lune doré se levait à l'horizon, juste en dessous de la grande étoile, Beltair, qui brillait comme nulle autre. La journée avait été longue, mais Lara n'était pas encore fatiguée. Les soins attentifs de Rahil lui avaient rendu ses forces et elle sentait que quelque chose se préparait — quelque chose qui allait une fois encore changer radicalement le cours de sa vie.

— Tu es bien calme, finit par remarquer Archéron.

— Vous m'avez donné beaucoup à réfléchir, aujourd'hui, répondit Lara.

Le roi se tourna vers Rendor.

— Elle vous a expliqué ? lui demanda-t-il.

— Oui, répondit Rendor.

— Parfait ! dit le roi. Les habitants des Terres Extérieures doivent rester sur leurs gardes.

— Vous êtes hétarien, et pourtant vous ne cautionnez par les agissements de votre gouvernement, remarqua Rendor. Pourquoi ?

— Le gouvernement a été corrompu par des hommes avides de pouvoir, répondit Archéron. Ces hommes vont plonger Hétar dans la misère et le chaos. J'essaie seulement de retarder l'inévitable…

Rendor hocha la tête.

— Vous protégerez bien Lara, mon ami, n'est-ce pas ?

— Oui, parce que je sais qu'elle a un destin à accomplir, répondit le roi avec un fin sourire.

Lara et Rendor ne purent s'empêcher de rire.

— Je m'en irai tôt demain matin, dit finalement Rendor. Nous partons pour le Grand Rassemblement dans quelques jours. Ce devrait être un événement intéressant cette année…

— Transmets mes respects aux chefs de clans, lui demanda Lara en se levant de sa couchette. Mon roi, voulez-vous bien me faire montrer ma chambre ?

Archéron appela une servante et lui donna de rapides instructions.

Lara alla vers Rendor, qui s'était levé à son tour. Elle se mit sur la pointe des pieds et l'embrassa sur les deux joues.

— Au revoir, seigneur des Felan, lui dit-elle. Que l'Auteur Céleste te guide dans toutes tes entreprises et protège les Terres Extérieures des hommes mal intentionnés. Adieu !

Puis elle se tourna vers son hôte, lui souhaita une bonne nuit et quitta la pièce sur les pas de la servante.

La chambre où l'on mena Lara n'était pas la même que celle dans laquelle elle avait dormi avec Vartan. Lara remercia mentalement Archéron pour sa délicatesse. Mais, comme la précédente, elle avait une immense fenêtre en ogive, dans laquelle s'ouvrait une porte presque invisible donnant sur une terrasse. La servante montra à Lara la baignoire, qui était construite sur la terrasse surplombant la mer, et non dans la chambre. Puis elle s'inclina respectueusement et laissa seule l'invitée du roi.

Lara plongea la main dans le bassin carré. L'eau était chaude et il en émanait un parfum de primevères. Le sourire aux lèvres, Lara quitta ses bottes, son pantalon, sa veste et sa chemise. Sans se donner la peine de relever ses cheveux, elle entra dans le bassin avec un profond soupir de délectation. Rien ne valait un bon bain chaud… Elle s'assit sur le banc qui occupait tout le tour du bassin et resta immobile un long moment, à jouir de la sensation de l'eau sur sa peau. Une jarre d'albâtre pleine d'un savon onctueux et une grande éponge de mer étaient posées au bord de la baignoire. Lara plongea l'éponge dans le savon et se lava avec délice. Puis elle lava et rinça sa chevelure blonde, en regrettant de ne pas avoir de citron à y appliquer pour un ultime rinçage. A peine cette pensée lui avait-elle traversé l'esprit qu'un citron coupé en deux apparut au bord de la baignoire. En riant aux éclats, Lara se le pressa dans les cheveux avant de les placer sous l'eau claire qui coulait d'une vasque sculptée en forme de coquillage, d'un côté de la baignoire.

Le bassin se vida rapidement de lui-même. Des jets d'eau furent projetés par de petits faussets dissimulés dans les parois du bassin pour lui permettre de se rincer. Lara pencha la tête pour rincer ce qu'il restait de citron dans ses cheveux avant que la baignoire ne s'emplisse à nouveau d'eau parfumée. Puis Lara se détendit en regardant la lune dorée de la Province Côtière s'élever dans le ciel et en se laissant bercer par le bruit des vagues qui venaient mourir au pied du palais.

Quand il fit tout à fait nuit, elle rentra dans sa chambre où elle trouva les lampes allumées. Un petit feu brûlait dans la cheminée, face au lit. Elle trouva une serviette chaude sur un anneau en métal à côté de la cheminée et une luxueuse chemise de nuit en soie sur le lit. Son sac avait été déposé dans un coin de la chambre. Elle en sortit la magnifique brosse en or que Kaliq, le prince de l'Ombre, lui avait jadis offerte en gage d'amour, et alla s'asseoir sur une banquette tendue de velours pour se brosser les cheveux devant la cheminée. Elle commençait enfin à sentir le sommeil l'appeler. Lara entra dans le grand lit moelleux drapé de rideaux diaphanes couleur d'or et de corail. Que lui réservait l'avenir ? se demanda-t-elle. Combien de temps allait-elle rester dans le palais d'Archéron ? Ses paupières se fermèrent lentement.

Elle se réveilla à l'aube et alla regarder le soleil se lever sur la mer depuis sa terrasse. Elle avait dormi d'un sommeil sans rêves. Pendant les semaines qui suivirent, les journées de Lara furent assez semblables : elle se levait à l'aube, prenait son petit déjeuner sur la terrasse de marbre, puis allait se promener dans la ville rattachée au palais du roi Archéron. Plusieurs siècles auparavant, les seigneurs de cette province avaient décidé que chacun d'eux serait le roi de son propre palais et de sa propre ville. Cela évitait les querelles, et c'était toujours le plus âgé des rois que les autres reconnaissaient comme leur grand roi, à quelque famille qu'il appartienne.

Le palais était en marbre blanc, avec des dômes recouverts d'or et des tours effilées. La ville qui s'étendait derrière lui était presque aussi luxueuse. Des bacs chargés de fleurs multicolores étaient suspendus aux grandes fenêtres des maisons. Les étals du marché étaient propres et chargés de produits de toute sorte disposés sur des étoffes aux couleurs vives.

Lara n'avait pas besoin d'argent. Dès que quelque chose lui plaisait, on la pressait de l'emporter. Elle donnait en retour une bénédiction de fée — que les marchands semblaient préférer aux pièces d'or et d'argent. Tous savaient qui elle était : la fille d'un grand chevalier de la Croisade, John Swiftsword, et d'une fée — même si sa mère avait l'air de beaucoup moins intéresser les Hétariens que son père. Apparemment, son séjour dans les Terres Extérieures ne les intéressait pas vraiment non plus. La rumeur disait qu'elle y avait épousé un homme à qui elle avait donné deux enfants. Ils s'en contentaient. L'important était qu'elle n'avait rien perdu de la beauté qui l'avait rendue célèbre.

L'après-midi, Lara allait se promener à cheval sur la plage avec le roi Archéron, et ils dînaient en tête à tête tous les soirs. Ils se lançaient ensuite dans de longues conversations ou jouaient à un jeu assez similaire à celui que Vartan lui avait fait connaître.

Un soir, Archéron annonça à son invitée que son fils et héritier, Arcas, allait bientôt rentrer de la capitale.

— Plus personne ne voyage à l'ancienne désormais, expliqua-t-il à Lara. Les représentants du conseil sont tous transportés par magie.

— Qui était l'autre représentant ? demanda Lara, curieuse.

— Le roi Balasi, répondit Archéron. Il appartient à une famille très ancienne et très respectée. Mais je le trouve facilement influençable et peu perspicace. Lorsque revient son tour de siéger au haut conseil, nous veillons toujours à ce qu'il soit accompagné par un homme volontaire qui sera capable de diriger ses actions sans qu'il s'en aperçoive. Mais il n'est pas vraiment dangereux… C'est avant tout un homme vaniteux. Tu sais que mon fils ne t'a jamais oubliée, Lara…

— Je ne vous l'ai pas dit la dernière fois que je suis venue, répondit Lara, mais Arcas m'a gravement offensée. Ce n'était peut-être que l'enthousiasme de la jeunesse qui l'avait conduit à agir comme il l'a fait…

— Qu'a-t-il fait ? interrogea Archéron, que cette révélation affligeait.

— Il a fait référence à mon passé d'esclave et m'a touché le bras de manière irrespectueuse, expliqua tranquillement Lara. Je lui ai parlé sans ménagement…

— Je suis navré, répondit Archéron. Mais, comme tu le suggères, c'est peut-être son enthousiasme qui lui a fait perdre ses bonnes manières…

Lara acquiesça pour faire plaisir au roi, mais elle savait au fond d'elle que le comportement d'Arcas ne lui avait été dicté que par sa nature lubrique. De ce fait, elle n'était guère impatiente de le revoir.

— Il y a une question que je veux vous poser depuis que j'ai revu la mer de Sagitta, commença-t-elle.

— J'y répondrai dans la mesure du possible, s'empressa de répliquer le roi, soulagé de voir la conversation changer de sujet.

— Qu'y a-t-il de l'autre côté de la mer ? interrogea Lara en regardant Archéron dans les yeux. Pourquoi personne n'en parle-t-il ?

Le roi ne put s'empêcher de rire.

— Personne ne m'a jamais posé cette question, dit-il. C'est très intelligent d'y avoir pensé… Hétar se croit seul au monde — en dehors des Terres Extérieures, mais il les a décrétées barbares pour s'octroyer le monopole de la civilisation. C'est une pensée très étroite… De l'autre côté de la mer existe un monde que ses habitants appellent Térah. Son dirigeant porte le titre de Dominus. C'est de là que viennent tous nos produits de luxe : les étoffes, les bijoux, les porcelaines, les objets en or et en argent. En échange, nous leur offrons le sel que nous produisons, les perles que nous récoltons et l'argent que nous rapporte notre commerce avec la capitale. Gaius Prospéro ne s'est jamais demandé d'où venaient les objets que nous lui vendons. Il ne s'intéresse qu'au profit qu'ils pourront lui rapporter. Il doit imaginer que nous les fabriquons nous-mêmes... D'ailleurs, très peu d'hommes de la capitale sont venus dans notre province. Cette terre qui existe au-delà de la mer est notre secret. A présent que tu le connais, je te prie de ne pas le divulguer. Ceux de la capitale ne nous accorderaient plus aucun privilège s'ils venaient à l'apprendre...

— Je ne trahirai pas votre secret, promit Lara. Etes-vous déjà allé à Térah, Archéron ?

— Non, répondit le roi. Les Térans ne laissent pas les étrangers venir chez eux. Nous les rencontrons en pleine mer pour échanger nos marchandises.

— Comment les rois de la Province Côtière ont-ils découvert l'existence de ces Térans ? demanda Lara.

— C'est ce qu'il y a de plus mystérieux dans nos rapports, répondit Archéron. Personne ne sait comment ça a commencé. Notre histoire ne l'explique pas, et rapporte seulement que nous commerçons avec eux depuis des siècles. Je me souviens avoir posé cette question à mon grand-père lorsque j'étais enfant. Il s'était contenté de secouer la tête et de répondre qu'il en avait toujours été ainsi, et qu'il en serait toujours ainsi. Les Térans n'en savent pas plus que nous.

— C'est étrange, remarqua Lara. N'avez-vous jamais eu envie d'en savoir plus sur les Térans, Archéron ? D'aller visiter leurs terres, pour savoir si elles sont aussi belles que les nôtres ? N'avez-vous jamais eu envie de les rencontrer ?

— J'en ai rencontré ! lui dit-il. Lorsque j'étais jeune, j'ai souvent commandé l'un des bateaux de ma famille pour aller faire du commerce avec eux. J'ai même rencontré plusieurs fois l'homme qui est à présent leur Dominus. C'était un petit garçon, alors... Il s'appelle Magnus Hauk. J'en ai gardé le souvenir d'un enfant très sérieux, et j'ai entendu dire depuis qu'il se consacre entièrement au bien-être et à la grandeur de Térah.

— C'est étrange que ces Térans n'aient jamais envisagé d'envahir Hétar ou la plaine fertile des Terres Extérieures…, remarqua Lara.

— Il paraît que leurs terres sont magnifiques — bien sûr, nous sommes obligés de les croire sur parole…, répondit Archéron avec un fin sourire. En réalité, nous savons très peu de choses sur eux. Comme nous, ils préfèrent rester discrets. Je ne les crois pas belliqueux, et ils n'ont jamais fait preuve de curiosité à l'égard d'Hétar.

— Vraiment étrange, murmura Lara. Ces gens ne sont peut-être pas très différents de nous…

— Je ne pourrais pas te le dire, puisque nous ne faisons que du commerce avec eux. Les prix sont décidés par avance. Nos bateaux se rencontrent en mer, échangent leur cargaison et repartent chacun de leur côté. Nous partageons parfois une coupe de vin ou un repas. C'est rare, mais cela arrive — surtout lorsque les capitaines des deux bateaux se connaissent depuis longtemps.

— Si les Térans ne sont pas hostiles, je me demande pourquoi vous ne vous êtes jamais fait d'amis parmi eux, Archéron…, insista-t-elle.

Le roi secoua la tête.

— Le commerce est notre seul lien, Lara.

Une fois couchée dans son lit ce soir-là, Lara se confia à Ethne, sa gardienne.

J'aimerais en savoir plus sur ce monde de l'autre côté de la mer, Ethne.

Alors vas-y, répondit sa gardienne.

Tu crois ? demanda Lara. *Et quand as-tu décidé de recommencer à me donner des ordres ? Tu insistais plutôt pour que je prenne mes décisions toute seule, ces derniers temps…*

C'est la nouvelle direction que doit prendre ta vie, se contenta de répondre Ethne.

Serai-je toujours protégée si j'y vais ? s'inquiéta Lara. *Est-ce que la magie opère de l'autre côté de la mer comme ici ?*

La magie opère de la même manière partout, répondit sèchement Ethne. *Et combien de fois faudra-t-il que je te le dise, Lara, fille de Swiftsword et d'Ilona ?* Tu es protégée ! *Où que tu ailles, quoi que tu fasses, mon enfant : tu es protégée.*

Parce que j'ai un destin, ajouta Lara en riant tout haut.

Ethne pouffa doucement, mais le lui accorda.

Oui, parce que tu as un destin, dit-elle.

Mais quel est-il ? voulut savoir Lara.

Suis ton instinct, mon enfant, et tu le découvriras.

Alors la flamme du cristal vacilla et diminua jusqu'à n'être plus qu'un point minuscule. Ethne n'avait plus rien à dire.

Elle devait suivre son instinct... Mais son instinct ne lui disait plus grand-chose ces derniers temps et elle commençait à s'ennuyer au palais d'Archéron. Elle n'avait pas l'habitude d'être oisive et ne pouvait se rendre utile à rien. Il n'y avait qu'un bon côté à cette situation : elle était désormais extrêmement bien reposée. Quatre mois s'étaient déjà écoulés depuis le meurtre de Vartan. Le Grand Rassemblement avait eu lieu et les clans des Terres Extérieures se préparaient à affronter l'hiver. Manquait-elle au Fiacre ? A ses enfants ?

Elle était certaine de manquer à Dillon. Mais sa fille ? Anoush l'avait sans doute déjà oubliée et devait voir en Noss sa figure maternelle. Noss ferait une bonne mère pour sa fille... *Mais mes enfants me manquent,* songea-t-elle. *Comment ne pas haïr ce destin qui m'a séparée d'eux ?*

Lara pleura doucement pendant quelques minutes, puis s'endormit d'un sommeil agité.

*
* *

Pendant les jours qui suivirent, elle passa l'essentiel de son temps à l'extérieur. Subitement, elle ne supportait plus d'être enfermée dans le palais. Elle allait à pied sur la plage et faisait des promenades de plusieurs lieues dans les deux directions. En dehors du bruit des vagues et des cris des mouettes, tout était calme. Sur les collines, les hautes herbes avaient pris une teinte dorée avec l'hiver — mais il ne faisait jamais vraiment froid sur la côte.

Un jour, Lara se promena à cheval et s'éloigna de plusieurs lieues du palais et de la ville du roi Archéron. Brusquement, la curiosité l'incita à diriger sa monture vers les dunes. Elle galopa jusqu'à ce que les dunes cèdent la place à une plaine verdoyante qui s'étendait jusqu'à des collines lointaines. Il n'y avait pas une construction ni un animal domestique aux alentours : ni hommes, ni bêtes, ni champs... Cet endroit était assez vaste pour accueillir la population excédentaire de la capitale. Pourquoi n'était-il pas exploité ? *Encore une question qu'il faudra poser à Archéron,* songea-t-elle. Elle fit faire demi-tour à son cheval, puis repartit en direction de la mer et du palais. La lumière baissait et un orage menaçait d'éclater.

Pourquoi chaque jour qui passait lui apportait-il plus de questions que de réponses ? se demanda-t-elle. Le soir même, elle interrogea Archéron sur les plaines qu'elle avait découvertes.

— Nous ne permettons pas aux étrangers de venir s'installer sur nos terres, répondit-il.

— Mais il s'agit de vos concitoyens d'Hétar, mon roi, remarqua Lara.

— Ce sont des habitants de la capitale et des Terres du Milieu, répliqua Archéron. Les provinces d'Hétar sont presque de la même taille. Si nous laissions ceux de la capitale et des Terres du Milieu s'installer chez nous, ils auraient tôt fait de nous envahir complètement. Ils voudraient habiter nos villes et, comme leurs usages sont différents des nôtres, ils y créeraient des problèmes. Finalement, l'un d'entre eux finirait par découvrir notre secret. Alors ils construiraient leurs propres bateaux pour naviguer eux-mêmes sur la mer de Sagitta. Non. Nous ne pouvons pas nous permettre d'accueillir les habitants de la capitale sur nos terres.

— Mais ces terres sont sans utilité… Pourquoi ne pas les cultiver vous-mêmes et vendre le surplus de votre production à la capitale ? suggéra-t-elle.

Archéron secoua la tête.

— La terre a toujours été laissée à elle-même, lui répondit-il. Nous ne sommes pas des fermiers, Lara… Nous sommes des commerçants.

L'attitude d'Archéron la stupéfiait. Les rois de la Province Côtière possédaient d'immenses richesses qu'ils refusaient obstinément de partager avec d'autres. S'il fallait en croire les rumeurs, beaucoup de choses avaient changé depuis qu'elle avait quitté la capitale. Le gouvernement commençait à confisquer des terres à la lisière de la Forêt et du Désert. Dans le même temps, cette vaste plaine restait inexploitée. Lara se demanda si tous les rois de la Province Côtière partageaient l'opinion d'Archéron — mais il était leur grand roi et il avait peut-être raison… Elle se promit de poser la question à Arcas dès son retour.

4.

Gaius Prospéro leva les yeux vers son invité. Ses doigts dodus se refermèrent sur la coupe incrustée de pierreries posée devant lui. Il la porta à ses lèvres et sirota son contenu avec un gloussement de plaisir.

— Ainsi, tu t'en vas demain, Arcas, dit-il.

Le jeune roi acquiesça.

— Dans la matinée, répondit-il.

— Tu n'oublieras pas la promesse de soutien que tu m'as faite ?

Gaius Prospéro fixa Arcas en plissant ses yeux porcins.

— Vous pouvez compter sur ma voix, mon seigneur, répondit Arcas. Je rentre chez moi pendant les vacances du conseil, mais je serai de retour à la prochaine session.

Gaius Prospéro hocha la tête, l'air satisfait.

— J'ai entendu dire que la veuve de ce chef de clan, Vartan du Fiacre, était en visite chez ton père. Il paraît que sa beauté le transporte… Lara est une fille ambitieuse. Maintenant que sa petite orgie chez les sauvages est terminée, elle va chercher à se marier avantageusement. Trop de temps a passé pour que nos lois permettent d'en faire à nouveau une esclave. Elle serait en sécurité même dans la capitale ! Mais le climat du bord de mer lui convient peut-être mieux... Quel vieil homme ne se laisserait pas tenter par sa beauté féerique ? Et sa magie peut faire le reste. Si elle réussit à l'aimer, elle pourrait même lui donner de nouveaux descendants...

Le Maître des marchands se lécha les lèvres.

— Que j'aurais aimé la prendre quand je l'ai eue en ma possession ! Mais je ne pouvais pas me résoudre à lui faire perdre la moitié de sa valeur pour satisfaire ma lubricité...

Il pouffa longuement.

— Avez-vous des espions partout, mon seigneur ? lui demanda franchement Arcas.

— Partout ! admit Gaius Prospéro en ricanant. Je sais que Lara et ton père se promènent ensemble sur la plage tous les après-midi. Le sable doit faire un matelas confortable...

— C'est vrai, répondit Arcas en s'efforçant de dissimuler son irritation. J'ai moi-même emmené bien des filles dans les dunes, seigneur Gaius.

Le vaniteux et insatiable Maître des marchands suggérait-il que son père était devenu l'amant de Lara ? L'idée que son père pouvait avoir obtenu ce qui lui avait été refusé le rendait fou. Il y avait longtemps de cela, Lara était destinée à devenir sa Femme de Plaisir personnelle. C'est ce qui serait advenu si le chef des seigneurs de la Forêt ne l'avait pas vue et n'avait pas payé une somme parfaitement indécente pour la posséder. Lorsque l'industrieux Jonah, le bras droit de Gaius Prospéro, lui avait appris l'assassinat de Vartan, quelques mois plus tôt, Arcas avait recommencé à envisager d'obtenir Lara pour son usage personnel. Un jour, il lui avait dit qu'il l'aurait affranchie s'il l'avait achetée, mais il lui avait menti. S'il arrivait à l'avoir, ce serait pour l'enfermer dans ses appartements. Elle n'appartiendrait qu'à lui, n'existerait que pour son seul plaisir...

Il lui était intolérable de penser que son père avait pu l'obtenir avant lui. Archéron venait tout juste de perdre sa femme, la mère d'Arcas. Pouvait-il tomber si vite dans les bras d'une autre femme après avoir autant aimé Alina ? Bien sûr, si cette femme était Lara… Gaius Prospéro devait savoir de quoi il parlait. Arcas réalisa que le Maître des marchands avait pris grand plaisir à lui communiquer cette information. Maudit soit-il, cet homme qui s'apprêtait à manipuler le haut conseil pour se faire élire empereur ! Mais le sourire élégant d'Arcas ne vacilla jamais. Il se leva pour prendre congé.

— Je ferais mieux de rentrer au Quartier du conseil, dit-il. Le roi Balasi et moi voulons partir tôt demain matin. Nous nous reverrons dans quelques semaines, Gaius. Mes respects à vos deux épouses, la dame Vilia et la dame Anora.

Il s'inclina poliment, puis quitta Gaius Prospéro sans se retourner ni lui faire un dernier signe de la main.

Le Maître des marchands regarda partir son invité en souriant pour lui-même. Il n'avait pas pu résister au plaisir de torturer Arcas avec l'idée que son père pouvait être devenu l'amant de la superbe Lara. Il savait à quel point le jeune homme la désirait… Après la Guerre de l'Hiver, cinq ans plus tôt, le Maître des marchands avait enquêté pour comprendre comment il avait échoué à annexer la riche région montagneuse des Terres Extérieures. Il avait alors découvert que la fille du chevalier de la Croisade Swiftsword était responsable de ce désastre dans une très large mesure. C'était elle qui avait unifié les clans et les avait dressés contre lui. Tout d'abord, il n'avait pas réussi à le croire. Comment la créature exquise qu'il avait achetée à son père pour la revendre dans une Maison de Plaisir avait-elle pu devenir une si grande guerrière et un si fin stratège ? Même s'il l'avait ardemment désirée lui aussi, il la considérait désormais comme son ennemie. Il entendait bien se venger de la défaite qu'il avait subie, et le meurtre de son mari n'était qu'un début. Mais la désirerait-il encore si elle réapparaissait dans sa vie ? ne put-il s'empêcher de se demander.

Il lui avait fallu cinq ans pour retrouver sa popularité, cinq ans pour faire oublier aux magnats leurs récriminations et pour apaiser la Guilde des Mercenaires. Sept chariots de cadavres en plein cœur de la capitale n'étaient pas un souvenir facile à effacer... Ils avaient eu beau enterrer immédiatement ces malheureux dans des fosses communes, la puanteur de leurs cadavres s'était attardée dans les rues pendant des jours, rappelant à chacun ce qui s'était passé — et qui en était responsable.

Il était convaincu, lui, que ce n'était pas de sa faute — mais il n'avait pas pu sortir dans les rues pendant des semaines... Lorsqu'il n'avait pu éviter de s'aventurer dehors, encadré par une troupe de mercenaires payés pour le protéger, la populace l'avait maudit et lui avait jeté des ordures au visage. Il ne pourrait jamais l'oublier — pas plus qu'il n'oublierait ceux qui, en ces jours sombres, s'étaient détournés de lui et avaient refusé de répondre à ses messages. Certains avaient même comploté contre lui... Heureusement, la plupart des gens avaient encore peur de sa fortune — une fortune qui pouvait acheter la mort de ses ennemis. Ils se contentaient de le haïr et restaient inoffensifs tant qu'il conservait l'ascendant sur eux.

La Première Dame de la Guilde des Maîtresses de Maisons de Plaisir lui devait une grande faveur pour avoir exigé qu'il vende Lara ailleurs que dans la capitale. Elle était venue le voir, quelques mois après que la caravane marchande eut emporté la jeune fille, et avait reconnu avoir une dette envers lui. Il avait tout d'abord refusé de la voir, mais Jonah l'avait fait changer d'avis en lui rappelant qu'il commettrait une grave erreur s'il perdait les faveurs de dame Gillian.

— Vous ne voulez pas perdre son soutien…, mon seigneur, lui avait-il dit. Un jour, vous pourrez lui demander des comptes — mais il est encore trop tôt pour ça.

Gaius Prospéro avait donc reçu dame Gillian, lui avait offert des rafraîchissements et avait écouté ses excuses.

— Je sais que tu es en colère après moi, Gaius, et déçu par ma décision dans l'affaire de l'esclave à moitié fée, lui avait-elle dit. Mais je t'assure que Lara aurait été une possession trop dangereuse, même pour la plus puissante de nos Maisons de Plaisir.

— Ta décision m'a coûté une fortune, avait-il grommelé. J'ai dû acheter un nouveau carrosse et des chevaux à Vilia. Je les lui avais promis… Si je ne les avais pas achetés, elle se serait plainte et beaucoup auraient cru que je n'en avais plus les moyens. En plus, la fille a échappé aux seigneurs de la Forêt pour finir par organiser cette Guerre de l'Hiver qui a failli me détruire, Gillian ! Non seulement mes pertes financières sont énormes, mais mon prestige est ruiné…

— Gaius, Gaius…, avait-elle murmuré.

Puis elle était venue s'asseoir à ses pieds et lui avait donné de longs baisers fougueux. Sa langue s'était glissée dans sa bouche pour jouer avec la sienne. Elle lui avait caressé la nuque d'une main et avait ouvert sa tunique de l'autre, avant de venir sur lui pour l'absorber dans son corps brûlant.

— N'est-ce pas agréable, Gaius ? avait-elle ronronné. Je sais bien que le plaisir que je te donne ne compense pas tes pertes, mais je tiens à ce que tu saches que je te considère encore comme mon meilleur ami après ce qui s'est passé. Je te soutiendrai dans toutes tes entreprises et je m'assurerai que la Guilde des Maisons de Plaisir reste à ton service…

Elle avait serré son cou épais entre ses bras en contractant tous ses muscles.

Gaius Prospéro avait grogné de délice. Lorsqu'elle s'était redressée, il avait palpé sa poitrine imposante à travers sa robe.

— Tu es une femme étonnante, Gillian, lui avait-il dit. Maintenant fais-moi jouir et j'envisagerai peut-être de te pardonner…

Et elle lui avait obéi, pendant que Jonah observait la scène avec un mélange d'intérêt et d'amusement. La Première Dame de la Guilde était une alliée puissante, et Gaius Prospéro aurait été bien imprudent d'en faire son ennemie. Après son départ, lui-même l'avait confié à Jonah. Assuré de son allégeance, le Maître des marchands avait pu commencer à rebâtir son empire.

Il avait apaisé la Guilde des Mercenaires et l'Ordre des chevaliers de la Croisade avec des promesses. Il leur avait assuré qu'ils finiraient par conquérir les Terres Extérieures. Ils avaient seulement besoin de refaire leurs forces… Cela prendrait du temps et ils devraient préparer soigneusement leur prochaine attaque, mais Hétar n'échouerait pas une seconde fois, leur avait-il promis. Ils avaient agi trop précipitamment. A l'avenir, Gaius s'engageait à mettre toutes ses ressources personnelles à leur disposition. Grâce à lui, Hétar triompherait.

Avec l'aide de Jonah, Gaius Prospéro avait planifié la manière dont seraient réparties les richesses et les terres que leur rapporterait la conquête des Terres Extérieures. Jonah avait un instinct sûr pour deviner de qui le Maître des marchands aurait le plus besoin. A ceux-là, on laissait le choix entre des terres ou des esclaves. Bien sûr, il fallait aussi réserver des lots pour les fermiers des Terres du Milieu... Le sol épuisé des vieilles fermes produisait de moins en moins chaque année, ce qui menait Hétar au bord de la famine. Il fallait absolument créer de nouvelles fermes, de nouveaux vergers et de nouveaux pâturages.

La situation de Gaius Prospéro avait été très délicate pendant les mois qui avaient suivi la défaite d'Hétar.

Mais le Maître des marchands avait réussi à garder la tête hors de l'eau. Son succès était dû en grande partie à la collaboration de Jonah, son ancien esclave. Jonah était intelligent et voyait très loin dans l'avenir. Même si Gaius Prospéro était fier de sa propre intelligence, il ne dédaignait pas d'utiliser les compétences des autres. D'ailleurs, il avait vite compris que Jonah était un homme ambitieux qu'il valait mieux avoir de son côté. Il lui avait proposé de racheter sa liberté à condition qu'il accepte de continuer à travailler pour lui pendant dix ans. L'accord avait été mis par écrit et signé par les deux parties. Jonah avait même insisté pour payer le prix d'un esclave mâle robuste, afin d'être certain que la transaction était légale et ne pourrait pas être contestée par la suite... Deux copies du contrat avaient été faites. Gaius Prospéro en possédait une, Jonah possédait l'autre — mais le Maître des marchands ne savait pas où il la cachait.

Ainsi, ils avaient travaillé ensemble pour restaurer le prestige de Gaius Prospéro. Cela avait pris plus de temps que le Maître des marchands ne s'y attendait et lui avait coûté plus d'argent qu'il n'avait l'intention d'en dépenser. Il avait puisé dans ses greniers pour nourrir les indigents de la capitale pendant les mois d'hiver. Il avait donné des fêtes somptueuses et organisé des courses et des concours dont les prix, quoique négligeables à ses yeux, étaient considérés comme généreux par la populace. Il avait aussi pris une deuxième femme, qu'il avait épousée au cours d'une cérémonie publique qui avait enchanté la capitale et parachevé son retour en grâce auprès du peuple.

Habituellement, un magnat qui désirait se remarier commençait par divorcer de sa première épouse. Mais les lois d'Hétar autorisaient un homme à avoir jusqu'à trois femmes en même temps. Quand Gaius Prospéro avait épousé Vilia, plusieurs années auparavant, il avait divorcé de sa première femme, Hedda, qui ne lui avait pas donné d'enfants. Vilia lui avait clairement fait comprendre qu'elle ne voulait pas jouer la seconde épouse auprès d'une autre femme, et Hedda avait accepté avec joie les terres et la propriété qu'il lui avait offertes en échange de sa liberté. Il n'avait découvert qu'après son divorce qu'elle le trompait avec un homme plus jeune… A ce moment-là, la belle Vilia, déjà enceinte de leur premier enfant, avait apaisé son orgueil blessé par des paroles et des caresses.

Gaius Prospéro savait bien que Vilia refuserait de divorcer pour lui permettre d'épouser une autre femme. De plus, Vilia lui avait donné quatre enfants : un tel divorce lui aurait coûté une fortune. Il ne pouvait pas se le permettre après les dépenses qu'il avait faites pour retrouver sa popularité. Il s'était donc résolu à lui faire part de son projet de prendre une seconde épouse. A sa grande surprise, Vilia avait éclaté de rire.

— Fais donc ça ! lui avait-elle répondu.

Elle avait détaché sa robe pour révéler sa poitrine magnifique. Gaius, qui avait toujours été fasciné par ses seins, n'avait pas réussi à en détacher son regard.

— Ça ne t'ennuie pas ? lui avait-il demandé.

Incapable de résister, il avait tendu le bras pour caresser sa poitrine.

— Non, avait-elle répondu en s'humidifiant les lèvres du bout de la langue.

Alors des soupçons avaient germé dans son esprit.

— As-tu pris un amant, Vilia ? lui avait-il demandé en pétrissant sa chair.

Elle avait de nouveau éclaté de rire.

— Je ne suis pas Hedda, Gaius, avait-elle dit. Je ne veux pas d'autre homme que toi. Mais, si tu veux connaître la vérité, tes appétits sont trop grands pour que je puisse les satisfaire seule. Je serais ravie de laisser une autre femme me décharger d'une partie du fardeau... Il s'agit de ta Femme de Plaisir préférée, Anora, n'est-ce pas ?

Elle sourit en sentant les caresses de son mari s'adoucir.

— J'imagine que tu en as assez d'aller lui rendre visite pour la trouver déjà prise par un autre, alors qu'il serait si simple qu'elle vienne vivre ici avec nous...

Il avait hoché la tête, stupéfait de voir sa femme le comprendre aussi bien.

— Tu dois faire de ce mariage un grand divertissement public, Gaius. En achetant la liberté d'une Femme de Plaisir pour en faire ton épouse, tu achèveras de regagner les faveurs du peuple. Je pense qu'il serait bon que je l'accueille publiquement et que nous donnions un grand festin dans la capitale... A la fin de la soirée, je la conduirai moi-même à la chambre nuptiale et nous offrirons des cadeaux à tous les enfants qui naîtront neuf mois après ton mariage.

Gaius Prospéro ne s'était pas attendu à une telle collaboration de la part de sa femme, ni à des suggestions aussi intelligentes. Il l'avait récompensée en la renversant sur son bureau pour la prendre sur-le-champ. Il ne divorcerait jamais de Vilia, avait-il décidé ce jour-là. C'était une première épouse parfaite — et une alliée précieuse.

Vilia avait tenu promesse et s'était chargée d'organiser le mariage de Gaius avec Anora. Le Maître des marchands n'avait jamais connu un tel bonheur conjugal. Il arrivait même parfois que ses deux femmes complotent pour satisfaire ses appétits ensemble. Gaius était stupéfait et ravi par leur complicité. C'était un homme riche ; ses instincts lubriques étaient comblés… Il n'avait plus rien d'autre à désirer que le pouvoir absolu — qui était désormais à portée de main.

Le plan qu'il avait élaboré pour assassiner Vartan du Fiacre était génial. Il avait entendu parler de la jalousie que son jeune frère nourrissait à son égard. D'après ses renseignements, le frère était incapable de diriger le clan. C'était un jeune imbécile gonflé d'un orgueil qui ne reposait sur rien. Le Maître des marchands avait comploté avec Elin, l'ambitieuse épouse d'Adon. Il lui avait d'abord envoyé une fée messagère, puis il avait organisé une rencontre dans les Terres Extérieures. Il l'avait appâtée et flattée jusqu'à ce que la stupide créature soit disposée à faire tout ce qu'il demanderait. A son tour, elle avait persuadé Adon qu'il aurait dû diriger le Fiacre à la place de son frère. Elle lui avait parlé de sa rencontre avec Gaius Prospéro et lui avait affirmé que cet homme puissant le soutiendrait et le récompenserait. Puis Elin avait donné à son mari la dague empoisonnée dont il devait se servir. Adon avait hésité, mais les caresses de sa femme avaient fini par le convaincre de faire ce qu'elle suggérait.

A présent que Vartan était mort, Gaius Prospéro n'attendait plus que le printemps pour envahir de nouveau les Terres Extérieures. Vartan et Lara étaient l'épine dorsale de la résistance qu'il avait rencontrée. Mais le seigneur du Fiacre était mort et Adon avait chassé sa femme du clan — plus rien ne pouvait empêcher les Terres Extérieures de tomber entre ses mains. Bien sûr, il y avait ce message que le haut conseil venait de recevoir... Il disait que les Terres Extérieures avaient un nouveau chef nommé Rendor. Mais cet homme, d'où qu'il sorte, n'aurait jamais autant d'influence et de charisme que Vartan. Avec un sourire mauvais, Gaius Prospéro se promit de l'exécuter le premier après sa conquête.

Il n'y avait plus qu'une chose à faire avant cela : le haut conseil devrait le nommer empereur lorsqu'il se réunirait à nouveau après les vacances d'hiver. Empereur Gaius Premier — voilà qui sonnait bien, constata-t-il une nouvelle fois avec un sourire froid. Dans un lointain passé, Hétar avait été gouvernée par une lignée d'empereurs. Le royaume ne formait qu'un tout alors, au lieu d'être divisé en quatre provinces. Il allait le réunifier — et les seigneurs de la Forêt, les princes de l'Ombre, les rois de la Province Côtière et le gouverneur des Terres du Milieu, le révérend Dareh, seraient contraints de lui prêter allégeance. Les chevaliers de la Croisade deviendraient son armée personnelle et les mercenaires se chargeraient de maintenir l'ordre pour leur empereur. Tous obéiraient à sa volonté, parce que les désirs de Gaius Prospéro coïncideraient avec le bien d'Hétar. L'empereur serait Hétar incarnée.

La légère pression d'une main sur sa manche le fit sursauter.

— Quoi ? demanda-t-il.

— Il se fait tard, répondit dame Vilia. Ton invité est parti, Gaius. Pourtant, tu restes là à ne rien faire alors que tes deux femmes attendent impatiemment ta visite... Anora dit que tu mérites d'être puni pour nous avoir négligées. Elle dit que nous devons te fesser sévèrement, Gaius. Viens...

Gaius sentit l'excitation le gagner. C'étaient ses talents de dominatrice qui l'avaient d'abord attiré chez Anora, et sa seconde épouse avait commencé à enseigner son art à Vilia.

— Allez-vous me fouetter toutes les deux ? demanda-t-il, plein d'espoir.

Il adorait qu'elles frappent ensemble sa chair nue avec les fouets qu'il leur avait fait confectionner. Les douze lanières de cuir qui pendaient de leur manche sculpté étaient savamment nouées à différentes hauteurs. Les nœuds mordaient dans sa peau tendre — ce qui l'excitait terriblement.

— Oui, répondit Vilia à son grand plaisir. Tu mérites que nous te punissions toutes les deux, ce soir, Gaius. J'espère que tu seras à la hauteur de la tâche qui t'attend…

Sa voix suave était pleine de sous-entendus.

Gaius Prospéro en avait déjà le souffle court. Comment sa vie aurait-elle pu être meilleure ? songea-t-il joyeusement. Tout se passait comme il l'avait prévu. Vartan était mort et il allait bientôt devenir empereur. Le lendemain, Arcas allait retourner dans la Province Côtière pour chercher querelle à son père à propos de la belle Lara — qui allait bien finir par devoir se trouver un autre refuge. Cet imbécile d'Arcas servait ses intérêts sans même s'en rendre compte…

Tandis que le Maître des marchands gloussait de plaisir en songeant à son succès, Arcas, allongé dans sa chambre du Quartier du conseil, réfléchissait aux révélations que Gaius Prospéro venait de lui faire. Seul et à tête reposée, il réalisait que Gaius pouvait très bien lui avoir menti. C'était un homme manipulateur. Tout ce qu'il faisait ne servait que ses propres intérêts — directement ou indirectement. Son père Archéron était âgé. Ce n'était probablement pas en tant que maîtresse que Lara l'intéressait… Cela dit,

Lara pouvait très bien ensorceler le roi pour qu'il tombe amoureux d'elle. Son père était-il encore assez vaillant pour avoir un autre fils ? Lara accepterait-elle de le porter ? Arcas s'agita dans son lit. Décidément, les heures seraient bien longues jusqu'à l'aube…

Dans les années qui avaient suivi la Guerre de l'Hiver, les princes de l'Ombre avaient utilisé leurs pouvoirs pour créer un appareil permettant aux représentants des autres provinces d'arriver dans la capitale et d'en repartir en un instant. Les temps avaient changé ; les membres du gouvernement ne pouvaient plus se permettre d'accomplir de longs voyages entre leurs provinces et la capitale. Chaque membre du conseil était transporté chez lui un jour bien précis. Les princes de l'Ombre partaient les derniers et désactivaient l'appareil afin que personne ne puisse faire un mauvais usage de leur magie.

Arcas et son collègue, le roi Balasi, arrivèrent devant l'appareil peu après l'aube. Ils y entreraient ensemble, mais chacun d'eux réapparaîtrait dans son propre palais. Arcas fit un signe de tête au prince de l'Ombre chargé d'organiser son retour et entra dans l'appareil. L'instant d'après, il se trouvait dans la salle de réception du palais de son père. Il fit un joyeux signe de tête aux serviteurs qui balayaient le sol.

— Bonjour ! leur dit-il.

— Bienvenue dans votre demeure, mon roi, répondirent-ils en chœur.

— Où est mon père ?

— Dernièrement, il a pris l'habitude de déjeuner avec dame Lara, répondit un serviteur. Vous le trouverez dans ses appartements, dans l'aile des invités.

Ainsi il prend le petit déjeuner avec elle, songea Arcas, furieux. *Est-ce parce qu'il vient de passer une nuit de passion entre ses bras ?* Il se dirigea à la hâte vers la partie du palais qu'on lui avait indiquée. Un serviteur attentif ouvrit la porte des appartements de Lara sur son passage et il n'eut plus qu'à suivre le rire de la jeune femme à travers les chambres, jusqu'à la terrasse.

— Arcas ! s'écria son père, le sourire aux lèvres, en se levant de table.

Le roi étreignit chaleureusement son fils.

— Père, répondit-il sans pouvoir détacher son regard de Lara.

Elle était encore plus belle que la première fois qu'il l'avait vue — si une telle chose était possible. Il embrassa la main de son père avant de se tourner franchement vers elle.

— Sois la bienvenue, veuve de Vartan, dit-il en prenant prestement sa main pour y déposer un baiser.

Lara retira aussitôt ses doigts effilés.

— Bienvenue chez toi, roi Arcas, répondit-elle. Ton père attendait impatiemment ton retour.

— Assieds-toi ! Assieds-toi ! ordonna Archéron à son fils. Mange ! Tel que je te connais, tu t'es dépêché de rentrer et tu n'as rien avalé depuis ton dîner d'hier…

— Que j'ai partagé avec Gaius Prospéro, ajouta Arcas.

Il attrapa la miche de pain et s'en coupa une tranche épaisse qu'il tartina de beurre. Un serviteur mit plusieurs œufs durs, une grappe de raisin et une tranche de viande séchée dans son assiette, pendant qu'un autre emplissait sa coupe de Frine.

— Et comment va notre rusé Maître des marchands ? interrogea Lara.

— Comme un homme sur le point d'être nommé empereur, répondit Arcas.

— Votre haut conseil se compose d'imbéciles s'il est prêt à donner autant de pouvoir à Gaius Prospéro, déclara Lara au mépris des convenances. Il va en abuser : il ne pourra pas s'en empêcher. Son ambition ne connaît pas de limites.

— Elle a raison, intervint Archéron. Si nous devons tous nous soumettre à Gaius Prospéro, qu'allons-nous devenir, mon fils ? Notre secret ne sera-t-il pas menacé ?

Le vieux roi semblait très inquiet.

— Tu le lui as dit ? s'écria Arcas, interloqué.

Puis il éclata de rire.

— Bien sûr que tu lui as tout dit…, ricana-t-il. Elle t'a ensorcelé — comme elle ensorcelle tous les hommes…

— Ton père m'a révélé votre secret parce que je lui ai demandé ce qu'il y avait de l'autre côté de la mer, expliqua Lara. Tout étranger qui passerait quelque temps dans votre province finirait par se poser la même question que moi, Arcas… Vous n'avez aucune manufacture, alors d'où viennent les objets de luxe que vous vendez ? Votre province est la plus éloignée de la capitale. Pour l'instant, seuls les marchands au long cours s'aventurent jusqu'ici, et ils ne restent que le temps de vendre leurs marchandises et d'acheter les vôtres…

— Tu es aussi intelligente que belle, conclut Arcas.

— Et tu es toujours aussi effronté, répliqua Lara.

Elle reporta son attention sur son déjeuner. Ce jeune roi l'avait offensée le jour même de leur première rencontre et il ne semblait guère avoir changé.

— Hétar sera plus forte sous le gouvernement d'un seul homme, affirma Arcas.

— Je pense que tu te trompes, répondit froidement Lara. Votre haut conseil, où siègent des représentants de toutes les provinces, connaît et défend mieux le peuple qu'un homme isolé. Et il présente moins de danger pour nous…

— Ce sont les Terres Extérieures qui présentent un danger pour nous ! riposta Arcas. Il faut qu'elles soient annexées au plus vite.

— Les Terres Extérieures ne menacent pas Hétar ! s'emporta Lara. Cette prétendue menace n'est que l'alibi dont Gaius Prospéro se sert pour s'emparer de ce qui ne lui appartient pas. Crois-tu que nous ignorons que la capitale regorge d'indigents ? Que les champs des Terres du Milieu ne produisent plus assez pour nourrir le peuple ? Les fermiers ont déjà commencé à déborder sur la Forêt pour s'y tailler de nouvelles terres — ce que les seigneurs de la Forêt ne doivent guère apprécier… Gaius Prospéro a même osé s'aventurer sur les terres arides du Désert. Alors ne me dis pas que cet infâme projet de guerre répond à une menace, parce que c'est un mensonge !

— Comment peux-tu savoir ces choses ? demanda Arcas.

— Crois-tu que Gaius Prospéro soit le seul à avoir des espions ? le provoqua Lara.

Arcas éclata de rire.

— J'imagine que non…, répondit-il. L'enjeu de votre partie est énorme : c'est l'avenir d'Hétar qui dépend de son issue…

— Il y a des terres inexploitées dans votre province, remarqua Lara. Je m'y suis souvent promenée l'après-midi. Pourquoi ne les partagez-vous pas avec ceux qui nourrissent Hétar ? Vous n'avez pas besoin de les donner, ni même de les vendre… Vous pourriez les louer à des fermiers. Ceux qui ne produiraient pas assez ne verraient pas leur bail renouvelé. Vous pourriez très bien réserver ces terres à la culture et empêcher les gens de s'y installer. Il suffirait d'interdire aux fermiers de faire venir leurs familles. Ils travailleraient la terre le temps de faire des économies, paieraient leur bail à l'année et reverseraient… disons un quart de leurs profits au gouvernement d'Hétar…

— Louer nos terres ? s'écria Arcas, horrifié. Mais elles nous appartiennent ! Nous n'avons aucune envie d'y voir des étrangers.

— Alors tu préférerais voir Hétar s'engager dans une nouvelle guerre pour essayer d'annexer les Terres Extérieures ?

— Les Terres Extérieures sont peuplées de sauvages, répondit Arcas. Ils ne méritent pas leur territoire. C'est à Hétar qu'il devrait appartenir.

— Tu sais bien que ce que tu dis est faux, Arcas, intervint son père. Tu es mieux placé que la plupart des Hétariens pour savoir que les Terres Extérieures sont peuplées de gens pacifiques qui n'aspirent qu'à vivre paisiblement, en suivant leurs coutumes…

— Je t'accorde que Rendor est un homme sympathique, concéda Arcas. Mais les autres…

Il s'interrompit brusquement.

Lara secouait vigoureusement la tête.

— Mon mari t'a-t-il fait l'effet d'un sauvage, Arcas ? lui demanda-t-elle. J'ai trouvé plus de gentillesse et de civilité au sein du Fiacre que chez la plupart des Hétariens… Le mercenaire Wilmot n'a-t-il pas expliqué aux membres du haut conseil ce qu'étaient vraiment les Terres Extérieures ? Gaius Prospéro ne persiste à nous traiter de sauvages que pour nous envahir !

— C'est de la trahison ! dit Arcas d'une voix menaçante. Tu es une Hétarienne !

— Non : je suis Lara, veuve de Vartan, fille de Swiftsword, à moitié humaine, à moitié fée. Je suis née dans le royaume de la magie, j'ai été élevée dans la capitale, mais c'est dans les Terres Extérieures que j'ai trouvé le bonheur. Je n'utilise le peu de magie que je possède que pour faire le bien, Arcas… Et je continuerai à m'opposer à l'intolérance et à l'injustice tant qu'il me restera un souffle de vie.

— Comment quelqu'un de si visiblement destiné au plaisir que toi peut-il débattre de choses pareilles ? demanda Arcas.

— Ton cas est désespéré ! conclut Lara.

Arcas se rendit compte avec irritation qu'il ne la comprenait pas — ce qui ne l'empêchait pas de la désirer. Pendant les jours qui suivirent, Lara resta froide et distante à son égard malgré ses nombreux compliments. En revanche, elle semblait de plus en plus tendre envers son père. Comme Gaius Prospéro l'en avait informé, Archéron et Lara se promenaient à cheval presque tous les jours. Ils ne lui proposaient jamais de les accompagner. A deux ou trois reprises, il le suggéra lui-même, mais son père refusa. Arcas en fut stupéfait. Gaius Prospéro disait-il vrai ? Son père était-il devenu l'amant de Lara ? Pourtant, Arcas ne trouvait aucune preuve d'une relation de ce genre entre eux. Il avait découvert sans difficulté que son père passait ses nuits dans son propre lit et non dans les bras de Lara. Lorsqu'il sut qu'elle dormait seule, il ne l'en désira que davantage. Peut-être était-elle l'une de ces femmes que les hommes doivent forcer à se plier à leur volonté… Bien sûr ! C'était sans doute ainsi que Vartan, le chef du Fiacre, l'avait eue… Lara était une femme volontaire : elle avait besoin qu'un homme décidé lui dise ce qu'elle devait faire — et comment. Alors seulement elle pouvait donner libre cours à sa passion.

*
* *

Une nuit, au début de l'hiver, Arcas se glissa dans les couloirs obscurs jusqu'à la chambre de Lara. Il y entra sans faire de bruit et avança vers le lit. Après s'être débarrassé de sa robe de chambre, il s'attarda à contempler sa forme endormie. Elle était exquise. Ses seins étaient magnifiques et elle avait un délicieux soupçon de ventre. Sa peau blanche était douce comme la soie ; ses cheveux semblaient des fils d'or. Il avait tellement attendu cet instant que son excitation en était presque douloureuse. Il était sur le point d'entrer dans le lit pour la prendre lorsqu'elle ouvrit les paupières. Malgré l'obscurité de la pièce, il lut une colère froide dans ses yeux verts.

— Va-t'en ! lui dit-elle calmement.

Il voulut s'imposer par la violence, mais réalisa brusquement que son membre était devenu flasque, et surtout diminuait de façon alarmante.

— Va-t'en, répéta Lara, si tu ne veux pas que je le fasse disparaître entièrement…

Son ton était aussi froid que son regard.

Le roi Arcas tourna les talons et prit la fuite sans ramasser sa robe de chambre. Lara pointa un doigt en direction du vêtement qui disparut aussitôt. Puis elle tourna le dos à la porte et se rendormit immédiatement.

Mais elle se réveilla très en colère le lendemain. Il était hors de question de rapporter à Archéron les agissements de son fils : cela peinerait l'homme qui l'accueillait si généreusement et créerait des tensions entre le père et le fils. Décidément, elle s'y refusait… *Il est temps pour moi de repartir,* songea-t-elle. Mais pour aller où ? Elle écouta le murmure des vagues qui venaient mourir sur le sable au pied du château.

A sa grande surprise, Arcas vint la trouver et s'agenouilla devant elle.

— Je te prie de m'excuser, lui dit-il.

Il poussa un long soupir.

— Je ne peux pas m'empêcher de te désirer, Lara, expliqua-t-il. On dirait bien que je m'y prends mal avec toi… Je t'ai offensée le jour de notre rencontre et je viens de recommencer… Je suis désolé.

— Que veux-tu de moi ? lui demanda-t-elle froidement. Je ne donne du plaisir qu'aux hommes que je choisis, Arcas.

— Et je ne fais pas partie de ces heureux élus, n'est-ce pas ?

— Vartan n'est mort que depuis six mois, Arcas, répondit-elle. Je ne suis pas prête à aimer à nouveau — ni même à offrir mon corps… Je suis désolée. Maintenant, relève-toi.

Il lui obéit.

— Oserais-tu nier que tu es la maîtresse de mon père ? questionna-t-il, presque en colère.

— Oui, répondit Lara. Ton père est un grand ami, mais il n'est pas mon amant et ne le deviendra jamais. C'est pour ça que tu t'es comporté de cette manière la nuit dernière ? Parce que tu étais jaloux ?

Son ton s'était un peu adouci.

Arcas acquiesça, la tête baissée comme s'il avait honte. Cette traînée l'avait éconduit par deux fois déjà. Il aurait sa vengeance… Il lui suffirait de découvrir en elle une faiblesse qu'il pourrait exploiter.

— Veux-tu bien me pardonner ? demanda-t-il.

— Oui.

En lui faisant cette réponse, Lara ne songea qu'au bien d'Archéron. Arcas n'était qu'un imbécile arrogant. Elle l'avait compris dès leur première rencontre et son comportement de la nuit précédente n'avait fait que le confirmer.

— Ton père sera ravi que nous arrêtions de nous disputer, dit-elle.

— Oui, répondit Arcas. Nous allons devenir des amis — et des alliés. Mon père m'a dit que tu t'intéressais beaucoup à nos partenaires commerciaux...

Il lui offrit un sourire charmant.

— Oui ! s'écria-t-elle avec enthousiasme. Explique-moi qui ils sont, Arcas... De quoi ont-ils l'air ? Est-ce que leurs femmes naviguent avec eux ? Y a-t-il des êtres féeriques dans la mer ?

Il éclata de rire.

— Aimerais-tu t'en rendre compte par toi-même, Lara ? J'ai prévu de faire le voyage pendant mon séjour. Tu n'as qu'à m'accompagner si tu veux rencontrer des Térans... Je te promets de bien me tenir.

Il prit un air navré.

Pouvait-elle lui faire confiance ? Son instinct lui assurait que non — mais il avait du mal à prendre le dessus sur sa curiosité.

— Peut-être une autre fois, répondit-elle. Je n'ai jamais voyagé sur votre mer et elle m'impressionne beaucoup. Je sens que c'est une force immense, Arcas. Je ne suis pas encore prête à naviguer — ou peut-être pas assez courageuse pour le faire...

— Une autre fois, alors. Je vais essayer d'organiser un deuxième voyage avant de retourner dans la capitale. Peut-être accepteras-tu de m'accompagner ce jour-là... Ce n'est pas parce que tu m'en veux encore que tu refuses, j'espère...

— Bien sûr que non ! mentit-elle sans hésiter.

Elle parvint même à esquisser un sourire.

Arcas prit la mer le lendemain et rentra dix jours plus tard. Lara apprécia beaucoup son absence. Elle ne l'aimait pas et il s'était visiblement allié à Gaius Prospéro — ce qui déplaisait autant à Archéron qu'à elle. Le père et le fils s'étaient disputés, la veille du départ d'Arcas. Archéron craignait qu'un gouvernement plus centralisé ne menace le monopole des rois de la Province Côtière sur le commerce maritime. De son côté, Arcas avait promis à son père qu'il n'était pas stupide au point de trahir leur secret.

— Crois-tu que je veuille nous affaiblir ? demanda-t-il à Archéron.

— Bien sûr que non ! Mais c'est ce qui va se produire si notre secret est découvert, Arcas...

— Nous sommes les seuls à savoir construire et manœuvrer des bateaux, répondit son fils. Les magnats de la capitale en seraient bien incapables et n'auront aucune envie d'essayer, Père.

— Nous avons toujours acheté le bois dont nous avions besoin pour leur fabrication aux seigneurs de la Forêt, dit Archéron. A présent, la capitale autorise les fermiers des Terres du Milieu à déborder sur la Forêt. Gaius Prospéro prévoit une nouvelle invasion des Terres Extérieures... Quand ce sera fait, qu'est-ce qui l'empêchera de s'installer sur nos terres et de construire ses propres bateaux ? Les autres rois et moi-même n'allons pas collaborer à cette invasion, Arcas. Et crois-tu vraiment que les princes de l'Ombre vont laisser une armée traverser leur province ? Ton puissant ami va donc devoir passer par les montagnes, comme la dernière fois, ou traverser nos terres malgré notre interdiction... Tu as eu l'occasion de voir comment il agissait, Arcas, alors que crois-tu qu'il va faire ? Vas-tu l'aider ?

— Les clans des montagnes ont été affaiblis par la Guerre de l'Hiver, répondit Arcas. Ils ont été faciles à soumettre la première fois et le seront encore.

— Les clans des Terres Extérieures ne vont pas être

faciles à soumettre, Arcas, dit Lara qui ne put s'empêcher d'intervenir dans la discussion. Si tu penses le contraire, tu te trompes lourdement…

— Qu'en sais-tu ? lui demanda-t-il.

— Je ne te le dirai pas, Arcas — puisque tu enverrais immédiatement une fée messagère le répéter à Gaius Prospéro. J'ai remarqué que tu avais gardé contact avec la capitale depuis ton retour…

Elle lui offrit un sourire charmant pour le tourmenter.

— A moins, bien sûr, que tu envoies des poèmes à ta Femme de Plaisir préférée…

Il éclata de rire mais ne répondit pas à son accusation.

Il avait pris la mer le matin suivant, et Lara avait été soulagée de le voir partir. Archéron, que son fils inquiétait, s'en confia à Lara pendant son absence.

— Si seulement il prenait femme…, soupira Archéron. Mais il admire les femmes qu'on lui présente le jour de son anniversaire sans jamais en choisir aucune. Il est maintenant plus âgé que je ne l'étais quand j'ai choisi Alina… S'il ne se marie pas, s'il ne fait pas d'enfants, notre lignée va s'éteindre avec lui.

Il plongea son regard dans celui de Lara.

— Mon fils t'admire beaucoup, tu sais…, reprit-il.

— Je sais, mais il n'est pas l'homme qu'il me faut, mon roi, répondit calmement Lara. De plus, je porte encore le deuil de Vartan. Les fées, et même les femmes qui ne sont qu'à moitié fées, n'aiment jamais à la légère.

— Mais il te respecte, Lara, insista Archéron. Peut-être finirait-il par se montrer raisonnable si tu lui rappelais ses devoirs envers sa famille et sa province… Il m'a dit qu'il t'avait invitée à l'accompagner dans son voyage et que tu avais refusé. Je te croyais intéressée par la mer et par les Térans. Ce doit toujours être le cas…

— J'avais peur de voyager sur ces eaux agitées, mentit Lara.

— Il ne faut pas, répondit Archéron. Cet après-midi, je t'emmènerai faire une promenade en mer sur mon bateau de plaisance à la place de notre promenade à cheval. Tu verras que tu n'as rien à craindre.

Cet après-midi-là, Lara navigua sur la mer de Sagitta pour la première fois, sur un petit bateau aux voiles blanches comme la neige que le roi manœuvrait lui-même. Elle trouva très vivifiants les mouvements du bateau et le vent mêlé d'embruns qui lui fouettait le visage. A sa grande surprise, le roi Archéron lui fit même manœuvrer le bateau elle-même à la fin de la journée. A compter de ce jour, Lara et Archéron sortirent en mer tous les après-midi. Elle comprit bientôt qu'elle ne pourrait plus se servir de sa prétendue peur de l'eau pour éviter d'accompagner Arcas dans ses voyages — mais elle n'avait toujours aucune confiance en lui. De son côté, Archéron plaidait avec ferveur la cause de son fils : Arcas était plus détendu en mer, soutenait-il. Elle profiterait de ce voyage pour lui rappeler ses obligations envers sa famille et, grâce à elle, il oublierait les ambitions de Gaius Prospéro pour prendre femme. Avant tout, le roi Archéron voulait que rien ne change, que la Province Côtière reste ce qu'elle avait toujours été…

Et Lara finit par accepter pour ne pas offenser cet homme qui l'avait si généreusement accueillie sous son toit. Elle ne pouvait pas lui dire que son fils était un homme ambitieux et lubrique qui ne servirait jamais que ses propres intérêts. De plus, ce voyage ne serait pas long, insista Archéron. Ils navigueraient jusqu'au lieu de rendez-vous, échangeraient les cargaisons, puis rentreraient. Archéron demanderait à son fils d'inviter le capitaine téran à dîner, pour qu'elle puisse lui parler et obtenir des informations de première main sur Térah. Après quoi ils reviendraient directement au palais.

Arcas rentra finalement, les cales de son navire pleines de marchandises, et annonça qu'il ferait un nouveau voyage la semaine suivante.

— Lara va t'accompagner, cette fois, dit Archéron à son fils.

— Tu n'as plus peur de la mer ? demanda Arcas à la jeune femme.

— Je lui ai appris à naviguer, expliqua Archéron.

— Je trouve la mer très belle et j'adore naviguer, confia Lara. Je serai ravie de rencontrer des Térans, mon roi.

Tout en parlant, elle réalisa que ses inquiétudes s'étaient dissipées. Après tout, qu'avait-elle à craindre d'Arcas ? Elle emporterait à la fois Andraste et Vérica. Un instant, elle regretta de ne pas avoir Dasras, son cheval — même si elle imaginait facilement ce qu'il penserait de la mer… Il la détesterait sans doute dès l'instant où il poserait un sabot sur le bateau, songea-t-elle en esquissant un sourire. Finalement, elle avait eu raison de le confier au Fiacre…

Lara embarqua sur le navire d'Arcas quelques jours plus tard. Celui-ci lui offrit la cabine du capitaine, qu'il avait aménagée pour son confort, et lui annonça qu'il viendrait prendre ses repas en sa compagnie. C'était une cabine spacieuse située à l'arrière du vaisseau, avec une grande baie vitrée qui surplombait la mer. Le navire était solide et fait d'un bois odorant qui parfumait l'air très agréablement. Il était équipé de grandes voiles carrées couleur de crème et des drapeaux multicolores flottaient en haut de ses mâts. Archéron expliqua à Lara que ces drapeaux avaient un sens : grâce à eux, tout navire qu'ils croiseraient au large connaîtrait facilement leur port d'attache, leur destination et le contenu de leur cargaison. Le roi et son invitée regardèrent les employés du port charger le navire de grands paniers de sel et de boîtes en argent remplies de perles, puis Archéron escorta Lara à bord et lui souhaita un bon voyage.

— Tu emportes ton épée et ta canne ? demanda-t-il, curieux.

— Je ne m'en sépare jamais, répondit Lara en déposant ses armes sur la table de la cabine. C'est comme si elles faisaient partie de moi…

Archéron l'embrassa sur les joues.

— Nous nous reverrons à ton retour, lui dit-il. Je serai curieux de connaître ton opinion sur les Térans…

Il s'inclina poliment, puis retourna sur le quai.

Lorsque le navire largua les amarres, Lara sortit sur le pont pour regarder la côte s'éloigner. Ce grand vaisseau était très différent du bateau sur lequel elle avait appris à naviguer. Elle se sentait beaucoup plus en sécurité à son bord. Lara porta sa main à son pendentif en forme d'étoile.

Nous voilà embarquées pour une nouvelle aventure, mon amie, dit-elle à sa gardienne.

C'est maintenant que la véritable aventure commence, répondit Ethne.

Arrête de me parler par énigmes : tu sais bien que j'ai horreur de ça…

Regarde bien Hétar, mon enfant, reprit Ethne.

Je ne la reverrai plus ? interrogea Lara, dont le cœur s'emballa à cette idée.

Un jour, plus tard…, répondit Ethne. *Il y a d'autres endroits où tu dois d'abord aller pour accomplir ton destin, mon enfant.*

Encore des énigmes, grommela Lara. *J'ai un destin… Je suis protégée…*

Je suis ravie que tu t'en souviennes, répliqua Ethne sur un ton ironique.

Te ne me laisserais pas l'oublier…

Ne te fie à personne, l'avertit Ethne, redevenue sérieuse.

Je ne fais pas confiance à Arcas, répondit Lara. *Je n'ai pas réussi à éviter ce voyage. Je t'assure que j'ai essayé… Est-ce que je devrais sauter par-dessus bord et rentrer à la nage pendant que je le peux encore ?*

Arcas te trahira, mais ce voyage fait partie de ton destin, répondit sa gardienne.

Lara acquiesça en silence.

Arcas la rejoignit bientôt.

— As-tu déjà le pied marin ? lui demanda-t-il.

— Le pied marin ? répéta-t-elle, déconcertée.

— Est-ce que tu commences à t'habituer aux mouvements du bateau ? expliqua-t-il en riant.

— Oui, répondit-elle. Mais la sensation est très différente de celle que j'éprouvais en naviguant le long de la côte sur le petit bateau de ton père…

— Alors, il t'a appris à naviguer ? demanda Arcas, curieux.

— Je voulais apprendre… La mer est tellement différente de tout ce que j'ai connu… Je parie que la plupart des habitants de la capitale n'imaginent même pas à quoi elle ressemble. Elle est magnifique ! Mais j'espère que nous n'essuierons pas de tempête… Celles que j'ai vues s'abattre sur la côte étaient impressionnantes…

— Mon navire peut résister à toutes les tempêtes, la rassura-t-il. A vrai dire, j'aime assez le gros temps… Je trouve exaltant de manœuvrer le navire sous un vent violent, au milieu de grandes vagues…

— Je te crois sur parole, Arcas, répondit Lara avec un fin sourire.

Le temps resta clément. Lara dormit étonnamment bien pendant sa première nuit en mer. Le deuxième jour, elle aperçut de grands poissons qui semblaient escorter leur navire en faisant des bonds gracieux au-dessus des vagues. Au dîner, elle posa à Arcas une question qui l'avait tracassée toute la journée.

— Où sont les hommes qui t'aident à manœuvrer le bateau ? J'en ai vu très peu…

— Le bateau navigue de lui-même, répondit Arcas. Mon père ne te l'a pas expliqué ?

— Il est vivant ? demanda Lara.

Arcas hocha la tête.

— Chacun de nos navires est investi par un puissant esprit marin qui le guide et le protège, expliqua Arcas. Les quelques hommes que tu as aperçus sont là pour lui tenir compagnie et procéder à l'échange des cargaisons. Je n'ai qu'un seul serviteur, qui s'occupe à la fois de la cuisine et du ménage. Le bateau fait tout le reste lui-même. Je lui dis où je veux aller et il m'y emmène. Bien sûr, les Térans n'en savent rien… Je ne crois pas qu'ils connaissent la magie — du moins rien ne l'indique.

— Ne sont-ils pas intrigués de voir aussi peu d'hommes sur vos bateaux ? demanda Lara. Ils ont forcément remarqué…

— Le bateau sait se protéger lui-même, répondit Arcas. Lorsque nous arrivons au lieu du rendez-vous, sa magie génère une illusion. Grâce à elle, les Térans voient un équipage au complet. Il arrive même que ces créatures magiques aident à décharger la cargaison pour nous faire gagner du temps. Si je connais le capitaine que nous allons voir, je l'inviterai à dîner avec nous. Tu pourras rencontrer un Téran… Mon père m'a dit que c'était la raison pour laquelle tu m'accompagnais.

— J'aimerais rencontrer un Téran, c'est vrai, répondit Lara.

Le troisième jour de leur voyage, Lara retourna sur le pont du bateau pour regarder les vagues et les poissons irisés qui les escortaient de leurs bonds joyeux. Elle trouvait ce spectacle magnifique. Au dîner, elle recommença à interroger Arcas.

— Tu as dit que le navire était investi par un puissant esprit marin. Y a-t-il d'autres êtres qui vivent sous la mer ? Y a-t-il des fées des Eaux, comme il y a des fées de la Forêt ou de la Montagne, et des Péries dans le Désert ? Et comment faites-vous pour que les esprits marins investissent vos navires ? Connais-tu le nom du tien ? Est-ce un esprit mâle ou femelle ?

— Il y a toujours eu des relations étroites entre les rois de la Province Côtière et les esprits marins, expliqua Arcas. Tout comme notre relation commerciale avec les Térans, nous ne savons pas comment ça a commencé. A nos yeux, il en a toujours été ainsi. Lorsque nous achevons la construction d'un navire, nous le mettons à l'eau et nous invitons l'un des esprits marins à en faire sa demeure. Ils n'ont jamais refusé. Nous sommes bénis par la mer… Quant aux fées, je ne sais pas s'il en existe sous les eaux. D'anciennes légendes parlent d'une civilisation aquatique, mais je ne sais rien de plus à ce sujet.

— La magie est partout, remarqua Lara.

— Nous arriverons au lieu du rendez-vous assez tôt demain matin, lui dit Arcas.

— Je me lèverai à l'aube, promit Lara.

Elle se sentait soulagée. Arcas s'était bien conduit pendant leur voyage : il ne l'avait pas effleurée et n'avait eu aucune parole offensante. Pourtant, Lara était certaine que son instinct ne la trompait pas à son sujet. Arcas n'était pas digne de confiance. Il la trahirait à la première occasion. Mais comment ?

Le lendemain, elle était levée et habillée dès l'aube. Depuis le pont du bateau, elle regarda approcher le navire téran, assez semblable à celui à bord duquel elle se trouvait. Leur propre navire avait déjà jeté à l'eau ce qu'Arcas appelait une ancre, pour le maintenir en place, et ses voiles avaient été roulées pour ne plus offrir de prise au vent. Les mêmes mesures furent prises à bord du bateau téran dès qu'il les rejoignit. Deux larges planches équipées de rambardes de sécurité furent placées entre les navires et le transfert des cargaisons commença. Fascinée, Lara regarda les marins térans transporter des caisses à bord du bateau d'Arcas, tandis que le même nombre d'hommes emportait la cargaison des Hétariens par l'autre passerelle.

L'opération s'acheva en milieu d'après-midi et l'une des passerelles fut retirée. Arcas, qui connaissait effectivement le capitaine du bateau téran, l'invita à dîner comme il l'avait promis à Lara. Celui-ci monta à bord une heure avant le coucher du soleil. Arcas lui souhaita la bienvenue et lui présenta Lara.

— Voici dame Lara, dit-il. Elle est célèbre dans notre monde pour sa beauté et son courage. Lara, je te présente le capitaine Corrado, de Térah.

Le capitaine s'inclina et embrassa la main de Lara.

— Je suis heureuse de vous rencontrer, capitaine Corrado, lui dit-elle.

— On m'avait bien dit que les femmes d'Hétar parlaient, répondit le Téran. Pas les nôtres.

Il se détourna d'elle aussitôt pour entamer une conversation avec Arcas.

Lara était extrêmement surprise. Les femmes de Térah ne parlaient pas ? Comme c'était étrange... C'était peut-être pour cela que le capitaine s'était montré si grossier envers elle... De toute évidence, les femmes comptaient pour peu de chose dans son monde. Pourtant, comment les hommes verraient-ils le jour s'il n'y avait pas de femmes ? Elle se demanda si quelqu'un avait pensé à poser à un mâle téran cette question judicieuse…

Les deux hommes poursuivirent leur conversation pendant le dîner. Lara devait bien admettre qu'Arcas faisait des efforts pour l'y inclure mais, chaque fois, le capitaine Corrado répondait à Arcas en l'ignorant tout à fait. Elle n'apprenait rien sur Térah — à part que les hommes y étaient extrêmement grossiers. Elle faillit soupirer de soulagement quand le dîner s'acheva enfin.

— Le capitaine Corrado nous a apporté une liqueur de Térah pour terminer le repas, annonça Arcas en désignant une petite bouteille en grès.

Le serviteur la déboucha et en versa le contenu dans de petits gobelets d'argent qu'il posa sur un plateau. Il le présenta d'abord au capitaine Corrado, puis à Arcas, avant de servir Lara.

— Portons un toast à l'amitié entre Hétar et Térah, dit Arcas en levant son gobelet. A l'amitié et au commerce !

— A l'amitié et au commerce ! lui fit écho le capitaine.

Lara sirota une gorgée du breuvage.

— Non, madame, lui dit le capitaine Corrado qui s'adressait directement à elle pour la première fois. Il faut boire cette liqueur d'une seule traite.

Il joignit aussitôt le geste à la parole.

Lara était stupéfaite qu'il lui ait parlé. Peut-être l'avait-elle jugé trop rapidement… Arcas vida son gobelet à son tour. Les bonnes manières exigeaient que Lara en fasse autant, même si elle trouvait le breuvage un peu trop sucré à son goût. Cette pensée fut la dernière qui lui traversa l'esprit avant plusieurs heures.

*
* *

Les deux hommes regardèrent la jeune femme qui venait de s'effondrer sur le sol de la cabine, puis Arcas fit signe à son serviteur.

— Emporte-la sur le navire du capitaine, ordonna-t-il. Ses serviteurs te diront où la déposer.

Puis il se retourna vers son complice.

— Tu diras au Dominus que c'est un cadeau du roi Archéron, Corrado.

— Tu ne préfères pas que je lui dise que le cadeau vient de toi, Arcas ? demanda le Téran, surpris.

— Elle adore mon père. L'idée qu'il ait pu la trahir la fera beaucoup souffrir — et je veux qu'elle souffre, répondit Arcas.

— Tu la hais, n'est-ce pas ? demanda Corrado.

— J'aurais voulu en faire ma femme, avoua Arcas.

— Mais elle a repoussé tes avances et tu veux maintenant te venger d'elle… Soit ! Le Dominus aime les femmes spirituelles et je pense que celle-ci saura lui faire plaisir. Elle est d'une beauté incroyable…

— Elle n'est plus vierge, se crut obligé de préciser Arcas.

— Bien sûr que non, répondit le Téran. Aucune belle femme ne le reste… Qui est-ce, Arcas ? J'aimerais connaître son histoire — elle intéressera sûrement le Dominus.

— Son père est un ancien mercenaire qui a fini par entrer dans l'Ordre des chevaliers de la Croisade, raconta Arcas. Elle a été vendue comme esclave pour lui permettre de réaliser son ambition, mais elle s'est enfuie dans les Terres Extérieures — une région peuplée de barbares — et a épousé le chef de l'un des clans. Elle est revenue en Hétar après qu'il a été assassiné. Elle était aussi respectée que son mari par leur peuple. Je ne vois pas ce que je pourrais ajouter…

— C'est une histoire intéressante, répondit Corrado en se levant de table. Je dois y aller, maintenant. Que comptes-tu dire à ton père, Arcas ?

— Je n'ai pas encore décidé, répondit le jeune roi. Je dirai peut-être que nous avons eu du gros temps et qu'elle est passée par-dessus bord… Nous l'avons perdue malgré tous nos efforts… C'est un scénario plausible. Mon père est un homme simple : il me croira sur parole.

Les deux hommes montèrent sur le pont et se serrèrent la main, puis le Téran retourna sur son propre navire. Les Hétariens tirèrent aussitôt leur passerelle. Il se retourna pour faire signe à Arcas, mais celui-ci avait déjà disparu dans sa cabine. Le capitaine Corrado se demanda un instant ce qui avait pu l'inciter à quitter le pont si rapidement, contrairement à l'usage…

Arcas se précipita dans la cabine pour chercher l'épée et la canne de Lara. C'étaient des objets de grande valeur, et qui ne seraient plus d'aucune utilité à la jeune femme. Comme il ne les trouvait ni l'une ni l'autre, il appela son serviteur.

— Où sont l'épée et la canne de la dame ? demanda-t-il.

— Elles sont dans le coin, là-bas, répondit le serviteur en avançant vers l'endroit qu'il désignait. Du moins elles y étaient… Je les ai vues quand j'ai emporté la dame sur le navire des Térans, mon roi.

Il était abasourdi.

Arcas poussa un juron.

— Elles l'ont suivie…, murmura-t-il.

Pourquoi n'avait-il pas pensé à les enfermer dans un placard à un moment de la journée ? Les maudites armes étaient magiques, mais elles lui auraient appartenu si elles n'avaient pas vu le serviteur emporter leur maîtresse… Il jura à nouveau.

— Levons l'ancre ! ordonna-t-il à son serviteur. Il est temps de rentrer chez nous.

— A vos ordres, mon roi, répondit l'homme.

— Quel dommage que la dame Lara soit passée par-dessus bord dans la tempête, n'est-ce pas ?

— Oui, mon roi, répondit obséquieusement le serviteur. C'est vraiment triste.

L'homme s'inclina profondément et quitta la cabine.

Elle aurait pu devenir sa reine…, songea Arcas. Et voilà qu'elle allait devenir une esclave destinée au plaisir du Dominus de Térah. Les Térans n'étaient pas réputés pour leur tendresse envers les femmes… Mais c'était elle qui l'avait voulu. Elle aurait pu être sa reine !

5.

Dès son réveil, Lara comprit qu'elle n'était plus sur le navire d'Arcas. Elle était allongée sur le dos dans un espace à peine plus grand qu'un placard, et sentait le balancement régulier du navire. Elle porta sa main à son pendentif et fut rassurée de sentir sa forme familière sous ses doigts.

L'aventure a commencé…, dit-elle silencieusement à Ethne.

Quand ses yeux verts se furent habitués à l'obscurité, elle parvint à discerner une petite porte. Elle en trouva la poignée à tâtons et la tourna. A sa grande surprise, la porte s'ouvrit sur une cabine spacieuse baignée de soleil. Lara quitta sa couchette, entra dans la cabine et referma la petite porte derrière elle. Elle se trouvait donc sur le bateau des Térans… Pour le moment, elle ne pouvait rien faire de mieux que de rester là où on l'avait installée. Le capitaine Corrado finirait bien par venir et lui apprendre ce qu'elle avait besoin de savoir.

Elle aperçut un plateau posé sur une petite table et s'en approcha. Il supportait une carafe trapue, deux petits gobelets en pierre sculptés et une corbeille de fruits. Lara ôta le bouchon de la carafe et emplit l'un des gobelets. Elle renifla le liquide, sourit de plaisir et vida le gobelet. C'était un vin léger et plein d'arômes. Elle s'en versa un second gobelet, prit une pêche dans la corbeille et alla s'asseoir sur la banquette rembourrée installée sous la grande fenêtre ovale de la cabine. D'après la position du soleil, elle avait dormi jusque très tard dans la matinée. Rien d'autre que le ciel sans nuages ne se reflétait dans les eaux de Sagitta. Elle apercevait de temps à autre les poissons qu'elle avait déjà observés depuis le pont du bateau d'Arcas, mais il n'y avait pas un navire en vue. Elle était seule.

Pourquoi Arcas l'avait-il livrée au capitaine téran ? se demanda-t-elle.

Parce que son destin l'attendait à Térah, se répondit-elle à elle-même. Mais pourquoi ? Il lui serait tellement plus simple d'accomplir son destin si elle avait une petite idée de ce qu'elle devait faire… Elle avait toujours détesté les énigmes. Pourtant, sa vie tout entière depuis son départ de la capitale n'était qu'une vaste énigme qu'elle ne savait pas résoudre. Elle se retourna en entendant la porte de la cabine s'ouvrir. Un jeune garçon entra et lui tendit une assiette en ne lui jetant qu'un bref regard. L'assiette contenait une épaisse tranche de pain et un morceau de fromage. Il tourna aussitôt les talons et se dirigea vers la porte.

— Merci ! lui lança Lara.

Le garçon se figea, tourna vers elle un visage épouvanté, puis s'enfuit de la cabine en courant.

Lara haussa les épaules. Elle alla se servir un autre verre de vin et s'attaqua au contenu de l'assiette. Quand elle eut fini de manger, elle inspecta la cabine et découvrit dans un coin un pichet soigneusement fixé au mur et une cuvette. Elle versa de l'eau dans la cuvette, puis se lava les mains et le visage avec un linge qu'elle trouva posé à côté. Elle retourna ensuite s'asseoir sur la banquette et contempla la mer qui miroitait au soleil de midi. Il n'y avait toujours pas un nuage dans le ciel.

En milieu d'après-midi, la porte de la cabine s'ouvrit à nouveau pour laisser passer le capitaine Corrado.

— Quand vous êtes-vous réveillée ? lui demanda-t-il.

— Il y a quelques heures, répondit Lara. Vous avez mis une drogue dans mon vin, mais comment ?

— Le serviteur devait nous présenter le plateau en premier, expliqua Corrado. Nous savions quel gobelet contenait le somnifère.

— Bien sûr..., murmura Lara. C'était bien pensé, capitaine Corrado.

— Vous n'avez pas peur ? lui demanda-t-il.

— De quoi ?

— Vous avez été trahie par le roi Archéron et envoyée comme esclave dans une terre étrangère..., répondit Corrado.

— Archéron ne m'a pas trahie, capitaine. Il a toujours été un allié des Terres Extérieures. Arcas a été stupide de penser que je croirais à cette histoire et qu'elle me ferait perdre tout espoir. Espoir de quoi ? Je me trouve sur votre bateau parce que mon destin m'y a conduite. Quels mensonges vous a-t-il racontés sur moi ? Mais peu importe... Je vais vous raconter mon histoire moi-même. Voulez-vous vous asseoir et me laisser vous servir un peu de votre excellent vin ?

Le capitaine Corrado était fasciné. Il hocha la tête et la regarda lui servir un gobelet de vin. Puis il écouta attentivement l'histoire qu'elle lui raconta d'une voix calme sans se perdre en détails inutiles. C'était la plus belle femme qu'il ait jamais vue. Sa voix était claire et mélodieuse, c'était un son envoûtant qui semblait caresser son esprit. Il ignorait tout des voix des femmes, mais trouva celle de Lara merveilleuse. Son histoire était fascinante. Elle était la fille d'un grand guerrier et d'une fée — la reine de son peuple. Arcas ne lui avait pas présenté les choses de la même manière... Il réalisa que s'il devait croire l'un des deux sur parole, c'était la version de Lara qui lui semblait la plus vraisemblable.

— J'espère que ça ne vous dérange pas, mais Andraste et Vérica m'ont accompagnée, lui dit-elle quand elle eut achevé son récit. Mais ne vous inquiétez pas : elles sont inoffensives si je ne suis pas menacée.

— Je n'ai pas vu le serviteur d'Arcas emporter quoi que ce soit..., remarqua Corrado.

Lara éclata de rire.

— Il n'a rien emporté, mais mes armes sont venues quand même, répondit-elle. Je vous ai dit que j'étais un être magique et protégé par la magie...

— Si vous avez autant de pouvoir, comment se fait-il que vous soyez ici ? lui demanda-t-il.

— Je vous l'ai déjà dit, capitaine : je suis ici parce que mon destin l'exige, lui expliqua patiemment Lara, comme si elle parlait à un enfant.

— Pourquoi êtes-vous là ? Etes-vous une espionne d'Hétar ? Arcas parle beaucoup trop... Je sais que votre monde est en train de changer, madame... Votre peuple a besoin de nouvelles terres. Lorsqu'il aura envahi les Terres Extérieures, il tournera probablement ses regards vers la mer... Les rois de la Province Côtière n'arriveront pas à protéger leur secret. Je suis certain que les Hétariens essaieront de conquérir Térah dès qu'ils connaîtront son existence. Arcas a-t-il déjà trahi sa propre famille ?

— Les Terres Extérieures sont protégées de l'homme qui cherche à devenir empereur, capitaine Corrado, dit Lara. Gaius Prospéro l'ignore encore et il aura beaucoup de mal à comprendre ce qui lui fait obstacle — s'il le comprend jamais. Hétar est convaincue que les provinces et les

Terres Extérieures constituent notre monde tout entier. Je sais que c'est faux, mais y a-t-il encore d'autres terres que les vôtres ? D'autres pays, d'autres peuples ? A quel point notre monde est-il vaste ? Ne vous êtes-vous jamais posé cette question ?

La curiosité de cette jeune femme le fascinait.

— Je ne sais pas s'il existe d'autres terres, avoua-t-il.

Lara esquissa un sourire.

— Mais aimeriez-vous le savoir, capitaine ? insista-t-elle.

Corrado secoua la tête.

— Je ne sais pas, répondit-il honnêtement.

— La magie existe-t-elle dans votre monde ? demanda-t-elle.

Il acquiesça.

— Oui, elle existe, répondit-il.

— Bien, dit Lara. Je vais donc essayer d'en apprendre plus.

— Vous allez être offerte à Magnus Hauk, le Dominus, remarqua le capitaine Corrado. Vous allez vivre dans son château et n'aurez pas une grande liberté de mouvement, puisque vous allez être considérée comme une esclave…

Lara éclata encore de rire.

— Une fois déjà, les hommes m'ont considérée comme une esclave. Ça a été fatal à certains d'entre eux… Je ne suis pas une esclave, et votre Dominus va vite le comprendre. S'il n'attend de moi que des plaisirs charnels, j'accepterai peut-être de les lui offrir, à condition qu'il me laisse libre de suivre mon destin.

Le capitaine Corrado secoua la tête. Il n'en croyait pas ses oreilles…

— Madame, je n'ai jamais rencontré quelqu'un comme vous, lui dit-il. Comme je ne décèle aucun mal en vous, je vous conjure d'agir prudemment. Magnus Hauk est un homme puissant et très déterminé. Il ne supporte pas la désobéissance — particulièrement de la part d'une femme.

— Je vous remercie pour votre gentillesse et vos conseils, répondit Lara.

— Nous arriverons demain, lui annonça Corrado.

— Demain ? s'exclama Lara. Arcas m'avait dit que le lieu de rendez-vous se trouvait au milieu de la mer, à trois jours de voyage de chaque port...

— Vous avez dormi deux jours, madame, répondit le capitaine.

— Deux jours !

Lara n'en revenait pas.

— La potion dont nous nous sommes servis est très efficace...

— Visiblement, répondit Lara en riant.

— Je ne pouvais pas savoir que vous n'alliez pas vous révolter contre votre situation, expliqua le capitaine. Si j'avais connu vos dispositions..., je me serais fait un plaisir de jouir plus longtemps de votre compagnie. Vous êtes très différente des femmes de Térah.

— Si c'est le cas, comment pouvez-vous être sûr que je vais plaire à votre Dominus ? demanda Lara.

Le capitaine ne put s'empêcher de sourire.

— Seul un fou ne vous désirerait pas, madame...

Lara sourit à son tour.

— Vous me flattez, répondit-elle.

— Aimeriez-vous monter sur le pont lorsque nous entrerons dans le fjord, demain ? lui proposa-t-il.

— Qu'est-ce qu'un fjord ? interrogea Lara.

— C'est un bras de mer ; celui-ci conduit jusqu'au château

du Dominus. Il y en a beaucoup le long de notre côte. Nos villages sont construits sur leurs rives.

— Vous n'avez pas de gouvernement centralisé, de capitale ? questionna-t-elle.

— Le Dominus gouverne Térah depuis son château, répondit-il. Vous allez bientôt vous en rendre compte par vous-même.

Le matin suivant, le jeune garçon se présenta dans la cabine.

— Le capitaine vous invite à monter sur le pont pour voir notre entrée dans le fjord, dit-il.

— Merci, répondit Lara. Mais dis-moi : pourquoi as-tu l'air si effrayé ?

— Je n'ai jamais entendu une femme parler, répondit le garçon.

— Il y a pourtant bien des femmes sur Térah ? lui demanda-t-elle.

— Oui, mais elles ne parlent pas…

— Parce qu'elles ne le peuvent pas ou parce qu'elles n'en ont pas le droit ? insista Lara, de plus en plus surprise.

Le garçon secoua la tête.

— Elles ne peuvent pas, madame.

— Laisse-moi quelques minutes pour me préparer, demanda Lara. Attends-moi dehors, tu m'escorteras jusqu'au pont.

— Oui, madame, répondit-il poliment avant de quitter la cabine.

Par chance, la robe qu'elle portait était épaisse, étroite et à manches longues. Elle était d'un gris argenté et avait un col carré légèrement drapé. Lara alla jusqu'à sa couchette, sur laquelle ses armes étaient posées. Elle se passa le fourreau d'Andraste en bandoulière, prit Vérica à la main et sortit de la cabine. Après lui avoir jeté un rapide coup d'œil, le garçon conduisit Lara jusqu'au pont, où le capitaine Corrado l'attendait.

— Voici nos côtes, lui dit-il en tendant le bras.

Lara fut émerveillée par la majesté des falaises qui se dressaient devant elle et la beauté des collines d'un vert intense qui se succédaient jusqu'à de hautes montagnes que l'on apercevait au loin. C'était un paysage magnifique, très différent à la fois d'Hétar et des Terres Extérieures. C'est alors qu'elle aperçut l'ouverture entre les falaises. Le bateau se dirigeait droit dessus.

— C'est l'entrée du fjord ? demanda-t-elle au capitaine.

— Vous avez de bons yeux, remarqua-t-il. Nous allons bientôt l'atteindre.

— Et nous en aurons fini avec ce tangage infernal ? demanda une voix bougonne.

— Vérica !

Mais Lara ne put s'empêcher de rire en voyant les visages épouvantés du garçon et de Corrado. Elle s'empressa de les rassurer.

— Je vous présente Vérica, dit-elle, ma canne et mon compagnon. Il parle souvent à tort et à travers, mais il n'est pas dangereux.

— Arrête d'avoir l'air aussi terrifié, mon enfant, ordonna Vérica au jeune garçon. Je suis l'esprit de l'arbre dont a été faite la canne que j'habite à présent. Je parie que tu n'as jamais vu quelqu'un comme moi…

— Non…, bredouilla le garçon.

— Et tu n'es pas près d'en voir un autre ! lui dit joyeusement Vérica.

— C'est une magie puissante, remarqua Corrado.

— Ma magie ne me sert qu'à faire le bien, répondit Lara.

— Allons-nous bientôt quitter cet affreux bateau ? demanda encore Vérica.

— Oui, lui répondit Corrado. Nous allons bientôt entrer dans le fjord. Les eaux y seront déjà plus calmes…

— Je suis soulagé de l'entendre, dit Vérica. Regardez donc mon bois ! La mousse commence déjà à s'y installer.

— Je n'arrive pas à croire que je parle à une canne…, murmura Corrado.

— La canne ne fait qu'abriter mon esprit, précisa Vérica. Ne voyez-vous pas mon visage ? D'aucuns le trouvent assez beau… N'est-ce pas, maîtresse ?

Lara tourna lentement la canne pour présenter au capitaine Corrado un visage long et grave. Il avait des yeux bridés, un nez mince, des lèvres fines et une grande barbe bouclée. C'était un visage habilement sculpté et d'une élégance certaine.

— Je vous vois, maintenant, dit le capitaine. Et vous avez effectivement un visage assez impressionnant. Je suis heureux de faire votre connaissance, Vérica.

— Moi de même, capitaine, répondit Vérica avec la plus grande courtoisie.

Le navire s'engagea dans le fjord. Après une zone de remous, à l'endroit où le bras de mer rencontrait les eaux du large, ils s'engagèrent dans ce qui se révéla être l'estuaire d'une rivière paisible. L'herbe qui poussait au sommet des falaises était d'un vert si intense qu'il en blessait presque les yeux.

— Dans quelques minutes, vous allez apercevoir le château du Dominus sur les hauteurs, annonça le capitaine Corrado.

— Puis-je rester sur le pont ? demanda Lara. C'est un si beau spectacle…

— Je vais demander au garçon de vous apporter un

siège, répondit le capitaine. Je dois aller m'occuper de notre entrée au port et du déchargement de la cargaison. Je ne vous conduirai au château que quand j'aurai terminé : mon bateau passe avant tout le reste.

— Bien sûr, répondit Lara.

Elle fut heureuse de s'asseoir sur le fauteuil de cuir que le garçon déplia devant elle, et d'avoir le loisir d'observer son nouvel environnement. Les odeurs de la terre commençaient à se mêler à l'air marin. Elle ne voyait ni bétail, ni chevaux, ni moutons paître sur les collines. Il n'y avait pas de villages non plus. Corrado avait pourtant dit qu'il y en avait le long des fjords… Les Térans considéraient peut-être celui-ci comme l'entrée du château du Dominus, et ses rives comme des terres privées… Puis le navire franchit un coude de la rivière et Lara l'aperçut.

Le château, immense, était en partie construit dans la falaise. Il était en pierre sombre et imposant, tout en gardant une élégance certaine. Des tours gracieuses, couronnées d'ardoise grise, s'élançaient vers le ciel. Des plantes grimpantes retombaient par-dessus certains murs, indiquant qu'ils dissimulaient des jardins. Il n'existait rien de comparable en Hétar — à part peut-être les palais des princes de l'Ombre. Gaius Prospéro tomberait malade de jalousie s'il voyait ce château, songea-t-elle en souriant pour elle-même. Elle était très impatiente d'en apprendre plus sur Térah. Tout d'abord, elle voulait comprendre pourquoi les femmes de ce pays ne parlaient pas — un bien curieux mystère…

Le bateau obliqua vers la rive. A cet endroit, une longue jetée en pierre avançait sur le fleuve. Le navire fut fermement amarré au quai, on fit descendre une passerelle, et le long travail de déchargement commença. L'une après l'autre, les caisses furent emportées le long de la jetée jusqu'à une entrée creusée dans la falaise. Le capitaine allait et venait en donnant des instructions à ses hommes. Le bateau flotta plus légèrement sur les eaux à mesure qu'on le déchargeait. Lorsque la dernière caisse eut été emportée, le capitaine Corrado vint chercher Lara.

— Vous êtes prête ? lui demanda-t-il.

— Oui, répondit-elle. Vais-je rencontrer le Dominus immédiatement ?

— Sans doute. Il s'attend toujours à ce que je vienne lui présenter mes respects dès mon retour au port. Nous sommes de la même famille…

— C'est une rude ascension ! remarqua Lara tandis qu'ils descendaient la passerelle pour s'engager sur la jetée.

— Nous n'avons pas besoin d'escalader la falaise, répondit Corrado. Vous allez voir…

Il la conduisit jusqu'à l'entrée creusée dans la roche. Une fois à l'intérieur, le capitaine prit la main de Lara pour l'aider à monter sur une plate-forme installée derrière une porte de bois et protégée par une rambarde. Presque aussitôt, la plate-forme commença à s'élever à l'intérieur de la falaise. Stupéfaite, Lara regarda la plate-forme dépasser plusieurs galeries creusées dans la roche. Elles étaient de plus en plus larges à mesure qu'ils approchaient du sommet.

— Comment cet appareil fonctionne-t-il ? demanda Lara au capitaine.

— La plate-forme est actionnée par un géant des montagnes, expliqua Corrado. Nous les employons spécialement à cette tâche. Ils ne sont pas très intelligents, mais ils sont forts et gentils. Vous m'avez bien dit avoir déjà rencontré des géants ?

— Seulement un — et tout le monde le trouvait petit pour son espèce, répondit Lara.

— Ceux-là sont immenses, précisa Corrado.

La plate-forme s'immobilisa et un serviteur leur ouvrit la porte d'un corridor vivement éclairé.

— Madame, nos hommes ne sont pas habitués à entendre une voix de femme..., dit Corrado. Tâchez de rester silencieuse et rappelez-vous que le Dominus est un homme puissant et sévère. Soyez discrète — dans votre propre intérêt.

— Merci, répondit Lara, touchée par sa sollicitude.

Corrado et elle suivirent le serviteur le long du corridor.

— Le maître est dans ses quartiers, dit le serviteur au capitaine. Il n'était pas sûr que vous rentreriez aujourd'hui...

— Nous avons eu beau temps et j'apporte un cadeau au Dominus, répondit Corrado.

— La femme ? demanda le serviteur en jetant un rapide coup d'œil sur Lara.

— Elle est hétarienne et à moitié fée, dit le capitaine. C'est un présent que lui fait un roi de la Province Côtière.

— Quel présent ! répondit le serviteur avec enthousiasme. J'aimerais beaucoup que quelqu'un m'en offre un pareil, mon capitaine !

Les deux hommes rirent de bon cœur.

Le corridor s'achevait sur une double porte en bronze. Lara trouva intéressant qu'elle ne soit pas gardée. Visiblement, le Dominus était en parfaite sécurité dans son château. Le serviteur ouvrit l'une des portes et les introduisit dans une vaste pièce. A leur gauche, une grande fenêtre ouvrait sur le fjord. Le mur d'en face était occupé par une immense cheminée dont les grands chenets ouvragés supportaient des bûches énormes.

L'homme qui était assis dans un fauteuil à haut dossier près du feu se leva pour venir à leur rencontre. Il était massif et vraiment très grand — mais parfaitement proportionné dans sa démesure. Son visage, quoique sévère, était très beau. Il avait le front haut, les pommettes saillantes, un nez très droit et des lèvres minces. Ses cheveux coupés court étaient de la couleur de l'or, avec quelques mèches d'un blond plus clair ici et là. D'épais sourcils de la même nuance surplombaient ses yeux d'un bleu turquoise. Il était vêtu avec une grande simplicité : sa longue robe bleu marine à col rond ne présentait aucun ornement. Il posa un regard chaleureux sur le capitaine Corrado.

Celui-ci posa un genou à terre et prit la main du Dominus pour la presser sur son front, ses lèvres et son cœur.

— Monseigneur, dit-il.

— Sois le bienvenu, Corrado ! dit le Dominus d'une voix grave et mélodieuse. Maintenant, relève-toi, cousin, et dis-moi comment s'est passé ton voyage.

Il ne prêta en apparence aucun intérêt à la femme qui accompagnait Corrado — mais le rapide coup d'œil qu'il avait lancé dans sa direction n'avait pas échappé à Lara.

— C'était un voyage parfaitement ordinaire à un détail près, monseigneur. Avez-vous le temps de m'écouter ? demanda Corrado au Dominus.

Magnus Hauk acquiesça.

— Le roi Arcas désirait se débarrasser d'une ennemie politique, commença-t-il. Il a donc décidé de vous en faire cadeau. Elle est à moitié fée et sa voix est aussi mélodieuse que celle des rossignols. Elle s'appelle Lara. C'est une femme intelligente. Elle m'a raconté son histoire, mais il vaut mieux que vous l'appreniez de sa propre bouche. J'espère qu'elle vous plaira, pour que je puisse le dire à Arcas à notre prochaine rencontre.

— Arcas pense-t-il qu'il n'y a pas de femmes sur Térah ?

Ou que les Hétariennes valent mieux qu'elles ? s'indigna Magnus Hauk.

— Je crois qu'il voulait surtout se débarrasser de moi, en espérant vous faire plaisir par la même occasion, Dominus, intervint Lara.

Le Dominus tourna les yeux vers elle. Il avait un regard impressionnant qui faillit lui faire baisser les yeux, mais Lara le soutint.

— Sa voix est effectivement agréable à mes oreilles, dit Magnus Hauk à son cousin comme si Lara n'était pas dans la pièce. Et j'admets qu'elle est magnifique...

Le Dominus tendit la main vers le col de sa robe, mais Lara interrompit son geste.

— Je n'ai pas d'autres vêtements, monseigneur, s'excusa-t-elle.

— Alors déshabille-toi pour que je puisse apprécier le cadeau que ce roi m'a envoyé, ordonna-t-il. Tu peux rester, Corrado.

— Si vous le permettez, je préfère m'en aller, répondit le capitaine. Seuls vos yeux devraient voir ce qui se trouve sous cette robe...

Le Dominus éclata de rire.

— Tu es toujours d'une parfaite discrétion..., remarqua-t-il en se moquant gentiment de son cousin. Vas-y, dans ce cas. Nous nous reverrons demain. Je te dirai si cette femme m'a procuré assez de plaisir pour que je veuille la garder, ou si je vais en faire cadeau à quelqu'un d'autre.

Le capitaine Corrado prit un air horrifié.

— Monseigneur ! s'écria-t-il. Vous devez la garder auprès de vous ! Elle a de grands pouvoirs, qui vous seront très utiles. Ne laissez pas quelqu'un d'autre s'en servir contre vous !

La curiosité du Dominus était piquée au vif, au point de prendre provisoirement le dessus sur son désir.

— Parle-moi de ses pouvoirs, demanda-t-il à Corrado.

Le capitaine se tourna vers Lara.

— Montrez-lui, s'il vous plaît..., l'implora-t-il.

Lara ne put s'empêcher de rire.

— Monseigneur, dit-elle, je vous demande la permission de vous montrer mon épée, Andraste. C'est une arme assez inhabituelle, mais je ne voudrais pas la dégainer sans votre accord.

— Tu l'as, répondit-il calmement. Es-tu un assassin ?

— Non, monseigneur. J'ai seulement été entraînée à l'art de la guerre par les princes de l'Ombre d'Hétar. Lorsque j'ai achevé mon apprentissage, mon maître, Lothair, m'a fait cadeau de cette épée. Elle est investie par un esprit qui s'appelle Andraste.

Lara sortit prudemment son arme de son fourreau. Elle la présenta à plat sur ses mains au Dominus.

Magnus Hauk fit un mouvement pour s'en saisir mais sursauta en s'entendant interpeller par une puissante voix féminine.

— Bonjour, Dominus Magnus Hauk ! Je suis Andraste, et je n'autorise personne d'autre que ma maîtresse à me toucher. Je bois le sang de l'injuste et du traître !

— Quelle sorte de magie est-ce ? demanda Magnus Hauk, suspicieux.

— La magie d'Hétar, monseigneur, répondit Lara. Ma canne a aussi un nom et une voix.

Elle tourna Vérica pour présenter son visage au Dominus.

— Mes hommages, Magnus Hauk, dit la canne. Je m'appelle Vérica.

Le Dominus resta un instant bouche bée.

— Tu as un visage d'une grande noblesse, Vérica, dit-il lorsqu'il parvint à se ressaisir. Je te salue.

Andraste commença à vibrer de dépit : le Dominus ne l'avait pas saluée.

Magnus Hauk se retourna aussitôt vers l'épée.

— Tu es aussi belle que ta maîtresse, Andraste, dit-il.

— Et beaucoup plus redoutable, Dominus ! répliqua l'épée avec une pointe d'aigreur.

De toute évidence, Andraste avait trouvé le compliment de Magnus Hauk un peu trop familier à son goût…, songea Lara.

— Avec votre permission, monseigneur, je vais replacer Andraste dans son fourreau.

Elle rengaina aussitôt et alla poser Vérica contre un mur.

— Je ne vous prendrai pas votre épée, déclara Magnus Hauk. Vous avez ma parole. Mais j'aimerais que vous les posiez pour le moment. Je ne me vois pas prendre du plaisir avec une femme armée…

— Je vais vous laisser, dit le capitaine Corrado en s'inclinant devant son cousin.

— Merci pour votre courtoisie et votre gentillesse, capitaine, lui dit Lara.

Le capitaine s'inclina brièvement devant elle avant de quitter la pièce à grands pas.

— On dirait bien que tu l'as impressionné, remarqua Magnus Hauk. Je ne l'ai jamais vu s'incliner devant une femme. Il faut dire que nos femmes muettes auraient du mal à mériter un tel respect…

— Toutes les femmes méritent d'être respectées, monseigneur, répondit Lara.

— Même en Hétar ? demanda-t-il doucement.

— Que savez-vous d'Hétar ?

— Très peu de choses, admit-il. Et, en dehors des rois de la Province Côtière, les habitants d'Hétar ne savent rien de nous. Vas-tu retirer ta robe ou dois-je te l'arracher, Lara ?

— Etes-vous toujours aussi impatient, monseigneur ? J'ai appris il y a longtemps que la patience conduit à de plus grands plaisirs qu'un accouplement hâtif…

Elle détacha un côté de sa robe et la fit tomber d'un léger mouvement d'épaule. L'étoffe argentée glissa sur le sol avec un petit bruissement.

Lara se tenait à présent immobile et silencieuse.

Magnus Hauk observa la superbe femme debout devant lui. Elle avait le corps le plus parfait qu'il lui ait été donné de voir de toute sa vie.

— Les Hétariennes sont-elles toutes aussi belles que toi, Lara ? demanda-t-il, sincèrement curieux.

— Non, répondit-elle avec franchise. Je suis unique — à cause de mon ascendance féerique, monseigneur. Il me semble que c'est la même chose partout : les hommes et les femmes viennent au monde avec différentes tailles, formes et couleurs… Certains sont plus blonds, d'autres plus robustes… Voulez-vous bien retirer votre robe, que je puisse observer votre corps comme vous observez le mien ?

Magnus Hauk ne savait pas s'il devait éclater de rire ou punir cette femme pour son impertinence. Les femmes de Térah étaient silencieuses et obéissantes. Elles faisaient ce qu'on leur demandait. Mais cette femme sublime était une véritable énigme… Il ne pouvait pas s'empêcher d'être intrigué. Le sourire aux lèvres, il défit les attaches de sa robe et la laissa glisser à terre. Ses yeux ne quittaient pas ceux de Lara.

Elle soutint un long moment son regard, puis baissa

les yeux pour détailler sa physionomie et se mit à tourner lentement autour de lui.

— Vous avez des attributs virils impressionnants, lui dit-elle finalement.

Le Dominus l'attira contre lui. Il caressa lentement son visage en forme de cœur, effleurant à peine sa peau délicate du bout des doigts. Le regard de ses yeux turquoise était hypnotisant. Il pencha sa tête blonde pour murmurer tout contre ses lèvres.

— Et toi, ma jolie fée, tu es enivrante…

Lara sentit son cœur s'affoler sous les caresses de cet homme. Elle avait aimé Vartan du Fiacre de tout son cœur, mais elle était maintenant prête à aimer de nouveau. Pourtant, quelque chose en elle lui criait de se méfier. Son instinct la prévenait que cet homme était capable de lui briser le cœur… Elle ne put réprimer un frisson. Il esquissa un sourire de prédateur, comme s'il était capable de lire dans son esprit. C'était une erreur de sa part : Lara endurcit son cœur qui menaçait de défaillir. Elle commettrait une grave erreur en offrant à cet homme une victoire trop facile — et elle ne voulait prendre aucun risque avec lui.

Il effleura ses lèvres d'un baiser. Cela faisait maintenant des mois que Lara n'avait pas senti la caresse d'une bouche contre la sienne. C'était une sensation délicieuse, mais elle interdit à ses lèvres de s'abandonner aux siennes. C'était une bataille que le Dominus n'allait pas remporter… Ses baisers se firent plus passionnés, plus exigeants. Le corps de Magnus Hauk se raidit contre le sien tandis que sa langue se frayait un passage entre ses lèvres. Lara perdit un instant le contrôle d'elle-même lorsque sa langue vint caresser la sienne, mais elle se ressaisit résolument et rejeta sa tête en arrière.

— Vous êtes trop brutal, se plaignit-elle. J'ai la peau délicate... Voulez-vous qu'elle soit couverte de bleus ?

Il réprima le rugissement qui faillit sortir de sa poitrine. Les femmes ne repoussaient pas Magnus Hauk, ne s'en plaignaient pas ! Et elles ne s'en plaindraient pas plus si elles pouvaient parler... Les femmes lui cédaient facilement et se montraient reconnaissantes de ses attentions. Il saisit l'un des magnifiques seins de Lara et le pétrit sans ménagement.

— Tu m'appartiens et tu m'obéiras ! s'écria-t-il d'une voix puissante.

— Allez-vous me battre si je refuse ? demanda Lara, un éclair malicieux dans les yeux.

— Tu m'appartiens ! répéta-t-il.

— Si vous voulez bien, réglons cette question immédiatement, monseigneur. Arcas a commis une erreur stupide en m'offrant à vous. Je suis Lara, fille de Swiftsword, chevalier de la Croisade, et d'Ilona, la reine des fées de la Forêt. Je suis la veuve de Vartan, seigneur du Fiacre et chef du haut conseil des Terres Extérieures. Je ne suis l'esclave de personne. Arcas est un imbécile... Il ne s'est pas douté un instant que son désir de vengeance n'était que le moyen dont s'est servi mon destin pour me faire traverser la mer et venir à Térah. J'ai quelque chose à faire ici — et il ne s'agit pas de devenir votre Femme de Plaisir personnelle, je vous l'assure. Vous êtes vous-même un moyen pour une autre fin dans ma vie, Magnus Hauk. Mais je serai heureuse de rester auprès de vous tant que mon destin ne m'appellera pas ailleurs. Nous allons prendre du plaisir ensemble, parce que je vous trouve beau et très viril. Je crois même que je vous désire un peu...

Elle laissa glisser sa main le long de son torse nu.

— Oui, ronronna-t-elle en se collant à lui. Je vous désire…

— Je pourrais te tuer ! rugit-il.

Il n'avait jamais imaginé entendre une femme parler — et encore moins pour lui dire ce qu'il venait d'entendre. C'était une créature fière qui attendait d'être conquise… Mais il allait la dompter. Alors elle serait à lui, aussi longtemps qu'il lui plairait de la garder.

Lara éclata de rire.

— Comment voulez-vous me tuer, monseigneur ? J'espère que vous allez me faire mourir de plaisir, avec vos mains, votre langue, et aussi avec cette arme redoutable que vous avez entre les jambes…

Tout en parlant, elle tendit la main vers lui et osa des caresses plus vicieuses.

Le Dominus sentit une vague de chaleur envahir son corps. Son désir pour elle était si intense qu'il eut peur d'en défaillir. Il prit son beau visage entre ses deux mains et recommença à l'embrasser. Les lèvres de Lara répondaient à présent aux siennes, s'entrouvrant pour les inviter à plus de hardiesse. Magnus sentit ses forces revenir en la voyant s'offrir à lui. Ses pointes de seins étaient dures contre son torse, son ventre doux et chaud contre le sien. Il la poussa peu à peu vers la cheminée, puis faucha brusquement ses jambes pour l'allonger sur le sol.

Lara avait repris le contrôle d'elle-même. Son cœur de fée avait retrouvé sa froideur ; il la protégerait… Mais elle commençait aussi à apprécier beaucoup l'homme qui lui faisait l'amour. De toute évidence, il était très doué dans ce domaine. Il allait vraiment la combler — mais elle allait lui offrir en retour des plaisirs tels qu'il n'en avait jamais connus. Elle sentait qu'elle allait finir par le plier à sa volonté. Il ne s'en rendrait pas compte tout d'abord — il apprécierait seulement les sensations physiques qu'elle lui offrirait. Pourtant, d'ici peu, il lui appartiendrait… Il s'apprêta à la posséder, mais Lara contraria son mouvement.

— Pas encore, monseigneur…, murmura-t-elle en le faisant rouler sur le dos. Laissez-moi vous offrir d'abord des plaisirs hors de toute mesure.

Son besoin de la prendre était irrépressible, mais quelque chose dans le ton de sa voix l'incita à se laisser faire. Lara s'agenouilla à côté de lui et commença à déposer des baisers légers comme la caresse d'une plume le long de son torse. Après s'être abandonnée à ce jeu pendant quelques minutes, elle se mit à lécher doucement la chair qu'elle venait d'embrasser. Sa langue chaude embrasait la peau de son torse sur son passage. Lorsqu'il la sentit glisser le long de son corps, il faillit crier comme une vierge.

— Est-ce que ça vous plaît, monseigneur ? lui demanda-t-elle d'une voix enrouée.

Les beaux yeux verts de la jeune femme étaient agrandis par le désir.

— Oui ! parvint-il à articuler d'une voix rauque. A mon tour de te donner du plaisir, Lara…

Il parvint — sans bien comprendre comment — à se placer entre ses cuisses. Il était tremblant de désir. Il joua avec elle, doucement tout d'abord, puis, incapable de se retenir, se montra vigoureux jusqu'à la faire presque crier. Il n'avait jamais entendu plus belle musique que les sons qu'elle émettait. Une énergie nouvelle envahit ses membres lorsqu'elle commença à hoqueter et à se débattre sous ses doigts habiles.

— Dis-moi ce que tu veux, murmura-t-il à son oreille.

— Toi, dis-moi ce que tu veux…, riposta-t-elle.

— Toi ! répondit-il.

— Toi ! dit-elle à son tour.

Il était temps de lui offrir sa victoire : elle lui avait déjà prouvé qu'elle était aussi douée que lui à ce jeu.

— Est-ce que tu veux me sentir en toi, Lara ? la provoqua-t-il en l'embrassant.

— Oh oui ! Je veux te sentir en moi…, murmura-t-elle. J'en ai besoin, monseigneur. Je t'en prie, ne me torture pas plus longtemps…

— C'est tout ce que tu mérites pour avoir osé me défier, répondit-il cruellement.

— Je t'en prie ! le supplia-t-elle.

C'était un valeureux adversaire. Comme elle le sentait se coucher sur elle, elle s'ouvrit à lui pour lui donner sa revanche.

— S'il te plaît, monseigneur… Donne-moi le plaisir dont toi seul es capable, l'implora-t-elle.

Il la pénétra profondément et brutalement, lui arrachant un cri. Jamais un corps de femme ne lui avait fait un tel effet. Lentement, il se retira presque entièrement pour mieux replonger en elle. Son corps fin et souple s'adapta à son rythme tandis qu'il commençait à bouger en elle avec vigueur.

Lara ne maîtrisait plus son corps — une telle intensité avait vaincu ses défenses. Elle n'avait jamais rien ressenti de tel. Il l'étreignait comme Vartan l'avait fait, mais ce qu'elle ressentait était profondément différent. Elle ne comprenait plus ce qui se passait, mais elle connaissait assez les hommes pour savoir que la manière dont son corps répondait à son désir lui offrait une jouissance telle qu'il n'en avait jamais connue. Comprenant qu'elle ne pourrait plus reprendre le contrôle de la situation, Lara s'abandonna tout à fait. Elle fondit, brûla et se mua en une créature sans défense perdue au milieu des étoiles. Alors la jouissance la plus incroyable qu'elle ait jamais éprouvée la consuma. Elle ne put s'empêcher de hurler, puis se laissa sombrer dans une obscurité chaude et bienveillante.

Magnus lui-même était stupéfait par la violence du désir qu'il avait senti grandir en lui. Il ne resterait sans doute plus rien d'eux après une telle débauche de passion. Les cris de jouissance de Lara lui parvinrent à travers les battements sourds de son sang qui lui martelait les tempes. Son cœur battait à tout rompre et il crut un instant qu'il n'allait pas survivre à la jouissance qui le consumait. Il rassembla le peu de forces qui lui restaient pour se dégager d'elle et rouler sur le dos.

— Je n'ai jamais connu un tel plaisir, lui dit-il lorsque son cœur eut retrouvé un rythme plus normal.

— Moi non plus, admit Lara.

— Pourquoi as-tu repoussé les avances du roi de la Province Côtière ? lui demanda-t-il.

— Parce qu'il n'a pas sa place dans mon destin, répondit-elle. Pourquoi aurais-je gaspillé du plaisir avec lui ? Je ne suis pas une Femme de Plaisir que l'on paie pour ses services — pas plus que je ne suis ton esclave, monseigneur.

— Non, reconnut Magnus Hauk. Tu n'es pas mon esclave, Lara. Mais alors quel va être ton statut ?

— Ton invitée ? suggéra-t-elle d'une voix légèrement moqueuse.

Il éclata de rire, puis se redressa pour la regarder.

— Très bien, tu es mon invitée, accorda-t-il avec humour. Et tu es ma maîtresse...

Se redressant à son tour, elle acquiesça.

— C'est juste, dit-elle. Mais que se passera-t-il si je veux prendre du plaisir avec un autre, monseigneur ?

— Je te tuerai, répondit-il. Tu m'appartiens !

— Non, riposta-t-elle. C'est toi qui m'appartiens !

— Un homme ne peut pas appartenir à une femme, Lara, lui répondit-il tout à fait sérieusement.

— Et je ne peux appartenir à personne, ni homme ni femme, répliqua-t-elle en le regardant droit dans les yeux.

Surpris par ses mots, le Dominus resta un instant silencieux.

— Je vois, dit-il finalement. Alors nous avons déjà des sujets de dispute. Nous allons devoir négocier...

Ses yeux bleus pétillaient de malice.

Quel personnage intéressant..., songea Lara. Il était fort et arrogant, sans pour autant manquer d'humour.

— Je suis passée maîtresse dans l'art de négocier, monseigneur, répondit-elle.

— As-tu faim ? demanda-t-il.

— Je meurs de faim !

Il se leva et lui tendit la main pour la remettre sur ses pieds.

— Habillons-nous, dit-il. Puis nous dînerons devant ce feu près duquel nous avons déjà satisfait nos autres appétits... Après quoi, j'ai l'intention de recommencer à te faire l'amour. Toute la nuit... Ensuite, je t'emmènerai dans le quartier des femmes pour que tu rencontres ma sœur, Sirvat. C'est elle qui s'occupe de toutes les femmes du château.

— Tu n'as ni femme ni fiancée ? lui demanda Lara.

— Non, répondit-il en enfilant sa robe bleu marine. Seulement des concubines.

Lara alla ramasser sa robe, l'enfila, puis se mit à la recherche de ses sandales. Cette journée avait été passionnante et le soleil disparaissait déjà à l'horizon — en direction d'Hétar.

Le Dominus ordonna qu'on leur apporte à dîner. Lara

fut enchantée par la variété des plats. Il y avait de la viande rôtie, saignante comme elle l'aimait — et comme le Dominus semblait l'aimer aussi. Il y avait un gros chapon farci qui baignait dans une sauce aux prunes et aux abricots. Il était accompagné de longs haricots jaunes qui fondaient dans la bouche. Il y avait aussi une salade mélangée, dont certaines variétés, aux feuilles pourpres et orange, lui étaient inconnues. Celle-ci était relevée par une sauce dont elle avait peine à identifier les ingrédients. Il y avait deux sortes de fromages, l'un frais à la saveur délicate, l'autre dur, à la couleur dorée et au goût puissant. La petite miche de pain était tiède et avait un goût particulier, inconnu à Lara.

Ils mangèrent tous deux de grand appétit et burent un vin enivrant, que Lara suspecta de contenir des herbes destinées à encourager leurs activités nocturnes. Fidèle à sa parole, Magnus Hauk consacra les heures qui suivirent à lui faire lentement l'amour avec une intense volupté. Le matin suivant, il lui fit traverser le palais pour la confier aux soins de sa jeune sœur, Sirvat.

La pièce dans laquelle elle venait de passer la nuit avec le Dominus était élégante mais très peu meublée : la chambre de Magnus Hauk ne contenait qu'un grand lit et un coffre de bois massif. Les couloirs qu'ils empruntaient à présent étaient simples eux aussi. La pierre des murs avait été laissée dans sa teinte naturelle. Le corridor était éclairé par des globes de cristal où voletaient des lucioles et le sol était revêtu de dalles d'ardoise sombre. Commençant à s'habituer à cette sobriété, Lara resta un instant stupéfaite lorsque le Dominus ouvrit une porte au bout d'un long couloir et l'invita à entrer.

Lara n'avait jamais rien vu d'aussi luxueux que le quartier des femmes du château. Les pièces étaient spacieuses sans être démesurées. Les murs peints d'une teinte chaude et dorée étaient ornés de tapisseries exquises aux motifs rouges, bleus, verts, pourpres et écrus. Elles représentaient des scènes probablement issues de l'histoire de Térah, songea Lara en les admirant. L'ameublement était féminin : il y avait des divans bas tendus d'étoffes aux nuances délicates, de moelleux coussins de soie et de velours brodés aux fils d'or et d'argent, ornés de glands à chaque coin. Il y avait des tables ouvragées incrustées de nacre et de bois précieux, des tabourets de velours et des lampes suspendues en améthyste. Le sol était presque entièrement recouvert d'épais tapis de laine.

Lorsqu'ils entrèrent dans le quartier des femmes, une jeune fille charmante aux cheveux dorés avança vers eux en souriant. Elle s'inclina devant Magnus Hauk, prit ses deux mains dans les siennes et les pressa sur son cœur dans un geste de bienvenue plein d'élégance. Puis ses yeux turquoise se posèrent sur Lara avec curiosité.

— Je te présente Lara, mon invitée hétarienne, dit Magnus Hauk à sa sœur. Je te prie de veiller à ce qu'elle ne manque de rien, petite sœur.

La jeune femme acquiesça et offrit un charmant sourire à Lara.

— Voici ma sœur cadette, Sirvat, expliqua le Dominus à Lara. Comme toutes nos femmes, elle entend ce qu'on dit mais ne peut pas parler.

Puis il se tourna vers sa sœur.

— Il ne faut pas que ça t'effraie, Sirvat, mais les femmes d'Hétar ont une voix avec laquelle elles peuvent s'exprimer. Corrado et moi avons entendu tous les deux celle de Lara.

Sirvat leva un sourcil surpris et hocha la tête.

— Je vais te laisser, maintenant, dit le Dominus à Lara. Tu es en sécurité en ces lieux.

— Quand vais-je te revoir ? lui demanda-t-elle.

— Tu verras bien, répondit-il en riant.

Lara lui répondit par un sourire malicieux.

— Tu ne vas pas tarder à te languir de moi, monseigneur. Alors, si je suis d'humeur complaisante, je viendrai à toi…

Magnus Hauk éclata de rire, puis tourna les talons et quitta le quartier des femmes.

Lara sentit que l'on tirait sur sa manche.

— Suis-moi, femme d'Hétar, lui dit une voix douce.

Lara sursauta. Ses oreilles l'abusaient-elles ?

— Tu parles ! s'exclama-t-elle. Pourquoi le Dominus te croit-il muette ?

— Viens, répondit Sirvat. Je vais t'expliquer.

Elle conduisit son invitée dans une pièce spacieuse aux fenêtres en ogive qui ouvraient sur un jardin clos, dont le centre était occupé par une splendide fontaine de marbre. Sirvat prit la main de Lara et l'invita à s'asseoir sur une banquette tendue de soie.

— C'est à cause d'une affreuse malédiction qui nous a été jetée il y a plusieurs siècles, commença-t-elle. Un puissant sorcier qui se faisait appeler Usi est arrivé du nord et a pris le contrôle de Térah pendant plusieurs années. C'était un homme cruel, qui enlevait des femmes pour son plaisir — un plaisir qui tenait davantage de la torture que de la passion. Il a amassé d'immenses richesses en appauvrissant le peuple. Personne ne savait comment l'arrêter. C'était un homme impitoyable. Finalement, une femme du nom de Geltruda décida qu'il fallait faire quelque chose pour libérer le peuple de sa terrible tyrannie. Elle s'arrangea pour attirer l'attention d'Usi. Notre histoire raconte que c'était la plus belle femme de Térah. Le sorcier la désira ardemment, mais elle réussit à le tenir en respect jusqu'à le rendre fou d'impatience, puis accepta d'entrer dans son lit de son plein gré. Le soir où elle le rejoignit, elle s'enduisit le corps de poison, afin qu'il en absorbe à coup sûr en l'embrassant. Il ne comprit ce qu'elle avait fait que lorsqu'il fut trop tard, alors qu'elle reposait sans vie dans ses bras. Geltruda avait parlé de son projet à ses deux frères, qui forcèrent l'entrée de la chambre où se trouvaient leur sœur morte et le sorcier mourant. Ils s'assirent pour assister à l'agonie d'Usi. Le sorcier les maudit dans son dernier souffle : puisqu'ils avaient écouté les conseils d'une femme et l'avaient laissée l'assassiner, les hommes d'Hétar n'entendraient plus jamais la voix de leurs épouses et de leurs sœurs. C'est ce qui s'est passé. Mais comme les hommes pouvaient encore entendre tout le reste, ils en conclurent que leurs femmes étaient devenues muettes et continuent à le croire aujourd'hui. Personne n'a réussi à lever cette malédiction jusqu'à ce jour…

— On a essayé ?

— Oh oui ! Mais la magie de Térah n'est pas assez puissante. C'est malheureux… Il y a tant de choses que nous aimerions dire à nos hommes s'ils pouvaient nous entendre…

La jeune femme ne put s'empêcher de pouffer.

— Vas-tu le dire à mon frère ? demanda-t-elle.

— Je ne sais pas. C'est ce que tu veux ? J'aimerais en apprendre plus sur ce sorcier. Je serai peut-être capable de lever cette malédiction…

— Alors, tu as des pouvoirs ? interrogea Sirvat.

— Je suis à moitié fée, expliqua Lara, et j'ai effectivement des pouvoirs.

— Qui est-ce ? demanda quelqu'un.

Lara leva les yeux vers une femme aux cheveux roux.

Deux autres femmes, toutes deux brunes, se tenaient derrière elle.

— Lara, je te présente les concubines de mon frère, Uma, Alcippe et Felda, dit Sirvat. Mesdemoiselles, voici Lara. Elle est hétarienne et c'est l'invitée de Magnus.

— Sa nouvelle maîtresse, tu veux dire, répondit la jeune femme rousse avec aigreur.

Elle lança à Lara un regard chargé de haine.

— Je ne me trompe pas, n'est-ce pas ?

— Et tu es ? demanda Lara sur un ton méprisant.

— Je suis Uma, la concubine favorite du Dominus.

— Plus maintenant, répondit doucement Lara.

Uma parut scandalisée. Elle voulut répliquer mais aucun mot ne sortit de ses lèvres.

Les deux brunettes, l'une grande et mince, l'autre petite avec un visage plein de douceur, pouffèrent discrètement. Elles semblaient ravies de voir Uma mise en difficulté. Intéressant..., songea Lara.

— Tu es très impolie, Uma, intervint Sirvat. Les affaires de cœur de mon frère ne te regardent pas. Estime-toi heureuse d'avoir attiré son attention et de vivre dans son château. Tu pourrais très bien te retrouver sur le marché aux esclaves...

— Oh ! murmurèrent les deux brunettes.

— Tu n'es pas ma maîtresse ! s'écria Uma.

— C'est vrai, répondit Sirvat. Je suis la sœur du Dominus et je dirige ce quartier. Si tu continues à te conduire ainsi, j'en parlerai à Magnus.

— Ah ! rétorqua Uma. Il ne nous entend pas. Comment réussiras-tu à lui communiquer une requête aussi complexe ?

— Il entend Lara, répondit Sirvat avec un sourire cruel. Ce n'est pas une femme de Térah, mais d'Hétar. Nous n'en avions jamais rencontré jusqu'ici, mais maintenant elle est là et Magnus peut l'entendre.

Elle éclata de rire en voyant l'air abasourdi d'Uma.

— Je te hais ! s'écria Uma avant de s'enfuir en courant.

— Le Dominus entend-il vraiment ta voix ? demanda la plus grande des deux brunes. Je suis Alcippe.

— Oui, répondit Lara. Le capitaine Corrado et lui ont tous les deux été très surpris.

— Uma est très hautaine, remarqua la petite brune. Je suis Felda. Elle croit être assez en faveur auprès du Dominus pour faire tout ce qu'elle veut.

— Mais elle se trompe, intervint Sirvat. Felda, ma chère, veux-tu demander à une servante de préparer une chambre confortable pour Lara ? La chambre inoccupée à côté de la mienne sera parfaite.

— Bien sûr, Sirvat, répondit obligeamment Felda avant de quitter la pièce.

— Felda est très gentille, commenta Sirvat, et Alcippe très intelligente. La pauvre Uma n'a rien d'autre que son corps pour attirer l'attention de mon frère.

— Et elle y a réussi — jusqu'ici…, ajouta Alcippe avec un petit rire.

— La beauté est autant une malédiction qu'une bénédiction, remarqua Lara.

— Tu dois savoir de quoi tu parles…, répondit Alcippe avec un sourire en coin. Tu es la femme la plus belle que j'aie jamais vue.

Lara soupira.

— On me l'a déjà dit, admit-elle.

— Es-tu une esclave ? lui demanda Alcippe.

— Non, répondit Lara.

Elle raconta son histoire à ses deux compagnes.

— Le Dominus a accepté de me considérer comme

une femme libre, conclut-elle. C'est heureux : il y a tant de choses que je voudrais apprendre sur Térah… J'espère que vous pourrez m'accompagner quand j'irai me promener en dehors du château.

— Nous ne sortons jamais du château, répondit Sirvat. Aucune femme de Térah ne s'éloigne des abords de son village.

— N'avez-vous pas de capitale ? demanda Lara.

— Qu'est-ce qu'une capitale ? interrogea la jeune sœur du Dominus.

— Un endroit avec plusieurs quartiers et de grandes maisons, peuplé de riches, de marchands et d'hommes du commun, expliqua Lara. Un endroit dont les marchés proposent toutes sortes de produits. Une capitale est l'endroit où se trouve le gouvernement.

— Nous n'avons pas d'endroit de ce genre, répondit Sirvat. C'est depuis ce château que le Dominus gouverne. Et c'est ici qu'habitent la plupart des gens qui sont à son service. Les profondeurs du château sont occupées par des magasins où les villageois peuvent acheter ce dont ils ont besoin. Si nous voulons quoi que ce soit, une servante va nous le chercher. Les magasins sont tenus par des femmes aussi bien que par des hommes. Comme tu le vois, nous n'avons aucune raison de quitter le château.

— Mais comment Alcippe et les autres sont-elles arrivées ici ? Ce sont des esclaves, n'est-ce pas ?

— Oui, répondit Sirvat. Mon frère se rend de temps en temps dans les villages. Il arrive qu'on lui propose des femmes pour son plaisir. Lorsqu'elles lui plaisent, elles lui sont offertes par les villageois.

— Vos hommes s'inquiètent pour vous parce qu'ils vous croient muettes, remarqua Lara. Cette malédiction a fait grand tort à votre société. Vos villages avaient-ils des contacts entre eux avant le règne du sorcier ?

— Notre histoire parle de festivals et de foires, répondit Sirvat. Mais c'est une époque si lointaine que nous ne sommes pas certains de la vérité de ces récits… Seuls de très vieux livres en ont gardé une trace.

Lara hocha la tête.

— Et le Dominus a toujours gouverné depuis ce château ? interrogea Lara, pensive.

— Oui.

Lara se demanda quelle était la taille de Térah. Magnus Hauk pouvait-il contrôler un immense territoire dans lequel seuls les hommes communiquaient ? Jusqu'où s'étendaient ces terres ? D'après ce qu'elle savait, elles n'avaient aucune frontière commune avec Hétar. Existait-il d'autres mers ? D'autres terres ? Il y avait tant de choses qu'elle voulait découvrir… Magnus Hauk connaissait-il les réponses aux questions qu'elle se posait ? Pourquoi se retrouvait-elle là ?

Felda les rejoignit.

— La chambre voisine de la tienne a encore besoin d'être aérée, mais elle est prête à recevoir Lara, dit-elle. Est-ce que j'ai raté quelque chose ?

— Est-ce que je dois tout reprendre depuis le début ? demanda Lara avec un sourire.

Sirvat hocha vigoureusement la tête.

— C'est une histoire si fascinante, Lara… Raconte-la encore pour que Felda l'entende. Ensuite nous te ferons visiter les jardins. As-tu déjà eu ton propre jardin ? Nous faisons pousser des fleurs merveilleuses…

— Oui, j'ai déjà eu un jardin, répondit Lara.

Puis elle reprit le récit de sa vie depuis le début.

— Je suis la fille d'un mercenaire devenu chevalier de la Croisade, John Swiftsword, et d'Ilona, la reine des fées de la Forêt…

6.

Lara comprit rapidement que Sirvat ne lui avait pas menti : les femmes ne s'aventuraient jamais hors du château. Mais le paysage qu'elle apercevait par les fenêtres était si beau qu'elle mourait d'envie d'en découvrir davantage. Elle aurait voulu parcourir Térah à cheval — même si elle comprenait pourquoi les Térans jugeaient leurs femmes trop fragiles pour voyager.

Fragiles ? Lara faillit rire tout haut à cette idée. Sirvat et les autres femmes étaient loin d'être sans défense... Elles géraient les tâches domestiques du château avec une grande habileté. Lara aurait volontiers parié qu'il en allait de même dans les villages alentour. Mais il semblait y avoir deux sociétés bien distinctes à Térah. Les hommes s'acquittaient des tâches qui leur incombaient et les femmes en faisaient autant. Ils se fréquentaient très peu en dehors de leurs chambres à coucher. Tant que les deux sexes ne pouvaient pas agir comme un seul et même peuple, Térah ne connaîtrait aucune évolution et resterait vulnérable face à Hétar... Elle avait décidé d'attendre encore avant d'exposer au Dominus ce qu'elle avait appris : elle avait d'abord besoin d'en apprendre plus sur Térah.

Finalement, Lara aborda le sujet un jour où ils étaient assis, en fin d'après-midi, dans le jardin personnel de

Magnus Hauk. Quelques semaines après son arrivée, elle ne l'appelait déjà plus que par son prénom.

— Sais-tu, Magnus, que votre ancien sorcier a jeté sa malédiction sur les hommes de Térah et non sur les femmes ? demanda-t-elle.

— Quoi ? demanda-t-il, très surpris. Je ne comprends pas ce que tu veux dire, Lara…

— Vos femmes sont capables de parler, expliqua-t-elle. Ce sont les hommes qui sont incapables de les entendre… C'était ça que le sorcier voulait : que vous n'entendiez plus la voix de vos femmes, parce que c'était une femme qui l'avait vaincu.

— Les femmes parlent…, répéta-t-il pensivement. Tu peux entendre leurs voix ? Tu en es certaine ?

— Je t'assure que ça ne vient pas de mon imagination, Magnus, répondit Lara. Vos femmes ont des voix et sont capables de parler. Uma, qui est toujours désagréable avec tout le monde, a une voix particulièrement douce. Il lui arrive de chanter, le soir, quand tu ne la fais pas appeler. Je suis navrée que tu ne puisses pas l'entendre : elle chante merveilleusement.

— As-tu le pouvoir de lever cette malédiction ? lui demanda-t-il.

— Je ne sais pas, répondit Lara. Je vais poser la question à Ethne.

— Qui est Ethne ? demanda-t-il.

Lara n'avait jamais mentionné ce nom devant lui.

La jeune femme souleva son pendentif de cristal.

— Ethne, dit-elle. Montre-toi au Dominus, s'il te plaît.

Une flamme se mit à briller ardemment au cœur du cristal.

— Qu'est-ce que c'est ? demanda Magnus.

— C'est la gardienne magique que m'a donnée ma

mère, la reine Ilona, quand elle m'a confiée à mon père mortel, expliqua Lara. Nous communiquons en silence, elle et moi. Je vais lui demander ce que je dois faire pour lever cette malédiction. Je ne l'ai jamais fait avant, mais je pense en être capable…

Elle baissa les yeux vers son étoile de cristal.

Ethne, dit-elle, *j'aimerais aider les hommes de Térah… Comment puis-je lever cette malédiction ?*

Tu dois connaître les paroles exactes de la malédiction pour en neutraliser l'effet. Mais en reste-t-il encore une trace après tous ces siècles ?

— Depuis combien de temps êtes-vous victimes de cette malédiction, Magnus ? demanda Lara. Et quelqu'un se souvient-il de sa formulation exacte ?

— Cette malédiction pèse sur nous depuis plus de cinq cents ans, répondit-il. Et quant à sa formulation exacte, elle ne peut se trouver que dans le Livre de Térah, qui est conservé dans le temple du Grand Créateur.

— Allons le consulter, alors, conclut Lara. Je commence à vraiment m'ennuyer dans les quartiers des femmes. Je ne trouve rien à faire et je n'ai pas l'habitude d'être un simple objet de plaisir…

Les yeux turquoise du Dominus se mirent à pétiller.

— N'est-ce pas ce que tu es ? Un objet de plaisir ?

Il s'approcha d'elle en souriant mais Lara esquiva son étreinte.

— Oh non ! s'écria-t-elle en riant et en agitant un doigt menaçant dans sa direction. Réglons d'abord cette affaire. Nous nous occuperons de satisfaire ta nature lubrique plus tard.

— Très bien, accorda-t-il. Nous irons au temple du Grand Créateur demain. Au fait, nous avons trouvé un magnifique étalon doré devant les portes du château ce matin…

Il me fait penser à toi. Si tu penses pouvoir le monter, il t'appartient. Maintenant, approche, mon amour…

— Un étalon doré ? demanda Lara avec excitation. Avec une queue et une crinière couleur de crème ?

— C'est ça, répondit le Dominus.

Elle quitta d'un bond les coussins sur lesquels elle était étendue.

— Montre-le-moi, Magnus !

Cette nouvelle semblait la galvaniser.

— Très bien, dit-il en se levant. Mais après ça…

— Oui, promit-elle. Comment pourrais-je résister à un homme aussi vigoureux ?

Le Dominus prit la main de Lara et la conduisit jusqu'aux écuries.

Le responsable des palefreniers vint les accueillir.

— Où est le cheval que nous avons trouvé ce matin ? demanda Magnus.

— Nous l'avons brossé et nourri, monseigneur, répondit le serviteur en les invitant à entrer dans le grand bâtiment de pierre. Il avait très soif. Il m'a semblé qu'il avait besoin d'un endroit calme pour reprendre des forces… Ah ! Le voilà.

L'étalon leva la tête vers ses visiteurs et regarda aussitôt Lara droit dans les yeux.

— Dasras ! s'écria-t-elle. Comment es-tu venu jusqu'ici ? Je t'avais confié au Fiacre pour ta sécurité…

Elle ouvrit la porte de la stalle et passa ses bras autour de l'encolure épaisse de l'animal.

— Comme tu m'as manqué ! lui dit-elle.

— Tu m'as aussi beaucoup manqué, maîtresse, répondit l'étalon. Ta mère, la reine Ilona, a pensé que tu aurais peut-être besoin de moi. Alors elle m'a donné des ailes pour que je puisse traverser la mer de Sagitta et te rejoindre. Elle m'a dit que je te trouverais dans ce château.

Magnus Hauk et le palefrenier avaient tous les deux sursauté au son de la voix de l'étalon. Ils regardaient maintenant Lara et l'animal avec des yeux écarquillés.

— C'est une puissante magie..., balbutia Magnus.

Lara se chargea de faire les présentations.

— Dasras, voici le Dominus de Térah, dit-elle. Magnus, je te présente Dasras, mon cheval.

L'étalon étendit une patte avant et baissa poliment la tête.

— Mes hommages, Dominus, dit-il. Je suis Dasras, fils d'Hudak et de Ronalda, élevé dans le troupeau du prince Kaliq.

Le palefrenier perdit connaissance.

Mais le Dominus, qui n'était pas fait du même bois, continua à interroger l'étalon.

— Ainsi, tu as traversé la mer depuis Hétar pour rejoindre ta maîtresse, si j'ai bien entendu ce que tu viens de dire...

— En réalité, je viens des Terres Extérieures, Dominus, répondit Dasras. Lorsque j'ai expliqué à Liam, le seigneur du Fiacre, que je devais le quitter, il m'a escorté personnellement jusqu'au village de Rendor, le chef des Felan, dont les terres sont sur la côte. Je n'ai pas voulu entrer en Hétar, alors je suis parti des plages du territoire de Rendor.

— Et tu as volé ? demanda Magnus.

Le cheval acquiesça.

— C'est exact. Une expérience exaltante, je dois l'avouer...

— Où sont tes ailes ? demanda encore le Dominus.

— Je n'en ai pas besoin pour le moment, répondit Dasras.

— Mais où sont-elles ? insista Magnus.

— Je n'en ai aucune idée, répondit l'étalon. La reine Ilona m'a dit que je n'avais qu'à penser à elles quand j'avais besoin de voler pour qu'elles apparaissent... C'est ce que j'ai fait et ça a fonctionné. Elles disparaissent lorsque je n'ai plus besoin d'elles. Je ne me suis pas posé d'autres questions.

Le Dominus était stupéfié. A ses pieds, le palefrenier commença à reprendre conscience en gémissant.

— La magie paraît souvent étonnante à ceux qui n'y sont pas habitués, dit doucement Lara. Nous devrions aider ton serviteur, Magnus...

Le Dominus tendit la main et remit l'homme sur ses pieds.

— Tout va bien, Peter, dit-il. C'est vrai que le cheval parle, mais sa magie est bonne. Prends bien soin de lui.

— Oui, monseigneur, balbutia le palefrenier.

— Au fait, Peter, l'interpella Dasras, j'aimerais que le garçon qui m'a brossé tout à l'heure soit chargé de veiller sur moi. Il est très gentil et fait des merveilles avec un cure-pied. Comment s'appelle-t-il ?

— Jason, répondit Peter, qui n'en revenait pas de s'adresser à un cheval. C'est mon fils. C'est moi qui lui ai appris à se servir des brosses...

— Il a un toucher très délicat, remarqua Dasras.

— Je vais le charger de s'occuper de vous, dit le palefrenier avant de s'enfuir de l'écurie pour aller calmer ses nerfs.

— Ne craignez rien, dit Dasras. Il va vite s'habituer à moi.

— Combien de temps te faut-il pour te remettre de ton voyage ? lui demanda Lara.

— Je serai en pleine forme demain matin, assura Dasras. Où allons-nous ?

— Au temple du Grand Créateur. Tu devras demander

le chemin au Dominus, parce que je n'ai aucune idée de l'endroit où il se trouve. Mais dis-moi : comment vont mes enfants ? Que se passe-t-il dans les Terres Extérieures ? Je suis certaine que tu as écouté les rumeurs…

— Dillon a appris à me monter, mais j'ai expliqué au seigneur du Fiacre qu'un cheval plus petit lui conviendrait mieux pour le moment, répondit Dasras. Anoush est plus jolie de jour en jour et passe son temps à trotter derrière Noss. Hétar ne nous a pas encore envahis, mais les rumeurs sont inquiétantes…

Lara hocha la tête.

— Ce pays a l'air immense, maîtresse, remarqua l'étalon.

— Je l'ignore, répondit Lara. Je ne l'ai pas encore exploré… Une malédiction pèse sur ce peuple, Dasras. Je voudrais essayer de la lever… Les hommes n'entendent pas la voix des femmes. Ils les croient muettes depuis des siècles, mais ce sont eux qui ont été maudits.

Lara expliqua à Dasras tout ce qu'elle avait appris.

— Qu'allons-nous chercher au temple ? demanda l'étalon.

— La formulation exacte de la malédiction. J'en ai besoin pour essayer de la lever.

— Il est assez bel homme, maîtresse…, remarqua Dasras en faisant un mouvement de tête en direction du Dominus.

— Dasras ! s'écria Lara, rougissante.

L'étalon renifla joyeusement, une lueur malicieuse au fond des yeux.

— Laissez-moi me reposer, maintenant, dit-il. Demain matin, je t'emmènerai au temple, maîtresse. Je suis heureux de vivre cette nouvelle aventure avec toi.

Puis il tourna la tête vers Magnus Hauk.

— Tant qu'elle sera votre alliée, je le serai aussi, Dominus, ajouta-t-il. Mais rappelez-vous que ma loyauté va d'abord à Lara, veuve de Vartan, fille du chevalier de la Croisade Swiftsword et d'Ilona, la reine des fées de la Forêt.

— Tu es un animal pourvu d'un grand sens de l'honneur, répondit le Dominus. Je comprends ce que tu me dis, Dasras. Maintenant, repose-toi bien : une longue route nous attend demain.

Il offrit un signe de tête amical à l'étalon avant de se tourner vers Lara.

— Es-tu prête à me suivre, maintenant ?

Lara passa ses bras autour de l'encolure de Dasras et déposa un baiser sur son museau.

— Repose-toi bien, lui dit-elle. Nous nous reverrons demain matin.

Elle prit la main de Magnus Hauk et quitta l'écurie.

— Je crois qu'il est temps que je tienne ma promesse, murmura-t-elle.

Le Dominus laissa échapper un rire joyeux.

Ils retournèrent dans le jardin personnel du Dominus. C'était un berceau de verdure entouré de hauts murs, au centre duquel une cascade artificielle alimentait un petit bassin. Il commençait à se faire tard. Au-dessus d'eux, les minces nuages qui traversaient paresseusement le ciel se teintaient de rose et d'or. Le mur du jardin présentait plusieurs ouvertures circulaires d'où l'on pouvait regarder le fjord en contrebas. De hautes montagnes s'élevaient au loin. On n'apercevait aucun signe de vie à l'extérieur du château.

Magnus vint se placer derrière Lara et referma ses grandes mains sur sa poitrine.

— Tu ne m'avais pas dit que tu avais deux enfants…, murmura-t-il à son oreille en caressant ses seins. Tout le monde sait que les fées ne donnent d'enfants qu'aux hommes qu'elles aiment. Qui était-il ?

— Vartan du Fiacre, mon mari, répondit Lara. Je t'ai dit que j'étais veuve et Dasras vient de le confirmer devant toi. Mon mari voulait que je lui donne des enfants. Il m'aimait passionnément et j'avais beaucoup d'affection pour lui. Je lui ai donné un fils et une fille — même si nous savions tous les deux que je devrais les quitter un jour. Mais je ne m'attendais pas à ce qu'il ne soit plus là pour prendre soin d'eux...

— Tu n'as pas dit que tu l'aimais, remarqua Magnus Hauk.

— J'avais assez d'affection pour lui pour porter ses enfants, répondit Lara.

— Tu m'aimeras sans réserve le jour où tu porteras mon fils, dit le Dominus d'une voix grave. Je ne me contenterai pas de moins.

— Je ne peux pas te promettre que j'en sois capable, répondit Lara.

— Tu m'aimeras ! répéta-t-il. Si tu n'en es pas capable, tu ne vaux pas mieux que mes concubines...

— Trouve des époux pour Uma et les autres, et accorde-leur des dots généreuses... Non : très généreuses... Tu ne devrais pas les garder ici puisque tu ne les aimes pas, Magnus.

— Comment sais-tu que je ne les aime pas ? lui demanda-t-il en jouant avec ses pointes de seins à travers l'étoffe de sa robe.

Les lèvres de Magnus se promenaient sur sa nuque, enivrant Lara de leur souffle chaud.

— As-tu des enfants cachés dans le château ? murmura-t-elle. Je n'en ai pas vu dans les quartiers des femmes... Si tu avais voulu des enfants de tes concubines, je suis certaine qu'elles t'en auraient déjà donné…

— Les femmes que j'accueille ici pour mon plaisir ne restent jamais très longtemps, admit-il. Je ne veux pas d'enfants d'elles. Pour éviter tout accident, je leur fais prendre un élixir chaque jour — sous la surveillance attentive de Sirvat…

— Tu n'as fait appeler aucune des trois depuis mon arrivée, remarqua Lara.

— Me donneras-tu un enfant si je les renvoie ? demanda-t-il en lui mordillant la nuque.

L'odeur délicate de la peau de Lara réveillait son ardeur.

— En tout cas, je ne t'en donnerai pas si tu ne les renvoies pas…, répliqua-t-elle. Mais nous avons d'autres problèmes à régler d'abord, Magnus. Pour commencer, j'aimerais essayer de lever cette malédiction — et je n'y arriverai jamais si je suis distraite par des tracasseries de femmes jalouses ou un enfant dans mon ventre. A toi de décider ce qui te paraît le plus profitable à Térah…

— Je vais réfléchir à ta suggestion…, conclut-il.

Magnus lâcha ses seins pour la tourner vers lui et la plaquer contre le mur de pierre. Puis il se mit à couvrir son visage de baisers tout en relevant le bas de sa robe. Quelques instants plus tard, il dégrafa sa propre robe, glissa ses mains sous les fesses de Lara et la souleva pour la posséder. Le cri qu'il lui arracha le fit sourire de satisfaction. Lara, brûlante et humide de désir, resserra ses muscles autour de lui.

— Souviens-toi de ce que je t'ai dit le jour de notre rencontre : tu m'appartiens, Lara, souffla-t-il à son oreille.

Elle enroula ses bras autour de son cou musclé et l'embrassa avec avidité.

— Et je t'ai répondu que *tu* m'appartenais, riposta-t-elle en resserrant ses cuisses autour de sa taille. Mais tu n'auras jamais ce que tu veux de moi tant qu'il y aura d'autres femmes chargées de ton plaisir sous ton toit…

Elle l'embrassa encore, luttant langue contre langue, et Magnus leur entrouvrit les portes du paradis.

— J'adore ton ardeur…, grogna-t-il tout contre sa bouche.

La force et la détermination de Lara l'excitaient terriblement.

— Et j'adore ta démesure…, reconnut-elle.

Le plaisir l'étourdissait.

Ils se balancèrent d'avant en arrière jusqu'à ce que leur bonheur atteigne son paroxysme avant de refluer, les laissant affaiblis et comblés. Lara laissa retomber ses jambes en restant agrippée à lui. Sa jupe glissa lentement jusqu'à ses chevilles.

— Je vais demander à Sirvat de s'occuper de leur trouver des maris pendant que nous serons partis, dit Magnus. Cela te convient-il, ma jolie fée ?

— Je ne veux que ton bien…, répondit Lara avec une feinte soumission.

Magnus pouffa.

— Tu es la plus délicieuse des ensorceleuses… Mais je devrais sans doute te faire passer par-dessus ce mur pour te jeter dans le fjord !

— Alors il me pousserait des ailes comme à Dasras et je m'envolerai loin de toi…, se moqua-t-elle. Es-tu certain que je ne te manquerais pas, mon seigneur ?

La robe de Magnus était encore ouverte. Lara se pencha pour lui lécher le torse.

— Ta peau est salée…, ronronna-t-elle. J'adore le sel…

— Cesse de me torturer, sorcière ! s'écria-t-il en refermant sa robe. Tu vas scandaliser mes serviteurs. Et je suis affamé… Allons dîner !

— Pas ce soir, répondit Lara. J'aimerais me reposer avant notre voyage de demain. En plus, à chaque fois que nous dînons dans la grande salle, tes hommes ont l'air un peu crispés d'entendre ma voix… Je vais rentrer dans ma chambre — avec la permission de mon seigneur, bien sûr…

Ses yeux verts pétillèrent de malice.

Magnus posa la paume de sa main sur le mur à côté de sa tête et se pressa contre elle. De son autre main, il se mit à jouer avec ses boucles blondes.

— M'as-tu jeté un sort, ensorceleuse ? Pour que les heures que je passe sans toi me paraissent aussi désespérément vides, quoi que je fasse…

Il souleva l'une de ses mèches pour l'embrasser.

— Pour que ton parfum insaisissable me poursuive partout où je vais…

Il prit son beau visage entre ses deux mains.

— Pour que tu éveilles en moi un sentiment de grande force et de grande faiblesse à la fois…

Ses lèvres caressèrent celles de Lara avec une douceur infinie.

Elle ferma les yeux pour se laisser bercer par sa voix envoûtante. Ses mots la surprenaient, l'enivraient… Mais, surtout, ces mots l'excitaient, parce qu'elle découvrait en Magnus Hauk le premier homme qu'elle voyait comme son égal — son véritable égal. Pouvait-elle l'aimer ? Elle sentait bien qu'il commençait à tomber amoureux d'elle… Mais était-elle vraiment capable d'un amour qui l'absorberait tout entière ? Oserait-elle s'y abandonner ? Parfois, elle aurait tant aimé n'être qu'une femme ordinaire, sans destin à accomplir, sans responsabilités... Mais telle n'était pas la vie qui lui était réservée.

Les lèvres de Magnus se pressèrent contre les siennes et, pour un instant — pour un instant seulement — elle lui offrit ce qu'il attendait d'elle. Puis elle lui sourit en plongeant son regard dans ses yeux turquoise et Magnus sourit à son tour.

— Tu vas me briser le cœur..., murmura-t-il dans un instant de franchise candide.

— Pas à toi, Magnus, lui promit-elle. Jamais...

Puis elle échappa à sa tendre étreinte et s'enfuit du jardin.

Il la regarda s'éloigner en laissant échapper un léger soupir. Mais il se ressaisit aussitôt et fit signe à un serviteur. Il le chargea de prier sa sœur de le rejoindre au lever de la première lune. Il comptait se séparer d'Uma, de Felda et d'Alcippe pour honorer la promesse qu'il avait faite à Lara. D'ailleurs, ses trois concubines commençaient à l'ennuyer. Une seule femme lui suffisait amplement — à condition que cette femme soit Lara. Brusquement, il réalisa avec une clarté aveuglante qu'il l'avait attendue toute sa vie.

Le Dominus se dirigea vers la grande salle de son château pour dîner. Il ne voulait pas révéler — même à ses amis les plus proches — que Lara avait l'intention de lever la malédiction qui les frappait. Si elle échouait, ils risquaient de nourrir des sentiments hostiles à son égard — voire à l'égard de leur Dominus lui-même.

Lorsque la première lune s'éleva au-dessus de l'horizon, Sirvat alla rejoindre son frère, en emportant une boîte de cerises confites que Magnus adorait. Comme la nuit était douce, ils décidèrent de s'installer dans le jardin. Sirvat prit place au milieu de coussins multicolores.

— J'aimerais que tu trouves des maris — de bons maris — pour Uma, Felda et Alcippe, lui dit-il sans préambule. Un homme de haut rang pour Uma, puisque c'est le milieu d'où elle vient — et qu'elle n'acceptera pas moins... Il faudrait un homme instruit pour Alcippe, qui s'ennuierait avec un homme ordinaire. Pour la petite Felda, peut-être le fils aîné d'un riche fermier... En tout cas un homme qui a bon cœur, pour s'accorder à sa douceur naturelle. Veille à ce que leur dot soit très généreuse : du linge, des meubles, des services en argent, une garde-robe adaptée à chacune et une bourse de soie contenant cinquante pièces d'or. Qu'elles gardent aussi tous les bijoux que je leur ai offerts... Est-ce que ça te semble assez généreux, Sirvat ?

Sa sœur hocha vigoureusement la tête.

— Lara m'a expliqué que vous pouviez parler, ajouta-t-il, que ce sont les hommes qui sont incapables de vous entendre...

Sirvat acquiesça, le sourire aux lèvres.

— Nous partirons pour le temple du Grand Créateur demain, poursuivit Magnus. Lara pense qu'elle peut lever cette malédiction si elle en retrouve les termes exacts.

Sirvat hocha la tête une nouvelle fois.

— Dis-moi : est-ce qu'elle te plaît, petite sœur ?

La jeune femme acquiesça, puis pointa vers son frère un doigt interrogateur en esquissant un fin sourire.

— Oui...

Magnus ne trouvait rien d'autre à répondre.

Sirvat renversa la tête en arrière, bouche grand ouverte, mais Magnus ne l'entendit pas rire. A quoi son rire pouvait-il ressembler ? Quel était le son de sa voix ? Il avait brusquement très envie de le savoir...

— J'ai hâte d'entendre ta voix, petite sœur, lui dit-il.

Sirvat pointa son doigt vers lui, puis vers elle-même.

— Ta voix ressemble à la mienne ? demanda-t-il.

Sirvat rapprocha son pouce de son index.

Son frère comprit son geste.

— Un peu ?

Elle hocha la tête en souriant.

— Es-tu prête à te marier, petite sœur ?

Sirvat secoua vigoureusement la tête en signe de dénégation.

Magnus éclata de rire.

— Si je te connais aussi bien que je le crois, ça veut dire que tu as l'intention de choisir toi-même ton mari, n'est-ce pas ?

La jeune femme acquiesça.

— Qui est-ce ? la taquina-t-il. Qui a donc volé ton cœur, petite sœur ?

Sirvat esquissa un sourire chargé de mystère, puis détourna les yeux en rougissant.

— Si Lara réussit à lever la malédiction, accepteras-tu de me le dire ? demanda Magnus.

Sirvat acquiesça timidement et lui tendit la boîte de cerises confites. Le Dominus prit une poignée de fruits collants et se mit à les manger un par un. Sirvat se leva, envoya un baiser à son frère et s'apprêta à quitter le jardin baigné de lune.

— Un instant ! l'arrêta Magnus. Demande à Uma, Felda, et Alcippe de me rejoindre, s'il te plaît.

La jeune femme s'inclina devant son frère et s'éloigna à pas rapides. Si seulement Lara pouvait lever cette malédiction..., songea-t-elle. Alors elle pourrait dire à son frère que c'était Corrado qu'elle aimait, qu'elle ne voulait personne d'autre que lui pour mari... C'était son cousin éloigné.

Elle le connaissait depuis toute petite... Elle avait compris qu'il la désirait aux regards qu'il lui lançait lorsqu'il croyait n'être vu de personne. Mais Sirvat savait aussi que Corrado était un homme modeste et qu'il ne prétendrait jamais à épouser la sœur cadette du Dominus. Pourtant, il n'avait pas encore pris femme...

En revenant dans les quartiers des femmes, elle trouva les trois concubines de son frère dans le jardin, occupées à profiter de la douceur de la nuit. Sirvat avait peine à se retenir de leur annoncer les projets que le Dominus avait fait pour elles.

— J'ai des nouvelles, leur dit-elle. Où est Lara ?

— Dans sa chambre, répondit Felda.

— Va la chercher ! Elle doit entendre ce que je vais vous dire, elle aussi.

Felda se leva et partit du jardin en courant pour revenir quelques minutes plus tard avec Lara.

— Qu'y a-t-il ? demanda Lara.

— Assieds-toi avec les autres, répondit Sirvat.

Sirvat, qui n'avait encore que seize ans, était en charge du quartier des femmes du château depuis deux ans et avait acquis une autorité certaine.

— J'ai des nouvelles qui vous concernent toutes, commença-t-elle. Uma, Alcippe et Felda, le Dominus a décidé de vous trouver des maris. Il compte vous doter très généreusement.

— Non ! s'écria Uma. Je ne veux pas d'autre homme que le Dominus !

— Tais-toi ! répondit Sirvat d'une voix sévère. Tu feras ce qu'on te demande, Uma. Pour toi, ce sera un homme de haut rang, puisque c'est ton milieu. Pour Alcippe, il veut un homme intelligent et cultivé, et pour la petite Felda, l'héritier d'un riche fermier, parce qu'elle mérite un gentil garçon qui saura apprécier sa douceur… Votre dot comporte entre autres choses un service en argent et des pièces d'or. Vous pourrez garder tous les bijoux que le Dominus vous a offerts et vous aurez chacune un cheval de race. Montrez-vous reconnaissantes pour la bonté de mon frère à votre égard.

— Je suis ravie, dit Alcippe.

— Moi aussi, se hâta d'ajouter Felda.

— Eh bien pas moi ! siffla Uma. Et Lara ? Qu'est-ce que le Dominus a prévu pour elle ? Qui doit-elle épouser ?

— Lara reste ici, répondit tranquillement Sirvat. Il semblerait que mon frère la préfère à toutes les autres femmes. Il n'éprouve plus le besoin d'entretenir trois concubines au château, Uma. Mais je ne veux pas en débattre avec toi : je ne suis que la messagère. Mon frère veut vous voir toutes les trois. Il vous attend dans son jardin. Allez-y tout de suite !

Uma se précipita hors du jardin, suivie à une cadence plus tranquille par Felda et Alcippe, qui s'éloignèrent en discutant avec animation.

— Pourquoi voulais-tu que je sois là ? demanda Lara à Sirvat.

— En te faisant venir, j'espérais les empêcher de te tenir pour responsable de la décision de Magnus. Etais-tu au courant, Lara ? interrogea-t-elle, curieuse.

— Je ne savais pas ce qu'il comptait faire, répondit prudemment Lara. Mais c'est moi qui lui ai suggéré que ces trois jeunes femmes seraient mieux ailleurs et mariées…

Sirvat éclata de rire.

— Tu es bien rusée…, dit-elle.

— Non, répondit Lara. Mais si ton frère veut prendre du plaisir avec moi, il ne peut pas le faire en même temps avec d'autres femmes. Je suis certaine que les hommes de Térah n'entretiennent pas plusieurs femmes chez eux pour leur plaisir.

— Aucune loi ne l'interdit, remarqua Sirvat. Quelques-uns le font, mais la plupart ne peuvent pas se permettre d'avoir plusieurs femmes. Ceux qui en ont les moyens préfèrent souvent entretenir des femmes de plaisir pour leur usage personnel. Il y a plus de femmes que d'hommes à Térah. Celles qui ne trouvent pas de maris n'ont guère le choix. Il leur arrive de se vendre publiquement. Les autres se joignent aux Filles du Grand Créateur — une communauté religieuse réservée aux femmes. Il m'arrive de penser que ce doit être un grand soulagement d'appartenir à une famille où il n'y a que des femmes…

— Comptes-tu te marier un jour ? demanda Lara.

La jeune femme esquissa un sourire.

— Si je peux suivre le désir de mon cœur, oui.

— Qui est-ce ? demanda Lara, curieuse.

— Tu le connais, répondit Sirvat avec un sourire timide. C'est le capitaine Corrado…

Lara sourit à son tour.

— Tu as fait le bon choix, dit-elle. C'est un homme de valeur, et il s'est montré très gentil avec moi… Est-ce que ton frère le sait ?

— Non, mais il le saura dès qu'il sera en mesure de l'entendre de ma propre voix, répondit Sirvat. Il m'arrive de lui écrire les choses que je ne peux pas exprimer autrement, mais je ne veux pas le lui dire de cette manière.

— Je ne suis pas certaine de pouvoir lever cette malédiction, remarqua Lara.

Que se passerait-il si elle échouait ? songea-t-elle.

— Tu trouveras un moyen, j'en suis sûre, répondit Sirvat avec conviction.

Alcippe et Felda réapparurent dans le jardin.

— Le Dominus s'est montré très prévenant à notre égard, dit Alcippe. Et nos dots sont vraiment très généreuses... Elles vont nous assurer de trouver de bons maris.

— Où est Uma ? demanda Sirvat.

— Elle essaie de le faire changer d'avis, répondit doucement Felda. Tu devrais peut-être y aller, Lara...

— A-t-il requis ma présence ? demanda Lara.

— Non, mais Uma est tellement agressive..., répondit Felda d'une voix anxieuse.

— S'il ne m'a pas fait demander, je préfère ne pas y aller, conclut Lara. Magnus Hauk peut très bien s'occuper de ses affaires lui-même.

Uma fit irruption dans le jardin au comble de l'exaspération.

— Il n'est pas question qu'on me vende comme une vache ! cria-t-elle. Je préfère me vendre dans les rues ! Ou encore me joindre aux Filles du Grand Créateur et ne plus jamais offrir mon corps à un homme !

— Si tu préfères ce destin au fait de trouver un mari, c'est ton choix, dit tranquillement Lara. Mais un bien mauvais choix, à mon avis...

— Toi ! cria Uma en tournant sa colère vers Lara. C'est de ta faute, sorcière ! Le Dominus était content de nous jusqu'à ce que tu arrives. Et voilà qu'il veut nous renvoyer du château !

Uma plissa les paupières, puis se jeta brutalement sur Lara.

Lara se contenta de lever une main, paume en avant.

— N'approche pas davantage ! l'avertit-elle.

Uma s'immobilisa, déconcertée.

— Veux-tu que je fasse appeler la Gardienne du Fouet ? demanda Sirvat.

Alcippe et Felda pâlirent à ces mots.

Uma se retourna pour faire face à Sirvat.

— Mon maître le Dominus ne le permettrait pas, la défia-t-elle.

— Dans cette partie du château, mes décisions font loi, répondit Sirvat. Ne l'oublie jamais, Uma. Maintenant, je te repose la question : veux-tu que je fasse appeler la Gardienne du Fouet ?

— Fais-le donc ! continua à la provoquer Uma.

La sœur du Dominus n'eut pas un instant d'hésitation. Elle frappa dans ses mains pour appeler une servante.

— Que la Gardienne du Fouet se présente ici immédiatement, commanda-t-elle.

La servante ouvrit de grands yeux, s'inclina devant sa maîtresse et courut transmettre le message. Un silence de mort s'abattit sur le jardin. Brusquement, le Dominus fit son apparition.

— Sirvat a fait appeler la Gardienne du Fouet ? demanda-t-il à Lara.

— C'est pour Uma, répondit-elle. Elle est en colère et a défié son autorité, mon seigneur.

— Je ne peux pas laisser une telle chose se produire, dit-il calmement. Je vais régler cette affaire moi-même.

La Gardienne du Fouet entra dans le jardin. C'était une femme grande et massive, qui tenait en laisse deux énormes chiens. Elle s'inclina servilement en apercevant le Dominus.

— On m'a dit que dame Sirvat me faisait appeler, dit-elle.

— C'est vrai, intervint Sirvat. Cependant, mon frère veut régler cette affaire lui-même. Mais reste donc : il va avoir besoin de ton aide.

La Gardienne du Fouet s'inclina respectueusement.

— Oui, dame Sirvat, dit-elle. Dites-moi ce que je dois faire et j'obéirai.

Uma se jeta aux pieds du Dominus et leva vers lui un regard suppliant.

Magnus Hauk lui sourit froidement avant de se tourner vers sa sœur.

— Dis à cette effrontée que ses ruses ne servent à rien, dit-il d'une voix glaciale. Et dis à la Gardienne du Fouet de me donner le grand martinet aux lanières nouées.

Alcippe et Felda étaient blêmes. Le Dominus leur avait rarement montré ce visage. Même si elles n'aimaient pas Uma, elles ne pouvaient pas s'empêcher d'éprouver de la pitié pour elle.

— Est-ce vraiment nécessaire ? demanda doucement Lara tandis que Sirvat parlait à la Gardienne du Fouet. Elle est amoureuse de toi et croit seulement être ta concubine préférée.

— Je ne peux pas permettre que l'on me croie faible, même face à une femme, répondit Magnus. Son comportement de ce soir fait déjà parler les serviteurs… Je dois la punir afin de m'assurer que personne n'ait envie de suivre son malheureux exemple.

— D'autres femmes ? demanda calmement Lara.

— D'autres femmes ou des hommes, répondit-il. Demain, tu découvriras l'ampleur de ces terres, Lara. J'en suis le seul maître. Je ne dois pas paraître faible ou hésitant. Mon rôle de Dominus de Térah me l'interdit.

Lara le comprenait mieux que personne.

— Oui, mon seigneur, répondit-elle en s'inclinant.

Un sourire presque imperceptible se dessina sur les lèvres de Magnus — si brièvement que Lara ne fut pas certaine de l'avoir vu.

— Déshabillez-la et tenez-la ! ordonna Magnus d'une voix glaciale.

Uma avait repris son air de défi. Magnus regarda, impassible, la Gardienne du Fouet relever la jeune femme, lui arracher sa robe et la forcer à se courber en immobilisant ses épaules de ses mains puissantes. Uma se débattit, mais la Gardienne du Fouet avait une poigne de fer.

— Felda, Alcippe, retournez dans vos chambres ! ordonna le Dominus. Vous n'avez pas besoin d'assister à ça. Je lis de la tristesse et de la crainte dans vos jolis yeux, mais vous vous êtes toujours montrées obéissantes. Vous ne devez pas avoir peur de moi.

Les deux jeunes femmes vinrent lui embrasser la main avant de s'enfuir.

Le Dominus se tourna alors vers sa sœur et vers Lara.

— Voulez-vous rester ? leur demanda-t-il.

Toutes deux acquiescèrent en silence.

Magnus Hauk empoigna le martinet. Il se divisait en huit longues lanières, chacune nouée plusieurs fois. Les lanières infligeraient de cruelles brûlures à la malheureuse, mais les nœuds, habilement placés, allaient lui laisser des marques pendant plusieurs jours.

— Tu vas recevoir dix coups de fouet, Uma, annonça le Dominus.

Puis il leva le bras et abattit le martinet sur la croupe généreuse de la jeune femme. Uma serra orgueilleusement les lèvres, mais elle hurla et implora Sirvat de faire cesser son supplice dès le troisième coup.

Bien sûr, le Dominus ne pouvait pas entendre ses cris. Il n'entendait que le sifflement des lanières et le bruit sec qu'elles faisaient en frappant la chair tendre. Les chiens tiraient sur leur laisse en aboyant furieusement. Mais il pouvait voir les marques écarlates sur la peau d'Uma et devinait aux regards inquiets de Lara et de Sirvat la douleur qu'il lui causait. Mais il ne laisserait pas cette créature défier son autorité ! Il appuya davantage les trois derniers coups pour se faire bien comprendre.

Sirvat était restée silencieuse pendant toute la scène. Uma n'était pas une fille méchante, mais elle s'était montrée grossière et vaniteuse depuis son arrivée au château. Comme il s'agissait d'une concubine de son frère, Sirvat n'avait jamais osé la punir sévèrement. Elle n'était pas fâchée de voir cette femme hautaine recevoir le châtiment qu'elle méritait. De plus, comme Uma s'était mise à la maudire dès le cinquième coup, Sirvat ne voyait aucune raison d'intercéder en sa faveur.

Lara resta parfaitement impassible pendant tout le châtiment. Elle comprenait très bien ce qui motivait la décision de Magnus. Mais il lui revint à l'esprit ce que l'esclave Tania lui avait dit avant que Gaius Prospéro n'essaie de la vendre aux Maisons de Plaisir. La servante l'avait mise en garde contre les hommes qui prenaient du plaisir à faire souffrir les femmes. Ce ne semblait pas être le cas du Dominus. Magnus, le visage sévère, ne paraissait pas prendre plaisir à l'exercice. Néanmoins, elle se sentit soulagée — et devina que Sirvat l'était aussi — lorsque le dernier coup de fouet tomba. Uma sanglotait misérablement.

Magnus jeta le martinet.

— Occupez-vous d'elle, ordonna-t-il.

Puis il quitta le jardin sans un mot de plus.

Le dos et les fesses d'Uma étaient couverts de petits cercles rouges.

— Je vais m'occuper d'elle, dit la Gardienne du Fouet de sa voix puissante.

Elle lâcha les épaules d'Uma pour la recevoir dans ses bras.

— Où est sa chambre ? demanda-t-elle à Sirvat.

— Par ici, répondit Sirvat en précédant la Gardienne du Fouet et ses deux chiens.

Lara, restée seule dans le jardin, leva les yeux vers le ciel. Deux lunes étaient levées, chacune dans un quartier différent. Les deux autres n'allaient plus tarder à apparaître. A Térah, comme dans les Terres Extérieures, les lunes étaient d'un blanc argenté. Elle se demanda pourquoi les lunes n'apparaissaient colorées que dans les provinces d'Hétar.

Sirvat revint dans le jardin et s'assit auprès d'elle.

— Uma va bien, mais ses plaintes ont failli me faire fondre en larmes. La Gardienne du Fouet est en train d'appliquer un onguent sur ses blessures pour calmer la douleur. Uma va devoir rester sur le ventre pendant quelques jours… Pourquoi as-tu voulu assister à ça ? En tant que responsable du quartier des femmes, je n'avais pas le choix… Mais toi ?

— Le Dominus avait besoin de témoins dignes de foi, répondit Lara. Si nous n'étions pas restées, je suis certaine qu'Uma aurait menti à tout le monde et raconté qu'elle avait attendri Magnus par ses charmes. Elle va devoir admettre la vérité, puisque plusieurs personnes ont assisté à son châtiment. D'ailleurs, nous n'étions pas les seules : des servantes se sont cachées derrière les piliers pour regarder. Je suis certaine qu'Uma les a martyrisées et qu'elles étaient ravies d'assister à sa punition… Si Uma avait menti et si nous n'avions pas été là, elles n'auraient pas osé parler. Dans ces conditions, je suis certaine qu'elles vont se faire un plaisir de raconter ce qu'elles ont vu…

— Je vais devoir lui trouver un homme de poigne comme mari, remarqua Sirvat. Ça ne va pas être facile, mais sa dot va en séduire plus d'un et sa beauté est célèbre… Sans compter que c'est un honneur d'épouser une concubine de mon frère.

— Alors il ne sera pas difficile de marier Felda et Alcippe, répondit Lara. Comment comptes-tu choisir leurs époux ?

— La requête du Dominus va être transmise à plusieurs femmes importantes. Elles vont me faire des suggestions, puis nous examinerons la situation de chaque prétendant. Quand nous aurons réduit le nombre des candidats, nous demanderons l'avis des futures mariées avant de faire notre choix. Comme les hommes ne peuvent pas nous entendre, ils sous-estiment toujours ce que nous comprenons. Nous en apprenons beaucoup en étant presque invisibles…

Sirvat esquissa un sourire.

— Grâce à notre situation, nous découvrons facilement la vérité sur les hommes, reprit-elle. Cela dit, il serait beaucoup mieux qu'ils puissent à nouveau nous entendre…

— Alors vous pourrez redevenir leurs égales, ajouta Lara.

Sirvat éclata de rire.

— Je crois que nous leur sommes déjà supérieures… Ce sont eux qui sont désavantagés par cette malédiction, pas nous. Les femmes de Térah ont toujours eu un certain pouvoir. Nous étions fortes lorsqu'ils pouvaient nous entendre. Si ça n'avait pas été le cas, comment l'une d'entre nous aurait-elle pu vaincre le sorcier ? Il est vrai qu'il nous a beaucoup nui en nous maudissant dans son dernier souffle… Mais ta magie va enfin nous délivrer de cette malédiction.

— Es-tu déjà allée au temple du Grand Créateur ? demanda Lara.

— Je n'ai jamais quitté le château, répondit Sirvat, et je

n'en sortirai que pour aller vivre dans la maison de mon mari.

— Je ne peux pas te promettre que je vais réussir à lever cette malédiction, dit Lara à son amie. Je ne sais pas si j'en suis capable… Je peux seulement te promettre d'essayer. J'aurais aimé que tu aies visité le temple… Tu aurais pu me dire à quoi je devais m'attendre. En Hétar, nous appelons notre dieu l'Auteur Céleste.

— Quel nom étrange…, remarqua Sirvat. Je n'ai pas visité le temple, mais il y a quelque chose que je peux t'en dire. Le grand prêtre s'appelle Aslak. Il est très âgé et réputé pour avoir l'esprit étroit.

Lara hocha la tête.

— Il fallait s'y attendre…, dit-elle. Y a-t-il quelqu'un d'autre à qui je pourrais m'adresser si cet homme est trop borné pour comprendre ma démarche ?

Sirvat acquiesça.

— Le frère de notre mère, Arik, a été choisi pour succéder à Aslak lorsqu'il mourra. La succession est toujours planifiée à l'avance quand le grand prêtre atteint un âge avancé. Aslak a déjà vécu plus de cent ans. Je te suggère de parler d'abord à Arik et de suivre les conseils qu'il te donnera.

— Est-ce que je ne risque pas d'offenser le grand prêtre ? demanda Lara.

— Pas si Magnus va lui présenter ses hommages. Aslak n'a pas besoin d'entendre parler de toi avant que tu n'aies trouvé ce que tu cherches. Et si tu ne trouves pas, il n'a rien besoin de savoir du tout…

— Que tu es fine…, dit Lara en laissant échapper un petit rire.

— Il est temps que les choses changent, reprit Sirvat. Mais Térah s'est habituée à ses usages et ses coutumes. Notre monde ne changera que si les hommes entendent à nouveau la voix des femmes. Or le moment est venu de découvrir ce qu'il y a en dehors de nos frontières...

— Nous nous ressemblons beaucoup, remarqua Lara. Et je suis parfaitement d'accord avec toi. Hétar peut faire beaucoup pour Térah, tout comme Térah peut rendre de grands services à Hétar...

— Que pouvons-nous offrir de plus à Hétar que les produits de luxe que nous vendons ?

— Il est encore trop tôt pour en parler, répondit Lara à son amie. Commençons par lever cette malédiction... Ensuite, je t'expliquerai l'idée qui m'est venue.

— Il paraît qu'il faut une longue journée de cheval pour atteindre le temple..., dit Sirvat.

— J'ai l'habitude de monter à cheval, et j'adore ça..., répondit Lara. Et mon propre cheval, celui qui m'a été donné par Kaliq, le prince de l'Ombre, est venu me rejoindre à Térah aujourd'hui. Ma mère lui a donné des ailes pour qu'il puisse voler jusqu'ici.

Elle éclata de rire.

— Andraste et Vérica vont être heureux de l'apprendre, reprit-elle. Mon cheval s'appelle Dasras. Lui aussi sait parler...

Les yeux turquoise de Sirvat s'écarquillèrent.

— Un cheval doué de parole ? Voilà une puissante magie, Lara...

— Parfois, quand je monte Dasras, je lui parle de ce qui m'inquiète ou me chagrine. Il est très doué pour écouter les gens et donne de précieux conseils.

— Tu te laisses conseiller par un animal ? demanda Sirvat en jetant à Lara un regard incrédule.

— Les animaux ont beaucoup de sagesse, et il leur arrive souvent de voir ce qui échappe aux humains, expliqua

Lara. Il est toujours utile d'entendre l'opinion de quelqu'un d'autre...

— J'aimerais beaucoup rencontrer cette créature...

— Alors accompagne-moi à l'écurie demain matin, je te le présenterai, promit Lara.

— A quelle heure partez-vous ?

— Le Dominus ne m'a encore rien dit. Je devrais peut-être envoyer une servante le lui demander..., remarqua Lara d'un air pensif.

— Il vaut mieux que tu le laisses faire, conseilla Sirvat. A la vérité, parler avec une femme doit être une grande aventure pour Magnus...

La jeune femme pouffa.

— Ne le laisse pas comprendre trop vite que tu es plus sage que lui, Lara, reprit-elle. Ne cours pas le risque de compromettre ta mission...

— Alors allons nous coucher, conclut Lara.

Sirvat acquiesça.

— Je suis contente que nos chambres soient loin de celle d'Uma, remarqua-t-elle. Je suis sûre qu'elle va grommeler et sangloter toute la nuit...

Enfin seule dans sa chambre, Lara sortit Andraste de son fourreau et la posa sur le lit pour lui parler. Vérica, qui était posé dans un coin de la pièce, ouvrit les yeux à la demande de sa maîtresse. Son regard était fier et impressionnant.

— Ma mère a demandé à Dasras de nous rejoindre, dit Lara. Demain, nous quitterons ce château avec le Dominus.

Puis elle expliqua à ses deux compagnons magiques la nature de leur voyage.

— Ça va nous faire du bien de sortir de ce château, remarqua Andraste. Nous sommes enfermés ici depuis bien trop longtemps. Encore quelques jours, et je serais devenue aussi irritable que Vérica…

— Je suis d'accord, annonciatrice de mort et buveuse de sang…, riposta Vérica. Je ne serai pas fâché de sentir à nouveau le vent sur mon visage…

— Le Dominus ne m'a pas dit à quelle heure nous partions, mais je suppose que ce sera assez tôt, expliqua Lara. D'après Sirvat, il faut une longue journée de cheval pour atteindre le temple.

On frappa doucement et une servante passa la tête par la porte entrebâillée.

— Le Dominus demande à vous voir, madame, dit-elle.

— J'arrive tout de suite, répondit Lara en la suivant hors de la chambre.

Désormais, elle connaissait bien les couloirs du château. Il ne lui fallut que quelques minutes pour atteindre les appartements privés du Dominus, où Magnus Hauk l'attendait. Il lui prit la main en souriant pour l'attirer dans sa chambre, mais Lara retira aussitôt sa main de la sienne.

— Ta sœur dit qu'il faut une longue journée de cheval pour atteindre le temple, mon seigneur. Si nous devons partir avant l'aube, nous ferions mieux de nous reposer. Mais si tu veux tout de même prendre du plaisir ce soir, tu n'as qu'à appeler Felda ou Alcippe — je crains qu'Uma ne soit encore indisposée…

— Tu refuses de partager des plaisirs avec moi ? demanda-t-il.

Elle voyait bien qu'il était surpris — et même un peu offensé.

— Je ne suis pas une esclave qui doit me plier à ta

volonté en toute circonstance. Nous ne partageons des plaisirs que parce que nous le voulons tous les deux. N'es-tu pas satisfait par la sincérité de mes cris et de mes gémissements ? Préférerais-tu que je simule mon plaisir, Magnus ? Ça m'étonnerait... Tu es un homme trop fier pour jouer à ce genre de jeux, et je ne t'offenserai pas en y jouant moi-même. La journée a été longue et je dois retrouver des forces pour affronter ce qui va suivre.

Elle caressa doucement sa joue.

— Et n'avons-nous pas déjà profité l'un de l'autre tout à l'heure ?

Magnus saisit la main qui caressait sa joue et déposa des baisers brûlants sur sa paume, puis sur la peau délicate de son poignet.

— Je ne m'estime jamais satisfait quand il s'agit de toi, Lara, avoua-t-il d'une voix rauque. J'ai toujours l'impression que quelque chose m'échappe.

— C'est à cause de mon ascendance féerique, répondit-elle avec un sourire plein de mystère.

— Pourrai-je un jour te posséder tout entière ? lui demanda-t-il.

— Aucun homme ne possède tout ce qu'une femme a à offrir, riposta-t-elle.

Elle déposa un baiser sur ses lèvres.

— Bonne nuit, mon seigneur, dit-elle. Partons-nous à l'aube ? J'aimerais savoir à quelle heure me tenir prête...

Magnus acquiesça et la regarda quitter ses appartements sans dire un mot. Pour la première fois de sa vie, il était à la fois intrigué et fasciné par une femme. Elle venait de repousser ses avances. Il aurait puni sévèrement toute autre femme qui l'aurait fait. Pourtant, l'attitude de Lara ne l'avait pas offensé — seulement surpris. Qu'avaient donc les femmes hétariennes pour l'attirer autant ? Il soupira en se demandant s'il le saurait jamais. Alors, parce qu'il n'avait pas le choix, et parce qu'il ne voulait aucune autre femme dans ses bras, Magnus Hauk partit se coucher seul.

7.

Gaius Prospéro contemplait la capitale depuis son poste d'observation au sommet de la tour de l'Auteur Céleste. Située au cœur du District d'Or, c'était la plus haute structure construite par des hommes de tout Hétar. A l'intérieur, un grand escalier en colimaçon menait jusqu'à la seule salle de l'édifice, à son sommet. Une grande fenêtre en faisait le tour, offrant à Gaius Prospéro une vue unique sur la capitale, qu'il pouvait contempler dans toutes les directions. Aucun livre ne parlait de la construction de cette tour et le souvenir de ceux qui l'avaient bâtie s'était effacé des mémoires.

Cinq ans plus tôt, cette tour tombait en ruines. Juste après la Guerre de l'Hiver, le Maître des marchands l'avait achetée et rénovée. Il avait fait remplacer son toit pointu en ardoise par un dôme de cuivre orné de motifs dorés. Des souffleurs de verre s'étaient déplacés avec tout leur équipement pour rénover la grande fenêtre. Gaius avait aussi acheté deux lourdes portes de chêne aux ferrures d'acier pour remplacer la porte du bas de la tour et celle de son sommet. Une seule clé ouvrait les deux portes de la tour et de la salle — et c'était Gaius Prospéro qui la possédait. Personne n'entrait dans cette tour sans y avoir été invité par le Maître des marchands. Jusqu'à ce jour, seul Jonah avait eu le privilège de pénétrer dans le domaine personnel de son maître.

Le soleil venait de se coucher et Gaius Prospéro, confortablement installé dans un fauteuil, regardait la lune se lever. Il aimait voir la lune bleu pâle des Terres du Milieu glisser dans le ciel tandis que les étoiles apparaissaient une à une. Il avait entendu dire que toutes les lunes d'Hétar étaient visibles depuis les Terres Extérieures. Quel spectacle ce devait être ! Il allait bien finir par le voir un jour…

Les Terres Extérieures… Il en avait besoin. Le sol des Terres du Milieu était déjà épuisé et la population d'Hétar ne cessait de croître. C'était à croire que les pauvres n'avaient rien d'autre à faire que de boire du Razi et d'engrosser leurs femmes… Ils étaient beaucoup trop nombreux à présent. Les derniers hivers n'en avaient pas tué assez. Gaius Prospéro était un homme raisonnable. Il comprenait très bien que la pauvreté croissante d'Hétar était issue de plusieurs facteurs. Le peuple n'était pas paresseux. Il travaillerait — et même très dur — s'il en avait l'occasion. Mais il n'y avait plus assez de travail en Hétar. Il fallait absolument conquérir les Terres Extérieures…

De nouvelles fermes, des grandes et des petites, pourraient y être construites. Les petites serviraient à calmer les inquiétudes du révérend des Terres du Milieu. Quant aux grandes… Elles donneraient du travail aux pauvres et les enrichiraient considérablement, ses alliés et lui… Les rois de la Province Côtière continuaient à approvisionner les marchés en produits de luxe, mais le peuple n'avait plus assez d'argent pour les acheter. Les rois commençaient à se plaindre, et à juste titre — même s'il refusait encore de l'admettre devant eux. Ils étaient trop repliés sur eux-mêmes et se comportaient la plupart du temps comme s'ils n'étaient même pas hétariens. Voilà qui allait changer, se promit

Gaius. Pour commencer, il allait réorganiser leurs usines pour qu'elles produisent davantage. Ainsi, il pourrait vendre leurs produits à un prix plus raisonnable — c'est-à-dire en vendre plus. Il aurait tout intérêt à priver la Province Côtière et les Terres du Milieu de leur autonomie le plus tôt possible, afin de concentrer le pouvoir dans ses seules mains…

Sa réflexion s'orienta vers la question délicate des princes de l'Ombre. Ils vivaient encore plus repliés sur eux-mêmes que les rois de la Province Côtière et, du fait de leurs pouvoirs magiques, étaient extrêmement dangereux. Il était peu probable qu'il réussisse à les rallier à ses rêves impériaux. Il valait donc mieux les laisser à eux-mêmes et les garder comme alliés… Ils ne se mêleraient pas de ses affaires tant que la paix régnerait et qu'ils continueraient à vendre leurs chevaux. Quant à ces rustres de seigneurs de la Forêt, il avait déjà commencé à s'approprier leurs terres. A présent qu'il connaissait leur secret — la malédiction qui les empêchait de se reproduire entre eux et les obligeait à féconder des femmes venues d'ailleurs — ils lui mangeaient dans la main. Ces vaniteux ne voulaient surtout pas qu'on sache que leur fameuse pureté raciale n'était plus qu'un mythe… Gaius Prospéro éclata de rire. Quels idiots !

Son esprit agile s'orienta à nouveau vers les Terres Extérieures. Il y avait déjà des espions. Grâce aux marchands au long cours, il savait que leurs terres étaient idéales pour la culture et l'élevage. Il s'attarda un instant à imaginer les immenses troupeaux qui allaient bientôt tomber entre ses mains. Il allait aussi récupérer les mines des Montagnes Pourpres — et des milliers d'esclaves… Bien sûr, beaucoup d'hommes mourraient pendant la guerre… Mais les femmes et les enfants feraient des proies faciles. Il devrait veiller à ne pas surcharger les marchés aux esclaves pour ne pas trop faire chuter les cours.

Et la fée Lara ferait partie des esclaves… Il la haïssait pour l'humiliation qu'elle lui avait infligée — mais il la désirait aussi avec une ardeur qu'il n'avait jamais connue. Il l'aurait ! Oh oui, il l'aurait… Il la ferait conduire devant lui entièrement nue. Puis il la ferait allonger sur son lit, bras et jambes attachés pour l'empêcher de s'enfuir. Dans un premier temps, sa bouche délectable serait bâillonnée pour qu'elle ne puisse pas lui jeter de sort. Alors il la toucherait avec ses mains, ses lèvres, sa langue… Il l'enduirait d'onguent aphrodisiaque jusqu'à ce qu'elle soit vaincue par son propre désir. Alors il lui retirerait son bâillon et elle le supplierait de la prendre. Il attendrait aussi longtemps qu'il pourrait avant de lui céder — mais pas avant de l'avoir embrassée jusqu'à ce que ses lèvres soient meurtries… Il savait qu'elle n'en aurait jamais assez : les fées étaient connues pour leur nature incroyablement passionnée…

Alors il l'écouterait le supplier encore pendant qu'il mangerait pour retrouver des forces. Puis il ferait venir Vilia et Anora et regarderait les trois femmes faire l'amour. Anora serait jalouse et voudrait punir Lara. Ils le feraient ensemble… Alors seulement il prendrait la fée, s'acharnerait jusqu'à ce qu'elle hurle de plaisir — d'un plaisir tel qu'elle n'en aurait jamais connu et n'en connaîtrait pas d'autre… Il en ferait son esclave sexuelle et utiliserait ses pouvoirs dans son seul intérêt. Gaius Prospéro soupira profondément en songeant à ses victoires, ses profits et ses plaisirs. Une telle conquête n'apportait-elle pas tout cela à la fois ? Il se demanda si Lara croyait que les Terres Extérieures et elle-même étaient à l'abri de lui. Lui arrivait-il de penser à lui ? s'interrogea-t-il vainement.

Gaius Prospéro aurait été déçu d'apprendre qu'il était à cet instant le cadet de ses soucis.

Au petit matin, juste avant l'aube, Lara se rendit aux écuries en compagnie de Sirvat, qui mourait d'envie de rencontrer Dasras. Le grand étalon doré ne la déçut pas. Il accueillit sa maîtresse avec chaleur et élégance.

— Et voici la sœur du Dominus, que j'ai le plaisir de compter parmi mes amis, dit Lara.

Dasras fit une révérence et salua Sirvat avec la plus grande politesse.

— Enchanté, madame, lui dit-il.

— Il parle vraiment ! s'exclama Sirvat.

— Bien sûr que je parle, madame. Ma maîtresse ne vous l'a-t-elle pas dit ? Elle ne ment jamais, assura l'étalon. Vous êtes d'une grande beauté, madame.

Les joues de Sirvat s'empourprèrent à ce compliment.

— Et vous êtes fort galant, Dasras, répondit-elle. J'espère que nous aurons l'occasion de nous revoir un autre jour... Je sais que mon frère a hâte de se mettre en route. Je vous souhaite un bon voyage. A bientôt...

Sirvat serra Lara dans ses bras, puis quitta les écuries.

Lara n'avait pas quitté le château du Dominus depuis le jour de son arrivée et ne connaissait de Térah que ce qu'elle pouvait apercevoir depuis les fenêtres. Magnus et elle se mirent en route avec une petite escorte d'hommes armés. La route qu'ils empruntèrent serpentait doucement le long du fjord. En s'en éloignant, Lara réalisa que le château était parfaitement imprenable. Qui l'avait construit ? se demanda-t-elle. Il lui semblait que chaque jour de plus qu'elle passait à Térah lui apportait de nouvelles questions et toujours moins de réponses.

Ils commencèrent à s'éloigner du fjord vers l'intérieur des terres. Il n'y avait que du vert à perte de vue. C'était une terre riche et hospitalière, mais on n'y apercevait ni habitations, ni cultures, ni animaux domestiques. Magnus avait dit que les villageois de Térah fabriquaient les objets qui étaient vendus aux rois de la Province Côtière, mais où donc se trouvaient leurs villages ? Ce paysage magnifique n'était-il qu'une illusion ? Ce pays cachait-il des dangers inconnus ?

— Où se trouvent vos villages ? finit-elle par demander au Dominus.

— Le long des fjords, lui répondit-il.

— Pourquoi n'y a-t-il aucun village ici ? insista-t-elle. Vos terres sont fertiles… Existe-t-il des dangers invisibles à l'œil nu ?

— Nous vivons des produits que nous fabriquons, expliqua Magnus. Térah est très vaste, comme tu peux le constater. En nous concentrant le long des fjords, il nous est plus facile de communiquer et de déplacer nos marchandises. Tous les bateaux qui commercent avec les Hétariens partent du fjord où se trouve mon château. Tous les biens que nous produisons sont soigneusement répertoriés et les registres conservés au château. Je paie les villageois pour les produits qu'ils fabriquent et ils reçoivent encore une part des bénéfices quand les bateaux rentrent au port.

— Mais qu'en est-il des denrées alimentaires ? N'avez-vous aucun champ, aucun troupeau ? interrogea-t-elle.

— Chaque village a son propre bétail, répondit Magnus. Les hommes font paître leurs bêtes dans les prés autour et au-dessus de leur village.

— Combien y a-t-il d'habitants à Térah, mon seigneur ?

— Je ne les ai jamais comptés, répondit-il en éclatant de rire.

— Combien de villages, alors ? insista-t-elle.

Magnus Hauk se tut un instant pour réfléchir.

— Je n'en suis pas certain, reconnut-il. Pourquoi es-tu si curieuse ?

— Mon seigneur, tu possèdes des lieues et des lieues de terres fertiles qui ne profitent à personne. Tu gouvernes ce pays, et pourtant tu n'as aucune idée du nombre de ses habitants, ni même du nombre de villages... Je trouve ça curieux. Ces questions ne t'intéressent pas ?

Le Dominus réfléchit longuement à sa question avant de lui répondre.

— Nous sommes un peuple pacifique, Lara. Nous ignorons le crime et l'avarice. Tous les Térans ont un toit pour s'abriter des intempéries et suffisamment de nourriture. Ils ont un travail qui leur donne un but et partagent des plaisirs les uns avec les autres. Que leur faudrait-il de plus ?

— En Hétar..., commença-t-elle.

Mais Magnus leva la main pour l'interrompre.

— Nous ne sommes pas Hétar, dit-il d'une voix douce.

— C'est vrai, répondit-elle. Térah ressemble davantage aux Terres Extérieures. J'y ai été plus heureuse qu'en Hétar. Pourtant, quand je vois toute cette terre qui pourrait nourrir Hétar si elle était cultivée...

— Tu as bon cœur, ma petite fée...

— Les temps changent. Votre isolement ne durera plus très longtemps, mon seigneur...

— Un océan nous sépare du monde d'Hétar et seuls les rois de la Province Côtière connaissent notre existence. De plus, j'ai horreur des changements...

— Personne ne les aime — et surtout pas les grands

bouleversements, accorda Lara. Mais ces changements se produiront que tu le veuilles ou non, mon seigneur. L'intérêt est de les voir venir et de les contrôler pour que ce ne soit pas *eux* qui te contrôlent à la fin…

Elle esquissa un sourire.

— Peux-tu m'aider à contrôler ces changements que tu annonces ? lui demanda-t-il.

Lara acquiesça.

— Oui, répondit-elle. Mais nous devons commencer par lever la malédiction du sorcier Usi.

— Il a habité pendant un temps dans le temple où nous allons, expliqua le Dominus. C'était un prêtre, mais il a été séduit par un esprit maléfique qui l'a fait passer de la lumière aux ténèbres. Depuis ce jour, les serviteurs du Grand Créateur ont renoncé à la magie.

— Et tu ne crains pas de conduire une femme à moitié fée dans leur temple ? demanda-t-elle, surprise. Et une femme dont ils pourront entendre la voix, qui plus est ?

— Mon oncle, qui a été choisi pour succéder au grand prêtre, est très ouvert d'esprit, Lara. J'irai le voir d'abord. Il y a dans le temple un bâtiment destiné à recevoir les invités. Tu y resteras jusqu'à ce que j'aie parlé à Arik.

— Arrive-t-il que des femmes soient invitées au temple ? demanda Lara.

— Oui, répondit Magnus. Nous ne refusons pas aux femmes le droit de prier le Grand Créateur.

— Mais elles vont rarement dans ce temple, n'est-ce pas ?

Un fin sourire se dessina sur ses lèvres. Sirvat lui avait expliqué beaucoup de choses dans la matinée…

— Tu sais déjà que nous protégeons nos femmes à cause de ce que nous avons pris pour une faiblesse, répondit le Dominus. Mais il arrive de temps à autre qu'une femme soit conduite dans ce temple. Il y a même un ordre exclusivement féminin qui y est associé.

— Je sais, dit Lara. Sirvat m'en a parlé.

Elle décida de changer radicalement de sujet.

— Je n'arrive pas à me lasser de la beauté de ces terres, mon seigneur, poursuivit-elle. Le vert y a une infinité de nuances…

— Les Terres Extérieures ne sont-elles pas vertes, elles aussi ? demanda Magnus.

— Si, répondit-elle. Pourtant, c'est différent. La plaine des Terres Extérieures est un territoire couvert d'herbe qui semble s'étendre à l'infini. Il y a ici et là de petits bois ou des arbres isolés. Les Montagnes Pourpres la bordent sur trois côtés.

Elle scruta l'horizon.

— Je vois que vous avez des montagnes, vous aussi, reprit-elle. Sont-elles aussi désertes que votre plaine ?

— Non. Il y a quelques mines dans les montagnes. Ce sont les nains qui les exploitent. C'est une race discrète… Ils viennent deux fois par an au château pour m'apporter leur or, leur argent et leurs pierres précieuses. J'en garde une partie comme tribut et je distribue le reste dans les villages qui ont des joailliers. En échange, je donne aux nains les produits dont ils ont besoin ou qui leur font envie. Nous respectons leurs montagnes et ils restent à l'écart de nos villages.

— C'est donc ainsi que vous vous procurez les matériaux nécessaires à la fabrication des objets que vous vendez à Hétar…, dit pensivement Lara. Et d'où viennent vos magnifiques étoffes ?

— D'autres villages. Certains élèvent des vers à soie, d'autres des moutons pour produire de la laine. Plusieurs villages ne s'occupent que de concevoir et de tisser les étoffes.

D'autres sont chargés de les teindre. Chaque village a sa spécialité, afin que tous aient une occupation et quelque chose à échanger.

— N'arrive-t-il jamais aux Térans de quitter leur village ? interrogea Lara. Les clans des Terres Extérieures se rencontrent chaque automne au Grand Rassemblement. Ça leur donne l'occasion d'échanger leurs produits, de discuter et de s'amuser…

— Seuls quelques habitants de chaque village sont autorisés à le quitter, expliqua le Dominus. Les Térans préfèrent vivre repliés sur eux-mêmes.

— Pourquoi ?

— Il en a toujours été ainsi, répondit Magnus en haussant les épaules.

Ils chevauchèrent en silence pendant que le soleil montait jusqu'à son zénith et commençait à redescendre vers l'horizon. Lara venait de découvrir que la société de Térah était aussi figée et fragmentée que celle d'Hétar — peut-être même davantage. En Hétar, il était possible de progresser dans la société à condition de respecter certaines règles, tandis qu'à Térah, l'endroit où quelqu'un naissait déterminait sa vie entière. De toute évidence, il n'y avait guère de place pour les mécontents dans une telle société… Lara avait appris en discutant avec Sirvat que les femmes de Térah désapprouvaient cette situation. Décidément, les choses devaient changer… Mais ce ne serait possible que lorsque les hommes de Térah entendraient à nouveau la voix des femmes. Lara avait hâte d'essayer de lever la malédiction d'Usi.

Lorsque le soleil, derrière eux, approcha de l'horizon, ils aperçurent les murs du temple du Grand Créateur. Le Dominus pressa sa petite troupe pour atteindre les portes avant qu'elles ne soient fermées pour la nuit. L'un des hommes de l'escorte partit devant pour avertir le temple de l'arrivée du Dominus et gagner quelques minutes sur l'horaire officiel.

Ils entrèrent au petit galop dans la cour du temple à l'instant où le soleil disparaissait derrière l'horizon. En mettant pied à terre, ils entendirent les prêtres fermer les lourdes portes pour la nuit et mettre en place la grande barre de fer qui garantissait la sécurité du temple. Un jeune prêtre accourut pour les accueillir et s'inclina profondément devant le Dominus.

— Mon seigneur, dit-il, votre oncle vous demande de bien vouloir l'attendre dans la maison des invités. Il viendra vous rejoindre après la prière du soir.

Ses yeux s'écarquillèrent lorsqu'il aperçut Lara, sa canne à la main et son épée en bandoulière. Mais le jeune homme était trop poli — ou trop effrayé — pour poser la question qui lui brûlait les lèvres.

— Vous pouvez aller prier, mon garçon, répondit le Dominus. Je connais le chemin.

Le prêtre s'inclina et s'éloigna rapidement. Sa robe brune se balançait amplement à chacun de ses pas.

— Ne parle pas avant que je te le dise, ordonna Magnus Hauk à voix basse. Le fait que je sois venu au temple avec une femme suffira largement à alimenter les rumeurs, puisque mon oncle est le prochain grand prêtre... Les gens croiront sans doute qu'il s'agit d'une histoire de famille.

Lara acquiesça.

— On pensera que tu es ma fiancée et que je t'ai amenée ici pour obtenir la bénédiction de mon oncle..., précisa Magnus avec un sourire espiègle.

Lara se mordit la lèvre de frustration. Le Dominus ne put s'empêcher de rire.

— Tu aimerais me répondre, n'est-ce pas ?

Il éclata franchement de rire en voyant Lara secouer un doigt vers lui avec l'air exaspéré. Il avait raison, bien sûr… Le son d'une voix féminine pouvait semer la panique parmi les pauvres prêtres du Grand Créateur. Elle suivit humblement Magnus Hauk de la cour extérieure vers une grande cour intérieure plantée d'arbres gracieux et de buissons de fleurs au parfum délicat. Un ruisseau y serpentait avant d'aller se jeter dans un petit lac empli de nénuphars. Tout au fond de la cour, les eaux du lac se déversaient dans un autre ruisseau. Lara et Magnus durent traverser le ruisseau en marchant sur des pierres plates qui y étaient disposées pour atteindre la maison des invités.

— Magnifique, n'est-ce pas ? lui demanda-t-il.

Lara acquiesça vigoureusement.

— Je ne veux pas qu'un prêtre risque d'entendre ta voix pour le moment, dit-il. Ça ne nous apporterait que des problèmes. Je veux d'abord expliquer à mon oncle que les hommes de Térah peuvent entendre ta voix, et pourquoi…

Lara acquiesça en s'asseyant dans un fauteuil de bois sculpté. Magnus alla lui chercher un petit verre de vin sur une console, qu'elle but à petites gorgées avec gratitude. Ils ne s'étaient arrêtés qu'une seule fois pendant le trajet pour désaltérer leurs chevaux et se soulager. Lara avait faim, soif, sommeil et mal au dos. Cela faisait longtemps qu'elle n'avait pas fait une telle chevauchée.

Peu de temps après, un homme grand et mince fit irruption dans la pièce. Il était impossible de lui donner un âge. Magnus Hauk se leva aussitôt pour le saluer.

— Mon oncle ! s'écria-t-il.

Les deux hommes se donnèrent l'accolade.

Les yeux d'Arik Hauk se tournèrent immédiatement vers la femme qui accompagnait son neveu. Elle était d'une beauté saisissante. Mais son accoutrement — une chemise en soie, un pantalon et une veste en cuir — était tout à fait inhabituel. Le fait qu'elle porte une épée et une canne était encore plus étrange. Les deux armes lui parurent très dangereuses.

— Qui est cette personne qui t'accompagne, mon neveu ? demanda-t-il.

— Mon oncle, je te présente Lara, répondit Magnus. Elle est hétarienne. Elle m'a été envoyée par un roi de la Province Côtière qui espérait s'attirer mes faveurs.

— Il t'a offert une esclave ? demanda le prêtre.

— Ce n'est pas une esclave, mon oncle, c'est la veuve d'un grand seigneur. Le roi qui me l'a envoyée était plein de rancœur à son égard. Il espérait se venger d'elle en l'expédiant de l'autre côté de la mer de Sagitta pour qu'elle y soit réduite en esclavage.

— Comment sais-tu tout cela, Magnus ? interrogea le prêtre.

— C'est elle qui me l'a dit, mon oncle.

Arik Hauk blêmit.

— Que veux-tu dire ? demanda-t-il.

— Je peux entendre sa voix, mon oncle, parce qu'elle n'est pas née à Térah…

— Tu peux entendre la voix de cette femme ?

Le prêtre semblait à présent intrigué.

— Est-ce que je pourrais l'entendre aussi, mon neveu ? demanda-t-il.

— Tous les hommes le peuvent, répondit le Dominus. Puis-je l'autoriser à te parler, mon oncle ?

Le prêtre acquiesça vigoureusement.

Le Dominus se tourna vers Lara et lui fit signe de la tête.

Lara se leva et s'inclina poliment devant Arik Hauk.

— Mes hommages, seigneur Arik, oncle du Dominus, dit-elle. Je suis venue dans ce temple parce que j'ai besoin de votre aide.

— Comment se fait-il que je vous entende ? demanda le prêtre.

— Je suis née en Hétar, seigneur Arik. Je suis la fille de John Swiftsword, un chevalier de la Croisade, et d'Ilona, la reine des fées de la Forêt. La malédiction que le sorcier Usi a jetée sur Térah ne concernait pas les femmes, mon seigneur, mais les hommes, parce qu'ils avaient écouté la femme qui l'avait vaincu. Vos femmes n'ont jamais perdu la parole : la malédiction a rendu les oreilles des hommes sourdes à leurs voix. Puisque je ne suis pas née dans ce pays, la malédiction ne pèse pas sur moi.

— Fascinant ! s'écria le prêtre. Mais vous avez dit avoir besoin de mon aide… Que puis-je faire pour vous, dame Lara ?

— Magnus m'a appris qu'Usi était un membre de cet ordre avant d'être tristement séduit par les puissances des ténèbres. Est-il resté ici après cela ?

— Il est resté quelque temps après avoir développé ses pouvoirs, répondit Arik. Ensuite, il a bâti le château où vivent encore les Dominus de Térah.

— Tu ne m'as pas dit qu'Usi avait vécu au château ! s'exclama Lara.

— Je l'avais oublié…, répondit Magnus.

— Je crois pouvoir lever la malédiction si je retrouve ses termes exacts, expliqua Lara au prêtre. Magnus pense qu'ils pourraient être consignés dans le Livre de Térah…

— C'est possible, mon neveu, répondit Arik. Mais ils pourraient aussi se trouver quelque part dans ton propre château…

— C'est là que nous aurions dû commencer nos recherches, remarqua Lara en soupirant.

— Mais il y a tant de passage au château…, se défendit le Dominus. Je pense qu'Usi aura préféré cacher la malédiction ici — s'il l'a seulement mise par écrit…

— Les sorciers écrivent toujours les formules dont ils pensent pouvoir se servir dès qu'ils les conçoivent, expliqua Lara. Ils les gardent dans un livre de sorts, au cas où ils auraient besoin de s'en servir à nouveau. Usi a pu écrire ces mots dans le Livre de Térah, mais aussi avoir son propre livre de formules… Quoi qu'il en soit, nous sommes là… C'est donc par le temple que nous commencerons nos recherches — avec votre permission, seigneur Arik.

— Ce n'est pas ma permission qu'il vous faut, mais celle du grand prêtre Aslak, répondit l'oncle du Dominus.

— Pourtant, tu es son successeur, remarqua Magnus. J'ai entendu dire qu'Aslak était très affaibli par l'âge. On raconte que c'est déjà toi qui prends les décisions…

— C'est vrai, répondit Arik Hauk. Mais je demande toujours son avis au grand prêtre — par courtoisie, tu comprends… Aslak, qui a toujours vécu au temple depuis ses douze ans, se méfie des femmes. Il vous accuserait sans doute de sorcellerie, ma chère Lara, s'il entendait votre jolie voix… Or, Aslak déteste la magie. Il la croit entièrement mauvaise. Il a étudié auprès d'un ancien grand prêtre, qui était lui-même l'élève de l'élève d'un homme qui a vécu à l'époque du sorcier Usi. Pour ces prêtres, le mal vient de la magie…

— La magie peut être mauvaise, accorda Lara, mais elle est souvent bénéfique…

— Celle d'Usi était noire et cruelle, répondit Arik. Mais je vois bien que vous êtes une créature de lumière et de bonté, Lara. J'ai toujours cru qu'il existait un équilibre entre la lumière et les ténèbres. Ce n'est pas une opinion que je soutiens publiquement — Aslak tient beaucoup trop à ses propres croyances. Mais je ne suis pas le seul à le penser…

— Cet équilibre entre le bien et le mal existe aussi parmi les hommes…, remarqua Lara d'une voix douce.

Arik esquissa un sourire.

— Je vois que vous êtes aussi sage que vous êtes belle…, dit-il.

— Peux-tu nous aider, mon oncle ? demanda le Dominus.

Arik acquiesça.

— Oui. Mais tu dois d'abord aller présenter tes respects à Aslak, Magnus. Il est déjà au courant de ton arrivée… Comment as-tu l'intention d'expliquer qu'une femme t'accompagne, mon neveu ? Il va vouloir comprendre…

— Nous lui dirons que l'un des rois de la Province Côtière d'Hétar me l'a envoyée en tant que fiancée possible. Comme elle me plaît, et que tu es l'homme le plus âgé de notre famille, je suis venu demander ta bénédiction. Si on te demande ce que tu en penses, tu n'auras qu'à répondre que tu réserves ton jugement jusqu'à ce que tu connaisses mieux Lara.

Arik pouffa en voyant l'air contrarié de Lara.

— Ta future épouse ne semble pas ravie par cette explication, remarqua-t-il.

— Je l'accepte parce qu'elle semble la plus simple et la meilleure, répondit Lara. Mais je n'ai pas l'intention de me remarier…

— Ainsi, vous aimiez votre mari, constata Arik.

— Il s'appelait Vartan, précisa-t-elle. Il était le seigneur du Fiacre, et le chef du haut conseil des Terres Extérieures.

C'était un homme bon. J'ai aussi deux enfants : un fils, Dillon, et une fille, Anoush.

— Où sont-ils à présent ? interrogea le prêtre.

— Je les ai confiés à un parent de mon mari, expliqua-t-elle. Mon mari a été assassiné sur l'ordre d'un Hétarien ambitieux, Gaius Prospéro. Hétar a toujours cru que les Terres Extérieures étaient sauvages et peuplées de barbares, mais ce n'est pas le cas. J'ai vécu des deux côtés de la frontière, et je préfère de beaucoup les Terres Extérieures.

— Accepteriez-vous de prendre mon neveu pour époux, dame Lara ? demanda Arik.

Il avait un regard étrange et sa question la déconcerta.

— Je ne veux pas me remarier, répondit-elle. On m'a dit que j'avais une destinée et je veux pouvoir être libre de l'accomplir.

— Mais si vous étiez libre de vous remarier ? insista le prêtre. Choisiriez-vous Magnus pour époux, dame Lara ?

— Votre neveu est trop arrogant et trop indépendant, répondit Lara. Il vaut mieux que ce soit les opposés qui s'attirent plutôt que ceux qui se ressemblent, seigneur Arik…

— Peut-être, murmura le prêtre en esquissant un sourire.

Cette femme lui plaisait et le peu de temps qu'il avait passé avec elle suffisait à le convaincre qu'elle ferait une excellente épouse pour son neveu. Elle était aussi forte que lui et Magnus l'écouterait tant qu'il ne s'en lasserait pas, or il ne se lasserait jamais de cette femme…

— Quand dois-je aller voir Aslak ? demanda Magnus, interrompant le fil des pensées de son oncle.

— Il doit déjà prendre son repas du soir. On va d'ailleurs

bientôt nous servir le nôtre. Nous irons le trouver après dîner, avant la dernière prière, décida Arik.

La porte de la pièce s'ouvrit pour laisser passer une file de serviteurs chargés de plateaux. Lara recommença à se taire. Les serviteurs installèrent Arik à la place d'honneur et ses invités près de lui. Assiettes et couverts furent disposés sur la table, puis les serviteurs leur présentèrent des plats et des saladiers. Lara accepta chacun des mets d'un signe de tête poli. Les verres furent remplis de vin. Ils mangèrent en silence, comme il était de coutume au temple. D'ailleurs, les serviteurs n'avaient pas quitté la pièce et Lara savait qu'elle devait continuer à se taire tant qu'ils n'étaient pas seuls. Leur repas terminé, les deux hommes se levèrent de table. Magnus se pencha vers Lara pour l'embrasser sur la joue.

— Je reviens bientôt, lui dit-il.

Lara acquiesça en souriant.

— Elle est très intelligente, remarqua Arik tandis que les deux hommes se dirigeaient vers les appartements du grand prêtre. Il est grand temps que tu prennes femme, Magnus. Cette jeune Hétarienne à moitié fée apportera du sang neuf à ta lignée — et je vois bien qu'elle t'intrigue…

— J'ai encore tout mon temps pour prendre une femme et avoir une descendance, répondit le Dominus. Je ne veux pas me presser. C'est un être magique, mon oncle. Son épée et sa canne sont douées de parole, tout comme son cheval. La mère de Lara a donné des ailes à son étalon pour lui permettre de traverser la mer de Sagitta pour la rejoindre. Et Lara prétend avoir déjà tué. Je ne suis pas certain qu'une femme pareille soit l'épouse qu'il me faut. J'ai besoin d'une femme qui portera mes enfants avec joie, d'une femme qui saura les élever comme une bonne mère au lieu de courir après son destin… Elle est magnifique, et j'admets qu'elle me fascine… Mais je ne suis pas sûr de vouloir l'épouser.

— Elle est exactement la femme qu'il te faut, Magnus, répondit son oncle. Le genre de femme que tu prétends vouloir épouser te lasserait en quelques mois… C'est une femme forte et déterminée. Ne t'es-tu jamais demandé si le destin dont elle parle n'était pas aussi le tien ? Ne t'ai-je pas toujours dit que nous devions nous attendre à de grands changements, Magnus ? Le moment est sans doute mal choisi pour avoir des enfants. Mais un jour… Tu dois d'abord affronter ce qui se prépare. Je joue les traditionalistes, mon neveu, mais tu sais que mes idées sont progressistes. Je ne peux pas faire grand-chose tant qu'Aslak n'a pas quitté cette vie… Mais, dès qu'il l'aura fait, je dévoilerai les plans que j'ai conçus pour la Fraternité du Grand Créateur — ainsi que pour les Filles du Grand Créateur…

Le prêtre reprit son souffle.

— Je ferai tout mon possible pour t'aider à retrouver les termes exacts de la malédiction du sorcier Usi. Imagine ce que Térah pourrait devenir si nous entendions à nouveau la voix de nos femmes, si nous étions capables d'écouter leurs conseils et leurs idées… Nous n'avons pas évolué depuis plus de cinq cents ans à cause de cette malédiction, Magnus !

— Je suis stupéfait par la largeur de tes vues, mon oncle, répondit le Dominus.

Arik esquissa un sourire presque ironique.

— Vraiment, mon neveu ? Certains proclameraient que j'ai été séduit par les ténèbres parce que je veux que notre monde change…

— Certainement pas toi…, répondit Magnus Hauk.

Ils atteignirent les appartements du grand prêtre et furent admis en sa présence. Magnus Hauk avança immédiatement jusqu'au frêle vieillard assis dans un grand fauteuil rembourré. Il prit sa main osseuse dans les siennes et la pressa sur son front, son cœur, puis ses lèvres.

— Bonsoir, seigneur Aslak, dit-il. Et merci pour ton hospitalité.

— Tu es venu avec une femme..., répondit le vieillard d'une voix chevrotante.

— C'est vrai, monseigneur. Cette fille m'a été envoyée d'Hétar. Un roi de la Province Côtière m'en a fait présent. Il pensait que je pouvais avoir envie d'en faire ma femme.

Le Dominus n'eut aucun mal à mentir.

— Et tu l'as amenée ici pour obtenir la bénédiction de ton oncle ? demanda le vieux prêtre.

— Oui, seigneur, répondit Magnus Hauk.

— Qu'en penses-tu, Arik ? demanda la voix tremblante. Cette fille mérite-t-elle plus qu'une Téranne de devenir la Domina de Térah ? Ton neveu devrait-il prendre une étrangère pour femme ?

— Tu comprendras, seigneur Aslak, que je préfère réserver mon jugement. Je viens tout juste de rencontrer cette jeune femme... Elle est extraordinairement belle et semble d'une grande douceur, mais je ne peux pas la juger en si peu de temps. Mon neveu a l'intention de rester ici quelques jours pour me permettre de mieux la connaître. Mais il me semble que le mariage du Dominus avec une Hétarienne pourrait être utile à Térah.

— Pourquoi devrions-nous nous soucier d'Hétar ? demanda le grand prêtre. Les Hétariens ne sont bons qu'à acheter nos produits...

— Tu as raison, seigneur Aslak, accorda aimablement Magnus Hauk. Mais, un jour prochain, les Hétariens pourraient bien ne plus se contenter de nous rencontrer en haute mer. Ils pourraient avoir envie de venir ici sans que nous n'arrivions à les en empêcher. Si ce jour venait, une épouse hétarienne m'aiderait à mieux les comprendre, ce qui nous donnerait l'avantage... N'aurions-nous pas intérêt à mieux les connaître qu'ils ne nous connaissent ?

Il fallut quelques instants au grand prêtre pour comprendre les mots du Dominus. Puis il pouffa doucement.

— Ah ! Ah ! Je vois que tu es malin, mon fils... Je comprends l'intérêt de cette tactique. Eh bien, si cette fille te plaît, et si ton oncle approuve cette union, je te donnerai ma bénédiction et j'accomplirai la cérémonie moi-même...

— Ce serait un honneur, seigneur Aslak, répondit Magnus Hauk d'un ton jovial.

— Présente-moi la fille avant de repartir..., demanda le vieillard.

Ses paupières se fermèrent.

— Je me sens fatigué, maintenant, murmura-t-il.

— Avec ta permission, nous allons nous retirer pour te laisser te reposer, dit Arik.

Sans ouvrir les yeux, le grand prêtre agita une main lasse pour donner congé aux deux hommes, qui se hâtèrent de quitter la pièce.

— Il est satisfait maintenant qu'il croit tout savoir, dit Arik d'une voix joviale tandis que l'oncle et le neveu traversaient les jardins du temple. Tu as bien joué ton rôle... Je te félicite pour les réponses que tu lui as données. Son esprit est vif malgré son grand âge — même s'il ne l'est plus autant qu'il y a quelques années.

— Pouvons-nous commencer nos recherches dès demain ? demanda le Dominus.

— Oui, répondit Arik. Je ferai sortir les livres de la bibliothèque, afin que Lara ne soit pas vue en train de les consulter... Il vaut mieux éviter d'alimenter les rumeurs.

— Comment, mon oncle ? se moqua Magnus Hauk.

Es-tu en train de me dire que vos prêtres ne passent pas tout le temps en prières et en méditation ?

Arik Hauk éclata de rire.

— Pour ma part, je laisse les prières et la méditation aux jeunes membres de l'ordre qui sont encore pleins d'enthousiasme et de piété.

— Ne crains-tu pas le Grand Créateur, mon oncle ? demanda le Dominus.

— Le Grand Créateur connaît le fond de mon cœur, mon neveu, se contenta de répondre Arik.

Ils venaient d'atteindre les dalles de pierre qui permettaient de traverser le ruisseau pour rejoindre la maison des invités.

— Je te souhaite une bonne nuit, mon neveu, dit le prêtre. Profite bien du reste de ta soirée. Je t'envie presque, même si je n'ai pas éprouvé le désir de prendre une maîtresse — comme beaucoup de mes frères le font — depuis mon entrée dans l'ordre. Les femmes sont souvent un obstacle à l'ambition — et je n'ai pas la responsabilité de donner une descendance à notre famille…

Sur ces mots, le prêtre s'éloigna à grands pas dans la faible lumière du crépuscule.

Magnus Hauk traversa lentement le ruisseau, en humant le parfum douceâtre des jacinthes et des lilas du jardin. La maison des invités paraissait déserte. Où Lara avait-elle donc disparu ? En entrant dans la chambre, il l'entendit fredonner non loin de là. Il poussa une petite porte de l'autre côté de la pièce et se retrouva dans une salle de bains.

— C'est merveilleux ! l'interpella Lara depuis le bassin. Je me suis déjà lavée. Dépêche-toi de venir me rejoindre, Magnus !

Le Dominus se débarrassa de ses vêtements et se lava dans une petite niche construite le long du mur. Une grande éponge de mer et une jarre de savon onctueux étaient posées sur une tablette. Il y puisa généreusement pour se laver le corps et les cheveux. Puis il se plaça devant le jet d'eau craché par un poisson de pierre pour se rincer. Finalement, il se glissa dans le bassin, prit Lara dans ses bras et l'embrassa longuement.

— Pouvons-nous nous permettre d'être aussi charnels dans l'enceinte sacrée d'un temple ? demanda-t-elle en mordillant la lèvre inférieure de Magnus.

— Le Grand Créateur est à l'origine de toute vie et la protège, ma petite fée, répondit-il en la serrant davantage contre lui. Nos jeux érotiques ne sont-ils pas l'incarnation même de la vie ?

Il adorait sentir sa poitrine ferme contre son torse. Un puissant désir monta aussitôt en lui.

Lara glissa ses bras autour de son cou. Elle sentait son membre durcir contre sa cuisse. La soulevant hors de l'eau, Magnus lécha lentement son buste et sa gorge. Lara baissa la tête pour murmurer à son oreille.

— J'ai envie de te sentir en moi, mon seigneur... Je veux éprouver ta dureté, ton ampleur...

Il la laissa lentement redescendre dans l'eau avant de la presser contre le mur du bassin. Son désir le consumait. Il glissa ses mains sous ses fesses pour la soulever tandis qu'elle enroulait ses jambes autour de sa taille. Il fit de gros efforts pour ne pas la pénétrer trop rapidement : il préférait leur offrir la douce torture de l'anticipation que seule pouvait procurer une pénétration lente.

Lara gémit doucement en le sentant entrer en elle avec une telle lenteur. Elle planta ses dents dans la chair de son épaule et Magnus gémit à son tour. Lorsqu'il fut pleinement entré en elle, à sa grande surprise, il sortit lentement du bassin en tenant d'une main ferme les deux lunes jumelles de sa croupe. Il alla l'allonger sur un banc de marbre et lui fit lentement l'amour jusqu'à la faire presque hurler de plaisir. Par deux fois, Lara se sentit submergée par la jouissance. Elle tremblait maintenant de tout son corps.

— Magnus ! parvint-elle à gémir.

Son grand corps se pencha au-dessus d'elle.

— Tu m'appartiens, mon amour, grogna-t-il en se retirant lentement avant de plonger à nouveau en elle. Je veux te posséder comme aucun homme ne l'a jamais fait.

Elle préféra ne pas mentionner les princes de l'Ombre, qui s'étaient servis de son corps de toutes les manières possibles. A vrai dire, elle se souvenait à peine de cette nuit extraordinaire. Comme son amant princier le lui avait expliqué, elle avait glissé dans un autre plan d'existence la nuit où les princes de l'Ombre lui avaient donné cette leçon de parfaite confiance.

— Pour le moment…, répondit-elle.

Magnus frissonna avant de s'abandonner à sa jouissance avec une rare violence.

Il s'effondra un instant sur son corps, puis se redressa et la retourna pour pouvoir l'embrasser. Leurs bouches semblaient ne pas pouvoir se lasser l'une de l'autre. Lara finit par le repousser en riant et pour se glisser de nouveau dans le bassin parfumé. Il la rejoignit rapidement et l'attira contre lui pour l'embrasser encore.

— Je t'adore ! murmura-t-il tout contre sa bouche.

— Ne tombe pas amoureux de moi, Magnus, le mit-elle tendrement en garde. Du moins pas maintenant…

— Si je ne peux pas t'aimer, je vais devoir te tuer…, chuchota-t-il.

Lara s'écarta de lui et prit son visage entre ses deux mains.

— Non, répondit-elle. Fais-moi confiance, mon seigneur. Je ne te décevrai pas.

Il la serra dans ses bras et Lara laissa sa tête reposer sur son épaule.

— Est-ce que je saigne là où tu m'as mordu ? lui demanda-t-il.

— Tu auras un bleu, j'en ai peur... Mais je ne t'ai pas mordu assez fort pour percer la peau. Je te préviens : je risque de le faire un jour si tu continues à m'offrir de tels plaisirs, Magnus...

— Tu cherches à me rassurer..., lui dit-il.

— C'est vrai, accorda-t-elle.

Il éclata de rire.

— Il y a tant de fraîcheur en toi ! s'écria-t-il.

— Je suis toujours sincère, répondit-elle doucement.

Puis elle échappa à son étreinte et quitta le bassin pour aller se sécher.

— Les installations sont particulièrement plaisantes pour un temple, remarqua-t-elle. De toute évidence, il ne s'agit pas d'un ordre mendiant...

— Nous donnons un tiers de ce que nous rapporte notre commerce avec Hétar au temple du Grand Créateur, expliqua-t-il.

Il préféra rester encore dans le bassin pour calmer son ardeur renaissante. Lara serait dans son lit la nuit entière... Ils pourraient se donner du plaisir l'un à l'autre une fois encore — et peut-être une fois encore, songea-t-il.

Lara s'assit sur le banc où ils venaient de faire l'amour pour se sécher les cheveux. Magnus contempla avec ravissement ses simples gestes. Lorsqu'elle eut fini, Lara se leva et disparut dans la chambre en lui souriant. L'eau chaude avait merveilleusement délassé Magnus après leur longue chevauchée. Il se décida à sortir du bassin et prit une serviette propre pour sécher son grand corps et ses cheveux épais. Puis il quitta la salle de bains dallée de marbre pour rejoindra Lara dans la chambre. Elle était occupée à lisser sa longue chevelure avec sa magnifique brosse en or.

Il la lui prit des mains et entreprit de brosser lui-même ses boucles blondes.

— On croirait des fils d'or mêlés à des rayons de soleil et de lune, lui dit-il.

— Comme c'est poétique…, répondit-elle. J'aime beaucoup qu'on me brosse les cheveux, tu sais…

— D'autres hommes l'ont déjà fait ? demanda-t-il, un soupçon de jalousie dans la voix.

— Oui, répondit-elle simplement.

— Qui ? voulut-il savoir.

— Magnus…, lui dit-elle gentiment. Il n'est pas encore temps que je te dévoile tous les détails de ma vie. D'ailleurs, je ne suis pas d'humeur à raconter cette histoire. Mon père et Gaius Prospéro me pensaient tous les deux née pour le plaisir. Mais ils n'imaginaient ni l'un ni l'autre que mon destin pouvait être sans rapport avec ma beauté et mon talent pour la passion…

Elle se leva, lui prit la brosse des mains et plongea son regard dans ses yeux turquoise en lui souriant.

— N'es-tu pas fatigué, mon seigneur ? lui demanda-t-elle. Pour ma part, je suis épuisée. Cette journée a été bien longue…

Elle lui prit la main pour le conduire jusqu'au lit qu'ils allaient partager.

— Je gouverne un pays immense, lui dit-il. Et pourtant tu n'as pas peur de moi, ma petite fée… Est-ce que ça ne devrait pas être le cas ?

— Pourquoi ? demanda-t-elle en souriant avant de l'attirer contre elle.

Il ne put s'empêcher de rire.

— Je n'arriverai jamais vraiment à t'apprivoiser, n'est-ce pas ?

— C'est intelligent de le comprendre aussi vite, Magnus…

Il voyait bien qu'elle était épuisée et leurs récents ébats avaient un peu calmé son appétit pour elle. Il s'allongea pour l'attirer contre lui et lui permettre de poser sa tête sur son torse.

— Endors-toi, ma petite fée, lui dit-il.

Le matin viendrait bien assez tôt, songea-t-il, et faire l'amour était une excellente manière de commencer une journée…

A son réveil, la chambre était déjà inondée de soleil et Lara avait disparu. Où était-elle ? se demanda-t-il en s'asseyant au bord du lit. Ne la trouvant pas dans la salle de bains, il alla dans la pièce où ils avaient dîné la veille et la découvrit à table. Elle attendait en silence que le serviteur ait fini de lui servir des fruits, du pain et du fromage. Elle avait déjà revêtu sa chemise, son pantalon et sa veste, et avait tressé ses cheveux en une natte épaisse. Il s'habilla rapidement pour la rejoindre et l'embrassa sur la joue avant de s'asseoir, mais ne s'adressa pas directement à elle.

— Va donc demander à mon oncle de me rejoindre dès qu'il pourra, ordonna-t-il au serviteur. Dame Lara va s'occuper de mon déjeuner.

— Oui, répondit le serviteur avant de quitter la maison des invités à pas pressés.

— Sommes-nous seuls ? demanda Magnus Hauk à sa compagne.

Lara hocha la tête mais ne répondit rien et posa un doigt sur ses lèvres en signe d'avertissement. Elle tourna la tête vers la gauche. Magnus suivit son regard et aperçut un autre serviteur qui balayait le porche.

— Tu as raison..., lui dit-il.

Il ne pouvait que se féliciter de sa prudence et de sa sagacité.

Le sourire aux lèvres, Lara se chargea de remplir son assiette. Il mangea rapidement, plus soucieux d'en finir vite avec le repas que de se faire plaisir. Il était aussi impatient qu'elle devait l'être de commencer à consulter les livres du temple. Finalement, Arik Hauk fit son apparition.

— Je suis désolé, dit-il. Le grand prêtre avait beaucoup de tâches à me confier ce matin. Je crois qu'il veut te prouver qu'il est encore à la hauteur de ses responsabilités.

— Pourtant, je n'ai pas le pouvoir de le relever de ses fonctions s'il ne l'était plus..., remarqua le Dominus.

— Son esprit est encore vif et clair dans l'ensemble, mais il a quelques moments d'égarement... N'oublie pas qu'il a cent cinquante ans. Il ne lui reste plus beaucoup d'années à vivre, mon neveu, et il a admirablement rempli son rôle. Le Grand Créateur fasse que je sois aussi bénéfique à l'ordre qu'il l'a été...

— Je n'ai aucune crainte pour l'ordre si tu es à sa tête, mon oncle, répondit Magnus Hauk. Maintenant, parlons des livres. Allons-nous les consulter ici ou à la bibliothèque ?

— Il me semble que nous devrions faire les deux, répondit Arik. Ça paraîtra plus naturel. Les prêtres penseront que le Dominus profite de sa visite pour consulter les livres de Térah dans l'intérêt du pays. Tout le monde sait que tu étais très studieux dans ta jeunesse, Magnus... Pendant que tu seras dans la bibliothèque, j'apporterai des livres à Lara pour qu'elle les consulte ici.

Pendant les jours suivants, le Dominus, Arik et Lara étudièrent les livres sacrés de Térah, qui étaient des ouvrages infinis puisque chaque génération y apportait sa contribution. Ils remontèrent à l'époque où le sorcier Usi était entré dans l'ordre comme novice. Ils suivirent sa progression à travers les degrés d'initiation de l'ordre, puis trouvèrent les premières mentions des problèmes qu'il causa et la découverte — alors qu'il était trop tard — de sa conversion de la lumière aux ténèbres. La magie maléfique continua à lui accorder d'immenses pouvoirs après qu'il eut été chassé de l'ordre. Le sorcier leva alors une armée formidable et renversa la famille royale en assassinant systématiquement ses membres lorsqu'il les capturait, mais certains parvinrent à se cacher.

Il était aussi relaté qu'Usi avait un appétit féroce pour la chair. Il avait fait bâtir une grande maison pour y séquestrer les femmes dont il jouissait et qu'il torturait. A vrai dire, il éprouvait plus de plaisir à infliger de la douleur qu'à simplement copuler avec une femme. Les Térans commencèrent à cacher leurs femmes dans l'espoir de les protéger, mais les familles convaincues de soustraire leurs femmes, leurs filles, leurs sœurs aux regards du sorcier firent l'objet d'humiliations publiques. Usi fit violer les femmes en public par ses soldats pendant que les hommes étaient fouettés jusqu'au sang. Les vierges lui étaient amenées pour son plaisir personnel. La résistance finit par faiblir et les familles se résignèrent, se contentant d'espérer que leurs femmes échapperaient au sorcier si elles restaient discrètes et ne s'aventuraient pas trop dehors.

Usi s'appropria tout le profit du commerce avec Hétar jusqu'à ce que l'un de ses lieutenants lui fasse remarquer que les artisans ne pouvaient pas continuer à travailler de cette manière. Il fallait remplacer les outils, réparer les machines et acheter des matières premières. A contrecœur, le sorcier donna une partie de ses profits aux villageois en les menaçant d'une mort lente et douloureuse si la qualité de leurs produits venait à baisser. C'était une époque de misère et de terreur, que les livres de Térah relataient avec une profusion de détails.

Puis une femme courageuse, une lointaine parente de l'ancienne famille royale, décida que la tyrannie d'Usi devait prendre fin. Elle réussit à convaincre l'un de ses frères d'accepter la place qui lui avait été proposée à la cour d'Usi. Alors, au désespoir apparent de son frère, cette femme, qui s'appelait Geltruda, se montra à plusieurs occasions en présence du sorcier. Son attitude était humble et vertueuse, si bien qu'Usi se laissa fasciner par sa beauté et sa modestie. Il lui fit des avances, mais elle les repoussa avec tant de réserve qu'il ne put s'en offenser. Usi était intrigué par le respect qu'elle lui témoignait et la modestie avec laquelle elle ne s'estimait pas digne de devenir sa maîtresse.

Au fil des semaines, le désir qu'Usi nourrissait pour Geltruda ne fit que croître. Pourtant, à la surprise de tous, le sorcier se montra patient avec elle. Finalement, elle lui annonça que malgré son désir de lui obéir en tant que dirigeant du pays, elle ne pouvait se résoudre à devenir sa maîtresse sans la permission de son frère. Personne ne s'étonna qu'il la lui donne. Ni Usi ni ses proches ne se doutèrent que Geltruda et son frère avaient tout planifié de longue date. Le sorcier n'avait aucun héritier. Si tout se passait comme Geltruda l'avait prévu, la famille des Hauk — l'ancienne famille régnante de Térah — reviendrait au pouvoir. Il suffisait que son frère et elle fassent preuve de bravoure et jouent leur rôle jusqu'au bout.

Le soir que Geltruda choisit pour s'offrir à la lubricité d'Usi, elle baigna son corps entier et sa chevelure dans un poison mortel. Geltruda mettrait plusieurs heures à mourir, ce qui lui laisserait le temps d'emporter Usi avec elle. Elle se parfuma à l'essence de jasmin et entra timidement dans la chambre du sorcier, feignant d'admirer son physique. Le sorcier eut beaucoup de mal à contenir la fureur de son désir pour Geltruda, mais il était maître dans l'art de la séduction et prit son temps avec elle. Il embrassa longuement son corps tremblant et suça ses pointes de seins avec avidité. Sa langue parcourut sa peau avec fièvre et dextérité. Puis il la prit avec enthousiasme sans réaliser que l'heure de son trépas approchait.

Il comprit trop tard ce qui lui arrivait.

— Qu'as-tu fait, femme ? lui demanda-t-il alors.

— Avec l'aide de mon frère, j'ai libéré Térah ! répondit Geltruda, agonisante.

Sur ces mots, ses pupilles se dilatèrent et elle mourut.

Alors, dans son dernier souffle, le sorcier Usi maudit le peuple de Térah.

— Ce livre donne-t-il la formule dont il s'est servi ? demanda Magnus à Lara qui lui résumait sa lecture.

La soirée était bien avancée et ils se trouvaient seuls dans la maison des invités.

Lara secoua la tête.

— La malédiction ne s'y trouve pas, répondit-elle.

— Alors tous nos efforts ont été vains…, se lamenta-t-il.

— Pas nécessairement, répondit Lara.

— Pourquoi ? lui demanda-t-il.

— Parce que le sorcier ne se trouvait pas ici quand Geltruda l'a tué. Où était-il ? Au château, probablement… Les appartements privés d'Usi sont mentionnés plusieurs fois dans le texte. Où se trouvent-ils, Magnus ? C'est sans doute là qu'Usi aura caché son livre de sorts. J'aurais dû y penser plus tôt… Le livre de sorts ne pouvait pas se trouver au temple, et les textes sacrés de Térah ne pouvaient pas livrer la formule de la malédiction au risque que quelqu'un d'autre la découvre et s'en serve. Non ! Usi devait cacher son livre de sorts dans ses appartements. Un sort aussi puissant doit être mis par écrit avant de pouvoir être utilisé. Nous devons rentrer au château le plus vite possible et découvrir dans quelles pièces Usi a vécu.

— Mais plus personne ne le sait après tant de siècles, répondit le Dominus. Nous allons devoir fouiller toutes les pièces du château — et elles sont innombrables !

— Puisque Usi aimait torturer les femmes, ses appartements devaient étouffer les cris de ses victimes, remarqua Lara.

— Quelque part dans les vieux donjons, alors ? suggéra le Dominus.

— Je ne crois pas… Les prisonniers ordinaires auraient tout entendu. Dans une tour, sans doute — d'où il aurait facilement pu disparaître en cas de danger.

— N'aurait-il pas été du même coup prisonnier de son refuge ?

— Il avait certainement le pouvoir de se métamorphoser, comme beaucoup de magiciens, répondit Lara. Il aurait très bien pu se changer en souris pour se cacher derrière un meuble, ou en oiseau et s'échapper par une fenêtre, Magnus…

— As-tu ce pouvoir ? demanda le Dominus, curieux.

— Oui, répondit-elle. Mais il est délicat et je l'utilise rarement.

— Il m'arrive de penser que je devrais avoir peur de toi, Lara, confia-t-il.

— Non, répondit-elle. Il ne faut pas que tu me craignes. Je t'ai déjà dit que je ne me sers de ma magie que pour faire le bien.

— Ne crains-tu donc pas les ténèbres ? lui demanda-t-il.

— Non. Il n'y a pas de raison, puisque je suis faite de l'essence même de la lumière, mon seigneur...

— Je vais aller prévenir mon oncle que nous partons à l'aube, conclut-il.

— Très bien. Je suis impatiente de rentrer au château et de découvrir cette tour secrète... Le livre de sorts d'Usi s'y trouve, j'en suis certaine !

— Le grand prêtre a demandé à te voir avant son départ, rappela Magnus. Nous devons honorer sa requête. Je vais en parler à mon oncle : nous devrions aller le trouver dès ce soir.

Il se leva sur ces mots.

— Je reviens vite, dit-il.

Pendant son absence, Lara alla fouiller dans son sac de voyage et en sortit une boîte sculptée en forme de pêche. Elle l'ouvrit et en tira une robe très simple en soie vert pâle, aux longues manches flottantes, à la jupe droite et au col modestement drapé. Elle n'avait pas emporté de sandales, mais personne ne s'étonnerait de la voir pieds nus par une douce nuit d'été. Elle se changea rapidement, brossa ses longs cheveux et les tressa en une lourde natte. Puis elle dissimula sa chevelure blonde sous un voile de la même couleur que sa robe. Malgré l'absence de miroirs dans la maison des invités, Lara était certaine d'avoir exactement l'allure qui convenait.

A son retour, le Dominus fut surpris de la trouver aussi modestement vêtue.

— Je ne savais pas que tu avais emporté cette robe, lui dit-il.

— Voudrais-tu que je me présente au grand prêtre dans mon accoutrement de guerrière, mon seigneur ? se moqua-t-elle.

— Tu parais merveilleusement inoffensive dans cette tenue, concéda-t-il.

Elle esquissa un sourire ironique.

— Je crois que le grand prêtre me jugera digne de t'épouser, lui dit-elle. A présent, allons-y, mon seigneur.

Magnus Hauk lui prit le bras et l'entraîna hors de la maison des invités.

8.

Le grand prêtre de la fraternité du Grand Créateur scruta Lara de ses yeux presque vitreux. Il fut heureux de constater que son maintien était aussi modeste que sa robe. Aslak n'était jamais allé en Hétar et n'en savait que très peu de choses, mais les récits qu'il avait entendus dans sa jeunesse en parlaient comme d'un endroit où régnaient la corruption et la vénalité. La femme qui se tenait devant lui paraissait très convenable, mais quelque chose en elle l'inquiétait. Lorsque ses yeux embrumés par l'âge rencontrèrent un instant son regard vert émeraude, il sut exactement ce dont il s'agissait.

— C'est une fée, s'écria-t-il d'une voix vibrante de haine.

— Oui, répondit le Dominus, le roi de la Province Côtière m'a dit qu'elle était à moitié fée.

— Elle possède de la magie, et la magie est le mal, répliqua le grand prêtre. Térah doit en être préservée. Tue-la, Magnus Hauk, pour détruire la magie qui est en elle ! Hétar nous l'a envoyée pour qu'elle nous nuise, j'en suis certain ! Si tu refuses de la tuer, je vais demander à mes gardes de s'en charger avant qu'elle ne te corrompe avec ses pouvoirs, si ce n'est pas déjà fait...

Il regardait maintenant Lara avec un mélange de haine et de dégoût.

— Il y a quelque chose que tu devrais savoir à propos de cette femme, intervint Arik. Nous pouvons entendre sa voix...

Le vieil homme sursauta.

— C'est un démon ! cria-t-il en pointant vers elle un doigt décharné.

— Non, seigneur Aslak, lui répondit calmement Arik. Nous pouvons entendre sa voix parce qu'elle n'est pas née à Térah. Mais il y a plus surprenant : elle nous a appris que nos femmes pouvaient parler. Ce sont les hommes qui sont incapables de les entendre.

— Quel est ce blasphème ? demanda Aslak avec colère. Les femmes de Térah sont condamnées à être muettes pour l'éternité.

— Non, seigneur Aslak, dit doucement Lara. Ce sont les hommes qui ont été maudits, parce qu'ils avaient écouté les conseils d'une femme. Vous pouvez entendre ma voix parce que je suis née en Hétar, et j'ai discuté avec vos femmes.

Aslak avait pâli au son de la voix de Lara. Il se renversa brutalement dans son siège en se tenant la poitrine. Ses yeux se révulsèrent, tandis que sa bouche s'ouvrait convulsivement sans parvenir à proférer le moindre son. Un instant plus tard, il s'effondra sur le sol.

Arik s'agenouilla auprès de lui et tâta son pouls. Puis il sortit une petite plaque de métal de sa robe et la plaça sous les narines du grand prêtre. Aucune buée ne la ternit.

— Il est mort, déclara-t-il d'une voix neutre. Il était très âgé...

Puis il se dirigea vers la porte des appartements du grand prêtre et appela du secours.

— Le grand prêtre s'est évanoui ! Venez vite, mes frères !

Une cloche se mit à sonner et la pièce s'emplit de monde en un instant.

— Le grand prêtre était en train de donner sa bénédiction au Dominus et à sa future épouse lorsqu'il s'est effondré, lança Arik à la cantonade.

C'était une explication raisonnable, et le spectacle de la belle femme modestement vêtue qui cachait son visage dans l'épaule du Dominus y apportait tout le crédit possible.

— Il était très vieux, dit l'un des frères. Remercions le Grand Créateur pour avoir rappelé Aslak à lui d'une manière aussi charitable.

— Et longue vie au nouveau grand prêtre Arik ! s'écria un autre frère.

Des dizaines de voix lui firent écho.

Arik répondit à leur acclamation par un gracieux mouvement de tête.

— Emmène donc dame Lara loin de cet affligeant spectacle, mon neveu, dit-il. Il ne convient pas à ses jolis yeux. Mes frères, nous devons préparer notre défunt grand prêtre pour ses funérailles.

Tandis que les prêtres se pressaient autour de leur ancien supérieur, le Dominus ramena Lara dans la maison des invités.

— C'est terrible..., murmura Lara. J'ai tué le grand prêtre par le seul son de ma voix...

— Il est mort parce que son heure était venue, répondit Magnus Hauk. Il était très âgé et très étroit d'esprit. Il n'aurait pas apprécié que nous cherchions à lever la malédiction d'Usi et aurait essayé de nous en empêcher. Mon oncle sera un grand prêtre beaucoup plus progressiste, ce qui est dans l'intérêt du pays et me convient beaucoup mieux… Il y a de la magie à Térah. Il y en a toujours eu, mais l'influence d'Aslak obligeait ceux qui avaient des pouvoirs à se cacher.

— Mais il a paru si terrifié en entendant ma voix…, s'inquiéta Lara.

— Ta voix est magnifique, la rassura le Dominus. J'imagine qu'il n'a pas pu supporter une telle beauté.

Lara rit tristement.

— Quel drôle de moment pour te montrer galant, Magnus, lui dit-elle.

— Assieds-toi ! ordonna-t-il en allant lui chercher un verre de vin. Bois ça ! Ça te calmera. Ensuite, tu ferais bien d'aller te coucher… Nous partirons très tôt demain matin.

— Mais ne va-t-il pas y avoir des funérailles ? demanda-t-elle. Ne devrions-nous pas y assister ? Tu es le Dominus de Térah et c'était le grand prêtre de ce temple…

— Nous ne célébrons pas le passage d'une âme de ce monde dans celui du Grand Créateur, expliqua Magnus. Pour nous, la mort fait naturellement partie de la vie. A l'instant où je te parle, Aslak doit déjà avoir été déposé sur son bûcher. Nous brûlons nos morts dans l'heure qui suit leur trépas. De la sorte, nous ne sommes pas hantés par le passé et pouvons nous concentrer sur l'avenir. Lorsque je me serai assuré que tu vas te reposer, j'irai présenter mes derniers hommages à Aslak.

Magnus la força à vider le verre de vin, puis la prit dans ses bras et la porta jusqu'au lit comme une enfant.

— Je serai de retour dans une heure, promit-il.

Mais Lara ne put le vérifier. Elle dormit profondément la nuit entière et se réveilla en entendant les oiseaux chanter la promesse de l'aube. Magnus, allongé sur le dos à son côté, dormait paisiblement. Lara l'observa dans son sommeil. C'était un bel homme aux traits assez rudes — un peu à la manière de Vartan. En somme, c'était tout le contraire de Kaliq, qui était presque aussi beau qu'elle-même. Elle ne put s'empêcher de sourire à son souvenir. Brusquement, elle prit conscience de l'odeur de bois brûlé que charriait la brise matinale. Se souvenant du bûcher d'Aslak, elle se glissa hors du lit et enfila rapidement son pantalon, sa chemise et sa veste. Elle était en train de mettre ses bottes lorsque le Dominus se réveilla.

— C'est le matin! lui dit-elle.

Magnus grommela.

— Ça a été plus long que prévu, dit-il. Et j'ai dû boire tant de coupes de vin à la mémoire d'Aslak et à la santé de mon oncle...

— Nous pouvons attendre demain pour partir, suggéra-t-elle.

— Non, répondit-il en s'arrachant au lit. Je veux trouver les appartements d'Usi et son livre de sorts. Dis-moi, à quoi ressemble la voix de Sirvat?

— A un léger carillon. Toutes vos femmes ont des voix exquises. Usi s'est montré très cruel en vous privant de leurs charmes. Quand je pense que tu n'as jamais entendu ta mère te chanter une berceuse...

Lara ramassa la délicate robe vert pâle qu'elle avait portée la veille et la rangea dans la boîte en forme de pêche sous les yeux ébahis de Magnus. Elle y rangea aussi le voile, puis referma la boîte et la glissa dans son sac de voyage.

— Si je ne t'avais pas vue faire, je n'aurais jamais cru la chose possible, remarqua Magnus.

— Mon mari ne s'y est jamais habitué, avoua-t-elle.

Tous deux entendirent la porte de la maison des invités s'ouvrir et le regard de Lara se chargea d'inquiétude. Elle se tut aussitôt. Le serviteur chargé de leur servir le petit déjeuner déposa son plateau dans la pièce voisine avant de quitter la maison.

Magnus Hauk alla entrebâiller la porte pour s'assurer qu'ils étaient seuls.

— Il est parti, dit-il. Mangeons vite avant d'aller présenter nos respects à mon oncle. Ensuite, nous pourrons partir. Mon escorte doit déjà nous attendre.

Arik les accueillit chaleureusement. Comme ils n'avaient pas eu le temps de se parler la veille, il écouta avec attention l'hypothèse de Lara concernant l'endroit où le livre de sorts d'Usi devait se trouver.

— Faites-le-moi savoir quand vous l'aurez trouvé, leur dit le nouveau grand prêtre. Nous devrions le cacher pour que personne ne soit tenté de l'utiliser.

— Si je le trouve, et quand j'aurai levé la malédiction, je le détruirai moi-même, répondit fermement Lara. Le mal est vivant et sait attirer à lui les esprits faibles, seigneur Arik. Nous ne devons courir aucun risque.

— Alors faites comme bon vous semble, répondit le grand prêtre. Je m'incline devant votre sagesse.

— Il s'agit moins de sagesse que de prudence…, remarqua Lara avec un fin sourire.

Les deux hommes ne purent s'empêcher de sourire.

Puis l'oncle et le neveu se donnèrent l'accolade. Arik se tourna alors vers Lara et la serra elle aussi sur son cœur.

— A bientôt, ma chère fée, lui dit-il. Je suis certain que nous nous reverrons.

— Je l'espère, répondit Lara.

Cet homme lui plaisait beaucoup.

Ils quittèrent le temple du Grand Créateur par un lumineux matin d'été et dépassèrent le bûcher d'Aslak qui fumait encore sur une colline toute proche. La journée fut belle et ils aperçurent les tours du château du Dominus au coucher du soleil.

— Demain, je me promènerai à cheval autour du château pour voir si j'aperçois quelque chose, annonça Lara.

Sirvat les attendait. Elle était impatiente de savoir ce qui s'était passé. Magnus Hauk laissa Lara et sa sœur en tête à tête après avoir demandé si l'on avait trouvé des maris à ses trois concubines.

— Dis à mon frère que j'ai presque achevé les négociations pour toutes les trois, demanda Sirvat à Lara, qui transmit le message.

— Parfait ! conclut Magnus Hauk. Le plus tôt sera le mieux. Je n'ai aucune envie d'entendre les plaintes d'Uma quand la malédiction sera levée.

Il les quitta pour se diriger vers ses propres appartements.

Sirvat fit servir le dîner. N'apercevant que deux couverts, Lara interrogea son amie.

— Je ne peux plus les supporter, avoua Sirvat. Felda est très gentille, mais elle a le caractère d'une vache laitière. Elle est trop douce et trop placide pour suivre une conversation intelligente. Alcippe, elle, a une langue de vipère. Elle n'en finit plus de critiquer tout ce qu'elle voit depuis qu'elle sait qu'elle va se marier et quitter le château. Quant à Uma… tu connais son caractère. Elle n'a pas cessé de se plaindre depuis votre départ. Je préfère rester toute seule plutôt que de supporter leur compagnie. Maintenant, dis-moi : que s'est-il passé ?

Lara décrivit leur séjour en termes prudents et annonça la mort d'Aslak à Sirvat.

— C'était un vieil imbécile, dit Sirvat. Il me regardait toujours comme si j'étais une sorte de cafard. Un jour, il a même suggéré qu'on m'envoie chez les Filles du Grand

Créateur, puisque mes sœurs aînées étaient mariées… Je ne verserai pas une larme pour lui.

Elle renifla avec dédain.

— Connais-tu bien le château ? demanda Lara.

— J'y ai vécu toute ma vie, répondit Sirvat. Je l'ai exploré presque entièrement, mais je n'ai jamais entendu parler d'une chambre qui aurait été celle d'Usi. Je suis certaine qu'on pourrait encore sentir son influence maléfique dans un tel endroit… Mais je voudrais t'aider dans tes recherches, Lara.

— Où en es-tu des négociations de mariage ? lui demanda Lara.

— Elles sont déjà terminées pour Felda et pour Alcippe, répondit son amie. Elles ont toutes les deux choisi un mari parmi les propositions que j'avais retenues. Mais Uma s'entête. Je n'aimerais pas la marier à quelqu'un qu'elle n'a pas approuvé, mais je n'aurai pas le choix si elle ne se décide pas vite. Je ne sais plus quoi faire avec elle…

— Laisse-moi lui parler, proposa Lara.

— Elle te déteste, lui fit remarquer Sirvat. Elle pense que mon frère était follement amoureux d'elle jusqu'à ce que tu viennes l'ensorceler… Je crains qu'elle ne refuse de t'écouter.

— Je crois pouvoir la convaincre.

— Mangeons d'abord, dit Sirvat. Ton voyage a été long et tu auras besoin de toutes tes forces pour affronter cette mégère.

Lara éclata de rire mais lui donna raison et les deux amies partagèrent un succulent dîner. Lorsqu'elles eurent terminé et que les servantes eurent débarrassé les restes, Lara se leva de table et se dirigea vers la petite chambre d'Uma. Elle frappa à la porte et entra sans attendre de réponse.

Uma était en train de s'enduire de crème.

— Que veux-tu ? aboya-t-elle en levant les yeux.

— Sirvat m'a appris que tu n'avais pas encore choisi un mari, commença Lara.

— Oh que si ! répondit Uma. C'est le Dominus que je choisis et je ne me satisferai d'aucun autre homme. Il m'aimait avant que tu n'arrives pour pratiquer ta sorcellerie sur lui.

Elle étala une nouvelle couche de crème sur ses jambes effilées.

— Magnus ne t'a jamais aimée, Uma. Tu le sais bien au fond de ton cœur… C'est un homme puissant et froid. Il hébergeait des femmes dans son château pour son plaisir et rien de plus. Il ne t'a rien offert d'autre que son désir lorsque vous avez partagé le même lit. C'est tout ce qu'il peut apporter à une femme — y compris à moi.

— Non…, répondit faiblement Uma. Il n'a jamais posé sur nous les mêmes regards que ceux qu'il pose sur toi…

— Vraiment ?

Lara éclata de rire.

— Si c'est le cas, c'est parce que je ne ressemble en rien aux femmes qu'il a pu connaître ou qu'il connaîtra…, reprit-elle. Je l'intrigue, mais je ne l'ai pas ensorcelé. Je suis Lara, la fille de Swiftsword et d'Ilona, la reine des fées de la Forêt. Je suis la veuve d'un grand homme. Mon cheval, ma canne et mon épée sont des créatures magiques et j'ai moi-même des pouvoirs. Mais la fascination de Magnus Hauk à mon égard n'a rien à voir avec tout cela. Elle ne tient qu'à son caractère. Je suis la seule femme qu'il ne pourra jamais plier à sa volonté. Un jour, il m'aimera, Uma. Et, ce jour-là, plus aucune autre femme ne comptera à ses yeux.

— Il est déjà en train de tomber amoureux de toi ! s'écria Uma avec aigreur.

— Non, pas encore, répondit Lara à la pauvre fille. Mais

il le fera… Pour l'instant, il ne s'agit que de désir, sauf que le désir qu'il éprouve pour moi est plus grand que celui qu'il a pu éprouver pour toutes les autres femmes. Quant à toi, malgré ce que ton cœur et tes yeux te disent, tu es une imbécile. Sirvat a trouvé plusieurs hommes qui feraient de parfaits maris, et pourtant tu hésites encore… Pourquoi ?

Lara tira sur les cheveux d'Uma pour lui faire relever la tête.

— Regarde-moi ! Crois-tu vraiment qu'il puisse te préférer à moi ? Sais-tu ce qu'il a dit de mes cheveux ? Qu'ils étaient comme des fils d'or mêlés à des rayons de soleil et de lune… A-t-il déjà prononcé ce genre de phrase devant toi ?

Uma fondit en larmes.

— Je… te hais ! sanglota-t-elle.

— Alors choisis l'homme qui te convient le mieux parmi ceux que Sirvat a trouvés. Epouse-le et quitte le château avec honneur et dignité. Pars avec un homme qui saura t'aimer et te donnera des enfants dans une maison qui sera la tienne. Ou alors reste ici et regarde le Dominus tomber amoureux de moi pendant que tu te transformeras en ombre ignorée de tous. A toi de choisir, Uma… Mais tu devras avoir pris une décision demain. A ton réveil, tu iras trouver Sirvat et choisir ton mari, ou tu iras lui dire que tu préfères rester ici et passer le reste de ta vie à poursuivre vainement un homme qui ne t'aimera jamais parce qu'il finira par m'appartenir corps et âme. C'est ta dernière nuit de réflexion, Uma. Tu devras assumer toute ta vie le choix que tu vas faire. Je ne t'offrirai pas une seconde chance. Et comprends que je ne suis pas venue te parler que par gentillesse. Mais je ne te hais pas comme tu prétends me haïr.

Lara lâcha les cheveux d'Uma et quitta la pièce, abandonnant la jeune femme abasourdie qui se remit aussitôt à sangloter.

— Que lui as-tu dit ? demanda Sirvat lorsque son amie vint la rejoindre.

— Je me suis surprise moi-même, avoua Lara. J'ai eu l'impression que ma mère parlait à ma place. Mon discours avait une froideur et une cruauté féeriques… Mais Uma prendra une décision demain matin, d'une manière ou d'une autre : soit elle choisira un mari, soit elle décidera de rester au château pour le restant de ses jours, ignorée de tous. J'espère qu'elle fera un choix intelligent qui la rendra heureuse, mais c'est une créature têtue et égoïste. Je l'ai prévenue qu'elle n'aurait pas de deuxième chance si elle choisissait mal.

— Je pense qu'elle aurait plus de facilité à faire son choix si Magnus était là…, remarqua Sirvat. S'il l'écoute avec le bras passé autour de tes épaules, elle devra vite comprendre qu'il n'y a pas de place pour elle dans la maison de mon frère.

Lara esquissa un sourire.

— Je vois que tu sais être cruelle, toi aussi, dit-elle.

— Toutes les femmes ont un fond de cruauté, répondit Sirvat en éclatant de rire. Je vais faire porter un message à mon frère dès maintenant.

Elle se leva et alla chercher une petite boîte sur une étagère.

— C'est de cette manière que je transmets les informations importantes à Magnus et aux autres hommes du château, expliqua-t-elle.

— Vos parents sont-ils morts ? demanda Lara à brûle-pourpoint.

— Notre père, oui, répondit Sirvat. Mais notre mère vit dans la famille de notre sœur aînée. Elle dit que le château la démoralise depuis la mort de notre père. Magnus est l'aîné de notre famille. Après lui, notre mère, qui s'appelle

Persis, a mis au monde trois filles. La plus grande s'appelle Narda et a épousé un homme du nom de Tostig. Ils vivent à deux fjords d'ici vers l'ouest. La famille de Tostig possède un grand élevage de vers à soie. Mon autre sœur s'appelle Aselma. Son mari se nomme Armen et sa famille est célèbre dans tout Térah pour ses ateliers de tissage. Ils vivent dans le fjord qui se trouve entre le nôtre et celui de Narda.

— Pourquoi n'es-tu pas allée vivre avec ta mère ?

— Elle ne m'a pas demandé de l'accompagner et Narda ne m'a pas invitée sous son toit. J'avais dix ans quand ma mère a quitté le château — et je dois avouer que je n'étais pas fâchée de la voir partir.

La réponse surprit Lara.

— Elle a été très déçue en découvrant que j'étais une fille, expliqua Sirvat. Elle voulait un autre fils et ne s'est presque pas intéressée à moi. Sans mon frère et ma vieille nourrice, je ne sais pas ce qu'il serait advenu de moi…

— Et tu n'as jamais revu ta mère depuis son départ du château ? interrogea Lara, fascinée par le récit de son amie.

La mère de Magnus lui semblait une personne bien peu aimable.

— Non, répondit Sirvat. Elle a écrit à mon frère pour lui dire qu'elle était bien installée dans la maison de Narda et le remercier de l'avoir laissée partir. De son côté, Narda a écrit à Magnus qu'elle était heureuse de jouir de la compagnie de notre mère. D'après mon souvenir, elles se ressemblent beaucoup. Je n'avais que six ans quand Narda s'est mariée, et huit quand ce fut le tour d'Aselma. Notre père est mort l'année suivante, puis notre mère a quitté le château. Au début, j'ai eu très peur et je me suis sentie seule. Tant de choses avaient changé dans ma vie en deux ans… Mais

Magnus a dit que je devais m'occuper du quartier des femmes, puisqu'il n'était pas marié...

Elle éclata de rire.

— Je lui ai bien dit que je n'étais qu'une petite fille, mais il m'a répondu que j'étais la sœur du Dominus et que je devais accepter mes responsabilités, poursuivit-elle. C'est ce que j'ai fait. Et toi, as-tu des frères et sœurs ?

— J'ai deux demi-frères, répondit Lara. Mon père a donné un fils, Mikhail, à sa nouvelle épouse Susanna. Il avait à peine un an quand j'ai quitté la capitale. Et ma mère a conçu un héritier avec son mari Thanos. Lui aussi n'est encore qu'un petit garçon. Mikhail est entièrement humain et Cirilo purement féerique. Je suis quelque part entre les deux...

— Tout comme moi, tu as une relation bien fragile avec ta famille, remarqua Sirvat. Comme tu épouseras un jour Magnus, je suis très heureuse que nous soyons amies.

— Qu'est-ce qui te fait croire que je vais épouser ton frère ?

— Il est en train de tomber amoureux de toi, répondit Sirvat. Il n'a jamais aimé personne avant toi, mais je le vois bien à la manière dont il te traite...

— Que peux-tu savoir de l'amour, petite fille ? demanda Lara en souriant.

— J'aime Corrado, répondit Sirvat. Et j'ai deviné aux regards qu'il pose sur moi qu'il m'aime aussi. Mon frère te regarde exactement de la même manière...

— Quel âge as-tu ?

— Presque dix-sept ans. Et toi ?

— Vingt et un.

— C'est un bon âge, nota Sirvat. Je continuerai à vivre ici après mon mariage avec Corrado, puisque l'amiral de mon frère a ses propres appartements dans le château. Ainsi, nous serons un jour des sœurs tout en pouvant continuer à rester amies.

— Mais Corrado ne vit-il pas dans les quartiers réservés aux hommes ? demanda Lara.

— Bien sûr ! Pour le moment… Mais j'ai déjà choisi les appartements dans lesquels nous vivrons après notre mariage, répondit Sirvat. Je te les montrerai demain, quand nous chercherons la chambre d'Usi.

— C'est presque déjà demain, remarqua Lara en souriant à son amie. Regarde ! Les lunes sont déjà toutes levées. Sais-tu qu'elles ont chacune une couleur différente en Hétar, et qu'on ne peut les voir toutes les quatre à la fois que depuis les Terres Extérieures ? Finis vite le message pour Magnus et va te reposer…

Lara se leva et s'étira longuement.

— Bonne nuit, Sirvat, dit-elle.

— Bonne nuit, Lara, répondit la jeune femme en se penchant sur sa feuille de papier.

En rentrant dans sa chambre, Lara trouva Vérica réveillé et d'une humeur massacrante.

— Que se passe-t-il ? demanda-t-elle à sa canne.

— La fille aux cheveux rouges est entrée dans ta chambre et m'a réveillé, grommela-t-il. Andraste lui a fait peur en se mettant à chanter.

Lara se tourna vers son épée.

— Tu as chanté devant elle ? demanda-t-elle, surprise.

A sa connaissance, Andraste ne chantait que pendant les batailles.

— Je suis Andraste, et je bois le sang des ennemis de Lara, répondit l'épée.

— A-t-elle pris quelque chose ? demanda Lara. Ou laissé quelque chose ?

— Elle avait à peine franchi la porte quand nous l'avons

surprise, répondit Vérica. Elle s'est enfuie en courant. Elle n'a rien pris ni rien laissé, maîtresse.

— Merci d'avoir su reconnaître la menace, dit Lara à ses deux compagnons.

— Cette mégère est ton ennemie, remarqua Vérica.

— Je sais, répondit Lara. Mais, avec un peu de chance, son départ se décidera demain. Elle a un choix à faire dans la matinée…

— Il faut gravement manquer de bonnes manières pour réveiller un vieil homme, grommela Vérica.

— Rendors-toi, mon ami. Tu ne seras plus dérangé cette nuit, promit Lara.

Elle passa doucement la main sur son bois et la canne ferma les yeux. Lara se mit aussitôt au lit.

Elle se réveilla au petit jour sous les baisers du Dominus.

— Tu es un vilain garçon, lui dit-elle tandis qu'il glissait ses mains sous sa chemise de nuit.

— Ma sœur pense que je devrais être là pour entendre la décision d'Uma, se justifia-t-il en caressant ses seins. En plus, je crois me souvenir que tu aimes assez être réveillée de cette manière…

Il souleva sa chemise de nuit pour lécher lentement son torse et mordiller ses pointes de seins.

— Je vais te vaincre, ma jolie fée…, murmura-t-il.

Il sema des baisers légers le long de son torse puis glissa sa tête blonde entre ses cuisses.

— Oh ! gémit Lara. Oh, Magnus ! s'écria-t-elle plus fort. Oh ! Oh !

Lara se mit à trembler. Alors il remonta le long de son corps jusqu'à couvrir sa bouche avec la sienne.

— Sorcière ! murmura-t-il contre ses lèvres. Tu veux qu'elle nous entende, n'est-ce pas ?

— Oui ! souffla Lara. Oh oui !

Il éclata de rire, puis pénétra son corps délicat et la prit vigoureusement. Ils s'abandonnèrent bientôt aux délices brûlantes que leurs corps savaient se procurer l'un à l'autre. Lara commença à gémir, puis gémit de plus en plus fort jusqu'à crier de plaisir. Elle n'avait jamais rien éprouvé de tel. Ses ongles glissèrent le long du dos de Magnus et elle sentit le goût du sang en mordant son épaule. Le Dominus rugit de plaisir lorsqu'ils atteignirent le paroxysme de leurs ébats.

— Sorcière ! s'écria-t-il. Sorcière ! Comme je t'adore…

Ce qui n'était au départ qu'un jeu cruel destiné à piquer la vanité d'Uma s'était transformé en véritable extase amoureuse. Ils se désunirent péniblement et restèrent un long moment allongés sur le dos, éreintés.

— C'est toi qui m'as vaincu, ma petite fée, murmura Magnus.

Il fallut un long moment à Lara avant de réussir à répondre. Elle s'était perdue parmi les étoiles entre ses bras. Elle avait connu le plaisir avec plusieurs hommes, mais n'avait jamais été comblée comme Magnus venait de le faire. Elle estima qu'il valait mieux ne pas le lui avouer : il était encore beaucoup trop arrogant — et le serait peut-être toujours. Elle ne pouvait pas se permettre de le laisser penser qu'il la tenait dans le creux de sa main…

— Tu es un amant merveilleux, le complimenta-t-elle finalement.

Puis elle soupira bruyamment.

— J'ai peur que tout le monde ait entendu nos ébats, ajouta-t-elle en pouffant doucement.

— Je l'espère, répondit Magnus. Non pas que je veuille du mal à cette pauvre Uma… Il fut un temps où elle m'a donné beaucoup de plaisir. Mais je ne veux plus d'autre femme que toi dans mon lit, Lara. Uma et ses compagnes doivent se trouver une nouvelle vie.

— Felda et Alcippe ont déjà choisi un mari, lui annonça Lara. Seule Uma s'obstinait à vouloir rester. Je lui ai parlé franchement — et même cruellement — hier soir. Tu viens de donner du crédit à mes paroles, Magnus… Je prie mon Auteur Céleste et ton Grand Créateur — que je soupçonne de n'être qu'un seul et même dieu — qu'Uma décide à présent de suivre l'exemple des deux autres.

— Je prendrai le petit déjeuner avec ma sœur et toi, dit Magnus en se levant.

— Laisse-moi te laver avant que tu ne te rhabilles, répondit Lara en allant chercher sa bassine et le broc qu'elle avait placé dans les cendres de sa petite cheminée pour trouver de l'eau chaude à son réveil.

Sirvat et les trois anciennes concubines de Magnus les attendaient dans la pièce principale du quartier des femmes. Le petit déjeuner était déjà sur la table. Magnus s'assit à la place d'honneur et Lara s'empressa de le servir. Elle posa une assiette devant lui et remplit son verre de vin.

— Asseyez-vous, ordonna Magnus Hauk aux autres femmes avant de commencer à manger.

Elles obéirent et se passèrent plats et bols sans un mot. En observant leurs visages, Sirvat eut beaucoup de mal à contenir son hilarité. Lara garda les yeux baissés pendant tout le repas. Les trois jeunes femmes étaient blêmes — tout particulièrement Uma. Lorsque le Dominus eut fini de manger, il repoussa sa chaise, se leva et fit signe à Lara de venir près de lui. Il passa un bras autour de ses épaules et déposa un baiser sur sa chevelure dorée.

— Alors, ont-elles choisi un mari, petite sœur ? demanda-t-il à Sirvat.

Sirvat se tourna vers Lara.

— Dis à mon frère qu'elles ont fait leur choix, s'il te plaît. Alcippe va épouser Jencir, l'érudit. C'était son premier choix et ce mariage satisfait sa famille autant que lui. Felda a choisi Norval, un riche fermier de son village natal, sur le fjord voisin vers l'est. Il semblerait que sa famille avait déjà songé à lui avant que mon frère ne la prenne pour concubine. Norval est amoureux de Felda depuis toujours et très heureux de la prendre pour femme.

Lara sourit en entendant ces mots et les répéta au Dominus. Magnus Hauk hocha la tête et fit un grand sourire à Felda.

— Je suis heureux pour toi et ravi que tu retournes dans un endroit qui t'est familier, Felda, lui dit-il. Je te remercie pour ta loyauté et ta douceur. Tu m'as donné de grands plaisirs.

Les joues de Felda s'empourprèrent.

— Veux-tu dire au Dominus que je le remercie et que je suis fière de l'avoir servi à mon humble manière ? demanda-t-elle à Lara.

Lara transmit le message de Felda au Dominus qui hocha à nouveau la tête, souriant. Tous les regards se tournèrent alors vers Uma. Elle était très pâle, mais se tenait fièrement devant eux. Il était manifeste qu'elle n'avait pas beaucoup dormi.

— As-tu fait un choix, Uma ? demanda Sirvat.

Uma hésita un long moment.

— Oui, dit-elle finalement. Je choisis d'épouser le seigneur Dodek, qui est du même rang que ma famille. Je sais qu'il cherche une femme qui lui donnera des fils, et je suis la seule fille de mon père, dans une famille de huit garçons… Je pense que je peux le satisfaire et qu'il me le rendra.

— C'est une sage décision, Uma, répondit Sirvat. Le

seigneur Dodek a très bonne réputation. Je suis heureuse que tu aies enfin fait ton choix.

— Il n'y avait pas le moindre choix ! s'exclama Uma. Comment aurais-je pu rester ici après ce que j'ai entendu ce matin ? Personne ne serait aussi acharné — pas même moi. Non ! Ne détournez pas les yeux ! Vous l'avez toutes entendu ! Il l'a montée comme un taureau enragé. Il n'a fait l'amour de cette manière à aucune d'entre nous. Elle l'a ensorcelé ! Je l'ai même entendu l'appeler « sorcière ». Regardez comme il la serre contre lui pour montrer à tout le monde à quel point il la désire...

Elle se mit à pleurer.

— Je ne quitterai jamais cet endroit assez vite ! s'écria-t-elle avant de s'enfuir dans sa chambre en sanglotant amèrement.

Déconcerté, Magnus Hauk interrogea Lara du regard.

— Elle a choisi le seigneur Dodek, lui dit-elle d'une voix calme. Tout le reste n'était que l'expression de sa colère. Elle n'a guère apprécié d'être forcée à prendre une décision...

— Parfait ! répondit-il. Sirvat, organise un banquet pour demain et convoque les fiancés avec leurs familles. Je veux que ces trois-là soient mariées et aient quitté le château avant la fin de la journée... Fais aussi porter leurs dots dans leurs nouvelles maisons avant la cérémonie.

Sirvat hocha la tête.

— Ce sera fait, mon Dominus, dit Lara en s'inclinant respectueusement.

Magnus Hauk éclata de rire.

— Tu es vraiment ma petite sorcière, lui dit-il.

— N'imagine pas trop vite que je t'appartiens, le mit-elle en garde. N'oublie pas que je dois d'abord accomplir mon destin...

— Je fais partie de ce destin, lui répondit-il avec assurance. Nous allons faire de grandes choses ensemble, Lara. Mais tu dois d'abord rendre un immense service aux hommes de Térah.

Sur ces mots, Magnus Hauk tourna les talons et quitta le quartier des femmes.

Alcippe et Felda se mirent aussitôt à bavarder avec animation.

— Vous feriez bien de choisir votre robe de mariée, leur suggéra Sirvat.

Les deux jeunes femmes se dirigèrent vers leurs chambres en continuant à bavarder.

— Je ne vais pas pouvoir t'aider aujourd'hui, dit Sirvat à Lara. Je dois m'y mettre maintenant si je veux que tout soit prêt pour demain.

— Veux-tu que je t'aide ? demanda Lara à son amie.

— Non, répondit Sirvat. Il ne s'agit que de travaux domestiques. J'en ai l'habitude et j'irai plus vite toute seule. Je vais commencer par envoyer un message au seigneur Dodek. Comme Uma n'a pris sa décision que ce matin, il est le seul des fiancés à ne pas être déjà présent au château. Par chance, sa maison n'est qu'à quelques lieues en amont de ce fjord. Il devrait pouvoir être ici en fin d'après-midi. Je devrai ensuite choisir le menu du banquet, envoyer les invitations et m'assurer que les filles ont préparé leurs bagages et seront prêtes à partir dès demain.

— Alors tu ne vois pas d'inconvénient à ce que je m'occupe de mon côté ? demanda Lara.

— Non, vas-y. Plus vite nous trouverons la chambre d'Usi, mieux cela vaudra pour nous tous — mais je n'ai aucune idée de l'endroit où elle peut être. J'ai pourtant exploré toutes les pièces du château…

Sur ces mots, Sirvat se leva et partit à grands pas vers les cuisines.

Lara passa la journée à fureter dans le château, inspectant chambres et alcôves, sans rien trouver d'intéressant. Elle était terriblement déçue. Le lendemain, Alcippe, Felda et Uma furent mariées dès le lever du soleil par un membre de la Fraternité du Grand Créateur. Le banquet matinal qui suivit la cérémonie rassembla les jeunes mariés, leurs familles, Lara, Sirvat et le Dominus. Les anciennes concubines de Magnus Hauk quittèrent le château avant midi. Leurs dots, qui avaient déjà été livrées, furent vantées pour leur générosité. Les coffres qui contenaient les effets personnels des jeunes femmes partirent avec elles. Aussitôt après le banquet, les serviteurs se hâtèrent de remettre de l'ordre sous la direction de Sirvat. Le Dominus disparut immédiatement : l'un de ses bateaux était rentré de voyage et il tenait à superviser lui-même son déchargement. Lara alla donc rejoindre Dasras et partit se promener avec lui pour profiter de l'après-midi ensoleillé.

Lara choisit de se diriger vers la côte. Le chemin, moins escarpé dans cette direction, menait à un pré baigné de soleil qui surplombait la mer. Dasras galopa joyeusement dans l'herbe avant d'adopter une cadence plus nonchalante. Lorsqu'ils atteignirent la falaise, Lara mit pied à terre et tous deux flânèrent le long du précipice.

— Quand je pense qu'Hétar et les Terres Extérieures sont juste en face de nous, de l'autre côté de cette mer…, dit Lara.

— Nous en sommes loin, répondit Dasras. Les ailes que m'a données ta mère sont infatigables, mais pas moi… J'ai même dormi un certain temps pendant que les ailes continuaient à battre de leur propre mouvement. Ta mère m'a dit que je n'avais qu'à penser à ces ailes, si j'en avais encore besoin, pour qu'elles jaillissent de mon corps. Je dois avouer que c'était assez déconcertant de les voir là…

— Je vais avoir besoin que tu t'en serves encore, Dasras, mais pas aujourd'hui, et pas pour traverser la mer…, annonça Lara. J'aimerais explorer Térah, et ce sera plus rapide en utilisant tes ailes qu'en voyageant à pied.

— Quelle idée as-tu derrière la tête ? lui demanda Dasras.

— Il est encore trop tôt pour que je t'en parle, mon vieil ami, répondit-elle. Je dois d'abord me demander si c'est seulement possible… Si ça l'est, nous en discuterons. Ensuite, il me faudra convaincre le Dominus de faire une chose à laquelle il n'a jamais pensé…

— J'ai l'impression que tu mûris de grands projets, maîtresse, remarqua l'étalon.

— C'est vrai, admit Lara.

Elle passa ses bras autour de son encolure dorée et enfouit son visage dans sa crinière couleur de crème.

— Cette journée n'est-elle pas merveilleuse, Dasras ? Et ce pays magnifique ? Je n'ai jamais vu de paysages aussi verts que ceux de Térah…

L'étalon pouffa.

— Je ne peux contester aucune de tes affirmations, maîtresse…

— Merci d'être venu me rejoindre, Dasras ! Tu me manquais tellement…

— Et tu me manquais aussi, maîtresse. Tout comme toi, je suis fait pour les grandes aventures — ce qui n'est pas le cas de l'enfant à qui tu m'avais laissé…

Lara éclata de rire.

— Je parierais volontiers que mon fils n'est pas de cet avis…

— C'est vrai. Et je serais resté auprès de lui comme tu me l'avais demandé si ta mère ne m'avait pas dit que tu avais besoin de moi ici. Mais je dois avouer que j'ai sauté sur l'occasion. Ce bon vieux Vérica me manquait — et même la magnifique et sanguinaire Andraste…

Dasras pouffa doucement.

— Je dois absolument trouver la tanière de ce sorcier, confia Lara. Je ne pourrai pas réaliser le projet auquel je pense tant que les hommes de Térah resteront sourds aux voix des femmes. Aucune société n'est vraiment solide si ses membres n'échangent pas leurs idées et leurs avis. Arrives-tu à croire qu'aucun homme de Térah n'a entendu une femme lui dire « je t'aime » depuis plus de cinq cents ans ? Ni gémir de plaisir ou crier de joie en mettant un enfant au monde ? Comme c'est triste…

— Mais ils n'ont pas non plus entendu de femmes leur chercher querelle, se plaindre ou leur demander quelque chose…, répondit Dasras avec mauvais esprit.

Lara frappa le museau de l'étalon qui s'éloigna d'elle en riant.

— Nous ferions mieux de rentrer au château, dit-elle. Même si Magnus sait bien que je suis capable de me défendre toute seule, il ne peut pas s'empêcher de s'inquiéter quand je m'absente…

Elle se remit en selle et Dasras prit la direction du château. En revenant depuis le bord de mer, Lara pouvait voir le château tout entier, qui baignait à présent dans la lumière dorée de la fin de journée. C'était un édifice impressionnant.

Tout à coup, quelque chose attira le regard de Lara. Elle plissa les yeux pour mieux observer une tour au nord-ouest du bâtiment. Certaines de ses pierres étaient d'une teinte légèrement différente de celle du reste du château. S'agissait-il d'un jeu de lumière ? Elle demanda à Dasras de faire halte et regarda plus attentivement. Mais la tour n'était plus là. Elle était pourtant certaine de l'avoir vue…

Brusquement, la tour réapparut. Comment pouvait-elle se trouver là à un moment et disparaître l'instant suivant? Décidément, il ne devait s'agir que d'un jeu de lumière… Tandis qu'ils approchaient, Lara eut à nouveau la certitude que certaines de ses pierres étaient différentes des autres. Les blocs concernés n'étaient pas plus larges que des meurtrières, mais leur teinte n'était décidément pas la même que celle des autres pierres. Les détours du chemin qui longeait le fjord empêchaient Lara de garder la tour en vue. A mesure qu'ils avançaient, elle disparaissait de plus en plus souvent, si bien que Lara fut contrainte d'abandonner son inspection. Elle se promit de revenir le lendemain matin pour s'assurer qu'elle voyait toujours une différence de teinte dans les pierres. Elle conduisit Dasras aux écuries, l'embrassa sur le museau et lui souhaita une bonne nuit.

Lorsque Lara rejoignit le quartier des femmes, Sirvat venait tout juste d'en finir avec ses tâches de la journée.

— As-tu apprécié ta promenade? lui demanda-t-elle.

Lara acquiesça.

— Oui. Nous avons chevauché jusqu'au pré qui surplombe la mer, dit-elle à son amie. Mais tu ne dois pas le connaître, si tu n'as jamais quitté ces murs… Ah, Sirvat, Térah est si belle! Je suis impatiente d'aller me promener avec toi pour te montrer tout ce que j'ai découvert!

— Je n'aurais rien contre un peu d'aventure, admit Sirvat. A vrai dire, j'aimerais beaucoup en vivre une avant d'épouser Corrado et d'avoir des enfants… L'étroitesse de mon monde me porte un peu sur les nerfs… Voudras-tu m'apprendre à monter à cheval?

— Avec joie! s'écria Lara. Tu sais, j'ai peut-être découvert quelque chose en allant me promener…

— Quoi? demanda sa jeune amie.

— Ce n'était peut-être qu'un jeu de lumière, commença Lara, mais je ne le crois pas. Je ressortirai demain matin pour m'en assurer. Tout en haut d'une tour, au nord-ouest du château, certaines pierres m'ont semblé d'une teinte légèrement différente des autres… Elles ne sont pas plus larges qu'une meurtrière. A vrai dire, j'avais beaucoup de mal à garder la tour elle-même en vue… Es-tu déjà allée dans cette partie du château ?

— La section nord-ouest du château est la première à avoir été construite, répondit Sirvat. Elle existait déjà avant qu'Usi ne se laisse séduire par les ténèbres. C'est là que mes ancêtres vivaient avant que le sorcier ne les renverse. Il a ensuite fait bâtir le reste du château — raison pour laquelle certains pensent que nous lui devons l'édifice tout entier. Les membres de ma famille ont ensuite apporté quelques modifications au fil des siècles, notamment les jardins en terrasses. La tour nord-ouest est une structure à part. Elle n'est même pas reliée aux autres bâtiments. Personne n'y a habité depuis des années — sans doute parce qu'elle est froide et que le château contient bien d'autres pièces plus hospitalières…

— Si Usi a chassé ta famille de cette partie du château, c'est sans doute là qu'il a vécu pendant qu'il faisait construire le reste, dit pensivement Lara. Les travaux ont dû durer plusieurs années — à moins qu'il n'ait utilisé la magie ?

— Non, répondit Sirvat. Il a forcé les villageois à travailler à la construction du château. Beaucoup de familles ont été brisées parce qu'il a quasiment réduit les hommes en esclavage… A cette époque, les femmes ont dû se charger de fabriquer les produits que nous vendions. C'est ainsi qu'elles sont devenues aussi douées que les hommes, car Usi n'aurait toléré aucune baisse de qualité dans la production.

— Alors le sorcier a forcément habité la tour nord-ouest, dit Lara. Et s'il avait les défauts de la plupart des hommes, il n'a pas dû vouloir changer d'appartements quand le reste du château a été terminé… Il avait probablement une chambre officielle dans les nouveaux bâtiments, mais je parierais volontiers qu'il continuait à y emmener les femmes avec lesquelles il prenait du plaisir. Son laboratoire s'y trouvait sans doute, et personne ne devait avoir le droit d'entrer dans la tour — à part peut-être un serviteur qui lui était dévoué… Je suis certaine que nous y trouverons son livre de sorts ! Où a-t-il été tué ?

— Je n'en sais rien, répondit Sirvat. Je n'ai jamais entendu personne affirmer qu'il était mort dans une pièce plutôt que dans une autre.

— Qu'est-il arrivé à son cadavre et à celui de Geltruda ?

— La légende raconte que le frère de Geltruda s'est chargé de brûler les corps, expliqua Sirvat. Les cendres d'Usi ont été emportées en haute mer et jetées par-dessus bord dans une urne scellée et lestée de plomb. Quant aux cendres de Geltruda, elles ont été dispersées aux quatre vents. On raconte qu'un arbre en fleur a poussé à l'emplacement du bûcher le lendemain de leur mort. Bien sûr, je ne sais pas ce qu'il faut croire dans ces vieux récits…

— C'est dans la tour nord-ouest que nous trouverons ce que nous cherchons, affirma Lara. J'en suis certaine à présent. Nous irons la visiter demain matin.

— Pourquoi pas maintenant ? demanda Sirvat.

— Le soleil va bientôt se coucher, répondit Lara. Je n'ai aucune envie d'entrer dans cette tour de nuit, hantée comme elle doit l'être par les victimes d'Usi… Non, nous irons demain matin, en pleine lumière.

— Nous devons en parler à mon frère, dit Sirvat.

Lara acquiesça.

— Oui, Magnus doit être mis au courant.

— Crois-tu pouvoir lever la malédiction d'Usi, Lara ?

— Je l'espère… Je vais me retirer dans ma chambre pour réfléchir à tout ça.

Dès qu'elle quitta la pièce, Sirvat alla chercher sa boîte sur l'étagère pour envoyer un message à son frère.

Lara s'enferma dans sa chambre, s'assit sur son lit et souleva son étoile de cristal.

Ethne ? Es-tu toujours là ?

Je suis là.

Tu sais déjà tout, Ethne. Que dois-je faire ?

Tu as raison d'attendre la lumière du jour pour entrer dans la tour, dit Ethne.

Les ténèbres doivent y régner même en pleine journée, répondit Lara, *et le mal qui y a élu domicile doit avoir imprégné les murs eux-mêmes… Aujourd'hui, j'ai vu la tour disparaître puis réapparaître. Mes yeux m'ont-ils trompée ? J'ai senti une menace, même à la distance où j'étais. Le sorcier est peut-être mort, mais son ombre rôde encore et ses pouvoirs, bien qu'affaiblis, n'ont pas disparu…*

Ton instinct ne te trompe pas, fille d'Ilona. Le corps d'Usi a été réduit en cendres, mais son esprit a encore du pouvoir. C'est ce pouvoir que tu dois détruire si tu veux libérer Térah de l'influence du sorcier. Quand tu auras atteint la plus haute chambre de la tour, détruis les briques qui obturent les fenêtres pour permettre à la lumière d'entrer et de te protéger, mon enfant, conseilla sa gardienne.

Comment ? demanda Lara.

Par magie, bien sûr, répondit Ethne avec un rire cristallin. *Tu n'as qu'à ordonner à l'obstacle qui sépare la lumière des ténèbres de disparaître et il le fera pour toi.*

Ethne soupira.

Tu ne te sers pas assez de ta magie, Lara, reprit-elle. *C'est pourtant ton don le plus précieux…*

J'aimerais pouvoir parler à ma mère, dit Lara.

Les pouvoirs de ta mère ne s'étendent pas jusqu'à Térah, mais d'autres le peuvent… Les princes de l'Ombre sont les plus grands magiciens de notre monde, même s'ils le cachent pour préserver leur mode de vie. Ils sont assez puissants pour te conseiller dans tes rêves, si tu le leur demandes…

Alors je dois parler à Kaliq, décida Lara.

Sage décision…, répondit Ethne. *Je te conseille de mettre un peu de somnifère dans ton vin avant de te coucher, sinon tu risques d'être trop nerveuse pour dormir assez profondément.*

Que se passera-t-il si j'arrive à lever la malédiction qui frappe Térah ? interrogea Lara. *Je n'ai pas envie de bouleverser le mode de vie de ces gens…*

Tu le sauras le moment venu…, murmura sa gardienne de cristal.

Encore des énigmes ! s'écria Lara en riant. *J'imagine que je devrais y être habituée à présent…*

La flamme contenue dans le cristal vacilla un instant, puis diminua jusqu'à n'être plus qu'un point à peine perceptible. Lara lâcha son pendentif, qui retrouva sa place entre ses seins, juste au-dessus de son cœur.

On frappa doucement à la porte de sa chambre.

— Mon frère est là, dit Sirvat.

— J'arrive, répondit Lara en se levant du lit.

Le Dominus attendait dans la pièce principale.

— Sirvat m'a fait part de ta découverte, dit-il en apercevant Lara. Nous irons fouiller la tour demain matin.

— Non, Magnus, tu ne dois pas t'en approcher, répondit Lara. J'irai seule, parce que je suis protégée des ténèbres que cette tour abrite probablement encore. Mais aucun mortel ne doit courir le risque d'en être imprégné.

— Je suis le Dominus et je ne crains pas les ombres du passé ! s'écria-t-il.

— Alors tu es fou… Je les crains pour toi, et tu devrais le faire aussi. J'entrerai rapidement dans la tour et je refermerai la porte derrière moi pour garder prisonnier le mal qui s'y est réfugié pendant toutes ces années. Fais-moi confiance, Magnus. Il ne s'agit ni de ton honneur ni de ton courage…

— Dis à mon frère que je le supplie d'écouter tes conseils, intervint Sirvat.

— Ta sœur est d'accord avec moi, ajouta Lara. Elle aussi a peur pour ta sécurité, Magnus.

— Et moi j'ai peur pour la tienne, répondit le Dominus.

— Tu as tort, parce que je suis protégée, lui assura-t-elle. De plus, cette nuit, j'irai retrouver Kaliq, le prince de l'Ombre, en rêve pour lui demander son aide.

— Je ne veux pas d'un autre homme dans mon lit, répliqua Magnus.

— Ne t'inquiète pas, je ne compte pas dormir dans ton lit, Magnus, riposta Lara. Je dois dormir seule, loin de toute distraction…

— Tu me considères comme une distraction ? demanda-t-il en esquissant un sourire.

— Oui, répondit Lara. Tu es une distraction terrible pour ma concentration.

Leurs regards se rencontrèrent et Lara ne put s'empêcher de rougir malgré son sourire moqueur.

Le Dominus préféra changer de sujet.

— A présent que mes concubines ont quitté le château, je ferais bien de trouver un mari à Sirvat, dit-il. Je suis certain que tu voudras être la seule femme du château quand nous serons mariés…

— Sirvat a déjà choisi l'élu de son cœur et je n'ai pas l'intention de t'épouser, répondit Lara.

— Pourtant tu vas le faire, répondit Magnus d'une voix calme. Par ailleurs, comment se fait-il que ma sœur ait déjà choisi l'homme qu'elle veut épouser et que personne n'ait songé à m'en informer ?

— Vas-tu le lui dire ? s'écria Sirvat, désemparée. Et s'il n'approuvait pas mon choix ?

— Sirvat a peur que tu ne lui donnes pas ta bénédiction, expliqua Lara à Magnus, mais je sais que tu vas le faire... Il s'agit de Corrado.

Magnus Hauk se tourna vers sa sœur.

— J'approuve ton choix, petite sœur. Corrado est un homme bon et notre parent éloigné. Dès que nous aurons réglé cette affaire, j'irai lui parler. Je sais qu'il n'y a pas de femme dans sa vie : son bateau a été son seul amour jusqu'à présent.

Sirvat, aux anges, se jeta au cou de son frère et l'embrassa sur les deux joues.

— Je crois qu'elle te remercie, Magnus, commenta Lara.

Le Dominus éclata de rire.

— On dirait bien, répondit-il. Maintenant, va te coucher, Sirvat, j'aimerais parler à Lara en privé.

Sirvat lâcha son frère et se hâta de quitter la pièce.

— Viens t'asseoir avec moi, dit Magnus en prenant Lara par la main. Je n'aime pas l'idée que tu ailles retrouver un autre homme. Dis-moi : ce prince de l'Ombre a-t-il été ton amant ?

— Oui, lui répondit-elle honnêtement. Kaliq et moi avons été amants. C'est lui qui m'a appris à donner et à recevoir du plaisir — parce que les seigneurs de la Forêt ne s'en sont assurément pas chargés. Comme tu bénéficies des fruits de son enseignement, mon seigneur, je crois que tu devrais éprouver de la reconnaissance à son égard…

Elle caressa doucement sa main pour se faire pardonner sa moquerie.

— Je dois beaucoup à Kaliq, Magnus, reprit-elle. Mais tu n'as rien à craindre de lui. Il n'est plus que mon mentor et il le sait parfaitement. Aujourd'hui, j'ai besoin de ses conseils. Je ne suis pas sûre de pouvoir réussir sans lui… Mais si tu préfères que les hommes de Térah continuent à souffrir de la malédiction qui les frappe depuis cinq siècles, Magnus, je cesserai tous mes efforts à ta demande…

— Quand cette affaire sera terminée, tu deviendras ma femme, répondit-il d'un air buté.

— Je n'ai aucune envie de me remarier, lui confia Lara. Mes enfants vivent encore dans les Terres Extérieures, Magnus…

— Nous les ferons venir ici, répondit le Dominus.

— Ce sont des membres du Fiacre, et mon fils prendra peut-être un jour la tête de son peuple. Je ne peux pas les soustraire à leur destin.

— Alors je te donnerai d'autres enfants, insista-t-il.

— Ce n'est pas à toi d'en décider, Magnus. Tu sais bien que les fées ne portent les enfants que des hommes qu'elles aiment.

— Tu n'arrêtes pas de parler de ton destin, mais tu es venue à Térah. Et si c'était précisément ça, ton destin ? Je ne te forcerai pas au mariage, Lara, mais tu *vas* finir par m'épouser. Je suis ton destin. Térah est ton destin. Lorsque nous entendrons à nouveau la voix de nos femmes, qui sait ce que nous pourrons accomplir ? Quand tu en auras terminé avec cette malédiction, j'aimerais que tu réfléchisses sérieusement à ce que je viens de te dire.

— Je le ferai, répondit-elle. Je te le promets.

Elle se pencha vers lui et l'embrassa tendrement.

— Bonne nuit, Magnus, conclut-elle.

Elle se leva des coussins sur lesquels ils s'étaient installés et quitta la pièce. En réalité, elle méditait déjà ses paroles. Et si tout ce qu'elle avait vécu n'avait servi qu'à la conduire à Térah ? Son destin consistait-il à arriver là pour lever la malédiction du sorcier Usi ? Obtenir la gratitude de tout un peuple ne suffisait-il pas à remplir une vie ? Que ferait-elle après cela ? Devait-elle repartir pour Hétar ? Dans quel but ? Elle n'avait pas menti à Magnus en lui disant que ses enfants appartenaient au Fiacre : c'était bien le cas. Ils n'avaient jamais été vraiment les siens ; c'étaient ceux de Vartan. Arrivée dans sa chambre, elle versa le somnifère qu'elle s'était préparé un peu plus tôt dans un verre de vin, qu'elle vida d'un trait. Puis elle se coucha dans son lit solitaire pour dormir — et pour rêver…

9.

Elle erra d'abord dans un brouillard mauve et argenté. Le sol était ferme sous ses pieds nus. Lara sentit une présence toute proche qui n'était pas celle de Kaliq. Puis elle vit une spirale de fumée noire s'élever devant elle et s'immobiliser.

— Tu n'arriveras pas à me vaincre, fée, lança une voix mauvaise.

— Qui êtes-vous ? demanda Lara à l'ombre incertaine.

— Tu sais très bien qui je suis.

— Si vous êtes Usi, le sorcier qui a maudit les hommes de Térah, je ferai tout ce qui est en mon pouvoir pour vous détruire ! s'écria fièrement Lara.

Mais son cœur tambourinait dans sa poitrine.

— Je suis Lara, fille de Swiftsword et d'Ilona, la reine des fées de la Forêt ! reprit-elle.

Les mots avaient peine à sortir de sa gorge douloureuse.

— C'est moi qui vais te vaincre, fée. Alors tu accompliras ma volonté, chuchota le spectre d'Usi. Sous mon contrôle, ta magie va me ramener à la vie. Si tu t'allies à moi, je te récompenserai comme tu ne l'as jamais été. Je t'enseignerai le secret de la vie et te donnerai des plaisirs tels qu'aucun mortel ne peut t'en offrir. Ces seuls présents feront de toi la femme la plus puissante d'Hétar. Même Gaius Prospéro te craindra… Cette idée ne te tente-t-elle pas ? N'aimerais-tu pas détruire Gaius Prospéro, Lara, fille de la reine Ilona et de Swiftsword d'Hétar ?

— Tu n'as plus de pouvoirs, le provoqua-t-elle bien qu'elle sentît tout courage l'abandonner. Tu n'es plus qu'une ombre, Usi, une ombre qui ne peut subsister que dans le monde des rêves. Disparais de ma vue !

Elle leva une main, la paume dirigée vers le spectre. A sa grande surprise, des éclairs jaillirent de ses doigts. Ils explosèrent dans une gerbe d'étincelles en atteignant l'ombre.

Usi disparut dans un hurlement atroce qui résonna longtemps aux oreilles de Lara.

— Bien joué, Lara, dit Kaliq.

Elle sentait sa présence à ses côtés mais ne le voyait pas.

— J'ai eu peur, tout d'abord, reconnut-elle. Il m'a surprise, et les ténèbres qui émanaient de lui étaient terrifiantes. Maintenant révèle-toi à moi, maudit prince de l'Ombre !

Kaliq éclata de rire, puis se matérialisa devant ses yeux.

— Bonjour, mon amour, lui dit-il. Tu es plus belle que jamais… Que penses-tu de Térah ?

— C'est magnifique. Je n'ai jamais vu de terres aussi vertes… Qu'y a-t-il au-delà ?

— L'autre côté de Térah donne sur une grande mer salée, lui dit-il.

— Et de l'autre côté de cette mer ?

— Il y a notre Désert, lui dit-il avec un fin sourire.

— La terre des princes de l'Ombre ? demanda-t-elle, déconcertée. Comment est-ce possible ? La mer de Sagitta s'étend entre Hétar et Térah, mais je n'ai jamais entendu parler d'une autre mer entre Térah et votre Désert…

— Tu connais les Hétariens, Lara… Ils savent ce qu'ils savent — et ne cherchent jamais à en savoir davantage. Les marchands au long cours qui traversent notre Désert ne s'approchent jamais de cette mer, que nous appelons l'Obscure. Quant aux Térans, ils ne s'éloignent jamais de leurs villages et de leurs fjords, et ne naviguent jamais plus loin que le milieu de Sagitta.

— Il y a de vastes terres inoccupées à Térah, n'est-ce pas, Kaliq ? demanda-t-elle.

Le prince de l'Ombre esquissa un sourire.

— Oui, répondit-il, bien plus qu'il n'en faut pour accueillir les peuples des deux mondes, mon amour. Tu es en train de réfléchir à un projet grandiose, n'est-ce pas ?

— Pas encore… Je dois d'abord retrouver le livre de sorts de ce sorcier, expliqua Lara. Pour ça, j'ai besoin d'entrer dans la tour nord-ouest du château du Dominus, dans laquelle il a vécu. Visiblement, les fenêtres de la chambre supérieure ont été murées après sa mort. Je vais devoir les dégager rapidement pour laisser entrer la lumière… Ensuite, il faudra que je retrouve le livre de sorts et que je l'emporte hors de la tour pour l'étudier. Lorsque j'aurai retrouvé le sort dont Usi s'est servi pour rendre les oreilles des hommes de Térah sourdes aux voix des femmes, je devrai inventer un sort contraire pour lever la malédiction.

— Que pense ton Dominus de cette situation ?

— Ce n'est pas *mon* Dominus, répliqua-t-elle.

Kaliq éclata de rire.

— Tu n'es peut-être pas prête à l'accepter, mais c'est pourtant le cas… N'est-il pas un amant satisfaisant, Lara ?

— C'est un amant exceptionnel, admit-elle en rougissant.

Mais je ne veux pas me remarier, Kaliq. Souviens-toi que j'ai un destin…

— Pourquoi es-tu allée à Térah ? lui demanda-t-il.

— Parce qu'il était écrit que j'y viendrais, répondit-elle sans hésiter.

— Pourquoi ? insista-t-il.

— De toute évidence, j'étais destinée à aider les Térans…

— A les aider en quoi ?

— En les libérant de la malédiction d'Usi. Lorsque les hommes et les femmes pourront à nouveau communiquer entre eux, les Térans accompliront de grandes choses. Leur société n'a plus évolué depuis que les hommes sont devenus sourds à la voix des femmes. En les libérant de la malédiction d'Usi, je vais leur permettre de reprendre le fil de leur histoire, conclut-elle.

— Et ensuite ? interrogea Kaliq. Repartiras-tu en Hétar ? Dans les Terres Extérieures ? Peut-être dans mon palais de Shunnar ?

— Non, répondit lentement Lara. Je crois que je ne serai plus jamais chez moi en Hétar.

— Alors tu comptes rester à Térah… Pour y faire quoi ? En tant que quoi ? En tant que maîtresse du Dominus et conseillère du pays ?

— Je n'en sais rien, reconnut Lara. Mais je t'en supplie, Kaliq : ne m'insulte pas en m'annonçant que mon destin consiste à devenir la femme du Dominus et à porter ses enfants.

— Pourquoi le fait de devenir sa femme devrait-il être le terme de ton destin ?

— Cet homme n'est pas aussi simple que l'était Vartan, répondit Lara. Quand mon destin m'appellera à nouveau, je n'arriverai peut-être pas à le quitter comme j'ai quitté le Fiacre…

Kaliq éclata de rire.

— Ainsi, reprit-il entre deux hoquets, tu as rencontré ton égal…

— Ce n'est qu'un homme, répondit Lara, vexée. Il est seulement un peu plus borné et persévérant que ceux que j'ai rencontrés jusqu'ici…

Kaliq hurla de rire, puis s'efforça de retrouver un peu de dignité.

— Nous ne pouvons pas te laisser te fourvoyer, Lara, alors je te dirai ceci : ce n'est pas à Térah que ton destin doit s'accomplir. Mais le Dominus ne se mettra pas en travers de ton chemin, même si tu l'épouses. Par ailleurs, en devenant sa femme, tu obtiendras le pouvoir dont tu as besoin pour faire ce qu'exige ta destinée.

— Il va vouloir que je lui donne un héritier tout de suite, objecta Lara.

— Pas si tu lui dis que tu ne consentiras à l'épouser qu'à condition qu'il attende, répondit Kaliq. Il suffit que tu lui promettes de lui donner un jour le fils qu'il veut de toi. Il acceptera, mon amour, parce qu'il a reconnu en toi la Domina qu'il lui faut. Et parce qu'il t'aime, Lara…

Elle soupira.

— Chaque chose en son temps, Kaliq, dit-elle. Je dois d'abord rentrer dans cette tour et en ressortir vivante. Tu peux être certain que le fantôme d'Usi va m'y attendre.

— Mais je serai là aussi, pour te soutenir et te guider, promit-il. Mais tu ne dois en aucun cas permettre au Dominus de t'accompagner dans la tour. Il est trop humain… Il pourrait être blessé ou — pire — Usi pourrait essayer d'investir son corps pour revenir dans notre monde.

— Je vais le mettre en garde, assura-t-elle. Je crois que notre rendez-vous touche à sa fin, Kaliq…

— Si tu restes un peu avec moi, je te dirai ce qui se passe à Hétar, la tenta-t-il.

Lara succomba sans même faire semblant d'hésiter.

— Comment vont mes enfants ? demanda-t-elle.

Le prince de l'Ombre tira une boule de cristal de sa robe blanche et invita Lara à se pencher sur elle.

Elle y vit Dillon. Il avait déjà bien grandi, songea-t-elle. Elle y vit aussi Noss. L'ancienne compagne de Lara poursuivait une petite fille aux boucles brunes qui riait aux éclats et essayait de lui échapper de toute la vitesse de ses petites jambes. *Anoush !* Le cœur de Lara se serra à la vue de sa fille. Il lui avait été moins douloureux de quitter son fils, parce que Dillon était assez âgé pour se souvenir d'elle.

— Range ta boule de cristal, dit Lara en soupirant. J'ai vu ce que je voulais voir : mes enfants sont en sécurité et heureux.

— C'est d'avoir perdu ta fille qui t'est le plus douloureux, remarqua Kaliq d'une voix calme.

Lara acquiesça.

— Il y a déjà tant de moments de sa vie que je n'aurai pas partagés, murmura-t-elle. Les Terres Extérieures sont-elles en sécurité, Kaliq ?

Le prince de l'Ombre secoua la tête.

— Même nos pouvoirs ne peuvent pas empêcher l'invasion plus longtemps, Lara, répondit-il. Gaius Prospéro vient d'être élu empereur. Il doit tenir les promesses qu'il a faites s'il ne veut pas perdre sa position, son pouvoir — peut-être la vie… Il ne reculera devant rien pour conserver ce qu'il a gagné, mon amour.

— Je crois avoir trouvé une solution, commença-t-elle.

— Je sais, répondit Kaliq. Tu dois mettre ton plan à exécution le plus vite possible.

— Je ne suis pas sûre de pouvoir convaincre Magnus, murmura-t-elle.

— Il le faut ! s'écria le prince de l'Ombre. Fais-en une condition de votre mariage au besoin... C'est la survie de notre monde qui en dépend.

— Est-ce que tu m'aimes encore, Kaliq ? eut-elle la cruauté de demander.

— Je t'aimerai toujours, Lara, répondit-il tristement. Mais je ne suis pas celui qui t'est destiné.

— Est-ce Magnus Hauk ?

— Pour le moment, oui, répondit-il. Tu sais que je te dis la vérité : tu t'épanouis dans ses bras, tu resplendis quand il te fait l'amour.

— Comment peux-tu le savoir ? lui demanda-t-elle.

— Je sais tout ce qu'il y a à savoir sur toi, Lara. Ne suis-je pas ton mentor et ton ami ? Mes frères et moi ne t'avons-nous pas appris à savoir quand tu peux faire confiance ?

Lara rit doucement au souvenir de cette nuit lointaine.

— Oui, votre enseignement était très efficace..., admit-elle.

— Alors dégèle ton cœur de fée, mon amour, et donne-le à Magnus Hauk, lui dit-il avec un sourire triste. Tu sais que j'ai raison...

— Il prétend qu'il va m'apprivoiser, murmura-t-elle.

— Je pense plutôt que vous allez vous apprivoiser mutuellement, répondit Kaliq d'une voix calme. Magnus Hauk est un mortel en qui tu peux avoir confiance, Lara. Son cœur est bon et il a de grands principes. Tu finiras par comprendre que vous vous ressemblez beaucoup.

Il la prit dans ses bras et l'embrassa sur le front.

— Je serai à tes côtés quand tu entreras dans cette tour, Lara.

Elle se sentit glisser du plan onirique dans un profond sommeil. Voilà qui était typique de son prince de l'Ombre : il ne lui avait même pas dit au revoir…

Lorsque Lara se réveilla, elle se sentit plus reposée que depuis des semaines. La journée s'annonçait magnifique. Elle quitta son lit et s'accouda à la fenêtre pour regarder le soleil levant teinter le ciel matinal d'une palette de couleurs vibrantes. L'air était tiède et chargé d'un parfum de roses. Lara inspira profondément et réalisa qu'elle se sentait forte. *Merci, Kaliq*, dit-elle en son cœur. Puis elle se rendit dans la salle de bains du quartier des femmes, où elle se lava lentement et méticuleusement. Elle était en train de sécher sa longue chevelure dans le jardin lorsque Sirvat la rejoignit.

— As-tu fait de beaux rêves ? lui demanda-t-elle.

— Oui, répondit Lara. Et je vais entrer dans la tour d'Usi ce matin.

— Vas-tu laisser Magnus t'accompagner ? Il va insister, tu sais…

— Il ne peut pas… Il ne *doit* pas m'accompagner, répondit Lara à la sœur du Dominus. Kaliq m'a avertie qu'Usi pouvait essayer d'investir son corps pour revenir dans notre monde.

— Ne peut-il investir le tien ? s'inquiéta Sirvat.

— Non, je suis bien protégée — pas seulement à cause de mon ascendance féerique, mais parce que Kaliq sera à mes côtés. De plus, je serais très étonnée qu'Usi ait envie de se réincarner en femme…

Elle préféra ne pas parler à Sirvat de sa rencontre avec

le spectre du sorcier dans le monde des rêves. Pourquoi effrayer son amie ? Elle se leva du banc sur lequel elle s'était assise.

— Je dois m'habiller, maintenant, et aller retrouver ton frère, dit-elle.

— Tu ferais bien de manger quelque chose pour avoir des forces.

— Je déjeunerai en ressortant de la tour, répondit Lara.

Elle se hâta de retourner dans sa chambre. Elle y revêtit son costume de guerrière, fixa Andraste dans son dos et enfila ses bottes.

— Et moi, je ne t'accompagne pas ? demanda Vérica d'un ton plein d'aigreur.

— Aucun mâle ni esprit masculin ne doit entrer dans la tour, expliqua-t-elle. J'ai rencontré le spectre du sorcier dans le monde des rêves la nuit dernière. Je crains qu'il n'essaie de se réincarner dans un esprit masculin, alors je tiens à ce que tu restes là où tu seras en sécurité, Vérica. Andraste est un esprit féminin et je peux avoir besoin de son aide…

— Sois prudente, maîtresse, recommanda la canne. Ce sorcier est vraiment maléfique.

— Je te le promets, répondit Lara.

Elle quitta sa chambre à la hâte pour rejoindre les appartements du Dominus.

Magnus Hauk la regarda attentivement.

— Tu t'es préparée pour une bataille, remarqua-t-il d'une voix calme. Tu sais que je vais t'accompagner…

— Il ne le faut pas, répondit fermement Lara.

— Je sais. Ton prince de l'Ombre est venu me rendre visite dans mon sommeil et m'a averti lui-même. Il a dit qu'il ne voulait pas que tu gaspilles ton énergie à essayer de me convaincre.

Le Dominus ne put s'empêcher de pouffer.

Lara éclata de rire.

— Il se montre toujours très protecteur à mon égard, admit-elle.

— Ai-je des raisons d'être jaloux ? lui demanda Magnus.

— Aucune, mon seigneur, dit-elle en posant la main sur son bras. Laisse-moi en finir avec cette affaire. Ensuite, nous pourrons discuter de sujets qui nous concernent de plus près, je te le promets...

Elle s'écarta en le voyant se pencher vers elle.

— Il ne faut pas que tu m'embrasses, dit-elle. Tes baisers me font un effet étrange : ils m'affaiblissent — et rien ne doit me prendre des forces aujourd'hui, Magnus.

— Ça ne te ressemble guère de reconnaître que tu as une faiblesse..., remarqua-t-il avec un sourire espiègle.

— Je dois y aller, dit Lara en s'enfuyant de la pièce.

Sa seule présence commençait déjà à l'affaiblir. Elle traversa lentement les jardins qui surplombaient le fjord, dont les eaux reflétaient le bleu du ciel. Elle se força à inspirer profondément tout en marchant. Et si Kaliq avait raison ? Magnus faisait peut-être partie de son destin... Quoi qu'il en soit, elle allait avoir besoin de lui si elle voulait que son projet voie le jour. Lorsqu'elle serait face à son destin, celui-ci se révélerait-il enfin à elle ? Ou allait-elle continuer à errer de-ci de-là en écoutant sa voix intérieure et en se demandant perpétuellement si elle faisait les bons choix ?

Tu le sauras, la rassura la voix d'Ethne.

Lara sentit ses forces revenir. La tour d'Usi se dressait devant elle, sombre et menaçante. Elle avait quelque chose de sinistre même par cette journée splendide. Elle frissonna mais continua à avancer, remarquant au passage que le sol était de plus en plus dénudé à mesure qu'elle approchait de la tour. Il n'y avait plus trace de vert à cet endroit — seulement de la poussière et des cailloux. Lara s'immobilisa devant la petite porte de la tour et réalisa subitement qu'elle n'en avait pas la clé.

— Utilise ta magie, lui conseilla la voix de Kaliq.

Elle ne le vit nulle part alentour.

— Ouvre-toi, commanda-t-elle simplement à la porte.

Et celle-ci tourna péniblement sur ses gonds en grinçant.

Lorsque Lara se réveilla, elle se sentit plus reposée que depuis des semaines. La journée s'annonçait magnifique. Elle quitta son lit et s'accouda à la fenêtre pour regarder le soleil levant teinter le ciel matinal d'une palette de couleurs vibrantes. L'air était tiède et chargé d'un parfum de roses — un instant ! Tout cela n'avait-il pas déjà eu lieu ? Lara comprit que la magie maléfique d'Usi essayait de l'empêcher d'entrer dans la tour.

— Disparais, illusion ! s'écria-t-elle.

Elle se retrouva devant la petite porte dont le grincement résonnait encore à ses oreilles.

Celle-ci n'avait pas été ouverte depuis cinq cents ans. Elle se pencha pour laisser un nuage de petites créatures noires voler hors de la tour et faillit crier lorsque des rats se faufilèrent entre ses jambes. L'un d'entre eux lui grimpa même sur le pied dans sa fuite. Après avoir pris une profonde inspiration, Lara entra dans la tour en escaladant la volée de marches qui menait à la porte ouverte — qui se referma brutalement dès qu'elle l'eut franchie. Un rire mauvais résonna à ses oreilles et la fit frissonner. Pourtant, Lara réalisa qu'elle n'était pas effrayée.

— Tu es maligne, Lara. J'ai cru que je te retiendrais dehors plus longtemps..., dit la voix issue des ténèbres.

Lara ne pouvait l'attribuer à aucun être perceptible — ce qu'elle trouvait très agaçant.

Elle décida de l'ignorer et attendit que ses yeux s'habituent à l'obscurité de la tour. En répondant au sorcier, elle ne ferait que s'épuiser, or elle avait besoin de toute sa force pour affronter ce qui l'attendait.

— Torche ! commanda-t-elle.

Aussitôt, une petite torche apparut dans sa main pour jeter une faible lueur dans la pénombre. Il y avait une porte sur sa gauche.

— Ouvre-toi ! lui ordonna-t-elle.

La porte grinça sur ses gonds pour révéler un escalier en colimaçon qui menait visiblement au donjon. L'air imprégné d'humidité était fétide et des gémissements désespérés lui parvenaient des hauteurs de la tour.

— Referme-toi ! se hâta-t-elle d'ordonner à la porte.

Le fantôme d'Usi n'était pas le seul à hanter ces lieux...

Elle se retourna et entreprit de monter l'escalier principal. Les marches de pierre étaient usées et ses bottes glissaient de temps à autre sur une substance gluante. Elle n'osa pas baisser sa torche pour essayer de l'identifier. Elle n'avait pas l'intention de laisser Usi la distraire de sa tâche — sa destruction complète et définitive. La tour était à présent plongée dans un tel silence qu'elle entendait son sang battre à ses tempes. Ses jambes lui parurent brusquement très lourdes ; elle avait peine à soulever son pied pour le poser sur la marche suivante. Lara atteignit péniblement le premier étage et aperçut une petite porte sur sa droite. La curiosité l'incita à l'ouvrir. Aussitôt, elle se figea d'horreur. Les squelettes des victimes d'Usi étaient suspendus tout le long du mur. De longues chevelures brunes, blondes, rousses et noires collaient encore à leurs crânes. Tout à coup, les squelettes se mirent à danser frénétiquement en faisant cliqueter leurs os.

Les yeux emplis de larmes, Lara claqua la porte. C'est alors qu'elle entendit le claquement d'un fouet. Les hurlements pitoyables d'une femme torturée résonnèrent dans la tour, sadiquement accompagnés par le rire maniaque du sorcier. Lara, à la fois horrifiée et fascinée, regarda un filet de sang glisser sous la porte et se répandre sur les dalles de pierre. Elle se força à se ressaisir et commença à monter vers le deuxième étage, poursuivie par les hurlements de la victime du sorcier.

C'est bien, dit la voix de Kaliq dans sa tête. *Continue à avancer, Lara. Dès que tu penses à ce qui s'est passé dans cet endroit maudit, tu le fais apparaître. Concentre-toi sur le fait d'atteindre le dernier étage de la tour ! La pauvre âme torturée que tu entends a rejoint son Créateur depuis des siècles.*

Lara déglutit péniblement et força ses jambes à avancer. Brusquement, un vent violent se mit à souffler des hauteurs de la tour. Elle tomba sur les marches de pierre et peina à se relever. La flamme de sa torche vacillait dangereusement. Mue par une colère soudaine, Lara se releva, enfonça sa tête dans ses épaules et lutta pour avancer. Un pas après l'autre, elle monta une marche, puis une autre, plus déterminée que jamais à atteindre la chambre du sorcier. Plus que trois marches… Une… Deux… Un hurlement de rage faillit la faire reculer, mais elle parvint à se hisser sur la dernière marche.

— Ouvre-toi ! ordonna-t-elle à la porte.

Celle-ci tourna sur ses gonds avec une lenteur désespérante. Le vent s'était calmé subitement, mais Lara sentit la présence maléfique du sorcier dès qu'elle entra dans la pièce. Il chercherait à lui faire du mal tant qu'elle n'aurait pas laissé pénétrer la lumière du jour dans la chambre.

— Kaliq, aide-moi ! implora-t-elle.

— Il ne peut rien pour toi, Lara, murmura Usi. Je suis le maître en ces lieux et tu seras bientôt en mon pouvoir, ma petite fée...

La voix était si proche qu'elle croyait sentir le souffle chaud et humide du sorcier au creux de son oreille.

— Rends-toi à moi, reprit la voix, se faisant caressante. Rends-toi à moi et, ensemble, nous contrôlerons le monde... Nous connaîtrons des plaisirs refusés aux mortels.

Ses mots la vidaient de sa force. Elle sentait presque ses mains caresser sa poitrine, son visage, ses cheveux. Les ténèbres s'enroulaient autour d'elle pour l'engloutir dans leurs profondeurs. Elle était de plus en plus faible et sentait qu'elle allait s'abandonner malgré elle. Elle aspira avec avidité, mais c'était comme si tout l'air de la pièce avait été chassé. Une première inspiration... Une seconde, plus profonde, puis une troisième, plus profonde encore... Son esprit s'éclaircit et la force revint dans son corps.

— Non ! cria-t-elle. Tu ne me vaincras pas... C'est moi qui te détruirai ! Là où la lumière se déversait jadis, qu'elle se déverse à nouveau ! ordonna-t-elle en pointant le doigt vers l'endroit où les fenêtres de la tour auraient dû se trouver.

Elle entendit les briques se fissurer.

— Bienvenue à toi, lumière ! Bienvenue à toi, chaleur ! s'écria-t-elle en ouvrant grand les bras. Purifiez cette chambre de votre magie ! Bannissez le mal sous toutes ses formes.

Un mince rayon de soleil tombé d'une fissure du mur rampa sur le sol de la pièce.

— Fenêtres, ouvrez-vous ! ordonna-t-elle d'une voix puissante.

Les briques et le mortier qui avaient obturé les fenêtres de la tour explosèrent tout à coup et tombèrent en partie dans la chambre tandis que la lumière dorée du soleil se déversait à flots là où elle n'avait pas pénétré depuis des siècles.

— Ah !

Lara se retourna et vit l'ombre d'Usi se tordre pitoyablement tandis que les rayons de soleil commençaient à la dévorer. Un instant, elle vit le sorcier tel qu'il avait un jour été — grand, jeune et très beau. Ses yeux sombres la supplièrent. Sa beauté était telle qu'elle en faisait presque oublier sa nature cruelle et vicieuse.

— Bonne fée ! implora-t-il. Sauve-moi !

Ses mains magnifiques aux longs doigts effilés se tendirent vers elle. Lara recula instinctivement.

— Aide-moi !

— Disparais pour ne jamais revenir, ni dans ce monde ni dans aucun autre ! ordonna-t-elle en pointant le doigt vers lui.

L'éclair qui jaillit de sa main anéantit le sorcier pour toujours.

— Bravo ! s'écria Kaliq en apparaissant à côté d'elle. Tu l'as banni !

— Je sens que mes pouvoirs augmentent, s'émerveilla Lara.

— C'est parce que tu les utilises pour faire le bien, lui expliqua Kaliq.

— Je me sens si lasse… dit-elle en se laissant aller un instant contre lui.

— Je sais, répondit-il. L'ascension a été difficile… Mais

tu dois retrouver le livre de sorts avant de t'abandonner à ta fatigue.

— Ensuite il faudra détruire cette tour, ajouta Lara en se redressant. C'est le seul moyen de libérer les âmes de ceux qui y ont été torturés. Je planterai un jardin sur ses ruines en leur mémoire…

— Le livre, répéta Kaliq.

— Aide-moi à le chercher, lui demanda-t-elle.

Ils se mirent à fouiller la pièce ensemble. Le grimoire fut finalement découvert tout au fond d'une haute étagère. C'était le seul livre de toute la pièce, qui abritait une infinité de fioles et de pots remplis de plantes, de graines et de diverses parties d'animaux. Lara feuilleta l'ouvrage.

— C'est bien son livre de sorts, confirma-t-elle.

— Contient-il la formule dont il s'est servi pour maudire les hommes de Térah ? demanda Kaliq.

Lara promena son doigt de page en page, puis sursauta.

— Je l'ai trouvée ! s'écria-t-elle en montrant un passage à son ami.

Kaliq lut silencieusement les lignes qu'elle désignait. *Que les oreilles qui un jour écoutèrent les conseils d'une femme se ferment à jamais à ce son infâme.* Le prince de l'Ombre se mit à rire.

— C'est d'une telle simplicité ! s'écria-t-il. Malin et ridiculement simple…

— Mais cette malédiction a été d'une efficacité redoutable pendant cinq cents ans, rappela Lara.

— Crois-tu pouvoir la lever maintenant que tu connais la formule ?

— Sortons de cette tour et allons essayer mon sort sur Magnus, suggéra Lara. Nous verrons s'il réussit à entendre sa sœur…

Elle referma le livre et le tendit à Kaliq.

— J'ai promis au grand prêtre qu'il serait détruit, dit-elle. Lorsque je serai certaine que mon sort fonctionne, voudras-tu bien le brûler pour moi ?

Le prince de l'Ombre secoua la tête.

— Non, répondit-il. C'est au Dominus et à toi de le faire. Mais j'emporterai ses cendres et les enterrerai dans plusieurs endroits pour qu'il ne puisse jamais être reconstitué et utilisé à nouveau.

Ils redescendirent ensemble les trois étages de la tour. Parvenus au pied de l'escalier, ils découvrirent la porte qui s'était refermée derrière Lara grande ouverte. Ils rejoignirent les appartements de Magnus Hauk par le chemin que la jeune femme avait emprunté pour venir. Le Dominus les attendait. Il était pâle d'inquiétude, mais Lara préféra faire semblant de ne pas le remarquer.

— Je crois pouvoir lever la malédiction, dit-elle. Fais vite venir ta sœur pour qu'on s'en assure.

Le Dominus envoya un serviteur chercher Sirvat, qui les rejoignit en toute hâte. Ses regards anxieux se posèrent sur son frère, puis sur Lara. Dès qu'elle aperçut le prince de l'Ombre, ses yeux s'écarquillèrent d'admiration. Kaliq, flatté et la trouvant fort à son goût, la gratifia d'un sourire.

— Je crois pouvoir lever la malédiction, expliqua Lara à Sirvat. Essaie de dire quelque chose à Magnus quand j'aurai prononcé la formule.

Sirvat acquiesça.

— Que ceux qui écoutèrent la voix d'une femme un jour l'entendent à nouveau pour toujours, prononça Lara d'une voix calme et ferme.

Pendant quelques instants, personne n'osa dire un mot.

— Magnus, mon frère, est-ce que tu m'entends ? hasarda alors Sirvat.

— Ta voix sonne comme un joyeux carillon, répondit le Dominus.

Sirvat se jeta dans les bras de son frère en pleurant de joie.

— Tu m'entends ! s'écria-t-elle. Le Grand Créateur soit loué ! Tu m'entends…

Un immense sourire illuminait le visage de Magnus Hauk. Son regard rencontra celui de Lara.

— Merci, murmura-t-il.

— Te voici délivré de cette malédiction, répondit-elle. Il faut maintenant libérer tous les hommes de Térah…

Elle se tourna vers le prince de l'Ombre.

— Comment faire ? lui demanda-t-elle. Je ne peux tout de même pas aller de village en village… Il doit y avoir une manière plus simple de procéder…

— Commençons par rassembler tous les hommes du château, suggéra le Dominus.

Kaliq acquiesça en silence.

Lorsque tous les hommes du château, du plus noble au plus humble, furent rassemblés dans la grande salle, le Dominus s'adressa solennellement à eux.

— La fée Lara venue d'Hétar, leur dit-il, fille de Swiftsword et d'Ilona, la reine des fées de la Forêt, s'est courageusement introduite dans la tour qu'a jadis habitée le sorcier Usi, afin d'y retrouver son livre de sorts. Grâce à lui, elle est en mesure de lever la malédiction qui pèse sur nous depuis cinq siècles. Nous pensions que nos femmes avaient été rendues muettes, mais c'étaient nous qui n'étions plus capables de les entendre. Lara a essayé sa formule sur moi : je peux désormais entendre la voix de ma sœur et celles des servantes du château ! Elle va maintenant vous libérer de la malédiction qui pèse sur les hommes de Térah depuis si longtemps. Ecoutez ses mots !

Lara scruta les visages des hommes assemblés dans la grande salle et y lut un mélange de surprise et d'incrédulité. Elle inspira profondément.

— Que ceux qui écoutèrent la voix d'une femme un jour l'entendent à nouveau pour toujours ! dit-elle d'une voix puissante.

Pendant quelques instants, le silence régna dans la grande salle.

— Chers habitants de Térah, pouvez-vous entendre ma voix ? demanda alors Sirvat.

Tous sursautèrent, puis se mirent à commenter le miracle avec excitation.

— Ce n'est pas suffisant, remarqua Lara. Comment faire pour les autres habitants de Térah ? Il nous faudra une éternité pour aller de village en village et les libérer tous. Qu'en penses-tu, Kaliq ?

— Dasras sait voler et peut très bien vous porter tous les deux sur son dos..., suggéra Sirvat. Si Magnus et toi vous déplacez de cette manière, il ne vous faudra qu'une semaine ou deux pour visiter tous les villages. Les hommes qui seront absents au moment de votre passage pourront toujours venir au château plus tard. Au moins, la plupart des hommes de Térah entendront la voix de leur femme d'ici peu...

— Nous devrons aussi retourner au temple, ajouta Lara.

— Nous finirons par le temple, intervint Magnus Hauk. Même si mon oncle est progressiste, la plupart des prêtres adhèrent encore aux doctrines d'Aslak. Ils croient la magie mauvaise par nature... Prouvons-leur qu'ils ont tort avant de les libérer de la malédiction d'Usi.

— Il est sage pour un mortel, murmura Kaliq à l'oreille de Lara.

Il poursuivit à voix haute.

— Seigneur Dominus, dit-il, plus rien ne me retient ici. J'aimerais vous faire un présent avant mon départ. Il est indispensable de détruire la tour nord-ouest le plus vite possible. Lara a banni pour toujours le spectre d'Usi, mais la tour reste hantée par les âmes de ceux et celles qu'il a torturés. Nous ne pourrons les libérer qu'en détruisant l'édifice. Avec votre permission, je vais me servir de mes pouvoirs pour le faire…

— Je vous en serais très reconnaissant, répondit Magnus Hauk.

— J'aimerais transformer l'endroit en jardin, expliqua Lara au Dominus.

— Comment comptez-vous détruire la tour ? demanda Magnus, curieux.

— Comme tous les princes de l'Ombre, j'ai le pouvoir de modifier le climat, répondit Kaliq. Une tempête commence déjà à se lever. Lorsqu'elle sera passée, la tour n'existera plus. Laissez la terre se libérer de son terrible fardeau pendant un an avant de planter le jardin de Lara…

Le prince se tourna vers la jeune femme.

— Maintenant, brûle le livre de sorts, que j'emporte ses cendres comme nous en sommes convenus.

Lara acquiesça et prononça quelques mots. Aussitôt, une grande urne apparut sur la longue table de la salle. Elle y plaça le livre du sorcier, en referma le couvercle et posa ses mains sur les amples flancs de l'objet.

— Brûle, livre maudit, et ne retrouve jamais ta forme ! ordonna-t-elle d'une voix calme.

L'urne prit une teinte rougeâtre et surnaturelle qui s'estompa après quelques minutes.

— C'est fait! dit Lara en tendant l'urne à Kaliq.

Les hommes du château commencèrent à se disperser pour retourner à leurs offices. Un éclair déchira le ciel, bientôt suivi d'un puissant roulement de tonnerre.

— Permettez-moi de prendre congé, Magnus Hauk, Dominus de Térah, dit Kaliq. Prenez bien soin de Lara. Elle est très chère à mon cœur…

Il se tourna vers elle.

— Adieu, mon amour, dit-il. J'ai déjà hâte de te revoir…

Puis Kaliq s'évanouit dans l'ombre en tenant l'urne entre ses mains.

— Je savais bien que je devais en être jaloux…, marmonna Magnus.

— Je t'ai déjà dit que tu avais tort, répondit Lara en glissant sa main dans la sienne.

— Je veux voir la tempête détruire la tour d'Usi! s'écria Sirvat, tout excitée. Il y a une fenêtre des appartements de Magnus qui sera parfaite pour assister au spectacle… Venez!

— Je vois que j'ai beaucoup à découvrir de toi, petite sœur, la taquina Magnus. Tu es une créature téméraire, n'est-ce pas?

Il éclata de rire. Tenant toujours la main de Lara, il suivit sa sœur dans un escalier qui menait à une grande salle circulaire.

La pièce était percée de deux fenêtres, proches l'une de l'autre, où ils se postèrent. La belle matinée d'été avait dégénéré en un chaos de nuages zébré d'éclairs. La sauvagerie des éléments semblait se concentrer sur la tour nord-ouest. Un torrent de pluie noyait le paysage, à l'exception du sinistre édifice qui baignait dans une lueur surnaturelle. La foudre tomba à coups redoublés, faisant trembler les murs et déchirant le ciel d'éclairs à l'étrange teinte verte. Ceux-ci se concentrèrent tout à coup sur la tour, qui se désintégra lentement sous les yeux des trois spectateurs. Un vent d'une violence formidable se leva, puis, aussi soudainement qu'elle était apparue, la tempête laissa place à une belle journée d'été. Là où s'était dressée la tour d'Usi, plus rien ne subsistait — ni une brique, ni une pierre, ni même un éclat de mortier. Il ne restait plus qu'un sol nu et désolé.

— Je préfère avoir ton mentor Kaliq pour ami que pour ennemi, remarqua froidement Magnus en contemplant l'endroit où s'était élevée une partie de son château. Il a fait du beau travail avec cette tour…

— Qu'il est beau…, murmura Sirvat en soupirant.

— Oh ! répondit son frère avec un sourire moqueur. Le bateau à quai est celui de Corrado. Veux-tu que Lara le délivre de la malédiction pour que tu puisses lui faire part de ta dévotion pour Kaliq ?

Il pouffa.

— Bien sûr que je veux qu'il m'entende ! s'écria Sirvat. Mais je te préviens : si tu oses lui dire quoi que ce soit de…

— Tu veux dire que tu n'aimerais pas que je suggère un duel entre l'ami de Lara et lui, petite sœur ?

— Magnus !

La jolie voix de Sirvat était lourde de menaces.

Lara éclata de rire.

— J'ai l'impression que le fait de pouvoir vous entendre a modifié votre relation, dit-elle. C'est un grand taquin, Sirvat. Ne le laisse pas te faire marcher. Magnus, dis-lui que tu vas parler de leur mariage à Corrado dans les termes qui conviennent.

Magnus pouffa.

— On dirait bien que les femmes sont solidaires entre

elles…, répondit-il. Je ne t'embarrasserai pas, petite sœur. Et je dirai à Corrado que tu seras une épouse parfaite pour lui. Mais il faut d'abord que Lara le libère de la malédiction, pour qu'il puisse entendre ta jolie voix…

Une servante vint dire au Dominus que le capitaine en question l'attendait dans son vestibule. Magnus remarqua avec intérêt que les voix féminines pouvaient être très différentes les unes des autres.

— Suivez-moi, dit-il.

Tous trois descendirent de la tour et se rendirent aux appartements du Dominus, où le capitaine Corrado attendait. Magnus Hauk raconta à son ami tout ce qui s'était passé depuis son départ en mer.

Corrado se tourna vers Lara avec des yeux écarquillés.

— Vous pouvez lever la malédiction ? Alors faites-le, madame ! Je vous en supplie…

Lara récita sa formule.

— Corrado, s'écria Sirvat dès que les mots eurent cessé de résonner dans la pièce. Je t'aime et je veux te prendre pour époux !

Lara pouffa. Elle n'oublierait pas de sitôt les visages frappés de stupeur des deux hommes.

Corrado retrouva finalement la parole.

— Nous avons besoin de la permission de ton frère…, bredouilla-t-il.

— Si cette idée te plaît autant qu'à ma sœur, tu l'as ! répondit Magnus Hauk.

Puis il se tourna vers Sirvat.

— Je croyais que tu voulais que je lui parle…

— C'est vrai, répondit la jeune femme. Puis je me suis dit que les premiers mots que Corrado entendrait sortir de ma bouche devaient être mémorables…

— Seras-tu toujours aussi imprévisible ? demanda le capitaine.

— Vas-tu m'épouser, oui ou non ? riposta Sirvat.

Un grand sourire s'épanouit sur son visage.

— Il faut que j'y réfléchisse, dit-il.

— Alors réfléchis vite, capitaine, parce que je ne suis pas une femme patiente, répondit Sirvat d'une voix douce. Par ailleurs, j'espère que tu comprends bien que je devrai te tuer si tu refuses…

Magnus Hauk fut à nouveau frappé de stupeur et Lara eut bien du mal à contenir son hilarité.

— Alors je suis obligé d'accepter votre proposition, madame, dit Corrado. Mais voyons d'abord comment vous embrassez…

Il prit Sirvat dans ses bras et lui donna un baiser sonore.

— Oui, reprit-il, tu feras très bien l'affaire, ma petite.

— Vous l'aimez depuis toujours, dit Lara d'un ton accusateur.

Le capitaine lui fit un clin d'œil, mais ne se donna pas la peine d'avouer ou de nier.

— Tu sais que j'ai pour seule famille mon vieux père et un frère, dit-il au Dominus. Cette affaire ne regarde donc que nous. Où veux-tu que nous vivions ?

— J'ai déjà choisi des appartements dans la partie sud-est du château, intervint Sirvat. Un jour, nous aurons notre propre maison, mais il me semble plus pratique de rester vivre au château pour le moment, qu'en penses-tu ?

Magnus Hauk donna raison à sa sœur sans laisser le temps de répondre au capitaine.

— C'est vrai ! dit-il. Tu es mon amiral, Corrado. Tu as trop de valeur pour moi pour vivre loin d'ici. Vous serez chez vous, mais au château. Un jour, je vous donnerai des terres pour y construire votre propre maison.

— Si cette solution te convient, elle me convient aussi, répondit le capitaine.

— A présent, nous devons fixer la date du mariage, dit Sirvat. Je n'ai pas vraiment envie d'attendre et, si Lara doit enfin épouser mon frère, elle aura envie d'être maîtresse en sa demeure.

— Je préférerais que nous ayons libéré les hommes de Térah de la malédiction avant tout mariage, quel qu'il soit, intervint Magnus. Il n'est pas juste que seuls les hommes du château puissent de nouveau entendre leurs femmes. Qu'en penses-tu, Lara ?

— Je suis d'accord avec toi, répondit la jeune femme. Nous commencerons dès demain à voyager de village en village pour libérer les hommes de la malédiction d'Usi.

Sirvat fit la moue.

— Mais j'ai attendu toute ma vie d'épouser Corrado, protesta-t-elle.

— Ne sois pas égoïste, dit Magnus.

Elle lui jeta un regard furieux.

— Nos deux sœurs étaient mariées à mon âge ! riposta-t-elle.

— Seulement quelques jours, s'il te plaît…, supplia Lara. De toute manière, tu vas avoir besoin de temps pour préparer ton mariage, Sirvat… Il va falloir choisir ta robe, le menu du festin, et aménager vos nouveaux appartements… Ils ne sont pas encore prêts à vous recevoir ? Et il faudra aussi décider de ta dot…

Sirvat réfléchit un instant.

— Tu as raison, Lara, dit-elle finalement. Il me faudra sans doute plusieurs jours pour nous organiser un mariage convenable… Très bien, je suis d'accord ! Mais je veux avoir la permission de voir Corrado pendant votre absence !

— Magnus ? demanda Lara en levant un regard interrogateur vers le Dominus.

— Je te donne ma permission parce que je sais Corrado digne de confiance, dit Magnus.

— Et pas moi ? s'insurgea Sirvat, offensée.

— Il ne s'agit pas d'une question de confiance, petite sœur, répondit le Dominus. Tu es jeune, amoureuse et indépendante. Je sais que Corrado veillera à ce que ton comportement n'éveille pas de ragots…

— Par moments, Magnus, tu es aussi suffisant que timoré, répliqua Sirvat sur un ton méprisant.

Puis elle sourit doucement à son frère.

— Emmène-la, Corrado, ordonna Magnus à son amiral, et vois si tu peux lui inculquer un peu de respect pour son Dominus.

— A vos ordres, seigneur, répondit Corrado avec un grand sourire.

Il escorta la femme de sa vie hors de la pièce.

— Viens, petite peste, l'entendirent prononcer Lara et Magnus lorsque la porte se referma sur le couple.

Lara se laissa tomber lourdement dans un fauteuil. Les derniers jours l'avaient épuisée. Elle trouva très réconfortant le bras que Magnus vint passer autour de ses épaules et laissa rouler sa tête dans son cou.

— Je crois que tu devrais te reposer, maintenant, ma jolie fée, dit-il. Cette aventure t'a demandé toute ton énergie. Tu es restée plusieurs heures loin de moi…

— Cette tour était si affreuse, lui confia Lara. Et le spectre d'Usi m'y attendait, comme Kaliq l'avait prévu. Je remercie ton Grand Créateur que tu n'aies pas été là. L'esprit de ce sorcier était très puissant. Il aurait pris possession de ton corps si tu m'avais accompagnée et je n'aurais peut-être rien pu faire pour toi. J'ai eu besoin de toutes mes forces pour atteindre le dernier étage. Il m'a fait entendre les hurlements et les gémissements de ceux qu'il a torturés. Je crois que je vais entendre les cris de ces malheureux dans mes cauchemars jusqu'à la fin de mes jours…

Elle se mit à pleurer doucement. Magnus la prit dans ses bras et elle se laissa aller à sangloter contre son torse.

— Je croyais que les fées ne pleuraient pas, remarqua doucement Magnus.

— C'est vrai, répondit Lara en reniflant, mais il arrive que ma part mortelle me submerge. C'était si horrible, Magnus ! Je n'aurais jamais réussi sans Kaliq. Cette créature maléfique m'aurait sûrement vaincue…

— Mais il ne l'a pas fait, Lara. C'est toi qui as triomphé, et tu as rendu un grand service à Térah. Maintenant, tu dois décider si tu veux de moi comme époux et plus seulement comme amant. Je comprends tes doutes, ma jolie fée, mais je ne peux pas vivre avec l'idée qu'un homme pourrait venir un jour te prendre à moi. Mon cœur me dit que nous sommes faits l'un pour l'autre, que tu es faite pour être la Domina de Térah.

— La seule chose qui peut me retenir auprès d'un homme est la confiance, Magnus, répondit Lara. Si tu me fais confiance, tu devras me laisser libre d'accomplir ma destinée. Il faudra aussi que tu attendes que j'estime le moment propice pour avoir un fils. Tu prendras sérieusement en considération mes suggestions et mes conseils, parce que, si je deviens Domina de Térah, ma loyauté ira tout entière à Térah. Rien de ce que je te demande n'est facile à accepter. Je sais que ta fierté et ta détermination sont aussi grandes que les miennes. Nous nous préparons des combats titanesques, toi et moi…

Elle lui sourit tendrement.

— Notre entente exige d'habiles négociations, reprit-elle. Je ne répondrai pas à ta question aujourd'hui et je n'attends pas de toi que tu répondes à la mienne. Demain, nous allons monter Dasras et visiter chacun de tes fjords, chacun de tes villages, pour que je libère les hommes de Térah de la malédiction d'Usi. A notre retour, tu te demanderas si tu veux toujours de moi pour femme — si tu peux devenir mon époux dans les termes qui sont les miens. De mon côté, je te dirai si j'estime ta parole digne de confiance.

La franchise du discours de Lara ne surprit pas Magnus. Il savait déjà qu'elle ne disait jamais que la vérité. Surtout, elle venait de lui en donner plus qu'elle ne l'avait jamais fait.

— Je comprends, ma jolie fée, lui dit-il.

— Alors emmène-moi au lit. Je ne peux pas rester éveillée une minute de plus…

Magnus se leva, la prit dans ses bras et l'emporta jusqu'à son lit où il la déposa délicatement. Elle dormait déjà. Il la contempla tendrement et remarqua sa pâleur. Le grand miracle qu'elle venait d'accomplir l'avait épuisée. Il pria silencieusement le Grand Créateur de lui épargner de revivre son exploit dans ses cauchemars. Il ignorait que Kaliq, le prince de l'Ombre, s'en était déjà assuré, parce qu'il comprenait mieux que Magnus n'aurait pu le faire les dangers auxquels Lara avait fait face et la faiblesse qui allait s'emparer d'elle. Il savait que Lara, pour recouvrer ses forces, devait dormir plusieurs heures d'un sommeil sans rêves. Or, elle aurait besoin de toutes ses forces pour achever la tâche qu'elle venait tout juste d'entreprendre…

*
* *

Lara dormit presque deux jours. Elle se réveilla le matin du deuxième jour, et fut très surprise d'apprendre qu'elle avait dormi si longtemps. Mais elle dut reconnaître qu'elle se sentait très bien reposée et pleinement maîtresse d'elle-même. Elle avait hâte de poursuivre sa tâche. Elle fut d'abord surprise de se réveiller dans le lit du Dominus, puis se rappela qu'elle avait perdu conscience dans ses appartements.

— Te voilà réveillée ! dit Magnus en venant l'embrasser.

— J'ai dormi combien de temps ? lui demanda-t-elle.

— Deux jours.

— Quelle heure est-il ?

— Le soleil vient tout juste de se lever, répondit Magnus.

— Alors nous devons commencer notre voyage aujourd'hui, dit Lara d'un ton assuré. Je vais retourner dans le quartier des femmes pour prendre un bain et changer de vêtements. Retrouvons-nous à l'écurie dans une heure.

Elle bondit du lit.

— Merci, Magnus, lança-t-elle en s'enfuyant.

Lorsque le Dominus se rendit à l'écurie à l'heure convenue, Lara était déjà en pleine discussion avec Dasras. Il avança vers le grand étalon et gratta son museau duveteux pour le saluer.

— Comment vas-tu, Dasras ? demanda Magnus.

— Très bien, seigneur Dominus, répondit l'étalon. Ce que nous allons faire est une grande chose. J'ai suggéré à ma maîtresse de ne pas me mettre de selle — vous serez mieux installés ainsi. Je suppose que vous comprenez que ma maîtresse doit monter devant et me diriger…

— Je suis le Dominus ! protesta Magnus Hauk.

— Mais Lara est ma maîtresse et je n'obéis qu'à elle, répondit calmement Dasras.

— Comme cela, tu auras l'air de me soutenir, dit doucement Lara.

Le Dominus acquiesça.

— Très bien, répondit-il. Mais je veux avoir l'air de tenir les rênes moi-même à chaque fois que nous entrerons dans un village.

— Marché conclu ! s'exclama Lara. Notre première négociation est un succès !

Le Dominus éclata de rire.

Lara mit une bride à Dasras et le conduisit dans la cour de l'écurie. Ils montèrent sur le puissant cheval et deux grandes ailes blanches jaillirent de ses flancs. Magnus déplaça légèrement ses jambes pour ne pas gêner leur mouvement. Au léger signal de Lara, l'étalon bondit dans les airs. Loin au-dessous d'eux, les palefreniers les regardèrent s'éloigner avec des yeux ébahis. Le Dominus demanda s'il pouvait choisir la direction et Lara acquiesça. Dasras tourna vers l'aval du fjord.

Il n'y avait pas de village sur le coteau où était bâti le château, mais beaucoup d'hommes importants y avaient installé leur demeure. Ils les visitèrent toutes. Dans chacune, Lara délivra tous les hommes présents de la malédiction. Uma sortit pour les accueillir lorsqu'ils arrivèrent à la demeure du seigneur Dodek. A la grande surprise de Lara, l'ancienne concubine de Magnus semblait assez heureuse — et enchantée que son mari puisse enfin l'entendre. Puis ils poursuivirent leur périple. A la fin de la journée, ils traversèrent les montagnes pour atteindre le fjord suivant. Ils s'arrêtèrent dans la ferme de Norval, le mari de Felda, pour passer la nuit. Le brave homme fut ravi d'être délivré de la malédiction d'Usi.

Pendant les jours suivants, ils survolèrent les montagnes, se rendirent de village en village et libérèrent les hommes de Térah de la malédiction. Lara était stupéfaite par l'étendue des terres qu'ils survolaient. Lorsqu'ils eurent visité le dernier village, le Dominus eut hâte de retourner dans son château, mais Lara le supplia de laisser Dasras voler par-delà les terres inhabitées jusqu'à l'Obscure.

— Où dormirons-nous ? lui demanda Magnus.

— Sur la plaine, répondit simplement Lara.

— Que mangerons-nous ?

— Du pain de fée. Il a le goût de tout ce que tu peux avoir envie de manger. S'il te plaît, Magnus ! C'est important pour moi...

— Allons-y, Dasras, répondit le Dominus.

L'étalon obéit. Lorsque le jour toucha à sa fin, Magnus Hauk aperçut au loin la mer dont Kaliq avait dit à Lara qu'elle portait le nom d'Obscure.

— Ce n'est pas Sagitta, remarqua-t-il. Les eaux de cette mer sont presque de la couleur de mes yeux. Leur bleu est si intense...

— Non, ce n'est pas Sagitta, répondit Lara. Elle s'appelle l'Obscure — Kaliq m'en a parlé. Le Désert des princes de l'Ombre se trouve sur son autre rivage. Ils sont les seuls de tout Hétar à connaître son existence. A présent, nous savons qu'elle existe — et ce savoir pourra se révéler profitable un jour...

Lara se tourna pour lui faire face.

— Ton monde est sur le point de changer, Magnus, poursuivit-elle. Il vaut mieux que tu provoques le changement plutôt que de le subir...

— Qu'attends-tu de moi ? lui demanda-t-il, ayant compris son manège.

— La promesse que si j'accepte de t'épouser, tu me

donneras ce que je te demanderai en cadeau de mariage, quoi que ce puisse être...

— Qu'est-ce que c'est ?

— Promets-le-moi d'abord.

— Si je te demande de nouveau de m'épouser, Lara d'Hétar, je jure de t'offrir tout ce que tu voudras et de te témoigner mon entière dévotion, le Grand Créateur m'en soit témoin ! lui dit-il avec emphase.

Elle l'embrassa tendrement sur les lèvres et lui offrit son plus doux sourire.

— Merci, Magnus, murmura-t-elle.

Puis elle se pencha vers son oreille.

— As-tu déjà nagé nu dans la mer et fait l'amour sous les étoiles ? chuchota-t-elle.

— La réponse est : oui à la première question, non à la seconde, dit-il.

— Je n'ai jamais fait ni l'un ni l'autre... Je crois qu'il est temps de compléter mon éducation...

— A condition que je sois ton professeur, répliqua-t-il.

— Pose-toi, Dasras ! commanda Lara.

L'animal obéit et se posa sur une petite colline qui surplombait l'Obscure.

— Retire-moi ma bride avant que vous ne partiez vous faire plaisir, dit froidement Dasras. Je vais avoir besoin de brouter cette herbe bien grasse une bonne partie de la nuit si je veux recouvrer des forces pendant que vous jouerez dans les vagues et vous roulerez dans le sable en dépensant les vôtres.

Il frappa le sol de son sabot avec impatience.

Lara lui retira aussitôt sa bride.

— Alors nous passerons tous les deux la nuit à nous faire plaisir, lui dit-elle.

Dasras la regarda un long moment, une étincelle de malice dans ses yeux sombres.

— Comme tu dis…, répondit-il.

L'étalon renifla stoïquement avant de s'éloigner.

10.

— Quelque chose a changé, dit Magnus, le lendemain matin, tandis qu'ils se préparaient à partir pour le temple du Grand Créateur.

— Qu'est-ce qui a changé ? demanda Lara en passant la bride autour de l'encolure de Dasras.

— Toi, répondit-il.

— Elle a arrêté de débattre avec elle-même, répondit Dasras au Dominus avant de prendre le mors entre ses dents. Elle va probablement accepter votre demande en mariage.

— Est-ce que c'est vrai ? demanda Magnus à Lara.

— Ne me laisseras-tu donc jamais parler pour moi-même ? dit-elle à Dasras d'un ton irrité. Je n'ai encore pris aucune décision, Magnus.

— C'est ce qu'elle dit…, la taquina Dasras avant de s'ébrouer d'un mouvement élégant. Veux-tu bien passer tes doigts dans ma crinière, maîtresse ? Le vent l'a emmêlée…

Puis l'étalon s'adressa de nouveau au Dominus.

— Ne la pressez pas, Magnus Hauk, conseilla-t-il. Vous allez finir par obtenir ce que vous voulez — Lara est une femme raisonnable.

— Un de ces jours, je vais inventer une formule pour te faire taire…, le menaça Lara.

Mais l'un et l'autre savaient qu'elle ne le pensait pas. Les doigts fuselés de Lara travaillèrent activement à démêler la crinière couleur crème de l'étalon.

— Tu ne peux pas m'imposer le silence, maîtresse, riposta Dasras. C'est le prince Kaliq qui m'a donné la parole, et ses pouvoirs sont plus grands que les tiens...

Il frappa le sol du sabot.

— Pouvons-nous y aller, maintenant? conclut-il.

Ils montèrent sur le puissant animal, qui galopa longtemps dans la plaine avant de prendre son envol. Ils atteindraient le temple des Filles du Grand Créateur en milieu d'après-midi. Lara avait pris la décision de s'y rendre d'abord pour faire savoir aux prêtresses que la malédiction était levée. La Grande Prêtresse les accompagnerait alors au temple du Grand Créateur, afin de prouver aux prêtres qu'ils pouvaient bien entendre la voix d'une femme.

— Je crois que je ne m'habituerai jamais à voler sur le dos d'un cheval, remarqua Magnus. C'est vraiment stupéfiant, ma jolie fée...

— Je suis aussi émerveillée que toi, Magnus, reconnut Lara. Jusqu'à ce que ma mère lui donne ce pouvoir, Dasras n'était qu'une compagnie agréable et un excellent cheval de bataille.

— Tu as participé à une guerre? demanda-t-il, surpris.

— Nous l'avons appelée la Guerre de l'Hiver. Hétar a bafoué un ancien traité et envahi les Terres Extérieures. Au début du printemps, il y a quelques années, les Hétariens ont annexé les territoires des Tormod et des Piaras, deux clans de mineurs. Ces gens extraient l'or, l'argent et les pierres précieuses des montagnes, mais ils prennent grand soin de la nature. Si tu te promenais dans ces montagnes sans les connaître, tu verrais toute l'activité qu'ils déploient. S'ils arrachent un arbre, ils en replantent aussitôt un autre.

Lara inspira profondément.

— Gaius Prospéro — qui, d'après ce que m'a dit Kaliq, vient de se faire élire empereur — est un homme que seul le profit intéresse. Il convoitait les richesses que les Tormod et les Piaras extraient de leurs terres. Il les a réduits en esclavage. On a toujours fait croire aux Hétariens que les Terres Extérieures étaient un endroit barbare et dangereux. En Hétar, tout est précisément réglementé par des lois, qui sont appliquées avec sévérité — sévérité plus sensible pour les pauvres que pour les riches... Les habitants des Terres Extérieures vivent simplement. Chaque clan s'est spécialisé dans un type de production et ne s'occupe que de ses affaires. Je crois que les dirigeants d'Hétar avaient peur que le peuple ne découvre la vérité sur notre mode de vie. Il aurait alors voulu faire des changements. Les changements sont difficiles partout — mais particulièrement en Hétar.

— La convoitise était la seule raison de l'invasion d'Hétar ? demanda Magnus.

— Je crois que les Hétariens avaient des projets plus vastes, expliqua Lara, mais quand les autres clans ont appris ce qui s'était passé, ils les ont fait battre en retraite. Ils n'ont épargné que les hommes chargés de conduire les chariots où ils ont empilé les morts jusqu'à la capitale. C'était une dure leçon, que beaucoup n'ont toujours pas oubliée. Ces dernières années, Hétar est de plus en plus peuplée. Les fermiers des Terres du Milieu n'arrivent plus à produire assez pour nourrir le peuple. Après que nous eûmes repoussé l'invasion des Terres Extérieures, la capitale et les Terres du Milieu ont commencé à s'étendre sur le territoire des seigneurs de la Forêt, ainsi que sur les terres arides qui séparent leur province du Désert des princes de l'Ombre. Ce n'est qu'une question de temps avant qu'Hétar n'envahisse à nouveau les Terres Extérieures. Pour le moment, les princes de l'Ombre les protègent par magie, mais ils ne pourront plus le faire très longtemps…

— Que va-t-il se passer ensuite ?

— Hétar, dans son arrogance, va réduire en esclavage toute la population des Terres Extérieures, répondit Lara. Ils vont confisquer leurs maisons, leurs champs, leurs troupeaux… Les Hétariens refuseront de croire que les gens dont ils ruinent la vie ne sont pas des barbares. Ils sont incapables de comprendre la simplicité de leur mode de vie — c'est une véritable aberration à leurs yeux.

— Je n'aime pas ce que j'entends d'Hétar, remarqua Magnus.

— Tu sais aussi bien que moi que le peuple peut être manipulé aussi facilement qu'un troupeau de moutons. On peut convaincre les hommes de n'importe quoi, même si leurs propres yeux les détrompent. Les habitants d'Hétar ne sont pas mauvais, mais je crains que leurs dirigeants n'aient été corrompus. Ils ont fini par se faire une trop grande idée de leur propre importance… Ce conflit va faire beaucoup de victimes des deux côtés.

— Tu m'as dit avoir un destin à accomplir, dit Magnus.

— Oui, répondit Lara.

— Quel est-il ? lui demanda-t-il calmement.

Une légère brise sifflait à leurs oreilles tandis que le cheval galopait dans l'air matinal. Le soleil était chaud sur leurs épaules. Une partie de la réponse se forma dans l'esprit de Lara lorsqu'il posa la question. Elle y réfléchissait depuis des semaines, sans pouvoir se délivrer de ses doutes. A présent, elle était certaine de ce qu'elle devait faire — et l'ambition de son projet la stupéfiait.

— Le dos d'un cheval volant n'est pas le meilleur endroit pour en parler, répondit Lara.

— Alors demande à Dasras de se poser. Nous ferons quelques pas et tu m'expliqueras ce que tu as en tête.

Dasras amorça de lui-même sa descente vers la plaine et Lara dut faire de gros efforts pour ne pas le réprimander : comment osait-il agir sans son ordre ? Ils perdirent très lentement de l'altitude, jusqu'à ce que les sabots de l'étalon touchent l'herbe de la plaine. Après quelques foulées au galop, Dasras ralentit l'allure puis s'arrêta. Le couple mit aussitôt pied à terre et commença à marcher lentement, laissant Dasras brouter l'herbe grasse de la plaine.

— J'aimerais que tu m'écoutes attentivement, Magnus, commença Lara.

Le Dominus murmura son assentiment.

— La guerre est une folie, reprit-elle. Je sais qu'elle apparaît parfois comme la seule solution — et il arrive que ce soit vrai. Mais, cette fois, je pense que toi et moi pouvons empêcher un conflit terrible avant même qu'il n'éclate. Tu disposes de terres immenses à Térah et ta population est peu nombreuse. La solution est si simple ! Pourquoi ne pas déplacer les clans des Terres Extérieures ici, avec tous leurs biens et leurs troupeaux ? Ainsi, lorsque les Hétariens lanceront leur invasion, ils ne trouveront personne contre qui se battre... Hétar a désespérément besoin de s'étendre — et ne peut annexer que les Terres Extérieures. Dans l'état actuel des choses, les Hétariens vont devoir faire un massacre pour prendre le contrôle de cette région — sans parler des autres atrocités qu'ils vont commettre. Les survivants des clans seront réduits en esclavage et mourront dans la capitale au terme d'une vie misérable. Nous pourrions éviter tout cela si facilement, Magnus...

— Faire venir ces gens et toutes leurs possessions ? interrogea Magnus. Mais combien sont-ils, Lara ? Et qu'en penseront les Térans ?

— Il y a entre dix et douze mille personnes qui vivent dans les Terres Extérieures, répondit Lara. Et ton peuple n'a même pas besoin de savoir qu'ils sont ici...

— Que veux-tu dire ? demanda le Dominus.

— Regarde là-bas au loin, Magnus. Tu vois la chaîne de montagnes ? Les premiers villages térans sont de l'autre côté. Cette immense plaine que nous survolons ressemble beaucoup aux Terres Extérieures. Nous pourrions y établir les clans. Ils te feraient serment d'allégeance — et te verseraient un tribut annuel — mais continueraient à se gouverner eux-mêmes comme ils l'ont toujours fait. Ils mèneraient la vie paisible qu'ils ont toujours menée, et je doute fort qu'il y ait jamais la moindre rencontre entre l'un d'eux et un Téran.

— Et que ferons-nous des clans de mineurs ? demanda encore Magnus.

— Ils devront passer un accord avec les nains de tes montagnes... Les habitants des Terres Extérieures sont des gens raisonnables et pacifiques, tu sais... Je suis certaine que les Tormod et les Piaras sauront trouver un arrangement équitable avec les nains. Je peux même me charger de la négociation, si tu m'y autorises.

— Si je te donne mon accord, répondit-il lentement en choisissant ses mots avec soin, comment pourrons-nous empêcher Hétar de traverser la mer de Sagitta pour venir nous envahir ?

— Je vais demander l'aide des princes de l'Ombre, Magnus. Nous déplacerons les clans et leurs possessions par magie.

Il ne restera plus aucune trace de leur existence dans les Terres Extérieures — ils auront simplement disparu. Gaius Prospéro ne s'en souciera pas : il ne s'intéresse qu'au profit qu'il pourra tirer des Terres Extérieures et à la popularité qu'il gagnera pour avoir tenu ses promesses. Mais Hétar viendra un jour ici — que tu rendes cet immense service aux clans ou non.

— Je dois y réfléchir, répondit Magnus.

— Veux-tu m'avoir pour femme, Magnus ? demanda Lara.

— Oui, répondit-il sans hésitation.

— Alors tu dois bien comprendre ceci : il y a un prix à payer pour faire de moi ta Domina, l'avertit Lara. La première chose que je te demande, c'est de faire ce que je viens de t'exposer : m'aider à accomplir mon destin en sauvant les clans des Terres Extérieures. Je t'en prie, aide-moi à empêcher une guerre aussi terrible qu'inutile…

— Et la seconde ? demanda-t-il.

— J'accepte de te donner les fils et filles que tu voudras de moi, mais tu devras attendre que je sois certaine que la paix peut être maintenue avec Hétar.

— Je dois y réfléchir, répéta-t-il doucement. Je peux toujours refuser et te garder pour maîtresse…

— Alors je devrai quitter Térah, prévint-elle. Je n'attendrai pas longtemps ta réponse, Magnus. Kaliq m'a dit que ses frères et lui n'allaient bientôt plus pouvoir protéger les Terres Extérieures — ils risqueraient d'être eux-mêmes trop affaiblis quand le conflit éclatera.

Le Dominus la saisit par le bras en enfonçant ses doigts dans sa chair tendre.

— Ne joue pas avec moi, ensorceleuse, grogna-t-il. Veux-tu être ma femme ?

— Es-tu prêt à payer le prix que je te demande ? répliqua-t-elle effrontément.

— Si j'accepte, voudras-tu m'épouser ? insista-t-il.

— J'accepte si tu dis oui le premier, répondit Lara en soutenant son regard turquoise.

— Vraiment ? demanda-t-il, l'attirant contre lui et rapprochant dangereusement ses lèvres des siennes.

Lara éclata de rire, mais ne répondit pas.

— Oui, ma belle ensorceleuse, murmura-t-il tout contre ses lèvres.

— Oui, répondit-elle un instant avant qu'ils ne se lancent dans un baiser fougueux, qui la laissa étourdie et pantelante.

— Si vous avez terminé votre négociation, intervint Dasras d'une voix indifférente, je crois que nous ferions bien de repartir. Comme je n'ai pas reçu de contrordre, j'imagine que vous voulez toujours arriver au temple en milieu d'après-midi…

Magnus et Lara éclatèrent de rire, puis remontèrent sur le puissant étalon. Dasras galopa dans la plaine en déployant ses ailes et reprit son envol. Lara se laissa aller contre le torse de Magnus. Elle avait l'impression de s'être délivrée d'un poids immense. Le Dominus, qui goûtait le plus grand bonheur de sa vie, déposa un baiser sur sa tête blonde.

En milieu d'après-midi, ils aperçurent au loin le temple des Filles du Grand Créateur, à l'architecture délicate. Dasras atterrit lentement et fit disparaître ses ailes. L'étalon avait compris de lui-même qu'il valait mieux entrer au temple sans faire sensation. Lara resta silencieuse, mais flatta l'encolure de l'animal pour lui signifier son approbation. Dasras parcourut au petit galop la distance qui les séparait du temple et ralentit l'allure en approchant des portes.

Une cloche sonna pour annoncer l'arrivée des visiteurs, puis les portes s'ouvrirent pour les laisser pénétrer dans la cour du temple. Dasras s'arrêta au centre de la cour. Aussitôt, le Dominus glissa à terre et se tourna pour aider Lara à descendre. Une femme reconnut le Dominus et se précipita dans l'un des bâtiments du temple. Quelques instants plus tard, une grande femme mûre en émergea.

— Seigneur Dominus, l'accueillit-elle en lui tendant les mains. L'un de vos émissaires nous a informées du grand miracle qu'avait accompli la fée. Que je suis heureuse que vous puissiez enfin m'entendre vous souhaiter la bienvenue !

Elle arborait un grand sourire.

— Kémina ! répondit le Dominus en prenant ses mains pour les presser sur son front, ses lèvres et son cœur. Ne prendras-tu jamais une ride, Grande Prêtresse ?

Kémina éclata de rire. C'était une femme aux traits volontaires et aux yeux du même bleu que la mer de Sagitta. Ses cheveux étaient blancs comme la neige, mais son visage avait encore tout l'éclat de la jeunesse. Elle ne répondit pas au compliment de Magnus Hauk.

— Qu'est-ce qui t'amène ici et qui est cette femme qui t'accompagne ? demanda-t-elle. C'est une fée, n'est-ce pas ?

— Je suis Lara d'Hétar, à moitié mortelle et à moitié fée, se présenta Lara. Je suis la fille d'Ilona, la reine des fées de la Forêt, dame Kémina.

— J'ai l'intention de l'épouser bientôt, précisa Magnus.

— Il était grand temps que tu te maries, remarqua la Grande Prêtresse en fronçant gentiment les sourcils. Mais je comprends maintenant qu'il fallait attendre que cette créature exceptionnelle fasse irruption dans ton monde…

Mais venez ! Ne restons pas dans la cour à bavarder comme des vieilles femmes !

Elle les conduisit avec un sourire chaleureux dans le bâtiment dont elle était sortie.

— C'est ma maison, expliqua-t-elle à Lara tandis qu'ils pénétraient dans une grande salle au centre de laquelle trônait une fontaine. Je vous en prie, asseyez-vous !

Elle frappa dans ses mains et demanda à une servante d'apporter des rafraîchissements. Puis elle vint les rejoindre dans un confortable canapé en bois et en cuir.

— Tu ne viens pas souvent, Dominus, dit franchement Kémina. Je dois donc en conclure que cette visite a un but bien précis… Est-il encore trop tôt pour que je vous demande lequel ?

Magnus Hauk ne put s'empêcher de rire.

— Tu es toujours aussi peu diplomate, à ce que je vois, la taquina-t-il. Il y a bien une raison à notre visite. Il semblerait que nous autres, hommes de Térah, ayons cru dans notre orgueil que nos femmes avaient été réduites au silence, alors que la malédiction pesait sur nous.

— Toutes sortes de rumeurs nous sont parvenues de la côte…, intervint Kémina.

— Lara a banni le spectre d'Usi qui hantait encore sa tour, expliqua Magnus. Cet endroit maudit a été détruit, tout comme le livre de sorts d'Usi, afin que personne ne puisse plus jamais s'en servir. J'ai décidé que nous visiterions le temple du Grand Créateur en dernier, et j'aimerais que tu nous accompagnes. Mon oncle, qui est aujourd'hui Grand Prêtre, savait ce que Lara avait l'intention de faire. Mais tu sais comme moi que la plupart des prêtres partagent encore les croyances d'Aslak et pensent la magie mauvaise par nature. Lara doit les libérer de la malédiction. J'aimerais que tu sois présente pour les convaincre qu'ils peuvent entendre à nouveau la voix des femmes.

Kémina partit d'un grand éclat de rire.

— Je vous accompagne avec joie ! répondit-elle. J'ai hâte de voir la tête de certains de ces vieillards aigris lorsqu'ils découvriront qu'ils sont délivrés de cette malédiction qui pèse sur nous depuis des siècles... Buvons un verre de vin ! Nous nous mettrons en route aussitôt après. Je n'ai aucune envie d'attendre jusqu'à demain, et le soleil ne se couchera pas avant plusieurs heures. Nous ne sommes pas très loin du temple du Grand Créateur.

Elle leva le verre de vin que la servante avait déposé devant elle.

— Je dois dire que la mort d'Aslak ne m'a guère attristée, reprit-elle. Sa vie avait été assez longue — et je n'ai jamais connu d'esprit aussi étroit...

— C'est le son de ma voix qui l'a tué, avoua calmement Lara.

Kémina écarquilla les yeux, puis éclata de rire.

— Espérons que quelques autres croulants dans son genre vont trépasser en l'entendant ! s'écria-t-elle avant de vider son verre d'un trait.

— En tant que Dominus, je dois t'exprimer ma réprobation, Grande Prêtresse, intervint Magnus avec un sourire espiègle. Je suis scandalisé par ton manque de compassion...

— Ne me dis pas que la mort d'Aslak t'a peiné..., riposta Kémina. Le Grand Créateur soit loué, c'est ton oncle qui a été élu pour lui succéder. Arik est un visionnaire. Il va secouer tous ces idiots et mener l'ordre vers une nouvelle ère.

— Espérons-le, répondit Magnus.

Lorsqu'ils eurent vidé leur verre, ils partirent pour le temple du Grand Créateur. Dasras portait toujours ses deux passagers. La Grande Prêtresse les accompagnait sur une petite jument que l'étalon regardait à la dérobée. A leur arrivée, ils furent accueillis par un jeune prêtre qui les mena jusqu'aux appartements du Grand Prêtre.

— Sois le bienvenu, mon neveu ! s'écria Arik. Bienvenue, Kémina, et toi aussi, Lara !

Lara fit un grand sourire à l'oncle de Magnus avant de réciter sa formule.

— Que ceux qui écoutèrent la voix d'une femme un jour l'entendent à nouveau pour toujours, dit-elle doucement.

— Bonjour, Arik, dit la Grande Prêtresse.

— Je peux l'entendre !

Arik sautait presque de joie. Il se tourna vers Lara.

— Tu as accompli un miracle, adorable petite fée... Merci ! Merci !

— Rassemble tes prêtres, Arik, répondit Lara, que je les délivre de la malédiction eux aussi.

Le Grand Prêtre fit signe à un jeune homme et lui donna de rapides instructions. Le prêtre sortit de la pièce en toute hâte. Quelques instants plus tard, les cloches du temple commencèrent à tinter.

— J'ai fait sonner le grand rassemblement, expliqua Arik. Tous les prêtres vont se rendre dans la nef principale — il m'a semblé que c'était l'endroit idéal pour lever la malédiction d'Usi. Venez !

Ils suivirent le Grand Prêtre débordant d'enthousiasme de ses appartements jusqu'à la grande nef du temple. C'était un bâtiment immense, ouvert de tous les côtés grâce à de longues colonnades. L'intérieur était sobrement décoré. Le bâtiment était surmonté d'un grand dôme par lequel les rayons du soleil inondaient la salle de lumière. Le Grand Prêtre et ses visiteurs montèrent deux volées de marches pour venir se placer devant le grand autel du temple. Devant eux, les prêtres se pressaient dans la nef.

— Est-ce que tout le monde est là ? demanda Arik en lançant un regard circulaire.

— Tout le monde sauf les malades de l'infirmerie, seigneur Arik, répondit une voix après un court silence.

Arik se tourna vers Lara.

— Acceptes-tu d'aller les visiter ensuite ? lui demanda-t-il.

Elle acquiesça.

— J'irai, promit-elle.

Le Grand Prêtre se retourna pour faire face à la foule.

— Prêtres du Grand Créateur, dit-il, vous êtes sur le point d'assister à un miracle.

Il attira Lara à côté de lui.

— Je vous présente Lara d'Hétar, poursuivit-il, fille d'un mortel et de la reine des fées.

Un murmure parcourut l'assistance.

Le Grand Prêtre leva la main pour réclamer le silence.

— Elle a découvert que la malédiction du sorcier ne pesait pas sur les femmes de Térah. Ce sont les hommes qui ont été maudits, parce qu'ils ont écouté les conseils d'une femme et l'ont laissée mener Usi à sa perte.

— Blasphème ! s'écria quelqu'un dans la foule.

— C'est la stricte vérité, répondit Arik, et Lara est venue aujourd'hui pour vous délivrer de la malédiction qui pèse sur les hommes de Térah depuis cinq cents ans. J'ai pu l'entendre dès le jour de notre rencontre, puisqu'elle est hétarienne… Explique-leur, Lara.

— Je peux vous délivrer de cette malédiction, bons prêtres du Grand Créateur, leur dit Lara.

La stupeur frappa l'assistance.

— C'est de la magie ! cria quelqu'un.

— La magie est mauvaise, ajouta quelqu'un d'autre. N'est-ce pas ce qu'Aslak nous a toujours enseigné ?

— La magie peut faire le bien comme le mal, leur expliqua Arik. Cette jeune femme veut votre bien et sa magie est bonne. A présent, elle va réciter sa formule et vous délivrer de la malédiction.

Lara avança d'un pas.

— Que ceux qui écoutèrent la voix d'une femme un jour l'entendent de nouveau pour toujours ! récita-t-elle d'une voix puissante.

Kémina s'avança à son tour.

— Maintenant, prêtres du Grand Créateur, écoutez la voix de votre Grande Prêtresse et comprenez le miracle qui s'est produit aujourd'hui.

Différentes grimaces de stupéfaction accueillirent sa proclamation, puis des murmures incrédules s'élevèrent à mesure que les prêtres commençaient à admettre qu'ils étaient capables d'entendre la voix de Kémina.

Arik leur laissa quelques minutes pour se remettre de leur surprise.

— Il y a aussi de la magie bénéfique dans ce monde, mes frères, leur dit-il alors.

— Où se trouve l'infirmerie ? demanda Lara. J'aimerais aller libérer les malades de la malédiction…

Le Grand Prêtre les conduisit de la nef principale jusqu'à un petit bâtiment où Lara prononça une nouvelle fois sa formule pour délivrer les derniers hommes de Térah de la malédiction d'Usi.

— Et le livre de sorts ? demanda Arik lorsqu'ils furent rentrés dans ses appartements.

— Détruit, répondit Lara.

Puis elle raconta au Grand Prêtre son expédition dans la tour d'Usi.

— J'ai détruit le livre moi-même grâce à une urne magique, conclut-elle. J'en ai confié les cendres au prince de l'Ombre

Kaliq. Il va les enterrer dans plusieurs endroits pour s'assurer que le livre ne soit plus jamais reconstitué.

Kémina avait écouté le récit de Lara béate d'admiration.

— Tu es une femme très courageuse, dit-elle lorsque l'histoire fut terminée.

— J'ai simplement fait ce que j'avais à faire, répondit Lara.

— Tu es trop modeste, répliqua Kémina.

— Il faut que tu l'épouses, Magnus, intervint le Grand Prêtre.

— Je suis entièrement d'accord, ajouta Kémina.

— Nous allons nous marier, leur répondit le Dominus.

— Mais il y a certaines choses que nous devons faire avant, précisa Lara. Et Sirvat va d'abord épouser le capitaine Corrado.

— Qu'y a-t-il d'assez important pour vous faire différer votre mariage ? demanda le Grand Prêtre. Je pourrais accomplir la cérémonie aujourd'hui même et l'affaire serait réglée, mon neveu…

— Non, mon oncle, répondit Magnus. Le mariage du Dominus doit être un grand événement — et ma sœur n'a aucune envie de différer le sien.

Il pouffa pour éviter habilement de répondre à la question d'Arik. Il venait de faire une grande promesse à Lara et ne l'épouserait pas avant de l'avoir tenue.

La Grande Prêtresse prit congé et repartit pour son propre temple escortée par quelques prêtres.

Arik dîna avec le couple, puis leur souhaita une bonne nuit.

— Viens me voir demain avant ton départ, Magnus, demanda-t-il.

— C'est promis, mon oncle, répondit le Dominus.

— Il voudra connaître la réponse à la question qu'il t'a posée tout à l'heure, remarqua Lara.

— Je sais…

— Il vaudrait peut-être mieux le mettre dans la confidence, suggéra Lara. Il sera très surpris, mais il faudrait que quelqu'un d'autre sache ce que nous allons faire… Un jour, nous pourrions avoir besoin de son aide… Ce jour-là, il vaudrait mieux que ton oncle pense que nous lui avons toujours fait confiance — suffisamment pour lui confier nos projets…

— Je devrais peut-être aller le voir maintenant…, remarqua Magnus d'un air songeur. Ce n'est pas un projet que l'on peut exposer en quelques minutes, et nous devrons partir tôt si nous voulons arriver au château avant la nuit.

— Alors va le voir maintenant, répondit Lara. Je suis épuisée… Je vais aller me coucher.

Il l'attira contre lui et lui donna un long baiser plein de tendresse.

— Bonne nuit, ma jolie fée, lui dit-il. Fais de beaux rêves…

Lara sentit une émotion étrange la submerger un court instant. Elle caressa doucement le visage du Dominus.

— Bonne nuit, Magnus, répondit-elle.

Lorsqu'il la quitta, elle resta perplexe un long moment. Que venait-elle d'éprouver ? Quelle était cette émotion ? De la confiance ? De la tendresse ?

De l'amour ? intervint Ethne d'une voix joyeuse.

— Je ne sais pas aimer vraiment, répondit Lara à voix haute.

Peut-être que tu commences enfin à apprendre, répliqua sa gardienne. *Tu avais beaucoup d'affection pour Vartan, mais tu ne l'as jamais vraiment aimé — même s'il l'a cru quand tu lui as donné les enfants qu'il voulait avoir de toi.*

Il s'est montré bon envers moi, répondit silencieusement Lara.

Cet homme est ton égal, remarqua Ethne. *Voyons maintenant s'il tient sa promesse de venir en aide aux clans des Terres Extérieures…*

Il n'a jamais été confronté à la duplicité dont Gaius Prospéro et le haut conseil d'Hétar sont capables, confia Lara. *Il est puissant et sage, mais il lui manque la sophistication nécessaire pour négocier avec Hétar. Térah n'a rien à voir avec Hétar, Ethne. Ces gens n'ont jamais pensé à l'avenir ; leur mode de vie n'a pas changé depuis des siècles… Et si Arik parvenait à convaincre Magnus de ne pas venir en aide aux clans ?*

Il n'essaiera pas, lui assura Ethne. *Mais il ne serait pas mauvais que Magnus et toi alliez visiter Hétar… S'il voyait ce qui se passe là-bas, il comprendrait mieux tes inquiétudes. Nous voyons tous chaque situation de différents points de vue, mon enfant. Tu appréhendes clairement le danger qui menace les Terres Extérieures, mais Magnus ignore tout de ton monde. Il ne te comprendra vraiment que le jour où tu le lui montreras.*

Je pensais ne plus jamais retourner en Hétar, reconnut Lara.

Il ne s'agit que d'une courte visite, pour présenter les chefs de clans à Magnus…, la rassura Ethne. *Pour lui montrer la misère de la capitale et la corruption de ses dirigeants.*

Ce voyage doit rester secret, dit Lara à sa gardienne. *Veux-tu bien prévenir Kaliq et lui demander son aide ?*

Je m'en occupe, promit Ethne. *Maintenant, va dormir, mon enfant.*

Sirvat doit se marier d'abord, insista Lara.

Bien sûr. Maintenant, au lit !

*
* *

Pendant que Lara discutait avec Ethne, Magnus était allé retrouver son oncle. Il le découvrit dans ses appartements. Arik ne sembla pas surpris de voir son neveu — qu'il venait pourtant tout juste de quitter. Il congédia ses serviteurs et fit signe au Dominus de prendre place près du feu.

— Je pensais que tu viendrais me voir demain, avant ton départ, dit calmement le Grand Prêtre. L'affaire doit être de la plus haute importance... Explique-moi ce dont il s'agit, mon neveu.

— Je dois d'abord préciser que c'est Lara qui a jugé utile que nous te fassions part de nos projets, commença Magnus.

Le Grand Prêtre pouffa doucement.

— C'est une femme très intelligente. Rends-en grâce au Grand Créateur...

— Il y a quelques jours, reprit le Dominus, lorsque tous les hommes de Térah, à l'exception de tes prêtres, ont été libérés de la malédiction, nous avons survolé les montagnes pour visiter les terres qui s'étendent au-delà. Là-bas, on trouve aussi une autre mer, mon oncle, que Lara appelle l'Obscure.

— Vous avez *survolé* les montagnes ? demanda Arik, le sourcil levé.

— Son cheval est magique, reconnut Magnus avec un sourire. Il est capable de voler — et de parler aussi.

Arik secoua la tête d'un air admiratif.

— Poursuis donc, dit-il lentement.

— Les terres qui s'étendent au-delà des montagnes sont immenses, mon oncle, expliqua Magnus, et elles sont inhabitées. C'est une immense plaine fertile sans champs ni villages.

— Et que veux-tu en faire, mon neveu ? demanda Arik.

Le Dominus raconta à son oncle la promesse qu'il avait faite à Lara — et la raison pour laquelle il la lui avait faite.

Le Grand Prêtre hocha la tête d'un air songeur.

— Il vaut mieux avoir des vassaux qui te versent un tribut annuel et exploitent la terre plutôt que de la laisser inoccupée et courir le risque qu'un ennemi s'en empare, remarqua Arik. Qu'y a-t-il de l'autre côté de cette mer que Lara appelle l'Obscure ?

— Hétar, répondit Magnus, comme de l'autre côté de Sagitta. Sauf que l'Obscure borde le Désert des princes de l'Ombre.

— Alors nous sommes menacés des deux côtés..., conclut Arik.

— Seuls les princes de l'Ombre connaissent l'existence de l'Obscure, expliqua Magnus à son oncle. Elle se trouve au fin fond de leur Désert, là où même les marchands au long cours ne vont jamais.

— Pour le moment..., remarqua Arik, songeur. Toujours est-il qu'il vaut mieux que cette plaine soit habitée par des ennemis d'Hétar... Si les Hétariens décident de traverser cette mer, ils seront accueillis comme ils le méritent et nous le saurons immédiatement. Les habitants des Terres Extérieures sont-ils de bons guerriers ?

— Quand c'est nécessaire, répondit Magnus. D'après Lara, ils préfèrent cultiver la terre, s'occuper de leurs troupeaux et exploiter des mines, mais ils peuvent lever une armée puissante s'ils sont menacés. Elle s'est battue à leurs côtés lors d'une guerre qu'ils appellent la Guerre de l'Hiver.

Arik esquissa un sourire.

— Voilà un talent que je ne lui connaissais pas..., dit-il.

Puis le Grand Prêtre se perdit dans ses pensées pendant de longues minutes.

— L'aimes-tu assez pour faire cela pour elle, Magnus ? demanda-t-il enfin.

Le Dominus acquiesça.

— Oui, mon oncle. Elle croit — et je crois aussi — que c'est son destin de sauver la vie de ces gens.

— C'est un projet qu'il ne faudrait pas rendre public trop tôt, remarqua Arik.

— Nous sommes tous d'accord sur ce point, mon oncle, répondit le Dominus.

— Je suis heureux que tu m'en aies parlé, mon neveu, ajouta le Grand Prêtre. Maintenant, dis-moi : as-tu déjà annoncé à ma sœur Persis le mariage de sa fille ? Je suis certain qu'elle va être ravie...

— Notre mère ne s'est guère occupée de l'éducation de Sirvat, rappela Magnus d'une voix amère. Elle sera conviée à la cérémonie, mais ne sera pas prévenue avant les autres invités. Elle ne s'est plus intéressée à Sirvat depuis le jour où elle a quitté le château. Cela fait plus de cinq ans qu'elles ne se sont pas vues. Narda et Aselma ont toujours été ses préférées, mon oncle. Elle était fière de me donner naissance parce qu'elle offrait un héritier au Dominus. En revanche, quand Sirvat est née, elle m'a confié qu'elle pensait avoir commis une erreur. Elle croyait fermement qu'elle allait donner un second fils à notre père. Elle s'est désintéressée de son enfant dès l'instant où elle a su que c'était une fille. Sirvat ne se rappelle pas que Persis lui ait adressé la parole plus d'une douzaine de fois avant de quitter le château pour aller vivre chez Narda.

— Je n'avais pas réalisé qu'elle s'était montrée aussi distante à l'égard de Sirvat, répondit Arik. Persis a toujours été une femme froide. J'ai été surpris lorsque ton père l'a prise pour femme. Je me suis toujours demandé ce qu'il lui trouvait…

— Elle le fascinait, répondit Magnus à son oncle. Il ne se lassait jamais de sa compagnie, de sa beauté, des plaisirs qu'elle lui offrait… Et je dois reconnaître à ma mère qu'elle s'est bien acquittée de ses devoirs. Elle a été une Domina irréprochable et a soutenu mon père dans tout ce qu'il a entrepris. Mon père l'adorait et elle était pour lui la meilleure des épouses. Mais c'est aussi une femme égoïste, mon oncle. Tu dois le savoir, puisque vous avez grandi ensemble…

— J'ai quitté la maison de nos parents pour le temple à l'âge de huit ans, rappela Arik. J'ai compris dès que j'ai su penser que c'était la vie qu'il me fallait. Quand j'ai eu dix-huit ans, je suis retourné chez nos parents pour y passer mon année de réflexion, comme la tradition l'exige, avant de revenir prononcer mes vœux. A cette époque, Persis était déjà mariée à ton père.

— Tu as choisi de ne pas te marier…, remarqua Magnus.

— Oui, répondit Arik. Mais je ne suis pas un vieux célibataire aigri, comme certains… Je prends du plaisir de temps à autre, quand j'en ressens le besoin. Certains frères ont une femme et des enfants, mais j'ai eu peur que ça nuise à ma carrière. J'ai toujours été un homme ambitieux, mon neveu : je préfère le pouvoir aux femmes…

Le Grand Prêtre éclata de rire.

— Mais tu le savais déjà, n'est-ce pas ? ajouta-t-il.

Magnus Hauk hocha la tête avec un grand sourire.

— Et comme j'ai l'esprit pratique, j'ai maintenant besoin de me reposer, mon neveu, reprit Arik. Reviens me voir avec Lara demain matin, que je puisse vous faire mes adieux et vous donner ma bénédiction en attendant le jour de vos noces.

Le Dominus se leva.

— Alors bonne nuit, mon oncle, dit-il.

Il quitta les appartements du Grand Prêtre et retourna dans la maison des invités, où il trouva Lara endormie, un sourire sur les lèvres. Il la contempla longuement et sentit son cœur fondre. Il était follement amoureux d'elle. Eprouvait-elle autre chose qu'une passion charnelle pour lui ? Mais cela avait-il la moindre importance ? Le Dominus alla prendre un bain, puis s'allongea à son côté.

Le lendemain matin, Magnus et Lara allèrent faire leurs adieux au Grand Prêtre. Celui-ci leur donna sa bénédiction, après avoir assuré à Lara qu'il la soutenait dans son projet et lui avoir juré que l'immigration des clans resterait leur secret. Lara le remercia et lui prit les mains suivant la coutume téranne, les pressant sur son front, ses lèvres et son cœur. Le geste fit sourire le Grand Prêtre.

Comme Dasras n'aimait pas le sentier étroit qui surplombait le fjord, il déploya ses grandes ailes et rentra au château par les airs. Ils se posèrent dans la cour de l'écurie en milieu de journée. Les palefreniers regardèrent avec des yeux écarquillés les sabots de l'étalon toucher le sable de la cour, puis se décrochèrent la mâchoire lorsque ses ailes se fondirent dans ses flancs à sa demande. Ils ne s'étaient toujours pas habitués à entendre parler l'animal et ses pouvoirs les effrayaient. Puis un jeune garçon, plus courageux que les autres, s'approcha pour prendre la bride de l'étalon.

— Bienvenue, Dasras ! s'écria-t-il.

— Merci, jeune Jason, répondit l'étalon en s'éloignant avec le garçon.

— Dasras est doué pour se faire des amis dès que les gens arrêtent d'avoir peur de lui, remarqua Lara.

— Un cheval capable de soutenir une conversation intelligente est une chose stupéfiante, répondit le Dominus. Viens ! Allons prévenir Sirvat que nous sommes rentrés.

Il lui prit la main et l'entraîna vers les appartements privés du château. Sirvat accourut pour les accueillir.

— Soyez les bienvenus, Magnus, Lara ! leur dit-elle. Maintenant que vous avez délivré les hommes de Térah de la malédiction, pouvons-nous enfin commencer les préparatifs de mon mariage ?

Elle s'interrompit brusquement, l'air désemparé.

— A moins que le mariage du Dominus n'ait lieu d'abord ? demanda-t-elle. Lara et toi allez vous marier, n'est-ce pas ?

— Oui, nous allons nous marier, répondit Lara. Mais nous avons encore quelque chose à faire avant ça, Sirvat. Alors, si tu n'y vois pas d'objection, votre mariage sera célébré le premier.

— Je n'y vois aucune objection ! s'écria Sirvat.

Lara et Magnus ne purent s'empêcher de rire devant son enthousiasme.

— Je vous laisse vous charger des préparatifs, mesdames, leur dit le Dominus. La seule chose qu'un homme puisse faire pour son mariage, c'est de ne pas le manquer.

Il les quitta sur ces mots.

— Ton oncle Arik te transmet ses félicitations, dit Lara à Sirvat. Il est ravi par ton choix et viendra lui-même vous donner sa bénédiction, à Corrado et à toi.

— Je ne veux pas d'une grande cérémonie, répondit Sirvat. Je veux seulement me marier le plus vite possible,

Lara… N'étais-tu pas impatiente quand tu as épousé ton premier mari ?

— Je ne savais même pas que j'étais mariée, raconta Lara. Vartan m'avait piégée.

Ce souvenir la fit sourire.

— Il devait visiter ses villages, expliqua-t-elle, et m'a proposé de l'accompagner. Je l'ai fait, et je me suis retrouvée mariée sans le savoir. D'après la loi des Terres Extérieures, il suffit de passer deux nuits avec un homme pour être considérée comme son épouse. Nous n'avions même pas fait l'amour…

Elle pouffa.

— Mais j'étais tout ce qu'il y a de plus mariée d'après la loi du clan, conclut-elle.

Sirvat était bouche bée. Elle finit par rire à son tour.

— Ton premier mari semblait être un homme audacieux, remarqua-t-elle. Etait-il beau ? Etait-il bon amant ?

— Il était à la fois beau et bon amant, reconnut Lara avec un sourire.

— Je suis impatiente de faire l'amour avec Corrado, avoua Sirvat en soupirant.

— As-tu déjà fait l'amour avec un homme ? demanda Lara.

Allait-elle devoir expliquer à la sœur de Magnus les secrets de la passion ?

— Oh oui ! répondit nonchalamment Sirvat. J'ai eu deux amants — mais très peu de temps. Les hommes ont une fâcheuse tendance à devenir possessifs… Comme je n'ai aucune envie d'appartenir à qui que ce soit, je ne garde jamais un amant très longtemps. C'est différent avec Corrado : il me connaît et me comprend. J'ai trouvé en lui mon véritable égal — comme tu l'as trouvé en mon frère. C'est pour ça que je suis certaine que Magnus doit t'épouser, Lara. Jusqu'ici, il n'avait jamais considéré une femme comme son égale ou son amie. Il ne s'intéressait aux femmes que pour son plaisir. C'est différent avec toi.

— Mais c'est ton mariage que nous devons préparer, Sirvat, intervint Lara pour changer de sujet. Nous devons informer ta mère et tes sœurs de l'événement.

— Pas tout de suite ! répondit Sirvat. Je préfère que nous organisions mon mariage ensemble, toi et moi... Nous enverrons des invitations à ma famille au dernier moment. Si nous les prévenons trop tôt, elles vont vouloir venir et se mêler de tout. Si je n'avais pas peur de donner aux gens une mauvaise image de moi, je ne les inviterais pas du tout... En tout cas, je n'ai aucune envie d'entendre ma mère et mes sœurs critiquer le mari que j'ai choisi.

— Pourquoi critiqueraient-elles Corrado ? demanda Lara.

— Ma mère était une cousine éloignée de mon père. Elle est fière de se réclamer de la lignée des Hauk. Mes sœurs aînées ont fait l'une et l'autre des mariages avantageux — tandis que je vais épouser un capitaine de navire.

— Mais il s'agit de l'amiral de Magnus, protesta Lara.

— Il n'a pas de terres, pas de maison, expliqua Sirvat. Il habite au palais et nous allons continuer à y vivre après notre mariage...

— Magnus a dit qu'il vous donnerait des terres un jour, lui rappela Lara.

— Et je sais qu'il le fera... D'ailleurs, Corrado et moi ne sommes pas pressés de quitter le château. Mais mon futur mari n'est pas autant issu de la noblesse que moi. Ce n'est qu'un cousin éloigné de ma famille. Pour ma part, je m'en moque ! Je l'aime... Je l'ai aimé dès le jour où il est venu s'installer au château. Mon frère juge les hommes sur leur valeur et pense que j'ai raison de l'épouser. C'est parce que mon frère veut mon bien. Mais ma mère va critiquer les choix de Magnus et les miens. Elle se montrera habilement insultante envers Corrado, dans l'espoir de blesser sa fierté et de l'inciter à renoncer à ce mariage. Je ne suis vraiment pas pressée de la voir… Et tu ferais bien de te méfier : elle va chercher à te critiquer aussi… Je suis certaine qu'elle a déjà quelqu'un en vue pour Magnus. Elle ne sera guère enchantée de découvrir qu'il a pris sa propre décision sans la consulter.

— A t'entendre, ta mère est une femme terrible…, remarqua Lara.

— Elle est moins terrible qu'agaçante, répondit Sirvat.

— Explique-moi comment on célèbre un mariage royal à Térah, demanda Lara, une fois encore pour changer le sujet de la conversation.

Elle eut un souvenir ému pour Béra, sa belle-mère dans les Terres Extérieures, qui s'était montrée si chaleureuse à son égard. Puis elle se résigna à l'idée qu'elle ne pouvait pas avoir autant de chance à chaque fois…

— Le mariage commence juste avant l'aube, expliqua Sirvat. Les futurs époux vont regarder le lever du soleil avec leurs invités, pour voir naître leur vie d'époux avec le jour nouveau. Les mariés prennent ensuite un bain devant leurs invités, pour que tous puissent constater qu'ils sont assez bien conformés pour concevoir des enfants. Après ça, les époux revêtent leurs habits de noces et se rendent dans l'un des jardins — que nous allons choisir ensemble. C'est là que le Grand Prêtre nous demande si nous sommes d'accord pour nous marier. Nous répondons oui, il nous donne sa bénédiction et voilà ! Nous serons officiellement mariés… Il y aura ensuite un grand festin pour célébrer notre union. A la fin de la journée, nous sortirons tous pour assister au coucher du soleil. Corrado et moi nous retirerons alors dans nos appartements, ce qui marquera le terme du mariage.

— Comme c'est beau ! s'exclama Lara.

— Et c'est d'autant plus beau qu'il y a peu d'invités, ajouta Sirvat. Plus intime, plus romantique… Au moins, Corrado et moi n'aurons pas à visiter chaque fjord après la cérémonie comme Magnus et toi allez devoir le faire… Tous les habitants de Térah doivent voir leur nouvelle Domina.

— Concentrons-nous sur ton mariage pour le moment, intervint Lara. Corrado a-t-il de la famille ?

— Il y a son père, Dima, qui a été l'amiral de mon père, répondit Sirvat. Il a aussi un frère aîné, Ing, qui n'avait pas le goût de naviguer et fabrique des chandelles. La mère de Corrado est morte il y a longtemps et Ing ne s'est jamais marié.

— Il y a donc deux personnes dans la famille de Corrado et cinq dans la tienne, récapitula Lara.

— Oh ! Je suis certaine que mes sœurs voudront venir avec leurs enfants, ajouta Sirvat. Les lois de l'hospitalité m'empêchent de refuser… Et Magnus tiendra sûrement à honorer quelques personnes en les invitant à mon mariage. Tout cela va faire beaucoup plus d'invités que je n'en aurais voulu…

— Alors refuse, suggéra Lara. Dis à ta mère et à tes sœurs qu'elles sont les bienvenues avec tes deux beaux-frères, mais que tu ne veux pas d'autres invités. Et dis à Magnus que ceux qu'il veut honorer pourront très bien l'être le jour de notre mariage. Explique-lui que tu veux un mariage discret et intime. Tu es la sœur du Dominus, après tout ! Il n'y a pas de raison de faire une grande cérémonie si tu n'en veux pas. C'est *ton* mariage…

La joie illumina le visage de Sirvat.

— Tu as parfaitement raison, Lara ! s'écria-t-elle. Je veux un mariage intime, et j'en aurai un — le Grand Créateur m'en soit témoin !

Le Dominus ne chercha pas à s'opposer au souhait de sa sœur. Ce mariage serait discret. Sirvat décida d'organiser la cérémonie dans les jardins qui surplombaient le fjord. C'était la fin de l'été, et les fleurs en pleine maturité exhalaient un parfum suave. Sirvat consulta Corrado à plusieurs reprises, mais celui-ci s'en remit à elle pour tout. On envoya des messagers au Grand Prêtre, à la dame Persis, aux deux sœurs aînées de Sirvat et à leurs maris. Le Dominus exigea qu'ils laissent leurs enfants chez eux. Le vieux père de Corrado vivait avec son fils aîné dans les étages inférieurs du château, au-dessus du magasin de chandelles. Il ne leur faudrait que quelques minutes pour venir à la cérémonie.

La veille du mariage, tous les invités se présentèrent au château et un festin leur fut servi. La mère du Dominus était exactement telle que Sirvat l'avait décrite. C'était une femme grande et encore belle, aux cheveux blancs comme la neige et aux yeux d'un bleu froid. Elle voulut s'asseoir à la droite de son fils, mais Magnus s'y opposa.

— C'est à ma sœur de prendre cette place, puisqu'elle se marie, lui dit-il.

— Alors je vais m'asseoir à ta gauche, répondit dame Persis.

— C'est la place de Lara, répliqua le Dominus.

— Non, seigneur Dominus, s'empressa d'intervenir Lara. Je suis heureuse de céder ma place à ta mère pour la soirée.

Elle se hâta d'aller s'asseoir un peu plus loin.

— Eh bien ! La petite a au moins des manières..., reconnut la dame Persis à contrecœur en prenant place à la gauche de son fils.

— Lorsque vous viendrez à mon mariage, madame, Lara sera assise à ma droite, déclara le Dominus avec emphase.

Sa mère pâlit immédiatement.

— Mais c'est la place de la mariée..., remarqua-t-elle faiblement.

— Précisément, répondit Magnus. Lara va devenir ma femme.

Dame Persis resta un long moment bouche bée.

— Mais tu n'y songes pas ! s'exclama-t-elle finalement. Une étrangère ? Une Hétarienne ? Une femme à moitié fée ? As-tu perdu le peu d'esprit que tu avais ? Ton père serait scandalisé ! Si tu souhaites te marier, je peux te présenter une demi-douzaine de Térannes de bonnes familles qui feront d'excellentes Domina.

— Madame, répondit Magnus d'une voix basse mais vibrante de colère, si je l'avais voulu, si j'étais tombé amoureux avant ce jour, j'aurais déjà pris femme. Je ne l'ai pas fait parce que aucune ne me convenait. Il est temps d'ajouter du sang neuf à notre lignée. Mais le plus important, c'est que je l'aime. J'ai dû la supplier pour qu'elle accepte de m'épouser : elle est veuve et n'avait pas l'intention de se remarier. Mais j'ai su qu'elle était la femme de ma vie dès l'instant où nous nous sommes rencontrés... Il m'a fallu des semaines pour la faire changer d'avis. Je te préviens : ne t'en mêle pas...

— Sinon quoi ? le défia sa mère.

Le Dominus éclata de rire.

— Sinon j'autorise Lara à faire ce qu'elle veut de toi,

répondit-il. Mais je t'assure qu'elle n'aime pas que l'on se mêle de ses affaires.

— Elle t'a ensorcelé ! glapit sa mère presque à voix haute.

Toutes les têtes se tournèrent dans leur direction.

Magnus se remit à rire.

— J'imagine que c'est vrai — mais pas de la manière que tu crois...

— Que peux-tu encore vouloir d'elle ? demanda dame Persis d'une voix venimeuse. Elle est déjà dans ton lit...

— Elle est bien plus intelligente que toutes les Térannes que tu pourrais me présenter, ses conseils me sont précieux, elle a une sagesse immense pour son âge, madame... Les temps changent et nous devons porter un regard neuf sur le monde qui nous entoure. Et je l'aime, répéta-t-il pour conclure.

— Les Térans ne l'accepteront jamais, déclara dame Persis.

— Ils n'accepteraient pas la femme qui les a délivrés de la malédiction d'Usi ? Je pense que vous vous trompez, madame — même si, pour ma part, j'aurais préféré rester sourd à votre voix. Mais je me console avec l'idée que vous allez vite repartir chez Narda et que je n'aurai plus à vous entendre...

Le Dominus se tourna alors vers les autres convives, laissant sa mère muette d'indignation.

Lara avait observé de loin l'altercation entre Magnus et sa mère. Elle était certaine d'être l'objet de leur dispute. La dame Persis ne l'aimait pas — mais cela n'avait aucune importance. Lara allait épouser Magnus Hauk parce qu'il pouvait l'aider à accomplir son destin et peut-être — mais seulement peut-être — parce que son cœur commençait à battre pour lui. Lorsqu'elle n'était qu'une fille de mercenaire qui jouait pieds nus dans les rues sales du Quartier, elle n'aurait jamais imaginé devenir un jour la femme d'un homme aussi puissant. Son sort était enviable..., songea-t-elle. Mais elle pressentait aussi que son destin ne concernait pas seulement l'avenir des clans des Terres Extérieures. Son instinct lui disait le contraire. Mais alors qu'allait-il advenir ? Magnus Hauk jouerait-il un rôle majeur dans sa vie ? Elle ne pouvait pas l'aimer de tout son cœur s'il était destiné à lui être arraché de la même manière que Vartan... Elle ne pouvait pas abandonner un autre enfant à ce destin qui semblait ne jamais vouloir s'accomplir... Elle porta instinctivement la main à son pendentif en forme d'étoile et sentit la chaleur réconfortante de la flamme qui y brillait.

Ne désespère pas..., lui répondit la voix douce d'Ethne. *C'est un homme que tu pourras aimer toute ta vie...*

11.

Le jour du mariage de Sirvat et de Corrado, le lever de soleil fut magnifique. Les quelques invités de ce mariage discret se joignirent au couple pour le contempler. Lara se tenait auprès de Magnus, qui avait passé un bras autour de sa taille. Elle avait l'impression de n'avoir jamais vu une si belle matinée. Le ciel sans nuages se teinta d'un dégradé de couleurs vibrantes. Il y eut tout d'abord des roses délicats, des mauves et des verts pâles, qui cédèrent progressivement leur place à des ors flamboyants, des orange et des rouges. Finalement, l'astre écarlate s'éleva à l'horizon pour projeter ses rayons à travers le firmament.

Lorsque le soleil fut entièrement levé, les invités escortèrent les époux jusqu'aux bains. Sirvat et Corrado se déshabillèrent et se présentèrent devant eux pour les prendre à témoin de leur parfaite santé. Les deux époux furent alors baignés et revêtus de leurs habits de noces sous les yeux des invités. Ils avaient choisi de porter des costumes traditionnels térans.

Sirvat portait une longue robe en soie sans manches de couleur crème. Le col, drapé, reposait sur sa poitrine. Le bas de la robe était un fourreau étroit composé de plis minuscules et une délicate chaîne en or soulignait la taille de la mariée. Les cheveux de Sirvat étaient relevés et maintenus par des épingles d'or ornées de joyaux. Ses sandales étaient dorées. Le marié portait une tunique assortie qui lui arrivait au genou. Le bas de la tunique, au lieu d'être plissé, tombait en pans légers qui flottaient gracieusement au vent. Une chaîne d'or marquait la taille de Corrado et il ne portait aucune arme.

Les futurs époux furent conduits dans le jardin qui surplombait le fjord et dame Persis plaça des couronnes de fleurs multicolores sur leurs têtes.

Alors Arik, le Grand Prêtre de la Confrérie du Grand Créateur, posa une simple question :

— Acceptez-vous, Sirvat, fille du Dominus Ejnar, décédé, et de sa veuve Persis, et vous, Corrado, fils de Dima et de sa femme Amala, décédée, de vous prendre mutuellement pour époux ?

— Oui ! dit Corrado.

— Oui ! lui fit écho Sirvat.

— Alors qu'il en soit ainsi aux yeux du Grand Créateur ! clama Arik. Sirvat et Corrado, vous êtes à présent mari et femme. Que le Grand Créateur bénisse votre union, qu'il vous donne de nombreux enfants et beaucoup de bonheur dans les années à venir. La cérémonie est terminée.

— C'est tout ? chuchota Lara à l'oreille de Magnus.

— N'est-ce pas suffisant ? lui répondit-il avec un fin sourire. Les choses se passent-elles différemment en Hétar ?

— Ça dépend, expliqua Lara. La fille d'un homme riche a des noces fastueuses — même si son père doit s'endetter pour ça. En Hétar, tout le monde accorde beaucoup d'importance à l'apparence. Mon père, lui, a épousé ma belle-mère dans les Terres du Milieu, où ils avaient grandi l'un et l'autre. Là-bas, un Jour de Noces est organisé tous les mois, durant lequel le révérend des Terres du Milieu préside une petite cérémonie. Mais la famille de la mariée organise la plus grande fête qu'elle peut même dans cette région... Personne ne veut avoir la réputation de s'être montré avare devant le couple ou l'Auteur Céleste.

— A Térah, le mariage de ma sœur ne diffère en rien de celui de la fille d'un fermier, répondit Magnus. Le prêtre demande si les deux époux sont d'accord, puis les bénit. La seule chose qui importe, c'est que les deux personnes désirent passer leur vie ensemble, Lara...

— Je trouve que c'est mieux ainsi, dit doucement Lara. Un mariage n'est pas une affaire de statut ou de richesse. Il s'agit d'amour, n'est-ce pas ?

Le Dominus lui sourit tendrement.

— Oui, il s'agit d'amour, répondit-il. Etait-ce aussi le cas dans les Terres Extérieures ?

Lara acquiesça.

— En Hétar, on fait peur aux enfants avec des histoires terribles sur les Terres Extérieures. En menaçant un enfant de l'abandonner dans les Terres Extérieures, on est sûr de transformer le pire garnement en la plus obéissante des créatures... On raconte que c'est un endroit peuplé de sauvages qui tuent, pillent, violent et commettent toutes sortes d'horreurs. On dit que ce sont des barbares de la pire espèce. Mais j'ai découvert une société très ordonnée lorsque je suis allée dans les Terres Extérieures. Elle est différente de celle d'Hétar, bien sûr, mais les clans vivent en paix. Ils mènent une existence simple — tout comme les Térans. C'est pour ça que je suis certaine qu'ils ne créeront aucune difficulté en venant s'installer ici.

— Qu'est-ce que vous vous racontez, tous les deux ? demanda dame Persis.

— Magnus m'expliquait les coutumes des Térans relatives aux mariages et je lui racontais comme les choses se passent en Hétar, s'empressa de répondre Lara.

— Et comment est-ce ? insista dame Persis.

— Beaucoup trop ostentatoire, répondit Lara. Ayant assisté aux deux, je peux vous dire que je préfère la simplicité et l'élégance de la coutume téranne, qui repose sur l'amour qui unit les deux époux et non sur les prétentions sociales de leurs familles. Le mariage est une institution sérieuse, dans laquelle il ne faut pas s'engager à la légère.

Elle offrit un sourire poli à la mère du Dominus.

— Vraiment ? répliqua dame Persis.

Les Hétariens avaient la réputation d'aimer le luxe et la dépravation, mais la rumeur ne semblait pas se vérifier dans le cas de cette jeune femme. Dame Persis songea qu'elle devait se rapprocher de Lara pour en apprendre plus à son sujet — particulièrement si Magnus envisageait sérieusement de l'épouser.

— Demain, nous prendrons le temps de discuter avant que je retourne chez ma fille Narda, décréta la mère du Dominus.

Lara hocha lentement la tête mais ne répondit rien. Le plus important avec cette femme, songeait-elle, c'était de ne pas la laisser prendre l'ascendant sur elle. Elle reporta son attention sur le festin, qui venait d'être servi dans le jardin pour que l'on puisse profiter de cette belle journée d'été. Il y avait des viandes rôties, de la volaille et du poisson, des fruits et légumes de saison, du pain frais, plusieurs sortes de fromages et du vin à volonté. Lorsque chacun fut rassasié, on apporta un immense gâteau que l'on partagea en l'honneur des mariés.

Lara profita de la fête pour observer les invités — surtout la famille du Dominus. Dame Persis était une femme froide et suffisante. Lara ne comprenait pas comment elle avait pu abandonner sa plus jeune enfant pour le confort de la maison de sa fille aînée. Mais n'avait-elle pas laissé ses propres enfants derrière elle ? Elle se ressaisit : elle n'avait pas abandonné ses enfants pour une raison égoïste, comme dame Persis l'avait fait. Elle n'avait quitté les Terres Extérieures que parce que son destin l'avait appelée…

Lara posa ensuite ses yeux verts sur les deux sœurs aînées de Magnus. Narda, la plus grande, était une belle femme qui semblait dévouée à son mari, Tostig. Tostig était visiblement amoureux de sa femme et respectueux à l'égard de sa belle-mère. La deuxième sœur, Aselma, était grassouillette et ne cessait pas de critiquer son mari Armen. Elle semblait avoir hérité l'égoïsme de sa mère, même si elle était d'une conversation plus plaisante. Lara décida de les voir rarement. Elle avait trouvé une amie en Sirvat — et cela lui suffisait.

La famille de Corrado, en revanche, éveilla sa curiosité. Le père, Dima, était un vieil homme grand et mince qui avait eu ses enfants sur le tard. Malgré son âge respectable, il avait encore grande allure. Son fils aîné, Ing, était joufflu et replet. Il n'avait jamais trouvé le temps de se marier et ne semblait pas le regretter. Il frappa joyeusement son père dans le dos en lui disant qu'il ne devait plus désespérer d'avoir des petits-enfants.

La journée toucha à sa fin et les invités se rendirent ensemble sur une autre terrasse pour assister au coucher du soleil — qui fut encore plus parfait que son lever. De fins nuages roses ourlés d'or et de pourpre flottaient au-dessus d'eux, tandis que des couleurs intenses — le violet, l'orange, l'écarlate, le jaune, le rose et l'or — embrasèrent le ciel en se mêlant les unes aux autres. L'air était immobile, tiède et chargé d'un parfum de roses. Le soleil sombra très lentement à l'horizon avant de jeter un ultime rayon vert qui fut accueilli par des applaudissements. Le fait de percevoir cet infime moment était supposé porter chance au couple.

— Le mariage est maintenant terminé, déclara le Grand Prêtre Arik. Sirvat et Corrado vont se retirer dans l'intimité de leurs appartements.

Les deux époux quittèrent la terrasse après s'être inclinés devant leurs invités.

— Lara ! commanda dame Persis. Venez ici, que nous puissions discuter un moment. Tostig aimerait partir tôt, et je m'en voudrais de faire attendre mon aimable gendre. D'ailleurs, j'ai hâte de retrouver le confort de ma maison.

— Quelle vipère ingrate et vaniteuse ! siffla le Dominus entre ses dents.

— Je vous rejoins dans un instant, dame Persis, répondit Lara.

Elle posa doucement sa main sur le bras musclé de Magnus.

— Je m'occupe d'elle, Magnus, murmura-t-elle. Veux-tu que je la change en souris ?

— Tu saurais ? demanda-t-il, un éclair de malice dans ses yeux turquoise.

Sa voix était pleine d'espoir.

Lara ne répondit rien, mais lui offrit un sourire et un rapide baiser avant de s'éloigner.

Elle retrouva la mère du Dominus dans le grand salon du quartier des femmes. Lara s'arrêta devant une console pour servir deux verres de vin, qu'elle emmena jusqu'au canapé où dame Persis avait pris place.

— J'ai pensé que vous aimeriez prendre un rafraîchissement pendant que nous parlons, dit-elle d'une voix posée.

— Un rafraîchissement ou un remontant ? demanda dame Persis avec humour.

— Peut-être un peu des deux, répondit Lara en esquissant un sourire.

— Mon fils m'a annoncé son intention de vous épouser, commença la mère du Dominus.

— C'est aussi ce qu'il m'a dit, répondit Lara.

— Vous refuseriez ? demanda dame Persis, surprise.

— Non, mais je ne veux pas aller trop vite. Je suis veuve, madame. Mon époux était un grand seigneur — même s'il ne l'était pas autant que votre fils, je l'admets. Mais il était le chef de son clan et des Terres Extérieures tout entières.

— Comment est-il mort ? demanda dame Persis.

— Il a été tué par son frère cadet — que sa femme manipulait. Cette idiote s'était laissé éblouir par les promesses d'un homme ambitieux d'Hétar, qui croyait rendre les Terres Extérieures vulnérables à une invasion en se débarrassant de Vartan. Il se trompait, évidemment...

— Qu'est devenu son assassin ? questionna dame Persis.

— Je les ai tués tous les deux, sa femme et lui, répondit calmement Lara.

Le visage de dame Persis exprima la stupeur, puis l'incrédulité.

— Vous les avez tués ? Vous voulez dire que vous les avez fait exécuter, bien sûr ?

— Non, répondit Lara. Je les ai tués.

— Comment ? insista dame Persis.

Ses yeux étaient de la même couleur que ceux de son fils. Ils exprimaient à présent un mélange de peur et de curiosité — avec peut-être une pointe de fascination.

— Avec mon épée, Andraste. Je suis une guerrière, madame, répondit simplement Lara.

La mère du Dominus se tut pendant de longues minutes.

— Vous êtes une guerrière, finit-elle par répéter lentement. Pourquoi êtes-vous venue à Térah ?

— Parce que mon destin m'y conduisait, madame. Je ne le comprends pas pleinement moi-même, admit-elle franchement. Mais j'étais visiblement destinée à venir ici — sans quoi la malédiction d'Usi pèserait encore sur vous.

Dame Persis hocha la tête.

— Ce que vous avez accompli est effectivement bénéfique au peuple de Térah, reconnut-elle. On m'a enseigné que la magie est maléfique par nature, mais vous ne semblez pas mauvaise… Et mon frère Arik est favorable à un mariage entre mon fils et vous.

— Mes pouvoirs ne me servent qu'à faire le bien, répondit Lara. Je ne pratique pas les arts obscurs comme le faisait le sorcier Usi. Ceux qui se servent des ténèbres finissent par s'y engloutir. Je marche dans la lumière.

— J'ai entendu dire que les fées ne donnaient d'enfants qu'aux hommes qu'elles aimaient, reprit dame Persis. Est-ce vrai ? Mon fils doit avoir des héritiers…

— Je les lui donnerai au moment opportun, madame. J'ai donné un fils et une fille à Vartan.

— Où sont-ils ? demanda dame Persis.

— Au sein du clan de leur père, répondit Lara. Je ne pouvais pas les entraîner dans cette aventure. Mon fils sera peut-être un jour le chef de son clan.

Dame Persis acquiesça.

— Vous avez fait ce qu'il y avait de mieux pour eux, je m'en rends compte, dit-elle. J'ai moi-même abandonné Sirvat quand elle n'était encore qu'une petite fille. Je sais que certains ne me l'ont pas pardonné — et ils ont peut-être raison. J'aimais Ejnar, le père de Magnus. Lorsqu'il est mort, j'ai cru que j'allais mourir aussi, mais je suis restée en vie. J'ai alors poursuivi mon existence, parce que c'était mon devoir. Sirvat est le portrait de son père. Jour après jour, j'ai regardé cette enfant que je n'avais pas voulue, et j'ai commencé à la haïr. Elle était vivante alors qu'Ejnar était mort. Je l'ai protégée du mieux que je pouvais…

— En la confiant à son frère et en allant vivre sous le toit de Narda, murmura Lara. La haïssez-vous toujours ?

— Non ! Comment pourrais-je ? Magnus a exercé une bien meilleure influence sur Sirvat que je n'aurais pu le faire. C'est la meilleure de mes filles — parce que je n'ai eu aucune influence sur son éducation…

Persis eut un rire amer.

— Je n'ai pas perdu qu'un mari, mais aussi une fille, parce que j'étais incapable de me résigner à mon sort, reprit-elle. Vous, au moins, vous avez abandonné vos enfants pour une noble cause…

— Mais je suis incapable de les oublier, dit doucement Lara.

— Il ne faut surtout pas ! s'écria dame Persis. Lorsque mon fils m'a dit qu'il avait l'intention de vous épouser, je me suis mise en colère, parce qu'il me semblait que sa femme devait être une Téranne et non une Hétarienne. Je comprends à présent que Magnus est plus sage que je ne l'ai jamais été. Arik dit que vous allez aider Magnus à devenir le plus grand Dominus de tous les temps — et je pense que mon frère a raison…

— Le Grand Prêtre me fait trop d'honneur, répondit Lara. Si Magnus devient le plus grand Dominus de l'histoire de Térah, ce sera grâce à ses propres qualités. Je ne réclame aucune part de sa gloire.

Persis se mit à rire doucement.

— Vous êtes très intelligente, dit-elle. Je vois que vous veillerez à influencer mon fils dans la direction qui sera la meilleure pour lui. Il a de la chance de vous avoir rencontrée. Je vous donne ma bénédiction, Lara.

— Donnez-la nous à tous deux, madame. Je suis certaine que le Dominus sera heureux de savoir que vous l'approuvez.

— C'est absurde! s'exclama dame Persis. Il se moque éperdument de ce que je pense... Mais je vous remercie d'avoir dit cela et je suivrai votre conseil.

Lara se leva.

— Alors je vais vous souhaiter une bonne nuit, madame. Nous nous verrons demain avant votre départ.

— Vous faites l'amour ensemble, bien sûr..., dit la mère du Dominus.

Lara acquiesça en posant son verre vide sur une table basse.

— Son père était un amant merveilleux, dit dame Persis d'un air rêveur.

— Alors son fils tient sûrement de lui, répondit Lara en esquissant un sourire avant de laisser la mère du Dominus à ses rêveries.

Elles venaient de se mesurer l'une à l'autre et Lara savait que Persis ne la laisserait jamais en paix. Sa première intention avait été de contrôler sa belle-fille, mais Lara réalisait à présent que Persis aimait Magnus à sa manière — et qu'elle voulait ce qu'il y avait de mieux pour lui. Lara nota qu'elle avait fait allusion par deux fois à l'approbation d'Arik. Elle était heureuse de le compter parmi ses alliés — qui sait? elle aurait peut-être besoin de lui un jour... Elle s'empressa d'aller raconter à Magnus son entrevue avec sa mère.

Elle le retrouva dans son jardin privé, occupé à jouir de la douceur de la nuit. Elle alla s'asseoir à côté de lui et glissa sa main dans la sienne.

— Ta mère et moi avons fait la paix, annonça-t-elle. Elle

nous donnera sa bénédiction avant son départ, demain matin.

— L'as-tu ensorcelée ? lui demanda-t-il d'une voix amusée.

— Elle est intelligente, à sa manière… Et il semblerait que ton oncle ait une grande influence sur elle, Magnus. Il lui a dit que notre mariage serait bénéfique à Térah. Nous avons parlé de choses et d'autres — mais c'étaient des conversations de femmes qui ne t'intéresseraient pas. Il suffit que tu saches qu'elle ne soulèvera plus de difficultés.

— Je veux visiter Hétar, répondit-il à la grande surprise de Lara.

Il prit son menton entre ses doigts pour plonger son regard dans le sien.

— Pourquoi ? demanda-t-elle — alors même qu'elle avait eu cette idée la première.

— Tu veux que je peuple d'étrangers toute la plaine qui s'étend au-delà des montagnes, expliqua-t-il. Je veux connaître ces gens avant de te laisser les amener ici. Et il est toujours préférable de connaître ses ennemis… Si les Hétariens apprennent notre existence, ils seront nos ennemis. Je veux visiter la capitale… Je veux savoir ce que je risque d'affronter un jour.

— As-tu confiance en moi ? demanda Lara.

— Bien sûr ! répondit-il sans hésiter. Mais je dois voir ce qu'il en est par moi-même. Je t'ai fait une promesse, ma jolie fée, et je la tiendrai. Mais j'ai besoin de savoir. Tu comprends ?

— Oui, dit-elle d'une voix douce. Je comprends. Tu es sage, Magnus… Veux-tu que notre mariage ait lieu avant ou après ce voyage ? Je te laisse choisir…

— Avant, répondit le Dominus en caressant le visage

de la jeune femme. Je ne veux pas courir le risque de te perdre, Lara... Es-tu d'accord ?

— Tu as dit que le mariage du Dominus devait être une grande célébration, lui rappela Lara. Si c'est le cas, nous ne pourrons pas visiter Hétar avant le printemps. Je ne crois pas que les princes de l'Ombre puissent protéger les Terres Extérieures aussi longtemps...

— Alors nous accueillerons les clans avant l'hiver, répondit le Dominus. Ils seront en sécurité, et nous pourrons attendre le printemps pour visiter Hétar.

— Ça va exiger un grand déploiement de magie, remarqua Lara, songeuse. Je dois retrouver Kaliq en rêve pour en discuter avec lui.

— Pas ce soir, murmura Magnus en commençant à dénouer sa robe. Cette nuit est faite pour l'amour, ma jolie fée. Cette nuit, nous allons partager d'immenses plaisirs...

— Joues-tu déjà les maris autoritaires ? le taquina-t-elle en caressant sa nuque.

— Je *suis* ton mari, murmura Magnus tout contre ses lèvres en plongeant son regard dans le sien. Il ne nous manque que la bénédiction formelle d'Arik, ma jolie fée. Je sais que le Grand Créateur pose un regard bienveillant sur notre union... Et nous serons officiellement mariés avant notre départ pour Hétar au printemps.

Il dénoua la dernière attache de sa robe qui glissa sur le sol. Magnus attira son corps nu contre lui et l'embrassa doucement.

Lara réalisa à quel point ses baisers étaient délicieux. Elle avait trouvé l'endroit au monde où elle devait être : à Térah, entre les bras puissants de Magnus Hauk. Elle sentit ses lèvres fondre contre les siennes, puis leurs langues se rencontrer. Elle poussa un petit gémissement lorsque Magnus referma ses deux mains sur les lunes jumelles de ses fesses. Ses doigts s'enfoncèrent dans sa chair et la pétrirent lentement, lui faisant sentir le désir qui s'éveillait en lui.

Il éprouvait parfaitement l'attente de Lara, son avidité — tout en sentant croître son propre désir. Il l'allongea sur le banc de marbre et retira sa robe d'apparat qui atterrit sur le sable de l'allée.

Lara se redressa pour faire courir sa langue sur son vaste torse, mais Magnus l'arrêta en prenant son visage entre ses mains et lui donna un baiser fougueux.

— Sorcière ! grogna-t-il. Je veux me sentir en toi.

— Pas encore, lui murmura-t-elle à l'oreille tout en jouant vicieusement avec son lobe.

— Dis-moi ce que tu veux ! demanda-t-il.

— Goûte ma peau, répondit Lara. Goûte-la tout entière... Je veux sentir ta langue sur moi, mon amour.

Lara se laissa retomber sur le banc de marbre et il commença à lécher sa peau. Lara ferma les yeux et se concentra sur la caresse de sa langue qui se promenait lentement sur son buste et son ventre. Magnus souffla sur sa peau, provoquant de délicieux frissons. Puis sa langue glissa en un seul mouvement le long d'une de ses jambes et alla se glisser entre chaque orteil avant de remonter vers son ventre.

— Oh, Magnus ! soupira Lara.

Sa langue courait sur la chair tendre. Le parfum capiteux du corps de la jeune femme l'étourdissait et son propre désir ne cessait de gagner en intensité.

Lara eut l'impression qu'un orage éclatait dans sa tête. De grandes vagues de plaisir la parcoururent tandis que la bouche de Magnus se faisait plus exigeante que celle d'aucun des hommes qu'elle avait connus. A sa grande surprise, Lara comprit qu'elle était prête à lui donner tout ce qu'il voudrait d'elle. Elle ne put réprimer un long gémissement, qui encouragea Magnus à se montrer plus avide. Une grande vague de jouissance submergea Lara, la laissant étourdie et offerte. Alors Magnus vint se replacer au-dessus d'elle et la pénétra très lentement. Elle parvenait à peine à respirer. Il était si imposant… Elle sentait son corps tenté de réagir avec violence à l'intrusion. Quelques instants plus tard, il était parfaitement ancré en elle. Elle sentit des mains emprisonner sa tête.

— Regarde-moi, grogna-t-il. Je veux lire la jouissance dans ton regard, ma jolie fée. Je veux me perdre dans le vert de tes yeux.

Lara sentait les pulsations du corps de Magnus au creux de sa chair. Tout d'abord, elle ne parvint pas à ouvrir les yeux. Ses paupières étaient engourdies, comme si ses cils reposaient pesamment sur ses joues. Lorsqu'elle réussit enfin à les soulever, elle plongea son regard dans les yeux turquoise qui la contemplaient et frissonna de soulagement. Magnus laissa un petit rire lui échapper et commença à se mouvoir habilement en elle. La première jouissance que Lara avait éprouvée n'avait pas suffi à la rassasier. A vrai dire, son désir était même plus impérieux que jamais. Elle enfonça ses ongles dans les épaules de Magnus et lui griffa lentement le dos.

— Je t'en prie…, gémit-elle.

— Ensorceleuse ! murmura-t-il, le souffle court tant son propre désir était grand. Encore un moment… Tu es trop délicieuse pour être gaspillée.

— Nous avons toute la nuit ! hoqueta-t-elle. Je saurai faire renaître ton désir.

Elle lécha le lobe de son oreille.

Alors Magnus ne put résister et le plaisir lui arracha un cri. Ils restèrent immobiles pendant plusieurs minutes, pantelants et épuisés par la jouissance qu'ils venaient de se donner l'un à l'autre.

Lara fut la première à retrouver ses mots.

— Tu m'écrases, Magnus...

Il roula lentement sur le côté. Il se sentait épuisé, affaibli... Jamais une femme ne lui avait fait tant d'effet et il sentait bien qu'il en allait de même pour elle. La nuit était pleinement tombée. Des milliers d'étoiles scintillaient dans le ciel.

Magnus parvint à se lever au prix de gros efforts. Il vacilla légèrement mais retrouva son équilibre et tendit la main à Lara.

— Viens ! lui dit-il. Nous allons nous laver, puis tu tiendras ta promesse, ma jolie fée...

Lara s'appuya contre lui.

— Dois-je te voler toute ton énergie, mon amour ? murmura-t-elle à son oreille.

— Oui ! siffla-t-il entre ses dents. Oh oui !

Il l'entraîna en courant presque à travers ses appartements jusqu'aux bains. Ils se lavèrent l'un l'autre avec de grandes éponges de mer imbibées de savon. Lorsqu'ils se furent débarrassés de l'odeur de leurs ébats, elle s'agenouilla devant lui. Ses lèvres se pressèrent sur sa chair. Il grogna à la fois de plaisir et de surprise en sentant son désir s'éveiller à nouveau. Elle le mit presque en transe de la langue et des lèvres. Avant qu'il n'ait compris ce qui se passait, il perdit toute maîtrise de lui-même. Il éprouva alors un soulagement immense, qui le laissa aussi faible qu'un nourrisson.

Elle se releva pour l'embrasser puis, sans un mot, elle entreprit de les laver à nouveau tous deux.

— Dois-je dormir dans ton lit, Magnus ? lui demanda-t-elle d'une voix douce.

— Oui, parvint-il à répondre en lui prenant la main pour l'entraîner dans sa chambre.

Il était troublé. Il n'avait jamais perdu la maîtrise de lui-même — mais c'était bien ce qui s'était passé lorsque Lara avait assouvi ses désirs aussi sauvagement que délicieusement. Sa langue habile l'avait rendu presque fou. Il n'était pas certain d'aimer se livrer à ce point... Bien sûr, d'autres femmes lui avaient déjà fait goûter de telles caresses — mais jamais avec une telle perfection.

— Qu'y a-t-il ? demanda Lara en entrant dans le lit. Ne t'ai-je pas satisfait ?

— Si tu m'avais satisfait davantage, j'en serais mort, avoua-t-il. Mais j'ai senti que je ne maîtrisais plus ce qui m'arrivait.

Lara se mit doucement à rire.

— C'est vrai, répondit-elle. J'avais le contrôle de la situation. As-tu peur d'être dominé, mon Dominus ?

— Ensorceleuse ! dit-il en se penchant vers elle. J'ai été moins effrayé que surpris de me retrouver dans une telle position.

— Les femmes se retrouvent souvent dans de telles positions, Magnus, répliqua Lara. Mais même si la situation te déconcertait, tu m'as fait confiance... La confiance doit être le socle de notre amour.

— Qui t'a enseigné ça ? voulut-il savoir.

— Kaliq et ses frères, répondit Lara.

Elle vit le visage du Dominus se décomposer.

— Je ne te mentirai jamais, Magnus, le rassura-t-elle. Je ne suis pas amoureuse de Kaliq, mais il est mon mentor. J'ai encore besoin de lui, parce que mes pouvoirs n'ont pas atteint leur plein développement. Je n'utilise mes pouvoirs que pour faire le bien. Ce qui m'attend — ce qui nous attend — est encore un mystère, même pour moi. Mais je sais que j'aurai besoin de tous mes pouvoirs et de toutes mes forces pour combattre les ténèbres qui approchent.

— Et je combattrai à tes côtés, ma jolie fée, promit-il. Je sais que je n'ai pas de raison de craindre le prince de l'Ombre ni d'en être jaloux, mais je ne suis qu'un mortel, Lara… Les mortels ont des faiblesses. Ils peuvent être assaillis par toutes sortes d'émotions.

— Je sais… Et je m'efforcerai de ne pas te donner de raisons de les éprouver. A moins que tu ne me le demandes…, le provoqua-t-elle.

— Tu m'as épuisé, ensorceleuse, avoua-t-il en riant. Et je n'ai pas honte de l'admettre…

Il la prit dans ses bras et attira sa tête blonde sur son épaule.

— Endors-toi, Lara, murmura-t-il. Tu dois parler à tes amis demain, et nous devons commencer à préparer l'exode des clans sur Térah si nous voulons qu'il ait lieu avant l'hiver.

Lorsque Lara s'endormit, des dizaines de pensées se mélangeaient dans son esprit. Elle se réveilla à l'aube, avec un puissant mal de tête et quelques courbatures. Elle se leva, retrouva sa robe dans le jardin et se hâta de rejoindre le quartier des femmes. La famille de Magnus devait repartir quelques heures plus tard et dame Persis leur avait promis sa bénédiction. Il fallait qu'elle ait l'air d'une femme digne de devenir Domina de Térah — et non d'un vague déchet que la mer aurait rejeté sur le rivage.

Rentrée dans ses appartements, elle quitta sa robe et se lava rapidement les mains et le visage. Puis elle prit sa brosse et démêla sa longue chevelure dorée jusqu'à ce qu'elle soit aussi douce que de la soie. Elle la tressa alors en une natte épaisse, qu'elle fixa à l'aide d'un ruban argenté orné de pierreries. Elle choisit ensuite une robe bleu ciel dans sa garde-robe, la revêtit et chaussa une paire de sandales argentées. Dès qu'elle entendit les femmes des chambres voisines se réveiller, elle se précipita dans la pièce principale où les servantes commençaient à apporter le petit déjeuner.

— La nourriture est-elle assez variée, madame ? demanda l'une d'entre elles à Lara.

— Ne devriez-vous pas le demander à Sirvat ? répondit-elle.

Brusquement, elle se rappela que la sœur de Magnus n'habitait plus le quartier des femmes. Elle vivait désormais dans ses propres appartements, auprès de son mari. Les joues de Lara s'empourprèrent.

— Oui, oui, reprit-elle, le repas est assez varié…

De toute évidence, les serviteurs la prenaient désormais pour la maîtresse du château. Intéressant…, songea-t-elle.

Dame Persis, escortée par ses filles Narda et Aselma, fit irruption dans la pièce en saluant Lara. Celle-ci leur rendit leur bonjour et leur fit signe de prendre place à table. La mère du Dominus posa un regard approbateur sur les plateaux de victuailles qui couvraient la table. Elle chercha le regard de Lara et esquissa un sourire.

— Oh ! Des gâteaux au miel ! s'écria Aselma en se jetant sur un plateau.

— Seras-tu toujours aussi gourmande ? lui demanda Narda sur un ton réprobateur.

Aselma mordit dans la pâtisserie et son visage s'illumina.

— Oui, répondit-elle.

— Mes filles ! les gronda dame Persis.

La mère du Dominus se retourna vers Lara.

— Avez-vous des sœurs ? lui demanda-t-elle.

— Non, répondit Lara. Mais j'ai deux demi-frères. Mikhail

est le fils de mon père et de ma belle-mère Susanna. C'était encore un nourrisson lorsque j'ai quitté la capitale. Cirilo est le fils que ma mère a donné à son mari. Il régnera un jour sur les fées de la Forêt...

Elle remarqua que Narda et Aselma l'écoutaient toutes deux avec des yeux écarquillés.

— Je le connais à peine, précisa-t-elle, et ma mère régnera encore de nombreuses années...

— Votre mère est une reine ? l'interrogea dame Persis.

— Magnus ne vous l'a pas dit ? Je suis la fille d'Ilona, la reine des fées de la Forêt d'Hétar. C'est d'elle que je tiens mes pouvoirs. Mon père est un chevalier de la Croisade.

Narda ne parvint pas à contenir sa curiosité.

— Qu'est-ce que c'est ? demanda-t-elle.

— Les officiers d'Hétar s'appellent des chevaliers de la Croisade, expliqua Lara. Ils sont à la tête d'une armée de mercenaires. Mon père est un ancien mercenaire qui a réussi à gagner les rangs des chevaliers en remportant le tournoi qu'ils organisent tous les trois ans. On m'a vendue comme esclave pour qu'il puisse avoir cette chance.

— Tu as été esclave ? demanda Aselma sans bien savoir si elle devait en être scandalisée ou non.

— Peu de temps, répondit Lara. Eh bien, Aselma, un long voyage t'attend et tu n'as presque rien mangé... A vrai dire, vous allez devoir partir bientôt si vous espérez rejoindre votre maison avant la nuit.

Dame Persis se surprit à sourire pour elle-même. Sa future belle-fille était habile pour changer de sujet de conversation. Elle regarda ses filles finir rapidement leur déjeuner. Ses yeux rencontrèrent ceux de Lara et un fin sourire se dessina sur les lèvres de la jeune femme. Dame Persis faillit éclater de rire — mais elle aurait alors dû expliquer son hilarité à ses filles, qui semblaient ne pas avoir hérité de son sens de l'observation...

Lorsque la mère et les sœurs du Dominus furent prêtes à partir, Magnus les escorta jusqu'à la rive du fjord. Alors, en la présence de nombreux témoins, dame Persis donna sa bénédiction à son fils et à Lara. Elle fit ses adieux à Sirvat et Corrado, en leur souhaitant une vie longue et beaucoup d'enfants. Ses deux filles en firent autant — mais Sirvat n'était guère plus qu'une étrangère pour elles. Alors dame Persis embarqua avec sa famille sur un navire qui s'éloigna en direction de la côte.

— Eh bien ! J'imagine que nous ne la reverrons pas avant quelques années, remarqua froidement Sirvat.

— Elle viendra pour la naissance de ton premier enfant, lui assura Lara.

— Nous la reverrons avant, intervint le Dominus. Crois-tu qu'elle va manquer notre mariage, ma jolie fée ?

— Au fait, quand comptez-vous vous marier ? demanda Sirvat avec excitation.

— Bientôt ! s'écria le Dominus.

— Nous ne savons pas encore, répondit Lara au même instant.

Corrado éclata de rire.

— Je vois que vous n'êtes pas encore tout à fait d'accord, remarqua-t-il. Cela dit, le mariage du Dominus est un grand événement qui ne se prépare pas en quelques jours...

— Il y a d'autres considérations, murmura Lara.

— Et des conditions qui doivent être remplies, ajouta Magnus.

— D'abord, répliqua Lara avec emphase.

— Accordé, promit le Dominus.

— Je vais t'aider pour les préparatifs, intervint Sirvat. Nous pourrions commencer dès aujourd'hui !

Lara éclata de rire.

— Ton mari vient tout juste de rentrer d'expédition, et tu voudrais l'abandonner pour préparer un mariage dont la date n'est pas encore fixée ? taquina-t-elle son amie.

Les deux couples remontèrent le quai jusqu'à la plate-forme qui donnait accès au château. Ils s'y installèrent et le géant chargé de l'élever commença son office.

— Tu l'aimes et il t'aime, dit Sirvat, revenant à la charge. Qu'est-ce qui pourrait compter d'autre ?

— Va prendre du plaisir avec ton mari, petite sœur, répondit le Dominus tandis qu'ils quittaient la plate-forme pour rentrer dans le château proprement dit. Lara et moi avons besoin de discuter.

Il tendit sa grande main à Lara qui y plaça la sienne. Puis il attendit qu'ils arrivent à ses appartements et soient à nouveau seuls pour poursuivre.

— Est-il nécessaire que tu rencontres Kaliq sur le plan onirique ? demanda-t-il à Lara. Ne peux-tu le joindre autrement?

— Je ne me suis jamais adressée à lui autrement en étant aussi loin, répondit Lara. Mais je peux essayer, Magnus.

Le Dominus était jaloux et la jeune femme le savait. Elle ne voulait pas céder par principe à ses caprices — mais elle n'avait non plus rien à gagner à le voir se braquer contre Kaliq.

— Ma mère m'a enseigné un sort qui permet de convoquer un individu en ma présence, reprit Lara. Je ne l'ai jamais utilisé — parce que j'aime les rencontres oniriques — mais je peux essayer maintenant, si ça te convient…

— J'ai confiance en toi, s'empressa-t-il d'ajouter.

— Je sais, répondit Lara en lui souriant. Maintenant, conduis-moi dans une pièce isolée, afin que personne ne voie ce que je fais. Veux-tu assister à notre entretien ?

— Non, répondit-il immédiatement.

Il la conduisit jusqu'à une petite pièce sans fenêtres située dans ses appartements.

— Je t'attends devant la porte, dit-il.

— Parfait : je vais peut-être avoir besoin de ton avis pendant ma discussion avec Kaliq, répondit Lara.

Elle l'embrassa tendrement sur la bouche avant de pénétrer dans la petite pièce en refermant la porte derrière elle. Elle y découvrit deux fauteuils sculptés et une table incrustée de nacre. Une tapisserie était suspendue à l'un des murs. De toute évidence, cette pièce abritait les rendez-vous les plus secrets du Dominus. Elle se plaça face à un mur dénudé et prononça silencieusement le sort.

Si tu entends ma voix, Kaliq, prince de l'Ombre, je te prie d'apparaître dans ce coin sombre.

Lara attendit. Alors qu'elle commençait à croire que le sort n'avait pas fonctionné, le prince de l'Ombre fit son apparition.

— Magnus est jaloux de nos rencontres oniriques, expliqua-t-elle sans lui laisser le temps de l'interroger.

— Les mortels…, marmonna Kaliq d'une voix lasse. Maintenant, dis-moi ce que je peux faire pour toi, mon amour.

— Tu sais que je crois être destinée à éviter une nouvelle guerre entre Hétar et les Terres Extérieures, commença-t-elle. Il est grand temps que j'accomplisse mon destin.

— C'est vrai, acquiesça Kaliq. Nous ne pouvons pas protéger les Terres Extérieures plus longtemps. L'effort nous a considérablement affaiblis… Nous devons renoncer à cette barrière magique si nous voulons recouvrer nos forces.

— Gaius Prospéro lancera-t-il son invasion avant l'hiver ? demanda Lara.

— Non, rien ne l'indique. Nous le saurions si c'était

le cas… Il semble avoir décidé de lancer son invasion au printemps. Cette fois, il ne passera pas par les montagnes, mais par la Province Côtière…

— Quoi ? demanda Lara, surprise. Archéron ne le permettra jamais…

— Archéron est très malade, expliqua Kaliq. Désormais, c'est Arcas qui gouverne en son nom. Je crois qu'il est en train d'empoisonner lentement son père pour faire croire à une mort naturelle. Il prétend qu'Archéron ne s'est jamais vraiment remis du décès de sa femme.

— Arcas est fou ! s'écria Lara. Il menace le secret des siens en autorisant des Hétariens d'autres provinces à traverser ses terres. Et il nous met en danger par la même occasion…

— Il a ordonné qu'aucun navire ne parte en expédition pendant le printemps et projette même de cacher tous les bateaux dans des criques pour que l'armée d'Hétar ne les voie pas, la rassura Kaliq. Nous avons des espions à sa cour…

— Alors Hétar envahira d'abord les terres des Felan, dit lentement Lara, songeuse. La tactique de Gaius est bonne, Kaliq. Les Felan sont aussi doux que les moutons qu'ils élèvent tant qu'on ne les provoque pas… Or personne ne s'attendra à une attaque de ce genre. En s'y prenant de cette manière, Hétar pourrait facilement prendre possession de la plaine en commençant par le territoire des Felan, pour attaquer ensuite les Tormod et les Piaras sur deux fronts à la fois. Gaius fera sans doute tuer tout le monde pour se venger de la défaite qu'il a subie dans les montagnes. Il exterminera ces deux clans pour faire un exemple et décourager tous ceux qui voudraient se dresser contre lui. Il réduira les membres des autres clans en esclavage — et beaucoup préféreront mourir plutôt que de subir ce sort…

— Il nous reste assez de forces pour déplacer les clans et leurs possessions sur Térah dès maintenant, dit Kaliq d'une voix calme. Si nous procédons vite, nous pourrons nous reposer pendant l'hiver, afin d'être en pleine possession de nos pouvoirs le moment venu. Gaius Prospéro a reconstitué une grande armée de mercenaires à force de promesses — promesses qu'il va devoir tenir au printemps. S'il échoue, certains pourraient vouloir le tuer. Il a acheté bien des gens, Lara… Hétar risque de sombrer prochainement dans l'anarchie.

— Je dois retourner dans les Terres Extérieures pour en discuter avec les membres du haut conseil, Kaliq, conclut Lara. Je vais devoir m'y rendre et en revenir par magie, puisque nous manquons de temps… C'est déjà l'automne : le Grand Rassemblement aura lieu bientôt. C'est l'occasion idéale de tenir cette réunion.

— Et le Dominus ? demanda Kaliq.

— Emmenons-le avec nous, répondit Lara. Il souhaite rencontrer les chefs de clans.

— Tiendra-t-il la promesse qu'il t'a faite ?

— Comment sais-tu qu'il m'a fait une promesse ? l'interrogea-t-elle en esquissant un sourire.

Le prince pouffa.

— Disons seulement que j'ai les moyens de savoir ce genre de choses, la taquina-t-il. Par ailleurs, tu envisages de l'épouser, n'est-ce pas ? Tu n'aurais jamais accepté de devenir sa femme s'il ne s'était pas rendu à tes conditions, mon amour…

— Alors tu acceptes qu'il nous accompagne ? demanda-t-elle.

Le prince de l'Ombre acquiesça.

— Tu dois en parler avec lui et fixer une date, dit-il. Ensuite, rappelle-moi pour que je vous transporte jusqu'au

Grand Rassemblement. Ils vont chercher à argumenter, tu sais… Tu n'arriveras peut-être pas à les sauver tous.

— Je sais, répondit Lara. Mais j'en sauverai autant que je pourrais — c'est tout ce que je peux faire…

— Le Dominus meurt d'impatience derrière cette porte…, remarqua le prince. Dis-lui de nous rejoindre.

Lara se pencha vers lui pour déposer un baiser sur sa joue.

— Qu'est-ce que je ferais sans toi, Kaliq ? demanda-t-elle.

Le prince pouffa, mais son rire avait quelque chose de triste.

— L'élève va bientôt rattraper le maître, répondit-il.

— Jamais ! s'écria Lara.

Puis elle alla ouvrir la porte pour faire rentrer Magnus Hauk.

— Entre, Magnus. Nous voudrions discuter certaines choses avec toi.

— Comment êtes-vous arrivé dans mon château ? demanda le Dominus au prince en lui serrant vigoureusement la main.

— Votre future Domina a prononcé un simple sort, répondit Kaliq. Sachez que je répondrai toujours à son appel, Magnus Hauk.

Le Dominus éclata de rire.

— Vous ne m'intimiderez pas avec votre magie, prince de l'Ombre, riposta-t-il. La magie me fascine encore, mais elle a cessé de m'effrayer…

Le prince pouffa à son tour.

— Lorsque vous aurez fini de jouer, intervint Lara, nous pourrons discuter de l'avenir du peuple des Terres Extérieures.

Elle leur jeta un regard sévère. Les deux hommes se

turent — non sans échanger quelques regards de conspirateurs. Lara préféra les ignorer et reprit la parole.

— Magnus, dit-elle, tu as exprimé le désir de rencontrer les chefs de clans des Terres Extérieures. Ils vont bientôt se rencontrer lors d'un événement annuel qu'ils appellent le Grand Rassemblement. C'est le moment idéal pour aller leur parler et leur proposer une terre d'asile de l'autre côté de ce que tu appelles les montagnes d'Emeraude. Kaliq et moi pensons que nous devons déplacer les clans avant l'hiver — parce qu'Hétar a prévu d'envahir les Terres Extérieures dès le début du printemps.

Lara reprit son souffle.

— Archéron, le plus âgé et le plus respectable des rois de la Province Côtière, est très malade, poursuivit-elle. Kaliq pense que son fils Arcas est en train de l'empoisonner pour prendre sa place. Arcas a promis à Gaius Prospéro de laisser l'armée d'Hétar traverser son territoire, pour qu'elle puisse envahir les Terres Extérieures en commençant par les terres des Felan. C'est une véritable trahison : les rois de la Province Côtière ont toujours vécu en bonne entente avec les Felan. Une telle attaque bénéficiera de l'effet de surprise. Les mercenaires d'Hétar ne rencontreront presque aucune résistance. Lorsqu'ils auront atteint les Montagnes Pourpres, Hétar pourra attaquer les Tormod et les Piaras sur deux fronts à la fois. Kaliq sait très bien comment l'esprit de Gaius Prospéro fonctionne : l'empereur d'Hétar exterminera probablement ces deux clans, parce qu'il les tient pour directement responsables de sa défaite dans la Guerre de l'Hiver.

— Vous avez protégé les Terres Extérieures depuis le départ de Lara, n'est-ce pas ? demanda le Dominus au prince de l'Ombre.

— Oui, répondit Kaliq. Mais nous sommes épuisés… Il

est temps que nous reprenions des forces. Notre meilleur atout, c'est que personne ne soupçonne notre rôle dans l'apparente invincibilité des Terres Extérieures. Si nous pouvons transférer les clans sur Térah avant l'hiver, nous aurons le temps de retrouver nos forces. Alors nous serons prêts à nous opposer à Gaius Prospéro quand le moment viendra.

— Vous pouvez nous transporter à ce Grand Rassemblement, Lara et moi, et nous ramener sains et saufs sur Térah ? demanda Magnus.

— Oui.

— Encore une chose, dit Lara aux deux hommes. Personne ne doit connaître ma présence en dehors des membres du haut conseil. Notre visite doit rester secrète. Si Gaius Prospéro a pu acheter le frère de Vartan et sa femme, qui sait ce qu'il a promis et à qui au sein de la population des Terres Extérieures ? Il s'agit de gens simples, qui ne savent pas à quel point les Hétariens peuvent être manipulateurs. Je ne veux pas courir le risque de mettre Térah en danger. J'espère du fond du cœur qu'Hétar n'apprendra jamais ce qui se trouve de l'autre côté de Sagitta. Je crains ce qui pourrait advenir s'ils venaient à découvrir notre existence... Pire encore : si Gaius Prospéro découvrait l'Obscure, nous serions tous en danger.

— Tu ne veux pas revoir tes enfants ? lui demanda Kaliq, surpris.

— Je les reverrai lorsqu'ils seront en sécurité sur Térah, répondit-elle. Je ne me présenterai qu'aux chefs de clans — Rendor le premier. Il me racontera ce qui s'est passé pendant mon année d'absence. Nous devons le consulter avant de parler aux autres.

— Je suis d'accord avec toi, dit Kaliq.

— Rendor..., répéta lentement Magnus. Est-ce le chef

de clan qui a été choisi pour remplacer Vartan à la tête du haut conseil ?

— Oui, répondit Lara. Roan, le chef des Aghy, convoitait le poste, mais nous avons réussi à le convaincre de commander les forces militaires des Terres Extérieures. Rendor a la tête froide, contrairement à Roan — comme ses cheveux roux l'indiquent. Il n'aurait pas été capable de mener des négociations avec Hétar. Habituellement, c'est un homme pacifique — mais il devient redoutable lorsque ses hommes ou ses chevaux sont menacés...

Elle esquissa un sourire.

— Est-ce qu'il te désire ? demanda Magnus.

— Bien sûr ! répondit Lara. Mais je ne le lui ai jamais rendu, Magnus...

— Est-ce que tous les hommes qui te voient te désirent ? insista le Dominus.

Kaliq ne laissa pas à Lara le temps de répondre.

— Les hommes, mortels ou non, désireront toujours Lara, dit-il d'une voix calme. Mais si elle vous épouse, Magnus Hauk, elle vous sera à la fois loyale et fidèle. Vous ne devrez plus jamais lui poser une telle question.

Lara posa sa main sur celle du Dominus et le regarda dans les yeux.

— Je t'appartiens, lui dit-elle. Ne doute plus jamais de moi.

— Je suis le Dominus de Térah, le descendant d'une lignée royale, proclama Magnus. Je suis un homme puissant et obéi de tous. Pourtant, tu as capturé mon cœur, Lara... Tu es capable de me gouverner et ça m'effraie quelquefois...

— Je t'ai dit que je t'appartenais, Magnus, répondit Lara, mais je ne t'ai pas entendu me faire de déclaration similaire... Peut-être est-ce moi qui devrais m'inquiéter...

Lara émerveillait Kaliq. C'était vraiment une femme étonnante, songeait-il. Mais elle se trompait lorsqu'elle pensait être destinée à sauver les clans des Terres Extérieures. Son avenir lui réservait encore d'autres épreuves et elle serait un jour bien plus puissante qu'elle ne pouvait l'imaginer.

— Je t'aime ! s'exclama le Dominus. Je t'appartiens ! Est-ce que te voilà rassurée, ma jolie fée ? Crois-tu enfin que nous sommes faits l'un pour l'autre ?

— Oui, répondit-elle simplement.

— Alors décidons du jour où nous nous rendrons dans les Terres Extérieures, conclut le Dominus.

— Laissez-moi rendre d'abord visite à Rendor, suggéra Kaliq. Je lui dirai seulement que vous souhaitez le rencontrer et qu'il ne doit en parler à personne. Je lui expliquerai que je crains les espions de Gaius Prospéro, qui sont peut-être même dans son propre entourage…

Lara acquiesça.

— C'est une bonne idée, dit-elle. Je n'aurai pas besoin de te convoquer demain soir ? Tu veux bien revenir de ton propre chef ?

— J'apparaîtrai dans cette pièce demain soir à la même heure, répondit Kaliq en commençant à se fondre dans les ombres.

L'instant d'après, il avait disparu.

— Voilà un talent que j'aimerais posséder…, dit Magnus à Lara, qui ne put s'empêcher de rire.

12.

Kaliq, le prince de l'Ombre, rencontra Rendor des Felan en rêve.

— Pourquoi perturbez-vous mon sommeil ? demanda le chef du haut conseil des Terres Extérieures.

— Parce que je sais que nous ne risquons pas d'être entendus ici, répondit Kaliq. Un grand danger vous menace, Rendor, mais il est possible de sauver les habitants des Terres Extérieures. Lara aimerait vous rencontrer avant le Grand Rassemblement. Si tout va bien, elle se présentera devant le haut conseil à ce moment-là. Mais sa visite doit rester secrète…

— Les rois de la Province Côtière ont fait courir la rumeur que Lara était morte, dit Rendor. Pour ma part, je n'y ai jamais cru… Je n'ai aucune confiance dans le fils d'Archéron.

— Vous avez parfaitement raison, répondit Kaliq. Il vous ment et il a trahi son père. Au printemps, il autorisera les mercenaires d'Hétar à traverser sa province pour venir vous envahir. Lara peut vous sauver si vous lui faites confiance. Qu'en pensez-vous, Rendor ?

— Bien sûr que je vais l'écouter ! s'exclama le chef des Felan. Lara est le véritable chef des Terres Extérieures… Est-ce qu'elle va bien ? Où est-elle ?

Amusé par l'inquiétude de Rendor, Kaliq ne put s'empêcher de pouffer.

— Elle a traversé la mer de Sagitta, répondit-il. Sur son autre rivage se trouve un pays appelé Térah. Son dirigeant porte le titre de Dominus. Lara va bientôt l'épouser… Ses pouvoirs se sont beaucoup développés et elle a acquis la loyauté des Térans en les délivrant d'une terrible malédiction. Y a-t-il un endroit dans votre maison où nous serons à l'abri des regards indiscrets ? A quel moment risquons-nous le moins d'être dérangés ?

Rendor réfléchit un moment.

— La cave de ma maison serait l'endroit le plus sûr, répondit-il. Elle contient une pièce bien isolée où nous entreposons les légumes pendant les mois d'hiver. Et si notre rencontre a lieu au milieu de la nuit, je ne pense pas que nous puissions être dérangés… Quand ce rendez-vous peut-il avoir lieu ?

— Demain soir, Rendor, proposa Kaliq. Le temps est un facteur essentiel dans cette affaire. Disons à la première heure après minuit… Nous vous attendrons.

— D'accord, répondit Rendor.

Il se réveilla. Le ciel pâlissait déjà. Rahil, à son côté, ronflait paisiblement. Rendor resta un moment allongé sur le dos, à se demander si son rêve était bien réel. *Eh bien !* conclut-il pour lui-même. *Je le saurai la nuit prochaine…* Mais son instinct lui disait qu'il n'avait pas imaginé tout cela. Grâce au sort des princes de l'Ombre, ils avaient tous oublié que les Terres Extérieures couraient un grave danger. Quelque chose était en train de changer — quelque chose d'important.

Rendor se leva et s'attela à ses tâches ordinaires, mais la journée lui parut incroyablement longue. Il résolut une dispute entre deux de ses bergers qui aurait pu dégénérer en une affaire grave. Il alla choisir les moutons que les Felan essaieraient de vendre au Grand Rassemblement — ceux qui étaient trop âgés pour se reproduire mais qui pouvaient encore fournir de la viande ou de la laine. Rahil remarqua son agitation inhabituelle, mais il lui assura que tout allait bien, qu'il était seulement impatient de partir pour le Grand Rassemblement... Elle accepta son explication avec un hochement de tête et un sourire — mais Rendor devinait qu'elle ne le croyait pas. Rahil, sachant qu'il se confierait à elle lorsqu'il estimerait le moment venu, préférait le laisser en paix.

Après le repas du soir, Rendor s'installa près du feu comme à son habitude. Rahil s'assit devant son métier à tisser, posé en face du fauteuil de son mari. A l'heure habituelle, elle se leva pour l'embrasser et lui souhaiter une bonne nuit. Elle savait que son mari aimait rester seul quelques minutes avant de s'assurer que les portes et les fenêtres étaient bien fermées pour la nuit. S'il désirait lui faire l'amour, il la réveillerait en venant se coucher.

Rendor somnola quelque temps, mais se réveilla à l'heure dite grâce à la discipline qu'il s'imposait depuis des années. Il fit le tour de la maison, s'assurant que les fenêtres étaient fermées, les lumières éteintes, les feux de cheminées étouffés. Lorsqu'il eut terminé sa ronde, il se munit d'une petite lanterne et descendit dans sa cave en refermant la porte derrière lui. La pièce était froide et l'humidité de la terre qui recouvrait le sol transperçait les semelles de ses chaussures. Une lumière filtrait sous la porte de la pièce isolée. Il y pénétra : Kaliq et Lara l'attendaient dans la salle obscure, enveloppés dans un halo de lumière.

— Rendor ! s'écria Lara en se jetant à son cou pour l'embrasser sur les deux joues.

— Tu es vivante ! s'exclama Rendor, visiblement soulagé.

Lara éclata de rire.

— Je suis bien vivante, mon vieil ami, répondit-elle. A-t-on dit que j'étais morte ?

— Une rumeur nous est parvenue de la Province Côtière, expliqua Rendor.

— Arcas manque gravement de subtilité…, remarqua Lara. Kaliq m'a appris qu'il était en train d'empoisonner Archéron.

— Je l'ignorais…, dit Rendor en se tournant vers Kaliq.

Le prince de l'Ombre haussa les épaules.

— Que pourriez-vous y faire ? dit-il. Vous aurez bientôt assez de vos propres problèmes…

— Ne pouvez-vous le sauver ? demanda Rendor. Il est votre ami…

— Tu devrais essayer, Kaliq, intervint Lara. Archéron est le seul roi de la Province Côtière qui puisse vraiment fédérer les autres. Arcas est dévoré d'ambition. Il trahira leur secret, même sans le vouloir… Alors le commerce d'Hétar sera ruiné et Térah sera menacée. Emporte Archéron à l'abri de ton palais avant qu'il ne soit trop tard…

— Très bien, dit le prince. Je te laisse discuter avec Rendor pendant que je m'en occupe. Mais tu dois savoir que mes pouvoirs me permettent à peine de parcourir cette distance ces temps-ci…

Il disparut sur ces mots.

Rendor se retourna vers Lara et réalisa subitement qu'un autre homme — d'une carrure vraiment impressionnante — se tenait près d'elle. Lara prit la parole sans lui laisser le temps de l'interroger.

— Magnus, dit-elle, laisse-moi te présenter Rendor, le

chef des Felan et du haut conseil des Terres Extérieures. Rendor, voici Magnus Hauk, le Dominus de Térah.

Les deux hommes se dévisagèrent un instant.

— Veuillez pardonner mon manque d'hospitalité, Magnus Hauk, dit finalement Rendor, mais j'ai cru comprendre que cette réunion devait rester secrète.

— Je comprends, répondit le Dominus en lui tendant la main. Je vous salue, Rendor des Felan.

— Je vous salue, Magnus Hauk, Dominus de Térah, répliqua Rendor en serrant vigoureusement la main qui lui était tendue.

Puis il se tourna une nouvelle fois vers Lara.

— Kaliq dit qu'un grand danger nous menace, s'inquiéta-t-il. Il pense que l'armée d'Hétar va envahir les Terres Extérieures au printemps en passant par la Province Côtière…

— C'est vrai, répondit Lara. Et vous ne pourrez pas repousser cette invasion, Rendor… Ils vont tuer tous ceux qui leur résisteront et confisquer vos terres et vos troupeaux. Les femmes et les enfants qui survivront seront réduits en esclavage. Les Terres Extérieures que nous connaissons n'existeront bientôt plus. Les princes de l'Ombre se sont affaiblis en soutenant la barrière qui les protège. Ils vont avoir besoin de recouvrer des forces avant le début du conflit. Térah peut vous venir en aide — si vous l'acceptez…

— Comment ? demanda Rendor.

Lara expliqua lentement et minutieusement son projet à son ami.

— Et vous n'aurez qu'à renouveler votre serment d'allégeance au Dominus une fois par an, conclut-elle.

— Et nous serons isolés du reste de Térah ? s'inquiéta Rendor.

— Complètement, le rassura Lara. Les Tormod et les

Piaras devront passer un accord avec les nains qui exploitent les montagnes d'Emeraude, mais ce sont des gens pacifiques — et les nains le sont aussi d'après ce qu'on m'a dit. Quant à la plaine, c'est la plus fertile que j'aie jamais vue et personne ne l'habite.

Rendor soupira.

— Quitter les Terres Extérieures…, murmura-t-il.

— Pour continuer à vivre libres, répondit Lara. Nous déplacerons aussi tout ce que vous possédez. Vous y serez transportés par magie. Les princes de l'Ombre uniront leurs forces pour y parvenir. Nous déplacerons les clans l'un après l'autre.

— Qu'est-ce que votre peuple va en penser, Magnus Hauk ?

— Les Térans vivent le long de sept fjords — qui sont des bras de mer, expliqua Magnus. Ils se rendent visite d'un village à l'autre le long de leur propre fjord, mais ils se déplacent rarement d'un fjord à l'autre et ne s'éloignent jamais de la côte. Ils n'ont aucune idée de ce qui se trouve derrière les montagnes d'Emeraude et ne le sauront pas plus dans l'avenir. Les Térans sont pour la plupart des gens casaniers, seigneur Rendor, et ils le resteront. L'établissement des clans des Terres Extérieures derrière les montagnes n'aura aucun effet sur leurs vies. D'après Lara, votre peuple ressemble beaucoup au mien et se contente de vivre simplement…

— Il y a une autre mer, annonça Lara à Rendor.

— Une autre mer ? répéta-t-il, stupéfait.

— Kaliq l'appelle l'Obscure. Ses eaux séparent son Désert du rivage de Térah. Le paysage est un peu différent de celui d'ici, mais il vous semblera tout de même familier. Le rivage, aussi loin que porte le regard, vous appartiendra. Vous n'aurez rien à craindre des Hétariens, qui ne connaissent pas l'existence de cette mer. Kaliq m'a dit qu'elle était encore plus vaste que Sagitta.

— Je dois visiter cet endroit, dit brusquement Rendor. Tu attends de moi que je soutienne ton projet devant les autres chefs de clans, Lara, que je leur conseille d'abandonner tout ce qu'ils ont toujours connu. J'ai confiance en toi, mais…

— Tu as besoin de voir Térah de tes propres yeux, intervint Lara. Je comprends, Rendor — et ton enthousiasme servira mieux mon projet que ton soutien docile. Quand partez-vous pour le Grand Rassemblement ?

— Dans huit jours, répondit Rendor.

Lara hocha la tête.

— Tu auras vu Térah avant, Rendor, je te le promets, assura-t-elle en lui souriant. Lorsque j'ai découvert la plaine de Térah pour la première fois, j'ai pensé à tes troupeaux de moutons. Aux chevaux de Roan, aussi. Les Blathma et les Gitta feront pousser des fleurs et des légumes incroyables dans un sol aussi fertile ! Accius pourra écrire de nouvelles chansons avec ses Devyn…

— A condition qu'ils acceptent de s'y rendre…, remarqua Rendor. Tu sais à quel point Floren peut être casanier. Il cultive ses champs depuis des années et aime chaque centimètre de sa terre. Tu auras du mal à le persuader…

— Je prie l'Auteur Céleste qu'il accepte de venir…, répondit Lara. S'il refuse, nous devrons le laisser affronter les mercenaires d'Hétar, qui violeront ses filles et piétineront les fleurs qu'il aime tant…

— Nous ne pouvons laisser aucun clan derrière nous, intervint Magnus. Si ce Floren refuse de nous suivre, il faudra quand même le transporter avec son clan sur Térah. Nous ne pouvons pas courir le risque que quelqu'un apprenne aux Hétariens où les clans ont disparu. Ou alors nous devrons l'exécuter… Je ne collaborerai à ce projet que si mon propre peuple n'est pas menacé par Hétar.

— Vous avez raison ! s'exclama Rendor. Nous ne pouvons pas laisser ruiner notre nouvelle vie avant même qu'elle n'ait commencé ni faire courir des risques aux Térans qui nous donnent asile — même s'ils ne le savent pas…

Kaliq se détacha progressivement des ombres.

— Archéron est en sécurité dans mon palais, dit-il. J'ai aussi prévenu nos représentants du haut conseil, afin qu'Arcas ne puisse pas répandre la nouvelle que son père est mort.

— Merci ! dit Rendor.

— Qu'avez-vous décidé pendant mon absence ? demanda Kaliq.

— Rendor veut voir la plaine de Térah avant de s'adresser au conseil pendant le Grand Rassemblement, expliqua Lara au prince.

— C'est légitime, reconnut Kaliq. Mais cette visite doit avoir lieu sur le plan onirique.

Il se tourna vers Rendor.

— Nous devons préserver nos pouvoirs si nous voulons réussir à déplacer les clans, expliqua-t-il. Mais Lara peut vous montrer en rêve tout ce que vous voulez voir. C'est plus facile et moins coûteux avec la magie. Etes-vous d'accord ?

— Tu vas sentir l'herbe sous tes pieds et apprécier sa fraîcheur, je te le promets, ajouta Lara. J'ai assez de pouvoirs pour ça.

— Quand ? demanda Rendor.

— Je viendrai te voir dans ton sommeil la nuit prochaine, promit Lara. Et mon seigneur Magnus nous accompagnera.

Elle ne put s'empêcher de sourire en sentant le Dominus

lui presser la main. Au fond de son cœur, elle avait parfaitement compris qu'elle ne pouvait vaincre sa jalousie qu'en l'incluant dans leur réunion.

— Je serai prêt, assura Rendor.

— Alors nous devons repartir, conclut Lara.

— Prendras-tu tes enfants avec toi ? demanda Rendor, curieux.

Lara secoua la tête.

— Si Dillon doit un jour suivre les traces de son père, il doit grandir au sein du Fiacre, répondit-elle.

— Et ta fille ?

— Anoush pense que Noss est sa mère, expliqua Lara. Elle apprendra à me connaître en grandissant, mais c'est encore trop tôt… Mais comment vont-ils ?

— Très bien, répondit Rendor.

Il regarda avec étonnement ses visiteurs s'effacer progressivement, en même temps que le halo de lumière qui les enveloppait cédait sa place à la pénombre. Il se retrouva seul. La lanterne qu'il tenait toujours à la main jetait de faibles lueurs dans la pièce, et il crut presque avoir imaginé toute la scène. Mais il savait qu'elle avait bien eu lieu. Rendor quitta la pièce, en referma la porte derrière lui et gravit les marches qui menaient vers la grande salle. Il ne rejoignit pas Rahil aussitôt, mais s'assit devant la cheminée pour réfléchir à tout ce qu'il avait appris pendant la nuit.

Il ne serait pas facile de convaincre les autres chefs de clans de quitter la terre qu'ils avaient toujours connue pour traverser une mer immense et s'installer sur un territoire inconnu. Il aurait bien du mal à leur faire comprendre le danger que représentait Hétar. La barrière que les princes de l'Ombre avaient dressée autour des Terres Extérieures était invisible pour les yeux, facile à oublier… Il pouvait déjà entendre Floren demander si les princes de l'Ombre étaient vraiment responsables de leur sécurité ou si tout cela n'avait été qu'une ruse employée pour les rendre redevables envers eux. Rendor soupira. Ils devraient abandonner tout ce qu'ils avaient toujours connu…

Il se souvint alors de la promesse de Lara : toutes leurs possessions seraient transportées sur Térah. Ainsi, seul le paysage leur serait inconnu. Tout le reste serait familier. Mais serait-ce vraiment le cas ? Et la terre était-elle aussi fertile que Lara le disait ? Seraient-ils en sécurité ? Elle n'avait parlé ni du climat ni des animaux sauvages… Bien des choses devaient être prudemment soupesées. Ne valait-il pas mieux traiter avec des gens qu'ils connaissaient déjà ? Les Hétariens ne pouvaient-ils accepter de partager la plaine avec les clans ?

Rendor alla finalement se coucher et dormit d'un profond sommeil. La journée du lendemain lui sembla encore plus longue que la précédente. Lorsque la nuit tomba enfin, il se retrouva de nouveau seul dans sa grande salle. Il fit sa ronde puis alla se coucher. Epuisé par ses soucis, il s'endormit rapidement.

— Rendor ?

C'était la voix de Lara. Le chef des Felan ouvrit les yeux et se retrouva dans une plaine brumeuse.

— Je suis là, répondit-il à son amie.

— Parfait ! s'écria Lara en apparaissant à ses côtés.

Elle dissipa le brouillard environnant d'un geste de la main. Devant eux s'étendait le plus beau paysage que Rendor ait jamais vu.

— C'est si vert…, lui dit-il.

Lara éclata de rire.

— Oui, répondit-elle.

Il se pencha pour arracher quelques brins d'herbe. La

terre était sombre et grasse. Rendor mâcha les brins d'herbe qui avaient presque un goût sucré.

— Est-ce que c'est une illusion que tu génères ? lui demanda-t-il.

— Je me contente de te prouver que ce que je t'ai dit de cet endroit est vrai, répondit Lara.

— Montre-moi la mer…

Lara fit un nouveau geste de la main. L'instant d'après, ils se trouvaient sur une colline qui surplombait une plage de sable fin et doré. Les vagues d'une mer turquoise venaient y mourir. L'air était doux et la brise marine agréable…

Rendor inspira profondément.

— Je sens l'odeur de la mer ! s'écria-t-il.

— Oui, se contenta de répondre Lara.

— Les montagnes ? demanda-t-il.

Lara pointa un doigt et Rendor se tourna dans la direction qu'elle lui indiquait. Les montagnes d'Emeraude s'élevaient à l'horizon. Elles semblaient encore plus lointaines que les montagnes Pourpres des Terres Extérieures. De toute évidence, la plaine de Térah était plus vaste que la leur. Les clans auraient davantage de terres à cultiver et pour faire paître leurs troupeaux. Rendor devait bien admettre qu'il était impressionné.

— Il n'y a rien de magique dans ce que je vois ? demanda-t-il à Lara.

— La seule magie est celle qui me permet de te montrer ce que Magnus et moi t'avons promis, répondit-elle. La plaine de Térah, l'Obscure et les montagnes d'Emeraude sont exactement telles que tu les vois.

— Alors si tu peux nous y transporter, fais-le, conclut Rendor. Je n'ai aucune envie de m'engager dans une guerre contre Hétar — les clans n'ont rien à y gagner.

— Magnus et moi viendront te voir le second soir du

Grand Rassemblement, dit Lara. Je te charge d'organiser une réunion secrète du haut conseil. Nous y exposerons notre projet.

— Ton Dominus a raison, remarqua Rendor. Ils doivent tous donner leur accord : nous ne pouvons laisser personne derrière nous qui sache où nous sommes partis.

— Personne ne refusera, promit Lara. Je réussirai à convaincre même le plus sceptique. Je suis destinée à sauver les clans, Rendor. C'est pour ça que je suis née et j'entends bien le faire ! L'échec n'est pas dans ma nature. Mes pouvoirs se sont beaucoup développés et les princes de l'Ombre n'ont pas protégé les Terres Extérieures pendant tous ces mois pour que vous vous fassiez tuer maintenant... En as-tu vu assez, mon ami ?

— Oui, répondit Rendor.

— Alors endors-toi, Rendor. Nous nous reverrons bientôt...

Il ouvrit les yeux pour découvrir que le jour était déjà levé. Il aurait dû être épuisé, mais il se sentait au contraire plein d'énergie et d'enthousiasme. Il avait deviné que quelque chose était en train de changer : il savait à présent ce dont il s'agissait. La plaine de Térah était magnifique... Les clans y seraient parfaitement heureux — heureux et à l'abri de la convoitise d'Hétar pour la première fois de leur histoire. Il occupa les jours suivants à préparer son départ pour le Grand Rassemblement. Rahil, sa femme, le complimenta sur sa vigueur retrouvée. Un après-midi, ils firent l'amour pour la première fois depuis des semaines.

— On dirait que tu es redevenu un jeune homme, lui dit Rahil avec un sourire béat. J'en suis ravie, mon époux. C'est comme si tout le poids du monde avait été retiré de tes épaules...

— C'est le cas ! s'écria Rendor.

— Comment est-ce possible ? voulut savoir Rahil.

— Tu comprendras bientôt, ma femme, répondit-il. Il est encore trop tôt pour que je t'en parle.

Ses doigts jouèrent avec les pointes de ses seins généreux.

— Pour le moment, pensons au plaisir, Rahil ! conclut-il.

Il se mit à téter sa poitrine tout en laissant jouer ses doigts dans l'ombre chaude entre ses cuisses. Rahil gémit sans dissimuler son plaisir. Lorsqu'il la posséda finalement, Rahil ne put réprimer ses cris de joie. Dans la grande salle, les serviteurs hochèrent la tête et se murmurèrent les uns aux autres que Rendor était encore aussi vigoureux que son meilleur bélier et que Rahil avait décidément beaucoup de chance…

Quelques jours plus tard, ils se mirent en route à travers la plaine des Terres Extérieures vers le lieu du Grand Rassemblement. Rendor fut heureux de découvrir que les clans les plus éloignés — les Tormod et les Piaras — étaient déjà arrivés. Pétruso, le chef des Piaras, partageait désormais son autorité avec son fils aîné, Vanko, qui parlait pour lui. Le malheureux Pétruso avait eu la langue coupée pendant l'invasion d'Hétar. Mais son mutisme ne l'empêchait pas d'être resté un farouche guerrier.

Imre, le chef des Tormod, accueillit joyeusement Rendor.

— Nous avons presque fini de réparer les dégâts de l'invasion ! annonça-t-il au chef des Felan. Bien sûr, Pétruso n'a toujours pas fini de se lamenter à l'idée que nos montagnes ne seront plus jamais les mêmes…

Il pouffa.

— Pour un homme privé de sa langue, il est devenu bien bavard ! se moqua-t-il.

Rendor ne put s'empêcher de sourire.

— Tu ne pensais quand même pas que la perte de sa langue suffirait à le faire taire ? Il a toujours été bavard — mais je regrette de ne plus l'entendre chanter… Qui d'autre est arrivé ?

Rendor jeta un regard circulaire.

— Tout le monde sauf les Blathma, répondit Imre. Tu sais bien que Floren est en retard à chaque fois, parce qu'il y a toujours un champ qui requiert ses dernières attentions avant les premières gelées… Il devrait arriver demain. Pourquoi ?

— Nous allons devoir organiser une réunion secrète du haut conseil, lui annonça Rendor. Tant qu'elle n'a pas eu lieu, tu ne dois en parler à personne.

Les sourcils broussailleux d'Imre se levèrent dans une interrogation muette.

— Pas ici, et pas maintenant, y répondit Rendor. Et ne dis rien aux autres. Je parlerai à chacun d'eux moi-même, mais je préfère que vous n'en discutiez pas entre vous, mon ami…

— Est-ce une bonne ou une mauvaise nouvelle ? voulut savoir Imre. Dis-moi au moins ça…

— Un peu des deux, répondit Rendor. Mais je crois qu'un grand bien peut en advenir.

Imre acquiesça.

— Tu as aiguisé ma curiosité, conclut-il.

A la grande surprise de tous, Floren et son clan arrivèrent à la fin de cette journée. La session ordinaire du haut conseil des Terres Extérieures fut donc programmée pour le soir même — puisque les clans pourraient commencer les festivités aussitôt après. Le matin suivant, Rendor rendit visite aux chefs de clans l'un après l'autre pour les convoquer à une réunion secrète dans la soirée, au moment où, la fête battant son plein, leur absence ne serait pas remarquée.

— J'ai fait dresser une petite tente en bordure du campement, leur dit-il. N'en parlez à personne — pas même à vos femmes ou à vos enfants. Nos vies peuvent dépendre de votre silence. Je ne répondrai à aucune question pour le moment. Et restez sobres ! Nous avons une affaire importante à débattre. Je ne veux pas que vos cerveaux soient embrumés par le vin…

Les chefs de clans burent donc avec modération pendant le festin, mais personne ne s'en aperçut, parce qu'en ce premier soir, il était de coutume de ne s'occuper que de son plaisir. Le Grand Rassemblement était le point culminant de l'année dans les Terres Extérieures. Les feux de camp brûlèrent haut et les festivités se poursuivirent tard dans la nuit. Les chefs de clans disparurent l'un après l'autre sans se faire remarquer. Finalement, tous se retrouvèrent dans la petite tente : Liam du Fiacre ; Pétruso et Vanko des Piaras ; Imre des Tormod ; Roan des Aghy ; Floren des Blathma ; Torin des Gitta ; Accius des Devyn et Rendor des Felan — le chef du haut conseil.

— Que signifie tout ce mystère ? demanda Roan. Pourquoi ne devait-on parler de cette réunion à personne ?

— Parce que nos vies dépendent de notre discrétion dans cette affaire, répondit aussitôt Rendor. Lara, rejoins-nous !

Un murmure de surprise échappa aux chefs de clans lorsqu'ils entendirent prononcer le nom de Lara, puis la virent apparaître parmi eux. Elle était accompagnée par Kaliq, le prince de l'Ombre, et par un inconnu de haute stature avec un air de grande autorité. Les chefs de clans posèrent un genou à terre devant elle — hommage qui impressionna beaucoup Magnus.

— Bonjour, seigneurs ! leur dit Lara. Je suis heureuse d'être à nouveau parmi vous. Je vous remercie pour votre courtoisie, mais je vous prie de vous relever et de vous asseoir. Vous connaissez tous le prince Kaliq. Mon autre compagnon est le Dominus de Térah, Magnus Hauk.

— Qu'est-ce que Térah ? demanda Roan.

— Vous avez tous entendu parler de la mer de Sagitta, qui borde les terres de Rendor et la Province Côtière d'Hétar ? répondit Lara. De l'autre côté de cette mer se trouve un endroit merveilleux qui s'appelle Térah. Magnus Hauk le gouverne, et je vais bientôt devenir sa femme.

— Une rumeur te disait morte, remarqua Accius, le chef des Devyn.

— As-tu écrit un chant funèbre pour moi, Accius ? demanda Lara avec un fin sourire.

— Nous n'avons pas cru à cette rumeur, répondit le chef des Devyn en lui rendant son sourire. Tu es la fille d'Ilona, la reine des fées de la Forêt. La mort ne te réclamera pas avant longtemps, Lara.

— Pourquoi es-tu revenue ? voulut savoir Liam. As-tu accompli ton destin ?

— J'ai découvert une partie de mon destin, Liam, répondit Lara. Elle consiste à préserver les clans des Terres Extérieures de la destruction.

— Destruction ? Quelle destruction ? demanda Floren, le chef des Blathma. Nous sommes en paix avec Hétar. Alors qu'est-ce qui nous menace ?

— Hétar vous menace, Floren, lui répondit Lara. Les Hétariens ont l'intention de vous envahir au printemps. Leur armée de mercenaires traversera la Province Côtière pour envahir le territoire des Felan — et de là toute la plaine. Lorsqu'ils auront conquis vos terres, une seconde attaque sera lancée dans les montagnes des Tormod et des Piaras, pour prendre les derniers clans au piège entre deux fronts.

— Nous nous battrons contre les Hétariens et nous les repousserons comme nous l'avons fait la première fois ! déclara Roan, le chef des Aghy, en bondissant sur ses pieds.

— Oui ! lui firent écho ses compagnons.

— Non, répondit calmement Lara. Ce n'est pas ce qui va se passer. Les princes de l'Ombre protègent les Terres Extérieures depuis un an, mais même leurs pouvoirs ont des limites. Ils ne peuvent plus garantir votre sécurité. Gaius Prospéro, l'empereur d'Hétar, a levé une puissante armée contre vous. Celle-ci sera commandée par les chevaliers de la Croisade. Il a puisé dans ses propres caisses pour entraîner et loger ces hommes — et Gaius Prospéro ne fait jamais rien qui ne lui rapporte pas un immense profit.

Elle se tut un instant.

— Hétar est surpeuplée et incapable de nourrir sa population, reprit-elle. Ses habitants s'appauvrissent de jour en jour. Ils arrivent à peine à survivre et le peu d'argent qu'ils parviennent à gagner sert à les loger et les nourrir. Plus personne ne fait le moindre profit — or le profit est indispensable à l'existence d'Hétar. Pour atteindre la position qui est la sienne, Gaius Prospéro a fait beaucoup de promesses. Il a promis au peuple des terres pour l'accueillir et le nourrir. Il a déjà commencé à rogner sur le territoire des seigneurs de la Forêt et installé des fermes à la lisière du Désert des princes de l'Ombre. Mais ce n'est pas suffisant : il a besoin des Terres Extérieures et emploiera tous les moyens qui lui permettront de les obtenir.

— Et pourquoi ne devrions-nous pas défendre nos terres, Lara ? demanda Roan.

— Parce que vous mourrez si vous le faites, répondit froidement Lara. Tous ceux qui ne seront pas tués seront réduits à l'esclavage. Tout ce que vous possédez — vos maisons, vos troupeaux, vos champs — seront donnés aux premiers immigrants qui suivront les mercenaires dans les Terres Extérieures. Est-ce ce que vous voulez ? La disparition pure et simple de vos clans ?

— Quelle solution as-tu à nous proposer? demanda Liam.

— Je peux vous déplacer sur Térah, répondit Lara.

Elle se tourna vers le Dominus.

— Explique-leur, Magnus, demanda-t-elle.

— Mes terres sont vastes, commença Magnus Hauk. Mon peuple n'en occupe qu'une petite portion : tous nos villages sont situés le long de bras de mer que nous appelons des fjords. De l'autre côté d'une chaîne de montagnes que nous appelons les montagnes d'Emeraude se trouve une vaste plaine qui ressemble à la vôtre. Elle est fertile et personne n'y habite. Elle est bordée par une autre mer — plus grande que Sagitta. Je vous offre ces terres, seigneurs, à la fois la plaine et les montagnes. En échange, je vous demande seulement de me renouveler votre serment d'allégeance tous les ans.

— Et Hétar ignore tout de Térah? demanda Torin, le chef des Gitta.

— Seuls les rois de la Province Côtière connaissent son existence, répondit Lara. Ce sont les Térans qui fabriquent les produits de luxe dont ils font commerce. Mais je suis la première Hétarienne qui ait visité Térah. Les vaisseaux des Térans rencontrent ceux des rois au milieu de Sagitta pour y échanger leurs produits.

Elle se tut un instant.

— Les rois perdraient leurs privilèges si Hétar venait à découvrir l'existence de Térah, reprit-elle. Gaius Prospéro croit que les produits qu'il achète sont fabriqués dans la Province Côtière. Il ne s'y est jamais rendu en personne. Térah est le secret des rois de cette province — et ils le garderont.

— Tu nous demandes d'abandonner tout ce que nous possédons pour aller dans un endroit dont nous ne savons rien, dit Floren. C'est hors de question ! Mes champs sont comme mes enfants. Je les connais depuis toujours et je consacre mes mois d'hiver à développer de nouvelles variétés de fleurs… J'ai trop de valeur pour que les Hétariens me tuent. Ils me laisseront en paix si je ne les provoque pas…

— Tu es aussi buté que d'habitude, grogna Torin, le chef des Gitta — autre clan de cultivateurs. Tu ne comprends donc pas, Floren. Qu'est-ce qui te fait croire, au nom du seigneur des Limbes, que les Hétariens te laisseront en vie si tu ne leur résistes pas ? Ils veulent les Terres Extérieures pour eux-mêmes. S'ils voulaient la paix entre nos deux pays, ils ne seraient pas en train de prévoir une invasion ! Ils ne veulent pas nous gouverner, ils veulent nous exterminer !

— Comment peux-tu en être sûr ? répliqua Floren.

— Reste, alors ! rétorqua Torin. Et regarde les mercenaires d'Hétar violer ta femme et tes filles avant de les tuer — même si j'ai l'impression que tu serais davantage peiné s'ils mangeaient tes nouvelles boutures…

— La plaine de Térah est deux fois plus vaste que celle des Terres Extérieures, intervint Magnus Hauk. Chaque clan aura deux fois plus de terres. Il n'y a qu'un petit problème…

— Ah ! s'écria Floren. Je savais bien que quelque chose clochait.

Lara éclata de rire.

— Il y a bien un petit problème, mais il n'a rien à voir avec toi, Floren, dit-elle. Il concerne les Tormod et les Piaras. Une race de nains vit dans les montagnes de Térah. Vous allez devoir conclure un accord avec eux avant de vous y installer. Mais ce sont des êtres pacifiques. Tout devrait bien se passer si vous parvenez à un arrangement équitable…

— J'aurais aimé que d'autres yeux que les tiens aient vu cette plaine, grommela Floren. Ce n'est pas que je n'ai pas confiance en toi, Lara, mais tu nous demandes d'abandonner la vie que nous avons menée depuis des siècles sur une vague rumeur…

— Ce n'est pas une rumeur, intervint le prince Kaliq. N'oubliez pas que deux de mes frères siègent au haut conseil d'Hétar… Nous savons ce qui se passe et ce qui se prépare, Floren. Tout ceci n'est qu'un début. Si nous voulons qu'Hétar survive à ces événements, nous devons recouvrer nos forces — des forces que nous avons dépensées pour votre sécurité, devrais-je préciser. J'ai vu la plaine de Térah. Elle est exactement telle que Lara vous l'a décrite.

— Moi aussi, je l'ai vue, ajouta Rendor. Elle est vaste, verte et inhabitée en dehors des oiseaux et des bêtes. Il y a de l'eau en abondance, et des bosquets d'arbres comme nous en avons ici. J'ai aussi aperçu plusieurs lacs. Le rivage de l'autre mer, qui s'appelle l'Obscure, est une grande plage de sable.

— Des bêtes ? Tu as parlé de bêtes ? demanda nerveusement Floren.

— Je n'ai rien vu de différent de ce que nous avons ici, répondit Rendor avec impatience. Arrête de chercher de bonnes raisons de ne pas y aller, Floren. Si tu arrives à convaincre ton clan de rester, tu auras son extermination sur la conscience.

— C'est un projet ambitieux, remarqua Accius, le chef des Devyn. Comment comptes-tu t'y prendre, Lara ? Vos frères vont-ils nous aider, Kaliq ?

— Vous serez déplacés par magie, répondit Lara. Mais il faut le faire bientôt, Accius…

— Tu nous abandonnerais en pleine nature sans abris ni provisions ? demanda Floren.

— Tais-toi, Floren ! rugit Rendor. As-tu si peu confiance en Lara ? Crois-tu vraiment qu'elle nous mettrait en danger ? Alors laisse-la finir. Si tu l'interromps de nouveau, je te tuerai de mes propres mains, vieille femme !

Les mots de Rendor frappèrent Floren comme la foudre. Il ouvrit la bouche mais la referma bien vite. Les autres chefs de clans avaient peine à dissimuler leur hilarité.

— Vous pourrez emporter tout ce que vous possédez, reprit Lara comme si rien ne s'était passé. Vos maisons, vos granges, vos cabanes à outils, vos troupeaux, vos greniers et les semis de l'année prochaine. Tu pourras même emporter l'atelier dans lequel tu développes tes nouvelles espèces de plantes, Floren. Térah a un hiver plus court et un printemps plus long que les Terres Extérieures. Vous pourrez même faire deux récoltes par an.

— Deux ?

Floren lança un regard inquiet à Rendor, mais la question lui avait échappé.

— Deux, assura Lara.

— Comment comptes-tu accomplir le transfert des clans et de leurs possessions ? insista Accius. C'est un projet vraiment très ambitieux… Quelles chansons extraordinaires nous devrons écrire pour en garder le souvenir !

— Nous n'aurons qu'à déplacer les clans l'un après

l'autre, suggéra Lara. J'ai pensé que vous pourriez tirer au sort l'ordre du départ. Mais j'aimerais que vous en parliez d'abord entre vous… Lorsque vous serez tous tombés d'accord, je vous demanderai de prêter allégeance au Dominus, qui vous a généreusement offert ces terres.

— Est-ce que tu l'épouses pour nous sauver ? demanda Roan des Aghy sans la moindre délicatesse.

— Je l'épouse parce que je l'aime, répondit aussitôt Lara. Mais toute fiancée a droit à une dot — et ceci est la mienne. J'y réfléchis depuis que Kaliq m'a appris le projet d'invasion des Hétariens. Je suis heureuse que le Dominus m'aime assez pour me donner ce que je lui ai demandé. Soyez loyaux envers lui et ne me faites pas honte…

Le seigneur des Aghy hocha sa tête à la chevelure flamboyante. Quoique désirant toujours ardemment Lara, il avait fini par comprendre qu'il ne la posséderait jamais. Il dévisagea Magnus Hauk et se demanda ce que Lara avait bien pu lui trouver pour le choisir.

— Je ne vois pas de raison d'en discuter davantage, dit Accius. Et vous ?

Il scruta l'un après l'autre les visages des autres chefs.

— Pardonne-moi, Rendor, reprit-il. Je ne veux pas usurper ton autorité, mais tu sais que j'ai toujours eu pour habitude de parler librement. Nous autres, Devyn, sommes vos poètes et vos bardes. L'endroit où nous habitons nous importe peu, mais le reste d'entre vous a peut-être besoin d'en parler davantage…

— Non, répondit Roan.

A la grande surprise de Lara, tous acquiescèrent — même Floren des Blathma.

— Bien, dit Lara en faisant apparaître un sac de velours. Il est temps de tirer au sort l'ordre dans lequel vous partirez.

Ce sac contient des jetons numérotés. Je suggère que Rendor tire le premier.

Elle entrouvrit le sac de velours juste assez pour qu'il y glisse sa main. Rendor en sortit un jeton qu'il lui montra.

— Huit ! déclara Lara. Les Felan partiront les derniers. A ton tour, Liam du Fiacre...

Un par un, les chefs de clans sortirent un jeton du sac. Le Fiacre tira le numéro trois, les Piaras, le quatre, les Tormod, le cinq, les Blathma, le deux, les Aghy, le sept, les Gitta, le six. Le numéro un, resté au fond du sac, fut attribué au plus petit des clans, celui des Devyn.

— Est-ce que tout le monde est satisfait du résultat ? demanda Lara.

Les chefs de clans acquiescèrent.

— Quand nous déplaceras-tu et combien de temps cela prendra-t-il ? demanda Rendor. Que devons-nous dire à nos hommes ?

— Vous ne leur direz rien, intervint Kaliq. Il ne fait pas de doute que certains d'entre eux ont déjà été achetés par le gouvernement d'Hétar. Le meurtre de Vartan était un assassinat politique, commandité par Gaius Prospéro lui-même. Il se trouve toujours des gens pour se laisser éblouir par la promesse de quelque chose qu'ils ne posséderaient jamais sans cela.

Il se tut un instant.

— Profitez bien du Grand Rassemblement, mes amis, reprit-il. Ensuite, rentrez chez vous pour vous préparer à affronter l'hiver, comme vous l'avez toujours fait. Nous reviendrons dans deux semaines pour commencer votre déplacement. Huit jours plus tard, vous serez tous en sécurité à Térah.

— Que se passera-t-il si les Hétariens nous espionnent pendant l'hiver et découvrent que les Terres Extérieures ne contiennent plus ni hommes ni bâtiments ? demanda Vanko au nom de son père.

— Ceux qui espionneront les Terres Extérieures après votre départ verront vos maisons et tout ce qu'ils auraient dû voir si vous étiez restés là..., répondit Kaliq avec un sourire. Il n'y a pas besoin de beaucoup de magie pour créer ce genre d'illusion. Ce n'est que lorsque l'invasion commencera qu'Hétar comprendra qu'il n'y a plus ni hommes, ni constructions, ni bêtes dans les Terres Extérieures. Lorsqu'ils commenceront à y voir clair dans le chaos de cette invasion qui ne trouvera rien à envahir, beaucoup de questions vont exiger des réponses. Gaius Prospéro va devoir en trouver rapidement — qu'elles soient bonnes ou mauvaises...

Il ne put s'empêcher de pouffer.

— Le plus important, conclut Lara, c'est que nous évitions une guerre inutile et la mort de nombreux innocents.

— Tu nous as sauvés une fois de plus, remarqua Roan d'une voix neutre.

Les joues de Lara s'empourprèrent.

— Je n'ai fait qu'accomplir mon destin, seigneur Roan, répondit-elle.

— Etes-vous sûrs que la terre est assez fertile ? demanda Floren, inquiet.

— La terre est fertile, répondit Magnus Hauk en plongeant son regard dans les yeux marron de Floren.

Inexplicablement, cela sembla rassurer le chef des Blathma.

— Merci, seigneur Dominus, dit-il.

Les traits de Floren se détendirent pour la première fois depuis qu'il était entré dans la tente.

— A présent, leur rappela Lara, il ne vous reste plus qu'à prêter allégeance à Magnus Hauk, le Dominus de Térah.

Un par un, les chefs de clans avancèrent d'un pas et posèrent un genou à terre devant le dirigeant de Térah. Lara leur expliqua qu'ils devaient prendre ses mains et les presser sur leur front et leur cœur avant d'embrasser la bague qu'il portait à sa main droite et qui symbolisait sa fonction. Chaque chef de clan prononça le même serment en répétant ces gestes.

— Je fais le serment que mon clan et moi-même resterons loyaux à Magnus Hauk, le Dominus de Térah. Nous répondrons à son appel pour protéger Térah tout comme il nous protégera de nos ennemis.

Magnus Hauk répondit chaque fois de la même manière.

— J'accepte votre loyauté et vous promets la mienne. Je veillerai à votre sécurité, en échange de quoi votre clan et vous-même répondrez à mon appel si j'ai besoin de vous pour le bien de Térah.

— C'est terminé, mes amis, dit Lara lorsque tous eurent prêté serment. Je vous remercie de votre confiance. Souvenez-vous que vous ne devez rien révéler de tout ceci, même à vos femmes — pour le bien des Terres Extérieures et de son peuple.

Tous acquiescèrent en silence.

Lara se tourna vers Liam, le chef du Fiacre, et lui fit signe d'approcher.

— Mes enfants…, commença-t-elle.

— Ils vont bien ! s'empressa-t-il de la rassurer.

— Bien sûr qu'ils vont bien ! répondit Lara avec un sourire. Je savais qu'ils seraient en sécurité auprès de toi, Liam. Je voulais juste te dire que j'aimerais qu'ils restent avec toi, si tu n'y vois pas d'inconvénient… Dillon et Anoush sont des membres du Fiacre. Leur place est au sein du clan. Lorsque je donnerai un héritier au Dominus, il voudra que je m'en occupe exclusivement. Je ne voudrais pas que les enfants de Vartan soient négligés — pas même par leur propre mère…

— Viendras-tu leur rendre visite lorsque nous aurons été déplacés ? demanda Liam.

— Bien sûr ! s'écria Lara. Ils sont la chair de ma chair et je les aime d'autant plus que je ne peux pas être une bonne mère pour eux. Mes pouvoirs se sont développés pendant mon séjour à Térah. Je pourrai m'en servir pour vous rendre visite. Comment va Noss ?

— Elle attend encore un enfant, répondit Liam avec un sourire plein de fierté. Elle veut un autre garçon. Elle dit qu'elle ne pourrait pas rêver meilleure fille qu'Anoush…

Il rougit brusquement, réalisant à quel point ses mots avaient dû blesser Lara.

Celle-ci vit son air désolé et posa une main réconfortante sur son bras.

— Non, Liam, je comprends très bien — et c'est la vérité. Anoush était encore un nourrisson quand j'ai quitté le Fiacre. Je suis heureuse qu'elle ait Noss, tout comme je suis heureuse que Noss l'ait auprès d'elle.

— Comment es-tu allée à Térah ? voulut savoir Liam.

— Arcas m'a trahie en ignorant qu'il ne faisait qu'accomplir mon destin. Il pensait m'offrir comme esclave à Magnus Hauk pour gagner ses faveurs. Il ne m'a pas fallu longtemps pour détromper le Dominus, expliqua Lara avec un fin sourire.

Puis elle raconta à Liam comment elle avait levé la malédiction qui pesait sur les hommes de Térah.

— Tes pouvoirs se sont effectivement beaucoup développés, remarqua-t-il. Ta mère vient régulièrement rendre visite aux enfants, tu sais. Elle les aime beaucoup et amène souvent son fils avec elle.

— Je vais demander à Ethne de lui expliquer ce qui se passe, dit Lara. Ethne peut communiquer avec elle depuis Térah, contrairement à moi. A vrai dire, je n'ai jamais essayé…

— Repars-tu pour Térah cette nuit ? demanda Liam.

— Oui. Nous ne sommes venus que pour vous informer de ce qui se passait et vous proposer un asile. Magnus ne peut pas quitter son pays très longtemps — son peuple est très dépendant de lui.

— Que penseront les Térans lorsqu'ils nous découvriront sur la plaine ? demanda Liam, curieux.

— Ils ne savent pas ce qui se passe derrière les montagnes d'Emeraude, répondit Lara. Je ne suis même pas certaine qu'ils sachent qu'il y a une plaine… Ils acceptent ce qu'on leur dit et ne se posent pas beaucoup de questions. Ils récoltent la soie, tissent des étoffes, fabriquent des bijoux et des produits de luxe qui sont ensuite envoyés au Dominus pour être échangés contre du sel, du bois, des perles et des fourrures avec la Province Côtière.

— Je n'arrive pas à croire que les rois de la Province Côtière n'aient jamais eu envie de visiter Térah, dit Liam.

— Les Térans ne les autorisent pas à approcher de leurs côtes. Ils les ont menacés de rompre tout commerce avec Hétar si cette clause n'était pas respectée. Les rois de la Province Côtière perdraient leurs privilèges en même temps que les produits de luxe qu'ils importent. Ils ont donc accepté les conditions que les Térans leur imposaient.

Liam hocha la tête.

— Ces rois de la Province Côtière sont des hommes prudents, remarqua-t-il. J'aurais été plus curieux…

— Il est temps que je m'en aille, dit Lara. Je vois que Kaliq est épuisé et le jour sera déjà levé lorsque nous rentrerons à Térah…

Elle l'embrassa sur les joues.

— Adieu, Liam. Nous nous reverrons lorsque vous serez installés sur Térah, promit-elle.

— Je ne transmets pas tes amitiés à Noss ? lui demanda-t-il.

— Liam ! s'écria-t-elle, les sourcils froncés. Noss ne doit pas savoir que je suis venue.

Le jeune homme, au comble de l'embarras, devint cramoisi.

— Je suis désolé, dit-il. J'avais oublié…

— Tu ne dois pas oublier ! l'avertit-elle.

— Je ne le ferai plus, lui promit-il.

Lara acquiesça puis se dirigea vers Rendor.

— Nous devons partir, Rendor, dit-elle.

— As-tu ensorcelé les jetons du sac ? lui demanda-t-il. Je pourrais jurer que j'ai senti le mien se jeter dans ma main…

Lara esquissa un sourire.

— Ne vaut-il pas mieux que les deux clans les plus puissants partent les derniers ? Je ne crois pas qu'il aurait été prudent que le chef du haut conseil des Terres Extérieures parte dès le début. En revanche, il m'a semblé que les Devyn devaient arriver les premiers, de manière à pouvoir raconter la migration des clans depuis la terre ancestrale.

— Et Floren juste après pour ne pas lui laisser le temps d'y réfléchir davantage et de soulever des objections…, ajouta Rendor en riant. Que se passera-t-il s'il en parle à sa femme sans le faire exprès ?

— Demain matin, tous les chefs de clans à part toi auront oublié cette réunion, Rendor. Ils ne s'en souviendront que le lendemain de leur déplacement sur Térah. J'ai pensé que ce serait mieux ainsi. Nous ne pouvons prendre aucun risque face à Hétar.

— Tu as pensé à tout, remarqua Rendor avec admiration.

— J'espère…, répondit Lara. Maintenant, retournez tous au festin !

Rendor hocha la tête et l'embrassa sur les joues. Puis il partit en entraînant les autres chefs de clans hors de la tente. Après leur départ, Lara fit disparaître la tente d'un geste de la main. Kaliq s'évanouit aussitôt après et Magnus tourna vers Lara un regard interrogateur.

— Nous rentrons chez nous, lui dit-elle en faisant un deuxième geste.

L'instant d'après, ils se trouvaient au château, dans la chambre du Dominus.

— Toute cette magie m'émerveille, avoua Magnus.

— Merci pour tout, répondit Lara.

— Tes amis ont l'air d'être de braves gens, remarqua-t-il. Ils s'adapteront très bien à Térah. Comme mon peuple, ils préfèrent s'occuper de leurs propres affaires, mais — qui sait ? — les deux moitiés de Térah finiront peut-être par se rencontrer… Pas maintenant, mais plus tard. Pendant que les Térans continueront à produire de belles choses, tes clans pourront nourrir notre monde.

— Floren serait ravi de t'entendre, ironisa Lara. Pour lui, il n'y a pas de beauté plus grande que celle de la terre et de ce qui y pousse…

Elle devint songeuse.

— Je ne dois pas oublier de transporter le cercle de pierres du Grand Rassemblement à l'endroit de Térah qui conviendra le mieux. Les festivités de l'année prochaine promettent d'être grandioses…

— Au fait, de quoi parlais-tu avec ce jeune homme ? lui demanda Magnus. Il s'agissait bien de Liam, le successeur de ton mari ?

— Oui, répondit Lara. Je voulais le rassurer en lui disant que je n'essaierai pas de leur reprendre mes enfants.

— Tu ne veux pas qu'ils soient auprès de toi ? demanda Magnus, surpris.

— Ils appartiennent au Fiacre — que Dillon dirigera peut-être un jour, expliqua Lara. Pour ça, il ne doit pas être élevé comme un Téran. Et mon amie Noss, la femme de Liam, aime ma fille comme si c'était la sienne. Elle a déjà deux fils et attend un troisième enfant. Liam m'a dit qu'elle voulait encore un garçon — parce qu'elle ne pourrait pas rêver meilleure fille qu'Anoush.

Magnus passa un bras autour de ses épaules et Lara ne put réprimer ses larmes. Il caressa doucement ses boucles blondes.

— Donne-moi une fille, murmura-t-il. Donne-moi une petite fée aux cheveux blonds… Je sais qu'elle ne remplacera pas Anoush, mais tu l'aimeras et la verras grandir…

— Sais-tu que Vartan a d'abord été déçu à la naissance de Dillon ? confia Lara en reniflant. Il voulait une fille. Je savais qu'il lui fallait d'abord un fils, un héritier, mais il voulait une fille… Je lui en ai donné une trois ans plus tard. Elle n'aura aucun souvenir de lui, Magnus, pas plus qu'elle n'en aura de moi…

— Tu lui rendras visite lorsque le Fiacre sera en sécurité sur Térah, promit-il. Et tu pourras la faire venir au château de temps en temps…

— C'est Noss qu'elle voit comme sa mère, et Noss l'aime comme si elle lui avait donné naissance. Je ne veux pas m'immiscer entre elles…

Lara se remit à sangloter.

— Elle apprendra en grandissant que je lui ai donné la vie, mais c'est Noss qu'elle aimera, pas moi…

Le Dominus ne savait plus que dire pour la réconforter.

Il se contenta donc de tenir la femme qu'il aimait dans ses bras jusqu'à ce qu'elle arrête de pleurer.

Lara leva les yeux vers lui.

— Je t'aime, Magnus, lui dit-elle.

— Je commence à m'en rendre compte, répondit-il. Tu sais déjà que tu es tout pour moi…

Lara acquiesça, les cils encore perlés de larmes.

— Allons-nous commencer à préparer notre mariage ? demanda Magnus.

Elle acquiesça de nouveau.

— Bientôt ? insista-t-il, le sourire aux lèvres.

— Le plus tôt possible, répondit-elle.

— Ensuite, nous pourrons aller visiter Hétar, conclut-il.

— Tu veux toujours y aller ? lui demanda-t-elle, surprise.

— Oui, répondit-il. Avant que l'invasion des Terres Extérieures ne commence… Je veux entendre ce que ces gens ont à dire et comprendre leur manière de penser. Nous nous y rendrons discrètement, juste toi et moi. Nous nous promènerons dans la capitale et écouterons les conversations… On peut apprendre beaucoup de cette manière…

— Il est plus prudent de connaître ses ennemis, reconnut Lara. Les Hétariens sont de grands bavards, Magnus. Tu devrais en apprendre beaucoup… Mais je pense que tu seras surpris par les différences entre Hétar et Térah. Les Térans sont heureux de vivre confortablement, de travailler chaque jour et d'être en paix avec leurs voisins. Les Hétariens ne s'intéressent qu'à la manière dont ils apparaissent aux yeux de leurs voisins et aux profits qu'ils peuvent faire.

— Pourquoi ? lui demanda-t-il.

Lara haussa les épaules.

— Je n'en sais rien. C'est simplement leur mode de vie…

— Comment voyagerons-nous ? demanda-t-il encore.

— Par magie, répondit-elle. C'est plus simple et plus rapide. Nous nous présenterons comme des voyageurs ordinaires qui visitent la capitale, des fermiers aisés des Terres du Milieu, par exemple…

Elle ne put s'empêcher de sourire.

— Vont-ils me comprendre quand je parlerai ?

— Nous parlons la même langue, toi et moi, Magnus, lui fit remarquer Lara. Nous la parlons tous…

— Nous devrions dire à mon peuple que nous partons en voyage de noces dans mon autre château, au pied des montagnes d'Emeraude, suggéra le Dominus. Ainsi, nous pourrons visiter Hétar la conscience tranquille.

— Il faut aussi que tu voies le Désert des princes de l'Ombre, dit Lara. Et même le domaine des seigneurs de la Forêt. Ma mère pourra y garantir notre sécurité.

— J'ai hâte que tu sois ma femme, ma Domina, avoua-t-il d'une voix rauque en la serrant dans ses bras. Il ne me suffit plus que nous soyons amants. Je ne serai satisfait que le jour où tu m'appartiendras — à moi seul !

Lara ne chercha pas à argumenter — cela n'aurait servi à rien. Elle allait bien devenir sa femme, sa Domina, mais elle n'appartiendrait jamais à aucun homme. Pas même à Magnus Hauk. Elle leva son visage vers lui pour lui donner un baiser.

13.

— Je dois superviser le transport des clans vers leur nouveau foyer, dit Lara à Magnus le matin du jour prévu pour le déplacement des Devyn.

Des messagers avaient déjà transmis aux sept fjords habités la nouvelle du mariage du Dominus avec la superbe fée qui avait délivré les Térans de la malédiction d'Usi.

— Mais notre mariage approche, protesta Magnus.

— Je serai rentrée à temps, promit-elle. Ça ne prendra que quelques jours. D'ailleurs, les couturières ont déjà terminé ma robe. Je n'ai jamais eu de vrai mariage avec Vartan, tu sais… Je vais adorer le nôtre — même si j'en doutais au début… De plus, Sirvat a tenu à s'occuper du menu du festin. Je reviendrai avant l'arrivée de ta mère et de tes sœurs, c'est promis. Il ne faut pas que dame Persis pose des questions auxquelles tu ne peux pas répondre…

Elle esquissa un sourire malicieux. Son humeur était manifestement plus légère depuis leur réunion au Grand Rassemblement. Il pouvait presque sentir le poids qui avait été enlevé de ses épaules.

— Alors vas-y, concéda-t-il. Mais si j'ai besoin de toi ?

— Tu n'auras qu'à appeler mon nom, répondit Lara. L'amour nous lie l'un à l'autre, Magnus… Si tu as besoin de moi, je t'entendrai.

Après l'avoir embrassé tendrement, elle disparut dans un brouillard d'un mauve délicat.

Lara avait l'impression que ses pouvoirs ne cessaient d'augmenter. Elle réapparut au milieu d'un village devyn alors que l'aube venait de poindre. Elle aperçut aussitôt Kaliq et se dirigea vers lui.

— Est-ce que ça a été difficile ? lui demanda-t-elle.

— Non, répondit-il. Pas autant que ça le sera pour les autres clans. Dès que nous avons appris que Gaius Prospéro projetait son invasion pour le printemps, mes frères et moi avons cessé de soutenir la barrière de protection des Terres Extérieures. Grâce à cela, nous avons pu recouvrer assez de forces pour entreprendre de déplacer les clans.

— Allons-nous réveiller Accius ? demanda Lara.

Le prince de l'Ombre acquiesça. Ils se rendirent ensemble dans la maison du chef des Devyn et entrèrent dans la grande salle. Ils le découvrirent dans un fauteuil près de la cheminée, encore engourdi de sommeil. Il était évident qu'il avait passé la nuit là.

— C'est fait ? demanda Accius.

— C'est fait, répondit Kaliq.

— Nos trois villages ?

— Tous les trois, lui assura Kaliq.

Accius se leva.

— J'aimerais aller dehors, dit-il.

Tous trois sortirent de la maison du barde au moment où le soleil apparaissait à l'horizon. Accius jeta autour de lui des regards émerveillés.

— C'est magnifique ! s'exclama-t-il gaiement. Tu avais raison, Lara : je n'ai jamais vu d'herbe aussi verte !

— J'espère que vous serez heureux ici, répondit-elle.

— Seul un fou ne serait pas heureux ici ! Il faut que j'aille sur la place pour sonner la cloche de rassemblement. Je dois expliquer aux habitants ce qui vient de se passer. Voudrez-vous bien me conduire aux autres villages après ça ?

— C'est promis, répondit Lara. Kaliq va aller se reposer. Cette nuit, ses frères et lui auront la lourde tâche de déplacer le clan des Blathma.

Elle envoya un baiser au prince de l'Ombre qui commençait à s'effacer, puis elle escorta Accius jusqu'à la place du village. Le chef des Devyn fit tinter la cloche de rassemblement pour inviter tous les habitants à le rejoindre.

Accius attendit avant de commencer que tous les hommes, femmes et enfants ensommeillés se soient attroupés autour de lui.

— Ecoutez-moi, mes amis ! leur dit-il. Un grand miracle s'est produit pendant la nuit !

Il leur raconta la réunion secrète qui s'était tenue pendant le Grand Rassemblement et les informa des projets d'invasion d'Hétar. Il leur expliqua que Lara avait découvert une terre merveilleuse du nom de Térah, où elle avait pu leur trouver un asile. Enfin, il raconta comment les princes de l'Ombre avaient accepté de les transporter sur Térah avec toutes leurs possessions.

— La nuit dernière, dit Accius, vous vous êtes endormis dans vos Terres Extérieures bien-aimées. Vous vous réveillez sur Térah, mes amis ! Regardez autour de vous !

Les Devyn étaient paralysés par la surprise. C'était une nouvelle difficile à admettre. Les uns après les autres, ils commencèrent à regarder autour d'eux. C'était bien leur village familier, mais le sol sur lequel il reposait semblait différent. Leurs regards se portèrent au-delà des habitations. L'herbe de la plaine était plus verte qu'ils ne l'avaient jamais vue. Les villageois se mirent à discuter avec excitation. Finalement, une femme prit la parole.

— Cette plaine est sur Térah, non dans les Terres Extérieures ? demanda-t-elle.

— Oui, lui répondit Lara.

— Et nous sommes à l'abri des Hétariens ?

— Oui, répondit encore Lara. Vous êtes très loin d'Hétar, au-delà de la mer de Sagitta. Vous voyez ces montagnes, là-bas ? De l'autre côté se trouvent les sept fjords habités de Térah. Le dirigeant de ce pays, le Dominus Magnus Hauk, a accepté de donner asile aux clans des Terres Extérieures en échange de leur allégeance. Les chefs de tous les clans lui ont déjà prêté serment. Cette plaine était inhabitée : vous n'allez donc déranger personne. Les Térans sont des hommes casaniers. Il est peu probable que vous les rencontriez un jour — ils ne savent même pas ce qui se trouve de l'autre côté des montagnes…

— Où sont les autres clans ? demanda quelqu'un.

— Nous allons déplacer un clan chaque nuit jusqu'à ce que tout le monde soit en sécurité sur Térah, expliqua Lara. L'ordre a été tiré au sort et les Devyn sont les premiers déplacés. A la même heure, demain, les Blathma seront installés sur leurs nouvelles terres. Puisque vous êtes un clan de bardes et de poètes, je suis heureuse que vous arriviez les premiers. Vous pourrez observer les clans au moment de leur découverte de cet immense changement dans leur vie. Il vous appartient d'écrire et de chanter l'histoire de votre peuple, afin que les générations à venir sachent ce qui s'est passé en notre temps.

— Une fois de plus, la fée Lara nous a sauvés d'Hétar, conclut Accius. Nos chansons devront bien faire comprendre le grand rôle qu'elle a joué dans nos destins…

Un murmure d'approbation s'éleva de la foule.

— A présent, dit Lara, Accius et moi devons aller visiter

les deux autres villages pour informer les membres du clan de ce qui s'est passé cette nuit.

Sur ces mots, elle prit la main du chef de clan dans la sienne.

Accius fut stupéfait de se retrouver, l'instant d'après, dans le second village.

Lara ne put s'empêcher d'éclater de rire.

— Mes pouvoirs se sont développés depuis notre première rencontre, reconnut-elle. Maintenant, allez sonner la cloche pour que nous annoncions la nouvelle aux villageois.

Une fois encore, des silhouettes ensommeillées titubèrent hors de leurs maisons pour se rassembler sur la place. Accius et Lara expliquèrent de nouveau ce qui venait de se passer pour rencontrer l'incrédulité, puis le soulagement. Ils se rendirent ensuite au troisième village où la scène se répéta pour la troisième fois. Tous les Devyn étaient en sécurité sur Térah. Lara resta avec Accius et sa famille jusqu'au matin suivant, lorsque Kaliq vint la chercher.

Le prince de l'Ombre semblait épuisé par l'effort que lui avait coûté le déplacement des Blathma. La tâche de transporter les hommes, les champs et les bâtiments du clan de Floren avait été titanesque. Lorsque le jour se leva sur les nouveaux villages du Fiacre, Liam sortit de sa maison en tenant un petit garçon par la main. Lara ne put réprimer un cri. Elle courut vers l'enfant et tomba à genoux pour le prendre dans ses bras.

— Dillon ! Mon fils ! s'écria-t-elle en serrant fort le garçon et en lui embrassant les joues.

Puis elle le tint à bout de bras pour le regarder.

— Comme tu as grandi depuis un an…, dit-elle.

Elle écarta une mèche de cheveux qui lui cachait les yeux.

— Vas-tu rester avec nous, maman ? lui demanda-t-il.

Lara soupira.

— Non, Dillon, je ne peux pas rester, répondit-elle. Mais quelque chose de magique et de merveilleux s'est passé cette nuit…

Elle se releva.

— Liam, veux-tu rassembler les villageois de Camdene, que je puisse leur annoncer la nouvelle ? demanda-t-elle au chef du Fiacre.

Lorsque tous les habitants de Camdene, le village principal du clan, furent rassemblés, Lara leur expliqua le projet d'invasion d'Hétar, puis ce que les princes de l'Ombre et elle avaient fait pour protéger les clans des Terres Extérieures. Comme les Devyn et les Blathma avant eux, les membres du Fiacre furent stupéfaits.

Tout en parlant, Lara aperçut Noss, qui tenait une petite fille par la main. Elle reconnut aussitôt Anoush, sa propre fille. Lorsqu'elle eut terminé son discours, Noss s'approcha pour la saluer. Lara sentit en elle plus d'inquiétude que de chaleur.

— Qu'est-ce qui ne va pas, Noss ? demanda-t-elle à son amie.

— Vas-tu reprendre les enfants ? lui demanda Noss.

Lara comprit aussitôt que son amie avait peur de perdre Anoush.

— Vartan et moi leur avons donné la vie, répondit doucement Lara. Mais ils appartiennent au Fiacre et doivent grandir au sein du clan. Dillon se souviendra toujours de moi. Anoush, elle, ne connaît que toi pour mère. Lorsqu'elle sera assez grande, elle comprendra que je lui ai donné naissance, mais que tu as été sa mère d'une manière qui ne m'était pas permise.

Noss se mit à sangloter doucement.

— Je suis désolée…, hoqueta-t-elle. Je sais que je suis

égoïste, Lara, mais j'aime tellement Anoush… J'ai toujours voulu une fille et je ne semble capable d'enfanter que des garçons. Je vais donner naissance à un autre fils au milieu du printemps.

— Et je t'ai donné une fille…, ajouta Lara. Tu ne dois pas te sentir coupable, ma petite Noss. Je te suis très reconnaissante d'aimer Anoush comme tu le fais. Les enfants de Vartan sont un véritable symbole pour le Fiacre. Je ne les arracherai jamais à leur clan. Je vais bientôt épouser le dirigeant de Térah et lui donner des enfants. Je leur donnerai mon amour, Noss, mais je n'oublierai pas pour autant le fils et la fille que j'ai eus d'abord. Je vais désormais pouvoir leur rendre visite, ce qui m'était impossible en Hétar.

Lara s'agenouilla et sourit à Anoush qui se cachait à moitié dans les jupes de Noss.

— Bonjour, Anoush, je m'appelle Lara, lui dit-elle.

Anoush la regarda avec de grands yeux mais ne répondit rien.

— Elle ne parle pas encore beaucoup, s'empressa de préciser Noss. Et je crois aussi que tu l'intimides un peu.

— Oui, admit Lara, le cœur déchiré par cette évidence. C'est normal, puisqu'elle ne me connaît pas…

Brusquement, Anoush tendit la main pour toucher l'étoile de cristal que Lara portait autour du cou.

— Joli ! dit-elle.

Lara esquissa un sourire triste.

— Oui, c'est joli, répondit-elle. Qui sait ? Tu en auras peut-être une un jour.

Elle se releva.

— Je dois y aller, maintenant, dit-elle à son amie. Liam et moi devons visiter les autres villages pour expliquer à tout le monde ce qui s'est passé pendant la nuit.

— Est-ce que tu l'aimes ? demanda doucement Noss.

— Le Dominus ? Oui, je l'aime. Tu le rencontreras un jour, promit-elle. Au revoir, Anoush !

Elle déambula quelques instants à la recherche de son fils. Dillon et elle se parlèrent à voix basse pendant de longues minutes, puis Lara se pencha pour serrer son fils dans ses bras et l'embrasser sur les joues avant de partir.

Les princes de l'Ombre s'étaient répartis en deux groupes pour pouvoir se relayer à la tâche. Les Piaras et les Tormod ne seraient pas difficiles à déplacer : leurs mines, qui étaient leur plus grande richesse, seraient laissées sur place. Mais le déplacement des deux derniers clans allait exiger des efforts colossaux, puisqu'il fallait emporter avec eux leurs troupeaux de chevaux et de moutons. Néanmoins, lorsque la neuvième aube se leva sur la plaine de Térah, tous les clans des Terres Extérieures étaient installés sur leurs nouvelles terres et les Devyn avaient commencé à écrire le récit de ce voyage miraculeux.

Le dixième jour, Lara et les princes de l'Ombre réunirent les chefs de clans, dont les pierres sacrées avaient été transportées sur la plaine de Térah. Chacun exprima la grande satisfaction des membres de son clan. Floren, surtout, ne tarissait pas d'éloges sur la fertilité de ses terres. Comme le sol de Térah ne gelait jamais, il avait déjà commencé à planter. Torin, le chef des Gitta, était pleinement d'accord avec Floren. De leur côté, Imre et Vanko étaient déjà entrés en contact avec les nains des montagnes pour leur demander la permission d'ouvrir de nouvelles mines. Les négociations, facilement menées, devaient se conclure prochainement. Enfin, Liam, Roan et Rendor s'accordaient à dire que la plaine de Térah offrait les meilleurs pâturages qu'ils aient jamais vus.

— Ainsi, vous êtes satisfaits ? leur demanda Lara.

— Oui, répondit Rendor au nom de tous.

— Dans ce cas, nous sommes heureux de vous savoir en sécurité, conclut Kaliq.

Le prince se tourna vers Lara.

— Je vais maintenant retourner dans le Désert, lui dit-il. Mes frères et moi avons besoin de repos. Nous sommes très affaiblis par le déplacement des clans et les mois passés à soutenir la barrière magique autour des Terres Extérieures. Or vous pourriez avoir bientôt besoin de notre aide…

— Ça ira ? lui demanda Lara, un peu inquiète.

— Oui, la rassura-t-il. Nous aurons recouvré nos forces avant que Gaius Prospéro et ses mercenaires n'envahissent les Terres Extérieures.

Lara soupira.

— Tu sais, Magnus aimerait se rendre dans la capitale pour observer les Hétariens…, confia-t-elle à son ami.

Le prince de l'Ombre acquiesça.

— Je comprends ses raisons, répondit-il. Sois prudente, mon amour.

— C'est promis.

— Allez-vous vous marier avant de faire le voyage ?

— La cérémonie aura lieu dans quelques jours, expliqua-t-elle. Je dois rentrer au château aujourd'hui même. Il reste des ajustements à faire sur ma robe et Sirvat va vouloir mon avis sur le menu du festin — bien qu'il vaille mieux qu'elle en décide elle-même. Surtout, il faut que je sois rentrée avant que la mère de Magnus n'arrive… Elle a la manie de laisser traîner ses yeux et ses oreilles partout. Si elle ne me voit pas, elle va poser un millier de questions — dont certaines n'auront peut-être pas de réponse…

Elle pouffa doucement.

— Allons, il est temps que nous repartions l'un et l'autre, conclut Kaliq. Seigneurs, je vous fais mes adieux, en vous souhaitant d'être heureux et prospères sur vos nouvelles terres.

— Comment pouvons-nous vous remercier, vos frères et vous ? demanda Rendor. Allons-nous seulement vous revoir un jour ?

— Il est inutile de nous remercier, seigneur Rendor, répondit gracieusement Kaliq. Quant à savoir si nous nous reverrons, l'avenir le dira… Lara, mon amour, adieu.

Il déposa comme à regret un léger baiser sur ses lèvres, puis disparut dans les ombres de la fin d'après-midi.

— Je dois partir aussi, dit Lara aux chefs de clans. Mon mariage approche… Quant à vous, vous devez retourner dans vos villages. Chevauchez dans la même direction que vous preniez sur les Terres Extérieures : vous serez chez vous dans une heure. A l'avenir, vous trouverez ce lieu exactement à la même distance de vos villages qu'il l'était autrefois.

La jeune femme se prépara à les quitter.

— Attends ! s'écria Rendor.

— Qu'y a-t-il ? demanda Lara, surprise.

Les chefs de clans vinrent l'entourer en silence, puis Rendor reprit la parole.

— Nous avons tous prêté serment à Magnus Hauk, Lara, dit-il. A présent, nous voudrions t'offrir notre loyauté, à toi aussi — puisque tu es le véritable chef des Terres Extérieures…

Les sept hommes s'agenouillèrent devant elle l'un après l'autre et prirent ses mains délicates dans les leurs. Ils les pressèrent sur leur front, leur cœur et leurs lèvres en lui prêtant serment. Des larmes emplirent les beaux yeux verts de Lara avant de couler lentement sur ses joues pâles. Lorsque le rite fut achevé, ils levèrent le bras droit pour la saluer.

— Domina ! s'écrièrent-ils d'une seule voix.

Lara se mordit la lèvre pour ravaler les émotions qui menaçaient de la submerger.

— Merci, mes amis..., trouva-t-elle la force de répondre.

Les chefs de clans lui sourirent en silence. Puis chacun se mit en selle et prit une direction différente, pour disparaître de la vue de Lara presque aussitôt. La jeune femme soupira doucement.

— Château..., murmura-t-elle.

Elle quitta le lieu du Grand Rassemblement pour se retrouver, l'instant d'après, dans ses appartements.

Sirvat l'attendait avec impatience.

— Le Grand Créateur soit loué ! Te voilà..., s'écria-t-elle. Le navire de ma mère a été aperçu à l'entrée du fjord... Magnus est fou d'inquiétude... Tu es partie plus longtemps que tu ne l'avais annoncé !

— Va lui dire que je suis rentrée, répondit Lara. Je cours me laver et me changer pour accueillir dame Persis.

Pour gagner du temps, elle retira ses vêtements tout en marchant et les tendit à la servante qui était accourue pour l'aider. Puis elle se lava dans la petite baignoire du quartier des femmes qui était désormais le sien. Sa belle chevelure était ternie par la poussière du voyage. Elle la lava et la rinça deux fois avant de l'envelopper dans une serviette. La servante l'aida à se sécher puis lui tendit une robe en laine légère, droite, avec des manches longues et un col rond. L'étoffe, d'un rouge très sombre, était d'une grande sobriété. Lara s'assit sur un banc pour laisser deux servantes lui sécher vigoureusement les cheveux avec des linges de soie. L'une d'elles lui fit une tresse unique qu'elle attacha avec un ruban de soie assorti à la robe. Lara enfila ensuite de délicates chaussures de cuir pendant qu'une autre servante lui fixait une autre chaîne d'or autour de la taille.

Sirvat fit irruption dans la pièce à cet instant.

— Le Grand Créateur soit loué ! Tu es prête... Ma mère vient tout juste de débarquer de son navire !

Elle saisit la main de Lara pour l'entraîner hors du quartier des femmes. Elles se dirigèrent à la hâte vers l'entrée de la plate-forme, où Magnus Hauk attendait déjà sa mère en compagnie de son beau-frère.

— Elle est là ! s'écria Sirvat.

Lara sourit à Magnus et se jeta à son cou pour lui donner un long baiser plein de tendresse.

— Tu m'as manqué..., murmura-t-il à son oreille.

— Toi aussi, lui répondit-elle en souriant. Mais je ne réalise que maintenant à quel point...

— Mère arrive..., chuchota Sirvat en trépignant d'anxiété.

La plate-forme craqua et grinça lorsque le géant chargé de sa manipulation la mit en branle. Ils n'aperçurent tout d'abord que le sommet du crâne de dame Persis, puis sa personne tout entière apparut sur le palier. Le Dominus s'empressa d'ouvrir la barrière de protection et s'inclina devant sa mère.

— Soyez la bienvenue, mère, dit-il d'un ton cérémonieux en l'aidant à descendre de la plate-forme.

— J'espère que tu as quelque chose de chaud à boire, répliqua-t-elle. Ces heures en mer m'ont glacée jusqu'aux os ! Lara, vous êtes magnifique, comme toujours... Sirvat, Corrado, mes félicitations : vous n'avez pas encore l'air de vous être lassés l'un de l'autre.

Après les avoir salués, dame Persis prit le bras de son fils pour l'inciter à la conduire dans la grande salle du château.

— Vous devriez avoir une cape en fourrure, suggéra Lara à sa future belle-mère. De la martre, de préférence… La teinte chaude de cette fourrure vous irait à ravir.

Elle prit l'autre bras de dame Persis.

— Il fait souvent froid en mer, il me semble, ajouta-t-elle.

— Vous avez parfaitement raison, répondit dame Persis. Je devrais avoir une cape en fourrure… Magnus, pourquoi ne m'en as-tu jamais offert ?

— Parce que j'ignorais que vous en aviez besoin, madame, riposta le Dominus. Mais votre merveilleux gendre aurait dû le savoir…

— Tostig ? Il ne s'intéresse qu'aux besoins de Narda, persifla dame Persis.

— Vous ne repartirez pas d'ici avant d'en avoir une, promit Lara.

— Eh bien ! s'écria dame Persis. Avoir une belle-fille n'est peut-être pas aussi désagréable que je l'aurais cru…

La mère du Dominus décocha un sourire radieux à Lara qui le lui rendit poliment.

Ils atteignirent bientôt la grande salle. Magnus fit asseoir sa mère près du feu avec des égards infinis et pria un serviteur de lui apporter un grand verre de vin.

— Au nom du Grand Créateur ! Je te supplie de ne pas l'encourager…, murmura Sirvat à l'oreille de son amie. Notre vie va devenir un enfer si elle décide de revenir au château ! Crois-en mes souvenirs d'enfance : c'est la plus exigeante des femmes…

— Je ne veux pas d'elle ici, la rassura Lara. Mais il est vrai qu'elle n'était pas habillée assez chaudement… Au fait, où sont Narda et son mari ? Ils ne sont pas venus avec elle ?

— Apparemment pas…, répondit Sirvat. Elle se sera disputée avec eux, j'en suis sûre…

— Narda ? répondit dame Persis lorsqu'on l'interrogea. Non. Tostig et elle préféraient n'arriver que demain. C'est le mariage de son frère, et elle se comporte comme s'il s'agissait du plus banal des événements. Entre nous, elle pensait que Magnus ne se marierait jamais... Je crois même qu'elle rêvait de voir son fils aîné prendre sa succession...

— Vraiment ? murmura Lara. Je crains qu'elle ne soit déçue...

— Etes-vous déjà enceinte ? demanda dame Persis, la curiosité piquée au vif.

Lara secoua la tête.

— Pas encore, madame, répondit-elle. Mais je vous promets de donner des enfants à mon mari au moment opportun. Magnus aura un héritier. Les femmes qui ont une ascendance féerique ont le pouvoir de commander à la nature dans ce domaine, vous savez...

— Alors vous pourrez avoir autant de fils que Magnus en voudra ? demanda dame Persis.

— Nous aurons autant d'enfants que lui et moi le jugerons raisonnable, répondit Lara. A présent, je vous prie de m'excuser : je dois m'occuper du dîner. Sirvat, viens donc tenir compagnie à ta mère...

Elle lança un sourire espiègle à son amie en passant devant elle. Sirvat ne put s'empêcher de lui tirer la langue, mais Lara lui rendit sa grimace.

Pendant les jours qui suivirent, le château s'emplit de monde. Toutes les chambres, même les plus petites et les plus reculées, furent occupées par des cousins éloignés et des invités venus pour le mariage. Narda et Aselma arrivèrent avec leurs maris et leurs enfants. Elles s'irritèrent aussitôt d'avoir un logement plus petit que celui qu'on leur avait réservé pour le mariage de Sirvat. Lara leur offrit son plus doux sourire en haussant les épaules. Il y avait tant d'invités..., leur expliqua-t-elle. Après tout, il s'agissait du mariage du Dominus... Dame Persis sembla ravie que la contrariété de ses filles complique encore la situation.

Les responsables des sept fjords arrivèrent au château avec leurs familles en apportant des présents généreux pour le Dominus et sa fiancée. Il y avait des rouleaux d'étoffes colorées : de la soie, du satin, de la laine et des brocarts. Il y avait aussi des bols, des coupes, des assiettes et des plats en or et en argent — la plupart ciselés et incrustés de pierreries. Beaucoup offrirent des bijoux à Lara : des chaînes, des bagues, des bracelets, des colliers et des boucles d'oreilles. D'autres arrivèrent avec des moutons, des vaches ou des chevaux. Les habitants du fjord Lumineux — qui s'étaient spécialisés dans l'élevage de merveilleux oiseaux chanteurs — donnèrent aux mariés leurs plus beaux spécimens dans des cages d'or délicatement ouvragées. Ils reçurent aussi plusieurs meutes de chiens de chasse. Les trois anciennes concubines du Dominus se présentèrent avec leurs maris et de somptueux cadeaux. Uma et Dodek apportèrent une boîte laquée rouge emplie de perles multicolores : des blanches, des roses, des noires et des dorées. Felda et Norval leur offrirent un couple de chiots Enok — une espèce rare à la tête ronde, au regard intelligent et à la longue fourrure soyeuse. Alcippe et son mari Jencir apportèrent une histoire de Térah remise à jour, aux illustrations somptueuses, qui incluait même le récit du combat que Lara avait mené contre le spectre d'Usi pour délivrer le peuple de Térah de sa malédiction.

Kémina, la grande prêtresse du temple des Filles du Grand Créateur, se présenta avec une douzaine de jeunes prêtresses, et Arik vint avec un nombre égal de prêtres de la Confrérie. Dame Persis, enchantée de revoir son frère, l'accueillit avec effusion — l'incitant à se demander ce qu'elle pouvait bien attendre de lui.

Les derniers invités qui se présentèrent venaient du monde féerique. Ils arrivèrent de la mer sous la forme d'un brouillard mauve et argenté qui s'immobilisa au-dessus de la grande terrasse du château. Ilona, la reine des fées de la Forêt, se matérialisa la première, bientôt suivie par Thanos, son mari, et leur fils, le prince Cirilo. La reine portait une robe moirée aux infinies nuances de vert et une cape en fourrure à la chaude teinte brune. Sa chevelure blonde, sur laquelle était posée une délicate couronne d'or vert, flottait sur ses épaules. Après son apparition théâtrale, la famille de Lara prit tranquillement place parmi les autres invités.

La saison froide — d'après le nom que les Térans lui donnaient — avait déjà commencé, mais le temps restait beau et aucun flocon de neige n'était tombé. Les invités se rassemblèrent sur la grande terrasse qui surplombait le fjord pour assister au lever du soleil en compagnie des fiancés. Lara et Magnus étaient nus sous d'élégantes capes en fourrure blanche. Ils escortèrent ensuite le couple jusqu'aux bains, où ils purent admirer la perfection physique de ces deux êtres pendant qu'ils se lavaient et revêtaient leurs costumes de cérémonie. Puis les futurs époux entraînèrent leurs convives dans la grande salle, que l'on avait décorée de branches hivernales chargées de baies.

Tous admirèrent la robe de Lara. Elle était blanche, en laine mêlée de soie et brodée de minuscules pierreries qui étincelaient à chaque mouvement, chaque respiration de la mariée. Elle avait de longues manches étroites et un col qui retombait en plis gracieux sur sa poitrine. Le bas de la robe, qui descendait jusqu'au sol, moulait élégamment les jambes fuselées de Lara. La mariée portait autour du cou la chaîne en or et le pendentif en forme d'étoile que lui avait offerts sa mère bien des années auparavant. La flamme, au cœur du pendentif, brûlait doucement et régulièrement. Lara portait aux pieds des chaussures de cuir blanc ornées de pierreries. Ses longs cheveux avaient été tressés en d'innombrables nattes entrelacées de chaînes délicates, chacune relevée à l'aide d'épingles d'or et d'argent. Une couronne de feuilles tressées parachevait sa coiffure. Tous les invités s'accordèrent pour dire qu'ils n'avaient jamais vu plus belle mariée.

A ses côtés, le Dominus portait une longue tunique de laine blanche qui lui arrivait aux chevilles. Ses manches et son col étaient ornés de broderies dorées rehaussées de pierres précieuses. La ceinture qui dessinait sa taille était formée de grands anneaux d'or au centre desquels brillaient des pierres bleues. Ses bottes de cuir blanc étaient ornées de motifs dorés. Enfin, une couronne de feuilles, semblable à celle de Lara, reposait sur ses cheveux blond foncé.

Le Dominus prit la main de sa fiancée et l'entraîna vers une cheminée sculptée en forme de dragons marins et où brûlait un grand feu. Le silence se fit dans la salle.

Le grand prêtre Arik prit alors la parole.

— Acceptez-vous, Lara d'Hétar, fille de Swiftsword et d'Ilona, la reine des fées de la Forêt, et toi, Magnus Hauk, Dominus de Térah, fils du Dominus Ejnar, décédé, et de sa veuve Persis, de vous prendre mutuellement pour époux ? demanda-t-il.

— Oui, répondit Lara.

— Oui, lui fit écho Magnus.

— Alors, qu'il en soit ainsi aux yeux de tous et à ceux du Grand Créateur ! proclama Arik. Lara et Magnus, je vous déclare mari et femme. Que le Grand Créateur bénisse votre union, qu'il vous accorde beaucoup d'enfants et de grands bonheurs dans les années à venir ! La cérémonie est terminée. Il ne vous reste plus qu'à remercier vos invités.

Les deux époux se tournèrent vers l'assemblée d'où jaillit une immense ovation.

— Vive le Dominus Magnus ! Vive la Domina Lara ! s'écrièrent tous les convives d'une seule voix.

Puis tous applaudirent bruyamment pour féliciter leur Dominus d'avoir choisi Lara pour femme.

Magnus invita alors ses hôtes à jouir du festin de mariage. Après quelques instants de confusion, chacun trouva la place qui lui était attribuée à l'une des tables dressées dans la grande salle. Les serviteurs commencèrent aussitôt à faire défiler les plats. Les viandes, les volailles et les gibiers rôtis arrivèrent sur de grands plateaux d'argent. D'autres plateaux supportaient de grands poissons servis sur des lits d'algues. De délicieux fruits de mer étaient présentés crus ou cuisinés dans du vin. Puis vinrent des salades variées, des meules de fromages à pâte dure et des bols de fromages frais, accompagnés de pyramides de petits pains tout juste sortis du four. Pour finir, on servit de grands paniers de fruits.

Le vin coula à flots et le festin dura toute la journée, jusqu'au moment où les invités allèrent contempler le coucher du soleil en compagnie des nouveaux époux. Mais, contrairement à Sirvat et Corrado, le Dominus de Térah et sa Domina n'eurent pas le loisir de se réfugier aussitôt dans l'intimité de leurs appartements.

Lorsqu'ils eurent regagné la grande salle, les divertissements commencèrent. Des bardes vinrent chanter l'histoire de Térah et de nouveaux poèmes qui contaient comment une merveilleuse femme à moitié fée avait délivré le peuple de la malédiction d'Usi. Puis vinrent des acrobates, des jongleurs, des chiens savants et une troupe de petits félins qui dansèrent avant de s'entasser sur le dos d'un grand chien placide. Des clowns se promenèrent entre les tables en découvrant des pièces derrière les oreilles des invités ravis et en tirant des bouquets de fleurs de leurs manches. Les festivités se poursuivirent tard dans la nuit. Lorsque les convives commencèrent à se sentir las, une troupe de danseuses légèrement vêtues fit son apparition. Les jeunes femmes se glissèrent entre les tables avec des mouvements lascifs, tandis que des musiciens jouaient des airs sensuels au tambour et à la flûte. Finalement, lorsque les danseuses se retirèrent, Magnus Hauk se leva en tenant Lara par la main. Ensemble, ils remercièrent leurs invités et leur souhaitèrent un agréable retour chez eux. Puis ils quittèrent la grande salle sous les applaudissements des invités pour rejoindre leurs appartements. Des serviteurs les aidèrent à échanger leurs costumes de cérémonie contre de confortables robes de soie avant de les laisser enfin seuls.

— Es-tu satisfaite de ton mariage, ma jolie fée ? demanda Magnus en attirant Lara dans ses bras.

Le Dominus déposa un baiser sur la chevelure blonde de son épouse.

— C'était merveilleux..., répondit-elle. Et nous avons reçu tellement de cadeaux ! Nous n'avions aucun besoin de toutes ces choses. Nos invités ont été si généreux...

Pourquoi se sentait-elle aussi bien dans les bras de Magnus ce soir-là ? se demanda-t-elle. Il l'avait serrée contre lui d'innombrables fois... Pourtant, cette nuit-là, la sensation qu'elle éprouvait avait quelque chose de différent.

— Tu es magnifique, murmura Magnus. Je dois être l'homme le plus envié de Térah...

Il dénoua les lacets qui tenaient ensemble les deux moitiés de la robe de Lara, puis il glissa ses mains sous l'étoffe délicate pendant qu'elle dégrafait sa tunique. Il l'attira contre lui et tous deux soupirèrent de soulagement lorsque leurs peaux se rencontrèrent. Il pressa ses lèvres contre celles de Lara dans un voluptueux baiser qui sembla ne jamais devoir finir. Son désir commençait à s'éveiller, mais il s'efforça de refréner son ardeur. Leurs deux corps se connaissaient déjà si bien… Mais il voulait qu'elle se souvienne de cette nuit entre toutes, de cette nuit qui ne devait ressembler à aucune de celles qu'ils avaient passées ensemble, ni à aucune de celles qu'ils passeraient dans les années à venir.

Lara rejeta sa tête en arrière pour plonger son regard dans celui de son amant.

— Je t'aime, Magnus, dit-elle. Sache que ce sont des mots qu'une fée ne prononce jamais à la légère…

Elle prit le visage de Magnus Hauk entre ses mains et contempla ses beaux yeux turquoise.

— Mon cœur t'appartient, mon époux bien-aimé, reprit-elle. Tu es l'autre moitié de mon âme…

Magnus dégagea Lara de sa robe et quitta sa propre tunique, puis il prit son épouse dans ses bras pour aller la déposer sur le lit.

— Sans toi, lui répondit-il, je n'aurais ni cœur ni âme…

Il l'allongea doucement sur les draps.

Lara resta un instant stupéfaite par cette déclaration. Sentant les larmes lui monter aux yeux, elle enfouit son visage dans le cou de son amant.

Réalisant tout à coup la violence des émotions qu'il éveillait en elle, Magnus lui sourit tendrement et recueillit l'une de ses larmes du bout du doigt.

— Nous nous connaissons déjà bien, mon amour…, dit-il en s'asseyant à côté d'elle. Il n'y a aucune urgence à consommer notre union officielle… Alors laisse-moi te donner de nouveaux plaisirs.

Lara acquiesça en se demandant ce qu'il avait en tête. Elle le regarda tirer d'une armoire un petit panier en or empli de bouteilles et de fioles d'albâtre. Il revint vers le lit et la tourna sur le ventre. Du coin de l'œil, elle le vit hésiter longtemps avant de retirer le bouchon de l'une des fioles.

— Qu'est-ce que c'est ? lui demanda-t-elle.

— Une lotion spéciale, répondit-il en plaçant le flacon sous ses narines pour lui permettre d'en apprécier le parfum.

Puis il écarta de son dos ses longs cheveux dorés.

— De la pêche ? remarqua-t-elle, surprise.

— La pêche est mon fruit préféré, dit-il en versant un peu de lotion au creux de sa main.

Se servant des cuisses de Lara comme coussin, il étala lentement la lotion sur son dos.

— Ferme les yeux, recommanda-t-il. Laisse la sensation t'envahir…

Lara obéit. Aussitôt, elle prit conscience de ses caresses avec une rare intensité. Les larges mains de Magnus se promenaient sur son dos, faisant jouer leurs doigts habiles le long de sa colonne vertébrale. Elle s'abandonna au parfum de pêche tandis qu'il massait les deux lunes jumelles de ses fesses. Lorsque Magnus se déplaça pour frictionner ses jambes, elle réalisa à quel point son corps réagissait aux caresses de son mari et dut réprimer un gémissement.

Il remonta ensuite le long de son corps et Lara sentit ses dents s'imprimer fermement dans la peau de sa nuque. La douleur fugace fut suivie d'une série de doux baisers déposés sur la peau meurtrie.

— A présent, ma jolie fée, tourne-toi vers moi, murmura-t-il.

Il poussa sa langue au creux de son oreille, puis en

mordilla le lobe avant de l'aider à s'installer dans la position qu'il désirait. Lara s'allongea sur le dos et le regarda choisir une autre fiole. Lorsqu'il se fut décidé, il versa quelques gouttes d'un liquide doré entre ses seins. Cette nouvelle lotion sentait à la fois la pêche et le miel. Magnus lécha le filet de liquide parfumé jusqu'à le faire entièrement disparaître. Il en versa alors sur l'une de ses pointes de seins qu'il se mit à sucer tendrement.

Lara sentait le liquide, légèrement collant, pénétrer sa peau échauffée par la langue de son amant. Peu à peu, une sensation exquise l'enveloppa. Il laissa tomber quelques gouttes dorées sur son autre sein pour le sucer à son tour et Lara ne put réprimer un gémissement de délice. Sa poitrine fourmillait de sensations.

— Magnus, gémit-elle, le souffle court.

Pour toute réponse, il enduisit son propre torse de la même lotion et l'attira vers lui.

— Goûte ! ordonna-t-il.

Lara lui obéit sans la moindre hésitation. Le liquide qui couvrait sa peau avait un goût divin. Il lui fut bientôt impossible de s'arrêter de le lécher. C'était comme si elle devait à tout prix absorber jusqu'à la moindre trace. Alors Magnus lui pinça doucement les narines pour la forcer à le libérer.

— Encore ! supplia-t-elle. Encore !

Sans un mot, il glissa le long de son corps en feu. Les jambes fines de Lara s'enroulèrent autour de son torse lorsqu'il entra en elle, puis leurs rythmes s'épousèrent pour changer leur désir en une véritable explosion de joie. Leur joute amoureuse les laissa vidés, au bord de l'évanouissement. Lorsqu'ils revinrent à eux, les lueurs d'une aube nouvelle apparaissaient à l'horizon.

Que s'était-il donc passé ? Lara essaya de se rappeler du

désir qui les avait menés à cet état de si profonde faiblesse. Réalisant que Magnus était réveillé lui aussi, elle se demanda à quoi il pouvait bien penser.

— Magnus ? murmura-t-elle.

— Je ne t'ai donc pas tuée ? répondit-il dans un souffle. Le Grand Créateur soit loué...

Lara trouva la force de rire doucement.

— Non, tu ne m'as pas tuée... C'était ton intention ?

— Les lotions..., murmura-t-il. Je ne m'en étais jamais servi. Corrado les a achetées à un marchand hétarien. Ce sont des aphrodisiaques... Il a pensé nous faire plaisir.

— Mais seules les femmes de plaisir se servent d'aphrodisiaques ! expliqua-t-elle en riant à demi. Elles les utilisent quand le plaisir de leur client ne peut être obtenu par des moyens ordinaires, ou lorsqu'il n'a plus l'ardeur de sa jeunesse... Ces lotions ne sont pas faites pour des amants dans la fleur de l'âge, Magnus...

— Nous ne nous en servirons plus, promit-il.

— Nous n'en avons pas besoin, répondit-elle en se pelotonnant dans ses bras. Tu dois t'en débarrasser, Magnus... Je serai toujours capable de te donner du plaisir sans eux. Le seul son de ta voix me fait fondre de désir... Seulement, je suis tellement épuisée à présent que je vais devoir dormir ou m'effacer à jamais !

Elle ferma les yeux en soupirant, réconfortée par l'odeur familière de sa peau.

Le Dominus ne put s'empêcher de sourire. Il était aussi fatigué qu'elle — mais se réjouissait de ne pas avoir à l'admettre.

— Je vais peut-être me reposer un peu aussi, murmura-t-il pour la forme.

Lara réprima le rire qui lui venait et se détendit contre le torse de son mari jusqu'à ce qu'elle entende sa respiration devenir régulière. Alors seulement elle s'abandonna au sommeil.

Ils furent réveillés quelques heures plus tard — qui leur parurent bien courtes — par une servante qui se confondait en excuses.

— Domina, chuchota-t-elle en secouant doucement Lara par l'épaule. Vous devez vous réveiller…

Lara se redressa en ramenant la couverture sur elle.

— Que se passe-t-il ? demanda-t-elle.

— Dame Persis est sur le point de partir, répondit la servante. Elle insiste pour que le Dominus et vous veniez lui dire au revoir… Elle demande aussi la cape en fourrure que vous lui avez promise — et se permet de vous rappeler qu'il fait froid en mer.

Lara éclata de rire, puis secoua la tête avec une indulgence amusée.

— Dites à dame Persis que le Dominus et moi allons la rejoindre dans un instant, ordonna-t-elle. Dis-lui aussi qu'elle aura sa cape.

— Oui, Domina, répondit la servante avant de se retirer.

Lara se tourna vers Magnus.

— J'ai entendu, grogna-t-il.

— Nous ne pouvons pas la laisser partir sans lui dire au revoir…, le raisonna-t-elle.

— Et pour sa cape ? demanda-t-il. Nous n'avons pas le temps d'en faire fabriquer une — et elle refusera de partir sans…

— Elle l'aura, répondit Lara en quittant le lit.

— Par magie ?

— Tu vois une autre solution ? Sirvat dit qu'elle est tentée de revenir vivre au château. Si sa présence te fait plaisir, je ne m'y opposerai pas... Mais je la crois difficile à vivre — et je ne suis guère patiente avec les tracasseries.

— Je lui ferais construire son propre château plutôt que de la laisser revenir ici ! se défendit-il. Nous n'aurions plus jamais la paix et je ne peux pas gouverner un pays si je dois lutter contre le chaos sous mon propre toit...

Ils se lavèrent et s'habillèrent rapidement avant d'aller rejoindre dame Persis. Lara avait une magnifique cape de fourrure dans les bras. Ils retrouvèrent la mère du Dominus et ses deux filles aînées dans le grand salon du quartier des femmes.

— Elle ne voulait pas qu'on parte avant de vous avoir vus, leur dit Narda. Elle semble avoir oublié ce que c'est d'être jeunes et amoureux...

— Je n'ai rien oublié, petite idiote ! répliqua dame Persis.

— J'ai apporté votre cape, madame, intervint Lara.

Elle s'approcha de sa belle-mère pour poser le vêtement sur ses épaules.

— Vous ne souffrirez plus jamais de la saison froide, reprit-elle.

Elle ferma les délicats boutons dorés de la cape.

— Et elle a une capuche ! ajouta-t-elle en la relevant sur la tête de dame Persis.

Lara recula de deux pas pour admirer son œuvre.

— J'étais certaine que la martre vous irait à ravir, madame ! conclut-elle.

La mère du Dominus caressa l'épaisse fourrure. Elle examina coutures, boutons et boutonnières, et constata que l'ouvrage était parfait. Elle savait bien que le temps avait manqué pour faire fabriquer cette cape par des mains mortelles. Il ne pouvait donc s'agir que d'un présent magique. Elle sourit, enchantée et convaincue que sa belle-fille la respectait — du moins la respectait bien plus que ses trois filles réunies.

— C'est une cape merveilleuse, dit-elle enfin. Merci, Lara.

La Domina hocha gracieusement la tête.

— Je tiens toujours mes promesses, madame, dit-elle à dame Persis. A présent, je vous souhaite un agréable voyage de retour.

Elle prit la mère de son mari dans ses bras et l'embrassa sur les deux joues, puis fit ses adieux à ses deux filles. Les trois femmes n'eurent pas d'autre choix que de saluer le Dominus et de se diriger vers la plate-forme qui devait les mener vers le quai et leurs navires. Magnus Hauk referma la barrière de sécurité derrière elles et s'adressa au géant qui manipulait la plate-forme.

— Descends-les sur le quai, ordonna-t-il. En douceur…

La plate-forme se mit en branle et le trio disparut bientôt de leur vue.

— Affaire rondement menée, mon épouse…, complimenta Magnus. J'ai vu les mots se figer sur les lèvres de ma mère quand tu lui as donné congé avant autant de netteté que d'élégance.

— Moi aussi, pouffa Lara. Pouvons-nous retourner nous coucher, maintenant ?

Il éclata de rire et passa son bras puissant autour de ses épaules pour l'escorter jusqu'à leurs appartements. Ils s'y enfermèrent pendant les jours suivants, consacrant leur temps à manger, dormir et faire l'amour — mais sans l'aide des aphrodisiaques.

Ils discutèrent aussi du voyage à Hétar qu'ils projetaient. Mieux valait que personne ne le sache. Ils décidèrent donc de prétendre aller passer leur lune de miel dans le pavillon de chasse du Dominus, situé au pied des montagnes d'Emeraude, pour y jouir d'une parfaite intimité. Ils en informèrent Sirvat et Corrado. Prétextant que Lara allait pourvoir à leur confort par magie, ils refusèrent de partir avec des serviteurs. Ils décidèrent de s'y rendre avant le mois des neiges pour en revenir au printemps suivant.

— Et si nous avons besoin de vous ? demanda Sirvat à son frère.

— Pourquoi auriez-vous besoin de nous ? répondit-il. Tu peux profiter de ton mari jusqu'au printemps, puisque nos navires ne sortent pas en mer pendant la saison froide. J'aimerais passer du temps seul avec ma femme, sans personne pour interférer... Les autres hommes y ont droit après leur mariage. Pourquoi le Dominus n'aurait-il pas la même liberté ?

— Je vais vous donner un moyen de nous contacter, intervint Lara pour rassurer sa belle-sœur. Mais promets-moi de ne nous appeler qu'en cas d'urgence — et pas parce que tu te sens seule ou inquiète. D'ailleurs, votre nouvelle maison devrait être terminée au début de l'été prochain. Tu dois continuer à travailler avec l'architecte et commencer à réfléchir aux fournitures. De son côté, Corrado doit planifier les voyages de la prochaine saison commerciale. Et il voudra sans doute un héritier... Tu seras beaucoup trop occupée pour t'ennuyer de nous. C'est le moment idéal pour nous échapper...

Sirvat soupira.

— Je suppose que tu as raison, dit-elle. Et puis ce sera amusant d'avoir le château pour nous tout seuls...

— Tant que tu ne décides pas de le garder..., intervint Magnus pour la taquiner.

Tous éclatèrent de rire.

— Je préfère être amiral que Dominus, dit Corrado en s'essuyant le front pour mimer le soulagement.

— Pendant quelques brèves semaines, conclut Magnus Hauk, je serai heureux de n'être qu'un homme amoureux de sa femme, sans la responsabilité d'un pays sur les épaules.

Le matin suivant, Lara se rendit aux écuries pour s'entretenir avec Dasras. Elle lui parla avec une voix que lui seul pouvait entendre pour lui expliquer la véritable destination et le motif de leur voyage.

— Préfères-tu rester ici ou rejoindre le Fiacre ? lui demanda-t-elle. Sakira doit te manquer…

— C'est vrai qu'il y a longtemps que je n'ai pas galopé avec ma douce Sakira, accorda l'étalon. A présent qu'elle est derrière ces montagnes et non au-delà des mers, je serais heureux de la retrouver. Quand comptes-tu rentrer ?

— Au printemps. Je te ferai appeler, ajouta-t-elle à voix basse, parce que je sais que nous sommes destinés à vivre nos aventures ensemble, mon vieil ami…

— Emporte Andraste et Vérica, lui conseilla Dasras.

— Magnus et moi allons seulement visiter la capitale, répondit-elle.

— Emporte ta canne et ton épée, insista-t-il. Il vaut mieux que tu les aies sans en avoir besoin que le contraire…

— Tu as peut-être raison, répondit Lara en prenant un air songeur. La capitale peut être dangereuse, et d'après ce que les princes de l'Ombre m'ont dit, elle l'est de plus en plus ces derniers temps.

Dasras hocha sa grande tête pour lui signifier son assentiment.

— Suis-moi, dit Lara à l'étalon.

Le noble animal sortit dans la cour de l'écurie derrière elle.

— Ne dis à personne où je suis, chuchota-t-elle à son oreille. Dis-leur seulement que je viendrai leur rendre visite au printemps. Dis aussi à mon fils que je l'aime et que je reviendrai bientôt... Maintenant, sauve-toi !

Lara regarda Dasras galoper dans la cour en déployant ses ailes, qui l'emportèrent dans le ciel clair du matin en direction des montagnes. Puis elle retourna au château à grands pas pour retrouver Magnus.

Ils s'enfermèrent dans leurs appartements et unirent leurs mains. Alors, d'un simple sort, Lara les conduisit dans l'intimité du pavillon de chasse du Dominus, au pied des montagnes d'Emeraude. Le salon était froid, mais Lara alluma un grand feu de cheminée d'un claquement de doigts. Magnus la regarda ensuite allumer les lampes et faire apparaître de la nourriture par magie. Ils mangèrent, puis il lui fit visiter le pavillon — qui ressemblait beaucoup à une maison des Terres Extérieures.

— Quand partons-nous ? lui demanda-t-il tandis qu'ils reposaient dans les bras l'un de l'autre ce soir-là.

— Restons ici quelques jours, suggéra-t-elle. Connaissant Sirvat, elle va inventer une urgence uniquement pour pouvoir nous appeler... Si nous ne lui répondons pas, elle risque de prendre peur et de lancer l'alerte générale.

— Comment peut-elle nous joindre ? demanda Magnus.

— Je lui ai donné un miroir magique, expliqua Lara. Il lui suffit de le regarder en prononçant mon nom pour que je l'entende.

— Pourquoi crois-tu qu'elle va bientôt nous appeler ?

— Sirvat est une jeune femme curieuse : elle va vouloir s'assurer que le miroir fonctionne, répondit Lara avec un fin sourire.

— Evidemment ! accorda Magnus en riant. Très bien...

Nous resterons ici jusqu'à ce qu'elle se décide à essayer son miroir magique.

Deux jours plus tard, Sirvat prononça effectivement le nom de Lara, et celle-ci répondit à sa belle-sœur.

— Que veux-tu, Sirvat ? lui demanda-t-elle.

— Il n'y a aucune urgence, reconnut sincèrement Sirvat. Je voulais seulement m'assurer que ton miroir fonctionnait, Lara.

— Bien sûr qu'il fonctionne ! répondit Lara. Je l'ai fabriqué moi-même…

— Il va me falloir un certain temps pour m'habituer à l'idée que ma belle-sœur peut faire des choses pareilles, se défendit Sirvat. Est-ce que vous appréciez votre isolement, tous les deux ? La neige va commencer à tomber dans un jour ou deux — elle arrive toujours à la même période de l'année…

— Nous jouissons de tout le confort possible, la rassura Lara. Je peux allumer un feu de cheminée en claquant des doigts et les bûches ne se consument jamais.

— Qu'est-ce que vous mangez ? voulut savoir Sirvat.

— Du pain de fées, répondit Lara. Il prend le goût de ce qu'on veut manger, et la cave du pavillon est pleine de tonneaux d'un excellent vin. Les paysages d'ici sont magnifiques, Sirvat. Nous faisons des promenades au bord du lac, qui commence à se couvrir d'une pellicule de glace depuis un jour ou deux. Tout est si paisible… Et j'ai battu deux fois Magnus au jeu des Marchands ! Mes navires hétariens ramènent toujours ses navires térans dans mon port… D'ailleurs, il n'est pas très bon perdant. L'as-tu toujours laissé gagner ?

Lara éclata de rire.

— La plupart du temps — dès que j'ai vraiment su y jouer, reconnut Sirvat en souriant.

— Maintenant, s'il n'y a pas d'urgence, je vais te laisser, Sirvat, conclut Lara. S'il te plaît, ne m'appelle pas si ce n'est pas vraiment nécessaire… Nous ne connaîtrons plus de période aussi calme après notre retour au château. C'est un luxe dont nous voulons profiter. Ton frère a besoin de se reposer. Le rôle de Dominus entraîne de lourdes responsabilités, comme tu le sais…

Sirvat soupira.

— Très bien, Lara, dit-elle. Je te promets de ne plus me servir du miroir s'il n'y a pas de véritable urgence. Corrado m'avait bien dit que je me comportais comme une enfant… Nous nous reverrons au printemps.

— Nous serons de retour avec les premières fleurs, répondit Lara en souriant. Au revoir.

— Au revoir, répondit Sirvat en écho.

— Nous pouvons y aller, maintenant ? demanda Magnus Hauk qui avait écouté leur conversation.

— Nous partons demain, répondit Lara. Ou peut-être après-demain… Je dois d'abord réfléchir à notre destination. Je ne peux pas nous transporter au beau milieu d'un jardin public… La discrétion est essentielle. Il faut qu'on nous prenne pour des Hétariens ordinaires…

— Tu n'as pas vraiment envie de faire ce voyage, n'est-ce pas ? lui demanda-t-il.

— Je le ferai pour toi, répondit-elle. Mais nous devons nous montrer prudents. Hétar est un endroit dangereux, Magnus — et tu n'as jamais affronté le genre de danger qui nous y guette. Les princes de l'Ombre m'ont offert Andraste parce qu'elle m'était nécessaire, et ma mère m'a donné Vérica pour la même raison. Elles ne m'ont servi à rien à Térah, mais elles vont me redevenir très utiles en Hétar… Je n'ai aucun ami dans la capitale. S'il me découvre, Gaius Prospéro essaiera sûrement de me réduire de nouveau en esclavage. Maintenant qu'il est empereur, il peut changer les lois aussi facilement qu'il change de robe…

— Et ta famille ne te protégerait pas ? demanda le Dominus.

Lara éclata de rire.

— En Hétar, chacun ne cherche que sa prospérité personnelle, Magnus, expliqua-t-elle. Peu importent les moyens utilisés pour y parvenir… Il importait peu que mon père soit un grand guerrier. Il ne pouvait gagner sa place parmi les chevaliers de la Croisade qu'en participant à leur tournoi. Et il ne pouvait participer à leur tournoi — qui n'a lieu qu'une fois tous les trois ans — qu'en ayant l'air d'un homme assez prospère pour entrer dans leurs rangs. Il devait avoir un costume élégant, des armes neuves et un cheval magnifique. Mais c'était un homme pauvre : son seul moyen d'obtenir tout cela était de vendre sa fille.

Elle soupira.

— J'ai été fière d'aider mon père, reprit-elle. Et honorée que Gaius Prospéro, le Maître des marchands, soit prêt à dépenser une telle fortune pour m'acheter. Ma belle-mère et moi avons acheté ensemble l'étoffe du costume de mon père. Je sais aujourd'hui d'où cette étoffe venait…

Elle sourit tristement.

— Grâce à l'argent de Gaius Prospéro, poursuivit-elle, mon père a pu s'acheter la meilleure armure, les meilleures armes, le meilleur cheval, et obtenir le soutien de plusieurs chevaliers de la Croisade. Il a gagné le tournoi. J'ai été très fière de lui…

Lara se tut un instant.

— Ma belle-mère, mon demi-frère Mikhail et lui ont quitté leur masure du Quartier des mercenaires pour une jolie maison du District des Jardins, où seuls les chevaliers de la Croisade ont le droit d'habiter. On leur a fourni des esclaves. Ma belle-mère s'est tout de suite étourdie de son nouveau statut. Mon père et elle m'ont dit adieu sans grand regret... Ils étaient impatients de commencer leur nouvelle vie, Magnus. Je doute qu'ils acceptent de courir le moindre risque pour moi. Ce sont des Hétariens, qui ne se soucient que de leur place dans le monde d'Hétar. Un Hétarien ne regarde jamais derrière lui. Une seule direction l'intéresse : celle qui le conduit vers l'élite de la société.

Elle resta songeuse quelques instants.

— Je vais t'emmener dans la capitale, dit-elle finalement. Je vais te montrer le monde d'où je viens. Mais tu dois savoir que ton monde, celui dans lequel je vis à présent, est bien meilleur. Tu dois faire ce voyage pour comprendre Hétar et les Hétariens, pour comprendre qu'ils deviendraient tes ennemis dès l'instant où ils découvriraient l'existence de Térah et de ses richesses. Je pense que nous sommes encore en sécurité pour le moment. L'invasion des Terres Extérieures va résoudre leurs problèmes pour quelque temps — peut-être même pour plusieurs années. Mais j'aimerais que tu ne visites pas seulement la capitale. Nous voyagerons dans les Terres du Milieu. Nous irons dans le royaume magique de ma mère, dans la Forêt, afin que tu puisses voir les seigneurs de la Forêt sans qu'ils ne nous voient. Nous rendrons aussi visite aux princes de l'Ombre et je t'emmènerai dans les Terres Extérieures pour que tu comprennes bien ce que les clans ont perdu. Pour finir, nous visiterons la Province Côtière avant de revenir ici au printemps. Je dois d'ailleurs rendre son trône à Archéron avant qu'Arcas ne révèle le secret de Térah. Surtout, Magnus, tu dois me faire confiance en tout. Quoi qu'il arrive, sois certain que je nous ramènerai ici sains et saufs. Je sais qu'il te sera parfois difficile de te fier à moi... Tu es le dirigeant d'un grand pays — mais tu n'es qu'un enfant en ce qui concerne Hétar.

— Tu en fais un tableau aussi terrifiant qu'intrigant, remarqua-t-il.

— Hétar est les deux, répondit-elle en souriant. Et bien d'autres choses encore…

— Je suis plus impatient que jamais de m'y rendre ! s'exclama-t-il.

— Je le sens… Laisse-moi encore un jour pour rassembler mes forces et nous partirons. Mais tu ne m'as pas encore fait la promesse que je te demande, insista-t-elle.

— Quelle promesse ? lui demanda-t-il d'un air espiègle.

— La promesse d'avoir confiance en mon jugement par-dessus tout en ce qui concerne Hétar.

Il la prit dans ses bras et contempla son beau visage.

— Bien que cela aille à l'encontre de ma nature d'homme, lui dit-il, je ferai de mon mieux pour me fier à ta sagesse et à ton expérience pendant que nous serons en Hétar.

Il l'embrassa doucement.

Lara ne put s'empêcher de rire.

— Et tu n'y verras pas d'objection si je dois me battre pour nous défendre ?

— Il me reste encore à entendre chanter Andraste, lui répondit-il en souriant.

— J'espère que tu ne l'entendras jamais… Passe une bonne nuit, Magnus. Demain, nous partons pour Hétar. Nous n'y dormirons bien ni l'un ni l'autre…

14.

L'air de la capitale était vicié, des ordures s'amoncelaient dans les rues. Lara ne se souvenait pas d'une telle puanteur, d'une telle saleté. La capitale semblait beaucoup plus peuplée et le vacarme était assourdissant. Il y avait des mendiants partout : au coin des rues, aux portes des maisons… En avait-il toujours été ainsi ? Le remarquait-elle aujourd'hui seulement parce qu'elle en avait perdu l'habitude ? Lara avait eu envie de revoir la capitale ; à présent, elle aurait souhaité se trouver n'importe où ailleurs.

Elle les avait transportés dans un lieu discret à l'extérieur des murs et ils avaient fait le reste du trajet à pied. Ils s'étaient mêlés au flux des hommes qui se rendaient en ville, certains à pied eux aussi, d'autres sur des charrettes chargées de produits divers.

Parvenus aux portes de la ville, ils attendirent patiemment au milieu de la foule grandissante que le soleil apparaisse à l'horizon. Alors les portes s'ouvrirent lentement et ils pénétrèrent dans la capitale parmi d'autres anonymes, regardés par tous comme de simples voyageurs.

— Nous devons trouver une auberge pour avoir un endroit où dormir la nuit prochaine, dit Lara à voix basse.

— Sais-tu où aller ? lui demanda Magnus.

— Oui, répondit-elle. Je connais une auberge à deux pas du Quartier du conseil. Viens, c'est par là.

Lara marcha rapidement dans les rues, de plus en plus peuplées à mesure que la matinée avançait. Finalement, elle atteignit les portes ouvertes mais gardées du Quartier du conseil. Sur le trottoir d'en face se trouvait l'auberge qu'elle avait en tête. Elle se tourna vers Magnus.

— Tu dois parler pour nous si nous ne voulons pas nous faire remarquer, lui dit-elle. On va te demander tes papiers : ils se trouvent dans la poche intérieure de ton manteau. Tu es Maître Magnus — un marchand de soie de la Province Côtière — et je suis ta femme. On ne devrait pas t'interroger davantage. L'aubergiste voudra seulement voir les papiers, mais s'il te demande pourquoi nous sommes là, dis-lui que nous venons de nous marier et que nous avons voulu découvrir les merveilles de la capitale.

— Nous venons de nous marier, répondit-il avec un fin sourire. Et nous sommes bien là pour découvrir les merveilles de la capitale…

— Sois prudent, Magnus, lui recommanda-t-elle. Nous ne sommes pas à Térah. Il y a des espions partout à la recherche d'une information à vendre. Il ne faut surtout pas attirer l'attention. Nous sommes ici parce que tu voulais voir cet endroit, mais nous ne devrons pas y rester plus de deux ou trois jours. Je vois que beaucoup de choses ont changé et ça m'inquiète.

Ils pénétrèrent dans l'auberge qui s'appelait — sans grande originalité — Le Repos du Voyageur. L'aubergiste accourut vers eux, un grand sourire aux lèvres.

— Que puis-je faire pour vous, monsieur ? demanda-t-il.

— Je voudrais une chambre pour ma femme et moi, répondit Magnus.

Il sortit une petite bourse de la poche de son manteau et la fit sauter dans sa main d'un geste suggestif.

— Vous venez de loin, monsieur ? demanda l'aubergiste.

— De la Province Côtière, répondit Magnus. Nous sommes arrivés après la fermeture des portes la nuit dernière. Les choses se sont-elles à ce point dégradées qu'un honnête voyageur ne puisse plus se faire admettre par la petite porte des gardes ? Je suis sûr que ma femme a pris froid…

— De nouvelles lois ont été promulguées depuis l'élection de l'empereur, répondit l'aubergiste.

Il préféra poursuivre à voix basse.

— Il devient difficile de faire des affaires, chuchota-t-il. Mais les choses vont s'arranger dès que nous aurons repris les Terres Extérieures aux barbares qui nous les ont volées. Puis-je voir vos papiers, monsieur ?

Magnus sortit le petit paquet que Lara avait placé dans la poche intérieure de son manteau et le tendit à l'aubergiste.

Celui-ci lut attentivement chacun des papiers et parut satisfait.

— J'ai une très bonne chambre au dernier étage avec vue sur le jardin. Je suis certain qu'elle vous conviendra, monsieur. Combien de temps comptez-vous rester ? demanda-t-il en rendant les papiers à Magnus Hauk.

— Nous resterons trois nuits, répondit Magnus. C'est notre lune de miel, et j'ai promis à ma femme de lui faire visiter la capitale avant qu'elle ne s'attelle à la tâche de me donner des héritiers.

Il pouffa jovialement.

— Entre nous, je vais adorer l'y aider, ajouta-t-il d'un air complice.

L'aubergiste lui rendit un sourire entendu.

— Alors vous ne serez pas intéressé par nos Maisons de Plaisir, j'imagine. Tant pis... Si vous voulez bien me suivre, je vais vous montrer votre chambre. Vous n'avez sans doute pas déjeuné, si vous avez passé la nuit à l'extérieur des portes. Je vais demander à une servante de vous apporter de quoi manger. Il les précéda dans un escalier étroit puis le long d'un couloir. Il en ouvrit la dernière porte et invita le couple à visiter la chambre.

— Cela vous convient-il, monsieur ? demanda-t-il.

Lara fit un clin d'œil à Magnus.

— C'est parfait, répondit Magnus en tirant deux pièces de sa bourse. Cela suffira-t-il ?

— C'est plus que suffisant pour cette nuit, monsieur, répondit l'aubergiste. Vous réglerez le reste de votre note en partant.

Le petit homme s'inclina avec obséquiosité tout en reculant vers la porte.

— Je vous fais monter votre déjeuner, ajouta-t-il avant de disparaître.

Lara posa un doigt sur ses lèvres en signe d'avertissement, puis se mit à babiller d'une voix faussement puérile.

— Oh, Magnus ! s'écria-t-elle. Je n'aurais jamais imaginé quelque chose d'aussi formidable !

Elle traversa la chambre sur la pointe des pieds et colla son oreille contre la porte.

— Il est parti, dit-elle. Il est resté juste le temps d'entendre ma voix avant de déguerpir. Après le déjeuner, nous irons visiter la capitale.

— D'après ce que j'en ai vu jusqu'ici, c'est un endroit que je n'aime pas beaucoup, remarqua-t-il. Et je n'aime pas non plus te voir te méfier de tout...

— Hétar n'est pas Térah, Magnus, lui répondit Lara. Tant

que nous sommes ici, tu ne dois te fier à aucune apparence et ne rien croire de ce qu'on te dit. En Hétar, et particulièrement dans la capitale, la considération dont tu jouis dépend de ta fortune. Nous nous faisons passer pour des habitants de classe moyenne de la Province Côtière. Nous sommes respectables, capables de payer notre gîte et notre couvert, mais sans grande importance… De la sorte, nous attirerons peu l'attention. Crois-moi : c'est préférable ainsi.

— Tu n'aimes pas être ici, lui dit-il d'une voix calme.

— Non, reconnut Lara. Je n'ai jamais senti autant de dangers nous guetter. Si un incident se produisait, si nous devions être séparés, passe les portes de l'autre côté de la rue. Elles mènent au Quartier du conseil. Va trouver les princes de l'Ombre. Ils sauront te protéger si je n'en ai plus les moyens.

— Tout ça commence à ressembler à une mauvaise idée, remarqua-t-il d'une voix neutre.

— Tu voulais voir Hétar et rencontrer des Hétariens, Magnus. Il est sage de connaître son ennemi. Je veux seulement t'inciter à la prudence, parce que tu ignores tout d'Hétar. As-tu entendu ce que l'aubergiste disait à propos des Terres Extérieures ?

— Oui : qu'ils projetaient de reprendre ce que des barbares leur avaient pris. Ces terres ont-elles fait partie d'Hétar par le passé ?

— Jamais ! C'est le mensonge qu'on a fait admettre au peuple pour lui ôter toute compassion à l'égard des habitants des Terres Extérieures. On leur répète que ce sont des barbares qui ont volé leurs terres et tué leurs semblables. Après tout, seuls des sauvages pourraient envoyer sept charrettes de morts empilés dans les rues de la capitale pour les narguer !

Lara ne put s'empêcher de rire tristement.

— Bien sûr qu'ils allaient dire ça..., reprit-elle. Qu'ils ont été attaqués... Que la fière Hétar a été défiée... Ils soulèvent un élan patriotique pour recruter davantage de mercenaires. En Hétar, les mercenaires ne sont bons qu'à se faire tuer, sous les ordres des chevaliers de la Croisade qui décident des batailles et les commandent. Les chevaliers ont des armures et des chevaux caparaçonnés. Ils se font rarement tuer. En revanche, à quoi pourraient bien servir les fils cadets des Terres du Milieu s'ils ne se faisaient pas exterminer au combat ? C'est autant de bouches de moins à nourrir, d'enfants à naître. Dans une société comme celle d'Hétar, la paix peut devenir une situation dangereuse, Magnus. Une trop grande prospérité n'est pas bonne pour les masses...

Surprise par sa propre amertume, elle se mordit la lèvre de frustration.

Ils se figèrent tous deux en entendant frapper à la porte. Magnus alla ouvrir et une jeune fille entra dans la chambre en ployant sous le poids du plateau qu'elle portait.

— Le maître m'a demandé de vous apporter à déjeuner, dit-elle en posant son plateau sur une petite table.

Puis elle s'enfuit de la chambre sans même leur jeter un regard. Magnus referma la porte derrière elle.

— Elle a l'air terrorisée, remarqua-t-il.

— Peut-être..., répondit Lara. Mais peut-être aussi qu'elle a beaucoup à faire et que nous lui avons imposé une corvée supplémentaire. Son destin aurait été le mien si j'avais été moins belle...

Lara souleva le torchon qui couvrait le plateau et révéla du pain frais, des fruits, du fromage, deux œufs durs et deux petits verres remplis d'un liquide sombre. Lara en porta un à ses lèvres pour en goûter le contenu.

— De la frine, déclara-t-elle.

— Qu'est-ce que c'est ? demanda Magnus.

— Un mélange de vin et de jus de fruits, expliqua-t-elle. C'est très rafraîchissant. Le repas est acceptable, mais il n'y a pas de viande... Tu dois demander à l'aubergiste pourquoi il n'y a pas de viande. Tu es un homme robuste, habitué à en manger à tous les repas.

— Tu te montres très déférente envers moi en public..., remarqua-t-il.

— Les coutumes d'Hétar l'exigent, répondit-elle. Les femmes doivent avoir un homme pour les protéger : un père, un frère, un oncle, un mari, un fils... Une femme sans homme auprès d'elle est une créature misérable. Il faut que quelqu'un du sexe masculin la défende si elle ne veut pas devenir la proie de personnes sans scrupules... Elle pourrait être réduite en esclavage et vendue à l'une des plus sordides Maisons de Plaisir pour y travailler jusqu'à sa mort.

— Parle-moi de ces Maisons de Plaisir, lui demanda Magnus.

— Comme je te l'ai déjà dit, j'aurais dû être vendue à l'une d'elles, répondit Lara. A quelques exceptions près, les Maisons de Plaisir appartiennent à des hommes — il est rare que l'on permette aux femmes de devenir propriétaires. En revanche, c'est aux maîtresses des Maisons de Plaisir qu'incombe la responsabilité de leur bon fonctionnement. Elles s'occupent de tout : la nourriture, les travaux, les fournitures, l'entraînement des nouvelles. Ce sont elles qui assurent la concorde entre les pensionnaires et qui devinent les désirs et les faiblesses des clients. Leur habileté est généreusement rémunérée. Mais c'est le propriétaire de la Maison de Plaisir qui se taille la part du lion dans les profits, évidemment... Les femmes de Plaisir, quant à elles, n'ont qu'une seule raison d'être : donner et recevoir du plaisir. Celles qui le font particulièrement bien sont très prisées. Certaines sont même devenues célèbres dans tout Hétar — ce qui est très rare pour une femme. Quelques Maisons de Plaisir — mais elles sont heureusement rares — se sont spécialisées dans les formes déviantes de la passion. D'autres sont destinées aux hommes du commun. Mais la plupart sont au service des riches, dont les goûts sont plus raffinés. C'est la clientèle la plus rentable…

Elle partagea la nourriture — en donnant à Magnus les deux œufs durs et une plus grosse part de pain.

— A Térah, nous ne considérons pas le plaisir comme une marchandise, remarqua le Dominus.

— Les Térans adorent le Grand Créateur et non l'Auteur Céleste, répondit Lara. C'est le profit qui gouverne Hétar, Magnus. C'est à lui que tout est rapporté…

Elle commença à manger. Le pain était bon, le fromage fade et les fruits avaient connu de meilleurs jours. Elle se demanda pourquoi une auberge respectable, située à deux pas du Quartier du conseil, offrait à ses clients une nourriture aussi médiocre, et se promit d'interroger la servante à ce sujet.

Magnus engloutit sa part du déjeuner, que Lara savait bien insuffisante. Le Dominus était un homme robuste et habitué à manger à sa faim…

— Nous pourrons acheter de la nourriture aux petits vendeurs des rues, assura-t-elle.

— Excellent ! s'écria joyeusement Magnus. M. l'aubergiste va devoir faire mieux que ça pour me combler.

— Tu ne dois pas non plus trop te plaindre, l'avertit-elle. Souviens-toi que nous sommes des gens simples.

— J'espère au moins que le lit n'est pas infesté de puces…, grommela-t-il.

— Viens, je vais te faire visiter la capitale, conclut-elle.

Les deux époux quittèrent l'auberge et commencèrent à déambuler dans les rues populeuses. Elle lui fit visiter le quartier dans lequel elle avait grandi et lui montra la masure qui avait été attribuée à son père, bien des années plus tôt. Lara n'aperçut aucun ancien voisin qui aurait pu la reconnaître. De toute manière, elle avait pris la précaution de s'habiller très simplement et de dissimuler sa chevelure d'or, tressée en une natte unique, sous un voile de couleur sombre. Les deux époux s'étonnèrent de trouver le Quartier si peuplé.

— Il y a toujours eu beaucoup de monde, remarqua Lara, mais jamais à ce point-là… Gaius Prospéro s'est bâti une grande armée…

— C'est bon à savoir, murmura Magnus.

Lara ne put s'empêcher de sourire.

— Il leur a promis les prises de guerre, dit-elle, mais il n'y en aura pas. Je suis certaine qu'il a l'intention de se partager les terres avec ses amis. Il sera bien forcé d'en céder un peu pour apaiser la Guilde des mercenaires. Sans ennemi, il est inutile d'entretenir une grande armée… Or la plupart de ces hommes sont des fils de fermiers des Terres du Milieu. Ils se satisferont d'un lopin de terre — même si cette idée ne va pas beaucoup plaire à Gaius Prospéro.

Elle pouffa doucement.

— Je dois avouer que je me réjouis d'avoir ruiné les projets grandioses de cet homme…, ajouta-t-elle. Ah ! Voici le District d'Or. Seuls les plus riches Hétariens ont le droit d'y vivre.

— Pouvons-nous le visiter ? demanda Magnus.

Lara secoua la tête.

— Non, du moins si tu ne tiens pas à ce que les gardes m'annoncent à Gaius Prospéro…, répondit-elle. Je suis sûre qu'il serait ravi de me recevoir et d'apprendre l'existence de ton pays. Il pourrait commencer à en envisager l'invasion — qui lui semblera vite nécessaire quand il comprendra que les Terres Extérieures sont désertes…

— Cherchons un marché pour acheter quelque chose à manger, suggéra Magnus. Je meurs de faim ! Deux petits œufs, une mauvaise tranche de fromage, un peu de pain et quelques grains de raisin ne suffisent pas à un homme de mon appétit.

Il jeta un regard sur le District d'Or à travers les portes ouvertes. Avec ses grands arbres et ses espaces verts, ce quartier était presque pastoral…

Un garde remarqua sa curiosité.

— Dégagez le passage ! grogna-t-il.

— Je vous demande pardon, monsieur, s'excusa poliment Magnus Hauk. Ma femme et moi venons de la Province Côtière. C'est la première fois que nous venons dans la capitale… Qui vit ici ?

— L'empereur et sa cour, répondit le garde sur un ton plus amical. Approchez donc pour jeter un coup d'œil.

La main réticente de Lara dans la sienne, Magnus avança d'un pas et fit mine de s'extasier comme un marchand de soie de la Province Côtière l'aurait fait. Il aperçut de magnifiques demeures en marbre.

— C'est fabuleux, monsieur ! dit-il au garde. Je n'ai jamais rien vu de tel. Merci beaucoup…

Le Dominus s'inclina poliment.

Le garde lui répondit par un bref mouvement de tête et les regarda s'éloigner.

— Tu as un don pour la comédie…, remarqua Lara, amusée.

— Je n'ai pas pu résister, répondit Magnus. Tous ces hommes ont l'air de coqs perchés sur leur tas de fumier. Je suis sûr que ce soldat se fait une haute idée de sa position.

Je te parie qu'il nous aurait laissés nous promener dans le District d'Or si j'avais discuté plus longtemps avec lui…

— Pour tomber sur Gaius Prospéro ou son affreux Jonah, que je crois particulièrement dangereux, répliqua Lara.

— Parce que Gaius Prospéro ne l'est pas ? demanda Magnus, curieux.

— Le Maître des marchands — ou plutôt l'empereur, devrais-je dire désormais — s'intéresse au profit et au plaisir plus qu'à toute autre chose. Jonah, lui, ne s'intéresse qu'au pouvoir.

— Regarde ! Cette rue débouche sur une place. J'aperçois des kiosques et des étals… C'est un marché ! s'écria Magnus, ravi.

— Je dois acheter un panier avant que nous ne fassions d'autres emplettes, remarqua Lara.

Après avoir interrogé un ou deux badauds, ils découvrirent l'étal d'un marchand de paniers. Lara inspecta scrupuleusement sa marchandise, puis se décida pour un panier ouvert en branches de saule tressées. Elle marchanda avec le propriétaire de l'étal jusqu'à ce que tous deux tombent d'accord sur un prix. Elle se tourna alors vers son mari qui lui tendit la somme convenue sans un mot, puis ils s'éloignèrent en se tenant par le bras.

— Je constate que tu es libre de parler sur un marché, dit Magnus.

— C'est vrai. Le marché est le domaine des femmes, expliqua-t-elle.

Elle acheta ensuite une miche de pain frais, de la viande grillée et une tranche de fromage qu'elle insista pour goûter d'abord. Tout était plus cher que dans son souvenir — et elle s'était toujours chargée de faire les courses pour sa famille. Une vieille marchande proposait des pommes, des poires et du raisin de bien meilleure qualité que les fruits qu'on leur avait servis à l'auberge. Lara fut scandalisée par le prix que la vieille femme en demandait.

— Pourquoi est-ce si cher ? demanda-t-elle.

— Le printemps a été pluvieux, expliqua la marchande. Beaucoup de bourgeons ont pourri et la récolte a été mauvaise. Les pieds de vigne et les arbres fruitiers sont vieux, épuisés… Mais tout va changer le jour où nous reprendrons la terre que les barbares nous ont volée. Nous planterons de nouveaux pieds de vigne et de nouveaux arbres. La nourriture est rare et chère, cette année. C'est la même chose dans tout Hétar.

— La situation n'est pas aussi catastrophique dans la Province Côtière, d'où nous venons… Je vais vous prendre deux pommes, deux poires et une petite grappe de votre magnifique raisin blanc, ajouta-t-elle pour changer de sujet — mais je vous assure que mon mari va me gronder pour cette dépense…

Elle tendit la main à Magnus qui compta ses pièces les sourcils froncés et en grommelant comme son rôle l'exigeait. Lara paya la marchande, qui lui tendit en échange les fruits qu'elle avait demandés. Découvrant une troisième pomme dans le lot, Lara jeta un regard interrogateur à la vieille femme.

— Elle est petite, lui dit la marchande. Je n'aurais jamais pu la vendre, alors autant vous la donner…

— Merci beaucoup, répondit Lara en la gratifiant d'un sourire.

— Eh bien ! remarqua Magnus tandis qu'ils s'éloignaient. Il y a au moins une personne en Hétar qui ne s'intéresse pas qu'au profit.

— Il y a beaucoup de braves gens parmi le peuple, lui répondit Lara. Ce sont les hommes au pouvoir qui se sont laissé corrompre par cupidité.

Elle s'arrêta brusquement. Sa belle-mère, bouche bée, était plantée devant elle.

Magnus sentit que quelque chose n'allait pas.

— Que se passe-t-il, Lara ? demanda-t-il.

Lara prit une profonde inspiration.

— Tu as l'air de te porter à merveille, Susanna, dit-elle.

Sa belle-mère déglutit péniblement.

— Qu'est-ce que tu fais ici, Lara ? murmura-t-elle.

Il y avait un jeune garçon à ses côtés.

— C'est Mikhail ? demanda Lara en souriant à l'enfant.

— Oui, dit Susanna. Mais tu n'as pas répondu à ma question...

— Je ne crois pas qu'une place de marché soit l'endroit rêvé pour avoir cette conversation, Susanna, répliqua la jeune femme. Le District des Jardins est à deux pas. Pourquoi ne nous inviterais-tu pas chez toi, mon mari et moi, pour que nous discutions ? J'aurais peut-être la joie de revoir mon père — s'il n'est pas en train de préparer l'invasion des Terres Extérieures...

Lara s'était efforcée de prendre un ton aimable. Elle prit le bras de Susanna pour l'entraîner à l'écart.

— Seuls les habitants du District des Jardins ont le droit d'y entrer, protesta Susanna. Tu aurais besoin d'une autorisation spéciale, et je ne vois vraiment pas comment tu pourrais l'obtenir...

— Mes pouvoirs se sont beaucoup développés depuis que j'ai quitté Hétar, belle-maman, répondit Lara. Je peux nous rendre invisibles, mon mari et moi. Nous te suivrons jusque chez toi sans que personne ne le sache...

— Mais nos serviteurs vont te voir ! s'exclama Susanna.

— Auraient-ils l'audace de t'interroger sur tes invités ? demanda Lara avec une grimace méprisante. Nous serons discrets, Susanna. Je n'ai aucune envie d'attirer l'attention sur nous.

— Tu viendras que je le veuille ou non, n'est-ce pas ? répliqua Susanna.

Elle tourna les talons, prit son fils par la main et se faufila à pas pressés entre les kiosques et les étals.

— Je ne la connaissais pas aussi craintive, dit Lara à Magnus tandis qu'ils s'efforçaient de la suivre. Essaie de ne bousculer personne… Nous sommes complètement invisibles à présent.

— Merci de me prévenir…, répondit-il d'une voix neutre en évitant de justesse une matrone bien en chair.

A la poursuite de la belle-mère et du jeune demi-frère de Lara, ils empruntèrent quelques rues puis franchirent les portes du District des Jardins. Les gardes laissèrent passer Susanna et son fils en les saluant poliment.

Finalement, Susanna s'arrêta un instant avant de se décider à pénétrer dans une grande bâtisse de marbre blanc. Ce n'était pas la maison dont se souvenait Lara, celle qui avait été assignée à son père lorsqu'il était devenu chevalier de la Croisade. De toute évidence, John Swiftsword s'était élevé au sein de l'Ordre. En revanche, Lara reconnut le serviteur qui s'empressa d'accueillir sa maîtresse.

— Je vais dans mes appartements, Nels, lui dit Susanna. Je ne veux pas que l'on me dérange. Je te prie de conduire maître Mikhail auprès de sa gouvernante. Sais-tu où se trouve mon mari ?

— Il vient tout juste de rentrer, maîtresse, répondit Nels.

— Prie-le de me rejoindre, ordonna Susanna à son esclave avant de tourner les talons.

Lara et Magnus la suivirent à pas de loup.

Susanna se rendit dans le salon où elle s'enfermait pour se détendre et attendit d'être certaine que ses visiteurs avaient franchi la porte avant de la refermer.

— Vous êtes là tous les deux ? demanda-t-elle.

— Oui, répondit Lara en réapparaissant avec son mari.

Susanna sursauta en découvrant sa belle-fille juste à côté d'elle.

— Dès que ton père arrivera, tu vas nous expliquer ce que tu fais là, dit-elle. Ta seule présence met ma famille en danger. Je ne veux pas de toi dans ma maison.

La porte s'ouvrit à cet instant et John Swiftsword entra dans le petit salon. Il posa sur Lara un regard incrédule, puis l'inquiétude creusa son front.

— Lara…

— Bonjour, père, répondit-elle.

John Swiftsword jeta un regard interrogateur à sa femme.

— Je les ai rencontrés au marché, expliqua Susanna. Elle a insisté pour venir, mais personne ne sait qu'elle est là. Elle s'est servie de sa magie pour se rendre invisible aux gardes et aux esclaves de la maison. John, fais-la partir ! Si on découvre qu'elle est ici, nous serons déshonorés et on nous prendra tout ce que nous avons durement gagné…

— Assieds-toi, femme, commanda John Swiftsword avant de se tourner vers sa fille. Qui est l'homme qui t'accompagne, Lara ?

— C'est mon mari, père, et le dirigeant d'un grand pays, répondit Lara.

John Swiftsword parut troublé.

— On nous a dit que tu avais assassiné le seigneur de la Forêt qui t'avait achetée, avant de t'enfuir dans les

Terres Extérieures, murmura-t-il. On dit aussi que tu as participé à une rébellion qui a causé la mort de centaines de nos mercenaires. J'ai vu les charrettes de morts de mes propres yeux. On a découvert la masure de Mme Mildred déserte et ensanglantée. Ni elle ni son fils Wilmot n'ont été revus vivants. On te tient pour responsable de leur disparition, puisque Wilmot t'avait dénoncée devant le haut conseil d'Hétar.

Lara secoua la tête.

— Je vois que Gaius Prospéro s'est acharné à ruiner ma réputation pour rebâtir la sienne…, dit-elle. Pouvons-nous nous asseoir, père ? C'est une longue histoire que je vais vous raconter. Mon mari s'appelle Magnus Hauk — ce qui signifie « faucon » dans l'ancien dialecte de son peuple. C'est le Dominus d'un pays nommé Térah.

— Ce pays se trouve-t-il dans les Terres Extérieures ? demanda son père.

— Non, répondit Lara. Térah ne se trouve pas dans les Terres Extérieures. Quant aux histoires que tu as entendues, il y a un peu de vrai dans chacune d'elles. Je me suis bien échappée du repaire des seigneurs de la Forêt. C'étaient des maîtres cruels, qui avaient la mauvaise habitude d'assassiner leurs esclaves. Le dernier des géants de la Forêt, qu'ils maltraitaient aussi, m'a aidée à m'enfuir. Nous sommes partis dans le Désert, où nous avons été recueillis par l'un des princes de l'Ombre. Ce sont eux qui m'ont réconciliée avec mon ascendance féerique, m'ont permis de rencontrer ma mère, et ont fait de moi la guerrière que je suis devenue. Regarde mon épée, père.

Lara rejeta d'un mouvement d'épaule la longue cape qui l'enveloppait et tira sa lame de son fourreau.

— Je te présente Andraste, dit-elle. Andraste, voici mon père, John Swiftsword.

Les yeux d'émeraude d'Andraste s'ouvrirent pour observer l'homme abasourdi qui la regardait.

— C'est un grand guerrier, maîtresse, mais tu es sans aucun doute son égale.

Susanna poussa un cri étouffé en entendant parler l'épée et son mari recula d'un pas.

— On me considère comme une grande guerrière, père, dit Lara. J'ai tué le seigneur de la Forêt qui a essayé de me reprendre au mépris des lois d'Hétar. Les princes de l'Ombre ont généreusement indemnisé son frère. Après cela, j'ai visité les Terres Extérieures. J'y ai rencontré et épousé le plus puissant de leurs chefs de clans, Vartan du Fiacre. Lorsque Hétar a envahi les territoires de deux de nos clans et tué des innocents, Vartan a levé une armée pour repousser les mercenaires. Nous avons triomphé. Les habitants des Terres Extérieures sont des gens paisibles. C'est Hétar qui a violé l'ancien traité de paix entre les deux pays.

Elle rengaina son épée.

— C'est faux, répondit son père. Les habitants des Terres Extérieures ont commis des exactions sur notre territoire. Nous devions protéger notre peuple. Ces territoires ont été annexés pour prévenir de futurs débordements.

— C'est ce que prétendent Gaius Prospéro et ses alliés, répliqua Lara sur un ton amer. Les territoires des Tormod et des Piaras ont été envahis à seule fin de piller leurs mines d'or, d'argent et de pierres précieuses. Gaius Prospéro a amassé des richesses considérables avant que nous ne repoussions l'invasion. J'ai épargné la vie de Wilmot pendant la bataille. Je lui ai demandé d'aller trouver Gaius Prospéro, puis de se présenter devant le haut conseil — où il a bénéficié de la protection des princes de l'Ombre et des rois de la Province Côtière. Sa mère et lui ont été emmenés dans le Désert, où ils vivent encore aujourd'hui, dans le palais d'un prince.

Elle s'interrompit un instant.

— C'est ainsi que nous avons restauré la paix dans les Terres Extérieures. J'ai ensuite donné deux enfants à Vartan. Mais il a été assassiné sur l'ordre de Gaius Prospéro, qui espérait affaiblir les Terres Extérieures en les privant de leur plus puissant chef. Cependant, le plan de Prospéro a échoué : les clans ont élu un nouveau chef du haut conseil. C'est alors que mon destin m'a appelée une nouvelle fois. Je me suis rendue dans la Province Côtière, puis à Térah — dont j'ai délivré le peuple d'une terrible malédiction.

— Pourquoi es-tu revenue en Hétar ? lui demanda franchement son père.

— Parce que Magnus voulait visiter la capitale, répondit-elle.

— Pourquoi ? insista John Swiftsword.

— Pour une raison très simple, répondit le Dominus de Térah. Si vous avez attaqué des voisins pacifiques en violation d'un ancien traité, il est possible que vous décidiez un jour d'envahir mes terres sous un prétexte ou sous un autre.

— Hétar n'était pas l'agresseur ! rétorqua John Swiftsword avec véhémence. Nous sommes un peuple pacifique. Nous ne réclamons que ce qui nous appartient — et les Terres Extérieures appartiennent à Hétar. Nous avons laissé ces barbares indigènes hanter leur plaine pendant des siècles, mais nous avons maintenant besoin de reprendre le contrôle de ces terres. La capitale est surpeuplée… Les Terres du Milieu ne suffisent plus à nous nourrir. Nous devons absolument établir des colonies d'Hétariens dans les Terres Extérieures.

— Et qu'arrivera-t-il à leurs habitants ? demanda Magnus Hauk.

— Ce sont des sauvages que nous devons civiliser en les pliant à nos lois, répondit John Swiftsword. Le moyen le plus simple serait de les intégrer à notre société en tant qu'esclaves…

— J'ai du mal à croire que ces mots sortent de ta bouche, père, intervint Lara. J'étais la femme d'un chef de clan. Ces gens ne sont pas des sauvages. Ils ont des villages, des champs, des troupeaux, des coutumes ancestrales et un mode de vie parfaitement civilisé. Gaius Prospéro et ses alliés n'ont pas vécu dans les Terres Extérieures, moi si. De sa parole ou de la mienne, laquelle est la plus digne de foi ?

— Tu as toujours été une enfant difficile, Lara, répondit son père. Seule ta grande beauté pouvait te sauver. Si tu n'avais pas été aussi intransigeante, tu aurais pu devenir une femme de Plaisir renommée dans la capitale. L'empereur a été très déçu par ton comportement. Tu ne peux t'en prendre qu'à toi-même pour ce que tu as souffert.

— Difficile ? demanda Lara, abasourdie. Je n'étais encore qu'une enfant quand grand-mère est morte. Pourtant, j'ai fait la cuisine, entretenu ta maison et reprisé tes vêtements, père. Quand, plusieurs années plus tard, tu as pris Susanna pour femme, je l'ai accueillie avec bienveillance, comme c'est le devoir d'une fille obéissante. Je lui ai enseigné l'art du marchandage, expliqué comment choisir de bons produits… Je l'ai aidée à s'occuper de Mikhail. Après cela, j'ai tout fait pour apaiser ta conscience quand tu as décidé de me vendre à Gaius Prospéro. Je n'ai jamais été une enfant difficile. Comment peux-tu m'en accuser aujourd'hui ? Tu étais un homme estimable lorsque tu étais mercenaire. Je vois que tu es devenu un véritable Hétarien, dans tous les sens du terme… Tu n'hésites pas à réécrire l'histoire pour justifier tes actes et tes idées ; tu ne t'intéresses plus qu'à ce que tu peux acquérir. Tu as déménagé dans une maison plus grande que celle qu'on t'avait d'abord assignée. Quel service as-tu rendu à Hétar pour le mériter ?

Elle pinça les lèvres.

— Je n'aurais jamais cherché à te voir si Susanna ne m'avait pas reconnue au marché, reprit-elle, si je n'avais pas réalisé que le garçon à son côté était mon petit frère Mikhail. Il te ressemble, père… Mais ta femme ne s'est même pas donné la peine de me présenter à mon frère. J'ai été stupide d'espérer le connaître, même brièvement… J'ai un autre frère dans le monde des fées, tu sais. Il s'appelle Cirilo et n'a que quelques mois de moins que Mikhail. Un jour, il deviendra le roi des fées de la Forêt. Contrairement à toi, ma mère m'a ouvert les bras. Je ne l'oublierai jamais.

— Mikhail ne sait même pas qu'il a une grande sœur, intervint Susanna. Ce n'était encore qu'un nourrisson quand tu es partie. Il croit être l'aîné des enfants de ton père. Quelle raison avions-nous de lui parler de toi ? Une traîtresse ! Une meurtrière !

— Vous avez d'autres enfants, dit froidement Lara.

Ce n'était pas une question.

— J'ai donné quatre fils à ton père : Mikhail, Haemon, Vili et Anyon, répondit fièrement Susanna. Quatre futurs chevaliers de la Croisade… Ils sont tous forts et bien portants. Tu voulais savoir ce que ton père a fait pour mériter cette maison ? Ce n'était pas ton père, c'était moi ! On récompense les femmes de chevaliers qui donnent de beaux garçons à l'Ordre en leur attribuant de plus grandes maisons et davantage de serviteurs. Un autre fils est déjà en train de croître dans mon ventre alors qu'Anyon n'a même pas un an !

— Est-ce que tes sœurs t'envient enfin, Susanna ? lui demanda doucement Lara.

Susanna émit un petit rire bête et Lara aperçut un instant l'enfant qu'elle avait été.

— Tu t'en souviens…, répondit sa belle-mère. Oui, elles m'envient.

— Alors tu as obtenu tout ce que tu désirais, murmura Lara.

On frappa à la porte.

— J'ai dit que je ne voulais pas être dérangée ! cria Susanna.

— Un messager de l'empereur vient d'arriver, maîtresse, s'excusa Nels.

— Que veut-il ? demanda Susanna.

— Il ne veut parler qu'à vous ou à maître John, répondit Nels.

Susanna se tourna vers son mari, qui semblait hésiter sur la conduite à adopter.

— Je vais nous rendre invisibles aux yeux du messager, promit Lara à son père.

— Fais entrer le messager, Nels, commanda John Swiftsword à son esclave.

Quelques minutes plus tard, la porte du salon privé de Susanna s'ouvrit pour laisser passer un messager sanglé dans un élégant uniforme. Lara et Magnus n'étaient plus visibles. Ils s'étaient tout simplement volatilisés sous les yeux de Susanna.

— Sir John Swiftsword ? demanda le messager.

John acquiesça. Le messager lui tendit alors un parchemin soigneusement roulé.

— De la part de l'empereur, monsieur. On m'a demandé d'attendre la réponse.

Il resta au garde-à-vous pendant que John déroulait le parchemin et prenait connaissance de son contenu.

— L'empereur nous invite à dîner, dit finalement John Swiftsword. Il nous prie de venir avec nos invités.

Il blêmit et se tut, puis entendit Lara chuchoter à son oreille.

— Accepte, père ! dit-elle d'une voix que lui seul pouvait entendre. Accepte avant que le messager ne se demande pourquoi tu trembles de peur…

— Dites à l'empereur que nous serons honorés de nous joindre à lui, répondit John Swiftsword au messager en tâchant de recouvrer son courage.

— Deux litières passeront vous prendre au coucher du soleil pour vous conduire chez l'empereur, conclut le messager avant de s'incliner poliment et de quitter la pièce.

Lara et Magnus redevinrent visibles. John Swiftsword leva vers eux un visage déformé par l'angoisse. Les pouvoirs de sa fille étaient décidément bien agaçants.

Susanna commençait à se morfondre.

— Nous sommes perdus ! s'écria-t-elle. Tu voulais notre ruine, n'est-ce pas, Lara ? Mes pauvres enfants ! Que vont-ils devenir ?

— Comment l'a-t-il su ? s'interrogea John Swiftsword.

Lara éclata de rire.

— Son réseau d'espionnage est plus au point que je ne m'y attendais…, admit-elle avec une pointe d'admiration. J'y reconnais la signature de son esclave Jonah.

— Jonah n'est plus un esclave, la corrigea son père. C'est un homme libre à présent. Il est le plus proche conseiller de l'empereur.

— Bien sûr…, dit doucement Lara. Il peut accomplir bien plus de choses en étant libre — tout comme moi…

Elle ne put réprimer un rire amer.

— Nous allons tous mourir par ta faute, sanglota Susanna. Pourquoi a-t-il fallu que tu reviennes ?

— Personne ne voudra tuer une mère vigoureuse telle que toi, belle-maman, répondit Lara avec mépris. D'une manière ou d'une autre, Gaius Prospéro a découvert que je me trouvais dans la capitale. S'il avait voulu nous tuer, nous serions déjà morts... Non. Il veut quelque chose... Et il est bien décidé à se montrer charmant dans l'espoir de l'obtenir. Magnus et moi allons rentrer à notre auberge. Je suis certaine que c'est là-bas, et non ici, que la litière de l'empereur nous attendra à l'heure convenue.

Magnus et elle disparurent sur-le-champ.

— Nous donnerons tout ce qu'il veut à l'empereur, bredouilla Susanna avec angoisse.

— Il ne veut de nous que l'assurance de notre loyauté, la rassura son mari. Il ne nous invite à dîner que parce qu'il veut rencontrer Lara. Je me demande si elle va choisir d'y aller ou de disparaître de la capitale... Je trouvais qu'elle ressemblait à sa mère lorsqu'elle n'était encore qu'une petite fille. Aujourd'hui, la ressemblance est plus frappante que jamais. Elle semble aussi avoir gagné tant de pouvoirs... Elle est plus féerique que mortelle à présent, conclut-il presque à regret.

— Cet homme qui l'accompagnait..., dit Susanna. Crois-tu qu'il soit vraiment son mari ?

— Elle ne l'aurait pas dit si ça n'était pas vrai, répondit John. Lara n'a jamais été menteuse. Mais qu'en est-il de ce pays qu'elle appelle Térah ? Et des enfants dont elle a parlé ? T'a-t-elle dit si c'étaient des garçons ou des filles ?

— Je ne sais rien de plus que toi, époux, répliqua Susanna. Oh ! Que vais-je bien pouvoir porter ce soir ? Je dois être parfaite pour dîner avec l'empereur... Il faut que je raconte cette histoire à mes sœurs ! Je vais leur écrire tout de suite.

Folle d'excitation, elle quitta son petit salon en courant.

John Swiftsword se laissa tomber sur un fauteuil. Il repensa au récit de sa fille et sentit le doute l'envahir. Comme il venait de le rappeler à sa femme, Lara n'avait jamais été menteuse. Mais plusieurs années s'étaient écoulées depuis que Lara avait quitté la capitale. A quel point avait-elle changé ? Gaius Prospéro lui avait promis qu'elle serait bien traitée. De toute évidence, ce n'avait pas été le cas. Que s'était-il passé avant qu'elle ne disparaisse ? Elle ne l'avait pas vraiment dit. Il avait rencontré plusieurs seigneurs de la Forêt — et ne les avait vraiment pas trouvés plaisants. De plus, d'après sa version de l'histoire, elle n'avait pas assassiné son maître avant de s'enfuir : elle avait fui, et n'avait tué le seigneur de la Forêt que lorsqu'il avait cherché à la reprendre. Pourquoi, si un an et un jour avaient passé et qu'elle était à nouveau libre ?

Et cette épée qu'elle portait ! C'était une arme magnifique, qui ne ressemblait à aucune de celles qu'il lui avait été donné de voir. Celui qui l'avait forgée devait posséder d'immenses pouvoirs… Il éprouva une certaine fierté à l'idée que sa fille était devenue une grande guerrière. Il n'avait jamais imaginé que sa belle et délicate Lara saurait un jour se battre. Mais l'épée ne pouvait pas se battre à sa place, seulement avec elle… De toute évidence, quelqu'un l'avait très bien formée, mais qui ? Il y avait tant de choses qu'il ignorait et qu'il aurait aimé savoir… Il avait quatre beaux garçons — mais une seule fille… Il réalisa tout à coup que Susanna était jalouse de Lara. Elle l'avait toujours été. Malheureusement, rien ne pouvait plus changer cela.

Il aurait tant aimé passer plus de temps avec Lara… Mais

ce ne serait sans doute pas possible. Après tout, l'invasion des Terres Extérieures était imminente. Brusquement, un nouveau doute l'envahit. On avait répété toutes ces dernières années que les Terres Extérieures faisaient partie d'Hétar, mais il ne se souvenait pas avoir entendu cela plus tôt. Pourtant, tout le monde en était convaincu à présent. Pourquoi le gouvernement mentirait-il au peuple ? La capitale avait toujours été surpeuplée. Et, si les fermiers des Terres du Milieu avaient continué à cultiver leurs terres comme son propre père le faisait, en laissant leurs champs reposer l'un après l'autre, tout irait bien... Mais le révérend des Terres du Milieu avait décrété que tous les champs devaient être cultivés chaque année, et la terre avait fini par s'épuiser. Lorsque John avait suggéré à son beau-frère de laisser reposer ses champs, celui-ci lui avait ri au nez.

— Limite-toi à ce que tu sais faire, John, et j'en ferai autant, lui avait répondu le frère de Susanna.

Puis sa femme lui avait lancé un regard noir quand il avait voulu apprendre à sa famille — qui s'était considérablement enrichie dans les années précédentes — comment cultiver des champs. Puis, un beau jour, la terre avait brusquement refusé de coopérer. A présent, ils parvenaient à peine à se nourrir eux-mêmes. Tout ceci était décidément bien étrange...

— Monsieur ? demanda Nels, planté devant lui.

John n'avait même pas entendu son esclave entrer dans la pièce. En se levant, il se demanda encore si Lara se présenterait au dîner ou disparaîtrait de la ville.

Lara se posait exactement la même question au même instant.

— Nous sommes entrés dans la capitale comme deux

voyageurs anonymes, remarqua-t-elle. Comment Gaius Prospéro a-t-il pu savoir que nous étions là ? Il est beaucoup plus dangereux que je ne le croyais…

— Comptes-tu honorer l'invitation de l'empereur ? lui demanda Magnus. Ne vaudrait-il pas mieux repartir immédiatement ? En une seule journée, j'en ai appris assez sur Hétar pour savoir que je n'aime ni ces gens ni leurs coutumes. Je ne serais pas fâché de dormir dans mon lit ce soir, à Térah… Tu m'as toujours dit du bien de ta belle-mère, mais je l'ai trouvée bête et égoïste. Et ton père est peut-être un grand soldat, mon amour, mais c'est un homme faible.

— Je sais, répondit Lara. Je le voyais encore avec mes yeux d'enfant… Je le comprends mieux aujourd'hui. C'est un homme qui fait confiance aux institutions et qui croit ce qu'on lui dit. Il ne voit pas plus loin que le bout de son joli nez. J'ai peur de l'avoir troublé : il sait bien que je ne mens jamais… Or tout ce que je viens de lui dire est en totale contradiction avec ce que professe le gouvernement. Mais ne sois pas trop dur avec Susanna… Elle ne fait que protéger sa famille.

— C'est surtout son prestige et ses richesses qu'elle protège, répliqua-t-il en ricanant.

Lara éclata de rire.

— C'est vrai, reconnut-elle. Pourtant, en tant que mère, c'est d'abord à ses quatre fils qu'elle a pensé. Comme c'est triste que mes demi-frères — et surtout Mikhail — ignorent tout de moi.

— C'est cruel ! s'exclama Magnus. J'ai vu ton visage lorsqu'elle te l'a dit. Ce monstre t'a blessée, Lara. Je ne pourrai jamais le lui pardonner. Maintenant, allons-nous dîner avec cet empereur d'Hétar ou rentrons-nous à la maison ?

— Nous acceptons l'invitation, répondit-elle. Je veux que

Gaius Prospéro voie ce que je suis devenue — et prenne peur. Mais buvons d'abord.

Elle sortit deux petites fioles de sa poche et en tendit une à son mari.

— Le poison est l'arme favorite des Hétariens, expliqua-t-elle. Ceci nous protégera contre tout ce que l'empereur pourrait utiliser pour essayer de nous tuer.

Magnus Hauk secoua la tête d'un air dégoûté, mais il prit la fiole qu'elle lui tendait, la déboucha et en but le contenu en même temps qu'elle.

— Ta potion a le goût des baies de Térah, remarqua-t-il.

— Tes préférées..., répondit-elle avec un doux sourire. Maintenant, je dois me servir de mes pouvoirs pour nous habiller — puisque nous n'avons pas d'autres vêtements que ceux que nous portons. Les gens ordinaires ne voyagent pas avec une garde-robe complète... Tu dois être habillé avec dignité, mais sans ostentation.

Elle détacha la ceinture de cuir à laquelle pendait son fourreau.

— Cache-toi dans les ombres, commanda-t-elle à Andraste qui disparut aussitôt de sa main.

— Parfait, ajouta-t-elle à l'intention de Magnus. Vérica et elle se tiendront compagnie cette nuit. Ils protégeront notre chambre des intrus.

— Je dois être vêtu avec dignité, rappela Magnus à sa femme.

— Va te laver pendant que j'y réfléchis, lui répondit Lara.

Après quelques instants de réflexion, elle fit apparaître d'un mouvement de main une longue tunique blanche à manches courtes, ornée au col et à la taille de broderies pourpre et or. Vint ensuite une paire de sandales dorées qu'elle déposa sur le lit. D'un nouveau geste, elle fit apparaître pour elle-même une longue robe sans manches au col élégamment drapé. L'étoffe irisée brillait comme si elle avait été tissée de rayons de soleil et de lune. Lara alla se laver dans la baignoire que venait de quitter son mari, puis enfila sa robe et une paire de sandales argentées. Son pendentif en forme d'étoile était le seul bijou qu'elle portait. Elle choisit de tresser sa longue chevelure en une natte unique.

— Tu es si belle…, lui dit Magnus. Je ne peux pas m'empêcher d'avoir peur pour toi.

Lui-même était à la fois beau et empreint d'une grande dignité dans cette tunique qui mettait en valeur ses cheveux blond foncé et ses yeux turquoise.

— Nous sommes protégés, le rassura-t-elle. Nous allons simplement dîner avec Gaius Prospéro. Demain, nous quitterons la capitale. Nous irons visiter le royaume de ma mère, puis celui des princes de l'Ombre. Hétar est peut-être dirigée par des hommes cupides et corrompus, mais beaucoup de ses habitants sont de braves gens qui ne parviennent plus à faire entendre leur voix au milieu du chaos. Je veux que tu les rencontres aussi. Ainsi, si tu dois un jour traiter avec Hétar, tu sauras qu'il y a à la fois du bon et du mauvais dans ce pays — comme partout, Magnus.

Elle ramassa le manteau de son mari et le lui tendit.

— Allons-y. Je suis certaine que la litière impériale nous attend déjà. Toute l'auberge sera bientôt en émoi.

— Crois-tu que c'est l'aubergiste qui nous a dénoncés à Gaius Prospéro ? demanda Magnus.

Il dissimula ses vêtements raffinés sous son manteau et Lara en fit autant.

— Non, répondit Lara. Nous avions exactement l'air

de ce que nous prétendions être. Quelqu'un qui m'aura aperçue dans la rue a dû me reconnaître. J'ai dissimulé mes cheveux, mais les espions de l'empereur devaient connaître mon visage…

Une litière toute simple les attendait devant l'auberge. Rien dans ce véhicule n'attirait l'attention, mais les deux époux surent immédiatement qu'il leur était destiné. Ils s'y installèrent en silence et se laissèrent emporter à travers les rues jusqu'au District d'Or. Même après s'être fait proclamer empereur d'Hétar, Gaius Prospéro avait continué à vivre dans la grande demeure de marbre blanc que Lara avait connue bien des années auparavant. La litière s'immobilisa et des serviteurs vinrent en écarter les rideaux.

Magnus Hauk en émergea et tendit la main à sa femme pour l'aider à descendre. En se retournant, ils virent un petit homme grassouillet en tunique dorée venir à leur rencontre.

— Lara, ma chère enfant ! s'écria Gaius Prospéro. Quel plaisir de te revoir !

Il embrassa la jeune femme sur les deux joues.

— Ton père et sa femme sont déjà là — mais il est vrai qu'ils avaient moins de route à faire. Tu te souviens sans doute de mon conseiller Jonah…

— Bien sûr…, murmura Lara. Laissez-moi vous présenter Magnus Hauk, le Dominus de Térah.

Jonah et l'empereur observèrent attentivement Magnus Hauk. D'un discret signe de tête, ils s'accordèrent pour reconnaître que le personnage inspirait le respect. Mais à quel point était-il puissant ? Et riche ?

— Je vous souhaite la bienvenue en Hétar, seigneur, lui dit Gaius Prospéro. Mais pouvez-vous me dire pourquoi vous êtes entré dans mon empire d'une manière aussi furtive et mystérieuse ?

L'empereur d'Hétar prit le bras du Dominus pour l'entraîner vers sa demeure.

— « Furtif » et « mystérieux » ne sont pas des termes que j'aurais choisis pour décrire notre visite, répondit calmement Magnus en tendant sa main libre à Lara. J'ai simplement voulu voyager *incognito* pour mieux observer le pays dans lequel a grandi ma femme. Je n'ai aucune envie d'entrer en pourparlers avec Hétar, monseigneur. A la vérité, si la belle-mère de Lara ne l'avait pas reconnue au marché, nous n'aurions informé personne de notre présence.

Gaius Prospéro fut surpris par cette réponse — et même assez offensé. Hétar était le plus grand empire qui ait jamais existé. Aucun royaume ne pouvait rivaliser avec lui.

— Hétar a beaucoup à offrir, seigneur, se défendit-il.

— Peut-être à certains, répondit Magnus. Mais pas à Térah.

Gaius Prospéro sentit sa curiosité s'éveiller. Cet homme était-il stupide pour ne pas voir les avantages d'une alliance avec Hétar ? Ou son propre pays était-il plus puissant que cet empire ? C'était impossible ! Hétar était le seul empire digne de ce nom. De toute évidence, Magnus Hauk cherchait à prendre l'ascendant sur lui en prétendant se désintéresser d'Hétar. Gaius Prospéro faillit éclater de rire à cette idée. Mais il réprima son hilarité et escorta ses invités jusqu'à la salle de festin de sa demeure.

— Tu te souviens sans doute de cette pièce…, dit-il à Lara avec un fin sourire.

— Bien sûr, lui répondit-elle.

Son beau visage était dénué de toute expression.

Gaius Prospéro se tourna alors vers le Dominus.

— Cette nuit-là, lui dit-il, j'avais présenté Lara aux maîtresses de Maisons de Plaisir et aux magnats de la capitale. Elle a été apportée dans la salle, entièrement nue, sur un grand plateau d'argent. J'avais dit à mes invités qu'elle était le dessert de notre festin.

Il ne put s'empêcher de sourire à ce souvenir qui lui semblait charmant.

— Malheureusement pour vous, ajouta doucement Lara, vous avez tous été trop gourmands, n'est-ce pas, Gaius ? Le lendemain, la Première Dame de la Guilde des maîtresses de Maisons de Plaisir est venue dire à Gaius Prospéro que la rumeur de ma beauté avait semé le chaos dans les Maisons de Plaisir. Les femmes de plaisir avaient peur que je leur vole leur clientèle ; les clients réguliers menaçaient de s'en prendre physiquement à la maîtresse de leur Maison de Plaisir si elle ne leur réservait pas mes trois virginités… La Première Dame s'est donc vue forcée d'interdire ma vente dans la capitale.

Elle ne put s'empêcher de rire doucement.

— J'ai alors été confiée à un marchand au long cours, reprit-elle, puis achetée par le chef des seigneurs de la Forêt. Néanmoins, vous avez fait un profit considérable grâce à moi, Gaius Prospéro, puisque, finalement, je n'ai été confiée à vos bons soins qu'un jour ou deux…

— Tu es devenue cruelle, répondit l'empereur avec une pointe de mauvaise humeur.

— Comme une lame bien trempée, monseigneur, répondit Lara en lui décochant son plus doux sourire. Je sais désormais manier l'épée, voyez-vous. On vous en a peut-être informé lorsque nous vous avons renvoyé vos mercenaires il y a quelques années.

— J'ai été navré d'apprendre le décès de ton mari, murmura Gaius Prospéro.

— J'en ai trouvé un autre, riposta Lara.

L'empereur éclata de rire et lui tapota le bras de ses doigts boudinés.

— Assez de souvenirs, mon enfant, conclut-il. Ah ! Voici mes deux adorables épouses : dame Vilia et dame Anora. Venez donc accueillir nos invités, mes chères.

Gaius Prospéro ronronnait presque. Les deux femmes s'empressèrent de lui obéir.

Tous allèrent s'allonger sur des divans disposés autour d'une table immense et le festin commença. Magnus et Lara burent et mangèrent avec modération — détail qui n'échappa ni à Gaius Prospéro ni à son conseiller.

— Avez-vous peur qu'on vous empoisonne ? murmura Jonah à l'oreille de Lara.

Elle tourna vers lui le regard pénétrant de ses beaux yeux verts.

— Non, répondit-elle. Nous avons pris nos précautions contre ce genre de traîtrise. Nous avons simplement l'habitude de dîner moins copieusement à Térah.

— Ce pays est-il agréable ? demanda Jonah. A quelle distance d'Hétar se trouve-t-il ?

— Ne serais-je pas stupide de répondre à ces questions, Jonah ? répliqua-t-elle.

— Je ne faisais qu'entretenir la conversation…, protesta-t-il.

Cet homme était décidément aussi fin et retors que dans son souvenir, songea Lara.

— En réalité, vous cherchez à m'extorquer des informations, répondit-elle d'un ton moqueur. Pour votre profit d'abord, pour celui de votre maître ensuite — et seulement à la condition que cela *vous* serve encore… Térah se trouve où elle se trouve, à des semaines de voyage de vos frontières. Mon mari n'a pas menti à Gaius Prospéro : il n'a aucune intention de traiter avec Hétar. Il est simplement venu satisfaire sa curiosité. C'est chose faite, et nous allons repartir dès demain.

— Comment êtes-vous entrés dans la capitale ? demanda Jonah pour changer de sujet.

— En nous faisant passer pour des voyageurs ordinaires, répondit-elle honnêtement. Nous avons tout simplement franchi les portes à pied, au milieu de la foule. A mon tour, maintenant : comment avez-vous découvert que nous étions ici ?

— Aubin Prospéro, le fils de l'empereur, vous a reconnue, répondit Jonah. Il dit qu'il ne pourra jamais oublier votre visage : votre vente était la première tractation dans laquelle son père l'incluait… Il avait huit ans alors… C'est presque un jeune homme à présent. Il attendait l'un de ses amis au marché lorsqu'il vous a vue parler avec votre belle-mère… Mais dites-moi : vous prétendiez n'avoir aucun pouvoir magique autrefois…

— C'était vrai.

— Mais ce n'est plus le cas, remarqua Jonah. Et vos pouvoirs doivent être grands pour que vous ayez osé répondre à notre invitation… Vous ne craignez ni mon maître ni la puissance d'Hétar, Lara, fille de Swiftsword. Vous pourriez bien être un ennemi dangereux pour Gaius Prospéro…

— Lui êtes-vous réellement loyal ? demanda Lara. Ou n'avez-vous pas encore assez de pouvoir pour vous passer de lui ?

Elle ne put s'empêcher de rire doucement en lisant de la surprise dans le regard, d'ordinaire insondable, de son interlocuteur.

— Votre secret sera bien gardé, Jonah, le rassura-t-elle. Hétar n'a rien à offrir que je pourrais désirer et je me moque éperdument du sort de votre maître. Magnus a vu ce qu'il voulait voir. Nous allons rentrer chez nous et vous ne nous reverrez probablement jamais. D'ailleurs, l'invasion des

Terres Extérieures que vous projetez devrait vous tenir occupés quelque temps…

— D'où tenez-vous cette information ? demanda-t-il, troublé.

Lara était devenue une étrangère dans la capitale. Pourtant, elle avait eu connaissance de leurs projets… Que savait-elle d'autre ? Et pourquoi s'en souciait-elle, si elle n'avait plus de lien avec les Terres Extérieures ? Mais peut-être s'inquiétait-il pour rien… Après tout, la rumeur de l'invasion prochaine circulait dans toute la capitale. Mais il ne pouvait s'empêcher de rester méfiant.

— Comment ? insista-t-il.

— Ma belle-mère l'a mentionné en passant, lorsqu'elle nous a suppliés de disparaître de crainte que nous ne mettions en péril la position de mon père au sein de l'Ordre, répondit Lara.

Elle jugeait plus prudent de le laisser ignorer qu'elle avait encore des alliés en Hétar.

— A ce propos : doit-il commander l'une des troupes de l'invasion, ou a-t-elle vraiment gagné cette grande maison en donnant des fils à l'Ordre, comme elle s'en est vantée devant moi ? demanda-t-elle, curieuse.

Jonah éclata de rire.

— Vous ne l'aimez pas, constata-t-il.

— Lorsque je l'ai aidée à élever mon père au rang de chevalier de la Croisade, je n'avais pas réalisé à quel point elle était médiocre et vénale, répondit froidement Lara. Elle était très discrète alors… Elle semble avoir beaucoup changé au contact des femmes des autres chevaliers. Mais, à la vérité, je n'ai aucun sentiment à son égard, ni positif ni négatif.

— Vous bavardez depuis une éternité tous les deux, remarqua Gaius Prospéro. De quoi parlez-vous donc ?

— De politique, monseigneur, répondit Lara. En d'autres termes : de rien du tout.

Cette réponse suscita de petits rires et des commentaires amusés, puis le dessert arriva.

15.

Ses invités étaient rentrés chez eux. Anora, sa seconde épouse, se pendit à son bras en ronronnant des suggestions lascives et salaces à son oreille. Gaius Prospéro la repoussa.

— Pas maintenant! lui dit-il avec mauvaise humeur. Il me reste des choses à régler avant d'aller dormir.

— Quelles choses? lui demanda Anora. Je vois bien que tu vas avoir besoin de goûter de mon fouet ce soir, Gaius. Tu m'as terriblement négligée ces derniers temps

Elle enroula ses bras autour de son cou et se pressa contre lui.

Gaius Prospéro la repoussa une nouvelle fois.

— Certaines affaires d'Hétar requièrent mon attention immédiate, Anora, répéta-t-il. Maintenant, va te coucher. Je n'ai pas de temps à te consacrer.

— Alors tu n'as qu'à divorcer de moi et me renvoyer dans ma Maison de Plaisir! s'écria-t-elle. Je ne suis rien sans plaisirs. Je ne suis pas comme Vilia, ta première femme, qui se moque d'être ignorée tant que sa position sociale reste la même. J'ai besoin de passion!

Un sourire mauvais se dessina sur les lèvres de Gaius Prospéro. Il enroula la longue chevelure d'Anora autour de sa main et tira brutalement sa tête vers lui.

— Je n'ai pas l'intention de divorcer, mon petit jouet, lui dit-il en la giflant vigoureusement à plusieurs reprises. Et souviens-toi que, moi aussi, je sais infliger de la souffrance. Tu as été un bon professeur, Anora. Maintenant, disparais de ma vue !

Il la repoussa violemment et la jeune femme s'effondra sur le sol de marbre.

— Je t'aime, Gaius, sanglota-t-elle en levant vers lui un regard pathétique.

Les joues d'Anora, encore rouges de ses gifles, étaient inondées de larmes. Gaius ressentit la satisfaction étrange que lui faisait toujours éprouver le fait de la punir. Anora se releva prestement et s'enfuit de la pièce. Il savait qu'elle attendrait avec son fouet qu'il soit disposé à être puni à son tour. Ils expérimenteraient alors des plaisirs grandioses, jusqu'à être trop faibles pour se lever du lit.

— Jonah ! appela l'empereur.

— Je suis là, monseigneur, répondit Jonah en se détachant d'un coin d'ombre.

— Approche, dit Gaius Prospéro en lui faisant signe de la main. Reprenons donc un verre et discutons de cette soirée.

Gaius Prospéro alla s'asseoir dans un fauteuil à l'allure de trône. Jonah versa deux verres de vin, en tendit un à son maître et s'assit à son tour.

— Maintenant, dis-moi ce que tu penses de la belle Lara et du mari qu'elle s'est trouvé. Faut-il que je le fasse tuer avant leur départ de la capitale ? Cette nuit ? Je me chargerais volontiers de consoler personnellement la veuve.

— Ce serait trop compromettant, monseigneur. Mais vous le saviez déjà avant de me poser la question , répondit Jonah.

— Tu sais que je l'ai toujours désirée, dit l'empereur

d'un ton rêveur. Ne ferait-elle pas une magnifique impératrice ? Quel âge peut-elle avoir aujourd'hui ? Vingt et un ans ? Vingt-deux ?

Il se lécha les lèvres.

— L'homme qui prend du plaisir avec elle doit presque se sentir un dieu, reprit-il.

— Les dames Vilia et Anora pourraient bien ne pas approuver de tels projets, remarqua froidement Jonah.

— Elles n'en finissent plus de se disputer la place d'impératrice — raison pour laquelle je ne ferai cet honneur ni à l'une ni à l'autre, répondit Gaius Prospéro.

— La femme que vous avez reçue ce soir, monseigneur, n'a plus grand-chose à voir avec la jeune fille que vous avez achetée et revendue il y a huit ans, remarqua Jonah. La jeune fille n'avait pas de magie, mais la femme en a — et beaucoup.

— Raison de plus pour en faire mon impératrice, insista Gaius Prospéro. Imagine quel pouvoir serait le mien si j'avais une fée pour femme, Jonah !

— Je vous accorde que l'idée est séduisante, monseigneur, répondit le conseiller. Malheureusement, je crains que la dame en question ne soit pas d'accord. Même si vous assassiniez ce nouveau mari qu'elle s'est trouvé comme vous avez assassiné le précédent, elle risque de repousser vos avances.

— Mais nous allons bientôt envahir les Terres Extérieures, remarqua Gaius Prospéro. Je retrouverai les enfants qu'elle a donnés à Vartan, et je me servirai d'eux pour la soumettre à ma volonté.

— N'a-t-elle pas emmené ses enfants avec elle ? demanda Jonah.

— Non, répondit l'empereur. Après la mort de Vartan, elle les a confiés au nouveau chef du Fiacre avant d'aller rendre visite à Archéron dans la Province Côtière. C'est Arcas qui me l'a dit.

— Arcas nous a déjà menti, remarqua Jonah. Il nous a d'abord dit avoir vendu Lara comme esclave. Puis il nous a dit qu'elle était morte, passée par-dessus bord pendant une tempête. Pourtant, elle était ici ce soir, monseigneur, bien vivante et mariée à un homme qui prétend diriger un autre pays. J'ai essayé de soutirer des informations à Lara pendant le dîner, mais elle ne s'est guère montrée coopérante. Tout ce qu'elle m'a dit, c'est que ce pays nommé Térah était situé à plusieurs semaines de voyage de nos frontières.

— Alors Térah ne représente pas une menace immédiate pour Hétar , répondit Gaius Prospéro, pensif. Mais où est-ce ? Et pourquoi ce Dominus ne veut-il pas devenir notre allié ? Hétar l'intéressait pourtant assez pour qu'il nous rende une visite clandestine.

— Je pense qu'Arcas sait où se trouve Térah, dit Jonah. Les rois de la Province Côtière doivent avoir des secrets, monseigneur. Depuis trop longtemps, nous les autorisons à vivre repliés sur eux-mêmes à cause des marchandises de luxe qu'ils nous fournissent. Mais d'où viennent ces marchandises ? Nous avons toujours cru qu'ils les fabriquaient eux-mêmes mais, si c'était le cas, pourquoi auraient-ils besoin de navires pour voguer sur cette mer qu'ils appellent Sagitta ? Se peut-il que nos marchandises de luxe proviennent de cette Térah ? Si c'est le cas, les rois de la Province Côtière ne sont que de vulgaires marchands au long cours. Des intermédiaires. En négociant directement avec Térah, nous pourrions faire baisser les prix et augmenter nos profits, monseigneur.

Un sourire mauvais déforma le visage adipeux de Gaius Prospéro.

— Jonah, mon cher Jonah, murmura-t-il, aux anges. Tu

es un véritable trésor. Comme ton esprit est vif ! Comme il sait découvrir jusque dans les plus petites choses les informations qui pourront nous être utiles. Que ferais-je sans toi ?

Jonah inclina la tête pour remercier l'empereur de son compliment.

— Je suis honoré de vous servir, monseigneur, répondit-il obséquieusement.

— Revenons maintenant à la belle Lara, suggéra Gaius Prospéro. Que dois-je faire d'elle, Jonah ?

— Pour le moment, rien du tout, monseigneur, répondit le conseiller. La patience est la meilleure conduite à adopter dans cette affaire, j'en suis certain. Vous ne devez pas vous disperser en formant trop de projets à la fois. Dans une semaine, notre armée traversera la Province Côtière pour envahir les Terres Extérieures. Nos mercenaires et nos chevaliers de la Croisade sont impatients de partir en campagne. Songez aux richesses qui nous attendent là-bas, monseigneur : des esclaves à mettre au service d'Hétar, de belles femmes à enrôler dans nos Maisons de Plaisir, des villages déjà bâtis, prêts à être repeuplés par les hommes qui auront l'honneur d'être choisis par vous, et qui vous seront loyaux à cause de votre générosité. Leurs troupeaux vous rendront plus riche que vous ne l'avez jamais imaginé. Leurs champs auront un rendement incroyable, qui nous garantira des profits fabuleux. Les marchés de la capitale regorgeront à nouveau de produits abordables. Le peuple vous en sera reconnaissant. Et nous reprendrons les mines. Avec tous les esclaves que nous fournira la conquête, nous pourrons les exploiter davantage encore. Vos coffres vont déborder de richesses, monseigneur.

— C'est un véritable rêve que tu me décris là, glapit Gaius Prospéro. Il ne manque qu'une chose pour qu'il soit parfait : c'est que Lara soit à mes côtés en tant qu'impératrice et dans mon lit pour me donner du plaisir.

— Alors il en sera ainsi, lui assura Jonah. Mais nous devons d'abord conquérir les Terres Extérieures. Ensuite, nous forcerons les rois de la Province Côtière à nous livrer leurs secrets. Alors nous pourrons atteindre Térah, monseigneur. Nous devons procéder lentement et prudemment si nous voulons mener ce projet à bien. De plus, les enfants du Fiacre vous permettront bientôt d'inciter la fée à plus de gentillesse à votre égard. Dans un an, deux ans tout au plus, tout ce que vous avez toujours désiré sera à vous.

— Oui ! s'écria Gaius Prospéro, fou d'excitation. D'ici-là, j'ai Vilia et Anora, l'une et l'autre prêtes à se plier à tous mes désirs dans l'espoir que je les nomme impératrices.

Il éclata de rire et hocha la tête de satisfaction.

— Une fois encore, tu m'as aidé à y voir plus clair, Jonah, flatta l'empereur. Tu vas devoir m'aider à me montrer patient.

— Je serai toujours là pour vous, monseigneur — et pour vous seulement, lui assura le conseiller.

— J'ai fait attendre Anora trop longtemps, conclut l'empereur. Bonne nuit, Jonah. Que ta fin de soirée soit aussi plaisante que la mienne promet de l'être.

Sur ces mots, Gaius Prospéro se précipita vers la chambre où sa deuxième épouse l'attendait.

Sur le grand lit d'Anora étaient disposés des bracelets d'or doublés de laine d'agneau et reliés entre eux par une chaîne d'argent, un collier assorti, une petite cravache pour chien et un grand fouet dont la lanière était aussi épaisse que son pouce.

— Tu es en retard ! s'écria-t-elle à l'arrivée de Gaius Prospéro. Mets ton collier et mets-toi à genoux ! Demande-moi pardon pour ton retard et pour ton comportement de tout à l'heure !

Elle se saisit du fouet.

— Tourne-toi, Gaius, ordonna-t-elle.

Il se hâta de lui obéir et elle sourit en le voyant tressaillir au son du fouet qu'elle faisait claquer sur le sol.

— Tu seras puni jusqu'à l'aube, mon époux, lui annonça-t-elle. Tes fesses te cuiront bien avant que j'en aie fini avec toi.

— Oui, mon trésor, gémit Gaius Prospéro, impatient qu'elle commence.

Les sévices d'Anora avaient toujours eu sur lui des effets extraordinaires. Après cela, il était enragé comme un taureau lâché au milieu d'un troupeau. Vilia ne suscitait plus en lui la moindre excitation. Lara, en revanche... La pensée de la superbe fée l'obséda de nouveau et il cria, surpris, lorsque le fouet d'Anora s'abattit sur ses reins.

Dame Vilia, qui écoutait à la porte de la chambre, sourit de satisfaction. Elle traversa la vaste demeure en toute hâte. Elle avait presque atteint la salle de festin lorsqu'une main la saisit par le poignet et l'attira dans l'ombre.

— Jonah..., murmura-t-elle.

Les lèvres du conseiller trouvèrent aussitôt les siennes. Mince et agile, il la plaqua contre le mur tout en soulevant sa robe. De son côté, dame Vilia le déshabilla avec des gestes fébriles. L'instant d'après, il la souleva pour la prendre avec fièvre.

— Vilia..., grogna-t-il. J'ai cru que tu ne viendrais jamais...

Il l'embrassa fougueusement.

— Mais tu ne peux pas te passer de moi, n'est-ce pas ? ajouta-t-il avant d'enfouir son visage dans sa poitrine généreuse.

— Je devais d'abord m'assurer — Ne t'arrête pas ! — qu'Anora allait le garder toute la nuit. Que c'est bon ! J'adore prendre du plaisir avec toi , Jonah, mon amour.

Il la prit avec ardeur. Gaius Prospéro n'avait plus partagé la couche de Vilia depuis des années, mais Jonah savait qu'il serait furieux de découvrir que son ancien esclave en avait fait sa maîtresse. Il avait toujours envisagé de la séduire, mais c'était elle qui avait pris l'initiative alors qu'il n'était encore qu'un esclave. C'était une femme délicieusement lubrique, qui allait faire une merveilleuse impératrice à ses côtés. Un homme pouvait toujours trouver de jolies femmes avec lesquelles prendre du plaisir — mais une femme comme Vilia, intelligente et ambitieuse, était chose rare. Gaius Prospéro n'était qu'un imbécile de vouloir l'évincer au profit de la belle Lara. *Mais je vais encourager sa lubie,* songea-t-il tandis que Vilia atteignait le point culminant de son plaisir. Il l'embrassa pour étouffer ses cris et la sentit trembler contre lui.

Elle laissa finalement ses jambes retomber sur le sol.

— Que c'était bon…, gémit-elle.

— Le fouettait-elle ? demanda Jonah, curieux.

— Elle venait tout juste de commencer, répondit Vilia en riant doucement. Il ne semble plus capable de s'en passer.

— Ce qui me laisse le loisir de m'occuper de toi, murmura-t-il à son oreille.

Il la prit par la main.

— Viens, dit-il. Allons dans ma chambre…

— Tu pourrais avoir ta propre maison, lui dit Vilia. Pourquoi persistes-tu à vouloir vivre dans ces minuscules appartements ?

— Pour être auprès de toi, bien sûr, lui répondit-il.

— Menteur ! riposta-t-elle. Mais flatteur. Maintenant, dis-moi la vérité, Jonah.

— Tant que je suis dans cette maison, personne ne peut parvenir jusqu'à lui sans que je le sache, expliqua-t-il. Nous devons être les seuls à avoir une influence sur lui, Vilia.

— Je suis d'accord, répondit-elle. Maintenant, explique-moi à quoi rimait cette soirée.

— Il voulait surtout assouvir sa curiosité, répondit Jonah. Ton fils a vu Lara au marché aujourd'hui et le lui a rapporté. Nous avons compris qu'elle irait rendre visite à son père et avons retrouvé sa trace dans une auberge proche du Quartier du conseil. Gaius la désire — mais tu l'as toujours su. Le plus intéressant pour nous, c'est cet homme avec lequel elle voyage et ce pays qu'ils appellent Térah. Pour le moment, j'ai réussi à le convaincre de se concentrer sur l'invasion des Terres Extérieures.

— Très bien, dit Vilia. Il y a d'immenses richesses à en attendre et il est grand temps que nous mettions ces sauvages au pas.

Ils atteignirent la petite chambre de Jonah et tombèrent aussitôt sur le lit dans un enchevêtrement de bras et de jambes.

— Qu'allons-nous faire en ce qui concerne Lara ? demanda Vilia.

— Rien pour le moment, répondit-il. Quand le moment sera venu, nous traiterons avec elle. Avec un peu d'habileté, nous pourrions même faire d'elle un puissant allié. Sa magie s'est beaucoup développée, tu sais. En attendant, elle sera sans doute surprise que nous l'ayons laissée en paix. Qui sait ? Cette manœuvre nous vaudra peut-être sa bienveillance dans l'avenir.

Et Lara était effectivement surprise que rien ne découle de ce dîner en compagnie de Gaius Prospéro. Andraste et Vérica, chargés de surveiller leur chambre, avaient dormi sans être dérangés. Le lendemain matin, un messager de l'empereur leur apporta des laissez-passer valables dans toute la capitale.

— Ils attendent quelque chose de nous, remarqua Lara, suspicieuse.

— Quoi ? demanda Magnus sur un ton amusé.

— Pour commencer, ce serpent de Jonah voudrait savoir où se trouve Térah, répondit-elle.

— Que lui as-tu dit ? s'enquit Magnus.

Il ne pouvait s'empêcher d'être un peu inquiet : Lara était tendue et plus silencieuse que d'ordinaire depuis la veille.

— Que Térah se trouvait à des semaines de voyage des frontières d'Hétar, répondit Lara. S'il cherche un sens à mes paroles, Jonah se demandera de quelles frontières je parlais. C'est un homme rusé, Magnus. S'il nous cherche, il finira par nous trouver.

— Je pense que leur invasion des Terres Extérieures va les occuper pour quelque temps, remarqua sagement le Dominus. J'ai hâte de rencontrer le roi Archéron au palais de Kaliq. Quittons-nous la capitale aujourd'hui ?

— Non, répondit-elle. Si nous disparaissons, Gaius Prospéro serait capable de croire que nous avons peur de lui. Puisqu'il nous a offert ces laissez-passer, je vais pouvoir te faire visiter d'autres quartiers. Avant notre départ, j'aimerais aussi te montrer le terrain de joute sur lequel mon père a gagné sa place parmi les chevaliers de la Croisade.

— Allons-nous revoir John Swiftsword ? demanda Magnus à son épouse.

Lara soupira.

— Je n'en sais rien, répondit-elle. Je suis toujours contrariée à l'idée que mes frères ignorent mon existence. A quoi bon revoir mon père dans ces conditions ?

— Il serait peut-être rassuré de savoir que tu ne gardes

aucune rancune à son égard pour ce qui t'est arrivé pendant toutes ces années. Tes paroles d'hier ont dû le faire réfléchir — or je ne crois pas qu'il lui arrive souvent de réfléchir et de mettre en doute les discours des hommes dont il a accepté l'autorité.

— Je vais lui envoyer un message, conclut Lara. Nous verrons bien s'il souhaite me revoir avant notre départ.

A sa grande surprise, son père se présenta en personne à leur auberge l'après-midi même, alors qu'ils venaient tout juste de rentrer de leur promenade dans les rues de la capitale. L'aubergiste, honoré par la présence d'un membre aussi éminent de l'Ordre sous son toit, les invita dans son jardin et leur offrit du vin et d'autres rafraîchissements de bien meilleure qualité que ce qu'ils avaient bu jusqu'ici. Puis il se retira à contrecœur.

— Qu'est-ce que Gaius Prospéro attend de toi, ma fille ? demanda John.

— Rien, semble-t-il, répondit-elle. J'imagine qu'il voulait simplement satisfaire sa curiosité.

John Swiftsword hocha la tête.

— Raconte-moi par le détail tout ce qui t'est arrivé depuis le jour où tu as quitté ma maison, la pria-t-il.

— Très bien, répondit Lara.

Elle lui conta une nouvelle fois son histoire.

— Tu t'es montrée très courageuse, remarqua son père lorsqu'elle lui fit le récit de son évasion de la Forêt. Et quelle bonne idée d'avoir gagné l'amitié de ce géant !

— Nous sommes devenus amis parce que nous étions tous les deux rejetés, expliqua Lara. Au début, j'ai désespéré. J'ai cru que je ne connaîtrais plus jamais le bonheur. C'est seulement lorsque Og m'a parlé de la malédiction que ma grand-mère avait jetée sur les seigneurs de la Forêt, lorsque j'ai compris ce qu'ils attendaient de moi, que j'ai songé à m'enfuir.

Puis elle reprit le fil de son récit, que son père écouta attentivement.

— Les princes de l'Ombre sont citoyens d'Hétar, mais ça ne les empêche pas de vivre en suivant leurs coutumes, remarqua John Swiftsword lorsque Lara acheva de raconter son année passée dans le Désert.

— Ce sont des hommes très intelligents et d'une grande valeur morale, répondit Lara. Leurs pouvoirs sont extraordinaires. Ceux qui gouvernent Hétar les respectent pour ça — en quoi ils sont bien avisés.

— Et les princes de l'Ombre t'ont permis de rencontrer ta mère ? demanda-t-il.

— Oui.

— Elle t'a tout raconté ?

— Oui, répondit encore Lara.

— Et tu ne me hais pas ? demanda-t-il doucement.

— Tu n'étais qu'un jeune homme, père. Et assez faible de caractère.

Il ne put s'empêcher de rire de bon cœur.

— C'est vrai, reconnut-il.

— Tu as ton destin et j'ai le mien, remarqua sagement Lara. Tu as été un bon père pendant les années où j'ai été à ta charge. Je t'aime et je ne te garde rancune de rien.

Elle reprit alors son histoire pour raconter ses aventures dans les Terres Extérieures. Elle parla à son père de Vartan, son premier mari, le grand chef du Fiacre.

— Tu as deux petits-enfants, lui dit-elle, un garçon et une fille. Je ne te donnerai pas leurs noms, de crainte que tu ne les répètes à quelqu'un qui ne serait pas digne de confiance. Je suis désolée, mais l'époque troublée dans laquelle nous vivons m'oblige à la prudence.

— Et, de là, tu es partie à Térah ? demanda son père.

Lara lui raconta la mort de Vartan et lui expliqua qu'elle avait appris plus tard qu'il s'agissait en fait d'un assassinat politique commandité par Gaius Prospéro.

— Je ne comprends vraiment pas pourquoi l'empereur ferait une chose pareille, avoua John Swiftsword d'un ton las.

Presque tout ce qu'elle disait était en complète contradiction avec ce qu'on lui avait appris, ce qu'il avait entendu ou ce qu'il avait cru toute sa vie. Cette femme, qui était sa fille, était en réalité une parfaite étrangère. Sa fille n'avait jamais menti. Mais cette femme le pouvait-elle ? Mentait-elle à cet instant ? Il ne savait plus quoi penser. C'était un homme qui donnait le meilleur de lui-même dans un environnement contrôlé — ce qu'Hétar avait toujours été… jusqu'à présent.

— Dans son ignorance, Gaius Prospéro croyait détruire l'union des clans en assassinant Vartan. Il se trompait, bien sûr… Mais il projette son invasion des Terres Extérieures depuis cette époque-là.

— Les Terres Extérieures appartiennent à Hétar, Lara, lui dit son père. Nous n'allons faire que reprendre ce qui nous revient de droit. Nous allons apporter la civilisation et une vie meilleure aux gens qui habitent ces terres. Hétar est un grand empire.

— Je n'arrive pas à croire que tu penses ce que tu dis, père ! s'écria Lara. Tu sais aussi bien que moi que le discours sur les Terres Extérieures a changé. Jusqu'il y a peu, on en disait seulement que c'était une contrée hostile peuplée de barbares. Hétar a besoin de s'étendre ; c'est sa seule raison d'envahir les Terres Extérieures !

— Vont-ils se défendre ? demanda son père.

— C'est un peuple qui a vécu longtemps en jouissant de son indépendance, répondit-elle.

— Nous vaincrons ! assura John Swiftsword. Les choses ne se passeront pas comme la dernière fois. Nous ne nous laisserons pas prendre par surprise !

Il posa sur sa fille un regard devenu brusquement suspicieux.

— Etais-tu... ? commença-t-il. As-tu... ?

Il ne réussit pas à achever sa question.

— Est-ce que j'ai participé à la Guerre de l'Hiver ? Oui, père, j'y ai participé. Andraste et moi avons tué de nombreux mercenaires. Elle chante au combat, tu sais. Sa voix puissante qui s'élève au-dessus de la mêlée paralyse nos ennemis. J'ai épargné le dernier mercenaire que j'ai combattu, parce que j'ai reconnu en lui le fils de Mme Mildred.

— Wilmot , murmura son père. Je me souviens de lui. C'est un homme bon. Tu dis que sa mère et lui sont en sécurité ?

— Ils sont auprès des princes de l'Ombre et se portent très bien, le rassura-t-elle.

— Et maintenant, où vas-tu aller, Lara ? voulut savoir son père.

— Je vais rentrer chez moi, à Térah, répondit-elle.

Lara jugeait plus prudent que John Swiftsword ignore leurs projets. Elle ne pouvait pas être certaine qu'il ne l'espionnait pas pour le compte de Gaius Prospéro. Pour l'instant, l'empereur savait déjà tout ce qu'elle lui avait dit.

Magnus Hauk suivit en silence la conversation entre le père et la fille. Au fond, il compatissait avec son beau-père. John Swiftsword était un homme digne mais, comme il le reconnaissait lui-même, il était faible. Il voyait bien que le récit des aventures de Lara le déconcertait profondément. Il avait toujours fait confiance à la fille qu'il avait connue, mais il n'était pas certain de pouvoir croire la femme qui se tenait devant lui. Le Dominus décida d'offrir à cet Hétarien quelque chose à quoi il pouvait se fier.

— John, dit-il calmement, je veux que vous sachiez que j'aime Lara. Je veillerai sur elle aussi longtemps que je vivrai. Elle a déjà gagné le respect et l'amour des Térans en les délivrant de la malédiction du sorcier Usi. Vous pouvez être fier d'elle.

A ces mots, le regard de John Swiftsword cessa d'exprimer le doute et la confusion.

— Je suis heureux que ma fille ait trouvé un mari tel que vous, répondit-il. Etes-vous réellement le dirigeant de Térah ?

— Oui. On m'appelle le Dominus, et Lara porte le titre de Domina, répondit-il en souriant tendrement à sa femme. Mais nous n'entretenons pas de cour. Les Térans sont des hommes simples.

John Swiftsword acquiesça.

— Je ne tiens pas particulièrement au luxe — même si ma femme l'accepte volontiers lorsqu'on le lui propose.

Il se leva.

— Il vaut mieux que je rentre, maintenant, conclut-il. Susanna va se demander où je suis passé. Elle a toujours peur qu'il m'arrive quelque chose.

— Que deviendrait-elle s'il t'arrivait malheur, père ? demanda Lara, curieuse. Les règles de l'Ordre sont-elles les mêmes que celles de la Guilde des mercenaires ?

— En partie seulement, répondit le chevalier. Si je mourais, elle serait installée dans une maison plus petite — mais elle y vivrait confortablement pour le reste de ses jours. Et nos fils recevraient une bonne éducation. Je regrette que tu n'aies pas pu les connaître, Lara.

— Ils ne connaissent même pas mon existence, murmura-t-elle. Pas même Mikhail, dont j'ai pris soin lorsqu'il était petit.

Son reproche le fit rougir.

— Je suis désolé, ma fille, dit-il.

Lara regretta aussitôt de s'être montrée trop dure.

— Ne t'inquiète pas, père, le rassura-t-elle. Je comprends pourquoi Susanna a agi de cette manière. Elle a quatre fils à élever, et je ne suis pas son enfant.

— Mais tu es *mon* enfant, protesta-t-il dans un élan de tendresse.

Lara lui sourit doucement.

— Dans les Terres Extérieures, on m'appelait Lara, fille de Swiftsword, lui dit-elle. J'ai toujours été fière d'être ta fille.

Elle se hissa sur la pointe des pieds pour l'embrasser sur la joue.

— Adieu, père, murmura-t-elle. Je ne sais pas si nous nous reverrons un jour.

Des larmes embuèrent les yeux de l'ancien mercenaire qui les chassa discrètement.

— Adieu, Lara, dit-il.

John Swiftsword se retourna pour tendre la main à Magnus Hauk.

— Prenez soin d'elle, monseigneur, dit-il au Dominus. C'est ma seule fille et le souvenir de sa mère est encore vivant en moi.

Sur ces mots, le chevalier de la Croisade quitta le jardin à pas lents.

Magnus Hauk mit son bras autour des épaules de sa femme.

— C'est un brave homme, Lara, dit-il.

— Je sais, répondit-elle tristement. Mais c'est un Hétarien Mon histoire a semé le trouble dans son esprit. Pourtant, d'ici quelque temps, il croira de nouveau aux discours de Gaius Prospéro et de ses alliés — parce que c'est plus simple, plus confortable. En y croyant, il ne mettra pas sa situation en péril, il ne fera courir aucun danger à sa femme et à ses fils… Il sera toujours loyal envers Hétar avant toute autre chose. Je suis heureuse que tu aies accepté d'accueillir les clans, Magnus. Au moins, nous avons évité un bain de sang… Je peux me consoler avec l'idée que mon père ne mourra pas dans cette guerre-ci.

— Cet empereur est un homme rusé, dit Magnus, songeur. Et il te désire, mon amour. En as-tu bien conscience ?

Lara éclata de rire.

— Gaius Prospéro est seulement avide de posséder ce que la vie a de meilleur, dans tous les domaines. C'est son conseiller Jonah qui est vraiment dangereux. Gaius Prospéro le comprendra un jour à ses dépens.

L'aubergiste se précipita dans le jardin.

— Je n'avais pas réalisé que vous étiez la fille d'un chevalier de la Croisade, madame, déclara-t-il comme s'il s'en excusait. Pourquoi ne l'avez-vous pas dit en arrivant ? Je suis très honoré de vous avoir sous mon toit. Je me souviens encore du grand émoi que vous avez causé dans les Maisons de Plaisir il y a quelques années. Mais je vous prie de m'excuser : l'empereur a envoyé un message et une litière pour vous.

— Dites aux porteurs de la litière de retourner auprès de leur maître, répondit-elle en déroulant le message de Gaius Prospéro.

L'aubergiste en resta bouche bée. Elle se permettait de refuser une invitation de l'empereur ?

— Allez-y ! commanda Lara avec impatience.

L'aubergiste, toujours sous le choc, quitta le jardin à grands pas.

— Que veut-il ? demanda Magnus.

— Il écrit qu'il veut me voir en privé pour discuter d'une affaire importante, répondit-elle.

— Et tu refuses d'y aller ? interrogea son mari.

— Je vais y aller, mais je vais utiliser mes propres moyens de transport , répondit-elle avec un fin sourire. Il semblerait que je n'aie pas encore inspiré à Gaius Prospéro le respect qu'il me doit. Voilà qui va bientôt changer. Viens avec moi, je vais chercher Andraste.

Ils retournèrent dans leur chambre, où Lara troqua la robe qu'elle portait contre son pantalon de cuir et sa chemise de soie. Elle enfila sa veste en daim aux boutons d'argent, rappela Andraste du monde des ombres et fixa sa sangle de cuir en bandoulière. Le visage de femme de l'épée dépassait au-dessus de son épaule gauche. Pour finir, elle enfila ses bottes de cuir.

— Suis-je assez impressionnante ? demanda-t-elle à son mari avec un sourire ironique.

— Il désire ton corps, répondit-il. Tu ne peux rien faire contre ça.

— Ce n'est pas son désir qui m'intéresse. Je veux qu'il ait peur de moi, Magnus — assez peur pour comprendre que ce serait une folie de chercher à localiser Térah…

Elle lui donna un baiser, puis disparut de sa vue en souriant dans un brouillard de couleur mauve.

Gaius Prospéro leva les yeux de sa table de travail couverte de factures. Lara, debout devant lui, l'observait avec un visage impassible.

— Je ne t'ai pas entendue entrer, remarqua-t-il. Et personne n'est venu t'annoncer.

Il se leva de son fauteuil pour s'approcher d'elle.

D'un geste de la main, Lara le paralysa.

— Vous n'approcherez pas davantage, monseigneur, lui dit-elle. J'ai renvoyé votre litière et suis venue ici par magie. Je repartirai de la même manière. Que me voulez-vous, Gaius Prospéro ?

Elle baissa la main qu'elle avait levée, mais l'empereur ne retrouva pas sa mobilité.

— Tu n'avais aucun pouvoir quand tu as quitté la capitale ! s'écria-t-il. Ou du moins tu le prétendais. Je vois à présent que le sang de ta mère coule dans tes veines, Lara.

Il parvint à sourire faiblement mais, à la vérité, il commençait à se sentir un peu nerveux en sa présence. Il n'avait pu résister à l'envie de lui parler une dernière fois — sans Jonah pour le détourner de ses désirs, sans Vilia et Anora pour épier chaque mot qu'il adressait à la superbe fée…

— Pourquoi vouliez-vous me voir, monseigneur ? répéta-t-elle. Qu'attendez-vous de moi ? J'ai l'intention de quitter Hétar demain pour n'y plus jamais revenir.

— Mais tu es hétarienne ! protesta-t-il. Tout ce qu'il y a de bon en Hétar se retrouve en toi : tu es belle, forte, intelligente, sage. Reviens en Hétar, Lara, fille de Swiftsword, et je te placerai là où tu auras plus de pouvoir que personne.

— Et où est-ce ? demanda-t-elle d'un ton moqueur.

— Auprès de moi. Tu seras impératrice d'Hétar.

Lara éclata de rire — d'un rire qui glaça le sang de l'empereur.

— Je dispose de mes propres pouvoirs, Gaius Prospéro. Je n'ai aucun besoin du vôtre. Mes pouvoirs sont magiques, et bien plus grands que tous ceux que vous pourriez m'offrir. Je suis aussi la Domina de Térah et l'épouse d'un homme remarquable. Lequel de vos désirs vous a poussé à faire assassiner Vartan du Fiacre : votre appétit pour moi, ou votre ambition d'annexer les Terres Extérieures ? Je suis certaine que vous aspiriez d'abord au pouvoir. Mais maintenant que vous l'avez, vous voulez m'avoir, moi aussi… Méfiez-vous, monseigneur, parce que le pouvoir n'est qu'une illusion — et toutes les illusions finissent par s'évanouir. J'ai un destin à accomplir, Gaius Prospéro. Je doute que vous y jouiez un grand rôle…

— Idiote ! Tu ne réalises donc pas la valeur de ce que je t'offre ? demanda-t-il en essayant vainement de faire un pas vers elle.

Andraste commença à bourdonner doucement à l'oreille de Lara.

— Montre-lui ton pouvoir, lui suggéra la lame.

Lara dégaina son épée et en dirigea la pointe vers l'empereur.

— Ma magie vous protège de votre propre folie, Gaius Prospéro, dit-elle. Si vous étiez capable de m'approcher, je serais forcée de vous tuer pour votre insolence. Ecoutez ! Andraste va chanter pour vous. D'ordinaire, cette chanson est réservée à ceux qui vont bientôt sentir le baiser de sa lame effilée. C'est la chanson qu'ont entendue ceux que j'ai tués pendant la Guerre de l'Hiver.

L'épée ouvrit ses yeux d'émeraude et se mit à chanter pour Gaius Prospéro.

— Je suis Andraste ! Je bois le sang du traître et de celui qui est trop fou pour voir la vérité ! Craignez-moi, Gaius Prospéro, et priez votre dieu de ne jamais me rencontrer à la bataille ! Je vous ôterais la vie avec jubilation.

Le visage adipeux de Gaius Prospéro avait perdu toute couleur. Ses jambes se dérobèrent.

— Tu as déjà tué ? demanda-t-il à Lara d'une voix terrifiée.

— N'en avez-vous pas fait courir la rumeur, monseigneur ? se moqua Lara. Eh bien ! Votre rumeur était vraie. J'ai tranché la tête de Durga, l'ancien chef des seigneurs de la Forêt. Je l'ai détachée de son cou de taureau lorsqu'il a essayé de violer les lois d'Hétar grâce à des malversations. Il fut ma première victime. Après cela, j'ai tué de nombreux mercenaires pendant la Guerre de l'Hiver — ces hommes que vous aviez chargés d'envahir les territoires des Tormod et des Piaras, d'en voler les richesses et d'en réduire les habitants en esclavage. Enfin, le jour où Adon a tué Vartan, mon mari, je l'ai exécuté sans pitié avec sa stupide femme. Je sais manier cette arme, Gaius Prospéro, et je n'ai pas peur de m'en servir. Je ne suis plus la jeune fille que vous avez vendue il y a huit ans en vous plaignant que votre profit était insuffisant… Je suis Lara, Domina de Térah et fille d'Ilona, la reine des fées de la Forêt. Je ne crains ni la puissance d'Hétar ni vous. Votre proposition m'insulte. En me la faisant, vous trahissez Vilia, votre femme, qui vous a toujours été dévouée. Quant à la créature que vous appelez votre seconde épouse, je ne la connais pas. Mais je suis certaine que vous commettez aussi une injustice à son égard en me demandant de devenir votre impératrice. Vos deux épouses méritent que vous les traitiez avec plus d'égards.

— Mais, Lara , gémit Gaius. Je veux seulement honorer votre beauté par le témoignage de mon admiration fervente.

— Homme lubrique ! répliqua-t-elle. Voulez-vous savoir ce que les hommes éprouvent à prendre du plaisir avec moi ? Je peux vous le faire découvrir dans les méandres obscurs de votre esprit. Mais méfiez-vous ! Si je le fais, vous ne serez plus jamais capable de prendre du plaisir avec une femme. Etes-vous assez fou pour acheter un moment de plaisir au prix d'une vie entière de solitude ?

Ses beaux yeux verts étincelaient de colère.

Il la voulait plus que tout. Il l'avait toujours désirée. Il ne s'était interdit de la prendre lorsqu'il l'avait achetée à son père que pour une seule raison : la moitié de sa valeur tenait à sa virginité. Mais la situation avait changé et il brûlait de la posséder.

— Oui ! glapit-il. Montre-moi !

— Si je vous montre, l'avertit-elle une seconde fois, vous ne serez plus jamais capable de connaître le plaisir avec une autre femme. Oh ! Vous pourrez toujours copuler. Mais vous ne ressentirez plus rien, Gaius Prospéro. Ce sera la punition de votre présomption.

— Montre-moi, répéta-t-il d'une voix rauque.

Tout à coup, il se retrouva nu et à sa merci. Il sentit ses mains le caresser et la pression de sa poitrine ferme contre son torse, la pression de son corps contre son corps. Il ne pouvait toujours pas bouger. Une intense chaleur s'empara de lui lorsqu'il sentit sa langue courir sur sa peau. Son excitation était presque intolérable. Gaius Prospéro grogna de désespoir en la pénétrant. S'il éprouvait tout ce qu'un homme peut ressentir en prenant du plaisir avec une femme, il pouvait encore voir Lara, debout devant lui et un sourire froid sur les lèvres. Il dut fermer les yeux tant ses sensations étaient intenses. Cet instant était parfait. Finalement, sa jouissance fut si terrible qu'elle en fut presque douloureuse.

Ainsi, cet instant magique était terminé. En ouvrant les yeux, il découvrit que Lara avait disparu. Il était seul, encore habillé, le devant de sa tunique souillé par sa luxure. Gaius Prospéro s'effondra sur le sol de marbre en sanglotant.

Qu'avait-il fait ? La magie de Lara ne lui avait ouvert les portes du paradis que pour les lui claquer au nez. Il se jura de lui faire payer sa cruauté. Oh oui ! Elle allait payer ! Un jour, elle serait à sa merci . Alors il goûterait vraiment la félicité qu'elle avait présentée à son esprit. Elle lui offrirait les plaisirs qu'il attendait d'elle, ou il la tuerait ! Gaius Prospéro retrouva peu à peu la maîtrise de lui-même. Il se redressa et envisagea d'envoyer ses gardes à l'auberge où elle était descendue pour tuer son mari et l'arrêter.

Non. Sa magie était trop puissante pour le moment. Il lui faudrait se montrer patient et trouver un moyen de l'affaiblir. Alors il trouverait l'emplacement de ce pays nommé Térah et en ferait la conquête. Lara serait de nouveau son esclave. Il ferait torturer et tuer son mari sous ses magnifiques yeux verts. Gaius Prospéro sourit pour lui-même. Si Lara avait des filles alors, il les offrirait à ses mercenaires et la forcerait à assister à leur viol. Il ferait castrer ses fils Puis il la ramènerait en Hétar pour qu'elle le serve jusqu'à la fin de ses jours. Il n'y avait pas d'urgence : les fées étaient connues pour leur longévité. Gaius Prospéro se remit sur ses pieds et regagna lentement sa chambre en ruminant son désir de vengeance.

Lara s'était rendue invisible pour l'observer pendant qu'il retrouvait le contrôle de lui-même. Elle sentit l'obscurité l'envelopper. Elle avait toujours su que Gaius Prospéro était son ennemi. A présent, il le savait lui aussi. Heureusement, il n'avait guère de chance de découvrir Térah par lui-même. Le châtiment qu'elle venait de lui infliger l'avait épuisée. Elle utilisa les dernières forces qui lui restaient pour se transporter dans sa chambre d'auberge.

— Je commençais à m'inquiéter, lui dit Magnus en la prenant dans ses bras. Tu es glacée, mon amour. Que s'est-il passé ? Que voulait Gaius Prospéro ?

— Moi, lui répondit-elle. Il voulait me faire impératrice. Je l'ai châtié pour sa présomption.

Ses jambes se dérobèrent sous elle.

— Je vais te porter jusqu'au lit, suggéra-t-il en la soulevant dans ses bras.

— Non, répondit-elle. Nous ne sommes plus en sécurité ici. Gaius Prospéro peut avoir des réactions imprévisibles lorsque ses désirs sont frustrés. Je n'ai plus la force de nous transporter par magie, mais nous devons quitter l'auberge immédiatement. Nous allons demander la protection des princes de l'Ombre dans le Quartier du conseil. Demain matin, j'aurai recouvré mes forces.

— Qu'as-tu fait, Lara ? lui demanda Magnus d'une voix inquiète.

Elle ne put s'empêcher de rire faiblement.

— Je te raconterai tout lorsque nous serons en sécurité, répondit-elle. Repose-moi, Magnus. Je crois que je peux tenir debout à présent.

Il la remit sur ses pieds et alla chercher leurs manteaux. Ils s'en enveloppèrent et laissèrent plusieurs pièces sur la table à l'intention de l'aubergiste. Lara avait encore Andraste dans son dos. Elle ramassa Vérica dans l'angle du mur où il dormait, puis ils quittèrent la chambre et l'auberge pour se retrouver dans les rues animées de la capitale. Cette ville immense semblait ne jamais connaître une heure de calme, remarqua Lara. Les portes du Quartier du conseil, de l'autre côté de la rue, étaient déjà fermées. La sentinelle qui les gardait somnolait sur un tabouret à quelques pas. Lara posa doucement la main sur l'épaule de cet homme qui sombra aussitôt dans un profond sommeil. Elle dirigea alors la paume de sa main vers les portes qui s'entrouvrirent juste assez pour les laisser passer, Magnus et elle. Lorsqu'elles se refermèrent derrière eux, Magnus entendit le cliquetis des loquets qui se remettaient en place.

— Je te croyais à bout de forces, dit-il à sa femme.

— Je suis épuisée, mais il me reste encore un peu de

magie, répondit-elle en le conduisant jusqu'au bâtiment où logeaient les membres du haut conseil.

Elle en emprunta l'escalier principal.

— Les princes de l'Ombre occupent le dernier étage, expliqua-t-elle.

Lorsqu'ils parvinrent en haut de l'escalier, Lara frappa à la porte. Celle-ci s'ouvrit aussitôt.

— Lothair ! s'exclama Lara. Magnus, je te présente Lothair, qui a été l'un de mes professeurs. C'est lui qui m'a enseigné à me battre.

— J'ai entendu dire que tu te trouvais dans la capitale, répondit Lothair en les attirant à l'intérieur. Mais je ne m'attendais pas à te voir.

— Offre-nous un verre de vin et je te raconterai tout, suggéra Lara.

— Et qui est ton compagnon ? demanda doucement Lothair.

— Oh ! s'écria Lara en rougissant d'embarras. Lothair, je te présente Magnus Hauk, mon époux. C'est le Dominus de Térah.

Les deux hommes se serrèrent la main en échangeant un regard amusé. Le prince de l'Ombre les fit asseoir dans un salon confortable d'où l'on jouissait d'une vue magnifique sur les jardins du bâtiment. Puis il apporta des verres de vin et s'assit avec eux.

— Raconte-moi, dit-il.

Lara lui fit le récit de leur visite de la capitale.

— Je suis certaine que Kaliq t'a déjà raconté tout le reste, lui dit-elle en souriant pour elle-même.

Le prince de l'Ombre acquiesça.

— Ainsi, l'empereur a demandé à te revoir ce soir, dit-il.

— Oui, répondit-elle. Il m'a proposé de faire de moi son

impératrice et de me donner plus de pouvoir que personne n'en avait jamais eu.

Elle éclata de rire, puis poursuivit son histoire. Lorsqu'elle leur expliqua la nature du châtiment qu'elle avait infligé à Gaius Prospéro, les visages des deux hommes s'assombrirent.

— Qu'y a-t-il ? demanda-t-elle.

— Jusqu'ici, tu as toujours utilisé tes pouvoirs avec discernement, lui répondit Lothair. Mais ce soir, tu t'es laissé gouverner par la pointe de méchanceté qui habite le cœur de toutes les fées. Tu t'es montrée cruelle — et la cruauté est un langage que l'empereur ne comprend que trop bien. Il va vouloir se venger de ton sévice à sa manière. Tu viens de faire de Gaius Prospéro ton ennemi alors que ce n'était pas nécessaire…

— Il m'a offensée, répliqua froidement Lara.

— Il offense la plupart des gens, remarqua Lothair. Mais tout le monde ne lui donne pas l'illusion d'éprouver des plaisirs d'une intensité incomparable, pour le regarder s'effondrer sur le sol dans des vêtements souillés de sa luxure.

— Je lui avais laissé le choix, répondit-elle avec entêtement. Je l'avais prévenu qu'il n'éprouverait plus jamais de plaisir entre les bras des femmes en faisant ce choix-là.

— L'imbécile était aveuglé par son désir pour toi, insista Lothair. Il ne pouvait pas faire d'autre choix que celui-là.

Mais il ne put s'empêcher d'éclater de rire.

— Mais c'était un châtiment aussi inventif que cruel, ajouta-t-il.

— Je ne trouve vraiment pas ça drôle, intervint Magnus avec raideur. Je n'aime pas l'idée que Gaius Prospéro ait eu l'impression de posséder ma femme.

— Magnus ! s'écria Lara. Il était à l'autre bout de la pièce et ne m'a même pas effleuré la main. Il ne connaît rien de moi. Il le croit seulement Tous les hommes n'imaginent-ils pas les plaisirs qu'ils pourraient éprouver avec les femmes qu'ils désirent ?

— Tu es ma femme et la Domina de Térah, répliqua Magnus d'une voix glaciale.

— Tu te montres puéril, lui dit-elle.

— Et tu t'es montrée impudique, riposta-t-il.

— Tu vas bientôt prétendre que c'est à cause de mon ascendance féerique, se défendit Lara. Que toutes les fées sont lubriques par nature.

Le prince de l'Ombre s'empressa de figer la scène avant que Magnus Hauk ne réponde quelque chose qu'il n'allait pas manquer de regretter. Le pauvre homme était désespérément amoureux de sa femme — et les mortels avaient l'étrange faculté de ruiner leur bonheur en prononçant des mots qu'ils ne pensaient pas.

— Lara, dit Lothair, sachant qu'elle seule pouvait l'entendre. Présente tes excuses à ton mari avant que cette querelle ne devienne vraiment grave. Ce que tu as fait est amusant aux yeux des êtres doués de pouvoirs magiques, mais ton mari ne peut pas en comprendre l'humour… Ce divertissement risque d'ailleurs d'avoir des conséquences funestes : tu viens de faire de l'empereur d'Hétar ton ennemi personnel. Gaius Prospéro n'est pas homme à oublier une insulte. Désormais, il va tout mettre en œuvre pour découvrir l'emplacement de Térah. N'aurait-il pas été plus simple de le tuer ? conclut-il froidement.

Les yeux de Lara s'emplirent de larmes et il la libéra du sort qu'il avait jeté.

— J'ai agi stupidement, reconnut la jeune femme. Mais lorsque j'ai vu cet homme, qui m'avait réduite en esclavage, me regarder avec tant de convoitise, je n'ai pas pu m'en empêcher, Lothair.

— Présente tes excuses à ton mari et mets fin à cette querelle, Lara, répondit calmement Lothair. Nous aurons besoin de lui un jour et il nous a déjà rendu un grand service en accueillant les clans des Terres Extérieures. Magnus Hauk est amoureux de toi, Lara, d'un amour pur et véritable. Ne gâche pas un tel présent par orgueil.

— Efface de sa mémoire tout ce qui s'est passé après qu'il m'a dit que j'étais sa femme et la Domina de Térah, demanda-t-elle à son ami. Je lui présenterai mes excuses et il ne sera pas question de mon ascendance féerique.

— C'est fait, lui dit Lothair.

— Tu es ma femme et la Domina de Térah, dit Magnus d'un ton glacial.

— Tu as raison, Magnus, répondit Lara. J'ai agi stupidement et je le regrette.

Il se leva pour la prendre dans ses bras.

— Lara, mon amour, c'est déjà oublié, lui dit-il. Me pardonnes-tu ma jalousie déplacée ?

— Ta jalousie est flatteuse, murmura Lara en jetant un regard amusé à Lothair par-dessus l'épaule de son mari.

Le prince de l'Ombre agita un doigt en signe d'avertissement avant de reprendre la parole.

— Je pense que vous serez plus en sécurité si je vous envoie auprès de Kaliq dans le Désert, dit-il. Si l'empereur fait fouiller l'auberge et ne vous y trouve pas, il présumera que tu t'es servie de tes pouvoirs pour quitter la capitale. Personne ne vous a vus sortir de l'auberge ?

— Non, répondit Lara. L'aubergiste était en cuisine quand nous sommes partis. La capitale ne connaît-elle plus un instant de répit ou ai-je seulement oublié la vie qu'on y mène, Lothair ?

— Autrefois, les nuits étaient calmes après la onzième heure, mais les choses ont changé, répondit-il. La surpopulation est telle que les gens en sont arrivés à louer leurs chambres à tour de rôle pour pouvoir se reposer quelques heures, même en pleine journée. Beaucoup n'ont tout simplement plus de foyer. Surtout, un nouveau fléau frappe les plus pauvres. Ils appellent cela le razi. On le verse dans de la frine pour faire des rêves éveillés — certains magnifiques, d'autres horribles. D'après ce qu'on m'a dit, on ne sait jamais par avance ce qu'il apportera. Il est vendu tout à fait légalement et pour une somme dérisoire dans ce qu'ils appellent des kiosques à razi. J'ai découvert que le conseiller de l'empereur, Jonah, les possède presque tous. Cette substance retire aux pauvres l'envie de se révolter en les aidant à supporter leur travail pénible et le désespoir de leurs vies. Ces kiosques sont ouverts jour et nuit, pour ne jamais décevoir un client potentiel.

Lara soupira.

— Lothair, que va donc devenir Hétar ?

Il haussa les épaules.

— Je n'en sais rien, répondit-il.

— Il est peut-être temps de partir, suggéra doucement Magnus.

Il voyait bien que Lara commençait à se sentir découragée face à la situation d'Hétar, et n'aspirait plus qu'à l'éloigner de la cause de sa tristesse.

Lothair acquiesça.

— Je vais vous accompagner, dit-il. Aucune séance du conseil n'est prévue pour le moment. En fait, nous ne servons plus à grand-chose ces temps-ci. Je suspecte que l'existence du haut conseil n'est maintenue que pour donner l'illusion que les choses se passent normalement. Lara, nous partons pour Shunnar immédiatement.

Il fit un geste de la main plein de langueur.

Magnus passa son bras autour des épaules de Lara. Un bref instant, il eut l'impression que son corps devenait liquide. Puis il se retrouva dans un grand corridor dont l'un des côtés, constitué d'une longue colonnade, était ouvert et protégé par une balustrade. Lara, brusquement épuisée, se laissa aller contre lui.

— Je vais chercher mon frère, leur dit Lothair.

— Inutile, répondit Kaliq en se détachant de l'ombre d'une colonne. Bienvenue à Shunnar, seigneur Dominus. Un serviteur va vous conduire dans vos quartiers. Nous parlerons demain matin. Je vois que Lara est à bout de forces. Votre visite de la capitale était-elle terrible à ce point ?

— Je vais t'expliquer, intervint Lothair avec un fin sourire. Lara a épuisé ses forces dans un jeu cruel et inutile. Mais elle a compris qu'elle avait commis une erreur.

Un serviteur se présenta devant Magnus.

— Si vous voulez bien me suivre, monseigneur..., l'invita-t-il.

Le Dominus souleva sa femme dans ses bras et emboîta le pas du serviteur. Il était infiniment soulagé de les savoir enfin en sécurité.

— Qu'a-t-elle fait ? demanda Kaliq à Lothair tandis qu'ils contemplaient la vallée au clair de lune, accoudés à la balustrade.

— Ses pouvoirs se sont prodigieusement développés, mon frère, répondit Lothair. Elle doit maintenant apprendre à mieux les contrôler. L'empereur lui a fait part de son désir pour elle et lui a proposé d'en faire son impératrice. Lara s'est sentie offensée pour toutes sortes de raisons. Elle s'est introduite dans son esprit et lui a montré les plaisirs qu'il connaîtrait avec elle, tout en lui disant qu'il n'y goûterait jamais. Pour être juste : elle lui a laissé le choix de rester dans l'ignorance et l'a averti qu'en acceptant son offre il ne serait plus jamais capable d'éprouver du plaisir auprès d'une autre femme.

— Et, bien sûr, Gaius Prospéro a accepté son offre avec joie pour en souffrir désormais jusqu'à la fin de ses jours. Dire qu'un pareil imbécile gouverne Hétar ! s'exclama rageusement Kaliq. Il faut qu'Ilona vienne parler à sa fille, pour lui expliquer qu'elle doit utiliser ses pouvoirs avec discernement. Son ascendance féerique domine maintenant sa part mortelle.

— C'était un châtiment cruel, remarqua Lothair sans pouvoir s'empêcher de pouffer. Peux-tu imaginer les souffrances que notre empereur va endurer à partir de ce jour ? Il n'en sera que plus difficile de le contrôler Mais qu'elle ait réussi à faire une chose pareille, Kaliq ! Alors qu'elle n'est qu'à moitié fée, mon frère !

— C'est pour ça qu'Ilona doit venir lui parler, répondit Kaliq tout à fait sérieusement. Ce soir, Lara a approché des ténèbres. C'est la première fois que ça arrive, et ça ne doit jamais se reproduire.

Mais il ne put réprimer son hilarité plus longtemps.

— Oui, c'était vraiment méchant de sa part, reconnut-il.

Le serviteur revint et attendit que son maître l'invite à parler d'un regard.

— Ils sont bien installés, mon prince, dit-il finalement.

Kaliq acquiesça en silence, invitant le serviteur à se retirer discrètement.

— J'aimerais en parler avec Lara, dit Kaliq à son frère. Veux-tu rester avec nous ? Demain, tu pourrais t'occuper de faire visiter notre vallée au Dominus pendant que je gronde notre vilaine fée.

— Fais-moi appeler quand tu auras besoin de moi, répondit Lothair. Je vais passer la nuit dans mon palais.

Sur ces mots, il salua Kaliq et disparut.

Kaliq se retira dans sa chambre et s'endormit pour quelques courtes heures. Il se réveilla juste avant l'aube, se lava, s'habilla, puis convoqua la reine Ilona.

Elle apparut aussitôt, son fils Cirilo à côté d'elle.

— Bonjour, Kaliq, dit-elle. Je sais que ma fille est chez toi. Son frère avait envie de la revoir. Où est-elle ?

— Son mari et elle dorment encore, répondit Kaliq. Cirilo, mon enfant, va donc trouver le géant Og pour qu'il te fasse visiter notre vallée. Og te ramènera lorsque Lara sera réveillée. D'ici là, j'ai besoin de parler avec ta mère.

— Ma sœur a-t-elle fait une bêtise ? demanda le garçon avec un instinct sûr.

Kaliq ne put s'empêcher de rire.

— Oui, répondit-il. Mais ça ne te regarde pas. Va donc trouver Og.

— Très bien, seigneur, dit Cirilo.

C'était un charmant petit garçon de sept ans qui avait les cheveux dorés de ses parents et les yeux d'un bleu profond de son père. Il offrit un sourire au prince avant de disparaître.

— Je t'en prie, dit Kaliq en invitant d'un geste de la main Ilona à s'asseoir à une table installée sous la colonnade. Nous discuterons en déjeunant.

Il s'assit en face d'elle et lui tendit une corbeille de fruits.

— Qu'a donc fait Lara ? demanda Ilona en prenant une grappe de raisin blanc dans la corbeille.

— Comme nous nous y attendions, ses pouvoirs se sont considérablement développés, commença Kaliq.

Puis il raconta à la reine des fées ce que Lara avait fait subir à Gaius Prospéro la veille.

— Il avait dû le mériter, remarqua Ilona, secrètement fière de sa fille.

— Elle doit apprendre à mieux contrôler ses émotions quand elle utilise ses pouvoirs, reprit Kaliq. Sans cela, elle risquerait de glisser vers les ténèbres, Ilona. Tu sais qu'elles sont partout, à attendre et guetter nos faiblesses.

Ilona soupira.

— C'est à cause de sa part mortelle, répondit-elle. Les humains se laissent facilement tenter par les ténèbres, Kaliq. Ses pouvoirs ont beau se développer, elle est toujours à moitié mortelle.

— Tu as sans doute raison, murmura Kaliq. Mais elle doit tout de même apprendre à se contrôler. Elle s'est fait un ennemi de l'empereur alors qu'elle aurait pu se contenter de l'ignorer.

— Il ne l'aurait jamais laissée en paix, mon ami. Même si elle ne lui avait pas donné un avant-goût de paradis, répondit Ilona. Gaius Prospéro a toujours désiré Lara et la désirera toujours. Seule la mort peut le délivrer de cette obsession. Mais nous ne pouvons pas le tuer sans saper les bases du pouvoir d'Hétar. Et il n'est pas encore temps pour de plus grands changements, n'est-ce pas ?

— Vas-tu lui parler, Ilona, demanda Kaliq. Acceptes-tu de lui apprendre à contrôler ses émotions mortelles ?

— Oui, répondit doucement Ilona. Maintenant, parle-moi de son mari. L'aime-t-elle ?

Kaliq acquiesça.

— Plus passionnément qu'elle n'aimait Vartan, répondit-il. Et le Dominus ne songe plus qu'à son amour pour elle.

— Est-il fort ? voulut savoir Ilona. Ou est-ce l'un de ces

mortels fragiles dont nous tombons amoureuses à tout bout de champ ?

— Il est fort et dirige un grand pays. Il a cédé une partie de son territoire aux clans des Terres Extérieures. Avec l'aide de Lara, nous les avons déplacés sur Térah avec toutes leurs possessions. L'armée de Gaius Prospéro s'apprête à envahir un territoire désert : elle ne trouvera ni ennemi, ni troupeaux, ni villages. Nous avons même condamné les mines des Tormod et des Piaras. Les Hétariens ne trouveront qu'une terre vierge. Ils devront tout faire par eux-mêmes et renoncer au profit immédiat qu'ils espéraient tirer de cette violation de l'ancien traité…

Le sourire aux lèvres, Ilona but une gorgée de frine.

— Ainsi, le destin de ma fille suit son cours normal…, dit-elle. Tu as raison, Kaliq : nous ne pouvons pas laisser les ténèbres la gagner. Il est temps que je redevienne la mère de Lara…

16.

Lara se réveilla sous les caresses de son mari.

— Mmm, murmura-t-elle en roulant sur le dos. Bonjour, mon cher époux.

Magnus se pencha pour déposer un baiser sur ses lèvres.

— Bonjour, mon amour, répondit-il.

Il l'embrassa encore, plus longuement, tout en continuant à la caresser, puis sa langue commença à explorer paresseusement sa poitrine. Ses doigts ne se lassaient pas d'effleurer sa peau soyeuse.

— Je sens que ton désir s'éveille déjà, ensorceleuse..., murmura-t-il, amusé. Veux-tu que j'arrête ?

Il fit courir sa langue sur le bord délicatement ourlé de son oreille.

— Non..., gémit-elle.

— Dis-moi ce que tu veux, Lara, la tortura-t-il gentiment tout en continuant à la caresser.

— Toi...

Les caresses de Magnus éveillaient en elle des sensations à la fois terribles et merveilleuses.

— Je ne sais pas si tu mérites mes attentions, mon amour, murmura-t-il, ses lèvres tout contre les siennes. Je devrais te punir pour ton comportement d'hier...

— Magnus ! se défendit-elle. J'ai tout oublié de cet incident… Je ne sais qu'une chose, c'est que nous nous aimons…

Il se plaça au-dessus d'elle et resta quelques instants immobile à regarder les émotions se succéder sur son visage avant d'entrer doucement en elle.

Brûlante de s'offrir à cet homme, son mari, Lara se cambra.

— Magnus, je t'en prie…, haleta-t-elle.

— Que crois-tu qu'il a pensé lorsqu'il s'est imaginé dans ma position ? demanda le Dominus. A-t-il été capable de comprendre son bonheur ou a-t-il couru vers sa jouissance comme le porc qu'il est ?

— Tu es jaloux pour rien, parvint-elle à articuler. Il ne sait rien de moi — pas réellement… Et il ne me connaîtra jamais !

— C'est vrai, grogna Magnus d'une voix rauque, je suis jaloux ! Mais il ne t'aura jamais, Lara ! Je te tuerais plutôt…

Sur ces mots, il la prit avec fièvre jusqu'à ce qu'ils gémissent tous deux de plaisir. Finalement, satisfaits l'un de l'autre, ils s'étendirent sur le dos comme deux tortues échouées sur le sable.

Recouvrant ses esprits la première, Lara se pencha vers lui.

— Rien que toi…, lui jura-t-elle.

Pour toute réponse, il l'attira vers lui pour unir leurs lèvres dans un baiser brûlant.

Ils sursautèrent en entendant de petits coups frappés à la porte de leur chambre.

— Etes-vous réveillés ? demanda une voix tandis que la porte s'ouvrait.

Magnus Hauk resta un instant ébahi devant la femme

qui se tenait dans l'embrasure de la porte, puis se tourna vers sa femme.

— Mère ! s'écria Lara en bondissant du lit pour courir dans ses bras sans prendre la peine de se couvrir.

— Ma chère Lara..., répondit Ilona en embrassant sa fille.

Les regards de la fée se tournèrent vers le lit.

— Il n'est pas mal, ma fille, dit-elle en détaillant l'homme stupéfait d'un regard audacieux. Et généreusement pourvu par la nature. Tu as de la chance...

En entendant ces mots, le Dominus réalisa que son corps tout entier était offert aux regards de cette copie conforme de sa femme. Il se couvrit du drap en rougissant.

— Habille-toi, Lara. Nous avons à parler, reprit Ilona d'un ton impérieux. Kaliq m'a dit que tes pouvoirs s'étaient considérablement développés, mais que tu t'en étais servie sans discernement. L'usage de la magie exige un grand sens des responsabilités...

Elle se tourna vers le Dominus.

— Habille-toi aussi, Magnus, lui dit-elle. J'aimerais que tu assistes à cette conversation. Je vous attends dans la salle de festin de Kaliq. Je vais demander qu'on serve le déjeuner. J'imagine que vous êtes tous les deux affamés...

Elle leur décocha un sourire taquin avant de refermer la porte derrière elle.

Lara ne put s'empêcher de rire en voyant l'air éberlué de son mari.

— Dépêchons-nous d'aller nous laver, dit-elle. Elle n'est pas particulièrement patiente... Et interdiction de nous amuser dans la baignoire...

Ils se lavèrent dans la petite salle de bains attenante à leur chambre, puis s'habillèrent. Lara, qui se souvenait bien du palais de Kaliq, conduisit ensuite son mari jusqu'à la salle de festin, qui surplombait un petit jardin. Ils y trouvèrent Ilona et le prince en grande conversation. Leur hôte les invita à prendre place, puis des serviteurs apparurent pour leur offrir du pain frais, des fruits, du yoghourt, du fromage, des œufs durs et de la viande séchée. On versa du jus de fruits glacé dans leurs verres et le Dominus se demanda comment il était maintenu frais dans un climat si chaud. Lara et lui mangèrent en attendant qu'Ilona se décide à prendre la parole.

Lara réprimait avec peine un sourire amusé, mais elle resta silencieuse.

Magnus Hauk observa attentivement sa belle-mère. Elle était peut-être la reine des fées de la Forêt, mais il était lui-même le Dominus de Térah… Pourquoi donc était-il si nerveux ? Sans doute parce qu'elle l'avait surpris dans une situation embarrassante — et y avait pris plaisir… Malgré sa ressemblance frappante avec Lara, elle avait quelque chose de différent. Après un examen attentif, il réalisa que le sang purement féerique d'Ilona donnait une certaine dureté à ses traits. Ceux de sa femme étaient adoucis par son ascendance mortelle. Il décida pour lui-même que Lara était la plus belle des deux. A l'instant où cette idée germa dans son esprit, Ilona le regarda droit dans les yeux et lui décocha un fin sourire avant de se tourner à nouveau vers Kaliq.

Tout à coup, un petit garçon fit irruption dans la pièce et se jeta au cou de Lara pour l'embrasser sur les deux joues. Elle eut un sourire radieux.

— Cirilo ! s'écria-t-elle. Laisse-moi te regarder, petit frère… Tu as bien grandi, dis-moi. Et tu vas devenir un fort bel homme…

— Et ta beauté va bientôt détrôner celle de notre mère, grande sœur, répondit Cirilo. Je suis allé me promener dans la vallée des chevaux avec Og, ton géant. Quelles créatures magnifiques ! Comment va ton nouveau mari ?

Le garçon se tourna vers Magnus.

— Je suis honoré de te rencontrer de nouveau, jeune prince, dit Magnus en inclinant légèrement la tête. Et je vais bien…

— Aimes-tu ma sœur ? demanda Cirilo effrontément.

— De tout mon cœur, répondit Magnus.

— Alors nous serons bons amis, Dominus, répliqua le garçon.

Sur ces mots, il prit place à côté de sa mère, autorisa un serviteur à remplir son assiette et se mit à manger.

— C'est un bien bel enfant…, remarqua Magnus. Me donneras-tu un fils qui lui ressemble, avec des cheveux dorés et des yeux étincelants comme des joyaux ?

— Je te donnerai un fils, répondit Lara. Mais seul le Grand Créateur sait à quoi il ressemblera…

— Je suis heureux que tu aies ce frère, dit le Dominus. Je sais que ça ne peut pas compenser l'absence des fils de ton père, mais ce garçon est plus proche de toi qu'ils n'auraient pu l'être.

— Je ne regrette pas de ne pas connaître les fils que Susanna a donnés à mon père après mon départ. C'est Mikhail, l'aîné, celui que j'ai bercé dans mes bras quand il était petit, qui me manque. J'ai tenu la main de ma belle-mère pendant qu'elle le mettait au monde. J'ai entendu son premier cri… Il était trop jeune pour se souvenir de moi lorsque j'ai quitté la capitale, mais pourquoi Susanna et mon père ne lui ont-ils pas parlé de moi ? Ils auraient pu maintenir un fragile souvenir de moi dans l'esprit de mon frère. Quel mal cela aurait-il pu faire ? C'est mon sacrifice qui a permis à mon père de réaliser son rêve… Je ne pardonnerai jamais à Susanna d'avoir voulu l'oublier.

— Quelle femme cruelle ! s'écria Ilona. Je vois que Swiftsword n'a pas beaucoup changé depuis sa jeunesse. C'était un garçon charmant, un amant merveilleux et un valeureux guerrier, mais il était facilement manipulable — et l'est visiblement encore. A vrai dire, c'est ce qui fait de lui un bon chevalier de la Croisade. C'est un homme qui suivra toujours les ordres de ses supérieurs, qui ne remettra jamais rien en question. Sors-les de ton esprit, lui, sa jalouse de femme et leur descendance mortelle, Lara. Je doute que tu puisses partager quoi que ce soit avec eux. Ils n'ont rien à t'offrir, ma fille — ni loyauté ni amour. La semence puissante de ton père a contribué à te donner la vie, mais tu es ma fille avant d'être la sienne, comme tu t'en es rendue compte par toi-même pendant ces derniers mois. Nous t'aimons, Cirilo et moi. Et ta grande brute de mari t'aime, lui aussi. A ce propos, tu sembles les aimer en grand format...

Elle lui décocha un sourire moqueur.

— Je sais que tu as raison, mère, répondit Lara. Pourtant...

— Oublie-les ! trancha Ilona avec impatience. Nous devons parler de choses importantes. Kaliq m'a raconté ce que tu as fait à Gaius Prospéro. C'était vraiment idiot.

Elle secoua la tête pour marquer sa réprobation, faisant voler sa belle chevelure dorée.

— Mais très malin..., intervint Cirilo.

Le regard courroucé de sa mère lui fit baisser les yeux vers son assiette. Les joues du garçon s'étaient empourprées. Lara lui jeta un regard en coin et Cirilo, fort de l'encouragement de sa sœur, se sentit un peu mieux.

Ilona réprima un sourire. Elle était heureuse de voir ses deux enfants si complices. Le lien qu'ils tissaient à présent leur serait très utile un jour… Elle recommença à gronder sa fille.

— Tes pouvoirs sont plus grands qu'ils ne le sont d'ordinaire chez les êtres à moitié humains et à moitié fées. C'était écrit qu'il en serait ainsi, avant même ta naissance. Du sang de mortel coule dans tes veines, mais tu auras bientôt autant de pouvoirs qu'une fée de pure race. Ces pouvoirs entraînent des responsabilités. Tu ne dois les utiliser que pour faire le bien. Si tu faillis à cette règle, les ténèbres te gagneront et tes pouvoirs seront corrompus. Le sorcier que tu as vaincu était à moitié humain et à moitié fée, tout comme toi, Lara. Il était destiné à servir glorieusement la Confrérie du Grand Créateur. Au lieu de ça, il s'est laissé tenter par les ténèbres et Térah a cruellement souffert de son règne. Seule une créature semblable à lui — une créature telle que toi, Lara — pouvait lever la malédiction d'Usi et libérer le peuple de Térah de son influence.

— Est-ce pour cette raison que mon destin m'a conduite à Térah ? demanda Lara à sa mère.

— En partie, répondit Ilona. Maintenant, promets-moi que tu n'utiliseras plus tes pouvoirs pour faire le mal, comme tu l'as fait la nuit dernière. Je ne dis pas que Gaius Prospéro ne méritait pas d'être puni… Mais l'avenir s'en chargera, je te le promets. Tu es destinée à accomplir de grandes choses, Lara. Il ne faut pas que tu te laisses corrompre comme Usi l'a fait.

— Tu me parles de mon destin à chacune de nos rencontres…, répliqua Lara avec impatience.

— Promets d'abord, la coupa Ilona, refusant de se laisser détourner de son but.

— Bien sûr que je te le promets, mère. Je ne me laisserai plus jamais gouverner par la colère en me servant de mes pouvoirs. Maintenant, revenons à mon destin.

Lara regarda sa mère droit dans les yeux.

— Il se déroule et se déroulera selon son propre cours, répondit Ilona avec douceur.

Lara éclata de rire.

— Tu ne m'en diras pas plus, n'est-ce pas ?

— J'altérerais ton destin en t'en disant davantage, répondit calmement Ilona, sûre de sa logique indiscutable.

— Très bien, mère, je renonce à argumenter, se résigna Lara.

— Ta place sera toujours à Térah, ajouta Ilona à voix basse. Je ne dis pas que tu ne seras pas amenée à en partir de temps à autre... Mais Térah est ton véritable foyer, Lara, tu dois t'en souvenir. Cette terre te donnera plus de force que toute autre.

— Et Magnus ? Connaîtra-t-il le même sort que Vartan, mère ?

— Non, répondit doucement Ilona. Mais tu devras te contenter de cette réponse. J'ai dit tout ce que j'avais à dire. A présent, Cirilo et moi devons rentrer dans la Forêt — ou du moins ce qu'il en reste...

— Que veux-tu dire ? demanda Lara.

— Les arbres sont abattus les uns après les autres pour fournir du bois pour la construction, répondit la reine des fées. Les environs des repaires des seigneurs de la Forêt sont encore intacts, mais les bois disparaissent peu à peu. Le chef des seigneurs de la Forêt a suggéré au gouvernement de replanter les arbres qu'il abat, mais l'empereur a refusé pour ne pas rogner sur ses profits. Ils n'ont pas encore atteint les sous-bois reculés où nous vivons, mais ce n'est qu'une question de temps.

— Il y a des forêts sur Térah..., intervint Magnus. Vous pourriez venir y vivre avec votre peuple...

— Vous avez vos propres fées, répondit Ilona.

— Si c'est vrai, nous ne les connaissons pas, remarqua le Dominus. Et elles n'occupent sans doute pas tous nos bois... Ne pourriez-vous pas négocier avec elles ? C'est ce que les Tormod et les Piaras ont fait avec les nains des montagnes d'Emeraude pour parvenir à un accord concernant l'exploitation des mines.

— Nous faisons partie d'Hétar, répondit calmement Ilona.

— Mais pourrez-vous encore y vivre si votre Forêt disparaît ? demanda Lara à sa mère. Les arbres ne sont-ils pas votre héritage et votre force ? Sans eux, vous mourrez. Réfléchis à la proposition de Magnus, je t'en prie...

— J'en parlerai avec mon peuple, promit Ilona. Mais ne t'inquiète pas : nous sommes encore en sécurité.

— N'attendez pas trop longtemps, Ilona, conseilla le Dominus. Venez vite nous rendre visite, pour voir ce que nous avons à vous proposer et rencontrer vos semblables.

— Térah est un pays très vert, mère, ajouta Lara.

— Je vais y réfléchir, répondit la reine. Vos forêts changent-elles de couleur à l'automne, Magnus Hauk ?

— Oui, assura le Dominus.

— Et il n'y a pas de villes sur Térah ?

Magnus secoua la tête.

— Mon pays est immense et traversé par une grande chaîne de montagnes. La population qui vit sur les fjords ignore tout des terres qui s'étendent au-delà de ces montagnes — celles qu'occupent désormais les clans des Terres Extérieures. Les deux peuples finiront par se rencontrer, mais il est encore trop tôt.

Ilona acquiesça.

— Un pays vert et immense..., dit-elle, rêveuse. Votre proposition est tentante, Magnus Hauk.

Tout à coup, une voix puissante résonna dans les couloirs du palais.

— Laraaaa !

— Oh ! s'écria Cirilo. Og m'a chargé de te dire qu'il t'attendait dans la vallée, grande sœur. J'ai oublié, désolé…

Lara se leva aussitôt.

— Je vais retrouver mon vieil ami, dit-elle. Restes-tu encore un peu, mère ?

Ilona secoua la tête.

— Non, répondit-elle. Cirilo et moi devons retourner dans la Forêt. Nous allons te dire au revoir maintenant, ma fille.

Les deux femmes s'embrassèrent.

— Je vous donne ma bénédiction, Magnus Hauk, ajouta la reine. Prenez bien soin de ma fille.

Cirilo glissa sa petite main dans celle de sa sœur.

— J'aurais aimé que tu vives avec nous, lui dit-il. Nous nous serions tellement amusés ! Transmets ma bénédiction à Dillon et à Anoush.

— Je ne sais pas quand je les reverrai, petit frère, mais je te le promets.

— Tu les reverras bientôt, affirma le jeune prince.

Lara acquiesça, puis se pencha pour déposer un baiser sur la joue délicate de son frère.

— Je suis heureuse de t'avoir pour frère, lui dit-elle d'une voix douce.

Lara se redressa pour se tourner vers son mari.

— Veux-tu rencontrer Og, Magnus ? lui demanda-t-elle.

Le Dominus se leva à son tour, embrassa Ilona sur les deux joues et serra la main de Cirilo. Puis il leur offrit à tous deux un sourire chaleureux avant de suivre sa femme.

— C'est un homme plein de force, remarqua Ilona.

— Il en aura besoin, répondit Kaliq.

Ilona acquiesça.

— A quel point Gaius Prospéro est-il dangereux, mon vieil ami ? demanda la reine.

— Moins qu'il le croit, répondit le prince de l'Ombre. Et Térah aura le temps de se préparer à l'affronter. J'ai guéri le roi Archéron et l'ai renvoyé chez lui, Ilona. Arcas ne pourra plus essayer de l'empoisonner. S'il veut usurper le pouvoir de son père, il devra le faire plus ouvertement — ce qui risquerait de compromettre ses projets…

— Archéron peut-il empêcher l'invasion des Terres Extérieures ? demanda Ilona.

— Non, c'est trop tard, répondit Kaliq. Une armée immense campe déjà sur ses plages, prête à se mettre en mouvement. Je lui ai juré que les clans ne risquaient rien, ce qui l'a rassuré. Mais je lui ai demandé de retarder l'armée de Gaius Prospéro autant qu'il le pourrait sans se mettre lui-même en danger. Il a confiance en moi et m'a promis de faire de son mieux.

— Voilà qui ne va pas plaire à Arcas, murmura Ilona en se levant et en invitant son fils à l'imiter. Viens, Cirilo. Nous y allons, Kaliq.

Elle quitta la salle de festin et s'arrêta un moment dans la galerie ouverte pour contempler la vallée. Elle vit Lara et Magnus s'avancer à la rencontre d'Og et ne put s'empêcher de sourire en voyant le géant soulever sa fille de terre. Elle aurait tant aimé entendre leur conversation…

— Repose-moi, grande brute ! dit Lara en riant après avoir embrassé les joues rugueuses du géant. Mon mari est très jaloux, tu sais… Laisse-moi te le présenter.

Og reposa son amie. Il souriait de toutes ses dents.

— Tu es de plus en plus belle, Lara, lui dit-il.

Le géant se tourna pour tendre sa grande main à Magnus Hauk.

— Soyez le bienvenu, seigneur. Vous avez toute mon amitié, parce que je suis certain que la nouvelle beauté de Lara vient de l'amour que vous avez pour elle.

Magnus Hauk était un homme de grande taille, mais il se sentit minuscule face à Og. Il tendit sa main au géant, surpris de la voir paraître si petite.

— Merci, Og, dit-il. Je vous offre mon amitié, moi aussi. Ma femme m'a parlé de votre gentillesse et m'a raconté comment vous l'aviez sauvée des seigneurs de la Forêt.

A son grand soulagement, le géant ne lui écrasa pas les doigts. La pression ferme de sa poignée de main se relâcha presque aussitôt.

— Es-tu heureux, Og ? demanda Lara. Souviens-toi que tu auras toujours un foyer là où je vis.

— Je suis heureux, répondit-il en souriant. J'ai une bonne épouse, Alta. C'était la femme la plus grande du peuple de Zaki. Comme elle dépassait tous les hommes d'une bonne tête, sa famille désespérait de lui trouver un mari. C'est la fille d'un cousin de Zaki. Elle est très gentille et m'a déjà donné deux enfants, un fils et une fille. Ma maison est bien entretenue, et nous avons appris à nous aimer depuis que nous vivons ensemble.

— J'en suis heureuse pour toi, dit Lara.

— As-tu trouvé ton destin ? lui demanda Og.

— Pas encore, reconnut-elle.

Ils se promenèrent dans la splendide vallée des princes de l'Ombre et Lara raconta au géant ce qui lui était arrivé depuis qu'elle l'avait quitté.

Og l'écouta en hochant la tête de temps à autre.

— Tu es devenue puissante, remarqua-t-il. Tu n'as plus

besoin d'un géant pour te protéger… Mais je le savais déjà quand tu as quitté Shunnar il y a six ans.

— C'est pour ça que tu es resté ici ? lui demanda Lara.

— En partie, admit-il. Mais aussi parce que je n'aime pas beaucoup les aventures — comme la plupart de ceux de mon espèce. Nous préférons mener une vie ordinaire. Un jour, on m'enterrera dans cette vallée… Mon maître, le prince Kaliq, me l'a promis. Maintenant, parle-moi de la petite Noss. Est-elle heureuse ?

— Oui, répondit Lara avant de lui raconter par le détail la nouvelle vie de Noss.

Le soleil finit par atteindre son zénith.

— Je dois vous quitter, dit alors Og. Je dois aller m'occuper des chevaux.

Il s'inclina respectueusement devant le Dominus.

— Seigneur, je ne vous demande pas de prendre soin de Lara : je sais que vous le ferez, lui dit-il.

Magnus Hauk acquiesça en silence.

— Je ne sais pas si je vous reverrai avant votre départ, dit le géant à Lara en l'embrassant sur les deux joues. Que l'Auteur Céleste te garde et te protège, Lara.

Sur ces mots, il s'éloigna en direction des écuries.

— Je crois qu'il t'a aimée comme un homme peut aimer une femme, remarqua Magnus Hauk.

— Oui, répondit Lara. Mais il m'aime comme un ami à présent. Je l'ai toujours su, mais je ne le lui ai jamais montré pour ne pas lui faire honte ou lui donner de faux espoirs.

Elle glissa sa main dans celle de son mari.

— Maintenant, rentrons, mon amour, lui dit-elle.

*
* *

Arcas était très mécontent. En rentrant de la capitale, il avait retrouvé son père en parfaite santé dans son palais. Archéron n'avait pas mâché ses mots.

— Qu'as-tu fait, pauvre fou ? avait-il demandé à son fils. Tu as laissé les Hétariens envahir notre royaume. A quoi pensais-tu donc ?

— Ils ne font que longer nos plages jusqu'aux Terres Extérieures, avait répondu Arcas.

— Ils ont des yeux et des oreilles, imbécile ! Que vont-ils voir ? Nos palais et aucune manufacture. Grâce à toi, Gaius Prospéro va bientôt découvrir le secret de notre royaume. Il saura que nous vivons du commerce que nous faisons avec un pays nommé Térah. Il saura que ce sont eux qui nous fournissent les produits que nous vendons aux marchands au long cours.

— Et après ? Quelle différence cela fait-il ? avait demandé Arcas avec aigreur.

— A quoi leur servirons-nous lorsqu'ils le sauront, imbécile ? Gaius Prospéro ne laissera pas passer cette occasion de faire de nouveaux profits. Nous étions le lien entre Térah et Hétar, nous en vivions. Tôt ou tard, nous allons perdre cet avantage et céder nos profits à cette limace avide qui s'est proclamée empereur d'Hétar. Notre salut dépendait de notre isolement et tu l'as sacrifié ! Nous ne serons bientôt plus qu'un port depuis lequel Gaius Prospéro bâtira un grand empire pour lui-même. Si je pouvais renvoyer chez elles ces troupes qui campent sur nos plages, je n'hésiterais pas un instant. Mais c'est malheureusement impossible…

— Tu as raison : c'est impossible, avait ricané Arcas. Ils ne vont plus tarder à envahir les Terres Extérieures, et ton ami Rendor sera le premier vaincu.

Il avait éclaté d'un rire glaçant.

Archéron avait regardé son fils avec froideur et mépris.

Le prince Kaliq lui avait promis que les clans des Terres Extérieures ne couraient aucun danger et il avait confiance en lui. Le prince ne lui avait rien expliqué, mais Archéron savait qu'il en allait toujours ainsi avec la magie.

— Ta mère aurait été tellement déçue, Arcas, avait dit Archéron en s'offrant la satisfaction de voir pâlir son fils. Quand tout sera terminé, je te condamnerai à l'exil. Tu es un traître à notre royaume et à Hétar. Maintenant, disparais de ma vue.

Arcas avait quitté la pièce hors de lui. Son père était presque mort quand ce damné prince de l'Ombre s'était mêlé de ses affaires et l'avait escamoté. Il avait convaincu tout le monde qu'Archéron se mourait de chagrin après la perte de sa femme. Soit ! Que son père profite donc de ses derniers jours de gloire. L'empereur lui avait promis de faire disparaître le royaume de la Province Côtière. Dès que les Terres Extérieures seraient conquises, Gaius Prospéro en ferait une région de l'empire et l'en nommerait gouverneur. Archéron et ses amis allaient devoir accepter le nouvel état de fait sous peine d'être exécutés. Arcas avait dirigé ses pas vers la plage pour rejoindre les chevaliers de la Croisade qui dirigeaient l'armée. Ils l'avaient accueilli, l'avaient flatté et lui avaient offert du vin. Après tout, Arcas était un familier de l'empereur et tout homme peut avoir besoin d'une faveur un jour…

Deux jours plus tard, il chevauchait à leurs côtés lorsqu'ils franchirent la frontière des Terres Extérieures. Ils quittèrent alors la plage pour entrer dans les terres. Il ne fallut pas longtemps à Arcas pour constater qu'aucun troupeau ne broutait l'herbe de la plaine. Le paysage, à perte de vue, était vierge et désert.

— A quelle distance se trouve le premier village ? lui demanda le chevalier qui commandait l'armée.

— Nous aurions déjà dû l'atteindre, répondit lentement Arcas.

Quelque chose n'allait pas — vraiment pas.

Ils continuèrent à chevaucher pendant trois jours sans rencontrer ni troupeaux, ni hommes, ni structures d'aucune sorte. Les chevaliers de la Croisade étaient déconcertés et l'agitation commençait à régner dans les rangs des mercenaires. Ils étaient maintenant au cœur des Terres Extérieures et n'avaient sous les yeux que la vaste plaine et les Montagnes Pourpres à l'horizon. Où étaient les habitants ? Où étaient les villages ? On décida finalement d'envoyer une fée messagère à l'empereur et d'établir un campement en attendant de nouvelles instructions.

Jonah, comme à son habitude, lut le message avant son maître et le trouva curieux. Les habitants des Terres Extérieures se cachaient-ils ? Avaient-ils été prévenus du projet d'invasion ? La rumeur avait pu parvenir jusqu'à eux. Si tel était le cas, ils auraient immédiatement su qu'il leur serait impossible de repousser l'armée immense qu'Hétar envoyait sur leur territoire. Le plus raisonnable pour eux était évidemment de se cacher. Mais alors où étaient les villages et les troupeaux ? Le message était parfaitement clair : les Terres Extérieures n'étaient qu'une vaste plaine absolument déserte. Jonah apporta le message à Gaius Prospéro, qui leva un regard interrogateur vers son conseiller après en avoir pris connaissance.

— Il doit y avoir une erreur..., balbutia-t-il.

— Ils ont chevauché pendant trois jours et Arcas est avec eux, répondit Jonah.

— Il n'y a rien ? demanda Gaius Prospéro, se laissant gagner par la panique. Pas d'habitants ? Pas de troupeaux ? Pas de champs ? Nous savons qu'au moins deux des clans cultivent la terre… J'ai promis des maisons et des esclaves à mon peuple…

— Ne vous agitez pas, mon bon seigneur, lui dit Jonah d'une voix apaisante. Nous savons que les Terres Extérieures sont peuplées. Les habitants se sont peut-être cachés dans les montagnes, avec les clans de mineurs. N'avez-vous pas chargé John Swiftsword de commander la troupe qui doit attaquer de ce côté ? Avant de céder à la consternation, envoyons son bataillon dans les Montagnes Pourpres. Nous avons déjà envahi cette région il y a quelques années : nous savons que les villages, les habitants et les mines existent. Je parie que c'est là que nous trouverons les autres habitants des Terres Extérieures et leurs troupeaux.

— Mais les villages manquants ? interrogea Gaius Prospéro d'une voix nerveuse.

— Ils ont dû les brûler pour nous empêcher de les occuper, raisonna Jonah.

— C'est ça ! C'est ce qu'ils ont fait ! s'écria l'empereur.

Il semblait soulagé.

— Nous allons émettre un bulletin d'information pour faire savoir au peuple que l'invasion se passe bien, suggéra Jonah, que nous n'avons aucune perte humaine à déplorer, grâce à l'habileté de nos mercenaires et au commandement compétent des chevaliers de la Croisade. Nous dirons que les clans ont fui devant notre armée et seront bientôt faits prisonniers.

— Oui ! glapit Gaius Prospéro. Oui, Jonah, fais donc tout ça… Envoie John Swiftsword dans les montagnes et informe le peuple que notre campagne pour reprendre les Terres Extérieures se passe bien. Et n'oublie pas les enfants de Lara… Je les veux en mon pouvoir.

Jonah s'inclina.

— Il en sera fait selon vos désirs, mon empereur.

*
* *

Dès qu'il reçut son ordre de mission, John Swiftsword mit son bataillon de mercenaires en marche et franchit les premiers contreforts des Montagnes Pourpres. Sa petite troupe fut bientôt au cœur des montagnes. Il semblait n'y avoir aucune route et John Swiftsword se demanda comment les charrettes de morts avaient pu, quelques années plus tôt, descendre les pentes boisées de ces montagnes en direction de la capitale. La forêt était de plus en plus épaisse à mesure qu'ils progressaient et ils durent bientôt se tailler un chemin à l'épée. Ils ne trouvèrent aucun village, aucune habitation isolée. Ils ne virent ni animal domestique ni être humain. Quant aux mines, si elles existaient, elles étaient particulièrement bien dissimulées… Finalement, ils commencèrent à descendre l'autre versant de la montagne. Devant eux s'étendait une grande plaine. John Swiftsword décida d'établir un campement au pied des montagnes, puis envoya une fée messagère à la capitale pour demander de nouvelles instructions. On ne l'avait pas informé de la déconvenue de l'armée principale.

Jonah lut le message de Swiftsword et comprit aussitôt qu'une magie puissante était impliquée dans ce mystère. Ni l'une ni l'autre des forces militaires d'Hétar n'avait découvert les signes d'un désastre ou d'une épidémie qui aurait pu expliquer la disparition des clans. Aussi fantastique, aussi incroyable que cela paraisse, il fallait admettre que la population des Terres Extérieures tout entières, leurs villages, leurs biens et leurs troupeaux avaient été déplacés dans un autre lieu. Mais où ? Jonah porta le message de John Swiftsword à Gaius Prospéro pour entendre ce qu'il allait dire, ce qu'il allait penser de la situation, avant de lui offrir ses propres réflexions.

L'empereur blêmit.

— Il n'y a rien ? Personne ? Pas de mines ? balbutia-t-il. Mais, Jonah, nous savons qu'elles existaient... Nous en avons tiré une fortune en or, en argent et en pierres précieuses. Si ces montagnes étaient désertes, comment expliquer la Guerre de l'Hiver ? Je n'ai quand même pas imaginé ces sept charrettes puantes sur lesquelles ils avaient entassé nos morts...

— Non, vous ne les avez pas imaginées, mon empereur, murmura Jonah. Il y a forcément une explication, mais ça tient du prodige...

— De la magie ? demanda l'empereur en blêmissant encore.

— Bien sûr qu'il s'agit de magie, répondit Jonah. Il ne peut s'agir d'autre chose. Comme vous êtes intelligent de l'avoir compris si vite.

— J'ai tant promis au peuple, Jonah..., gémit Gaius Prospéro. Comment vais-je faire pour tenir mes promesses ? Il va se passer la même chose qu'il y a six ans : les gens vont me blâmer pour ce qui s'est passé...

— Mais il ne s'est rien passé, mon empereur, répondit tranquillement Jonah. Calmez-vous et regardez ce qui est à votre avantage. Vous avez convaincu le peuple d'Hétar que les Terres Extérieures nous revenaient de droit, qu'elles nous avaient été volées par les clans. Grâce à ça, vous avez pu lever une grande armée de mercenaires. Les chevaliers de la Croisade étaient désœuvrés depuis des années et ont accueilli avec enthousiasme l'idée de repartir en campagne. Vous avez mis un terme à la fébrilité dont le pays souffrait depuis des années.

Il s'interrompit un instant pour laisser Gaius Prospéro digérer ses paroles.

— Vous avez dit qu'il y avait une vaste plaine cultivable dans les Terres Extérieures et c'est bien le cas, mon empereur, poursuivit-il. Nous allons pouvoir étendre notre territoire sans avoir perdu un seul homme. Nous pourrons abattre davantage d'arbres de la Forêt et envoyer les mercenaires construire de nouveaux villages pour eux-mêmes et pour les fils de fermiers des Terres du Milieu qui n'ont nulle part où aller. C'est le printemps, mon empereur, le moment idéal pour planter de nouveaux champs. Les marchés regorgeront de produits à l'automne, comme vous l'aviez prévu avec tant de sagacité...

Le conseiller de l'empereur fit une nouvelle pause.

— Si certains se plaignent que c'est moins facile qu'ils l'avaient cru, vous leur rappellerez qu'on n'obtient rien sans rien dans cette vie, reprit-il. Nous leur donnerons un petit lopin de terre et les exhorterons à travailler dur pour le bien d'Hétar et pour le leur. Nous dirons que nous pouvons nous féliciter que la réputation de notre armée ait fait fuir ces puissances maléfiques qui ont régné sur les Terres Extérieures depuis des siècles.

— Mais les milliers d'esclaves que j'ai promis ? se lamenta l'empereur.

Imbécile cupide, songea Jonah en offrant à l'empereur un sourire froid.

— Nous avons de la chance de ne pas nous compromettre avec ces créatures démoniaques, mon empereur. Ils n'auraient jamais fait de bons esclaves et auraient introduit les ténèbres en Hétar.

— Bien sûr ! Bien sûr ! s'écria Gaius Prospéro.

Il plissa tout à coup ses petits yeux porcins.

— Où sont partis les clans, Jonah ? demanda-t-il à son conseiller. Où ?

Jonah haussa les épaules.

— Quelle importance, mon empereur ? Nous nous sommes emparés des Terres Extérieures : pour le moment, notre problème de surpopulation est résolu. Et vous allez bien sûr vous approprier les plus belles terres. Il me semble que la région de bord de mer, avec son climat tempéré, serait la plus indiquée. Vous pourrez y faire deux, peut-être trois récoltes par an. Avec votre permission, je prendrai quelques terres à côté des vôtres, mon empereur — j'ai l'intention d'y planter de la vigne.

— Naturellement, mon cher Jonah, répondit Gaius Prospéro.

L'empereur commençait déjà à se sentir mieux. Jonah avait décidément l'art de lui rendre les choses plus claires.

— Tu auras tout ce que tu voudras dans les Terres Extérieures, assura-t-il à son conseiller. Une vigne, dis-tu ? Quelle idée charmante…

— Nous aurons beaucoup à faire, mon empereur, reprit Jonah. Je suggère que nous visitions les Terres Extérieures dès que la zone sera sécurisée. Avant l'hiver… Vous devez voir ce que vous avez offert à Hétar, mon empereur. Je suis sûr que les princes de l'Ombre accepteront de nous y transporter par magie. Ainsi, vous n'aurez pas à endurer la fatigue du voyage…

— Quels sont les princes qui résident actuellement dans la capitale ? voulut savoir Gaius Prospéro.

— Je vais me renseigner, mon empereur, répondit Jonah.

— Envoie une fée messagère au commandant de l'armée principale, ordonna Gaius Prospéro. Demande-lui de rester où il est mais d'envoyer un petit bataillon visiter le reste du territoire pour s'assurer qu'il ne s'y trouve plus un seul de ces affreux barbares. Que le bataillon aille rejoindre la troupe de John Swiftsword. Envoie aussi un message à Swiftsword pour lui dire de garder sa position et d'attendre le bataillon en question. Quand nous nous serons assurés que tout va bien, nous annoncerons notre grande victoire au peuple. Mais je voudrais tout de même savoir où sont passés les clans, Jonah. Nous n'aimerions pas les voir revenir, n'est-ce pas ?

— Le moment venu, nous y réfléchirons, mon empereur, répondit le conseiller. Pour l'instant, nous devons faire des Terres Extérieures un endroit sûr et prospère. Il est essentiel que votre peuple soit heureux : des hommes satisfaits ne se révoltent jamais. Donnez aux pauvres un toit, de la nourriture et un but dans la vie, juste assez difficile pour mobiliser leurs forces, et ils vous en seront reconnaissants. Vous n'aurez plus qu'à disposer de ceux qui ne le seront pas, mon empereur. Mais vous savez déjà toutes ces choses ; il est impertinent de ma part de vous les rappeler…

Le conseiller s'inclina profondément.

— Je vous prie de m'excuser, mon empereur.

— Jonah, Jonah…, répondit Gaius Prospéro, de bien meilleure humeur. Bien sûr que je t'excuse. Je connais ta loyauté et je sais que tu ne veux que mon bien. Tu ne pourrais rien faire qui me déplaise. Une seule chose me chagrine dans cette affaire : les enfants de Lara ne sont pas à ma merci…

— Chaque chose en son temps, mon empereur, le consola Jonah. Dès que nous aurons fait d'Hétar un pays si puissant que personne n'osera nous menacer, nous ferons en sorte d'apprendre ce que vous voulez savoir. Souvenez-vous qu'il existe un pays nommé Térah. Vous le trouverez, et lorsque ce sera fait, la fée sera à vous. Après tout, ses enfants importent peu, mon empereur...

— Les Terres Extérieures d'abord, répéta Gaius Prospéro. Ensuite je ferai de la Province Côtière une région de l'empire, commandée par un gouverneur. J'ai promis le poste à Arcas, mais je n'ai pas confiance en lui... Il faut aussi faire quelque chose à propos des seigneurs de la Forêt. Ils ne se sont pas montrés particulièrement coopératifs... Ils n'ont pas envoyé d'hommes pour grossir les rangs des mercenaires. Lorsque nous maîtriserons la situation dans les Terres Extérieures, je demanderai à voir leur chef, Jonah. Il est grand temps qu'il me rende visite et je veux être certain de sa loyauté. Le seigneur Enda est un homme rusé, bien plus intelligent que son malheureux frère.

L'empereur baissa la voix.

— Lara l'a tué, tu sais, poursuivit-il. Elle l'a reconnu devant moi, Jonah. Elle m'a dit qu'il avait été le premier homme à mourir de sa main. On aurait dit qu'elle y avait pris plaisir...

Gaius Prospéro frissonna au souvenir de cette discussion.

Jonah esquissa un sourire.

— C'est peut-être le cas, mon empereur, répondit-il.

Parfait ! songea-t-il. *Que ce gros lâche comprenne bien qui est la femme qu'il désire tant. Si j'étais moi-même empereur, je la ferais emprisonner pour la forcer à utiliser ses pouvoirs à mon profit. Gaius Prospéro n'est gouverné que par ses vices. Les femmes sont toutes les mêmes : une peau douce et des formes aguicheuses pour donner du plaisir aux hommes. Seuls les faibles se laissent ensorceler par elles. Vilia et moi nous comprenons bien l'un l'autre...*

— Je trouve Lara plus excitante en femme dangereuse qu'elle ne l'était en jeune fille, remarqua l'empereur.

Plus effrayante, aussi... Quelle victoire ce serait de la conquérir !

— Ce jour viendra, mon empereur, répondit Jonah. Assurons-nous d'abord de la conquête des Terres Extérieures.

Les semaines suivantes confirmèrent que les Terres Extérieures ne contenaient rien d'autre que les montagnes et la plaine elle-même. Il ne restait plus trace du peuple qui l'avait un jour habitée. Il n'y avait ni village à investir, ni champ à moissonner, ni esclave. On proclama tout de même une victoire éclatante. L'empereur décréta deux jours de liesse populaire et distribua au peuple du vin, du pain et de la viande sur ses propres réserves. Il demanda à la Première Dame de la guilde des maîtresses de Maisons de Plaisir d'ouvrir les établissements de la capitale à tous ceux qui voudraient s'y divertir. Chaque Maison de Plaisir devait tenir des comptes scrupuleux pour que l'empereur puisse couvrir les frais engendrés, mais personne ne devait se voir refuser un plaisir.

A la fin de ces deux jours, des hérauts annoncèrent que tous ceux qui voulaient se voir attribuer des terres dans la nouvelle province de l'empire devaient se rassembler sur la grand-place de la capitale pour y justifier leur requête. La priorité serait donnée aux fils des fermiers des Terres du Milieu — parce qu'il était capital que le sol donne le meilleur rendement possible. Des maisons et des villages y seraient bâtis pour tous ceux qui pourraient contribuer à la prospérité de l'empire. La liesse avait fait taire les plaintes et couvert les voix de ceux qui remarquaient que les choses ne se passaient pas comme il avait été promis. Pour finir, ce qui apparut comme une distribution équitable des nouveaux territoires permit de divertir les derniers mécontents.

Gaius Prospéro se rendit dans les Terres Extérieures en compagnie de Jonah et avec l'aide des princes de l'Ombre. Leur étendue et leur fertilité le stupéfia. Il s'attribua de vastes terres avec vue sur la mer et prit des arrangements pour y faire construire un palais d'été. Jonah se délimita une propriété à quelques lieues de là, plus loin de la mer, traça les plans de sa future maison et supervisa la plantation de sa vigne. Tous deux passèrent ensuite dix jours à chevaucher dans la plaine pour rejoindre le campement de John Swiftsword au pied des montagnes.

— Vous pourriez alléger la contribution des seigneurs de la Forêt en exploitant les bois de cette montagne, suggéra Jonah à l'empereur.

— C'est une bonne idée, accorda Gaius Prospéro. Il vaut mieux garder le seigneur Enda comme allié pour le moment, n'est-ce pas, Jonah ? De plus, la forêt de cette montagne est épaisse… Il nous faudra de toute manière abattre ces arbres si nous voulons rouvrir les mines. Nous devons absolument retrouver leur emplacement… Elles avaient des filons exceptionnels ! Je serais fâché de renoncer à une telle fortune.

Jonah ne répondit rien. Il savait qu'il faudrait des années et beaucoup d'habileté pour retrouver les mines des Tormod et des Piaras — si toutefois ils les retrouvaient jamais. La magie qui avait effacé toute trace de l'existence des clans sur les Terres Extérieures était très puissante. Les princes de l'Ombre devaient être impliqués dans ce sortilège — mais il n'avait pas l'intention de faire part de ses soupçons à Gaius Prospéro. Les princes de l'Ombre étaient sans aucun doute les plus puissants magiciens d'Hétar. Seule leur indifférence les empêchait d'interférer sérieusement avec la politique du pays. A la vérité, les princes n'avaient aucun besoin de la capitale, des Terres du Milieu, de la Province Côtière ni de la Forêt. Aussi, tant que leur Désert était respecté, ils semblaient n'avoir aucune envie de se mêler des affaires des autres provinces. Jusqu'à présent... S'il ignorait la manière dont ils s'y étaient pris pour évacuer toute la population des Terres Extérieures, Jonah était en revanche certain que Lara y était pour quelque chose. Il devait donc y avoir un lien entre les princes de l'Ombre et elle. Finalement, la fée leur avait peut-être rendu un service à tous en évitant le bain de sang d'une nouvelle guerre. Certes, Hétar n'avait gagné ni villages, ni champs, ni troupeaux, ni esclaves, mais elle avait gagné des terres — et personne n'avait eu à mourir pour cela. Un jour prochain, Hétar entrerait de nouveau en guerre, mais contre qui ? Jonah haussa les épaules. C'était un mystère qu'il n'était pas encore temps de résoudre.

Les Terres Extérieures étaient à présent ouvertes à l'immigration et les gens commençaient à affluer. Des lopins de terre furent distribués avec obligation de récolter dans l'année même. La population de la capitale avait besoin d'être nourrie très vite, et pendant tout l'hiver suivant. Les colons vécurent sous des tentes le temps que des arbres soient abattus, débités et transportés à travers la plaine jusqu'aux sites choisis pour l'établissement des nouveaux villages. On découvrit qu'une partie de la plaine, trop rocailleuse, était impropre à la culture. Le transport des marchandises vers la capitale s'avéra aussi délicat — les Terres Extérieures étaient décidément bien loin du monde civilisé d'Hétar.

Gaius Prospéro était très contrarié. Tout avait si bien commencé... Alors pourquoi les choses ne se passaient-elles pas comme il l'avait prévu ? L'automne fut pluvieux et plusieurs glissements de terrain se produisirent sur les versants de la montagne à présent déboisés. On n'avait encore trouvé l'emplacement d'aucune mine. Lorsque l'hiver arriva, les marchés étaient à peine mieux achalandés que l'année précédente. Même les greniers de l'empereur étaient à moitié vides. C'était un investissement à perte pour Gaius Prospéro, qui n'était pas homme à supporter d'avoir des problèmes sans solutions. Seule la rigueur de l'hiver empêcha le peuple de descendre dans la rue, de soulever la révolte qu'il redoutait tant.

— Térah, dit-il à Jonah un après-midi, quelques jours après la Fête de l'Hiver.

Il avait dû céder la moitié de ce que ses greniers contenaient pour donner à la populace la fête à laquelle elle s'attendait et préserver un semblant d'ordre quelque temps encore.

— Nous devons trouver Térah, répéta-t-il à son conseiller. Seules ses richesses peuvent nous permettre de nous rétablir après cette débâcle qu'est devenue l'invasion des Terres Extérieures. Retrouve Arcas, Jonah. Il sait quelque chose — et je veux savoir quoi. Se trouve-t-il dans la capitale ?

— Oui, mon empereur, répondit Jonah. Son père l'a exilé de la Province Côtière pour le punir de sa tentative de parricide.

— Archéron a bien fait, remarqua Gaius Prospéro. Arcas est un idiot. Il aurait dû tuer le vieux roi avec une seule dose de poison au lieu d'essayer de faire passer sa mort pour naturelle. Mais je suis sûr qu'il sait où se trouve Térah. Retrouve-le-moi !

Jonah savait déjà dans quelle maison Arcas louait une chambre et y envoya deux gardes impériaux.

— Dites-lui seulement que l'empereur souhaite le voir immédiatement, leur ordonna-t-il. Ne lui faites pas de mal, mais amenez-le sur-le-champ.

Moins d'une heure plus tard, les gardes étaient de retour avec Arcas, qui ne fut pas d'une parfaite courtoisie à l'égard du bras droit de l'empereur.

— Il n'est pas trop tôt pour m'appeler ! l'attaqua-t-il. Mais qu'est-ce que vous attendiez ? On m'avait promis le poste de gouverneur de la région côtière dès que l'empereur aurait destitué les rois.

— La Province Côtière va rester le royaume qu'elle a toujours été, seigneur Arcas. Pour le moment, il n'est pas dans l'intérêt de l'empereur d'opérer des changements.

Jonah plissa les narines avec une grimace de dégoût.

— De quand date votre dernier bain ? demanda-t-il au prince exilé. Vous ne pouvez pas rencontrer l'empereur en empestant de la sorte… J'ai même peine à vous reconnaître avec votre barbe et votre tignasse. Et vos vêtements sont en lambeaux…

— Mon père m'a chassé de la Province Côtière sans moyens de subsistance, riposta Arcas. Je gagne de quoi louer ma chambre et acheter le peu que je mange en faisant office d'écrivain public. C'est une existence bien ingrate pour quelqu'un de mon statut.

— Vous n'avez plus aucun statut, remarqua Jonah. Mais je peux vous aider à en retrouver un si vous êtes disposé à coopérer avec moi…

— Comment ? demanda Arcas d'un air suspicieux. Je refuse de trahir Gaius Prospéro — je ne suis pas idiot à ce point… Je tiens à ce que ma tête reste là où elle est.

— Que le Créateur Céleste me préserve d'une telle pensée, seigneur Arcas ! répondit Jonah. Vous savez que l'on me considère comme le bras droit de l'empereur… Personne n'est plus loyal que moi à Gaius Prospéro. Je le sers de bien des manières… En me servant, vous le servirez aussi. Mais d'abord, nous allons vous baigner, vous raser et vous vêtir convenablement, seigneur.

Le conseiller frappa dans ses mains.

— Conduisez le seigneur Arcas aux bains, commanda-t-il au serviteur qui accourut aussitôt. Veillez à ce que l'on s'occupe bien de lui et trouvez-lui des vêtements décents. Surtout, faites vite : son audience auprès de l'empereur est imminente.

Jonah se tourna vers Arcas.

— Suivez Lionel, seigneur. Il va s'occuper de tout, lui dit-il.

Surpris mais toujours suspicieux, Arcas quitta le bureau de Jonah sur les talons du serviteur.

Jonah ne put s'empêcher de sourire. Il avait bien l'intention de se lier Arcas et de l'utiliser à son profit. Cet imbécile devait être loyal à sa personne avant tout. Déjà, il allait lui être reconnaissant pour le bain et les vêtements neufs. Mais Jonah attendait davantage. Il allait louer une chambre décente pour Arcas, en échange de quoi celui-ci allait devenir ses yeux et ses oreilles dans les rues de la capitale.

Jonah savait qu'un homme dans sa position n'a jamais trop d'espions. Il s'empressa de rejoindre l'empereur.

— J'ai trouvé Arcas, lui annonça-t-il. Mais il était dans un état si pitoyable que j'ai préféré le faire laver et raser avant de l'introduire en votre présence. Je sais à quel point votre nez est délicat, mon empereur. Le roi Archéron ne l'a pas seulement exilé : il l'a aussi renié. Arcas est contraint de gagner sa vie comme écrivain public.

— Dans ce cas, il devrait être parfaitement disposé à coopérer avec nous, n'est-ce pas, mon cher Jonah ? répondit l'empereur, ravi. Je vais le recevoir, mais je te laisserai prendre les dispositions qui conviennent en ce qui le concerne. Tu sais toujours si bien exploiter les gens à mon avantage...

— Mon destin est lié à votre succès, mon empereur, répliqua Jonah d'une voix mielleuse. Et je suis un homme qui aime le succès...

Enchanté par cette réponse, Gaius Prospéro éclata de rire. Jonah se retira pour attendre le retour d'Arcas. Il en profita pour donner des ordres aux hommes qui le servaient personnellement. Finalement, Arcas réapparut. Jonah l'observa longuement puis hocha la tête, satisfait du résultat. Le prince exilé avait été suffisamment décrassé pour que la teinte de sa peau soit à nouveau reconnaissable. Ses cheveux blonds avaient été coupés et sa barbe réduite à une ligne mince autour de son visage blême. On l'avait revêtu d'une longue tunique d'un bleu sombre et de bottes de cuir neuves.

— Ma tunique ne présente aucun ornement, se plaignit le prince déchu.

— Souvenez-vous que vous n'avez aucun statut, répliqua Jonah. Les décorations sont réservées aux hommes de qualité. Mais je vous promets que vous finirez par retrouver une position sociale digne de vous, seigneur.

— Comment? demanda Arcas d'un ton agacé.

Il menait une vie misérable depuis des mois et n'avait aucune envie de continuer — mais il n'était pas maltraité.

— Quand allez-vous me mener devant l'empereur? reprit-il. Gaius Prospéro a une dette envers moi.

— J'ai déjà parlé de vous à l'empereur, seigneur, répondit Jonah. Vous ne retournerez pas dans votre mansarde misérable. On vous a loué une chambre dans le quartier des marchands, juste au-dessus d'une petite boutique. Vous aurez vos entrées dans la Maison de Plaisir de Maeve Scarlet. En échange, vous allez continuer à exercer le métier d'écrivain public. Nous allons vous installer une échoppe sur le plus grand marché de la ville — nous vous préciserons à quel endroit ultérieurement. Pendant vos journées de travail, vous aurez pour tâche de rester à l'affût de toute information, de toute rumeur qui pourraient être de quelque utilité à l'empereur. Le marché est le meilleur endroit pour surprendre des conversations, qu'elles soient importantes ou non.

— Vous voulez faire de moi un espion? demanda Arcas d'un ton offensé. On m'avait promis un poste de gouverneur!

— Si vous voulez obtenir cette position, seigneur, répondit calmement Jonah, vous allez devoir prouver votre loyauté à l'empereur et lui montrer que vous pouvez lui être utile. Lorsque vous retournerez finalement dans la Province Côtière, ce ne sera pas pour la gouverner en votre nom, mais au sien. Vous ne ferez qu'obéir aux ordres de l'empereur — autrement dit, vous ne serez rien de plus que son instrument. Si vous choisissez de refuser la position que nous vous offrons, vous retournerez dans votre mansarde — quoique je sois presque certain que le propriétaire l'a déjà louée à quelqu'un d'autre, vu l'état actuel de l'immobilier dans la capitale.

Un instant, Arcas sembla être sur le point de s'en prendre physiquement à Jonah, mais il se ressaisit et prit une profonde inspiration.

— Et combien me paiera-t-on pour ce travail? demanda-t-il d'une voix sarcastique.

Son regard était glacial.

— Vous pourrez garder ce que vous gagnerez en tant qu'écrivain public, répondit Jonah. Votre chambre et vos privilèges chez Maeve Scarlet seront payés par mes soins.

Et, bien sûr, vous serez récompensé si vous m'apportez une information particulièrement intéressante.

Le conseiller esquissa un sourire froid.

— Etes-vous prêt à rencontrer l'empereur ? conclut-il.

— Je n'ai pas accepté votre offre, remarqua Arcas.

— Vous ne l'avez pas non plus refusée, répliqua Jonah.

Il tourna les talons et se dirigea vers la porte. Lorsqu'il entendit un bruit de pas derrière lui, il sourit à nouveau, sans tourner la tête et sans ajouter un mot. Il était devenu redoutable au jeu de la domination psychologique. Il frappa deux coups brefs à la porte du bureau de l'empereur avant de l'ouvrir.

— Je vous amène Arcas de la Province Côtière, mon empereur, dit-il en s'inclinant.

Gaius Prospéro était assis derrière la grande table à laquelle il travaillait ordinairement. D'un geste impatient, il commanda à Arcas d'approcher.

— Je veux savoir où se trouve Térah, lui dit-il sans préambule.

Arcas sentit le destin s'abattre sur lui. Son maudit père avait raison. Hétar voulait connaître le secret des rois de la Province Côtière pour provoquer leur chute — mais alors, il deviendrait le gouverneur de l'empereur dans cette région. Maudits soient les rois qui l'avaient exilé et forcé à vivre dans la crasse de la capitale !

— Térah ? murmura-t-il.

Il avait bien l'intention de jouir de cet instant. Il possédait quelque chose que Gaius Prospéro voulait. L'empereur allait devoir payer pour l'obtenir...

— Térah, répéta Gaius Prospéro d'un ton sec.

— Une information de cette importance ne devrait-elle

pas être récompensée, mon empereur ? demanda-t-il avec un air insupportablement suffisant.

— Si tu ne me dis pas ce que je veux savoir, répondit Gaius Prospéro, c'est toi qui auras un prix à payer, Arcas.

Il frappa dans ses mains. Aussitôt, deux hommes portant l'uniforme de la guilde des tortionnaires se détachèrent d'un coin d'ombre.

— Préparez-le ! ordonna l'empereur.

Les tortionnaires approchèrent d'Arcas bien plus vite qu'il ne l'aurait cru possible, le forcèrent à tomber à genoux, puis lui courbèrent la tête jusqu'à ce qu'elle touche presque le sol. Ils ouvrirent le dos de sa tunique et Arcas ouvrit des yeux démesurés lorsque deux nains, jusqu'ici cachés derrière le bureau de l'empereur, accoururent en portant un petit brasero dans lequel ils plongèrent un fer. Il n'y avait pas un bruit dans la pièce ; Arcas n'entendait que son cœur tambouriner dans sa poitrine. Il était tout à coup terrorisé.

— Apposez ma marque sur une de ses fesses, dit Gaius Prospéro d'un air pensif. La gauche, de préférence…

Frappé de stupeur, Arcas resta un instant bouche bée.

— Non ! finit-il par crier.

Mais son cri se transforma bientôt en un hurlement d'intensité croissante à mesure que le fer rouge s'enfonçait dans sa chair. Les yeux lui sortirent de la tête et un filet de bave coula sur son menton.

— A présent, reprit Gaius Prospéro, et à moins que tu ne souhaites être marqué également sur l'autre fesse, tu vas répondre à ma question. Si tu refuses, je passerai le reste de ma journée à regarder mes tortionnaires t'exécuter de la manière la plus douloureuse qu'il leur plaira d'imaginer. Il se pourrait même qu'il m'amuse de participer à ton supplice. Alors je pose la question une dernière fois : où est Térah ?

— De l'autre côté de la mer de Sagitta, sanglota Arcas.

C'était un homme brisé.

L'empereur quitta sa table de travail et fit signe aux tortionnaires de remettre Arcas sur ses pieds.

— Dis-en plus, ordonna-t-il.

Arcas vacilla sur ses jambes. Il était d'une pâleur extrême.

— Mon empereur, intervint doucement Jonah. Peut-être serait-il bon de lui offrir une gorgée de vin pour l'aider à recouvrer ses esprits...

Gaius Prospéro acquiesça.

— Qu'on en apporte ! commanda-t-il.

Il attendit patiemment qu'Arcas ait fini d'avaler le contenu du verre qu'on lui tendit.

Dès qu'il fut à nouveau capable de tenir seul sur ses jambes, Arcas repoussa rageusement les tortionnaires.

— Je ne peux pas vous dire grand-chose sur Térah, mon empereur. Non pas parce que je ne veux pas, s'empressa-t-il d'ajouter. Mais parce que je n'y suis jamais allé — pas plus qu'aucun d'entre nous. Nos navires rencontrent les leurs en pleine mer, à égale distance des deux côtes — ou du moins à ce que nous *croyons* être l'égale distance des deux côtes. Nous échangeons nos cargaisons et repartons chacun de notre côté. Ils ne nous ont jamais autorisés à aller plus loin. Les choses se passent ainsi entre nos deux peuples depuis des siècles.

— Dans ce cas, comment Lara y est-elle allée ? voulut savoir Gaius Prospéro.

— Je l'ai livrée à l'un de leurs capitaines comme présent

pour le Dominus. J'espérais m'attirer ses faveurs..., reconnut Arcas.

— Quelles marchandises leur achetez-vous ? demanda l'empereur.

— Tous les produits de luxe dont Hétar raffole, mon empereur, répondit Arcas. Les étoffes, l'orfèvrerie, les bijoux...

— Vous ne fabriquez pas ces objets vous-mêmes ?

— Non : nous les leur achetons.

— Alors vous ne valez pas mieux que les marchands au long cours, remarqua Gaius Prospéro que cette idée fit rire aux éclats. Mais que fait donc votre peuple ?

— Nous pêchons et cultivons la terre suffisamment pour nous nourrir, nous composons des chansons et — bien sûr — nous commerçons avec Térah, répondit le prince.

L'empereur éclata encore de rire et eut peine à reprendre son sérieux.

— Pendant des siècles, dit-il, Hétar a vénéré les rois de la Province Côtière pour les objets magnifiques qu'ils nous fournissaient, mais c'était une vaste duperie. Votre peuple fait peu de choses pour justifier son existence... Voilà qui va changer dès le printemps prochain. D'après le chevalier qui commandait la troupe d'invasion, votre région recèle de vastes terres inexploitées, des terres qu'il faudrait cultiver — et qui vont l'être... J'ai déjà envoyé mes instructions à ton père, Arcas, qui va continuer à régner sur la Province Côtière. Quant à toi, tu vas t'en remettre à mon bras droit et obéir à ses moindres directives. Me suis-je bien fait comprendre ?

— Oui, mon empereur, répondit Arcas en s'inclinant servilement.

Il était bien trop terrifié pour rappeler une fois de plus à Gaius Prospéro sa promesse de le nommer gouverneur de la nouvelle région côtière. Sa fesse gauche, dont la chair était à vif, le faisait cruellement souffrir.

— Excellent, conclut Gaius Prospéro en retournant à sa table de travail. Tu peux disposer, Arcas.

— Attends-moi dans mon bureau, lui ordonna Jonah.

Lorsqu'ils furent seuls, Gaius Prospéro se tourna vers l'homme qu'il considérait comme son bras droit.

— Je suis presque navré qu'il ait coopéré, reconnut-il. J'aurais pris grand plaisir à l'entendre hurler davantage et à le torturer un peu moi-même. L'imbécile me croyait faible ! Il pensait pouvoir me manipuler…

— Un jour viendra où vous pourrez vous amuser avec lui, mon empereur, répondit Jonah. Il ferait un charmant jouet à offrir à dame Anora, ne croyez-vous pas ?

— Tu es brillant, Jonah ! C'est exactement ce que je vais faire. Quand il ne nous servira plus à rien, je le prendrai pour notre usage personnel. Anora va adorer cette idée ! J'espère qu'il ne mourra pas trop vite…

— Si vous vous montrez patient avec lui, je suis sûr qu'il peut constituer un agréable divertissement une soirée entière, murmura Jonah.

— Maintenant, occupons-nous de Térah, dit joyeusement Gaius Prospéro. Je veux que tu ailles trouver les représentants des princes de l'Ombre dès leur retour de leur congé d'hiver. Il faut qu'ils t'emmènent à Térah. Tes yeux seront mes yeux, Jonah. Nous commencerons par ouvrir des négociations pour obtenir des accords commerciaux avec eux. Nous achèterons leurs marchandises à meilleur coût tout en maintenant leur cours sur les marchés. Nos profits vont être plus grands maintenant que nous n'avons plus besoin de passer par l'intermédiaire des rois de la Province Côtière. Au fil du temps, nous découvrirons les forces et les faiblesses de cette Térah. Nous finirons par en faire une nouvelle province d'Hétar, Jonah…

— Les sessions du haut conseil ne reprendront pas avant que l'étoile du printemps n'apparaisse dans le ciel, mon empereur, remarqua Jonah. Comme vous le savez, les princes de l'Ombre ne rentreront pas avant.

— Hâtons-nous lentement, Jonah ! s'écria Gaius Prospéro d'un ton jovial. Consacre tes prochaines semaines à trouver des moyens de satisfaire le peuple et de maintenir l'ordre dans la capitale jusqu'à ce que je sois en mesure d'apporter une nouvelle ère de prospérité à notre monde. Maintenant, va ! Vilia et Anora m'attendent toutes les deux. Elles vont l'une et l'autre m'assommer avec une litanie de plaintes, mais je suis davantage d'humeur à les écouter maintenant que j'ai obtenu ce que je voulais de cette journée. Va !

Jonah s'inclina devant l'empereur, se retira discrètement et s'empressa d'aller retrouver Arcas qui l'attendait dans son bureau.

— Bien, lui dit-il. Je suppose que tu es prêt à accepter mon offre à présent.

— Vous l'avez laissé me marquer au fer rouge, répondit Arcas d'un ton amer.

— Vous attendiez-vous vraiment à ce que j'intervienne ? interrogea Jonah, amusé. L'empereur est un homme exigeant et sévère. La leçon que vous venez de recevoir vous sera très utile. N'entravez jamais les plans de Gaius Prospéro.

— Où se trouve la chambre que vous m'avez louée ? demanda Arcas. Je me sens très faible.

— Lionel va t'y conduire, répondit Jonah. Ce soir, va donc visiter la Maison de Plaisir de Maeve Scarlet. Elle s'occupera de soigner ta blessure — il y a un excellent guérisseur dans son personnel. Ensuite, détends-toi et donne-toi du bon temps avec l'une de ses pensionnaires. Je suppose que tu n'as pas eu de femme depuis des mois. Il n'est pas sain de contenir ses pulsions — ça obscurcit l'esprit, comme tu as pu t'en rendre compte cet après-midi. Repose-toi demain. Ensuite, tu iras visiter l'échoppe que nous t'avons attribuée. Elle se trouve juste à côté de celle du marchand de lotions, de savons et de parfums du marché principal. Il est très populaire auprès des femmes — et les femmes parlent beaucoup. Qui sait quelles informations tu dénicheras grâce à elles ? Tu viendras me faire ton rapport chaque dernier jour de la semaine, une heure avant le coucher du soleil. Tu as tout compris ? Surtout, Arcas : tâche d'être discret. Tu seras surveillé…

— J'ai tout compris, seigneur Jonah, murmura Arcas. Il ne va pas me nommer gouverneur, n'est-ce pas ?

— Pour l'instant, il est dans l'intérêt d'Hétar que les choses restent comme elles sont, expliqua Jonah. Tu es vivant, Arcas, et je vais désormais m'occuper de toi. Certes, tu ne vivras pas à la manière dont tu as été élevé, mais tu jouiras d'un certain confort. Tu as un but dans la vie et je suis sûr que tu finiras par retrouver un statut honorable parmi nous. Maintenant, va !

Il regarda Arcas sortir lentement de son bureau. La marque du fer rouge sur sa fesse semblait jeter des lueurs écarlates.

— Lionel ! commanda-t-il. Fournissez-lui une autre tunique.

Lorsqu'il fut enfin seul, Jonah réfléchit à la journée qui venait de s'achever. Ainsi, l'empereur voulait l'envoyer sur Térah… Cela allait poser un léger problème, mais il avait largement le temps d'y réfléchir. D'ailleurs, Vilia allait l'aider. En femme intelligente, elle comprenait désormais qu'il servirait ses intérêts bien mieux que son mari. Vilia était décidément un trésor… Mais ce que Gaius Prospéro ignorait encore, c'était qu'elle était le trésor de Jonah, et non le sien… Le bras droit de l'empereur sourit pour lui-même. Tout se passait exactement comme il l'avait espéré.

17.

Magnus Hauk regardait sa femme jouer à un jeu de plateau avec le prince Kaliq, et il était jaloux. Il savait qu'il n'avait aucune raison de l'être, mais il ne pouvait s'en empêcher. Le fait de le savoir augmentait encore sa colère sourde. Il savait bien que la tension qu'il lisait sur le visage magnifique de Lara venait de sa concentration sur le jeu. Pourtant, il ne put s'empêcher de se demander si le jeu était bien tout ce qu'elle avait en tête.

Le prince étendit un doigt pour effleurer le nez de Lara.

— Bouge ton pion, lui dit-il doucement, le sourire aux lèvres.

— Ne me presse pas, Kaliq, répondit Lara sans quitter le plateau des yeux. C'est toujours ce que tu fais quand tu penses que tu vas perdre...

Elle pouffa doucement.

— C'est faux ! se défendit-il.

Lara éclata franchement de rire et déplaça son pion.

— Oh que si ! s'exclama-t-elle.

— Ce que je crois, répliqua le prince Kaliq, c'est que tu as trouvé une nouvelle manière de tricher que je n'ai pas encore comprise. Tu as toujours été terriblement rusée.

Lara se remit à rire.

— Je suis simplement meilleure que toi au jeu du Berger, répondit-elle. Vartan et moi y jouions régulièrement.

— Lui arrivait-il de te battre ? voulut savoir Kaliq.

— De temps à autre, reconnut Lara. Mais les femmes sont souvent meilleures à ce jeu que les hommes, mon prince. Nous ne sommes pas aussi avides que vous et avons la patience d'attendre notre récompense...

Kaliq déplaça un pion à son tour.

— Par le Grand Créateur..., murmura Lara.

— Qu'y a-t-il ? demanda Kaliq d'une voix nerveuse.

— A ta place, je n'aurais pas fait ça, répondit-elle en déplaçant son dernier pion. Je gagne !

Le prince grimaça.

— Je croyais que cette pièce était bloquée..., se lamenta-t-il.

— Une autre partie ? proposa doucement Lara.

— Pour me faire humilier une fois de plus ? répondit tristement le prince. Non, mon amour, je crois qu'une défaite par soir est le plus que je peux supporter.

— Comme tu voudras, mon prince, murmura Lara.

— Il se fait tard, intervint Magnus Hauk.

Ils avaient passé la soirée à se parler comme s'il n'était pas là.

— Nous devrions nous reposer, poursuivit-il. Par ailleurs, je pense qu'il est grand temps de retourner à Térah. Je me suis déjà absenté trop longtemps.

— Oui, répondit Lara sans relever la sécheresse de son ton. J'aimerais rendre visite aux clans pour savoir comment se passe leur adaptation aux Nouvelles Terres Extérieures. Nous pouvons attendre un prochain voyage pour visiter le reste d'Hétar.

— Tu as d'autres devoirs, Domina, répondit froidement

Magnus. La question de donner un héritier au Dominus devrait maintenant passer avant toutes les autres.

— Je t'ai déjà dit que je te donnerais un héritier au moment que je jugerais opportun, répliqua Lara. Je ne suis pas un animal à engrosser, Magnus.

Kaliq éprouva de la sympathie pour Magnus Hauk. Il était désespérément amoureux de Lara et torturé par sa jalousie. Ce genre de scène allait continuer à se produire tant qu'il ne parviendrait pas à maîtriser ses sentiments. Lara devait aussi s'habituer à l'idée qu'elle était pour l'instant — et peut-être pour toujours — la femme de cet homme. Certes, elle n'avait pas encore pleinement accompli sa destinée, mais elle n'aurait pas à le faire avant quelque temps.

Lara, murmura Kaliq dans son esprit. *Ce pauvre mortel est jaloux. Toi et moi savons qu'il n'a aucune raison de l'être, mais il ne peut pas s'en empêcher. Montre-toi patiente avec lui.*

Elle regarda le prince droit dans les yeux et lui fit comprendre d'un battement de cils qu'elle l'avait entendu. Elle se leva de la table de jeu et s'approcha de son mari.

— Tu as raison, Magnus, lui dit-elle. Il est temps que nous retournions à Térah. Mais il faut du temps pour faire un enfant. Avant que nous ne nous attelions à cette tâche plaisante, je tiens vraiment à visiter les Nouvelles Terres Extérieures pour m'assurer que tout va bien. Pas seulement pour mon bien, mais aussi pour celui de Térah. Je t'ai convaincu d'accueillir ces hommes sur tes terres. Je dois m'assurer qu'ils sont bien installés et qu'ils ne te poseront aucune difficulté, parce que c'est ce que je t'ai promis, mon amour. J'aimerais aussi voir les enfants de Vartan, m'assurer qu'ils vont bien…

Elle posa doucement la main sur le bras robuste de son mari et lui sourit avec tendresse.

— Je t'ai promis un fils, conclut-elle. Je te le donnerai dès que le moment sera venu.

Kaliq sentit le cœur de Magnus s'alléger. Ses yeux turquoise s'embuèrent lorsqu'il tenta de soutenir le regard de sa femme. L'expression sévère de son visage s'adoucit. Le prince faillit éclater de rire mais parvint à rester impassible. Lara était un être véritablement magique — notamment par son aptitude à apaiser un homme contrarié. Mais elle allait bientôt avoir besoin de la force de Magnus Hauk. Elle était peut-être la plus rusée des deux et posait sans doute un regard plus lucide sur le monde, mais Kaliq avait pu constater que le Dominus apprenait vite…

Lara se tourna vers le prince.

— Nous allons te souhaiter une bonne nuit, Kaliq, dit-elle.

Le prince hocha la tête et s'inclina poliment devant ses hôtes.

— Demain, dès que vous serez prêts à repartir, je me ferai un plaisir de vous raccompagner chez vous, répondit-il.

Il les regarda s'éloigner, puis soupira. Le lendemain, il lui faudrait leur dire ce que ses espions dans la capitale lui avaient rapporté : que l'empereur avait forcé cet imbécile d'Arcas à tout lui avouer concernant Térah ; qu'il comptait charger les princes de l'Ombre d'y transporter Jonah pour qu'il entame des négociations commerciales avec le Dominus. Par la faute d'Arcas, les rois de la Province Côtière venaient de perdre le monopole des échanges avec Térah.

Lorsque le soleil brûlant du Désert illumina le palais du prince le matin suivant, Kaliq remarqua que Magnus Hauk était de bien meilleure humeur. De toute évidence, Lara avait passé la nuit à le cajoler. Les deux époux le rejoignirent pour le petit déjeuner dans le petit jardin de ses appartements privés. Des servantes discrètes apportèrent un panier rempli d'abricots bien mûrs, de grappes de raisin blanc et de petites bananes, accompagné de coupes individuelles de yoghourt. Elles posèrent sur la table un plateau chargé de petits pains croustillants aux raisins et aux baies tout juste sortis du four. Deux délicats plats d'argent contenaient l'un du beurre, l'autre du miel servi à même des rayons de cire. Par égard pour le Dominus, qui aimait à prendre un copieux petit déjeuner, un bol d'œufs durs et un plat de viande avaient été placés à côté de son assiette. Pour finir, les servantes emplirent leurs verres de jus de fruits frais.

Lorsque le repas fut bien entamé, le prince leur exposa ce que ses espions lui avaient appris.

— Comment souhaitez-vous que nous réagissions ? demanda-t-il à Magnus Hauk.

— Pouvez-vous refuser de les transporter sur Térah ? demanda le Dominus.

— Plus nous aurons l'air de vouloir l'en empêcher, plus Gaius Prospéro tiendra à venir, remarqua Lara. Nous ne pouvons pas courir le risque qu'il découvre le rivage de l'Obscure de votre Désert. Je sais bien que les Hétariens ne sont pas de grands explorateurs par nature, mais il vaut mieux ne pas les tenter. Nous n'aimerions pas les voir arriver par les Nouvelles Terres Extérieures.

— Qu'est-ce que tu suggères ? lui demanda le prince de l'Ombre.

Lara se tourna vers son mari.

— C'est à toi de décider, Magnus, lui dit-elle. Mais maintenant qu'ils en savent plus sur nous que nous ne le voulions, ils viendront un jour ou l'autre. Par chance, nous sommes en mesure de maîtriser les prochains événements…

Le Dominus réfléchit pendant de longues minutes. Finalement, il se tourna vers Kaliq.

— Et si vous leur disiez que nous acceptons de les recevoir dans un an, mais que nous tenons à ce qu'ils viennent par mer ? Qu'ils nous fassent parvenir un message par l'intermédiaire des rois de la Province Côtière dès que leur ambassadeur sera prêt à venir. Nous enverrons un navire à sa rencontre pour l'escorter avec tous les honneurs dus à son rang… Pensez-vous que Gaius Prospéro accepterait ces conditions ?

— C'est possible, répondit Kaliq. Pour l'instant, il est trop occupé avec les Terres Extérieures pour se permettre d'entrer en guerre contre vous. Il vient aussi de découvrir les vastes terres inexploitées de la Province Côtière. Je suis certain qu'il a l'intention de les confisquer : ça lui permettra de contrôler le prix des denrées alimentaires sur les marchés.

— En contrôlant le peuple par la même occasion…, murmura Lara.

— Ainsi, tout ce qui l'intéresse pour le moment c'est d'ouvrir des négociations avec nous, répéta pensivement le Dominus. Gaius Prospéro est un homme rusé. Nous serons bien forcés d'avoir affaire à lui un jour ou l'autre.

— Mais vous avez le temps de prévenir votre peuple et de vous préparer à vous défendre, répondit le prince Kaliq.

— Ne pourrions-nous semer la confusion en Hétar en nous débarrassant de Gaius Prospéro ? s'interrogea Lara à voix haute.

— Le problème, c'est que l'ambition de Gaius Prospéro a réveillé celle d'autres hommes, remarqua Kaliq. Tant que chaque province était gouvernée par ses propres dirigeants et avait une voix égale au conseil, Hétar avait une chance de rester en paix. Mais tout change, mes amis — et les époques de changements voient fleurir les ambitions. La capitale et les Terres du Milieu sont surpeuplées. Les autres provinces ont préservé leur isolement jusqu'ici : les seigneurs de la Forêt parce qu'ils sont obsédés par la pureté de leur race, les rois de la Province Côtière grâce à leur éloignement de la capitale, et nous-mêmes grâce à nos pouvoirs. Mais tout cela est en train de changer — et nous devons changer avec l'époque. Hétar croit être le monde tout entier, mais elle se trompe et va bientôt l'apprendre. Térah a l'avantage de ne pas commettre cette erreur. Vous savez que nous existons depuis des siècles, mais le monde est encore plus vaste que vous ne pouvez l'imaginer. Qu'elle en ait conscience ou non, c'est Lara qui provoque ces changements. Votre femme, Magnus Hauk, va jouer un rôle capital dans l'instauration d'un nouvel ordre du monde.

— Qu'est-elle censée faire ? demanda le Dominus, curieux.

— Exactement ce qu'elle fait, répondit Kaliq.

Lara ne put s'empêcher d'éclater de rire en voyant l'air confus de Magnus.

— Le prince a le devoir d'être incompréhensible, mon amour, lui dit-elle. Ma destinée semble se dérouler avec la lenteur d'un rouleau de riche étoffe. Si tu nous as dit tout ce que nous devons savoir, Kaliq, il est peut-être temps de nous ramener sur Térah.

Le prince de l'Ombre se tourna vers le Dominus.

— Lorsqu'on nous demandera de transporter l'émissaire d'Hétar sur Térah, nous refuserons, lui dit-il. Nous proposerons à l'empereur de préférer le protocole que vous avez suggéré. Gaius Prospéro sera irrité par ce retard, mais nous veillerons à ce qu'il accepte vos conditions. A la vérité, il n'a pas vraiment le choix... Et nous vous préviendrons le plus rapidement possible de ses intentions.

— Protégez votre Désert, Kaliq, conseilla Lara. On m'a dit que les Hétariens s'étaient déjà installés à sa lisière.

— Plus maintenant, répondit le prince. Ils ont trouvé ces terres trop inhospitalières. D'ailleurs, ils peuvent désormais envoyer leur population excédentaire dans les Terres Extérieures, qui présentent des conditions de vie nettement moins hostiles…

Il pouffa doucement.

— Il semblerait que le Désert connaisse des vagues de chaleur et des tempêtes de sable sans précédent ces derniers mois… Ces pauvres fermiers ne s'en sortaient pas. Ils sont bien vite repartis dans les exploitations tout juste rentables de leurs parents. A la requête du révérend des Terres du Milieu, l'empereur nous a envoyé une délégation. Ses émissaires ont déclaré le Désert inutile et inhabitable, même pour les chèvres et les scorpions. L'empereur n'essaiera plus de rogner sur nos terres. Il ne voit aucun profit à tirer du Désert et croit que nous consacrons notre temps à élever les chevaux que nous vendons à Hétar. Il m'a même dit que ce devait être un travail bien délicat, compte tenu du peu de végétation de la région et des tempêtes de sable.

— Il ne connaît ni vos palais ni cette magnifique vallée protégée par les falaises ? demanda Magnus Hauk, surpris. Mais où croit-il donc que vous vivez ?

— Très peu d'Hétariens connaissent l'existence de notre vallée, répondit le prince. Ceux qui ont visité notre province croient que nous vivons sous des tentes, au gré de campements provisoires dans le Désert.

— Et les marchands au long cours ? interrogea Lara.

— Nous les recevons sous des tentes somptueuses au pied de la falaise. Très peu d'étrangers ont visité nos palais et vu notre vallée. Lorsque nous laissons quelqu'un pénétrer nos secrets, nous effaçons sa mémoire avant de le renvoyer chez lui. Quant à ceux à qui nous offrons asile, comme Wilmot le mercenaire et sa vieille mère, dame Mildred, ils ne retournent plus jamais dans le monde extérieur — ils n'y seraient pas en sécurité.

— Comment vont-ils ? voulut savoir Lara.

— Wilmot se sentait un peu désœuvré jusqu'à ce qu'Og, ton géant, lui propose de l'aider à s'occuper des chevaux. Dame Mildred est heureuse, et passe son temps avec la femme d'Og et leurs enfants. Tu ne les as pas vus depuis ton arrivée ?

Lara secoua la tête.

— Non. Je ne voulais pas répondre aux questions que Wilmot ne pouvait pas manquer de me poser.

— Alors il est temps de partir, conclut Kaliq.

— Transporte-moi dans les Nouvelles Terres Extérieures, lui demanda Lara.

— Lara ! protesta le Dominus.

— Il vaut mieux que j'y aille dès maintenant, se justifia-t-elle. C'est l'époque du Grand Rassemblement, Magnus. Je vais pouvoir rencontrer tous les chefs de clans à la fois, entendre leurs réclamations et revoir mes enfants. Et Dasras y sera : il me ramènera auprès de toi en quelques jours. Je t'en prie, laisse-moi le faire… Accompagne-moi si tu veux, mais laisse-moi y aller…

— Mais je dois rentrer au château…, répondit-il en soupirant. Très bien, Lara. Va visiter ce que tu appelles les Nouvelles Terres Extérieures, rassure-toi en constatant que tout va bien, mais reviens-moi vite.

— Avant que je rentre, tu vas devoir rendre visite à tes nouveaux sujets pour recevoir leur tribut annuel, remarqua-t-elle.

Le Dominus acquiesça.

— Je te rejoindrai quand tu voudras, mon amour, lui accorda-t-il.

Elle lui offrit son plus doux sourire, puis s'approcha de Kaliq pour le prendre dans ses bras et l'embrasser sur les deux joues.

— Merci, mon ami, lui dit-elle.

Le regard meurtrier que Magnus Hauk lui jeta n'échappa pas au prince de l'Ombre. Il rendit ses baisers à Lara et la repoussa avec douceur.

— Je vais te déposer dans la grande salle de la maison de Rendor, lui dit-il.

D'un geste nonchalant de la main, il les transporta aussitôt à leur destination respective.

Rendor, le chef des Felan, sursauta en la voyant se matérialiser devant sa grande table de festin. Sa femme Rahil poussa un petit cri de surprise.

— Bonjour, mes amis, leur dit Lara.

Rendor se leva pour donner l'accolade à la jeune femme.

— Je sais que je ne devrais plus m'en étonner, mais tes moyens de transport m'émerveillent toujours... Sois la bienvenue, Lara ! Viens prendre place à table et boire un verre de vin.

— La journée commence à peine au palais du prince Kaliq, répondit-elle.

Mais elle accepta le verre qu'on lui tendit et y but de longues gorgées.

— Tu as l'air en pleine forme, Rahil, reprit-elle. Maintenant, dites-moi comment s'est passée cette première année dans les Nouvelles Terres Extérieures.

— Beaucoup ont encore du mal à croire que nous ne sommes plus à la frontière d'Hétar, commença Rendor.

Les Hétariens ont-ils déjà pris possession de notre ancien territoire ?

— Oui, et ils ont été très déçus de découvrir une terre vierge, sans troupeaux ni villages, alors qu'on leur avait promis des terres immédiatement habitables et de nombreux esclaves — vous… Ce qui chagrine le plus Gaius Prospéro, c'est de ne pas avoir retrouvé les mines des montagnes. Il est obligé d'en rechercher laborieusement l'emplacement — et je doute qu'il les retrouve jamais.

Lara pouffa.

— Je suis venue pour le Grand Rassemblement, reprit-elle. J'aimerais parler à tous les chefs de clans pour m'assurer que l'installation s'est bien passée pour tout le monde. J'arrive des palais des princes de l'Ombre.

— Et où se trouve ton mari ? voulut savoir Rendor.

— Kaliq l'a renvoyé dans son château, répondit Lara. Il nous rejoindra au Grand Rassemblement pour que vous puissiez lui renouveler votre serment et lui verser votre tribut.

— Pourquoi ne t'es-tu pas rendue chez Liam d'abord ? demanda Rendor.

— J'ai voulu honorer ta position de chef du haut conseil des Terres Extérieures, lui répondit-elle. Liam n'est que le chef du Fiacre. D'ailleurs, je le verrai bientôt. Quand partez-vous pour le Grand Rassemblement ?

— Demain. Tu arrives juste à temps — c'en est même surprenant… Cet été, chaque clan a envoyé un éclaireur à la recherche de l'emplacement du Grand Rassemblement. Ils l'ont retrouvé exactement où ils s'y attendaient. Nous n'étions pas sûrs que tu y avais pensé.

— Les princes et moi avons absolument tout déplacé, répondit Lara. Nous avons aussi rebouché les mines des montagnes, replanté des arbres là où elles se trouvaient et fait disparaître les routes. L'empereur d'Hétar a été très déçu par ce qu'il a trouvé.

— Je regrette que Gaius Prospéro n'ait pas trouvé une terre inexploitable, grommela Rendor.

— Dans ce cas, lui expliqua Lara, il aurait eu une rébellion sur les bras — et nous ne pouvons pas permettre qu'Hétar sombre dans le chaos, mon vieil ami. L'empereur aurait dû chercher des terres cultivables ailleurs... Il a déjà confisqué toutes les terres inexploitées de la Province Côtière et arraché à Arcas le secret de l'existence de Térah.

— Ainsi nous ne sommes pas plus en sécurité qu'avant, se lamenta Rendor.

— Térah n'est pas menacée, et les Nouvelles Terres Extérieures non plus, le rassura Lara. Le rivage de l'Obscure ne peut être découvert qu'en traversant le Désert. Or Hétar a décrété que le Désert était une région inutile et inhospitalière. Les fermiers ont déjà abandonné sa lisière, qu'ils avaient essayé de coloniser l'année dernière. De l'autre côté, les montagnes d'Emeraude, Térah proprement dite et une autre mer vous séparent d'Hétar. Vous êtes en sécurité, Rendor.

— Cette mer que tu appelles l'Obscure ne ressemble pas à Sagitta, tu sais, lui confia son ami. Nous avons aperçu des monstres marins aux écailles étincelantes et aux queues énormes. Ils semblent inoffensifs et ne s'approchent pas des côtes, mais je sais qu'ils nous ont vus, eux aussi. Nous n'avons pas encore osé prendre le large, mais nous pêchons depuis la côte. Les filets que nous jetons se remplissent si vite que nous avons du mal à les remonter à la surface. Nous ne courons aucun risque de mourir de faim. Pourtant, nous n'avons pêché que deux fois depuis notre arrivée pour ne pas gaspiller les ressources de ce pays. Nous avons fumé tout le poisson que nous ne pouvions pas manger — nous allons d'ailleurs en emmener au Grand Rassemblement.

— Alors ce pays vous convient? lui demanda Lara.

— Nos troupeaux se comportent comme si rien n'avait changé, lui répondit-il.

— J'ai hâte d'entendre ce que les autres chefs de clans pensent de leurs nouvelles terres, Rendor, conclut-elle. J'espère qu'ils sont aussi contents que toi.

— Qu'est-ce que ça changerait qu'ils ne le soient pas? demanda le chef des Felan. De toute manière, nous ne pouvons plus revenir en arrière, n'est-ce pas?

Lara secoua la tête.

— Non, vous ne le pouvez pas, reconnut-elle.

Le lendemain, Lara accompagna le clan des Felan au Grand Rassemblement annuel. Ils parcoururent exactement la même distance que les années précédentes, ce qui rassura tout le monde. Lorsqu'ils atteignirent l'emplacement sacré, Lara contempla avec soulagement les grands monolithes. Ils semblaient se trouver là depuis des siècles — ce qui était le cas dans les Terres Extérieures. Lara alla rendre visite aux membres du Fiacre pendant que les Felan installaient leur campement. Liam l'accueillit chaleureusement.

— D'où arrives-tu? voulut-il savoir.

— Je suis venue avec Rendor et les Felan, mais j'étais avec les princes de l'Ombre hier encore, répondit-elle. M'autorises-tu à m'installer parmi vous? Tu sais que je me considère comme un membre du Fiacre…

— Bien sûr! s'écria-t-il avec enthousiasme. Noss! Noss! Nous avons une invitée de marque!

La tête de Noss émergea de la tente du chef. La jeune femme laissa échapper un petit cri de joie et courut serrer son amie dans ses bras.

— Je suis si contente de te voir! s'exclama-t-elle. J'ai eu

un autre fils, tu sais… Je l'ai appelé Val. As-tu vu Dillon ? Dillon ! Ta mère est là !

A ces mots, le jeune garçon se précipita hors de la tente.

— Maman ! s'écria-t-il en se jetant dans ses bras.

Lara serra son fils contre son cœur et remarqua qu'il ressemblait de plus en plus à son père avec ses magnifiques yeux bleus et ses cheveux bruns.

— Il va vraiment falloir que tu arrêtes de grandir, dit-elle en lui ébouriffant les cheveux.

Le sourire que son fils lui offrit ressemblait tant à celui de Vartan que son cœur se serra. Tout était si simple autrefois…, songea-t-elle. La tristesse la submergea un instant.

— Je ne peux pas m'en empêcher, s'excusa le garçon. Je sais monter Dasras, maintenant !

— Mais tu ne peux pas le garder, lui répondit Lara. Je ne te l'ai envoyé que pour l'été, parce que je n'avais pas besoin de lui.

— Où étais-tu ? lui demanda-t-il sans détour.

— En Hétar, chez les princes de l'Ombre, lui répondit-elle. J'y ai rencontré ta grand-mère et mon petit frère Cirilo. J'espère que tu reverras ton oncle un jour — il serait bon que tu aies des alliés parmi les fées.

— La mère de mon père dit que les fées portent malheur, remarqua Dillon.

— Béra n'a plus toute sa tête, expliqua Lara. Elle l'a perdue lorsque son fils cadet a assassiné son aîné, ton père.

— Elle dit que tu as tué Elin et Adon, poursuivit le garçon, que mon cousin Cam est orphelin par ta faute. Est-ce que c'est vrai, maman ?

— Oui, et j'aurais bien fait de tuer Cam en même temps, mais on m'a empêchée de le faire. Le sang de ses parents coule dans ses veines. C'est une ascendance funeste, Dillon. Promets-moi de ne jamais lui faire confiance.

— La mère de mon père dit que nous devrions être amis, parce que nos pères étaient amis en plus d'être frères, récita Dillon.

— Vartan et Adon n'ont jamais été amis, répondit Lara avec colère. Le plus jeune a passé sa vie à jalouser son aîné. De toute évidence, le chagrin a déformé la mémoire de ta grand-mère. Cam est encore jeune mais, un jour, il sera en mesure de comprendre l'histoire de l'exécution de son père. Ce jour-là, il cherchera à venger ses parents. Souviens-toi de mes paroles, Dillon : tu ne dois jamais lui faire confiance. Tu seras tenté de le faire, mais ce serait une erreur terrible ! Et tu ne dois pas te fier à Béra non plus. Je sais bien que c'est la mère de ton père, mais elle va finir par te haïr parce que tu es mon fils. Elle va se laisser dévorer par sa haine et cherchera à te faire du mal. Malheureusement, elle est incapable d'admettre l'horrible vérité : l'un de ses fils a assassiné l'autre. Même si je n'ai rien à voir avec ce drame, elle a fini par m'en rendre responsable si elle te dit que les fées portent malheur. Respecte-la, mon fils, mais ne crois rien de ce qu'elle raconte.

Noss avait écouté toute leur conversation. Elle ne put s'empêcher d'appuyer les paroles de Lara.

— Ta mère a raison, dit-elle à Dillon. C'est une femme très sage. Tu dois écouter ce qu'elle te dit.

— Où est Anoush ? demanda Lara à son amie.

— Avec Tearlach et Alroy, répondit Noss. Elle est presque du même âge qu'eux et elle les suit partout. Dillon, qui est déjà plus grand, a peu de temps à lui consacrer. Tu la verras au dîner, Lara.

La voix de Noss avait manqué de se briser. Elle jeta à son amie un regard inquiet.

— As-tu l'intention d'emmener tes enfants chez le Dominus ? lui demanda-t-elle avec angoisse.

— Comme je te l'ai déjà dit, Noss, les enfants de Vartan appartiennent au Fiacre et continueront à vivre au sein de leur clan, répondit Lara. Je sais bien que ma fille m'a oubliée après tous ces mois. C'est toi qu'elle prend pour sa mère et je le comprends très bien. Je ne ferai rien qui pourrait la perturber. Elle est encore très jeune et ne comprendrait pas. Je ne voudrais pas que ce problème nous éloigne l'une de l'autre, Noss. Je tiens beaucoup à notre amitié et je te remercie pour la bonté dont tu as fait preuve à l'égard de mes enfants. Ils sont plus en sécurité avec toi qu'ils ne le seraient avec moi.

Les yeux de Noss s'emplirent de larmes.

— Pardonne-moi, Lara, s'écria-t-elle. J'adore Anoush et je suis terrifiée à l'idée de la perdre. Liam semble incapable de me donner une fille. J'ai déjà trois fils, comme tu sais...

La jeune femme sourit faiblement à son amie.

— Anoush est la seule fille que j'aurai jamais, j'en suis certaine..., murmura-t-elle.

— Je le sais, répondit Lara pour la rassurer. Anoush a beaucoup de chance d'avoir une ascendance féerique et d'être élevée par une mortelle.

— Elle semble n'avoir aucun pouvoir, remarqua Noss. Contrairement à Dillon... Malgré sa ressemblance physique avec son père, il est ton fils avant tout. Dans les Terres Extérieures, les animaux venaient facilement à lui. C'est la même chose ici... Dasras et lui sont devenus bons amis. Ton étalon va lui manquer lorsqu'il repartira avec toi au château du Dominus.

— Etes-vous bien installés ? demanda Lara.

— Oh oui ! répondit Noss. L'herbe est plus verte que dans les Terres Extérieures et le bétail a bien fécondé cet été. Le paysage est un peu différent, mais il est agréable. Le printemps et l'été ont duré longtemps, puis l'automne est venu très vite. Je me demande à quoi va ressembler l'hiver… Sais-tu s'ils sont rigoureux dans ce pays ?

La jeune femme haussa les épaules.

— De toute manière, nous saurons l'endurer, parce que nous sommes le Fiacre, conclut-elle. Notre vie continue sans véritable changement.

— Tu es une femme, Noss. Tu discutes autour du puits et écoutes les conversations de tes voisines. As-tu entendu quelqu'un se plaindre à Camdene ?

— Non. Béra est notre seul problème, répondit la jeune femme. Je pense que la mort de ses fils l'a rendue folle. Elle nous évite et garde toujours Cam auprès d'elle. Je suis tentée d'avoir pitié d'elle, parce qu'elle s'est montrée très gentille avec moi quand je suis arrivée dans le clan.

Noss secoua la tête avec tristesse.

— Mais c'est comme si une voix intérieure m'ordonnait de me méfier, reprit-elle. Liam veille sur elle comme il en a le devoir, mais même ma belle-mère Asta — la propre sœur de Béra — ne lui parle plus que quand c'est nécessaire. Béra est logée, vêtue et nourrie. On la respecte sur son passage, mais personne n'a de véritable relation avec elle.

— Si ton instinct te commande de te méfier d'elle, écoute-le, recommanda Lara. Maintenant, parle-moi de Cam.

— Il est très méfiant et ne parle à personne, répondit Noss.

— Lui arrive-t-il de jouer avec d'autres enfants ? voulut savoir Lara.

— Parfois — mais rarement, répondit son amie. Béra ne le laisse jamais s'éloigner d'elle. Elle essaie de le faire jouer avec Dillon, mais ton fils dit que Cam est sombre et refuse de le voir la plupart du temps. Béra m'accuse de vouloir éloigner les deux cousins.

— Ecoute ton instinct et celui de mon fils lorsqu'il s'agit de Cam, recommanda Lara.

— C'est promis, répondit Noss.

Il ne fallut que quelques minutes pour que tout le monde sache que Lara se trouvait au sein du Fiacre et les chefs de clans se présentèrent bientôt pour la saluer. Tous voulaient lui faire savoir que leurs nouvelles terres les satisfaisaient pleinement. Floren des Blathma et Torin des Gitta ne tarissaient pas de louanges sur la fertilité de leurs champs.

— Quel grain ! s'exclamèrent-ils d'une seule voix.

— Et je n'ai jamais fait pousser d'aussi belles fleurs que cette année, ajouta Floren. J'ai tenté plusieurs croisements sans perdre une seule pousse. Merci, Lara !

Roan, le chef des Aghy, prit à son tour la parole.

— Mes chevaux n'ont jamais été en aussi bonne santé, lui dit-il. Et grâce à ton Dasras, j'aurai une douzaine de poulains magnifiques au printemps prochain. J'espère que ça ne t'ennuie pas qu'il soit venu rendre visite à mes juments…

Il pouffa joyeusement et Lara ne put s'empêcher d'éclater de rire.

— Je n'ai pas encore revu Dasras, répondit-elle, mais non, ça ne m'ennuie pas. Je suis ravie que les Nouvelles Terres Extérieures vous plaisent. Les moutons de Rendor ont donné une laine d'une qualité exceptionnelle. Il ne me reste plus qu'à entendre les Tormod et les Piaras. Avez-vous trouvé un arrangement avec les nains des montagnes et ouvert vos propres mines ?

Elle se tourna vers les chefs des deux clans concernés.

— Oui, répondit Imre en s'avançant d'un pas. Et j'ai invité deux nains à nous accompagner au Grand Rassemblement.

Fulcrum est le chef d'un de leurs clans. Ils ont le pouvoir d'ouvrir des mines sans endommager la montagne. Ils nous en ont ouvert trois. Ces derniers mois, nous en avons extrait les plus belles pierres précieuses que nous ayons jamais vues. Avec l'aide des nains, nous allons les vendre aux Térans.

— Ne risquez-vous pas de les priver de leur moyen de subsistance ? s'inquiéta Lara.

— Non. Les nains se chargeront de vendre les pierres aux Térans comme ils l'ont toujours fait, expliqua Imre. Nous leur céderons un pourcentage sur nos bénéfices en échange de ce service.

— Mais ne risquez-vous pas de faire chuter le prix des pierres si vous inondez le marché avec vos productions en plus des leurs ? insista-t-elle.

Imre ne put s'empêcher de sourire.

— C'est l'Hétarienne qui parle en toi en ce moment, Lara, la taquina-t-il. Fulcrum et ses nains sont très âgés. Ils sont de moins en moins nombreux et n'ont eu aucune naissance depuis plusieurs siècles. Beaucoup d'entre eux n'ont plus vraiment envie de travailler… Nous allons donc exploiter les mines, les laisser négocier avec Térah et partager les bénéfices. Fulcrum te le confirmera : c'est un accord qui leur convient autant qu'à nous.

Lara acquiesça en silence, puis se tourna vers Vanko, le chef des Piaras.

— Et vous ? lui demanda-t-elle.

— Nous avons passé un accord avec les nains qui extraient les métaux, répondit Vanko. Ils nous ont cédé leurs mines d'or pour ne plus exploiter que l'argent et le cuivre. Ils vendent notre production avec la leur et reçoivent un pourcentage de nos profits en échange de ce service. Eux aussi sont de moins en moins nombreux — et l'or est un métal délicat à extraire. Cet accord leur convient autant qu'à nous.

— Je suis ravie de l'entendre, Vanko, conclut Lara. Comment va ton père ?

— Il est impatient de te voir, répondit Vanko en souriant largement. J'espère que tu viendras boire un verre de frine avec nous quand tu en auras le temps…

— C'est promis, dit-elle en lui rendant son sourire.

Lara se tourna ensuite vers Accius, le chef des Devyn.

— Comment ton clan s'est-il adapté à ce nouveau pays ? lui demanda-t-elle.

Accius esquissa un sourire.

— Nous composons des chansons sur notre exode et notre heureuse installation dans les Nouvelles Terres Extérieures, que nous espérons occuper pendant des siècles, si le Grand Créateur le veut, lui répondit-il.

Tous les chefs de clans étaient ravis de leur nouvelle vie. Désormais rassurée, Lara partit retrouver Liam au campement du Fiacre. En chemin, elle rencontra son ancienne belle-mère et le petit Cam. Béra, qui avait un jour été son amie, lui jeta un regard haineux. Elle se pencha pour chuchoter quelque chose à l'oreille du garçon.

— Bonjour, Béra, lui dit Lara.

— Pourquoi es-tu revenue dans les Terres Extérieures ? lui demanda Béra. Tu vas attirer les hordes hétariennes chez nous, sorcière !

— Hétar ne vous menace plus, répondit calmement Lara. Nous sommes dans les Nouvelles Terres Extérieures, qui sont séparées d'Hétar par une vaste mer.

— Mensonges ! glapit la vieille femme.

— Tu as tué mes parents, intervint Cam en regardant Lara droit dans les yeux.

— Tes parents ont tué mon mari, répliqua Lara. Les lois du Fiacre m'accordaient le droit de le venger.

— Tu n'appartiens pas au Fiacre, riposta le garçon. Tu es une fée!

— En épousant Vartan, j'ai accueilli son clan dans mon cœur. J'appartenais au Fiacre quand j'ai exécuté les meurtriers de mon mari et mes enfants seront toujours membres de ce clan.

— Tes rejetons sont des bâtards! siffla Béra.

— C'est de tes petits-enfants que tu parles, vieille femme, s'insurgea Lara. Mais puisque tu les dénigres, je vais m'arranger pour qu'ils ne t'importunent plus... Je n'ai aucune envie que tu distilles ton venin devant eux. La traîtrise que ton cadet, dans sa lâcheté, a commise contre ton aîné t'a dérangé l'esprit. Tu es folle, Béra — et j'en suis navrée. Mais je ne laisserai pas ta démence mettre mes enfants en danger.

— Je suis ici de plein droit, répondit Béra d'un air borné. Mon fils est le chef de ce clan. Il te le dira lui-même quand il reviendra, sorcière!

Lara secoua la tête.

— Vartan est mort, répondit-elle tristement.

— L'as-tu tué? demanda Béra.

— Non. C'est Adon qui l'a assassiné sous son propre toit, lui rappela Lara.

Béra parut brusquement déconcertée. Le petit Cam, à côté d'elle, adressa un sourire inquiétant à Lara.

Sholeh, la cousine de Vartan et la responsable du village de Rivalen, les rejoignit à cet instant. Elle regarda Lara, hocha la tête d'un air compatissant et passa un bras autour des épaules de Béra pour l'emmener à l'écart. Le petit Cam les suivit. Après quelques pas, il se retourna pour décocher un nouveau sourire à Lara — un sourire vraiment maléfique pour un enfant si jeune. Lara soutint son regard jusqu'à forcer le garçon à détourner les yeux. Son jeune visage exprima une peur naissante.

— Il est mauvais, n'est-ce pas ? demanda Dillon qui venait d'apparaître à ses côtés.

— Oui, répondit Lara en passant un bras protecteur autour des épaules de son fils. Viens, allons faire quelques pas pour que tu me racontes ton été dans les Nouvelles Terres Extérieures.

La mère et le fils s'éloignèrent du grand campement du Fiacre en direction de la plaine.

— As-tu trouvé un nouveau mari ? demanda Dillon.

— Oui, répondit Lara. C'est le Dominus de Térah. On m'appelle maintenant la Domina.

— Vas-tu lui donner des enfants ? voulut savoir Dillon.

— Lorsque le moment sera venu, répondit sa mère.

— Alors tu l'aimes ? demanda le garçon en la regardant avec les yeux de Vartan.

— Oui, répondit-elle doucement. Tu le rencontreras bientôt. Il viendra avant la fin du Grand Rassemblement pour recevoir le tribut annuel des clans.

— Pourrions-nous venir vivre avec toi, maman ?

— Si tu le souhaites, bien sûr... Mais j'ai toujours pensé vous laisser grandir au sein du Fiacre. Tu es le fils de Vartan, Dillon. Un jour, tu seras le chef de ce clan.

— Non, je ne le serai jamais, répondit Dillon. Et je n'en ai pas envie, maman. Tearlach prendra la succession de son père, après que Liam aura vécu de nombreuses années et sera devenu un très vieil homme. Je crois que j'ai hérité de tes dons, maman, et ça ne me fait pas peur...

Lara soupira.

— Si c'est bien le cas, Dillon, se résigna-t-elle, tu devras un jour partir étudier auprès des princes de l'Ombre pour apprendre à maîtriser tes pouvoirs — parce que tu es aux trois quarts mortel. Ils t'aideront mieux que personne à accomplir ta destinée.

Finalement, peut-être valait-il mieux que Vartan meure, songea-t-elle. Il n'aurait jamais supporté que son fils suive les traces de sa femme plutôt que les siennes.

— Je dois protéger le Fiacre de l'influence de Cam, annonça calmement Dillon.

— Cam est encore jeune et toi aussi, objecta Lara. Maintenant, raconte-moi ton été… Nous allons pouvoir passer quelques jours à parler de toi. Noss m'a dit que tu avais appris à monter Dasras… Je ferais bien de lui demander de te choisir une monture, puisque je vais avoir besoin qu'il revienne vivre avec moi au château.

— C'était un été comme tous les autres, répondit Dillon. Dasras et moi avons exploré la plaine presque tous les jours. Il y a de merveilleux animaux sauvages ici, maman…

— Et ta sœur ? voulut savoir Lara. T'est-il arrivé de l'emmener avec toi ?

— Anoush est encore trop jeune pour tenir en selle devant moi, répondit le garçon. En plus, la seule chose qui l'intéresse, c'est de suivre Noss. Elle l'appelle maman, tu sais…

— Je suis très reconnaissante à Noss de ce qu'elle fait pour vous, dit Lara.

— Mais elle n'est pas notre mère ! s'écria Dillon dans un élan de loyauté. C'est toi, notre mère !

— Anoush le comprendra quand elle sera plus grande, le rassura Lara. Pour le moment, laissons Noss — qui l'adore — être sa mère. Tu sais qui je suis, toi, et j'en suis très heureuse. Tu es le lien entre nous, Dillon. Tant que ta sœur saura qui tu es, elle restera ma fille.

— Tu me manques, dit naïvement Dillon.

— Toi aussi, reconnut Lara. Et je regrette de ne plus mener la vie simple qui était la mienne au sein du Fiacre. Ma destinée est un fardeau pesant — et Kaliq dit que je ne l'ai pas encore vraiment rencontrée.

— Je serai toujours là pour toi, maman, répondit Dillon en glissant sa petite main dans celle de sa mère.

— L'été prochain, si tu veux, je te ferai visiter le château, promit Lara. Tu verras la mer de Sagitta et je t'apprendrai à naviguer, comme le roi Archéron me l'a appris.

— Est-ce que je vais aimer le Dominus, s'inquiéta Dillon.

— J'espère ! répondit sa mère. C'est un homme bon et sage.

Cette nuit-là, Lara alla retrouver son mari en rêve.

— Tu m'as manqué, lui dit-il tendrement tandis qu'ils s'enlaçaient.

— Le Grand Rassemblement prendra fin dans cinq jours, lui annonça Lara. Veux-tu que je vienne te chercher le dernier jour ? Ce serait le moment parfait pour accepter le tribut que les clans ont apporté pour toi. Ils voulaient me le donner, mais tu leur ferais un grand honneur en venant le recevoir toi-même. Si tu venais, ils se sentiraient les bienvenus et en sécurité. Demain, j'irai survoler leurs installations avec Dasras pour voir de mes yeux comment les choses se passent. Les chefs de clans se déclarent tous ravis. Les Piaras et les Tormod sont les uns et les autres parvenus à un accord satisfaisant avec les nains des montagnes. Mais j'aimerais vraiment que tu me rejoignes. Mon fils souhaite te rencontrer…

— Vraiment ? demanda Magnus Hauk, flatté.

— Il semble avoir hérité de mes pouvoirs, précisa Lara, le sourire aux lèvres.

— Ta mère sera ravie que son petit-fils ait hérité de l'ascendance féerique, remarqua Magnus. Je serais heureux de rencontrer le fils que tu as donné à Vartan.

— Un jour, je vais devoir l'envoyer étudier auprès de Kaliq, expliqua Lara.

— Penses-tu toujours à ton prince de l'Ombre ? demanda le Dominus.

Il y avait de la jalousie dans sa voix.

— Kaliq est mon ami, Magnus, et non mon amant. Si tu dois être jaloux de tous les hommes à qui j'adresse la parole, qu'allons-nous devenir ?

A ces mots, le double onirique du Dominus vacilla un instant. Ses émotions toutes mortelles n'étaient pas loin de le réveiller.

— A partir de quand peux-tu me rejoindre ? lui demanda Lara, espérant apaiser les choses en changeant de sujet.

— Je serai prêt dans quatre jours, répondit Magnus. Au fait : Sirvat est enceinte.

— Merveilleux ! s'écria Lara en lui caressant la joue. Dans quatre jours, au lever du soleil, rejoins-moi dans notre petit jardin. Je t'y attendrai pour t'amener ici. Et n'oublie pas que nous serons en milieu de matinée dans les Nouvelles Terres Extérieures…

Elle déposa un baiser sur ses lèvres.

— Au revoir, mon amour, lui dit-elle.

Sur ces mots, Lara se réveilla. Elle roula sur le dos pour contempler le ciel au-dessus d'elle. L'horizon se teintait des lueurs de l'aube. Brusquement, elle se sentit impatiente d'agir. Elle sortit de son sac de couchage et s'étira. Il y avait bien longtemps qu'elle n'avait pas dormi à la belle étoile… L'humidité l'avait ankylosée.

Elle se dirigea vers l'endroit où broutaient les chevaux, chercha des yeux son grand étalon doré, Dasras, et alla le retrouver.

— Tu n'avais donc pas une minute à me consacrer, hier ? lui demanda-t-il d'une voix chargée de reproche. Nous ne nous sommes pas vus depuis des mois.

Lara enroula ses bras autour de l'encolure de l'étalon et frotta son front contre le sien.

— Je devais d'abord parler aux chefs de clans et à mon fils, se défendit-elle. Roan m'a raconté que tu avais passé un été bien agréable avec ses juments… Et qu'est-ce que Sakira pense de tes escapades, mon vieil ami ?

Dasras pouffa.

— Il est vrai que le chef des Aghy a un beau troupeau de juments séduisantes, reconnut-il. Mais tu sembles ignorer que Sakira attend elle aussi un poulain. Elle connaît ma nature d'étalon et ne me fera jamais de reproches. Allons faire quelques pas pour que tu me racontes tes aventures en Hétar.

Ils marchèrent longtemps côte à côte en devisant. Lorsque le soleil finit par se lever, la jeune femme sauta sur le dos de l'étalon et agrippa sa crinière couleur de crème. Ils s'élancèrent au galop dans la plaine. Lorsqu'ils se furent assez éloignés du campement, Dasras déploya ses grandes ailes et prit son envol dans le ciel clair du matin. Tandis qu'il volait, Lara pouvait contempler la plaine en contrebas. Elle aperçut les villages des Blathma et des Gitta. Il y avait de nombreux champs, la plupart déjà moissonnés et préparés pour l'hiver.

Un peu plus loin, ils survolèrent les troupeaux de chevaux des Aghy et le bétail du Fiacre. Puis vinrent les trois petits villages des Devyn abrités par un cercle de petites collines. Lara décida qu'il n'était pas nécessaire d'aller plus loin. Les

Tormod et les Piaras étaient satisfaits par les accords qu'ils avaient passés avec les nains des montagnes, et elle était certaine que leurs villages étaient aussi bien installés que ceux des autres clans.

— Rentrons, maintenant, demanda-t-elle à Dasras.

— N'as-tu pas envie de voir les créatures qui peuplent l'Obscure ? suggéra l'étalon. Il paraît qu'elles sont magnifiques.

— Allons donc satisfaire ta curiosité, lui accorda Lara.

L'étalon obliqua vers la mer qui bordait les nouvelles terres de Rendor.

Sous eux, les troupeaux de moutons des Felan broutaient paisiblement sous la surveillance de bergers et de leurs chiens. Tout le monde ne pouvait pas se rendre au Grand Rassemblement… Le superbe étalon survola bientôt les eaux turquoise de l'Obscure qui scintillaient au soleil. Ils ne mirent pas longtemps avant d'apercevoir les créatures dont Rendor leur avait parlé. C'étaient des bêtes élégantes aux écailles étincelantes, avec de longues queues, des têtes fines et des cornes qui semblaient incrustées de pierreries. Elles jouaient dans les vagues et semblaient tout à fait inoffensives. En scrutant l'horizon, Lara distingua au sud la bordure du Désert des princes de l'Ombre. Mais elle aperçut aussi des côtes plus sombres en direction du nord. Il ne s'agissait pas d'Hétar — puisque Hétar n'était bordée que par une seule mer. Il ne s'agissait pas non plus des côtes de Térah. L'Obscure était une mer cachée à l'un et l'autre pays, dont peu de gens connaissaient l'existence.

— Rentrons, maintenant, commanda-t-elle à Dasras, qui obéit aussitôt.

En jouant négligemment avec la crinière de l'étalon, Lara se demanda quelles pouvaient être les dimensions de cette mer. Elle commençait à peine à réaliser tout ce qu'elle ignorait de ce monde dans lequel elle vivait. Vue depuis le dos de son étalon ailé, Térah semblait se trouver à la surface d'un globe suspendu dans les cieux. Comment était-ce possible ? Pour la première fois depuis des mois, Lara caressa l'étoile de cristal qui reposait sur sa poitrine.

Bonjour, mon enfant, murmura la voix familière.

Ethne, j'ai l'impression que le monde que nous survolons est rond, s'inquiéta Lara. *Pourtant, dès que Dasras aura touché le sol, il me paraîtra de nouveau plat… Comment est-ce possible ?*

Le monde dans lequel nous vivons a bien la forme d'un globe, répondit sa gardienne spirituelle. *Tu ne le savais pas ?*

Elle semblait surprise.

Comment l'aurais-je su ? se défendit Lara. *Personne ne m'en a jamais parlé.*

Eh bien ! Tu le sais, maintenant. Il y a beaucoup d'autres mondes comme le nôtre dans le ciel, à ce qu'on m'a dit.

Qui te l'a dit ? voulut savoir Lara.

C'est simplement l'une des vérités que je possède, répondit Ethne. *J'ai toujours existé avec ces connaissances.*

Ma mère le sait-elle ? demanda Lara.

Je l'ignore. Mais ça n'a aucune importance : ta destinée est dans ce monde, Lara.

La flamme, au cœur du cristal, brilla plus intensément pendant quelques instants.

Lorsqu'il approcha du lieu du Grand Rassemblement, Dasras atterrit, replia ses grandes ailes et galopa un long moment dans la plaine avant de s'arrêter à la lisière du campement. Lara s'attarda longtemps sur son dos avant de mettre pied à terre. Après avoir flatté l'encolure de l'étalon, elle s'éloigna en direction des tentes du Fiacre, où elle trouva Noss déjà fort occupée. La jeune femme savait qu'il était inutile dc demander à Lara où elle était allée. Si son amie voulait lui en parler, elle le ferait spontanément, sinon, elle ne dirait jamais rien.

— Viens m'aider ! l'interpela Noss. Tu sais encore cuisiner ?

Lara éclata de rire.

— Oui, répondit-elle. Et je me souviens de ce que les clans aiment manger au Grand Rassemblement.

Elle rejoignit son amie et se mit à peler de gros oignons jaunes.

Pendant les jours qui suivirent, Lara eut l'impression d'appartenir de nouveau au Fiacre — de ne l'avoir jamais quitté. Seule l'ombre pitoyable qu'était devenue la mère de Vartan lui causait de la tristesse. Elle ne voyait plus le petit Cam, qui semblait avoir tout bonnement disparu. Tout en se sentant coupable d'éprouver ce sentiment, Lara regrettait amèrement de ne pas avoir tué l'enfant en même temps que ses parents. Elle voyait déjà le mal bourgeonner en lui — et savait qu'il grandirait au même rythme que l'enfant.

Elle informa les chefs de clans de l'arrivée de Magnus. Le matin du quatrième jour, elle les rassembla dans le cercle de monolithes et transporta son mari devant eux grâce à une brève incantation. Le Dominus se matérialisa à côté de Lara, sa chevelure blonde éblouissante au soleil. Il portait une longue tunique pourpre à l'ourlet doublé d'une bande argentée, des bottes de cuir noir et une couronne d'or et d'argent incrustée de pierres scintillantes.

— Bonjour, seigneurs, leur dit-il.

Le timbre de sa voix était aussi impressionnant que son apparence. Il s'inclina lentement pour les saluer.

Rendor s'avança et posa un genou à terre devant Magnus Hauk.

— Au nom de tous les clans des Nouvelles Terres Extérieures, je souhaite la bienvenue au Dominus à notre

Grand Rassemblement. Avec votre permission, nous allons vous offrir le tribut que nous vous avions promis.

— Après quoi vous m'inviterez à partager votre festin, j'espère, répondit gracieusement le Dominus. Relève-toi, Rendor des Felan, et laisse approcher les autres chefs de clans pour que je puisse remercier chacun d'entre eux personnellement.

Rendor se releva, inclina respectueusement la tête et invita les autres à approcher. Torin, le chef des Gitta, se présenta le premier avec un grand panier plat où étaient empilés de petits pains, chacun d'une forme différente, faits de la farine qu'avaient produites les premières moissons des Nouvelles Terres Extérieures.

— Comme c'est charmant, seigneur Torin ! dit Magnus Hauk avec un élégant signe de tête. Je vous remercie.

Floren, le chef des Blathma, s'avança ensuite vers le Dominus. Lui aussi portait un panier. Mais celui-ci contenait plusieurs gros bulbes douillettement couchés sur un lit de mousse. Magnus Hauk lui jeta un regard interrogateur.

— Plantez-les dans votre jardin, seigneur, expliqua Floren. Ils produiront les plus beaux lys que vous ayez jamais vus. Leur parfum est exquis.

— J'aime tout particulièrement les lys, répondit le Dominus.

Puis Vanko, le représentant des Piaras, se présenta avec une petite boîte noire magnifiquement sculptée. Il en souleva le couvercle pour révéler une énorme pépite d'or.

— C'est la première que nous avons trouvée, mon Dominus, expliqua-t-il.

— Magnifique ! s'écria Magnus Hauk. Je n'en ai jamais vu de semblable !

— C'est aussi ce qu'ont dit les nains avec lesquels nous nous sommes associés, répondit Vanko.

Sur ces mots, il s'écarta pour laisser sa place à Imre, le chef des Tormod.

Celui-ci versa le contenu d'un petit sac de soie dans la main du Dominus. Il s'agissait de pierres multicolores.

— On les appelle des Changeantes, mon Dominus, précisa-t-il. Faites-en sertir des anneaux d'or ou d'argent : elles changeront de couleur au gré de l'humeur de celui qui les porte. Nous les avons découvertes cet été. Fulcrum, le chef des nains avec lesquels nous avons passé un accord, m'a dit qu'il avait entendu parler de ces pierres, mais qu'on n'en avait jamais extrait des montagnes d'Emeraude.

— Merci, répondit Magnus. Il semblerait que l'idée de vous faire venir sur Térah m'est profitable autant qu'à vous…

— Vos Changeantes vont faire sensation en Hétar, ajouta Lara avec un fin sourire.

Liam, le chef du Fiacre, se présenta ensuite avec deux magnifiques paires de bottes et deux vestes assorties. Il s'inclina profondément.

— Je les ai fait fabriquer pour vous et pour Lara, seigneur, dit-il.

Le Dominus et la Domina examinèrent les pièces.

Après quelques instants, Lara leva les yeux vers Liam.

— Elles sont magnifiques, lui dit-elle.

— C'est vrai, approuva Magnus Hauk. Vos artisans font du très bon ouvrage, seigneur.

Puis vint Accius, le chef des Devyn.

— Nous sommes celui des clans qui emporte partout ses trésors avec lui, mon Dominus, commença-t-il. Nous sommes poètes et bardes. Ce soir, autour du feu, nous vous chanterons le poème que nous avons composé en votre honneur. Il relate votre grande générosité et l'histoire de notre exode vers les terres que vous nous avez offertes.

Accius s'inclina profondément.

— J'ai hâte de l'entendre, seigneur, répondit le Dominus.

Ce fut au tour de Roan, le chef des Aghy, de se présenter devant Magnus Hauk.

— Au printemps, dit-il, nous vous offrirons trois poulains parmi ceux que nous devons au grand Dasras. J'espère que vous pourrez venir les choisir vous-même, mon Dominus.

— Ce ne sera pas nécessaire, seigneur, répondit Magnus Hauk. J'ai entièrement confiance en votre jugement. Je les accueillerai dans mes écuries au printemps suivant, lorsque vous les aurez élevés.

Roan des Aghy acquiesça.

— J'avais entendu parler de votre bonté et de votre sagesse, seigneur, murmura-t-il. Mais vous êtes encore meilleur et plus sage qu'on ne le dit.

Il s'inclina profondément, puis s'écarta de Lara et de son mari.

— Tu as été parfait, mon amour, murmura Lara à l'oreille de Magnus Hauk.

Finalement, Rendor présenta au Dominus plusieurs magnifiques tapis de laine.

— Ce n'est qu'un présent modeste pour vous remercier de l'immense bonté dont vous avez fait preuve à notre égard, seigneur, dit-il en s'inclinant devant son nouveau suzerain.

— Ces terres semblaient vous attendre, répondit Magnus Hauk en souriant.

Congédié avec tact, Rendor s'écarta à son tour. Alors le regard du Dominus parcourut les visages des chefs de clans.

— A présent, seigneurs, sommes-nous prêts à festoyer ? demanda-t-il joyeusement.

Tous approuvèrent bruyamment sa suggestion. Leur petite troupe se dirigea vers le campement du Grand Rassemblement avec le Dominus à sa tête.

— Merci d'avoir fait autant d'efforts pour les mettre à l'aise, lui dit Lara après l'avoir embrassé sur la joue.

— Maintenant, j'aimerais rencontrer ton fils, répondit Magnus.

Dillon ne devait pas se trouver bien loin. Lara le chercha des yeux, puis lui fit signe de les rejoindre.

— Dillon, je te présente le Dominus de Térah, dit-elle. Mon amour, voici le fils que j'ai donné à Vartan, chef du Fiacre.

Le garçon tendit sa petite main au Dominus. En la serrant, Magnus Hauk fut surpris par sa force et la fermeté de son geste.

— Je suis heureux de vous connaître, mon Dominus, dit le fils de Lara.

— Moi aussi, je suis heureux de te connaître, Dillon, fils de Vartan, répondit le Dominus en lui souriant. Mon garçon, je peux lire dans tes yeux que nous allons être amis...

— Vous avez raison, Seigneur, répliqua Dillon. C'est parce que nous aimons la même femme...

Le Dominus rit de bon cœur à ce trait d'esprit.

— Tu es aussi intelligent que ta mère, dit-il à l'enfant. Un jour, si ton peuple n'a pas besoin de toi, je te ferai une place auprès de moi à Térah.

— Et je répondrai toujours à votre appel, répliqua le garçon sur un ton étrangement adulte.

Il plongea son regard dans les yeux turquoise du Dominus, et Magnus Hauk eut l'étrange intuition que Dillon, le fils de Vartan, allait lui être un jour d'un grand secours.

18.

Les deux époux restèrent dans les Nouvelles Terres Extérieures jusqu'à la fin du Grand Rassemblement. Pendant ces deux jours, en apprenant à connaître ces hommes et ces femmes, Magnus Hauk réalisa à quel point il avait eu raison de venir en aide à son épouse en accueillant les clans sur Térah. Bien sûr, il faudrait que les clans et les Térans nés de l'autre côté des montagnes d'Emeraude se rencontrent un jour… En agissant avec prudence, cela ne devrait poser aucune difficulté.

Lara préconisait d'attendre.

— Nous devons d'abord savoir ce que compte faire Hétar, dit-elle à Magnus.

— Pourquoi feraient-ils quoi que ce soit ? demanda le Dominus. Ils sont de l'autre côté de la mer.

— Gaius Prospéro a déjà réussi à localiser Térah, répondit Lara. Il a forcé Arcas à le lui révéler, à trahir son propre peuple pour sauver sa misérable vie. Arcas a toujours été un goujat et un lâche… Maintenant que l'empereur sait que les produits de luxe dont Hétar raffole tant ne sont pas produits par les habitants de la Province Côtière, nous sommes en danger, Magnus. Le roi Archéron ne sera pas en mesure de contenir l'ambition et l'avidité de Gaius Prospéro. J'ai été stupide de t'emmener visiter Hétar…

— D'après ce que j'ai vu, cet empereur est un homme prudent, Lara, remarqua Magnus. En déplaçant toutes les installations des Terres Extérieures et en condamnant les mines, nous l'avons frustré du profit qu'il escomptait. Hétar ne fera pas de gain miraculeux — ni butin de guerre ni esclaves. Gaius Prospéro va devoir dépenser une partie de sa fortune mal acquise pour maintenir l'ordre et organiser la colonisation des Terres Extérieures. Il aura beaucoup à faire pour garder sa place et n'aura pas le temps de s'occuper de nous.

— Peut-être à court terme, mais cette situation ne va pas durer, corrigea Lara. Térah doit lever une armée pour être en mesure de se défendre le moment venu.

— Une armée ? s'exclama le Dominus. Mais nous n'avons jamais eu d'armée ! Nous n'en avions pas besoin… Je vais effrayer mon peuple en lui disant qu'il faut en lever une !

— Mieux vaut l'effrayer maintenant que nous sommes en sécurité, répondit Lara. Nous aurons le temps de calmer les peurs des gens en même temps que nous organiserons notre défense contre toute agression future. Il ne s'agit pas que d'Hétar, Magnus. Il y a quelques jours, je suis allée me promener avec Dasras. Il voulait voir les créatures marines dont nous avait parlé Rendor et nous avons survolé l'Obscure. Ce jour-là, j'ai découvert quelque chose. Depuis le ciel, on aperçoit les côtes du Désert des princes de l'Ombre vers le sud. Mais on aperçoit aussi d'autres côtes vers le nord… Il ne s'agit ni de Térah ni d'Hétar. De même qu'Hétar ne savait rien de nous, il existe une terre que ni les Hétariens ni nous ne connaissons. Nous sommes vulnérables de deux côtés à la fois.

Lara resta un instant songeuse.

— Ce n'est pas parce que Térah n'a jamais subi d'invasion qu'il en sera de même dans l'avenir, reprit-elle. La terre que j'ai aperçue m'a paru menaçante, Magnus. Le sorcier Usi était le mal incarné. Mais d'où la connaissance de ce mal lui était-elle venue ? Et si Usi lui-même avait été originaire d'ailleurs ? Mes pouvoirs ne peuvent pas totalement protéger Térah... Il faut que ton peuple apprenne à se défendre seul. Convoque les responsables de tous les villages au château : nous leur raconterons ce que nous avons découvert. Nous leur expliquerons qu'il faut lever une armée et l'entretenir pour le jour où Hétar, ou les habitants de cette terre obscure que j'ai vue, viendront nous attaquer en nous espérant faibles.

— Je dois y réfléchir, répondit Magnus.

Lara inclina la tête pour signifier son approbation. Le fonctionnement de l'esprit des hommes ne cessait pas de l'étonner. Son conseil était excellent. Pourtant, Magnus allait mettre un certain temps à le suivre. Il lui faudrait d'abord y réfléchir, puis en reparler avec elle une fois ou deux en soulevant des objections. Alors seulement, si elle était rusée et si elle réussissait à ne pas s'énerver contre lui à cause de son obstination, il finirait par écouter son conseil et prendre les dispositions qui s'imposaient. Pourquoi les hommes ne prenaient-ils jamais l'avis des femmes au sérieux dans les affaires importantes ? Sa main effleura l'étoile de cristal qui reposait entre ses seins.

Avons-nous du temps ? demanda-t-elle à Ethne.

Un peu, répondit sa gardienne.

— Qu'il est bon d'être enfin chez soi..., soupira le Dominus.

— C'est vrai, reconnut Lara.

Ils avaient quitté les clans lorsque la torche qui marquait la durée du Grand Rassemblement avait été éteinte. Depuis, ils avaient survolé la plaine, puis les montagnes, sur le dos de Dasras. Lorsque Lara avait quitté Dillon, elle l'avait serré fort sur son cœur en réprimant ses larmes. Noss lui avait dit au revoir en tenant Anoush dans ses bras — mais sa fille était encore à l'âge où les étrangers l'effrayaient. Elle avait caché son petit visage en forme de cœur dans le cou de Noss.

— Prends bien soin d'eux, avait demandé Lara à son amie en caressant doucement les cheveux d'Anoush.

— C'est promis, avait répondu Noss. Lara, si jamais j'avais besoin de toi…

Elle n'acheva pas sa phrase, mais son regard était suppliant.

— Tu n'auras qu'à prononcer mon nom et je t'entendrai, Noss, répondit Lara.

Le Dominus et sa femme avaient fait leurs adieux à chaque chef de clan individuellement. Roan, le chef des Aghy, l'avait rendu jaloux en flirtant avec Lara une dernière fois. Magnus Hauk lui avait lancé un regard furieux que Roan avait fait semblant de ne pas remarquer.

— Prends bien soin de ton étalon, avait recommandé Roan à Lara lorsqu'ils étaient montés sur le dos de Dasras.

— Lequel ? avait badiné Lara, provoquant l'hilarité de Dasras.

Roan lui avait décoché un grand sourire avant de tourner les talons pour rejoindre ses hommes.

Lorsque Dasras s'était élancé au galop pour prendre son envol dans le ciel des Nouvelles Terres Extérieures, Magnus Hauk bouillait de colère.

— Je m'étonne que Vartan ne l'ait pas tué, remarqua-t-il. Mais peut-être n'a-t-il commencé à essayer de te séduire qu'après sa mort ?

— Roan s'est toujours conduit comme ça, répondit

calmement Lara. A la mort de Vartan, je crois qu'il a caressé l'espoir de m'épouser. Il m'amuse, Magnus, c'est tout…

— Il n'est donc pas marié ? Un homme de son âge devrait avoir une femme, insista Magnus avec irritation.

Ainsi, Roan avait voulu Lara pour lui seul… Infâme bâtard ! songea le Dominus.

— Il a plusieurs femmes, répondit Lara en riant. Il est comme ses étalons : aucune jument ne suffit à le satisfaire.

— Et il te voulait en plus ? demanda Magnus, outré.

— Les étalons recherchent toujours les plus belles juments… N'est-ce pas, Dasras ?

— Absolument, maîtresse, répondit l'étalon.

Le Dominus se trouva réduit au silence pour un certain temps. Finalement, ils atteignirent le château bâti sur le fjord du Dominus. Dasras se posa dans la cour de l'écurie. Jason, son palefrenier personnel, accourut aussitôt.

— Bienvenue au château, mon Dominus, ma Domina, s'écria-t-il en prenant la bride de l'étalon. Bienvenue à toi aussi, Dasras.

Magnus Hauk mit pied à terre et aida sa femme à descendre de cheval.

— Merci, Jason, dit-il. Prends bien soin de Dasras.

— Il n'hésiterait pas à se plaindre si je le négligeais…, répondit le garçon en souriant.

— Evidemment ! s'insurgea l'étalon en se laissant emmener vers sa stalle.

Lara avait hâte de prendre un bain et le fit savoir à Magnus tandis qu'ils repartaient vers leurs appartements.

— Il ne faut pas espérer trouver une baignoire au Grand Rassemblement, expliqua-t-elle avec le sourire. Or je me suis habituée à un mode de vie plus civilisé.

— J'ai réfléchi à ce que tu m'as dit, lui annonça Magnus.

— A propos de quoi ? demanda Lara, faisant semblant de ne pas comprendre de quoi il parlait.

— A propos de la nécessité de lever une armée. Nous ne pouvons pas nous permettre d'attendre que les Hétariens nous rendent visite, n'est-ce pas ? Nous devons nous préparer à toutes les éventualités. Je m'interroge au sujet de cette terre obscure que tu as aperçue vers le nord. Crois-tu qu'elle soit habitée ?

— Probablement, Magnus, répondit Lara. Mais il vaut mieux ne pas aller vérifier… Nous n'avons pas intérêt à attirer l'attention sur nous. Si c'est de là qu'Usi a tiré ses pouvoirs, nous ferions mieux d'éviter cette contrée pour le moment. Nous aurons bien le temps de nous en occuper plus tard.

— Si tu veux passer inaperçue, tu ferais mieux d'éviter de monter ce grand étalon doré et ailé au-dessus de l'Obscure…, remarqua le Dominus.

— Ah, mon amour, il y a encore tant de choses que tu ignores de moi, soupira Lara.

— Quoi ? voulut-il savoir.

— Chaque chose en son temps, Magnus, répondit-elle.

— Pourquoi pas maintenant ? insista-t-il.

Ils étaient arrivés à la porte de leurs appartements.

— Tu n'es pas encore prêt, se contenta-t-elle de répondre.

Elle entra dans l'antichambre et sourit à la servante qui accourut pour les accueillir.

— Ah, Mila ! s'écria-t-elle. Ta Domina a grand besoin d'un bain…

Elle se tourna pour déposer un baiser sur les lèvres de son mari.

— Veux-tu te baigner avec moi ? ronronna-t-elle en caressant son visage.

Comme elle l'avait prévu, toutes les sombres pensées du Dominus s'envolèrent. Ils n'avaient pas fait l'amour depuis des semaines et il la désirait ardemment.

— Vas-tu me donner un enfant, mon amour ? lui demanda-t-il en la prenant par la taille.

— Ne t'ai-je pas déjà promis de le faire quand le moment serait venu ? répondit-elle.

— Ce n'est pas une réponse, insista le Dominus.

— C'est pourtant la seule que tu auras, Magnus, répliqua-t-elle. Pour l'instant, nous avons des choses plus importantes à faire que de te donner un héritier…

— Il est capital pour Térah que j'aie un héritier ! argumenta Magnus. Et tu seras une mère parfaite, Lara. Je t'ai observée avec tes enfants — avec Dillon, surtout, mais aussi avec la petite Anoush qui ne sait même pas qui tu es… Ton amour pour cette petite fille est plus grand que ton besoin de l'avoir auprès de toi. Le sacrifice que tu fais pour elle est admirable…

— A cause de ma destinée, j'ai dû abandonner ma fille comme ma mère m'avait abandonnée, Magnus, répondit Lara avec amertume. Malgré toute sa noblesse, ce sacrifice est égoïste. J'étais heureuse avec Vartan et nos enfants. Puis ma destinée m'a appelée une nouvelle fois quand il a été tué. Je ne peux pas m'empêcher de penser qu'il serait encore vivant si je n'étais pas restée auprès de lui, si je n'avais pas accepté de l'épouser. C'était un grand chef, tu sais. Son peuple avait besoin de lui. Auprès de toi, je suis plus heureuse que je ne l'ai jamais été, mon amour. Mais je vais devoir te quitter quand ma destinée m'appellera de nouveau — et je n'ai pas envie d'abandonner un autre enfant. Notre avenir est menaçant, Magnus, je le sens…

— Vartan était destiné à être ton mari pour un temps, le père d'Anoush et de Dillon, qui est un garçon formidable, puis à mourir de la main de son frère, assura Magnus pour la consoler. Mais je suis ton âme sœur, mon amour. Si notre avenir est menaçant, nous l'affronterons ensemble, et nous triompherons de toutes les difficultés. Je te le promets. Maintenant, va prendre ton bain. Je te rejoindrai tout à l'heure.

Après l'avoir embrassée, il partit à la recherche de Corrado.

Il se dirigea vers les appartements que sa sœur partageait désormais avec son mari et fut chaleureusement accueilli par Sirvat dont le ventre commençait à s'arrondir.

— Tu es rentré ! s'écria-t-elle en se jetant à son cou pour l'embrasser.

Magnus Hauk éclata de rire.

— Oui, et je reviens d'une grande aventure, ironisa-t-il. Ce sont de braves gens, petite sœur. Je les aime beaucoup — à part le chef des Aghy qui ne peut pas s'empêcher de flirter avec Lara alors qu'il a déjà plusieurs femmes…

Sirvat éclata de rire à son tour.

— Est-ce qu'il est beau ? demanda-t-elle. Tu serais capable d'être jaloux du plus laid des hommes, mon cher frère.

Le Dominus avait fini par mettre Sirvat dans le secret de l'exode des clans et la jeune femme trouvait cette aventure fascinante.

Magnus Hauk acquiesça.

— Il a des cheveux roux, des muscles et un regard charmeur.

— Voilà qui semble prometteur, roucoula Sirvat.

— Où est ton mari ? lui demanda Magnus.

— Il est avec son père et son frère, en train de préparer son prochain voyage, répondit Sirvat. Dès qu'il a su que tu revenais, il s'est précipité au magasin de chandelles d'Ing pour approvisionner son navire. Il aimerait faire un dernier voyage avant la saison froide.

— Alors je vais aller le retrouver là-bas, répondit le Dominus en embrassant sa sœur sur le front. Lara viendra sans doute te voir demain pour te raconter tout ce qui s'est passé.

— Pourquoi es-tu aussi impatient de voir Corrado ? voulut savoir Sirvat.

— Pour l'empêcher de venir tambouriner à la porte de mes appartements ce soir, pendant que je ferai l'amour à ma femme, répondit le Dominus. Je ne veux pas que Corrado vienne me gâcher mon plaisir.

Sirvat trouva son explication raisonnable et le laissa quitter ses appartements sans poser de questions. D'ailleurs, il ne s'agissait pas vraiment d'un mensonge, songea Magnus Hauk. Ce n'était peut-être pas l'entière vérité — mais Sirvat voulait seulement comprendre pourquoi il cherchait Corrado. Le Dominus sourit pour lui-même en montant sur la plate-forme qui menait au fjord.

— Descente ! commanda-t-il au géant invisible qui la manœuvrait.

Puis il attendit, immobile, que la plate-forme se stabilise au niveau inférieur. Il sortit alors de l'ingénieuse installation de bois, mais ne prit pas la direction du quai. A la place, il s'engagea dans un corridor qui s'ouvrait sur sa gauche. Celui-ci était éclairé par des globes de verre emplis d'insectes lumineux qui passaient leur vie entière dans ces mondes miniatures. Ils naissaient, s'accouplaient et mouraient dans l'espace confiné de ces lampes. Il y avait des magasins tout le long du corridor. Les gens interrompirent leurs achats pour s'incliner sur son passage et Magnus Hauk les salua d'un gracieux signe de tête. Le Dominus se dirigea vers la boutique d'Ing, le marchand de chandelles.

Corrado et son frère sourirent en reconnaissant leur visiteur.

— Sois le bienvenu, mon Dominus ! s'écria Corrado.

— D'après ce que m'a dit Sirvat, tu projettes une dernière expédition avant l'hiver ? lui demanda Magnus Hauk.

— Avec votre permission, bien sûr, mon Dominus, répondit l'amiral.

— De quelle durée ? voulut savoir le Dominus.

— Huit jours, si le temps se maintient.

— Va-t-il se maintenir ?

— A cette période de l'année, c'est certain, répondit Corrado. Quatre fois par an, à chaque changement de saison, Sagitta connaît une période de calme parfait — ni houle, ni orages, ni tempêtes. Cette période dure une dizaine de jours et elle vient juste de commencer.

— Peux-tu partir aujourd'hui ? demanda Magnus.

Corrado se tourna vers son frère.

— Qu'en penses-tu ? lui demanda-t-il.

Ing, qui n'était pas un homme loquace, se contenta de hocher la tête.

— Alors vas-y ! conclut Magnus Hauk. Dès aujourd'hui. Et rentre le plus vite possible. Essaie d'apprendre les rumeurs qui circulent dans la Province Côtière. Viens me faire ton rapport dès ton retour — quelle que soit l'heure du jour ou de la nuit.

— Comme tu voudras, répondit lentement Corrado.

Puis il se tourna vers son frère.

— Veux-tu bien nous laisser, Ing ? lui demanda-t-il.

Le marchand de chandelles disparut dans sa réserve sans dire un mot.

— J'ai un nouveau projet, expliqua le Dominus. Et je vais avoir besoin de tes conseils, Corrado. Je veux que tout soit prêt avant le début de la saison froide. C'est tout ce que je peux te dire pour le moment.

— J'ai confiance en toi, mon Dominus, répondit l'amiral. Mon navire et mon équipage sont prêts. Dis à Sirvat que je serai de retour dans quelques jours.

Corrado s'inclina pour prendre congé.

— Demande à Ing de lui porter ce message, ajouta Magnus Hauk. Je n'ai pas fait l'amour à Lara depuis des semaines et j'ai la ferme intention de la rejoindre dans son bain. Je te souhaite bon voyage.

Sur ces mots, le Dominus tourna les talons et laissa son beau-frère dans le magasin du marchand de chandelles.

Lorsqu'il fut parti, Ing émergea de la réserve où il avait attendu la fin de leur conversation.

— De quoi s'agit-il ? demanda-t-il à son frère cadet.

Corrado haussa les épaules.

— Même si je le savais, je ne pourrais pas te le dire, répondit-il. Mais la vérité est que je n'en sais rien. Mon navire est-il prêt au départ ? L'équipage est-il au complet ?

Ing acquiesça.

— Tout est prêt, répondit-il.

— Alors va trouver Sirvat et dis-lui que j'ai dû prendre la mer immédiatement à la demande du Dominus. Je serai de retour dans quelques jours. Vas-y avec père : elle l'adore. Elle dit qu'il lui permet de voir à quoi je ressemblerai quand je serai vieux…

Il pouffa doucement.

Ing aboya un rire bref — ce qui lui arrivait rarement.

— Ta femme est une jeune fille romantique, remarqua-t-il en tendant la main à son frère. Fais bon voyage.

— Qu'il en soit selon la volonté du Grand Créateur, répondit Corrado en quittant la boutique de son aîné.

Ing se tourna vers la fenêtre unique et poussiéreuse de son magasin et constata que la journée touchait à sa fin. Corrado avait de la chance : il allait profiter de la dernière marée qui l'emporterait rapidement vers la haute mer. Le vent, à cette période de l'année, était parfait. Il n'était ni trop doux ni trop fort. Ing s'approcha de la fenêtre et regarda son frère monter à bord de son navire. Quelques minutes plus tard, la passerelle était remontée, les voiles déployées, et le navire commençait à glisser sur le fjord du Dominus en direction de Sagitta. Sa voile carrée était gonflée par une brise légère. Ing ferma sa boutique et alla retrouver son père, le vieux Dima. Les deux hommes se rendirent ensuite aux nouveaux appartements de Corrado et de Sirvat.

La sœur du Dominus les accueillit chaleureusement.

— Restez donc dîner avec nous, suggéra-t-elle. Corrado sera bientôt là — dès qu'il aura fini de s'assurer que l'autre femme de sa vie est prête à reprendre la mer.

Dima rit de bon cœur. Il n'avait pas oublié la vie que menait l'amiral du Dominus.

— Mon frère a déjà embarqué, répondit Ing sur un ton désolé. Il n'a pas eu le temps de venir te dire au revoir lui-même. Il m'a demandé de venir te prévenir.

— Mon frère l'a trouvé…, remarqua Sirvat d'une voix résignée.

Sirvat se mit à la fenêtre et eut tout juste le temps d'apercevoir les voiles couleur lavande du navire de son mari alors que celui-ci disparaissait derrière un coude du fjord en direction de la haute mer.

— Qu'est-ce que Magnus lui a dit pour qu'il parte sans même me dire au revoir ? voulut savoir Sirvat.

Ing secoua la tête.

— Je ne sais pas, répondit-il. Je n'ai pas assisté à leur conversation, je suis désolé. Mais Corrado m'a chargé de te dire qu'il revenait dans quelques jours. C'est une expédition ordinaire, à en juger par les provisions qu'il m'a demandé d'acheter... Mais je ne peux rien te dire de plus.

— J'en parlerai à mon frère demain matin... Par ailleurs, je serais toujours ravie de vous avoir à dîner, conclut Sirvat en souriant à son beau-père. Il y a des crevettes, Dima... Je sais que vous en raffolez — surtout les grandes qui proviennent du fjord de l'Océan. Mon cuisinier les a achetées ce matin, directement au commandant du navire qui les apportait.

Le vieil homme fit un large sourire.

— Vous savez faire plaisir au palais d'un marin, Sirvat, la flatta-t-il en hochant la tête. Je suis sûr que vous avez même de la moutarde...

Sirvat regarda l'élégant vieillard et se dit une fois encore que Corrado allait lui ressembler un jour. Alors, il aurait cessé de prendre la mer. Il fallait décidément qu'elle en parle à Magnus, songea-t-elle en souriant à Dima. Mais son sourire venait de l'idée que son frère prenait du plaisir avec sa femme au même instant, qu'ils étaient en train de concevoir l'enfant qui serait un jour le camarade de jeu de celui qui grandissait en elle. Sirvat porta instinctivement la main à son ventre.

Mais Lara n'était pas encore sûre de ce qu'elle voulait faire. L'avenir était trop incertain. Et si son destin de malheur la forçait à quitter Térah ? Pourrait-elle ignorer son appel ? Que se passerait-il alors ? Qu'il était facile à Kaliq, à sa mère et aux autres êtres magiques de disserter sur son destin ! Quel était-il et allait toujours se dérober à elle de la sorte ? Elle avait aimé Vartan ; la vie qu'elle aurait pu mener avec lui et leurs enfants dans les Terres Extérieures l'aurait rendue heureuse.

Mais son bon sens reprit vite le dessus. Que se serait-il passé si Vartan n'avait pas été assassiné ? Comment auraient-ils pu contrer l'invasion des Terres Extérieures par Hétar ? Auraient-ils pu triompher de l'immense armée de Gaius Prospéro ? Elle en doutait profondément et savait que bien des hommes seraient morts inutilement. La mort de Vartan faisait bel et bien partie de son destin — aussi peu qu'il lui plaisait de l'admettre. C'était sa mort qui l'avait lancée dans cette nouvelle aventure, vers Térah, vers les bras de Magnus Hauk — mais à ses propres conditions. Parce qu'elle était devenue la femme du Dominus, elle avait été en mesure de protéger les clans de l'affreuse machination de Gaius Prospéro. Vartan aurait approuvé ce qu'elle avait fait. L'empereur allait avoir fort à faire pour civiliser les Terres Extérieures. Mais combien de temps cela allait-il le tenir éloigné de Térah ?

Ils n'auraient jamais dû se rendre dans la capitale, songea-t-elle pour la centième fois. Elle n'aurait pas dû écouter Magnus. La curiosité de l'empereur avait été piquée au vif par sa découverte qu'il existait une autre terre, loin d'Hétar.

Et qu'en était-il de cette terre obscure vers le nord ? Lara avait besoin d'en savoir plus, mais elle sentait qu'elle aurait suffisamment de temps pour cela. Elle devrait aller parler au grand prêtre Arik et en apprendre plus sur Usi avant de se décider à agir. D'ici-là, Magnus devait continuer à ignorer qu'elle était capable de se métamorphoser. La croyait-il naïve au point de survoler ces terres obscures sur son étalon ailé ? Mais que pouvait-il imaginer d'autre tant qu'il ignorait qu'elle pouvait prendre la forme d'un faucon ou de tout animal de son choix. L'aigle était le symbole du clan de Vartan — qui savait, lui aussi, changer de forme. Il leur était même arrivé de se changer en oiseaux ensemble pour aller demander conseil au prince Kaliq. Ce souvenir la fit sourire.

— A quoi penses-tu ? lui demanda Magnus en la rejoignant dans le bassin.

Tout comme sa femme, il s'était déjà lavé et rincé dans une partie des bains.

— Au plaisir que j'ai eu à revoir mes enfants, mentit-elle — même si ce n'était pas tout à fait un mensonge.

Lara réalisa vite l'erreur qu'elle avait commise en abordant le sujet de ses enfants.

— Je suis ravi que cette pensée te fasse sourire, lui répondit-il calmement. Bien sûr, je serais plus heureux encore si c'était à nos enfants que tu pensais.

Magnus Hauk posa sa grande main sur la nuque de sa femme et lui donna un baiser langoureux.

Lara sentait qu'il cherchait à la séduire, mais c'était à elle de le séduire si elle voulait le distraire de ces pensées. Elle entrouvrit les lèvres, lui rendant son baiser de manière encore plus fougueuse. Leurs regards se rencontrèrent et chacun sentit son désir de l'autre exploser en lui.

— Magnus…, murmura-t-elle, le souffle court.

Par le Grand Créateur, songea-t-elle. Elle était en train de s'abandonner à lui… Mais il ne fallait pas ! Le moment n'était pas venu…

Magnus Hauk sourit lentement et l'embrassa encore. Son baiser, tendre et léger tout d'abord, puis de plus en plus exigeant, dura de longues minutes. Il prit alors son visage à deux mains pour embrasser ses joues et ses paupières.

— Je t'aime, Lara, ma jolie fée, murmura-t-il. Je ne peux plus imaginer de vivre sans toi.

Il contempla longuement son visage et Lara lut dans son regard la profonde sincérité de ses paroles.

Elle enroula ses bras minces autour de son cou.

— Moi aussi, je t'aime, lui répondit-elle. Je ne pensais pas aimer de nouveau après la mort de Vartan, Magnus. Les fées ont du mal à accepter d'aimer, mais j'ai aussi une ascendance mortelle... J'imagine que je suis faible lorsqu'il s'agit d'amour.

Elle soupira doucement.

— Quand tu me regardes de cette manière, reprit-elle, je sens mes jambes se dérober sous moi, mon cœur fondre... Dans ces moments-là, j'aurais du mal à te refuser quoi que ce soit. Mais je ne veux pas que nous fassions l'amour dans la baignoire, ce soir. Allons dans la chambre.

Elle le prit par la main et tous deux sortirent du bassin.

Elle déplia une grande serviette qui était posée sur un banc et entreprit de sécher le corps superbe de son mari. Elle s'agenouilla pour lui essuyer les jambes puis souleva ses pieds l'un après l'autre pour glisser le linge entre ses orteils. Après avoir séché ses fesses bien fermes, elle alla chercher une autre serviette pour lui essuyer le dos, les épaules et le torse. Le désir de Magnus s'éveillait déjà sous ses caresses. Comme ses cheveux blonds étaient déjà à moitié secs, elle se contenta de les frotter quelques instants.

Lorsqu'elle eut terminé, le Dominus alla chercher lui-même une serviette propre. Il prit Lara dans ses bras et la déposa sur un banc de marbre pour sécher son corps admirable. Il ne put empêcher ses doigts de s'égarer hors du tissu pour caresser ses seins et sa peau délicate. Lara frissonna sous ses caresses.

— Magnus…, gémit-elle.

— Tu es prête, mon amour, répondit-il en l'allongeant sur le banc. Il n'est plus temps de songer au confort…

S'asseyant à son tour sur le banc, il écarta les jambes de sa femme pour entrer en elle d'un seul mouvement.

Les paupières de Lara se fermèrent d'elles-mêmes tandis qu'elle se concentrait sur les sensations qu'il lui procurait. Chaque fibre de son être vibrait pour lui. Elle s'humidifia les lèvres du bout de la langue. Alors leurs deux corps unifièrent leur rythme pour tendre instinctivement vers leur plus grand plaisir.

— Magnus ! cria-t-elle, débordée par les sensations exquises qu'il provoquait. Oh ! Par le Grand Créateur ! Je t'aime…

L'intensité de sa passion lui faisait presque perdre la tête, mais il ne voulait pas encore la mener à son point culminant. Il s'interrompit quelques instants pour mordiller sa pointe de sein jusqu'à ce que Lara se cambre à la recherche de son plaisir.

— Encore une minute, murmura-t-il.

Ils atteignirent alors le sommet de leur plaisir ensemble. Le corps tremblant, Magnus Hauk jura son amour éternel à cette fée, sa femme adorée…

Ils restèrent encore de longues minutes dans les bras l'un de l'autre, apaisés jusqu'à la prochaine éruption de leur désir. Magnus finit par se retirer à contrecœur, puis prit la main de Lara pour l'aider à se relever. Il la conduisit jusqu'à l'alcôve aménagée dans le mur des bains où coulait un jet d'eau. En silence, ils se munirent de grandes éponges de mer pour se laver l'un l'autre. Ce qui venait de se produire entre eux était au-delà des mots.

Ils ne se donnèrent pas la peine de se rhabiller pour parcourir le petit couloir qui menait à leur chambre. Ils tombèrent sur le lit, à bout de forces, et dormirent plusieurs heures avant de faire de nouveau l'amour. Ils passèrent les jours suivants enfermés dans leurs appartements à satisfaire leur passion mutuelle. Magnus Hauk n'avait aucune obligation. Son pays était en paix — abstraction faite de Sirvat qui tenait à savoir pourquoi son mari avait été envoyé en mer si précipitamment.

— Il va falloir que tu lui parles, dit Lara à Magnus le quatrième jour. Il ne faut pas contrarier une femme enceinte.

— Très bien, concéda-t-il. Demanda à Mila d'aller chercher ma sœur. Je vais m'habiller.

Sirvat se présenta aussitôt.

— Avez-vous fait quoi que ce soit ces derniers jours à part prendre du plaisir ? demanda-t-elle à Lara. As-tu seulement mangé ? Tu as l'air épuisée…

— La passion de ton frère est exigeante, répondit Lara en souriant. J'aime ton ventre… La grossesse te va bien, Sirvat. Je ne t'ai jamais vue aussi jolie.

Flattée par le compliment, Sirvat rougit légèrement.

— Ce sera un garçon, répondit-elle. J'en suis sûre !

— Ce sera ce que le Grand Créateur décidera, intervint son frère en entrant dans la pièce ensoleillée. Que veux-tu, Sirvat ? J'ai été très occupé depuis mon retour des Nouvelles Terres Extérieures.

Magnus Hauk essaya de prendre un air sévère.

— Tu t'es surtout occupé de prendre du plaisir avec ta femme, mon frère, je le sais bien. Pourquoi as-tu envoyé Corrado en expédition et quand reviendra-t-il ?

— Je ne l'ai pas envoyé en expédition, répondit le Dominus. Mais puisqu'il projetait d'en faire une, je lui ai demandé de partir immédiatement. Il devrait rentrer dans trois ou quatre jours, Sirvat. J'ai de grands projets pour Térah, et je vais avoir besoin des conseils de ton mari.

— C'était urgent au point d'empêcher Corrado de venir me dire au revoir ? demanda Sirvat en reniflant.

— Oui, répondit Magnus Hauk. Et je n'ai pas l'intention d'en débattre avec toi, petite sœur. Je te parlerai de mes projets au retour de Corrado. Et n'essaie pas de faire parler Lara : ça ne marchera pas.

— Je ne veux plus que Corrado prenne la mer comme n'importe quel capitaine, déclara Sirvat. C'est ton amiral, Magnus... Il devrait rester à terre pour commander et conseiller les autres capitaines. En plus, il va bientôt être père... Je ne veux pas qu'il s'éloigne de moi pendant des jours pendant que je serai sur le point de donner naissance à son fils.

— Je n'empêcherai pas Corrado de prendre la mer, Sirvat, répondit Magnus Hauk avec impatience. Si c'est ce que tu veux, tu vas devoir lui en parler toi-même. Tu es une grande fille, maintenant.

— Est-ce que tu aimes Corrado, Sirvat ? demanda Lara à son amie.

— Oh oui ! s'écria la jeune femme.

— Tu aimes l'homme qu'il est ? insista Lara.

— Oui ! répéta Sirvat.

— Alors pourquoi veux-tu le changer ? demanda calmement Lara. Tu t'es mariée avec un homme qui commande la flotte de Térah et part en mer. Voilà qui est Corrado, Sirvat. Si tu l'aimes vraiment, tu vas devoir l'accepter...

Une larme roula sur la joue de Sirvat.

— Mais il me manque tellement quand il est en mer, sanglota-t-elle.

— Bien sûr, la rassura son amie. Mais les larmes que tu verses à présent sont celles que toute femme enceinte verse à propos des plus petites choses… Ça va passer, je te le promets. Pourquoi n'irais-tu pas rendre visite à Dasras aux écuries ? Il t'aime beaucoup et t'aidera à passer le temps. Corrado sera de retour bientôt.

— Tu es très sage, ma Domina, dit Magnus Hauk à sa femme lorsque Sirvat les eut quittés. Tu as bien réconforté ma sœur. Sans toi, je me serais peut-être énervé contre elle.

— Les femmes qui portent un enfant ont tendance à être très émotives, Magnus. Un jour, ce sera mon cas — et tu n'auras pas intérêt à t'énerver après moi, l'avertit-elle.

Il pouffa. Elle le charmait. Tout en elle le charmait… Il n'avait jamais vraiment aimé une femme avant elle.

— Si je m'énervais après toi, répondit-il, tu t'énerverais aussi, Lara. Je te remercie de t'occuper du chagrin de Sirvat à ma place, mais je pense qu'elle ferait bien de parler à Corrado lorsqu'il rentrera.

Trois jours plus tard, le Dominus fut tiré du lit par Corrado qui vint lui présenter son rapport dès son retour comme Magnus le lui avait demandé.

— Nous avons bénéficié d'une bonne brise et avons attrapé la marée du soir, dit-il au Dominus. Le roi Archéron m'a confié une lettre pour toi.

Il tendit un parchemin scellé à Magnus Hauk.

— Bonsoir, ma Domina, dit Corrado à Lara qui s'était enveloppée dans une robe de chambre pour rejoindre les deux hommes.

— Tu as vu Archéron ? lui demanda-t-elle.

Corrado secoua la tête.

— Non, répondit-il. Le capitaine que j'ai rencontré m'a demandé de te la remettre.

Magnus Hauk rompit le sceau du parchemin et le déroula. Lorsqu'il en eut fini la lecture, il le tendit à Lara.

— Tu as beaucoup manqué à ta femme, dit le Dominus à son beau-frère. Reviens me voir en fin de matinée demain, je t'expliquerai ce que contient cette lettre.

Lara prit rapidement connaissance de la missive d'Archéron. Comme elle le savait déjà, Arcas avait trahi les rois de la Province Côtière. Gaius Prospéro savait désormais que les produits de luxe dont les Hétariens raffolaient tant provenaient de Térah. L'empereur avait finalement transformé la Province Côtière en une région de l'empire — mais c'était Archéron qu'il avait désigné pour la gouverner.

Mon fils pensait obtenir le poste, écrivait Archéron, *mais Gaius Prospéro est assez malin pour savoir qu'il ne peut pas se fier à l'homme qui nous a trahis. Il a confiance en moi pour deux raisons : nous ne nous sommes jamais affrontés directement et Arcas a essayé de m'assassiner.*

Lara sourit. Elle pouvait presque entendre le rire d'Archéron en lisant ces lignes. Le roi expliquait encore que le gouvernement avait confisqué les terres inexploitées de la province pour y établir des colonies.

Quant aux Terres Extérieures, elles ne s'étaient pas révélées aussi profitables que Gaius Prospéro l'avait promis. Les Hétariens qui s'y étaient installés auraient bien du mal à construire des villages pour les abriter avant l'hiver. Les réserves étaient insuffisantes pour les nourrir jusqu'au printemps et le bois de construction manquait. Les colons étaient obligés par contrat à envoyer les deux tiers de leurs récoltes dans la capitale. Le reste leur permettait de survivre au jour le jour, mais pas de faire des réserves pour l'hiver. La situation était de plus en plus délicate.

Les seigneurs de la Forêt exigeaient le contrôle des régions boisées des Montagnes Pourpres et Dareh, l'ancien révérend des Terres du Milieu, devenu leur gouverneur, insistait pour prendre la direction des nouvelles colonies. Les princes de l'Ombre avaient démissionné du haut conseil, et prévenu l'empereur que toute incursion sur leurs terres aurait des conséquences désastreuses pour Hétar.

Comme Gaius Prospéro n'a aucune idée des richesses que recèle leur Désert, il a pris le parti d'ignorer ce territoire qu'il estime inutile, écrivait Archéron.

Les forages qu'il a fait effectuer dans les montagnes n'ont encore rien donné, poursuivait-il. *Les pauvres de la capitale, ceux qui n'ont ni amis ni famille, sont réduits en esclavage pour compenser la disparition des clans — disparition que Lara ne doit pas ignorer, j'imagine... Soyez prudents : plus Gaius Prospéro sera désespéré, plus il sera dangereux. Arcas lui a dit tout ce que nous savions sur Térah. Malgré la situation de plus en plus incontrôlable d'Hétar, l'empereur peut essayer d'envoyer quelqu'un vous espionner. Je sais que je trahis Hétar en vous prévenant, mais je suis horrifié par la manière dont les choses se passent. Il serait trop dangereux pour moi de vous écrire de nouveau. Je vous ai fait parvenir cette lettre par l'intermédiaire du frère de mon épouse défunte, qui commande l'un de nos vaisseaux. Je le sais digne de confiance. Que l'Auteur Céleste nous protège en ces temps troublés.*

Lara posa la lettre sur une console.

— Archéron est un homme d'honneur, dit-elle. Il a dû hésiter longtemps avant de nous envoyer ce message, Magnus. Comprends-tu maintenant pourquoi Térah a besoin de lever une armée pour se protéger ?

Le Dominus acquiesça.

— Je vais en parler à Corrado, répondit-il. Ensuite, j'enverrai des messagers aux responsables de tous les villages. Il y a sept fjords habités et plusieurs villages le long de chacun. Je vais les convoquer immédiatement : il sera trop difficile de les rassembler tous quand la saison froide aura commencé.

— Vous n'avez pas de gouvernement centralisé ? demanda Lara à son mari.

Le Dominus secoua la tête.

— Je suis le Dominus, répondit-il. Il en a toujours été ainsi sur Térah. Il avait été question de créer un haut conseil, mais les Térans ont craint que ça engendre des débats infinis et que rien ne soit fait. Il y avait aussi le risque que les membres du conseil soient vulnérables à la corruption… Il y a des hommes avides et ambitieux parmi nous aussi, Lara. Il vaut mieux que chaque village ait son propre responsable, qui n'a de comptes à rendre qu'à moi. Je prends mes décisions en fonction de ce qu'ils me disent, en essayant toujours de faire ce qui est le plus profitable à Térah. Ce système a été efficace pendant des siècles — à l'exception de la période pendant laquelle Usi a gouverné le pays.

— Comment a-t-il réussi à prendre le pouvoir ? voulut savoir Lara.

— Le Dominus de cette époque était un homme particulièrement bon, répondit Magnus Hauk. On raconte qu'Usi l'aurait ensorcelé.

— Nous devrons faire en sorte que ça ne se reproduise pas, murmura Lara.

— Ça ne se reproduira pas, répondit le Dominus d'une voix ferme.

Le lendemain matin, Corrado se présenta devant Magnus

Hauk et Lara. Les deux époux l'invitèrent à s'asseoir, lui racontèrent ce qui s'était produit au cours des derniers mois et lui expliquèrent pourquoi il était nécessaire de lever une armée.

— Mais nous ne sommes que des commerçants et des artisans, protesta Corrado. Nous ignorons tout de la guerre.

— Préfères-tu te résigner à voir Hétar conquérir Térah ? lui demanda Lara.

Elle savait qu'elle allait entendre la même protestation lorsqu'ils rencontreraient les responsables de villages.

— Non, répondit doucement Corrado. Mais n'y a-t-il pas d'autre moyen ?

— Nous voulons seulement être prêts à nous défendre contre toute agression, intervint le Dominus. Nous ne déclencherons aucune hostilité nous-mêmes, mais nous devons pouvoir répondre si d'autres déclenchent des hostilités contre nous, Corrado… Si nous attendons davantage, il sera trop tard. Des fermiers armés de fourches ne seront pas capables d'arrêter une invasion. Il nous faut des armes et des hommes qui ont appris à s'en servir. Tout ceci peut être fait dans l'hiver.

— Les femmes pourront se battre aussi, ajouta Lara. Je me chargerai de leur entraînement à la canne et à l'épée.

Son mari et Corrado furent tous deux horrifiés par cette idée.

— Magnus ! s'écria-t-elle en lui lançant un regard furieux. Tu sais que je peux me battre.

— Je le sais, se défendit-il. Mais les femmes de Térah n'ont jamais été des guerrières…

— Vraiment ? riposta Lara. Et comment qualifierais-tu Geltruda, la femme qui a vaincu Usi ? N'était-elle pas une guerrière ? Une héroïne ? Les femmes valent autant que les hommes, mon Dominus. Mais si tu veux te priver de la moitié des forces de ton pays, fais-le… De toute façon, Andraste et moi nous battrons à tes côtés quand ce sera nécessaire.

— Y a-t-il des femmes dans l'armée d'Hétar ? voulut savoir Magnus.

— Non, répondit Lara. Mais veux-tu être aussi stupide que Gaius Prospéro, qui est persuadé que les femmes ne sont bonnes qu'à donner du plaisir, porter des enfants et tenir une maison en ordre ?

— Nous inviterons les femmes à se joindre à l'armée, décréta Magnus Hauk, mais nous ne les y obligerons pas.

Lara déposa un baiser sur la joue de son mari pour lui signifier son approbation.

— Je ne vais pas laisser Sirvat se battre, les prévint Corrado.

— Sirvat a le droit de prendre cette décision elle-même, répondit calmement Lara. Elle appartient à la famille régnante de Térah et doit décider seule de la meilleure manière pour elle de servir son pays.

Corrado leva un sourcil.

— Tu es hétarienne…, remarqua-t-il.

— Je suis une Téranne, répondit-elle. Je n'ai pas choisi l'endroit de ma naissance, Corrado. D'ailleurs, c'est dans le royaume magique que je suis née. Mais c'est envers Térah que je suis loyale, non pas parce que je suis la Domina de ce pays, mais parce que c'est à cette terre que mon cœur appartient.

A sa grande surprise, l'amiral de son mari quitta son siège pour tomber à genoux à ses pieds.

— Pardonne-moi, ma Domina, lui dit-il en levant vers elle un regard désolé. J'ai été idiot.

— Tu ne l'es que de temps en temps, répondit-elle avec un sourire et en lui tendant la main pour l'aider à se relever.

Les deux hommes rirent de bon cœur.

— Il faut maintenant décider de la meilleure marche à suivre, déclara le Dominus. J'ai l'intention de convoquer les responsables de tous les villages au château. Je leur expliquerai ce qui s'est passé et ce qu'il faut faire pour protéger Térah.

— Nous devons aussi convoquer Arik et Kémina à cette réunion, intervint Lara. Ils représentent nos ordres religieux et le Grand Créateur doit nous guider dans nos entreprises.

Les deux hommes acquiescèrent.

— Archéron a été très courageux de nous prévenir, ajouta-t-elle.

— Aurons-nous assez de temps pour nous préparer ? s'inquiéta Corrado.

— Gaius Prospéro voudra en savoir plus sur nous avant d'agir, répondit pensivement Lara.

— Comment va-t-il s'y prendre ? lui demanda Magnus.

— Il va envoyer quelqu'un, répondit Lara. Il commencera par nous demander la permission d'envoyer un navire hétarien à Térah. Tu devras la lui refuser, Magnus. Il demandera ensuite la permission d'envoyer un émissaire sur Térah à bord de l'un de nos propres navires. En réponse, tu lui feras parvenir un message lui demandant pourquoi il veut envoyer un émissaire sur Térah.

— Ne va-t-il pas finir par s'impatienter ? demanda Corrado.

— Non, répondit Lara. Les Hétariens ont l'habitude de marchander longtemps sur une question d'une telle importance. L'empereur n'y verra rien d'étrange. Au contraire : ce qui le rendrait suspicieux, ce serait que vous lui répondiez oui ou non en renonçant à négocier davantage. Par chance, cette habitude hétarienne va nous donner le temps dont nous avons besoin pour nous préparer à nous défendre contre nos ennemis. Nous n'autoriserons l'émissaire de l'empereur qu'à visiter le château lors de son premier séjour. Ainsi, nous pourrons fortifier les alentours pour que nos côtes lui paraissent très bien défendues. Plus tard, nous serons bien obligés de lui laisser voir un ou deux villages — mais nous serons prêts à nous défendre à ce moment-là.

— Il faudrait rebâtir les anciennes tours de garde de la côte et y poster des hommes, suggéra Corrado. Nous aurons besoin de pouvoir déclencher une alerte rapidement.

— J'avais oublié leur existence, remarqua le Dominus. C'est une excellente suggestion, Corrado. Si tu veux bien t'en charger, je mettrai à ta disposition tous les moyens nécessaires.

— Crois-tu que les responsables des villages auraient peur de petites fées ? demanda Lara à son mari. Je pourrais demander une douzaine de fées messagères à ma mère… Le gouvernement d'Hétar y a recours. Elles sont très utiles pour transmettre rapidement un message… Nous n'aurions qu'à leur aménager un endroit où vivre au château. Dans un premier temps, nous serions les seuls à utiliser leurs services… Mais, à terme, il me semble que chaque responsable de village devrait en héberger une ou deux. Tu veux organiser cette réunion avant le début de la saison froide ? Avec des fées messagères, nous pourrions convoquer plus rapidement les responsables de villages…

— J'ai déjà vu ces créatures, intervint Corrado en esquissant un sourire. Il arrive aux rois de la Province

Côtière de les utiliser pour communiquer avec nous lorsque nos navires se rencontrent. Elles sont très efficaces, mon Dominus.

Magnus Hauk acquiesça.

— Nous devons mettre à profit tous nos avantages, dit-il. Ton idée est bonne, Lara. Fais venir des fées messagères sur Térah !

Magnus Hauk donna alors congé à Corrado pour regagner sa chambre.

— Nous devons avertir les clans de ce qui se passe, dit Lara à son mari lorsqu'ils furent de nouveau seuls. Eux aussi devraient avoir des fées messagères à leur disposition.

— Veux-tu que les chefs de clans assistent à la réunion des responsables de villages ? lui demanda-t-il.

— Seulement Rendor, en sa qualité de chef du haut conseil des Terres Extérieures, répondit Lara. C'est une occasion idéale pour informer la population des fjords de la présence d'autres hommes au-delà des montagnes d'Emeraude. Les responsables de villages n'ont pas besoin de savoir que la plaine qui s'étend derrière ces montagnes était déserte il y a encore six mois... Tu m'as bien dit que les habitants des fjords ne s'éloignaient jamais de leur propre village ? Ils ignorent donc tout à fait ce qui se trouve là-bas. Je n'avais pas l'intention de faire se rencontrer les deux peuples aussi vite, mais il me semble que nous n'avons plus le choix, Magnus...

Elle resta un moment songeuse.

— Tu n'auras qu'à dire aux responsables de villages que la famille du Dominus a toujours su que ces hommes existaient — mais que les clans avaient refusaient d'entrer en contact avec d'autres hommes pour s'assurer une vie paisible. Explique-leur qu'ils te versent un tribut annuel et vivent selon leurs propres coutumes. Dis-leur qu'aujourd'hui, face au danger qui menace Térah, ils ont accepté d'envoyer leur chef à cette réunion pour nous offrir leur aide.

Elle s'interrompit un instant.

— Enfin, conclut-elle, Dasras et moi allons rendre visite aux nains des montagnes pour les informer du péril et leur demander de corroborer cette version dans l'intérêt des Nouvelles Terres Extérieures.

— Parfois, dit pensivement Magnus Hauk, je me demande si tu n'es pas trop intelligente pour moi…

Il se tourna vers elle pour lui ébouriffer les cheveux en riant.

— J'espère que notre enfant tiendra de toi ! s'exclama-t-il joyeusement.

Et voilà ! songea Lara. C'était reparti… Les enfants… Comment pouvait-il penser aux enfants au milieu d'une telle confusion ? Il avait été scandalisé par ce qu'il avait vu dans la capitale — mais il comprenait toujours mal l'ampleur du danger que représentait Hétar. Il fallait arrêter son expansion désastreuse. Elle ne permettrait pas à Gaius Prospéro d'insinuer ses guildes et ses pratiques sur Térah ! Parce qu'il existait bien des manières de conquérir un pays… Lara le savait parfaitement et s'inquiétait que son mari ne le comprenne pas. Elle laissa Magnus à ses réflexions et chercha un endroit calme pour parler à Ethne.

Ses doigts fins caressèrent l'étoile de cristal qui reposait entre ses seins.

Ethne…, appela-t-elle silencieusement sa gardienne spirituelle.

Je suis là, répondit Ethne.

Lara lui raconta tout ce qui s'était passé et lui expliqua ce que son mari projetait de faire.

Je vais avoir besoin de fées messagères, lui dit-elle. *Veux-tu bien demander à ma mère si elle accepterait de m'en confier ? Je lui promets de veiller à ce qu'elles soient très bien traitées.*

J'irai la trouver, répondit Ethne. *Mais tu ferais bien de la rencontrer cette nuit pour lui en parler toi-même. C'est une grande faveur que tu demandes là… Je sais bien que tu n'as pas attendu grand-chose d'elle jusqu'à présent, mais la reine Ilona y verrait une grave indélicatesse si tu ne présentais pas ta requête toi-même, Lara…*

Je comprends, murmura Lara. *Alors dis à ma mère que j'apprécierais qu'elle vienne me retrouver en rêve cette nuit, Ethne. Je vais expliquer à mon mari que j'ai besoin de dormir seule.*

Attends-moi, conclut Ethne.

Plusieurs minutes s'écoulèrent avant qu'elle ne reprenne la parole.

C'est fait, dit-elle alors. *Ta mère t'attendra dans ses rêves.*

Merci, répondit Lara.

Puis elle alla expliquer à son mari qu'elle devait dormir seule pour que rien n'interfère dans son rendez-vous onirique avec la reine Ilona. Comprenant que c'était nécessaire, Magnus Hauk accepta à contrecœur. Ils dînèrent ensemble et firent deux parties de Berger, puis Lara sentit qu'il était temps pour elle d'aller se coucher.

Elle fut aspirée dès son endormissement. Comme chaque fois, elle fut d'abord noyée dans le brouillard, puis Ilona apparut. La mère et la fille s'étreignirent tendrement.

— Qu'attends-tu de moi ? demanda la reine des fées de la Forêt à sa fille.

Elle était heureuse de revoir Lara et arborait un sourire radieux.

Lara lui expliqua longuement tout ce qui s'était passé depuis leur dernière entrevue, puis lui fit part de sa requête.

— D'après ce que j'ai remarqué, il y a peu de magie sur Térah — peut-être pas du tout, dit-elle à Ilona. Il y a des nains dans les montagnes, mais je n'ai pas rencontré les fées dont tu m'avais parlé. Peut-être se cachent-elles… Le sorcier dont j'ai vaincu le spectre s'était servi de la magie sur Térah, mais elle semble avoir disparu avec lui, mère…

— Non, répondit la reine des fées, sa magie n'a pas disparu. Mais c'est une magie obscure, Lara : elle se cache de la lumière. Or tu es la lumière de Térah, ma fille. C'est grâce à toi si cette magie se tient tranquille. Je vais mettre à ta disposition plusieurs douzaines de fées messagères. Je sais que tu veilleras à ce qu'elles soient en sécurité et bien traitées. D'ailleurs, tu ferais bien de leur jeter un sort de protection à leur arrivée, de manière à ce qu'aucun Téran effrayé ne risque de leur faire du mal par accident.

— Je n'y manquerai pas, mère, promit Lara. Et merci… Comment les choses se passent-elles pour vous ? Comment va mon frère, Cirilo ? Et ton mari, Thanos ?

— Nous allons tous bien, répondit la reine.

— L'autre jour, j'ai aperçu une terre obscure, mère, confia Lara. Dasras et moi survolions l'Obscure. J'ai reconnu le Désert des princes de l'Ombre, au sud, mais il y avait une autre terre au nord — sombre et menaçante… Est-ce qu'elle représente un danger pour Térah ?

— Il y a toujours du danger dans les ténèbres, répondit Ilona en commençant à s'effacer du plan onirique. Suis ton destin, ma fille…

Elle disparut complètement.

La première chose que fit Lara en se réveillant fut d'éclater de rire. Sa part mortelle avait toujours détesté l'insondable et l'incompréhensible, sa part féerique toujours parlé par énigmes… Elle regarda par la fenêtre et vit que le ciel pâlissait déjà. C'était l'aube d'un nouveau jour…

Il fallait qu'elle s'occupe d'aménager un habitat pour les fées messagères dans la journée. Elle savait qu'elles arriveraient bientôt.

Elle se leva et appela Mila pour qu'elle lui apporte son petit déjeuner et l'aide à s'habiller. Quand elle eut fini de manger, Lara se rendit dans le magnifique jardin qui surplombait le fjord. La journée était grise et un léger brouillard flottait sur l'eau en contrebas. Quelques plantes à la floraison tardive jetaient des touches de couleur çà et là, mais les arbres avaient déjà presque entièrement perdu leurs feuilles. En scrutant les alentours, elle aperçut une haute tour étroite au sud du jardin. Elle s'élevait gracieusement dans le ciel de Térah.

— Qu'est-ce que tu regardes ? demanda Sirvat qui venait d'apparaître à ses côtés.

— Ça ! répondit Lara en pointant son doigt en direction de l'édifice. Cette tour. Qui l'habite ?

— Personne. Ma grand-mère y avait établi ses quartiers quand notre père était Dominus, expliqua Sirvat. Elle adorait cette tour parce toutes les fenêtres donnent sur le sud et qu'il y fait toujours chaud. Elle a vécu très longtemps…

Sa main caressait instinctivement son ventre pendant qu'elle parlait.

— Comment y rentre-t-on ? demanda Lara.

— Viens, je vais te montrer, répondit Sirvat en invitant son amie à la suivre à travers le jardin. La tour a l'air de faire partie du château mais, en réalité, elle en est distincte. On ne peut y entrer qu'en passant par ce jardin.

Elles atteignirent le pied de la tour. Sirvat laissa courir sa main le long des pierres jusqu'à ce qu'elle trouve ce qu'elle cherchait. Alors la petite porte de la tour s'ouvrit lentement.

— Il n'y a pas de clé, expliqua-t-elle à sa compagne. Pour ouvrir la porte, il faut presser un petit levier dissimulé derrière cette pierre. Repère-la bien.

Lara mémorisa l'emplacement précis du mur que Sirvat désignait.

— C'est bon, dit-elle.

— Alors viens ! répondit Sirvat en l'invitant à la suivre dans la tour. Je peux encore monter des escaliers — même si c'est un peu plus lentement...

Elle pouffa joyeusement.

Au premier étage se trouvait une charmante pièce ensoleillée. Elle était complètement vide. Les deux jeunes femmes découvrirent des pièces semblables au deuxième, puis au dernier étage de la tour. Lara était enchantée.

— Ce sera parfait pour elles ! s'exclama-t-elle.

— Pour qui ? voulut savoir Sirvat.

— Ma mère va mettre des fées messagères à ma disposition, expliqua Lara. Je leur cherchais un abri sûr et confortable dans le château...

— Des fées messagères ? demanda Sirvat, troublée.

— Ce sont de petits êtres de la race des fées, qui ont pour tâche de délivrer des messages, répondit Lara. Les fées de Térah se cachent — c'est pour ça que vous n'en avez jamais vu.

— Pourquoi en avons-nous besoin ? s'inquiéta Sirvat tandis qu'elles sortaient dans le jardin après avoir redescendu les trois étages de la tour.

La porte se referma d'elle-même derrière elles.

— Qu'est-ce que Corrado t'a dit ? voulut savoir Lara.

— Il ne m'a strictement rien dit, répondit Sirvat. C'est pour ça que je te cherchais ce matin. Il prétend qu'il doit me protéger parce que je porte son enfant.

Les deux femmes rentrèrent dans le château et allèrent s'installer confortablement dans le salon de la Domina.

— Veille à ce qu'on ne nous dérange pas, ordonna Lara à sa servante Mila.

Puis elle se tourna vers Sirvat.

— Je ne sais même pas ce que tu connais du commerce entre Hétar et Térah, commença-t-elle.

— Je sais que nous sommes en relation commerciale avec les rois de la Province Côtière, répondit Sirvat.

— Le Province Côtière n'est que l'une des régions d'Hétar, expliqua Lara. Les rois qui l'habitent vous achètent depuis des siècles les produits de luxe que vous fabriquez. Le reste d'Hétar croit qu'ils les fabriquent eux-mêmes et les rois n'ont jamais dit le contraire. Mais l'empereur d'Hétar sait maintenant que c'est faux. Tôt ou tard, il cherchera à nous envoyer un émissaire. Il prétendra vouloir instaurer des liens commerciaux directs avec Térah pour ne plus passer par l'intermédiaire des rois de la Province Côtière. En réalité, il cherchera à savoir si et comment Hétar peut conquérir Térah. Hétar, surpeuplée, a un besoin vital d'étendre ses frontières. Au printemps dernier, l'armée de l'empereur a envahi les Terres Extérieures, où vivaient plusieurs clans. Heureusement, nous avons été avertis à temps de ce projet de violation de l'ancien traité qui liait les deux territoires. Les clans — avec leurs maisons, leurs troupeaux et toutes leurs possessions — ont été déplacés des Terres Extérieures et installés ici, sur Térah.

Sirvat écarquilla les yeux.

— T'es-tu servie de tes pouvoirs pour les amener ici ? demanda-t-elle.

Lara éclata de rire. La fascination de Sirvat pour la magie l'avait toujours amusée…

— Oui, répondit-elle. Nous avons installé les clans de

l'autre côté des montagnes d'Emeraude, sur une plaine qui ressemble beaucoup à celle qu'ils ont quittée. Jusqu'ici, nous avons gardé le secret, mais nous allons bientôt apprendre leur existence aux responsables des villages térans. Nous allons leur faire croire que les clans vivent de l'autre côté des montagnes depuis des siècles, mais que seule la famille régnante en connaissait l'existence.

Lara laissa quelques instants à son amie pour bien comprendre ses paroles.

— Hétar a bien étendu ses frontières, reprit-elle, mais les mercenaires n'ont rien trouvé de ce que l'empereur leur avait promis. Il n'y avait ni villages, ni troupeaux, ni peuples à réduire en esclavage dans les Terres Extérieures. Les princes de l'Ombre se sont même servis de leurs pouvoirs pour condamner et dissimuler les mines dans les montagnes... Les envahisseurs ont découvert une terre vierge. Gaius Prospéro, l'empereur d'Hétar, a dû prendre lui-même en charge une partie des dépenses pour rendre les Terres Extérieures habitables. Il va leur falloir des années pour s'y installer vraiment. Mais Gaius Prospéro voudra compenser ses pertes le plus vite possible. Il va bientôt se tourner vers Térah...

— Il va vouloir savoir si nous sommes faibles et s'il peut nous conquérir aussi, remarqua Sirvat.

— Exactement ! répondit Lara.

— Alors nous devrons montrer à l'émissaire hétarien que nous sommes forts ! s'exclama Sirvat. Il faut lever une armée, Lara...

— Oui, et c'est ce que nous allons faire, la rassura son amie. Magnus a chargé Corrado de reconstruire les tours de garde de la côte, et va convoquer les responsables des villages au château. Nous allons leur expliquer la situation et commencer à organiser la défense de Térah. C'est pour ça que nous avons besoin des fées messagères… Elles vont nous aider à communiquer plus vite les uns avec les autres. Nous en confierons une paire à chaque responsable de village.

— Je veux vous aider ! s'écria Sirvat.

— Oui, tu vas nous aider, promit Lara. Mais je dois te confier une tâche qui n'inquiétera pas Corrado… au moins jusqu'à ce que tu aies mis l'enfant au monde.

Les deux femmes se regardèrent avec un air de conspiratrices et éclatèrent de rire.

— J'aimerais utiliser la tour de ta grand-mère pour loger les fées messagères à leur arrivée au château, annonça Lara. C'est là que vivront celles que nous ne disperserons pas dans les villages. Ces petites créatures ont besoin d'un certain nombre de choses pour leur confort. Je vais tout t'expliquer, Sirvat, et tu t'occuperas de préparer l'arrivée de nos invitées.

— Je serai heureuse de veiller au confort de ces fées — les premières de leur espèce à visiter Térah…, répondit Sirvat. C'est un honneur d'entrer au service du royaume de la magie ! Dis-moi ce que je dois faire, que je commence tout de suite…

— Merveilleux ! s'exclama Lara. Nous devons faire vite… Ma mère m'a promis de nous les envoyer la nuit dernière : je suis certaine qu'elles seront là bientôt.

— Je te préviendrai quand j'aurai terminé. Et je n'en parlerai à personne…, ajouta-t-elle en chuchotant.

Lara ne put s'empêcher de sourire. Tout allait bien se passer. Lorsque les Hétariens viendraient observer Térah, ils découvriraient un pays non seulement prospère, mais fort. Pourtant, Lara était inquiète. La terre obscure du nord commençait à hanter ses pensées. C'était toujours l'inconnu qui effrayait le plus. Mais elle se ressaisit vite et chassa ses craintes. Chaque chose en son temps… Pour le moment, c'était de la défense de Térah qu'il fallait s'occuper.

Les minuscules fées messagères se présentèrent deux jours plus tard. Elles avaient dû survoler Sagitta et arrivèrent exténuées. Elles furent enchantées par la tour, au sud du jardin, aménagée pour elles, et s'y enfermèrent plusieurs jours pour se reposer. Sirvat s'était fait un devoir de les servir personnellement. Lara expliqua aux fées qu'elle était la sœur du Dominus, et celles-ci s'estimèrent très honorées. Le fait que la sœur du dirigeant du pays veille en personne à leur confort suffit à les convaincre qu'elles étaient les bienvenues à Térah, et y seraient heureuses.

Lara leur jeta aussitôt un sort de protection et envoya l'une d'elles auprès du responsable de chacun des sept fjords habités. Toutes revinrent saines et sauves, avec d'amusants récits de la surprise des Térans qu'elles avaient rencontrés — mais unanimes sur la courtoisie avec laquelle elles avaient été reçues. Les responsables des fjords les avaient envoyées dans tous les villages pour informer leurs responsables qu'ils étaient convoqués au château avec leurs femmes. Tous promirent de faire au plus vite et les fées messagères rapportèrent leur réponse au responsable du fjord.

Lara envoya alors d'autres fées à Arik, le grand prêtre du temple du Grand Créateur, à Kémina, la grande prêtresse de l'ordre des Filles du Grand Créateur, et aux nains de la montagne pour les prier d'assister à la réunion organisée au château. Elle chargea ensuite Dasras d'aller chercher Rendor dans les Nouvelles Terres Extérieures.

Quand tous furent rassemblés au château, Magnus Hauk, le Dominus de Térah, expliqua à ces hommes qui l'aidaient à gouverner son pays tout ce qui s'était passé. Il leur causa une grande surprise en leur présentant Rendor, le chef des Felan. Les habitants des fjords eurent peine à croire qu'un autre peuple vivait par-delà les montagnes d'Emeraude. Fulcrum et Gulltopp, les chefs des deux tribus de nains, comprirent très bien pourquoi le Dominus préférait dire à son peuple que les clans avaient toujours vécu là. Ils se gardèrent d'intervenir et écoutèrent le discours de Magnus Hauk.

— Mon amiral, le seigneur Corrado, se charge depuis quelques semaines de reconstruire les tours de garde de la côte, dit-il. A compter d'aujourd'hui, des vigiles doivent y être postés nuit et jour. Nous devons aussi lever une armée pour assurer la sécurité de Térah.

— Mais nous ne sommes que des artisans, mon Dominus…, intervint le responsable du fjord des Joailliers.

— Ecoutez votre Domina, répondit Magnus Hauk en faisant un signe de tête à Lara.

— Messieurs, commença Lara, je suis née dans le royaume féerique mais j'ai été élevée en Hétar. Mon père — un mortel comme vous — a longtemps été mercenaire avant de devenir un chevalier de la Croisade. C'est un grand guerrier. Hétar compte beaucoup de grands guerriers… S'ils décident de débarquer sur Térah, nous devons être en mesure de nous défendre. De plus, si nous pouvons montrer à leur émissaire — qu'ils enverront tôt ou tard — que nous avons les moyens de défendre nos terres, ils renonceront peut-être à nous envahir. J'espère que nous n'aurons jamais à les affronter, mais il vaut mieux y être préparés… Il n'y a pas d'autre choix : vous allez devoir recruter des hommes dans vos villages. D'ailleurs, il n'est pas mauvais qu'un homme sache défendre ce qui lui est cher.

— C'est facile à dire pour vous, ma Domina, parce que

vous êtes une femme…, remarqua le responsable du fjord des Joailliers. Vous n'aurez pas à vous battre.

— Messieurs, je suis une guerrière, tout comme mon père, répondit Lara. J'ai déjà tué beaucoup d'hommes sur le champ de bataille.

Elle invoqua silencieusement Andraste.

Les hommes assemblés qui lui jetaient des regards incrédules quelques instants plus tôt sursautèrent en voyant une épée apparaître dans sa main.

— Voici Andraste, mon arme, leur expliqua-t-elle.

Elle leva l'épée au-dessus de sa tête en la tenant par le fourreau.

Tous sursautèrent de nouveau lorsque Andraste ouvrit ses yeux d'Emeraude pour scruter l'assemblée.

— Je suis Andraste, dit l'épée d'une voix puissante dont la vaste salle du conseil renvoya l'écho. Je bois le sang de l'injuste et celui de l'ennemi. Je ne sers que ma maîtresse, la guerrière Lara, fille de John Swiftsword. Ensemble, nous avons tué beaucoup d'hommes. Qui oserait mettre en doute mes paroles ?

Un silence de mort s'abattit sur l'assemblée.

— Alors écoutez ce que vous dit ma maîtresse, hommes et femmes de Térah, car elle marche dans la lumière, conclut Andraste.

Sur ces mots, elle referma ses yeux d'émeraude.

— Les femmes — pas toutes, mais certaines — sont capables de se battre, reprit Lara. Je me chargerai personnellement d'enseigner l'art du combat à celles qui le souhaiteront.

Magnus Hauk passa son bras puissant autour des épaules de sa femme. Son regard exprimait une immense fierté.

— Je vais maintenant vous dire ce que nous devons faire pour assurer notre protection, annonça-t-il.

Pendant les heures qui suivirent, Corrado, Lara et lui expliquèrent leurs projets aux responsables de villages.

Quelques jours plus tard, les chefs des fjords, ceux des villages et leurs femmes repartirent chez eux. Deux fées messagères embarquèrent à bord de chaque navire qui quitta le fjord du Dominus. Le premier jour de la saison froide, des bateaux arrivèrent de chacun des fjords — le fjord de l'Océan, le fjord Vert, le fjord Lumineux, le fjord de la Soie, celui des Joailliers et celui de l'Etoile — avec à leur bord des hommes jeunes et vieux qui s'étaient portés volontaires pour entrer dans l'armée de Térah. Lara se servit de ses pouvoirs pour déplacer les sept cents jeunes gens des sept clans qui souhaitèrent les rejoindre. Magnus et elle avaient estimé que cette armée commune serait un excellent moyen de commencer à unifier les deux peuples.

Pendant tout l'hiver, les hommes qui avaient fait office de gardes au château et quelques membres plus âgés des clans enseignèrent leur art du combat aux futurs soldats de Térah. Lara se chargea personnellement de leur apprendre le maniement de l'épée. Elle demanda à son propre professeur, le prince de l'Ombre Lothair, de venir l'aider. Celui-ci accepta avec joie. Lorsque le printemps donna les premiers signes de son arrivée prochaine, Térah disposait de l'embryon de sa future armée. Les habitants des fjords et ceux des Nouvelles Terres Extérieures n'avaient aucune peine à vivre ensemble. Même, le fait qu'il existait autant de fjords que de clans semblait contribuer à les rapprocher.

Les collines verdirent avec le printemps. Sirvat donna facilement naissance à un fils, qu'elle baptisa Hali. La navigation fut de nouveau possible sur Sagitta et la flotte de Térah reprit la mer pour de nouvelles expéditions commerciales. Comme Lara l'avait prévu, l'un des capitaines revint avec un message d'Hétar, qui demandait officiellement au Dominus la permission d'envoyer un navire visiter Térah. Le bateau suivant porta la réponse de Magnus Hauk : non. Tout navire hétarien aperçu dans les eaux de Térah serait coulé sans sommation.

Lara rit joyeusement en regardant son mari rédiger cette réponse et la sceller en enfonçant dans la cire chaude le sceau du Dominus qui ornait son doigt.

— Tu vas aiguiser la curiosité de Gaius Prospéro avec une réponse aussi ferme, pouffa-t-elle. Il sait si peu de choses sur Térah, et il a tellement envie d'en apprendre davantage…

Plusieurs semaines s'écoulèrent, puis on apporta à Magnus Hauk un second message.

— Il veut nous envoyer un émissaire, expliqua le Dominus à sa femme. Les navires hétarien et téran se rencontreraient à l'endroit habituel, et l'émissaire serait transféré d'un bord à l'autre en échange de ma garantie qu'il ne lui sera fait aucun mal.

— On est déjà presque en été, répondit Lara. Laissons-les attendre un peu avant d'envoyer notre réponse. Tu diras à l'empereur que tu vas réfléchir à sa suggestion.

Magnus Hauk suivit son conseil au milieu de l'été, puis l'attente recommença.

Un nouveau message arriva quelques semaines plus tard. L'empereur appréciait la courtoisie dont le Dominus faisait preuve en prenant sa requête en considération. Il attendait désormais la réponse définitive de Térah.

— C'est Jonah qui a rédigé ce message, remarqua Lara en riant. Gaius Prospéro doit enrager que tu n'aies pas accédé à sa requête précédente… Sa curiosité va le rendre malade.

Finalement, lorsque l'été toucha à sa fin, Magnus Hauk envoya un nouveau message à l'empereur d'Hétar. Il acceptait de recevoir un émissaire sans escorte. Un seul homme devait se présenter — sans même un serviteur pour l'accompagner. Le Dominus se portait personnellement garant de sa sécurité pendant son séjour sur Térah. Si l'empereur voulait avoir la courtoisie de l'informer de la date de l'arrivée de l'émissaire, Térah pourrait se préparer à l'accueillir dignement. De toute manière, le Dominus prévenait l'empereur que son émissaire ne serait pas autorisé à débarquer de son navire tant que les préparatifs ne seraient pas achevés. C'était Lara qui avait suggéré cette tactique pour retarder encore l'arrivée de l'homme de Gaius Prospéro…

— Hétar comprendra très bien que nous ayons besoin de temps pour préparer une réception solennelle, expliqua-t-elle. La civilité et les bonnes manières sont très importantes pour les Hétariens. Ils se soucient terriblement de leur apparence…

Le message fut envoyé. Celui qui y répondit annonçait qu'Hétar attendait d'être informée de la fin des préparatifs.

— A présent, dit Lara, tu vas les faire attendre encore un peu avant d'accepter de recevoir l'émissaire d'Hétar. Si nous nous y prenons bien, le visiteur ne pourra rester que quelques jours s'il ne veut pas être retenu ici par la saison froide. Je suis certaine qu'il préférera repartir… Comme la mer sera particulièrement agitée en cette période, notre Hétarien va faire un voyage bien inconfortable…

— J'ai l'impression que tout ça t'amuse follement, lui dit Magnus.

Ils venaient de se coucher.

— Il y a décidément des instincts cruels en toi, ma Domina, la taquina-t-il.

Il embrassa sa tête blonde en caressant tendrement l'un de ses seins.

— Bien sûr que je peux être cruelle, mon amour, reconnut-elle. Toutes les femmes le sont. Hum... c'est délicieux...

— Nous enverrons notre réponse dans deux semaines, conclut le Dominus en attirant sa femme contre lui pour partager avec elle des plaisirs passionnés.

Deux mois plus tard, le navire de Corrado, dont les voiles claquaient au vent violent de la fin d'automne, entra dans le fjord du Dominus avec l'émissaire d'Hétar à son bord. Celui-ci fut soulagé de quitter la haute mer : Sagitta n'avait cessé de se déchaîner depuis qu'il avait mis le pied sur le navire d'Archéron qui lui avait fait effectuer la première partie de son voyage. L'émissaire regarda attentivement les environs. Il y avait des tours de garde occupées par des hommes en armes de part et d'autre du bras de mer qu'ils empruntaient. Il aurait pu jurer les avoir vus échanger des signaux lumineux lorsque leur navire s'était engagé dans le fjord. L'herbe qui poussait au-dessus des falaises était la plus verte qu'il ait jamais vue. Le navire franchit un coude du fjord et l'émissaire aperçut un magnifique château sur les hauteurs. Il était très impressionnant — digne d'un grand roi...

L'édifice était bâti en pierres sombres et comme accroché à la falaise. Ses tours s'élançaient fièrement à l'assaut du lumineux ciel d'automne. Des terrasses, qui faisaient visiblement office de jardins, semblaient suspendues au-dessus du fjord. L'émissaire n'avait jamais rien vu de tel en Hétar. Le navire accosta à un long quai de pierre. Une double rangée de gardes immobiles les y attendait.

— Mon seigneur, si vous le permettez, je vais vous mener auprès du Dominus, dit le capitaine Corrado. J'espère que vous appréciez la garde d'honneur que nous avons prévue pour votre arrivée. Nous avons peu de visiteurs…

Il précéda son passager le long de la passerelle jusque sur le quai. Les gardes se mirent en formation. La moitié d'entre eux précéda les deux hommes, tandis que l'autre moitié fermait le cortège. Corrado conduisit son visiteur jusqu'à une entrée ménagée dans la falaise, puis les deux hommes prirent place sur la plate-forme avec leur escorte.

— Cette installation est manœuvrée par des géants dont la seule tâche consiste à faire monter ou descendre ses passagers, expliqua Corrado.

— Stupéfiant…, commenta l'émissaire d'Hétar.

Il n'existait rien de tel dans son propre pays.

Lorsque la plate-forme atteignit sa destination, Corrado escorta son compagnon le long d'un corridor éclairé par des globes de verre emplis d'insectes lumineux. Il y avait des gardes postés à intervalles réguliers. Le corridor menait à une grande porte de bronze à double battant. Deux hommes se détachèrent de leur escorte pour aller les ouvrir devant eux. Corrado continua à avancer du même pas. L'émissaire le suivit après avoir hésité un instant lorsque son regard avait pris la mesure de la vaste salle dans laquelle il entrait.

La pièce était circulaire et surmontée d'un dôme d'albâtre. Le sol était couvert de grandes dalles de marbre dont les bords étaient dorés à l'or fin. Les murs de pierre portaient de lourdes tapisseries et ils avancèrent sur un étroit tapis de laine écarlate. Au bout du magnifique tapis s'élevait un dais de marbre veiné d'or. Trois marches menaient au sommet du dais. Sur la tranche de la première marche était gravé le mot TERAH, sur celle de la seconde, DOMINA, et sur celle de la troisième, DOMINUS. La salle était éclairée par des torches plantées sur de grands trépieds de bronze. Un immense chandelier en cristal pendait du centre du dôme. Des encensoirs — où brûlait de la myrrhe, estima l'émissaire en reniflant le plus discrètement qu'il put — étaient disposés tout autour de la salle.

Magnus Hauk, le Dominus de Térah, se leva pour accueillir l'émissaire. Il portait une longue tunique de brocart doré brodée de perles et de joyaux étincelants. Sur ses cheveux blond foncé était posée une fine couronne en or, ornée d'un énorme rubis en son centre. Son regard bleu turquoise n'en était que plus saisissant au milieu de tout cet or.

— Soyez le bienvenu à Térah, dit-il.

L'émissaire s'inclina profondément, mais son regard était déjà captivé par la femme qui s'était approchée pour se tenir près de son mari. Elle aussi portait des vêtements dorés et une couronne ornée d'un rubis sur sa magnifique chevelure blonde.

— Je me fais l'écho du Dominus, seigneur Jonah, dit Lara. Soyez le bienvenu à Térah.

Elle avait le sourire aux lèvres et sa main délicate reposait sur son ventre — dont même cette robe somptueuse ne pouvait dissimuler la rondeur.

Jonah répondit par un faible sourire. Il commençait à comprendre que les choses n'allaient pas se passer comme Gaius Prospéro l'espérait. Hétar se trouvait d'ores et déjà dans une position défavorable. De toute évidence, Térah était un pays puissant, qu'il ne serait pas facile de conquérir — si c'était seulement possible... Il ne fallait pas même exclure que les Térans puissent conquérir Hétar s'ils décidaient de le faire. Il se rappela tout à coup les mots de la prophétie qu'il avait lue dans le Livre d'Hétar, au temple de l'Auteur Céleste — des mots que ni Gaius Prospéro ni lui-même ne prononçaient jamais.

Des ténèbres viendra une vierge. De la lumière dorée viendra une guerrière. D'un lointain lendemain viendra le véritable destin d'Hétar.

Il frissonna. En regardant Lara, la Domina de Térah, Jonah acquit la certitude que cette femme magnifique serait bien un jour le véritable destin d'Hétar. Mais comment ? Il lui était impossible de se l'imaginer.

DANS LA MÊME COLLECTION

Par ordre alphabétique d'auteur

CATHERINE ASARO	*La magicienne*•
CAITLIN BRENNAN	*La danse de l'équinoxe*
CAITLIN BRENNAN	*Le chant du solstice*
CAITLIN BRENNAN	*La montagne sacrée*
P.C. CAST	*La prophétie maudite*
P.C. CAST	*La chasseresse*
P.C. CAST	*L'élue d'Epona*
P.C. CAST	*La prêtresse de Partholon*
P.C. CAST	*La vestale d'Epona*
GAIL DAYTON	*La rose des vents*
GAIL DAYTON	*La Rose et la Ronce*
LAURA ANNE GILMAN	*La magie de l'orage*
LAURA ANNE GILMAN	*La malédiction de l'ombre*
LAURA ANNE GILMAN	*La prédiction des ombres*
LAURA ANNE GILMAN	*La magicienne du feu*
LAURA ANNE GILMAN	*La nuit des sortilèges*
CHRISTIE GOLDEN	*La légende du dragon*
CHRISTIE GOLDEN	*La légende des glaces*
DEBORAH HALE	*La légende du royaume oublié*
DEBORAH HALE	*L'oracle de Margyle*
MICHELE HAUF	*La malédiction de l'ange noir*
MICHELE HAUF	*Gossamyr*
MICHELE HAUF	*Rhiana*
ANNE KELLEHER	*La dague d'argent*
ANNE KELLEHER	*L'amulette d'argent*
ANNE KELLEHER	*La nuit d'argent*
SUSAN KRINARD	*La malédiction du dieu de pierre*
SUSAN KRINARD	*La prophétie de Méroé*
SUSAN KRINARD	*Le baiser du loup-garou*••
MERCEDES LACKEY	*La magie de la Lune*★
MERCEDES LACKEY	*La chambre ensorcelée*•
RACHEL LEE	*Le secret de la rose blanche*
RACHEL LEE	*La prophétie de la Dame Blanche*
RACHEL LEE	*La clé de Morgania*•
RACHEL LEE	*L'ultime prophétie*
TANITH LEE	*La nuit des Sept Lunes*★
TANITH LEE	*L'étreinte de l'ombre*••

.../...

DANS LA MÊME COLLECTION

Par ordre alphabétique d'auteur

C.E. MURPHY	*Chamane*
C.E. MURPHY	*La lune rouge*★
C.E. MURPHY	*La magie de Siobhàn*
C.E. MURPHY	*A la porte des songes*
C.E. MURPHY	*La malédiction de l'aube*
C.E. MURPHY	*La nuit du dragon*
C.E. MURPHY	*La gardienne des ombres*
ROBIN D. OWENS	*La prophétie de Lladrana*
ROBIN D. OWENS	*L'appel de la lune*
ROBIN D. OWENS	*La cavalière de cristal*
ROBIN D. OWENS	*Les magiciennes de Lladrana*
MICHELLE SAGARA	*Le secret d'Elantra*
MICHELLE SAGARA	*La cité d'Elantra*
MICHELLE SAGARA	*L'oracle d'Elantra*
MICHELLE SAGARA	*La magicienne d'Elantra*
BERTRICE SMALL	*La nuit des fées*
BERTRICE SMALL	*La souveraine des deux mondes*
JERI SMITH-READY	*La messagère des deux mondes*
JERI SMITH-READY	*L'enfant de la prophétie*
MARIA V. SNYDER	*Le poison écarlate*
MARIA V. SNYDER	*L'apprentie magicienne*
MARIA V. SNYDER	*Les secrets de la cité blanche*
VAUGHN EVELYN	*La nuit du démon*••

2 NOUVEAUTÉS À PARAÎTRE EN NOVEMBRE 2009

★ réunis dans le volume intitulé *Cœurs de lune* (Luna n° 16)

• réunis dans le volume intitulé *La légende des royaumes* (Luna n° 19)

•• réunis dans le volume intitulé *Les légendes de l'ombre* (Luna n° 50)

LUNA

Composé et édité par les
éditions Harlequin
Achevé d'imprimer en France (Malesherbes)
par Maury-Imprimeur
en août 2009

Dépôt légal en septembre 2009
N° d'imprimeur : 148043 — N° d'éditeur : 14447